多元混融中的白族文学

白族文学与汉族文学、印度文学及东南亚文学的关系研究

董秀团 著

本书出版获云南大学一流大学"中国语言文学"学科建设项目资助

目 录

绪 论 /1

第一章 白族文学的历史和特质
  第一节 白族文学的发展历史   40
  第二节 白族文学的特质   55

第二章 白族文学的外向交流
  第一节 白族文学外向交流的历史和特点   90
  第二节 白族文学与汉族文学的交流   93
  第三节 白族文学与印度文学的交流   102
  第四节 白族文学与东南亚文学的交流   118

第三章 白族文学与汉族文学关系研究
  第一节 白族神话与汉族文学   140
  第二节 白族民间传说与汉族文学   177
  第三节 白族民间故事与汉族文学   195
  第四节 白族戏曲曲艺与汉族文学   223
  第五节 白族智识精英与汉族文学   253

第四章 白族文学与印度文学关系研究
  第一节 几则白族佛教故事的印度渊源   312
  第二节 白族龙神话中的印度文化因子   350

第五章	白族文学与东南亚文学关系研究	第一节	古老神话中的交叉复合	360
		第二节	故事传说中的类同与差异	386

结　语		第一节	多元混融特质中蕴含的白族文学发展机制	406
		第二节	白族文学发展机制对边疆民族文学的借鉴价值	410
		第三节	可进一步深化的研究空间	415

参考文献 / 417

后　记 / 437

绪论

白族是中国一个有着悠久历史和灿烂文化的民族，自称"白子""白尼"，人口主要分布在云南省大理州。在云南的昆明、维西、兰坪、碧江、泸水一带也有部分白族人居住。此外，湖南的桑植县、贵州的威宁县和毕节地区、四川的凉山彝族自治州和攀枝花市也分布着白族人。根据2010年第六次全国人口普查的统计数据，全国白族人口共有1933510人，其中，云南省的白族人口有156.1万人，分布在大理白族自治州的白族人口有111.2万人。从以上数据可以看出，云南大理是白族人口分布的主要区域。因而，云南大理白族的文化从一定程度上也可以说代表着白族文化的整体发展状况。

白族文学是一个整体、一个系统，对这个整体，我们可以从不同的角度进行划分和研究。从创作的主体和"文化持有者"的角度来看，白族文学可分为民间文学和作家文学两大类；从文类上说，白族文学包括了古老的神话史诗、民间故事传说、歌谣、俗语、戏曲曲艺，以及作家创作的诗歌、散文、小说、剧本等；从地域的角度而言，白族文学主要指云南大理地区白族所创造的文学，当然，也包括了其他白族聚集区白族民众创造的文学；从历时的角度看，白族文学的源头可以追溯到白族先民最初的文化创造，一直延续到当下。

由于大理地区是白族最核心的聚居区域，也是白族文化的中心，所以本文对白族文学的研究，主要集中于大理白族。从研究的时限来说，则是从白族文学的发生一直到中华人民共和国成立。尽管时至今日，白族文学与汉族文学、印度文学、东南亚文学的交流仍在继续，但传统的白族文学总体上已经基本定型，所以，中华人民共和国成立以后的情况不在本书的讨论之列。

白族历史上没有成熟完善的文字系统，虽有增删、夹用汉字而形成的"白文"，但运用范围不广。历史上也有不少白族知识分子掌握了汉字，进行汉文的书面文学创作，但是从总体上审视，白族文化包括白族文学仍主要是以口头方式在传承和流播。并且，历史上白族文学与外部文学的交流，也主要集中于民间文学的领域。所以，本书的研究，又以白族文学中的民间文学为主，只在少数地方兼顾论及白族的作家文学、书面文学。对与白族文学发生关系、产生交流的汉族文学、印度文学、东南亚文学的研究，亦以民间文学为主要范畴，作家文学、书面文学的比较研究暂不纳入本书研究的视野。

一、白族概况

如果把眼光投射在民间口传文学的领域，那么自白族形成之日起，就有了白族民众创作的白族文学。如此说来，要研究白族文学的源起，就绕不开白族的起源问题。

关于白族族源问题的探讨，是一百年来学界争论较大的话题。学者们曾提出过"土著说、傣族说、氐羌族说、濮族说、多种族的融合说等"[1]。老一辈史学家方国瑜等均对白族族源问题进行过探讨。方国瑜认为白族是多种民族的融合体，其主体是南诏建国以前住在洱海南部的"白蛮"，而"白蛮"是从四川经"僰道"迁入大理的。[2]一些学者则认为僰人是白族先民的主要构成者。王叔武认为，白族是秦汉以来滇僰、叟（爨）、白蛮（包括西爨白蛮）、民家等一脉相承的族体发展而来的。[3]这一观点与《白族简史》中的基本相同，该书强调了白族的族源由汉唐间滇僰、叟、爨等主体民族和其他的群体共同构成的观点："滇僰、叟、爨（西爨白蛮）是汉、唐间白族先民的主体族，……但在其发展和形成的过程中，还同化或融合了一些其他族体的人民。"[4]尤中在《中国西南民族史》中考证了白族先民僰族的来源："僰族

---

[1] 马曜：《白族异源同流说》，载《云南社会科学》2000年第3期。
[2] 方国瑜：《略论白族的形成》，载《云南白族的起源和形成论文集》，云南人民出版社，1957年，第44～50页。
[3] 王叔武：《白族源于滇僰、叟、爨考述》，载《云南社会科学》1988年第3期。
[4] 《白族简史》编写组编：《白族简史》，云南人民出版社，1988年，第24页。

是从氐羌中分化出来的一部分。"[1]"'僰'是其自称,到后来的唐朝时期又被改写作同音的'白'。"[2]

马曜提出白族的"异源同流说",认为"从古代白羊村新石器文化到海门口、大波那青铜器文化时期,活跃于洱海周围的白族先民,通过同化或融合附近各族,形成一个以洱海为中心的民族共同体,我们姑名之为先秦时期的'洱滨人'"。"最早活动于洱海周围的'洱滨人',他们不是滇人,而是'西洱河蛮'的前身。"[3]与前述学者认为白族是以外来族群为基础融汇了不同族群的观点有所不同,这里肯定了白族先民很早就生息于云南洱海一带,又融汇了其他很多群体:"白族是以生长于洱海地区到商代就进入青铜文化时期的'洱滨人'为主体,不断同化或融合了西迁的僰人、蜀(叟)人、楚人、秦人——汉人以及周围的一些民族的人,同时吸取了大量汉族及其他民族的文化,而形成一个开放性的民族共同体。"[4]林超民提出洱海区域最早的居民"洱海人"是白族最早的源头,"昆明""哀牢""西洱河蛮""僰""汉姓"等都是白族的来源。[5]

尽管学者对于白族先民主体的构成有不同的看法,但有一点似乎是共同的,就是都认为白族是多族群融汇而成的民族共同体。在白族共同体形成的过程中,南诏、大理国政权的建立所带来的集中、整合,是促成洱海地区白族共同体的形成和白族这一称谓出现的重要因素:"经过南诏大理国500多年的统治,洱海地区成为云南的政治、经济和文化的中心,住在洱海地区的人民,发展了该地区共同的经济文化,有了渐趋一致的语言和风俗习惯,逐渐

---

[1] 尤中:《中国西南民族史》,云南人民出版社,1985年,第49页。
[2] 同上注,第50页。
[3] 马曜:《白族异源同流说》,载《云南社会科学》2000年第3期。
[4] 同上。
[5] 林超民:《白族形成问题新探》,载大理州白族文化研究院编:《白族族源新探》,云南大学出版社,2016年,第213~274页。

形成一个比较稳定的共同体,白族共同体至此始形成。与之相适应的,白族的族称在此时也有了统一的称谓,'白人'('僰人')、'白王''白史'等名称相继地涌现出来。"[1]

考古发现已经证明云南是人类的发源地之一。新石器时代晚期的人类文化遗址遍布全省,其中,洱海和滇池是两个中心。"今天主要居住于元江东北云南内地的各少数民族中,只有彝族先民和白族先民在西汉文献中有他们的历史名称。其他各族如纳西、壮等族分布于内地边缘地区,而藏、回、蒙古、苗、瑶等族则是唐代以后才相继迁来云南。因此,从先秦到西汉时期,活跃于以洱海、滇池为中心的内地腹心地区历史舞台上的居民族属,主要是彝族先民——'昆明'人和白族先民——'滇僰'人,后者亦称僰人和滇人。"[2]马曜也指出:"白族在云南历史上曾起过十分重要的作用:西汉的滇国,东汉至三国时期的南中大姓,西爨400年的称霸,南诏大理国的崛起等,都和白族先民有直接或间接的密切关系。"[3]因而,可以说,尽管在白族族源的问题上仍存在不同意见,但有一点可以肯定,那就是白族先民在云南历史文化发展的舞台上曾扮演着重要角色。白族的先民很早就繁衍生息于云南的土地上,并且在长期的历史发展中创造了丰富灿烂的传统文化,其中,文学艺术便是最华美的乐章之一。

二、白族文学研究综述

白族文学是族别文学,是中国少数民族文学中的一元,也是中华多民族文学宝库中一个有机的组成部分。相较于汉族文学的研究,目前对中国各少数民族文学的研究总体上来说还显得非常薄弱,这与少数民族文学在中华多

---

[1] 《白族简史》编写组编:《白族简史》,云南人民出版社,1988年,第29页。
[2] 同上注,第33、34页。
[3] 马曜:《白族异源同流说》,载《云南社会科学》2000年第3期。

民族文学统一格局中所应具有的地位还不匹配。白族文学也是如此，尽管有着悠久的历史，文学创作也达到了相当的高度，但是对白族文学的研究应该说还远远不够。

国外学者对白族的研究更多是从文化的角度切入，如20世纪30年代末至40年代，费子智（C. P. FitzGerald）的《五华楼》和许烺光（Francis. L. K. Hsu）的《祖荫下》均对大理白族的文化进行了较细致、深入的记录和研究，涉及白族的历史、经济、社会、民俗、宗教等各方面的内容，但这两部著作均更多是从人类学的视角出发来观照白族文化，基本未涉及白族文学的内容。20世纪90年代以来，日本、美国、韩国等各个国家的专家学者不断到大理白族地区进行调查和研究，取得了丰富的成果。但是，这些研究仍主要是从人类学、文化学等角度切入。日本的立石谦次对大本曲《铡美案》从语言文字的角度进行过分析[1]，日本的甲斐胜二也与中国学者合作探讨过白族的白文文献[2]。但在笔者有限的视野之内，尚未见到外国学者对白族文学进行总体性的专门研究。

相较之下，国内学者对白族文学的关注和研究要更多。老一辈学者徐嘉瑞在20世纪40年代开始对白族文学进行了较多的探讨，在其代表性著作《大理古代文化史稿》中，用了大量篇幅讨论南诏时期的神话、诗歌、散文、骈文等白族文学的内容。此后，也有学者就白族文学的历史、概况等进行过研究。但迄今为止，专门、系统的研究白族文学的专著仍屈指可数。

具体而言，既有的白族文学研究的成果主要体现于以下几方面：

（一）白族民间文学的收集、整理和出版

白族民间文学的收集、整理是与全国性的少数民族文学普查工作这一大

---

[1] 立石谦次：《大本曲〈铡美案〉研究》，广西师范大学出版社，2017年。
[2] 张锡禄、〔日〕甲斐胜二主编：《中国白族白文文献释读》，广西师范大学出版社，2011年。

背景密不可分的。20世纪50年代末，是此方面工作的起步和尝试阶段。20世纪80年代，此项工作得以推进和深化。这两个时段让不少原本只在民间口头流传的民间文学文本被发现、记录、整理和出版，得以在更广阔的范围内传播。

白族民间文学收集、整理方面的成果可谓不少，这方面的工作为我们进一步研究白族文学奠定了坚实的基础。代表性的著作有：云南省民间文学集成办公室编《白族神话传说集成》[1]；大理市文化局编《白族本主神话》[2]；大理白族自治州文化局编《白族民间故事选》[3]；中国科学院文学研究所民间文学组主编，李星华记录整理《白族民间故事传说集》[4]；大理白族自治州《白族民间故事》编辑组编《白族民间故事》[5]；杨宪典编《白族民间故事》[6]；杨恒灿主编《大理民间故事精选》[7]；杨政业编《白族本主传说故事》[8]；白庚胜总主编《中国民间故事全书·云南大理州12县市卷》[9]；张昭主编《白子国传说故事集》[10]；张文、陈瑞鸿主编《石宝山传说与剑川木匠故事》[11]；施珍华、段伶编《白族民间文艺集粹》[12]；奚寿鼎等编《白族民间长诗选》[13]；杨亮

---

[1] 云南省民间文学集成办公室编：《白族神话传说集成》，中国民间文艺出版社，1986年。
[2] 大理市文化局编：《白族本主神话》，中国民间文艺出版社，1988年。
[3] 大理白族自治州文化局编：《白族民间故事选》，上海文艺出版社，1984年。
[4] 中国科学院文学研究所民间文学组主编，李星华记录整理：《白族民间故事传说集》，人民文学出版社，1959年。
[5] 大理白族自治州《白族民间故事》编辑组编：《白族民间故事》，云南人民出版社，1982年。
[6] 杨宪典编：《白族民间故事》，云南人民出版社，1982年。
[7] 杨恒灿主编：《大理民间故事精选》，云南民族出版社，2001年。
[8] 杨政业编：《白族本主传说故事》，云南民族出版社，1999年。
[9] 白庚胜总主编：《中国民间故事全书·云南大理州12县市卷》，知识产权出版社，2005年。
[10] 张昭主编：《白子国传说故事集》，云南民族出版社，2004年。
[11] 张文、陈瑞鸿主编：《石宝山传说与剑川木匠故事》，云南民族出版社，2005年。
[12] 施珍华、段伶编：《白族民间文艺集粹》，云南民族出版社，2003年。
[13] 奚寿鼎等编：《白族民间长诗选》，云南民族出版社，2000年。

才、李缵绪选编《白族民间叙事诗集》[1]；施珍华等编译《白族本子曲》[2]；杨亮才、陶阳记录整理，中国科学院文学研究所民间文学组编《白族民歌集》[3]；张东向主编《白族民间童谣》[4]；大理白族自治州文化局编《白族民间歌谣集成》[5]；大理白族自治州文化局编《云南白族民歌选》[6]；张文、陈瑞鸿主编《石宝山传统白曲集锦》[7]；王珏、李晴海选编整理《白族情歌选》[8]；李光荣编《大理风景名胜传说诗联选编》[9]等。总体来看，白族民间文学的收集和整理又以神话、故事和民间长诗等方面的成果最为丰富。

白族民间文学的收集整理无疑是研究白族文学不可或缺的奠基性工作。当然，受社会历史条件以及当时对民间文学的认识和观念所限，早期的收集整理本中对异文、讲述背景、讲述场域、演述互动等问题关注不够。有些民间文学文本收集整理的过程中也难免出现被"格式化"[10]的倾向，但这也是当时客观状况的体现。另外，收集整理是基础性的工作，在此基础上还应该进行更有针对性的、更深入的探讨和研究，而这方面的工作相对而言还比较欠缺。

（二）白族文学的总体研究

最早对白族文学进行系统梳理的著作应该是1959年由云南省民族民间

---

[1] 杨亮才、李缵绪选编:《白族民间叙事诗集》，中国民间文艺出版社，1984年。
[2] 施珍华等编译:《白族本子曲》，香港天马图书有限公司，2003年。
[3] 杨亮才、陶阳记录整理，中国科学院文学研究所民间文学组编:《白族民歌集》，人民文学出版社，1959年。
[4] 张东向主编:《白族民间童谣》，云南大学出版社，1993年。
[5] 大理白族自治州文化局编:《白族民间歌谣集成》，云南民族出版社，1997年。
[6] 大理白族自治州文化局编:《云南白族民歌选》，云南人民出版社，1984年。
[7] 张文、陈瑞鸿主编:《石宝山传统白曲集锦》，云南民族出版社，2005年。
[8] 王珏、李晴海选编整理:《白族情歌选》，中国戏剧出版社，2005年。
[9] 李光荣编:《大理风景名胜传说诗联选编》，云南民族出版社，2004年。
[10] 参见巴莫曲布嫫:《"民间叙事传统格式化"之批评》上、中、下，分别载《民族艺术》2003年第4期、2004年第1期、2004年第2期。

文学大理调查队编写、云南人民出版社出版发行的《白族文学史》(初稿)。1958年秋,在云南省委宣传部的领导下,由张文勋担任队长,云南大学中文系师生六人组成的民族民间文学大理调查队开始了对大理地区白族文学第一次全面、系统的搜集和调查,大理州委调派了民族文教干部八人参与工作。此次调查,历时较长,范围较广,涉及大理、剑川、洱源、邓川、鹤庆、云龙、宾川等白族主要聚居区,最后搜集到各种文学作品及资料五万多件。调查的成果编写成《白族文学史》(初稿),该书体例完备,内容翔实,资料丰富,是最早的中国少数民族族别文学史中的一种,为此后少数民族文学史编写的体例、方式创立了基础。书稿出版后受到各方面的重视,1961年初中国科学院文学研究所在北京召开的少数民族文学史讨论会上,给予了好评。1979年,中国社会科学院在昆明召开"全国少数民族文学史编写座谈会",将《白族文学史》(初稿)的修改工作纳入规划。云南大学中文系承担修改工作,成立了修改小组,由张文勋任主编。张文勋召开专业座谈会、拟定补充调查提纲,并派专人于1980年深入大理州进行重点搜集调查,获得了几十万字的新资料,完成了初稿的修改工作,他对全书统一修定稿,于是有了《白族文学史》(修订版)。该书较好地解决了白族文学史的分期断代问题。由于白族文学发展的历史长达两千多年,时间跨度极大,作品纷纭杂陈,这就为白族文学发展史的脉络清理和分期、断代问题增加了极大难度。该书根据白族的社会历史发展及白族文学本身发展的情况,把白族文学发展的历史大致分为南诏以前—南诏及大理国时期—元明清至中华人民共和国成立以前—中华人民共和国成立后四个时期,对白族文学从远古到现当代的历史进行了清晰的勾勒和系统的把握。这样的工作,对于白族文学的研究来说是空前的。在书稿的编写中,他们还对少数民族文学作品的系年问题进行了卓有成效的探索,提出可从作品反映的社会内容,作品中的历史人物、作品中事件发生的时间,地方志、野史及其他书面记载,作品进入汉族文学的时间四个方面鉴定作品的系年。这样的鉴定原则,在其他少数民族文学史的编写中无疑也是具有适用性和指导性的。书稿还花费较多笔墨对白族历代文人作家和书面文学进行研究，从南诏时期南诏王、清平官的诗文和《南诏德化碑》等碑文的研究，到"段氏总管"时期的诗文（如与孔雀胆故事有关的诗文），到元明文人作家李元阳、杨黼、杨士云，再到清代师范、王崧及其后的赵藩、周钟岳、赵式铭，一直到当代的作家作品，又兼及郭松年、李京、杨慎、徐弘祖、担当和尚等流寓、旅居大理的内地文人，对历代作家作品既做了梳理，又进行了细致入微的分析。[1]

　　除此之外，全面研究白族文学的著作还有李缵绪的《白族文学史略》。该书由中国民间文艺出版社于1984年出版。它对白族文学的总体分期与《白族文学史》较为接近，将白族文学史的发展划分为远古时期，南诏、大理国时期，元明清至民主主义时期，中华人民共和国成立以来几个时段。当然，书中所涉及的具体文学文本以及在一些文学作品的断代上，都与前一部书不尽相同。此书仍以时间为序来建构白族文学发展的历史，但在具体的作家、作品分析中"更侧重于从自然环境、与外民族特别是汉民族交往等方面考察白族文学独具的民族特征，站在中国文化的全局考察白族文学发展的历程，揭示其具有的内在民族心理特征和审美情趣"[2]。书中还不乏作者对白族文学中一些问题的独到看法，比如对"打歌"的界定等，笔者认为都体现了作者对白族文学比较精到的认识。

　　以上两本书从纵向的角度梳理白族文学的发展历史，是对白族文学发展过程的总体把握。应该说这方面的研究成果还相对较少。其他的论著多是从各自不同的角度或者选取白族文学中的某一方面切入对白族文学的研究。王

---

[1] 此部分相关论述参见董秀团：《张文勋先生与大理白族文化研究》，载蒋永文、牛军、魏云编：《跋涉者的足迹——张文勋教授从事教学科研五十周年纪念》，云南人民出版社，2003年，第275～278页。

[2] 陈飞主编：《中国文学专史书目提要（下卷）》，大象出版社，2004年，第1509页。

明达的《白族文学多视角探讨》[1]收录了作者关于白族文学、白族文化方面的一系列论文,针对白族文学部分,涉及白族民歌,青姑娘、黄氏女等白族文学中的形象,本主故事,白族观音故事,白族鲁班传说等,同时还有数篇研究赵藩的文章。作者对于白族特别是剑川地区的一些文学个案非常熟稔,在具体的分析中也常有创见。

在一些综合性的少数民族文学论著中,也有涉及白族文学的。比如《中国少数民族现代文学》[2]等,将白族文学视为中国少数民族文学中重要的组成部分进行介绍。傅光宇的《云南民族文学与东南亚》[3]一书中,也有不少涉及白族文学的内容,该书在白族文学与东南亚文学的交流方面做了开创性的研究。

针对白族文学总体性研究的论文数量相对较多。有总体揭示白族文学基本特点的,如张文勋《历史悠久、绚丽多姿的白族民间文学》[4],赵衍荪《白族文学漫笔》[5],赵怀仁《白族民间文学与中华文化凝聚力的边地民间表达研究》[6];有思考白族文学的发展和学术史的,如张文勋、张福三、傅光宇《认真贯彻实事求是的科学原则 努力揭示白族文学的发展规律》[7],张文勋《白族文学研究刍议》[8],李缵绪《加强白族文学遗产的抢救和研究》[9],邓家鲜

---

[1] 王明达:《白族文学多视角探讨》,中国文联晚霞文库·云南卷第9辑,大众文艺出版社,2008年。

[2] 王保林主编:《中国少数民族现代文学》,广西人民出版社,1989年。

[3] 傅光宇:《云南民族文学与东南亚》,云南大学出版社,1999年。

[4] 张文勋:《历史悠久、绚丽多姿的白族民间文学》,载《思想战线》1978年第1期。

[5] 赵衍荪:《白族文学漫笔》,载《大理文化》1979年第3期。

[6] 赵怀仁:《白族民间文学与中华文化凝聚力的边地民间表达研究》,载《民族文学研究》2008年第3期。

[7] 张文勋、张福三、傅光宇:《认真贯彻实事求是的科学原则 努力揭示白族文学的发展规律》,载《民族文学研究》1985年第2期。

[8] 张文勋:《白族文学研究刍议》,载《大理文化》1984年第5期。

[9] 李缵绪:《加强白族文学遗产的抢救和研究》,载《大理文化》1985年第4期。

《当代云南白族民间文学研究概述》[1];也有讨论白族文学与儒道佛思想文化关系、白族文学与外部文学交流的,如禹志云《从儒家审美理想看白族文学中的悲剧意识》[2]、《佛教与大理白族文学》[3],刘红《白族民间文学的"孝"主题与汉文化》[4]、《白族民间文学的道教色彩》[5]、《白族民间文学与民众的道教信仰》[6],郑筱筠《佛教对汉族、白族龙文化之影响及比较》[7],李琳《印度文化与大理白族民间文学》[8];或是对白族文学的审美特征、艺术表现和生态民俗等问题进行分析,如赵怀仁《白族民间文学中悲剧形象的美学意义》[9],王丽清《从传统到现代——大理白族民间文学中的生态民俗呈现及其发展研究》[10];还有的则针对白族文学的某个历史时段进行概括论析,如傅光宇《略论南诏文学的文化环境》[11],杜成辉《论南诏的文学成就》[12]、《大理国文学成就略论》[13]等。这些,我们都将之视为从某个角度切入白族文学总体性特征的研究成果。

---

[1] 邓家鲜:《当代云南白族民间文学研究概述》,载《大理学院学报》2010年第7期。

[2] 禹志云:《从儒家审美理想看白族文学中的悲剧意识》,载《云南师范大学学报》(哲学社会科学版)2001年第1期。

[3] 禹志云:《佛教与大理白族文学》,载《云南师范大学学报》(哲学社会科学版)2002年第4期。

[4] 刘红:《白族民间文学的"孝"主题与汉文化》,载《云南民族大学学报》(哲学社会科学版)2006年第2期。

[5] 刘红:《白族民间文学的道教色彩》,载《大理学院学报》(社会科学)2006年第7期。

[6] 刘红:《白族民间文学与民众的道教信仰》,载《民族艺术研究》2006年第2期。

[7] 郑筱筠:《佛教对汉族、白族龙文化之影响及比较》,载《博览群书》2001年第6期。

[8] 李琳:《印度文化与大理白族民间文学》,载《大理文化》2014年第5期。

[9] 赵怀仁:《白族民间文学中悲剧形象的美学意义》,载《民族文学研究》1997年第2期。

[10] 王丽清:《从传统到现代——大理白族民间文学中的生态民俗呈现及其发展研究》,载詹七一主编:《西南学林·2015》,云南民族出版社,2016年,第104页。

[11] 傅光宇:《略论南诏文学的文化环境》,载《云南民族学院学报》1990年第1期。

[12] 杜成辉:《论南诏的文学成就》,载《中央民族大学学报》(哲学社会科学版)2007年第6期。

[13] 杜成辉:《大理国文学成就略论》,载《大理学院学报》2007年第7期。

（三）白族神话史诗的研究

神话史诗是民间文学研究中的学术热点，白族神话史诗方面的研究成果同样较为丰硕。学者们切入角度多元，有的是对白族神话、史诗总体特征的探讨，也有的是对白族神话、史诗中一些特殊的类型、个案进行深入分析。

神话研究的成果尤为突出。有的从总体上对白族神话的特点进行论述，如陶阳《白族神话初探》[1]，赵纪彬《佛教视域下的白族神话传说》[2]，李松《论白族的原始崇拜与神话传说》[3]。赵橹《论白族神话与密教》[4]着力探讨了白族民间文学中的神话与密教的关系，指出密教对于白族神话的深刻影响。也有的选择某一类型的神话或白族文学中某一个著名神话进行研究，挖掘其文化内涵，探讨神话与信仰的关系。龙神话、九隆神话、本主神话、望夫云神话等都形成了较集中的研究成果。龙神话方面有郑绍堃《试论白族龙的神话的产生及发展》[5]、李缵绪《白族的龙神话和"本主"神话》[6]、赵橹《白族龙神话与诸夏文化之关系》[7]、张翠霞《白族"龙母"神话探析》[8]和《论白族民间文学中的龙形象及其演化》[9]。九隆神话方面有侯冲《元明云南地方史

---

[1] 陶阳：《白族神话初探》，载赵敏主编：《大理民族文化研究论丛》第6辑，民族出版社，2017年，第431页。
[2] 赵纪彬：《佛教视域下的白族神话传说》，载《宁夏大学学报》（人文社会科学版）2013年第6期。
[3] 李松：《论白族的原始崇拜与神话传说》，载《文学界》（理论版）2010年第8期。
[4] 赵橹：《论白族神话与密教》，中国民间文艺出版社，1983年。
[5] 郑绍堃：《试论白族龙的神话的产生及发展》，载《文学评论》1959年第6期。
[6] 李缵绪：《白族的龙神话和"本主"神话》，载《山茶》1983年第3期。
[7] 赵橹：《白族龙神话与诸夏文化之关系》，载《民间文艺季刊》1986年第1期。
[8] 张翠霞：《白族"龙母"神话探析》，载《大理学院学报》2009年第5期。
[9] 张翠霞：《论白族民间文学中的龙形象及其演化》，载《重庆文理学院学报》（社会科学版）2009年第3期。

料中的九隆神话》[1]，何永福《九隆神话与图腾受孕机制》[2]，何永福、高灿仙《神话传说与文化积淀——浅析九隆神话中的原始文化因素》[3]，杨德爱《神性建构：白族感生神话与"九隆文本"》[4]等。本主神话的相关研究有王晓莉《白族本主神话中的水神崇拜》[5]，毕芳《白族本主神话的特色——神祇的多元化与人性化探析》[6]，谭璐《论白族本主神话的人文意蕴》[7]，张继《从白族本主神话传说看本主神的分类体系》[8]。望夫云神话方面，有袁珂《白族"望夫云"神话阐释》[9]，赵橹《〈望夫云〉神话辨析》[10]、《悲壮而崇高的诗篇——论"望夫云"神话之魅力》[11]，施红梅《少数民族神话故事翻译选本的目的性阐释与翻译策略——以白族神话故事〈望夫云〉为例》[12]等。此外，创世神话、开辟神话、始祖王权神话、大黑天神神话等亦有相应的成果，如傅光宇《试论白族地方性开辟神话的民族特色》[13]、《大黑天神神话在大理地区的演变》[14]，施红梅《少数民族神话故事英译的异化策略——以白族创世神

---

[1] 侯冲：《元明云南地方史料中的九隆神话》，载《学术探索》2002年第6期。
[2] 何永福：《九隆神话与图腾受孕机制》，载《民族艺术研究》2003年第3期。
[3] 何永福、高灿仙：《神话传说与文化积淀——浅析九隆神话中的原始文化因素》，载《大理学院学报》2005年第2期。
[4] 杨德爱：《神性建构：白族感生神话与"九隆文本"》，载《大理大学学报》2019年第9期。
[5] 王晓莉：《白族本主神话中的水神崇拜》，载《中央民族大学学报》2002年第3期。
[6] 毕芳：《白族本主神话的特色——神祇的多元化与人性化探析》，载《云南财贸学院学报》（社会科学版）2006年第1期。
[7] 谭璐：《论白族本主神话的人文意蕴》，载《文学界》（理论版）2012年第4期。
[8] 张继：《从白族本主神话传说看本主神的分类体系》，载《云南文史丛刊》1997年第3期。
[9] 袁珂：《白族"望夫云"神话阐释》，载《思想战线》1992年第2期。
[10] 赵橹：《〈望夫云〉神话辨析》，载《山茶》1982年第2期。
[11] 赵橹：《悲壮而崇高的诗篇——论"望夫云"神话之魅力》，载《民族文学研究》1985年第2期。
[12] 施红梅：《少数民族神话故事翻译选本的目的性阐释与翻译策略——以白族神话故事〈望夫云〉为例》，载《黔南民族师范学院学报》2020年第3期。
[13] 傅光宇：《试论白族地方性开辟神话的民族特色》，载《思想战线》1989年第3期。
[14] 傅光宇：《大黑天神神话在大理地区的演变》，载《思想战线》1995年第5期。

话〈人类与万物的起源〉为例》[1]，孙艳丽《逃离与攀附：云南大理白族族群记忆中王权神话的变化》[2]。或运用比较的方法，对白族的某个神话与其他国家、地区、民族的同类神话进行对比研究。这方面，傅光宇《白族"海舌"神话与日本出云"浮岛"神话》[3]，苑利《韩民族与中国白族鸡龙神话比较》[4]、《"白马"、"白鸡"现瑞与"金马碧鸡"之谜——韩半岛新罗神话与中国白族神话现瑞母题的比较研究》[5]都是代表。

白族史诗主要表现为创世史诗的形态，内容较之神话稍显单一，故而学者对史诗的研究成果多集中于《创世纪》等具体作品的探讨，白族地区的《创世纪》等史诗作品多以"打歌"的形式来演述，所以针对"打歌"所做的研究也比较常见。段寿桃《白族打歌及其他》[6]对白族文学中的"打歌"这种与神话、史诗演述密切相关的形式进行了较全面的分析。此外，还有杨秉礼《白族〈创世纪〉源流初探》[7]，陶阳、杨亮才《关于白族的长诗"打歌"》[8]，施立卓《白族"打歌"考略》[9]等成果。

（四）白族故事传说的研究

白族民间的故事传说数量十分丰富，这方面的研究成果也比较多。有

---

[1] 施红梅：《少数民族神话故事英译的异化策略——以白族创世神话〈人类与万物的起源〉为例》，载《大理大学学报》2020 年第 1 期。

[2] 孙艳丽：《逃离与攀附：云南大理白族族群记忆中王权神话的变化》，载《贵州民族研究》2017 年第 8 期。

[3] 傅光宇：《白族"海舌"神话与日本出云"浮岛"神话》，载《云南社会科学》1989 年第 6 期。

[4] 苑利：《韩民族与中国白族鸡龙神话比较》，载《民族文学研究》1998 年第 3 期。

[5] 苑利：《"白马"、"白鸡"现瑞与"金马碧鸡"之谜——韩半岛新罗神话与中国白族神话现瑞母题的比较研究》，载《民族文学研究》1996 年第 4 期。

[6] 段寿桃：《白族打歌及其他》，云南民族出版社，1994 年。

[7] 杨秉礼：《白族〈创世纪〉源流初探》，载《思想战线》1984 年第 2 期。

[8] 陶阳、杨亮才：《关于白族的长诗"打歌"》，载《民间文学》1958 年第 1 期。

[9] 施立卓：《白族"打歌"考略》，载《大理文化》1982 年第 6 期。

的是对白族民间故事的总体特点、审美价值、历史文化内涵等进行论述,代表性的论文有赵怀仁《白族民间故事中悲剧形象的成因和审美价值浅析》[1],张向东、邹红《从民间故事看古代白族的伦理思想》[2],李公《白族民间故事与历史》[3]。有的是截取白族民间故事传说的某个切面,探讨某一个时期或某一种具体类别的故事传说,比如李莼《明代流传的白族民间传说》[4],傅光宇《略论白族的文人传说》[5],张祖渠《白族民间童话简论》(上、下)[6],李熙茹《大理白族风物传说中的女性形象》[7],杨雪《隐藏的锁链:周城传说故事与女性社会地位变迁》[8],张海超《白族民间忠义故事的历史人类学研究》[9],李园园《白族"天婚"型故事文本研究》[10]。在特定故事类别的研究中,龙故事、本主故事、观音故事、木匠故事、梁祝故事以及一些与当地历史相关的故事传说如火烧松明楼、望夫云受到较多的关注。比如周祐《白族民间传说中有关"龙"的故事探索》[11],鲍惠新《龙——白族民间传说的重要形象》[12],董秀团《白族民间文学中人与自然关系的解读——以龙的故事为例》[13]、《白族螺

---

[1] 赵怀仁:《白族民间故事中悲剧形象的成因和审美价值浅析》,载《大理师专学报》(社会科学版)1997年第2期。
[2] 张向东、邹红:《从民间故事看古代白族的伦理思想》,载《道德与文明》1989年第1期。
[3] 李公:《白族民间故事与历史》,载《云南史志》1999年第2期。
[4] 李莼:《明代流传的白族民间传说》,载《大理文化》2000年第4期。
[5] 傅光宇:《略论白族的文人传说》,载《大理文化》1984年第1期。
[6] 张祖渠:《白族民间童话简论》(上、下),载《大理文化》1989年第3、4期。
[7] 李熙茹:《大理白族风物传说中的女性形象》,载《德宏师范高等专科学校学报》2017年第3期。
[8] 杨雪:《隐藏的锁链:周城传说故事与女性社会地位变迁》,载《西南边疆民族研究》2017年第1期。
[9] 张海超:《白族民间忠义故事的历史人类学研究》,载《民族文学研究》2010年第1期。
[10] 李园园:《白族"天婚"型故事文本研究》,载《艺术与民俗》2020年第1期。
[11] 周祐:《白族民间传说中有关"龙"的故事探索》,载《大理文化》1981年第3期。
[12] 鲍惠新:《龙——白族民间传说的重要形象》,载《昆明师范高等专科学校》2000年第2期。
[13] 董秀团:《白族民间文学中人与自然关系的解读——以龙的故事为例》,载《民族文学研究》2008年第4期。

女故事类型及文化内涵研究》[1]，于昊燕《白族民间文学中龙女形象地域性解析》[2]，马会《白族"斗龙型"故事的结构分析》[3]，王学义《试论白族民间文学中本主的故事》[4]，王明达等《论佛教文学对白族观音故事的积极影响》[5]，傅光宇《〈观音伏罗刹〉与"乞地"传说》[6]，杨晓勤《略论剑川木匠故事中的木匠形象》[7]，李世武《白族木匠传说的三种基本形态》[8]，王明达《白族鲁班传说的民族特点——白族与汉族鲁班传说的比较》[9]，刘红《论梁祝传说在白族地区广泛流传的原因》[10]、《梁祝传说传入白族地区的年代》[11]，侯冲《松明楼故事的原型、歧异、意旨及演变》[12]，王学义《白族火把节的起源与"宁妃的故事"》[13]，傅光宇、何永福《〈望夫云〉与"望夫"情结——白族文学吸收内地文化的一个实例》[14]，周之润《白族传说"望夫云"中体现的

---

[1] 董秀团:《白族螺女故事类型及文化内涵研究》，载《民俗研究》2012年第6期。
[2] 于昊燕:《白族民间文学中龙女形象地域性解析》，载《齐鲁师范学院学报》2016年第1期。
[3] 马会:《白族"斗龙型"故事的结构分析》，载《赤峰学院学报》（汉文哲学社会科学版）2014年第8期。
[4] 王学义:《试论白族民间文学中本主的故事》，载《下关师专学报》（社会科学版）1984年第2期。
[5] 王明达等:《论佛教文学对白族观音故事的积极影响》，载《山茶》1982年第4期。
[6] 傅光宇:《〈观音伏罗刹〉与"乞地"传说》，载《思想战线》1994年第1期。
[7] 杨晓勤:《略论剑川木匠故事中的木匠形象》，载《民族艺术研究》2004年第5期。
[8] 李世武:《白族木匠传说的三种基本形态》，载《曲靖师范学院学报》2010年第1期。
[9] 王明达:《白族鲁班传说的民族特点——白族与汉族鲁班传说的比较》，载《山茶》1986年第1期。
[10] 刘红:《论梁祝传说在白族地区广泛流传的原因》，载《民族文学研究》2006年第2期。
[11] 刘红:《梁祝传说传入白族地区的年代》，载《云南师范大学学报》（哲学社会科学版）2006年第1期。
[12] 侯冲:《松明楼故事的原型、歧异、意旨及演变》，载《民族艺术研究》2001年第4期。
[13] 王学义:《白族火把节的起源与"宁妃的故事"》，载《下关师专学报》（社会科学版）1983年第1期。
[14] 傅光宇、何永福:《〈望夫云〉与"望夫"情结——白族文学吸收内地文化的一个实例》，载《思想战线》1992年第2期。

婚姻形式》[1]等。上述研究，有的分析其类型和母题，有的挖掘其文化背景、社会价值，有的透过故事传说看白族文化与外部文化的交流，有的探讨故事传说中体现的人物形象、审美价值等，研究视角比较多元。

（五）白族诗歌、民歌的研究

这方面代表性的著作有段伶《白族曲词格律通论》[2]，该书从语言学的角度对白族民间诗体的格律进行了深入探讨。杨晓勤《口头诗学视阈下的白曲研究》[3]、朱刚《作为交流的口头艺术实践——剑川白族石宝山歌会研究》[4]借鉴口头诗学、口头传统的理论和方法来分析白族民歌。田素庆《原生态的幻象——作为国家非物质文化遗产的剑川石宝山歌会研究》[5]将非遗的背景和视角引入白族民歌的研究。《唱响白族歌谣　我们踏歌而来》[6]是白族民歌研究的论文合集。

论文方面，切入角度多元，研究内容涉及曲、词、民间长诗、对联等，既有对白族诗体形式的探讨，也有对各类别诗歌艺术特色、文化内涵的分析。诗体方面的讨论如张文勋《关于白族民歌的格律问题》[7]、段伶《"不可忽视之一种诗体"——谈白曲词律的研究》[8]、《白汉双语奇葩——山花词》[9]、

---

[1] 周之润：《白族传说"望夫云"中体现的婚姻形式》，载《赤峰学院学报》（汉文哲学社会科学版）2016 年第 5 期。

[2] 段伶：《白族曲词格律通论》，云南民族出版社，1998 年。

[3] 杨晓勤：《口头诗学视阈下的白曲研究》，中国社会科学出版社，2015 年。

[4] 朱刚：《作为交流的口头艺术实践——剑川白族石宝山歌会研究》，中国社会科学出版社，2015 年。

[5] 田素庆：《原生态的幻象——作为国家非物质文化遗产的剑川石宝山歌会研究》，中国社会科学出版社，2015 年。

[6] 赵怀仁、纳张元主编：《唱响白族歌谣　我们踏歌而来》，云南民族出版社，2008 年。

[7] 张文勋：《关于白族民歌的格律问题》，载《思想战线》1980 年第 2 期。

[8] 段伶：《"不可忽视之一种诗体"——谈白曲词律的研究》，载《大理师专学报》（社会科学版）1995 年第 3 期。

[9] 段伶：《白汉双语奇葩——山花词》，载《大理师专学报》（综合版）1997 年第 4 期。

《论"打歌"》[1]、《白族联语艺术浅说》[2],李正清《白族山花体的格律》[3],赵橹《白族"山花体"的渊源及其发展》[4],朱刚《白曲演述传统与诗行观念——白族山花体民歌的民族志诗学反思》[5],张福三、傅光宇《略谈白族民歌中的几种独特样式》[6],张亚平《论白族民间诗歌的产生》[7],赵寅松《"打歌"琐谈》[8],聂乾先《·"白族打歌〈考略〉与〈质疑〉"之我见》[9],徐金亮《云龙白族"打歌"》[10]等。诗体各具体类别中,涉及本子曲的有张文《白族"本子曲"》[11]、《白族"本子曲"的音乐特点》[12]。涉及民间叙事长诗的如王建华《谈白族民间长诗对白族妇女美丽心灵的折射》[13]、《白族民间长诗意义探析》[14]、《白族长诗〈青姑娘〉与〈孔雀东南飞〉之比较》[15]、《白族民间长诗〈青姑娘〉的社会学解读》[16]、《〈鸿雁传书〉:一首白族民间

---

[1] 段伶:《论"打歌"》,载《大理师专学报》(社会科学版)1996年第4期。
[2] 段伶:《白族联语艺术浅说》,载《山茶》1985年第1期。
[3] 李正清:《白族山花体的格律》,载《中央民族学院学报》1984年第1期。
[4] 赵橹:《白族"山花体"的渊源及其发展》,载《民族文学研究》1993年第2期。
[5] 朱刚:《白曲演述传统与诗行观念——白族山花体民歌的民族志诗学反思》,载《贵州民族大学学报》(哲学社会科学版)2015年第6期。
[6] 张福三、傅光宇:《略谈白族民歌中的几种独特样式》,载《思想战线》1980年第6期。
[7] 张亚平:《论白族民间诗歌的产生》,载《云南文史丛刊》1994年第4期。
[8] 赵寅松:《"打歌"琐谈》,载《大理师专学报》(社会科学版)1985年第Z1期。
[9] 聂乾先:《"白族打歌〈考略〉与〈质疑〉"之我见》,载《民族艺术研究》2009年第1期。
[10] 徐金亮:《云龙白族"打歌"》,载《民族团结》1994年第3期。
[11] 张文:《白族"本子曲"》,载《中国音乐》1988年第1期。
[12] 张文:《白族"本子曲"的音乐特点》,载《民族艺术研究》2004年第4期。
[13] 王建华:《谈白族民间长诗对白族妇女美丽心灵的折射》,载《民族文学研究》2006年第3期。
[14] 王建华:《白族民间长诗意义探析》,载《大理学院学报》2010年第1期。
[15] 王建华:《白族长诗〈青姑娘〉与〈孔雀东南飞〉之比较》,载《民族文学研究》2008年第2期。
[16] 王建华:《白族民间长诗〈青姑娘〉的社会学解读》,载《大理学院学报》2007年第11期。

"思妇"诗》[1],赵全胜《白族民间叙事歌的艺术特色》[2],刘守华、刘晓春《白族民间叙事诗〈黄氏女〉的比较研究》[3],王明达《黄氏女的悲剧形象与白族的宗教信仰》[4],刘红《论白族〈读书歌〉与汉族梁祝传说的差异》[5]等。

民歌研究涉及问题有白族民歌的渊源、类型、格律、艺术特征、风格、意象、文化内涵、社会功能等。李华《白族民歌》[6]、阿土《白族调》[7]为民歌的整体概述。赵植生《白族歌唱的社会学特征探究》[8]从源起角度探讨白族民歌。朱刚《口头传统视域中白族民歌的田野研究》[9]强调了民歌的田野研究方法。此外,还有不少论文聚焦民歌中的某一类别或者是某一地域的特定民歌。类别研究中涉及反歌、儿歌、仪式歌等,例如杨应康《白族的反歌》[10]、赵怀瑾《谈白族民歌中的反意歌》[11],菡芳《丰富、优美、风趣——谈白族儿歌的艺术特色和风格》[12],赵敏《白族"踏丧歌"习俗探析》[13],李

---

[1] 王建华:《〈鸿雁传书〉:一首白族民间"思妇"诗》,载《大理学院学报》2008年第3期。
[2] 赵全胜:《白族民间叙事歌的艺术特色》,载《音乐探索》2005年第3期。
[3] 刘守华、刘晓春:《白族民间叙事诗〈黄氏女〉的比较研究》,载《民族文学研究》1993年第3期。
[4] 王明达:《黄氏女的悲剧形象与白族的宗教信仰》,载《山茶》1984年第1期。
[5] 刘红:《论白族〈读书歌〉与汉族梁祝传说的差异》,载《楚雄师范学院学报》2006年第4期。
[6] 李华:《白族民歌》,载《音乐生活》2005年第9期。
[7] 阿土:《白族调》,载《贵州民族研究》2010年第1期。
[8] 赵植生:《白族歌唱的社会学特征探究》,载《民族音乐》2015年第2期。
[9] 朱刚:《口头传统视域中白族民歌的田野研究》,载《民族艺术》2013年第2期。
[10] 杨应康:《白族的反歌》,载《民族文化》1980年第1期。
[11] 赵怀瑾:《谈白族民歌中的反意歌》,载《大理文化》1983年第1期。
[12] 菡芳:《丰富、优美、风趣——谈白族儿歌的艺术特色和风格》,载《下关师专学报》(社会科学版)1982年第1期。
[13] 赵敏:《白族"踏丧歌"习俗探析》,载《中央民族大学学报》(哲学社会科学版)2008年第6期。

灿南《奇妙的白族贺房歌宴》[1]。地域性的研究诸如杨秀、赵全胜《大理白族原生态民歌》[2]，杨霍《剑川白族调》[3]，李晴海《西山白族风情与"西山白族调"》[4]，杨义龙《与生命相依的古歌——西山白族调》[5]，章虹宇《白族民歌〈甸北调〉》[6]。有不少论文分析白族民歌体现的艺术风格、审美特征、文化内涵，如赵怀仁《论白族民歌曲调的忧伤色彩》[7]，高奇芳《试析白族民歌的含蓄艺术》[8]，杨伟苹《大理白族情歌修辞艺术探析》[9]，胡牧《自由与自然和谐与诗意——大理鹤庆县白族民歌生态美调查》[10]，唐松涛《独具特色的白族民歌》[11]，焦一梅《大理白族民歌的特点与教学》[12]，张锡梅《白族民间歌谣所体现的白族文学精神——以〈鱼调〉为例》[13]，饶峻妮、饶峻姝《略论民间歌谣的民族文化内涵——以大理白族民间歌谣为例》[14]，饶峻姝、饶峻妮《略论大

---

[1] 李灿南：《奇妙的白族贺房歌宴》，载《中州今古》2002年第1期。
[2] 杨秀、赵全胜：《大理白族原生态民歌》，载《民族音乐》2007年第3期。
[3] 杨霍：《剑川白族调》，载《云岭歌声》1998年第4期。
[4] 李晴海：《西山白族风情与"西山白族调"》，载《音乐探索》1985年第2期。
[5] 杨义龙：《与生命相依的古歌——西山白族调》，载《中国民族博览》2000年第6期。
[6] 章虹宇：《白族民歌〈甸北调〉》，载《民族艺术》1989年第4期。
[7] 赵怀仁：《论白族民歌曲调的忧伤色彩》，载《中央民族大学学报》（哲学社会科学版）2007年第5期。
[8] 高奇芳：《试析白族民歌的含蓄艺术》，载《大理学院学报》（社会科学）2006年第3期。
[9] 杨伟苹：《大理白族情歌修辞艺术探析》，载《牡丹江大学学报》2016年第10期。
[10] 胡牧：《自由与自然和谐与诗意——大理鹤庆县白族民歌生态美调查》，载《原生态民族文化学刊》2013年第3期。
[11] 唐松涛：《独具特色的白族民歌》，载《中国音乐教育》2001年第12期。
[12] 焦一梅：《大理白族民歌的特点与教学》，载《大理学院学报》（社会科学）2005年第2期。
[13] 张锡梅：《白族民间歌谣所体现的白族文学精神——以〈鱼调〉为例》，载《大理学院学报》2007年第9期。
[14] 饶峻妮、饶峻姝：《略论民间歌谣的民族文化内涵——以大理白族民间歌谣为例》，载《前沿》2008年第4期。

理白族情歌中的自由超越性》[1]，饶峻妮、饶峻姝《从白族情歌的审美特质看和谐文化的内涵》[2]，高奇芳《试析白族民歌中月亮意象的意义和作用》[3]，李晓佳《白族民歌〈十二月花开〉与梨园"跳花神"之研究》[4]，冯洋《从文化人类学视野看白族民歌》[5]。又有探析白族民歌社会价值和功能的，如李晋昆《白族情歌中的理想女性美及其社会意义》[6]，王静《大理白族民歌传唱与少数民族传统音乐教育》[7]，丁慧《从大理白族民歌传唱看少数民族传统音乐教育》[8]，赵婉平《白族传统童谣德育化特色及其在德育实践中的应用研究》[9]，殷群《大理白族歌谣文化旅游产品开发初探》[10]。还有对白族民歌传承和发展现状的调查研究，如王丽清《关于大理白族民间文学发展历史及生存现状的调查研究——以白族民歌为例》[11]，李沙容《论白族调在当今社会的传承与发展》[12]，杨克先《对白族民歌现状的反思》[13]等。

---

[1] 饶峻姝、饶峻妮：《略论大理白族情歌中的自由超越性》，载《大理学院学报》2009年第5期。

[2] 饶峻妮、饶峻姝：《从白族情歌的审美特质看和谐文化的内涵》，载《科技信息》（科学教研）2008年第24期。

[3] 高奇芳：《试析白族民歌中月亮意象的意义和作用》，载《中央民族大学学报》2006年第1期。

[4] 李晓佳：《白族民歌〈十二月花开〉与梨园"跳花神"之研究》，载《民族音乐》2012年第1期。

[5] 冯洋：《从文化人类学视野看白族民歌》，载《思想战线》2008年第S3期。

[6] 李晋昆：《白族情歌中的理想女性美及其社会意义》，载《大众文艺》（理论）2009年第20期。

[7] 王静：《大理白族民歌传唱与少数民族传统音乐教育》，载《湖北民族学院学报》（哲学社会科学版）2006年第4期。

[8] 丁慧：《从大理白族民歌传唱看少数民族传统音乐教育》，载《民族音乐》2008年第1期。

[9] 赵婉平：《白族传统童谣德育化特色及其在德育实践中的应用研究》，载《大理学院学报》2009年第1期。

[10] 殷群：《大理白族歌谣文化旅游产品开发初探》，载《大理学院学报》2007年第1期。

[11] 王丽清：《关于大理白族民间文学发展历史及生存现状的调查研究——以白族民歌为例》，载《青年文学家》2015年第3期。

[12] 李沙容：《论白族调在当今社会的传承与发展》，载《民族音乐》2019年第1期。

[13] 杨克先：《对白族民歌现状的反思》，载《民族音乐》2013年第5期。

（六）白族谚语谜语研究

此方面的研究成果相对要少一些，主要以单篇文章的形式出现。有的是实录搜集到的民谚俗语，如苗斌《白族民谚一组》[1]，也有的是就白族谚语、谜语的特点、内涵等进行研究，如杨永保《白族谜语浅谈》[2]，何永福《白族谚语的语言形式特点》[3]，张向东、张春华《浅谈白族谚语中的道德观念》[4]等。

（七）白族戏曲曲艺研究

白族的戏曲研究主要集中于吹吹腔、白剧两个方面，曲艺方面则以大本曲的研究成果最丰。下文分而述之。

吹吹腔方面，涉及源流、历史、特征、剧目、传承保护等问题的研究。代表性成果有杨明《白族吹吹腔传统与源流初探》[5]，秦思《白族吹吹腔的历史变迁》[6]，薛子言、薛雁《白族吹吹腔》[7]，包钢《白族吹吹腔新探》[8]，杨世明《大理白族板凳戏》[9]，周祐《吹吹腔能在大理白族地区流行的原因》[10]，赵全胜《云龙白族吹吹腔戏的表现形式及特征》[11]，尹明《论白族吹

---

[1] 苗斌：《白族民谚一组》，载《今日民族》2002年第6期。
[2] 杨永保：《白族谜语浅谈》，载《大理文化》1984年第5期。
[3] 何永福：《白族谚语的语言形式特点》，载《大理师专学报》1998年第3期。
[4] 张向东、张春华：《浅谈白族谚语中的道德观念》，载《道德与文明》1991年第1期。
[5] 杨明：《白族吹吹腔传统与源流初探》，载《大理文化》1979年第4期。
[6] 秦思：《白族吹吹腔的历史变迁》，载《南京艺术学院学报》（音乐与表演）2018年第3期。
[7] 薛子言、薛雁：《白族吹吹腔》，载朱恒夫、聂圣哲主编：《中华艺术论丛》第9辑，同济大学出版社，2009年，第183页。
[8] 包钢：《白族吹吹腔新探》，载《民族艺术研究》2008年第1期。
[9] 杨世明：《大理白族板凳戏》，载《今日民族》2005年第9期。
[10] 周祐：《吹吹腔能在大理白族地区流行的原因》，载《民族艺术研究》1988年第5期。
[11] 赵全胜：《云龙白族吹吹腔戏的表现形式及特征》，载《民族音乐》2011年第5期。

吹腔的宗教艺术属性》[1]，姚又僮《白族戏剧：吹吹腔现存演出剧目调查报告》[2]，尹明《现代文化视野下的少数民族传统戏曲传承与保护——云南白族传统乡戏"吹吹腔"研究》[3]，孙聪《关于白族吹吹腔保护现状的调查与研究》[4]，李雪萍《试论云龙白族"吹吹腔"抢救保护开发工作之对策与措施》[5]等。

1989 年出版的《白剧志》[6]依照志书体例对白剧的各个方面进行了概括和分析。相关论文涉及白剧的声腔、格律、特征、发展以及剧目等各个方面，有建华《少数民族剧种向汉族剧种的学习借鉴——兼谈白剧剧种建设》[7]，丁慧《云南白剧及其两大声腔初探》[8]，王群《试谈白族戏曲唱词的格律》[9]，杨永忠《论白剧的艺术风格和地方特色》[10]，李锡恩《白剧的新发展》[11]，薛子言《白剧剧目民族化的历史发展》[12]，张绍奎《略谈白剧中大本曲如何向戏曲声腔演变》[13]，薛子言等《对民族历史题材的尝试——谈白剧〈苍

---

[1] 尹明:《论白族吹吹腔的宗教艺术属性》，载《民族艺术研究》2016 年第 6 期。

[2] 姚又僮:《白族戏剧：吹吹腔现存演出剧目调查报告》，载《剧作家》2013 年第 6 期。

[3] 尹明:《现代文化视野下的少数民族传统戏曲传承与保护——云南白族传统乡戏"吹吹腔"研究》，载《贵州民族研究》2015 年第 4 期。

[4] 孙聪:《关于白族吹吹腔保护现状的调查与研究》，载《四川戏剧》2016 年第 1 期。

[5] 李雪萍:《试论云龙白族"吹吹腔"抢救保护开发工作之对策与措施》，载《民族音乐》2013 年第 3 期。

[6] 薛子言主编:《白剧志》，文化艺术出版社，1989 年。

[7] 建华:《少数民族剧种向汉族剧种的学习借鉴——兼谈白剧剧种建设》，载《民族艺术研究》1988 年第 1 期。

[8] 丁慧:《云南白剧及其两大声腔初探》，载《云南艺术学院学报》2003 年第 4 期。

[9] 王群:《试谈白族戏曲唱词的格律》（上、下），载《大理文化》1985 年第 2 期、第 3 期。

[10] 杨永忠:《论白剧的艺术风格和地方特色》，载白族学学会编印:《白族学研究》1994 年第 4 期。

[11] 李锡恩:《白剧的新发展》，载《中央民族学院学报》1984 年第 3 期。

[12] 薛子言:《白剧剧目民族化的历史发展》，载《民族艺术研究》1988 年第 5 期。

[13] 张绍奎:《略谈白剧中大本曲如何向戏曲声腔演变》，载《民族艺术研究》1991 年第 2 期。

山会盟〉的创作经过》[1]，张锡禄《建国以来"望夫云"的整理创作简况》[2]。此外，《民族艺术研究》曾刊登黎方《白剧源流、形态、发展之我见》、金重《试论白剧的发展道路》等大理州白剧艺术研讨会专栏文章[3]，还曾刊发一组白剧《阿盖公主》的专论[4]，2020年第6期又刊发"云南民族剧种研究：白剧"专题[5]，有吴戈《白剧的生存与发展》，王蕴明《寻源归宗　兼融纳新——白剧艺术当代审美形态品评》等论文。

大本曲研究的代表性著作，主要有大理州文化局杨政业主编，张明曾、黄永亮、张绍奎、王瑞等撰写的《大本曲简志》[6]，大理市文化局、大理市大理文化馆、大理市图书馆共同编写的《大本曲览胜》[7]，李晴海主编的《白族歌手杨汉与大本曲艺术》[8]。笔者也于2011年出版了专著《白族大本曲研究》[9]。

论文方面，有总体性的探索，如乐夫《以创新求发展——对白族曲艺创新的思考》[10]，施珍华《白族曲艺的传承与发展》[11]。也有关于大本曲的渊源、艺术特色、曲目、艺人、传承保护等各个方面的讨论，如段寿桃《白

---

[1]　薛子言：《对民族历史题材的尝试——谈白剧〈苍山会盟〉的创作经过》，载《云南戏剧》1985年第2期。
[2]　张锡禄：《建国以来"望夫云"的整理创作简况》，载《大理文化》1979年第4期。
[3]　参见《民族艺术研究》1988年第5期。
[4]　参见《民族艺术研究》1994年第6期。
[5]　参见《民族艺术研究》2020年第6期。
[6]　杨政业主编：《大本曲简志》，云南民族出版社，2003年。
[7]　大理市文化局、大理市大理文化馆、大理市图书馆编写：《大本曲览胜》，云南民族出版社，2005年。
[8]　李晴海主编：《白族歌手杨汉与大本曲艺术》，远方出版社，2000年。
[9]　董秀团：《白族大本曲研究》，中国社会科学出版社，2011年。
[10]　乐夫：《以创新求发展——对白族曲艺创新的思考》，载《民族艺术研究》1993年第1期。
[11]　施珍华：《白族曲艺的传承与发展》，载《大理文化》2009年第3期。

族大本曲初探》[1]，杨刘忠《浅谈白族大本曲的源流及特点》[2]，赵橹《白族"大本曲"与佛教文化》[3]，张福三、傅光宇《白族"大本曲"浅谈》[4]，杨亮才《谈白族大本曲》[5]，杨春静《浅析大理白族大本曲的艺术特征》[6]，杨玉春、黄永亮《一朵盛开在大理的山茶花——大本曲》[7]，赵德秀《大理白族大本曲艺术特点浅析》[8]，徐宁《白族大本曲的音乐特点与艺术特色研究》[9]，陈曦《白族大本曲中的随机性结构思维》[10]，杨汝芬《大理白族大本曲的音乐特点及保护传承》[11]，张福三、傅光宇《大本曲曲目新探》[12]，杨秉礼《访白族老艺人杨汉》[13]、《试论白族老艺人杨汉的演唱和创作》[14]，赵绍莲《大本曲及杨汉演唱简介》[15]，董越《白族大本曲南腔第一人杨汉和他的后代》[16]，段伶《访大本曲北腔名师——赵丕鼎》[17]，陈岩杰《大理白族大本曲文化传承探究》[18]，奚治南《大本曲的传承与发展》[19]，王一川《大理白族大本曲的期

---

[1] 段寿桃：《白族大本曲初探》，载《西南民族学院学报》（人文社科版）1990年第6期。
[2] 杨刘忠：《浅谈白族大本曲的源流及特点》，载《大众文艺》2011年第3期。
[3] 赵橹：《白族"大本曲"与佛教文化》，载《民族文学研究》1992年第3期。
[4] 张福三、傅光宇：《白族"大本曲"浅谈》，载《民间文学》1981年第4期。
[5] 杨亮才：《谈白族大本曲》，载《中央民族学院学报》1985年第2期。
[6] 杨春静：《浅析大理白族大本曲的艺术特征》，载《北方文学》（下旬）2012年第12期。
[7] 杨玉春、黄永亮：《一朵盛开在大理的山茶花——大本曲》，载《大理文化》1981年第5期。
[8] 赵德秀：《大理白族大本曲艺术特点浅析》，载《民族音乐》2020年第4期。
[9] 徐宁：《白族大本曲的音乐特点与艺术特色研究》，载《中国民族博览》2019年第16期。
[10] 陈曦：《白族大本曲中的随机性结构思维》，载《民族音乐》2009年第3期。
[11] 杨汝芬：《大理白族大本曲的音乐特点及保护传承》，载《民族音乐》2018年第1期。
[12] 张福三、傅光宇：《大本曲曲目新探》，载《大理文化》1980年第2期。
[13] 杨秉礼：《访白族老艺人杨汉》，载《大理文化》1981年第1期。
[14] 杨秉礼：《试论白族老艺人杨汉的演唱和创作》，载《中央民族学院学报》1981年第4期。
[15] 赵绍莲：《大本曲及杨汉演唱简介》，载《民族艺术研究》1989年第4期。
[16] 董越：《白族大本曲南腔第一人杨汉和他的后代》，载《大理文化》2005年第5期。
[17] 段伶：《访大本曲北腔名师——赵丕鼎》，载《大理文化》2002年第4期。
[18] 陈岩杰：《大理白族大本曲文化传承探究》，载《文山学院学报》2017年第4期。
[19] 奚治南：《大本曲的传承与发展》，载《大理文化》2020年第10期。

刊传播现状分析》[1]，王晋《白族大本曲非物质文化遗产建档保护研究》[2]等。笔者自己多年来关注白族大本曲的调查和研究，也发表了一系列相关的论文，如《白族大本曲生存机制试论》[3]、《学术史视界中的白族大本曲》[4]、《云南大理白族地区大本曲的流播与传承》[5]、《白族大本曲的文化内涵及传承发展》[6]等。

总体来说，白族戏曲曲艺文学的研究，涉及大本曲、吹吹腔两大曲、剧种，兼顾在这两者基础上形成的白剧，研究成果比较丰富。除此之外，也有一些涉及对白族原初性和仪式性戏曲形态的讨论，如丁慧《论云南白族仪式中的戏剧》[7]。

（八）白族信仰和仪式文学研究

张明曾编著有《白族民间祭祀经文钞》[8]，作者立足于实际调查，收录了白族民间祭祀用的经文多篇。

论文方面，对佛经写本的研究是一个重点，有侯冲《大理国写经〈护国司南抄〉及其学术价值》[9]、《滇云法宝：大理凤仪北汤天经卷》[10]，张锡禄《近四十年来大理白族地区古经卷的考古新发现》[11]，聂葛明《大理国写本佛

---

[1] 王一川：《大理白族大本曲的期刊传播现状分析》，载《民族音乐》2018年第4期。
[2] 王晋：《白族大本曲非物质文化遗产建档保护研究》，载《档案学通讯》2018年第4期。
[3] 董秀团：《白族大本曲生存机制试论》，载《云南艺术学院学报》2004年第1期。
[4] 董秀团：《学术史视界中的白族大本曲》，载《思想战线》2004年第4期。
[5] 董秀团：《云南大理白族地区大本曲的流播与传承》，载《民族文学研究》2006年第3期。
[6] 董秀团：《白族大本曲的文化内涵及传承发展》，载《云南民族大学学报》（哲学社会科学版）2012年第2期。
[7] 丁慧：《论云南白族仪式中的戏剧》，载《中国戏剧》2009年第7期。
[8] 张明曾编著：《白族民间祭祀经文钞》，云南民族出版社，2004年。
[9] 侯冲：《大理国写经〈护国司南抄〉及其学术价值》，载《云南社会科学》1999年第4期。
[10] 侯冲：《滇云法宝：大理凤仪北汤天经卷》，载《云南社会科学》2012年第6期。
[11] 张锡禄：《近四十年来大理白族地区古经卷的考古新发现》，载《大理师专学报》（社会科学版）1995年第3期。

经整理研究综述》[1]，李孝友《南诏大理的写本佛经》[2]等。何俊伟、汪德彪在《白族地域道教藏书的历史与特色》论文中指出，除了经籍之外，在白族地区的民间"还广泛流传着许多道教祖师开辟大理和弘扬道教的传说故事，如《太上老君点化南诏王细奴罗的故事》《吕祖在巍山传教的故事》《吕祖度仙姑》《巍宝山遇仙峰的传说》《长春洞黑衣道人战恶寇》《王灵官治服小黑龙》《长春观遇仙记》《太上老君点化南诏王细披投的故事》等，而记载巍山传道传说的经书主要有《暗室灯注解》《指迷金图》《吕祖因果说》等"[3]。这些宗教故事传说自然也应该属于宗教文学的范畴。此外，何俊伟《大理古代寺院藏书的历史与特色》[4]，李世武《白族民间宗教文学与道德想象——以大理巍山波长廊一带为例》[5]等论文中也涉及白族文学的内容。王丽梅《白族"接祖经"及其社会功能探析》[6]、杨应新《〈白语本祖祭文〉释读》[7]则是对民间流传的经文的分析。

（九）白族古代文献及书面文学研究

古代文献的整理和研究方面，《大理丛书》是代表性著作。这是白族古籍整理工作的重大成果，包括的内容丰富驳杂，囊括了大理文化的方方面面。该套丛书包括了金石篇、大藏经篇、艺术篇、民俗篇、族谱篇、史籍篇、方志篇、建筑篇、本主篇、考古文物篇、白语篇等内容，其中金石篇共十册，收集了时间跨度上自东汉、下至民国年间有关大理地区历史文化的各

---

[1] 聂葛明：《大理国写本佛经整理研究综述》，载《大理学院学报》2011年第3期。
[2] 李孝友：《南诏大理的写本佛经》，载《文物》1979年第12期。
[3] 何俊伟、汪德彪：《白族地域道教藏书的历史与特色》，载《大理学院学报》2012年第11期。
[4] 何俊伟：《大理古代寺院藏书的历史与特色》，载《法音》2004年第4期。
[5] 李世武：《白族民间宗教文学与道德想象——以大理巍山波长廊一带为例》，载《曲靖师范学院学报》2012年第5期。
[6] 王丽梅：《白族"接祖经"及其社会功能探析》，载《传承》2012年第10期。
[7] 杨应新：《〈白语本祖祭文〉释读》，载《民族语文》1992年第6期。

类材质为载体的拓片,还有重要的碑刻、器物、铭文,是研究白族历史文化和云南地方民族史的珍贵档案文献资料。[1]此外,还有周祜《大理古碑研究》[2],云南省少数民族古籍整理出版规划办公室编《白文〈山花碑〉译释》[3]等著作问世。朱安女《白族古代金石文献的文化阐释》[4]对白族碑刻的体式与语言特点、白族女性题材故事经典碑刻等内容的分析都涉及了白族文学的探讨。侯冲《白族心史——〈白古通记〉研究》[5]探讨《白古通记》中蕴含的白族民众心理意识,也涉及白族文学的相关材料。

论文有侯冲《〈白古通记〉与白族民间书面文学》[6],温玉成《〈南诏图传〉文字卷考释——南诏国宗教史上的几个问题》[7],李惠铨、王军《〈南诏图传·文字卷〉初探》[8],杨翠微《〈南诏德化碑〉的文学意蕴》[9],朱安女《〈南诏德化碑〉与先秦经典文学》[10],黄敏《南诏〈德化碑〉文化内涵探究》[11],张海超《对明清白族本主庙碑文的历史人类学解读》[12],李东红、杨利美《白族梵文火葬墓碑、幢考述》[13],殷群、寸云激《白文文献的研究与

---

[1] 施中立:《"九五"期间国内白族研究情况概述》,载《大理师专学报》2001年第2期。
[2] 周祜:《大理古碑研究》,云南民族出版社,2002年。
[3] 云南省少数民族古籍整理出版规划办公室编:《白文〈山花碑〉译释》,云南民族出版社,1988年。
[4] 朱安女:《白族古代金石文献的文化阐释》,巴蜀书社,2012年。
[5] 侯冲:《白族心史——〈白古通记〉研究》,云南民族出版社,2002年。
[6] 侯冲:《〈白古通记〉与白族民间书面文学》,载《民族艺术研究》1997年第3期。
[7] 温玉成:《〈南诏图传〉文字卷考释——南诏国宗教史上的几个问题》,载《世界宗教研究》2001年第1期。
[8] 李惠铨、王军:《〈南诏图传·文字卷〉初探》,载《云南社会科学》1984年第6期。
[9] 杨翠微:《〈南诏德化碑〉的文学意蕴》,载《大理文化》2010年第2期。
[10] 朱安女:《〈南诏德化碑〉与先秦经典文学》,载《云南民族大学学报》(哲学社会科学版)2004年第1期。
[11] 黄敏:《南诏〈德化碑〉文化内涵探究》,载《云南师范大学学报》(哲学社会科学版)1999年第2期。
[12] 张海超:《对明清白族本主庙碑文的历史人类学解读》,载《云南社会科学》2008年第4期。
[13] 李东红、杨利美:《白族梵文火葬墓碑、幢考述》,载《云南学术探索》1996年第4期。

新发现》[1]，尹明举《当代白族民间艺人对白文的运用和发展》[2]，何俊伟《大理地方文献的开发和利用》[3]，马自坤、吴婷婷《白族大本曲的档案价值及其实现》[4]，杨艺《现存白族谱牒档案述评》[5]、《白族古代文字档案史料研究》[6]，张锡禄《白族家谱及其研究价值》[7]、《从家谱看白族历史文化》[8]，张海超《祖籍、记忆与群体认同的变迁——大理白族古代家谱的历史人类学释读》[9]，朱安女《白族古代金石文献的地域文化特点》[10]，陈子丹《白族金石档案概论》[11]，罗跃玲《白族历史的载体——石刻碑文与史料文献》[12]。这些古代文献和档案资料中也有不少涉及白族文学的内容。

书面文学方面的著作，赵寅松主编过两套丛书，一个是《情系大理·当代中国少数民族著名作家经典·白族作家丛书》[13]全14卷，另一个是《情系大理·历代白族作家丛书》[14]共18卷。此外，还有赵晏海、桂明选编《白

---

[1] 殷群、寸云激:《白文文献的研究与新发现》，载《中央民族大学学报》(哲学社会科学版) 2019 年第 6 期。

[2] 尹明举:《当代白族民间艺人对白文的运用和发展》，载纳张元主编:《大理民族文化研究论丛》第 3 辑，民族出版社，2009 年，第 391 页。

[3] 何俊伟:《大理地方文献的开发和利用》，载《大理学院学报》2002 年第 5 期。

[4] 马自坤、吴婷婷:《白族大本曲的档案价值及其实现》，载《云南档案》2011 年第 12 期。

[5] 杨艺:《现存白族谱牒档案述评》，载《中央民族大学学报》2000 年第 3 期。

[6] 杨艺:《白族古代文字档案史料研究》，载《云南社会科学》1999 年第 5 期。

[7] 张锡禄:《白族家谱及其研究价值》，载《思想战线》1990 年第 4 期。

[8] 张锡禄:《从家谱看白族历史文化》，载《中国民族》1992 年第 11 期。

[9] 张海超:《祖籍、记忆与群体认同的变迁——大理白族古代家谱的历史人类学释读》，载《北方民族大学学报》(哲学社会科学版) 2011 年第 1 期。

[10] 朱安女:《白族古代金石文献的地域文化特点》，载《大理学院学报》2013 年第 2 期。

[11] 陈子丹:《白族金石档案概论》，载《思想战线》1998 年第 7 期。

[12] 罗跃玲:《白族历史的载体——石刻碑文与史料文献》，载《云南档案》1999 年第 1 期。

[13] 赵寅松主编:《情系大理·当代中国少数民族著名作家经典·白族作家丛书》，民族出版社，2003 年。

[14] 赵寅松主编:《情系大理·历代白族作家丛书》，民族出版社，2006 年。

族历代诗词选》[1]，晓雪《浅谈集》[2]，周锦国《明清时期白族家族式作家群研究》[3]等著作。

作家文学方面的论文成果很丰富，既有对白族作家文学和书面文学的总体探索，也有对个别作家作品的解读。代表性的有李缵绪《白族作家文学简介》[4]，朱安女《白族"苍洱境"理想家园的文化生态书写》[5]，赵黎娴《大理竹枝词》[6]、《竹枝词中的"叶榆"、"僰子"及其他》[7]，陆家瑞《南诏骠信与清平官赵叔达唱和诗试析》[8]，陶学良《〈星回节〉及其作者》[9]，郑祖荣《七言歌行〈星回节〉及其作者》[10]，杨明《唐代白族诗人段义宗》[11]，段炳昌《谈大理国时期的散文》[12]，王敬骝《〈孔雀胆〉中的阿盖公主诗考释》[13]，徐琳、赵衍荪《白文〈山花碑〉释读》[14]，周祜《杨黼和他的〈山花碑〉》[15]，赵应宝《几部明初佚书中的杨黼》[16]，杨政业《明代白族学者杨黼"空"与"实"

---

[1] 赵晏海、桂明选编：《白族历代诗词选》，云南民族出版社，1993年。
[2] 晓雪：《浅谈集》，云南人民出版社，1979年。
[3] 周锦国：《明清时期白族家族式作家群研究》，云南大学出版社，2018年。
[4] 李缵绪：《白族作家文学简介》，载《民族文学研究》1981年第1～2期。
[5] 朱安女：《白族"苍洱境"理想家园的文化生态书写》，载《大理学院学报》2012年第2期。
[6] 赵黎娴：《大理竹枝词》，载《民族文学研究》2003年第3期。
[7] 赵黎娴：《竹枝词中的"叶榆"、"僰子"及其他》，载《中央民族大学学报》2006年第5期。
[8] 陆家瑞：《南诏骠信与清平官赵叔达唱和诗试析》，载《大理师专学报》（社会科学版）1996年第4期。
[9] 陶学良：《〈星回节〉及其作者》，载《云南民族学院学报》1984年第2期。
[10] 郑祖荣：《七言歌行〈星回节〉及其作者》，载《云南民族学院学报》1987年第4期。
[11] 杨明：《唐代白族诗人段义宗》，载《大理文化》1986年第2期。
[12] 段炳昌：《谈大理国时期的散文》，载《云南文史丛刊》1996年第4期。
[13] 王敬骝：《〈孔雀胆〉中的阿盖公主诗考释》，载《中央民族大学学报》1995年第5期。
[14] 徐琳、赵衍荪：《白文〈山花碑〉释读》，载《民族语文》1980年第3期。
[15] 周祜：《杨黼和他的〈山花碑〉》，载《下关师专学报》1981年第1期。
[16] 赵应宝：《几部明初佚书中的杨黼》，载《大理学院学报》2004年第2期。

的哲学思想探析》[1],罗江文《〈薄命〉篇成泪满襟,湘累哀怨楚骚心——谈明代白族诗人赵炳龙的诗歌创作》[2],苏焘《明代白族诗人杨士云的"学人诗"及其诗史意义》[3],周锦国《明朝洱源"何氏作家群"作家亲属关系及生平》[4],周百里《明代白族著名文人杨宏山》[5],多洛肯《明清白族文学家族诗歌创作述论》[6],朱安女《明清时期白族隐逸文学的文化阐释》[7],周锦国《明清时期大理白族诗人汉语写作的修辞探究》[8]、《吟咏苍洱大地的清代白族诗人之家》[9]、《清代白族诗人师道南及其名作〈鼠死行〉评析、考订》[10]、《赵廷枢及其〈所园诗集〉》[11]、《一门四代六诗人——清代大理"赵氏诗人之家"》[12],张志明《清代的一个白族家庭诗人群》[13],赵淑琴《清代大理白族

---

[1] 杨政业:《明代白族学者杨黼"空"与"实"的哲学思想探析》,载《思想战线》1998年第10期。
[2] 罗江文:《〈薄命〉篇成泪满襟,湘累哀怨楚骚心——谈明代白族诗人赵炳龙的诗歌创作》,载《大理学院学报》(社会科学)2005年第4期。
[3] 苏焘:《明代白族诗人杨士云的"学人诗"及其诗史意义》,载《民族文学研究》2016年第1期。
[4] 周锦国:《明朝洱源"何氏作家群"作家亲属关系及生平》,载《大理学院学报》2009年第5期。
[5] 周百里:《明代白族著名文人杨宏山》,载《民族文化》1986年第1期。
[6] 多洛肯:《明清白族文学家族诗歌创作述论》,载《西南民族大学学报》(人文社科版)2017年第1期。
[7] 朱安女:《明清时期白族隐逸文学的文化阐释》,载《民族文学研究》2010年第4期。
[8] 周锦国:《明清时期大理白族诗人汉语写作的修辞探究》,载《毕节学院学报》2009年第9期。
[9] 周锦国:《吟咏苍洱大地的清代白族诗人之家》,载《民族文学研究》2012年第1期。
[10] 周锦国:《清代白族诗人师道南及其名作〈鼠死行〉评析、考订》,载《民族文学研究》2013年第1期。
[11] 周锦国:《赵廷枢及其〈所园诗集〉》,载《大理学院学报》2008年第3期。
[12] 周锦国:《一门四代六诗人——清代大理"赵氏诗人之家"》,载《大理文化》2010年第10期。
[13] 张志明:《清代的一个白族家庭诗人群》,载《民族研究》1985年第6期。

女诗人周馥诗歌的艺术魅力》[1]，李莼《段宝姬和她的"兰花诗稿"》[2]等。在清末的白族文人作家中，对赵藩进行研究的成果较多，如刘冠群《白族文豪赵藩》[3]，以及蓝华增《赵藩诗词楹联述论》[4]、《白族学者赵藩的云南诗史观》[5]、《赵藩论云南四诗僧——赵藩〈论滇诗六十首〉笺释四首》[6]，杨瑞华《忧国忧民千秋笔——论赵藩诗词的人民性》[7]，陈思坤《赵藩的诗论》[8]，杨开达《赵藩的文艺思想》[9]，王明达《"定庵诗话续编"所录赵藩诗注释》[10]等。对赵式铭的研究也不少，如杨美清《略论白族诗人赵式铭》[11]，蔡川佑《滇云金钟唤醒昏夜——谈赵式铭的诗歌》[12]，孟健《简论白族巨子赵式铭的文学创作》[13]，郭明军、何琰《白族作家赵式铭文学创作的多重认同研究》[14]。此外，还有一些对此时期其他作家文人的研究成果，如杨振铎《清

---

[1] 赵淑琴：《清代大理白族女诗人周馥诗歌的艺术魅力》，载《名作欣赏》2009年第17期。

[2] 李莼：《段宝姬和她的"兰花诗稿"》，载《大理文化》2000年第3期。

[3] 刘冠群：《白族文豪赵藩》，载《炎黄春秋》2001年第8期。

[4] 蓝华增：《赵藩诗词楹联述论》，载《中央民族大学学报》2002年第1期。

[5] 蓝华增：《白族学者赵藩的云南诗史观》，载《民族文学研究》1989年第1期。

[6] 蓝华增：《赵藩论云南四诗僧——赵藩〈论滇诗六十首〉笺释四首》，载《楚雄师专学报》1987年第3期。

[7] 杨瑞华：《忧国忧民千秋笔——论赵藩诗词的人民性》，载《大理师专学报》（社会科学版）1995年第3期。

[8] 陈思坤：《赵藩的诗论》，载《云南社会科学》1984年第4期。

[9] 杨开达：《赵藩的文艺思想》，载《云南师范大学学报》（哲学社会科学版）2003年第6期。

[10] 王明达：《"定庵诗话续编"所录赵藩诗注释》，载《云南文史》2005年第1期。

[11] 杨美清：《略论白族诗人赵式铭》，载《昆明师范学院学报》（哲学社会科学版）1982年第3期。

[12] 蔡川佑：《滇云金钟唤醒昏夜——谈赵式铭的诗歌》，载《云南民族学院学报》2000年第5期。

[13] 孟健：《简论白族巨子赵式铭的文学创作》，载《南京理工大学学报》（社会科学版）2017年第2期。

[14] 郭明军、何琰：《白族作家赵式铭文学创作的多重认同研究》，载《曲靖师范学院学报》2020年第4期。

代白族诗人师范的文艺思想》[1]，蓝华增《王崧"诗说"笺释》[2]，熊辉、刘丹《论白族女诗人陆晶清诗歌的感伤情结》[3]，陈思清《中国现代文学史上的白族女作家——陆晶清》[4]等。

对白族当代作家的研究中，关注著名诗人晓雪的论文数量较多。学者们从各个角度对晓雪的诗进行分析和探讨。此外，还有一些论文关注的是白族当代文学的概况或者是其他的当代白族作家，如杨苏、张长等。由于前面所述本课题讨论的时间范围主要是在中华人民共和国成立之前，故对此部分的文献梳理也暂且略过。

综上所述，白族文学的研究取得了较为丰富的研究成果，也解决了一些重要的问题，但是，我们在充分肯定国内外前辈学者在白族文学研究中所取得的成绩的同时，也发现在白族文学的研究中，还存在诸多不足。前人的研究，多侧重于对白族文学发展历史的纵向勾描或是对具体的文学作品的文化内容、艺术特色的探讨，却缺少对白族文学进行纵横结合、系统观照的研究成果，对白族文学的比较研究总体上也还较为欠缺。尤其是对于白族文学在历史发展过程中所形成的基本特质，以及白族文学与南亚印度文学、东南亚各国文学以及我国汉族文学之间的交流、影响和互动关系，还少有关注。这在一定程度上影响了我们对白族文学特质更好的认识和把握，也影响了对少数民族文学更全面和深入的研究。

---

[1] 杨振铎：《清代白族诗人师范的文艺思想》，载《云南民族学院学报》1987年第3期。
[2] 蓝华增：《王崧"诗说"笺释》，载《云南文史》2005年第4期。
[3] 熊辉、刘丹：《论白族女诗人陆晶清诗歌的感伤情结》，载《云南师范大学学报》（哲学社会科学版）2007年第4期。
[4] 陈思清：《中国现代文学史上的白族女作家——陆晶清》，载《云南民族学院学报》（哲学社会科学版）1999年第4期。

三、研究内容和研究方法

本书以白族文学特别是白族民间文学为研究对象，研究的主要内容从纵、横两个向度来构建，既要厘清白族文学发生发展的纵向历程，也要对白族文学与外部文学系统的交流、互动和相互影响进行探析。在比较研究和关系研究中，主要选取与白族文学关联紧密的汉族文学以及国外的印度文学、东南亚文学为比照坐标，首次较为全面地梳理白族文学与上述民族、国家和地区文学之间的多向互动。

研究方法上，主要依托于文化圈理论，综合相关的文献记载和民间的口头资料并对其进行系统梳理和全面分析。运用多学科交叉的研究策略，主要是借助民族文学、民俗学、民族学、人类学、文化学等学科的理论和方法，侧重比较研究的思路，对白族文学及相关的外部文学的相互关系展开分析和研究。

（一）研究内容

本书的研究内容体现了纵横两个向度的结合。在纵向梳理中，突出白族文学的发展脉络和呈现的特质；在横向分析中，突出白族文学与外部文学的关系和相互影响，比较研究和影响研究并重。具体而言，本书内容主要包括以下三个大的方面：

其一，从纵横两方面审视白族文学。纵向梳理白族文学发生、发展的历史脉络和主线，按照白族文学自身发展的特点和规律对其历史发展过程进行划分。横向将白族文学置于文化圈理论的大背景之下进行观照，探究白族文化与外部文化的交流，以及白族文学与外部文学的互鉴互融。改变孤立地研究白族文学所带来的局限，更好地从学理上认识白族文学的丰富性、立体性以及白族文学多元混融的特质。

其二，将白族民间文学中的各类典型文本与汉族文学、印度文学、东南亚文学的相关文本进行细致比较，对白族文学与上述文学之间的关系进行深入探讨。还原文学交流的文化背景，将文学交流置于动态、立体的文化格局中进行考察。本书侧重探讨白族文学与汉族文学、印度文学、东南亚文学之间的关系，这里的关系研究，既包含了影响研究，也包含了平行研究，也就是说，在后文的分析中，我们有时着重论述白族文学与上述几者之间的相互交流和影响，有时则通过梳理白族文学与上述几者之间的一些相同点和类似点来审视其间的联系和区别。

其三，通过多维视角的审视，总结白族文学自身发展以及与外部交流整合的内在机制，探讨身处交汇地带的边疆少数民族文学如何达成内聚凝集与外向活力的平衡统一，分析边疆少数民族文学在建构中华民族共同体意识和中华文化认同的过程中所起到的重要作用，为其他边疆少数民族文学的发展提供借鉴和参考，为构建中华多民族文学格局和体系做出应有的贡献，也为进一步强化和铸牢中华民族共同体意识、增强对中华文化的总体认同而努力。

（二）相关理论及研究方法

1. 文化圈理论

要想更准确地认识和把握白族文学的特质，就要采用更宽阔的视野和比较研究的方法。我们知道，白族文学的艺术宝库十分丰富，从古老的神话史诗，到丰富的历史故事、优美的爱情传说，从龙的故事到本主故事、佛教故事，从情节曲折优美的长诗再到与民众生活融为一体的大本曲、吹吹腔等戏曲曲艺，呈现在我们眼前的是白族文学发展长河中一颗颗璀璨的明珠。但是，为什么会形成如此丰富的文学作品，在这一颗颗明珠散发出耀眼的光芒之前，它们经过了什么样的磨砺，受到了哪些因素的影响，却未能得到很好的关注和揭示。文化圈理论能够将白族文学置于更宏阔的格局中进行审视，在更宽广的背景中来认识其内外交汇中形成的基本特点。

文化圈理论由德、奥维也纳学派提出。该理论最早源于拉采尔开创的传播论，拉采尔的弟子莱弗罗贝纽斯发展了老师的理论，20世纪初德国学者格雷布纳和安克曼、奥地利学者施密特、德国学者福伊等人将文化圈理论应用于民族学或民俗学的研究，其中，施密特的完善将文化圈理论推上了发展的顶峰。文化圈具有持久性和独立性，其内部的各文化范畴之间是有机联系的。[1]

从文化圈的理论看，白族生活的云南大理地区，处于汉文化、印度文化、东南亚文化的交汇地带，自然不可避免地与上述文化圈之间有着不间断的文化交流，受到上述文化圈的影响。这一点在白族文学中有着突出的表现。如果我们在研究白族文学的时候，不能注意到此种大背景、大环境影响的因素，就不可能真正地把握白族文学的特点和内涵。所以，本书正是在这样的大背景下，将白族文学还原到其发展的历史时空轨迹中，来综合考察白族文学与汉族文学乃至于与印度文学、东南亚各国文学的关系。

尽管在学界文化圈理论也在某些方面受到诟病，但笔者认为其对于揭示和描绘那些处于不同文化交汇地带的文化的样貌仍是具有一定价值的，所以仍旧使用了此概念。笔者无意去探讨白族文化处于不同文化圈的冲突、谐调之中的过程和状态，而只是想说明白族文化是一种多元混融的文化，而这样的文化特质与其处于不同文化圈或文化带的交汇之下不无关系。

2. 多学科交叉研究

本书力图通过文献收集和田野调查，全面、深入地整理和分析白族文学及汉族文学、印度文学、东南亚文学的相关资料，综合运用民间文学、民俗学、比较文学、文化学、民族学等学科的基本理论和研究方法审视研究对象，借鉴文化圈理论、比较研究法、文本分析和阐释等手段对相关材料展

---

[1] 参见乌丙安：《民俗学原理》，长春出版社，2014年，第244页。

开研究，分析白族文学的特质及其在历史发展过程中所受到的各种因素的影响，探讨白族文学与汉族文学、印度文学、东南亚文学之间的关系，挖掘边疆民族地区文学发展的深层机制。

3. 比较研究法

比较观是文化人类学的三大方法论原则之一。比较研究法为审视研究对象提供了多种可能性，有效地避免了单一向度关注研究对象可能带来的狭隘和偏颇。对白族文学的研究，不能仅就白族谈白族，而应该将之放置到更宽广的文化背景中进行考察，这就不可避免要运用比较研究的方法。在对白族文学与周边文学或者历史上与其关系密切的文学系统之间的关系这一问题的讨论上，更离不开比较研究的视野和具体操作范式。

4. 理论分析与实践个例的结合

在上述理论和方法的指引下，本书拟将理论与实际相结合展开研究。第一章、第二章着重探讨白族文学本身的特质，并从整体上对白族文学与汉族文学、印度文学、东南亚文学的外向交流进行系统观照，厘清白族文学与外部文学交流的历史、特点、主要表现等理论问题。在此基础上，从第三章开始到第五章，分别探讨白族文学与汉族文学的关系、白族文学与印度文学的关系、白族文学与东南亚文学的关系，在这个部分的讨论中，从理论探讨延伸到具体个案的分析描述，分别选取最能代表白族文学与上述外部文学交流的个案和典型例证，通过个例的细致梳理和分析，凸显白族文学与上述外部文学之间的交流和互动关系。力求做到理论构建与典型个例有机结合，综合整体与局部、理论与实践的不同视角来全面审视白族文学与外部文学的关系。

第一章 白族文学的历史和特质

本章主要从纵横两个向度去勾勒和描绘白族文学，揭示白族文学的发展历史和白族文学的基本特征，以期更好地认识白族文学的整体图景。

第一节　白族文学的发展历史

白族历史悠久，但是如同中国其他很多少数民族一样，白族文学主要通过口耳相传的形式得以沿袭，诉诸文献、古籍记载的极少，因而要准确梳理白族文学的发展历史，同时对白族文学的作品进行分期断代就是一项难度很大的工作。张文勋在谈到《白族文学史》的编写时曾说过："问题在于我们要写的是'文学史'，这就除了要清楚白族的历史之外，还要了解某个时代的文学概况，并由此而作出文学史的分期。这是一项极其复杂的工作，鉴于少数民族民间文学在古籍中记载极少的情况，我们对历史分期只能采取宜粗不宜细的原则，例如把白族文学发展史大致分为：南诏以前—南诏及大理国时期—元明清至中华人民共和国成立前—中华人民共和国成立后。这样分期是否准确，还有待进一步讨论研究，但这是写'史'的前提，这问题不解决，也就谈不上是'史'。"[1]李缵绪的《白族文学史略》则将白族文学史的发展划分为远古时期，南诏、大理国时期，元明清至民主主义时期，中华人民共和国成立以来几个时段，总体上看，分期与《白族文学史》比较接近。笔者认为，两部书稿的划分总体上是合乎白族文学实际发展规律的。但是，我们应该对每一个阶段的白族文学所体现出的规律和特色做进一步的分析和探讨，以期更准确、客观地认识白族文学发生发展的实际状况。

---

[1]　张文勋:《白族文学研究刍议》，载《大理文化》1984 年第 5 期。

一、南诏以前：孕育初成

对白族文学的历史梳理，还需先从地域和活动主体两个角度对其范围进行界定。从地域范围来说，前面已述，滇池和洱海是云南早期人类文明的两大中心，这是没有争议的。此外，1957年、1978年和2008年剑川海门口遗址的三次发掘，证明了剑川海门口在云南文明史上的重要地位，也证实了早在五千多年前这里就已经有人类居住。这些考古发现和资料为研究白族文学的生发、孕育提供了深厚的基础。

从活动主体的角度来说，在云南早期人类文明的几大中心，都繁衍生息着后来组成白族这个共同体的重要人群，尽管白族这个稳定的共同体是经过南诏、大理国五百多年的发展最终确定下来的，但是，在南诏以前的悠悠岁月中，白族的先民早已活跃在云南的土地上，白族文学的创造也伴随着白族先民活跃于历史舞台很早就得以拉开序幕。

白族文学的产生和创造应该说自云南有了古人类活动的那个时候便已开始，但在那漫长的远古时期，白族文学还处于一种孕育、新生和初成的阶段，此阶段的白族文学也与其他众多族群的文学一样，被打上了远古时期朴素、蒙昧、混沌、混融等特征。在白族古老的神话、史诗中，这样的特征表现得尤为突出。

和其他的族群一样，白族先民在有了朴素的自我意识，具备了一定的思维能力之后，便开始把思考投向自身以及外界，天地如何形成，人类缘何而来，为什么世界会是眼前所看到的这个样子？这些问题成为白族原始先民关注和思考的重大命题，而这些思考最终又沉淀和呈现于白族古老的神话史诗之中。

白族先民创造的开天辟地神话史诗，典型文本有《开天辟地》《伏羲和娃妹》《创世纪》《人类和万物的起源》《氏族来源的传说》等。《开天辟地》叙述盘古、盘生开天辟地的壮举。神话中，盘古、盘生兄弟原以砍柴为生，一天，盘古砍柴回来在街上遇见算命先生妙庄王，妙庄王告诉他与其砍柴不如去钓鱼，一定要在八月初三去钓，而且只要第三条红鱼，钓来可高价去卖。盘古按照妙庄王说的去做。原来这红鱼是龙王的三太子，龙王只好出高价买下红鱼。得知是妙庄王指点，龙王也去找妙庄王，让他卜算当年的雨点如何下，妙庄王算准了，龙王不服气，故意逆行雨点，大雨下了七年，引起洪灾，天崩地陷，毁灭了万物和人类。后来，盘古变成天，盘生变成地，天地修成后，盘古、盘生死了。盘古死的时候，身体变成了世间万物，观音的手指到哪里，他就变到哪里。发洪水时观音特意在金鼓中留下了赵玉配和邰三妹两兄妹。洪水过后，观音在洱海找到金鼓，鸭子、老鹰帮助抬出金鼓，老鼠咬开金鼓，兄妹出来，燕子用翅膀把两兄妹的身体分开。在观音的指示下，两兄妹经占卜和神示结为夫妻，生下狗皮口袋，里面有十个儿子，他们又各自生了十个儿子，成了百家。[1]

《创世纪》的内容包括三个部分，第一部分为"洪荒时代"，第二部分为"天地的起源"，第三部分为"人类的起源"，所述内容与《开天辟地》大致相同。不同的是《创世纪》中还讲到盘古、盘生降伏了龙王，二人把龙王的头砍下，龙王死后变成了彩虹。"天地的起源"部分盘古、盘生变成天地后，又化身为"木十伟"，木十伟的身体变成了万物。

在开天辟地的神话史诗中，白族先民朴素的哲学意识以及对自身、宇宙万物的关注都体现得淋漓尽致。与世界上的很多民族一样，白族先民也认为人类曾经经历过一场大洪水的浩劫，这场洪水不仅摧毁了天地万物，也毁灭了人类。所不同的是，白族的神话中，把洪水的起因归结为龙王在恼羞成怒下的倒行逆施，这与其他一些民族认为发洪水的原因是换人种、与雷公争斗、烧荒垦荒等还有所不同。在这里，龙王可以被看成是自然的化身，在

---

[1] 云南省民间文学集成办公室编：《白族神话传说集成》，中国民间文艺出版社，1986年，第13~18页。

白族先民看来，洪灾是龙王逆行雨点造成的，这龙王未免有些不太理智、一意孤行，然而，这不正是大自然的象征吗？在早期先民的心目中，大自然就像是一个拥有非凡神力但又任性而为的孩子，不经过理智思考就会草率而为。这也正是早期先民在面对自然的时候既无可奈何又不得不面对的一种情态。此外，神话中还有一个细节，就是盘古、盘生制服了龙王，龙王的头被砍下，龙王自己也变成了彩虹。这一细节，既体现了白族初民对于自身的认识和对人类力量的肯定，也表现了白族初民浪漫和富于想象的思维特点。盘古、盘生降伏龙王，这象征着人类对于大自然的征服，是对人的力量的肯定。龙王变彩虹，印证了列维－布留尔提出的原始思维中的"互渗律"，符合初民思维中类比、互渗的特点，龙的形体与彩虹有几分相似，龙主水的特点与彩虹总是在雨后出现也具有呼应关系，再加上初民心目中万事万物是可以互相转化、变形的，便有了这样充满想象的叙述。

而该类型的神话史诗中，除了关注天地万物，还把目光投注到创世神话中另外的重要一维即人类起源这个问题上。当然，这里的人类起源属于洪水后人类的再殖问题，与西南很多民族一样，白族先民将这个问题与兄妹结婚繁衍人类的情节母题联系起来，其中的天神启示、占卜试验等情节与同类故事十分相似，但是白族的该故事中仍有一些白族特色的内容，一是观音成为人类再殖的安排者，在发洪水时藏了一对兄妹在金鼓中，这与观音在白族民间文学中无可替代的地位不无关系。二是在人类再殖的过程中，得到诸多动物的帮助，这也体现了早期先民与动物之间的紧密关系，以及白族先民对动物的深厚情感。

从形式上来说，白族的神话史诗体现了人类早期原初文学的混融性。比如《创世纪》是以"打歌体"为表现形式的，而"打歌"的形式融诗、乐、舞为一体，充分体现了原始文学混融一体的特征。"打歌"也称"踏歌"，白语意为玩耍、游戏、娱乐等。"打歌"流传于鹤庆、剑川、洱源、丽江一带，是一种集演唱、舞蹈、饮酒或饮茶为一体的综合性的文学艺术活动。其形式一般是人们围绕篝火，将歌手分为两组，人数不拘，每人手里端着一碗酒或茶，一边唱一边慢慢行进，唱毕一段喝一口酒或茶，唱时有"歌头"领唱，其余人应和。两组队伍一唱一答。

总体来说，南诏以前的白族文学，不论是从内容还是形式上来说，都体现了早期文学原初、稚嫩、素朴的特征和形态，原始先民的思维特点、对事物的认知和理解、原始文化的初期特征都在早期文学中得到了较为直观的反映。

二、南诏、大理国时期：灿烂辉煌

从公元8世纪初到13世纪中叶，云南地区先后出现了南诏和大理国两个地方政权，时间持续了五百多年，相当于盛唐到南宋末这段时期。在南诏、大理国的强盛时期，其疆域范围十分广阔。尤中指出南诏、大理国政权的统治范围是："东据爨（今云南东部），东南属交趾（今越南北部），西摩伽陀（今印度境内），西北与吐蕃接，南女王（今泰国北部南奔府一带），西南骠（今缅甸中部），北抵益州（以大渡河为界），东北际黔巫（今贵州东北部）。"[1]可见，当时南诏、大理国控辖的疆域面积相当于如今的两个云南省。作为雄踞中国西南和东南亚的重要政权，南诏、大理国时期不仅在政治经济方面有了很大的发展，而且在文化艺术方面也取得了很突出的成就，表现出自身鲜明的特色。规模宏大的崇圣寺以及挺拔屹立于苍洱之境的三塔、巧夺天工且负载交融了多元文化的石钟山石窟、奇诡瑰丽又气势恢宏的《南诏图卷》和《张胜温画卷》，凡此种种，皆是南诏、大理国文化艺术达到灿烂辉煌的标志和明证，它们组成了云南历史文化中璀璨夺目的一页。

由于社会、经济、文化都有了较大的进步，南诏、大理国时期的文学也出

---

[1] 尤中：《中国西南民族史》，云南人民出版社，1985年，第161页。

现了一个新的繁荣期，民间口头文学和文人书面文学都得到了长足的发展。可以说，南诏、大理国为白族文学的交响曲奏响了最动人的华彩乐章，南诏、大理国的文学成为白族文学长卷中最光辉灿烂的一笔。

这一时期白族文学的发展，在民间口头文学方面主要有两个特点，一是出现了大量反映社会现实的作品，二是作品中往往表现出强烈的悲剧精神。[1]表现在作家文学方面，则是出现了白族书面文学发展的第一个高峰。

南诏是一个奴隶制政权，南诏国的建立一方面推进了当地政治、经济、社会各方面的发展，另一方面也将民众带入了一个充满着更多矛盾、冲突、碰撞和断裂的时代。这一时期复杂的社会矛盾和动荡的社会现实在民间文学当中得到了具体的反映。《火烧松明楼》《望夫云》《辘角庄》等民间文学作品中不同程度地表现了当时的社会现实。《火烧松明楼》故事形象地反映了各部落间的兼并斗争，记录了弱势一方在强权面前的溃退和无奈。故事记述南诏皮逻阁为消灭其余的五诏，暗设阴谋，预先建造了一座松明楼，以星回节祭祖作为借口，邀请五诏首领赴会。趁五诏诏主在松明楼上享胙食生、酪酊大醉之际，点火焚楼，烧死了五诏。然而，阴谋并非无人觉察，邓赕诏的逻邓赴会前，曾被夫人慈善劝阻，但逻邓坚持赴会。这里，逻邓的坚持赴会与其说是一意孤行勿宁说是万般无奈，因为在祭祖的名号下，在皮逻阁和南诏的威慑下，拒绝赴会便意味着与南诏撕破脸，也会给南诏提供征讨的口实。所以明知有险，也只能前往。南诏对其余五诏的兼并当然不只是火烧松明楼这么简单，但故事无疑对当时动荡的社会现实和部落纷争进行了鲜活的展现。《望夫云》同样反映了当时的社会现实。故事中，以南诏王和罗荃法师为代表的一方与以猎人和公主为代表的一方展开了激烈的矛盾冲突，罗荃法师不仅为南诏王献计，而且亲自用法力将猎人和公主迫害致死，而猎人和

---

[1] 段炳昌、董秀团:《南诏大理国文化》，载杨寿川主编:《云南特色文化》，社会科学文献出版社，2006年，第117页。

公主原本不属于同一个阶层，但却由于爱情而联系在一起，并且在与对立方的斗争中，公主也丧失了身上的贵族光环，被劳动人民赋予了最美好的平民形象。故事结尾公主化为白云，带来狂风怒吼，在狂风呼号欲吹干洱海水的气势中表现出她为了爱情、为了美好生活斗争到底的精神，而这狂风的声声怒吼也就成了对强权压迫最有力的控诉。此外，在《辘角庄》《美人石》《百羽衣》等民间故事中，也都不同程度地体现出民众对不平的愤慨和对美好生活的向往与追求。

　　强烈的悲剧意识和悲剧精神是南诏、大理国时期民间文学中另一个突出的特点。南诏、大理国时期是滇文化变迁最为明显也最为剧烈的时期之一，南诏建立后云南总体上由部落部族社会进入统一的奴隶制社会，南诏后期又由奴隶制社会进入封建领主制社会，各种思想文化在苍山洱海之间碰撞冲突、融汇整合，形成了多元复合性的文化特质。在这个历史跃进的过程中，苍洱地区经受了血与火的洗礼，痛苦与劫难的磨炼，也产生了许多激荡人心的悲剧故事，体现出南诏、大理国文化中深厚的悲剧精神。《火烧松明楼》的故事将南诏统一苍洱地区这个历经几代人数十年经营与征伐的历史进程浓缩在一个充满悲剧震撼感的松明楼冲天一炬的情节中。透过故事，我们看到了苍洱地区部族社会解体的壮烈一幕。《望夫云》描绘了一对青年男女的爱情故事，在南诏公主与猎人的爱情和幸福被邪恶势力摧毁的过程中，凸显了最大的悲剧感。《观音伏罗刹》同样带给人震撼和悲剧意识，一般认为故事中的罗刹代表着土著巫教中蒙昧、后进的一面，观音代表着较先进的外来文化，观音降伏罗刹、拯救生民象征着要把洱海地区的民众从蒙昧引向文明。在文明进步的过程中，激烈的冲突和碰撞在所难免。故事中，观音降伏罗刹的壮举同样被袈裟一披、黄狗一跳的情节讲述所淡化，但在袈裟一披、黄狗一跳的背后隐藏的是无边的法力。而罗刹被永远封在石洞中的悲惨结局也带给人巨大的震撼。《段赤城》中，段赤城舍生杀蟒的情节表现出强烈的悲剧精神，英雄的肉体虽然被摧毁了，但段赤城在面对巨蟒时表现出来的坚强意志和拯救生民的强大信念却唤起了我们心中无上的崇高感。当段赤城身缚钢刀做好赴死的准备与巨蟒进行斗争的时候，我们看到了人类战胜自然的无限勇气，看到了人类迸发出来的无穷力量。段赤城也成了白族人民心目中永远的英雄，他的悲剧故事和英雄行为至今响彻苍洱之境。在另一则故事《大黑天神》中，同样体现了悲剧式的崇高。为了不让瘟疫危害人民，大黑天神吞下了瘟疫，全身变黑。明知吞下的是毒药，大黑天神仍无惧前行，这样的英雄气概自然会给人以无比的震撼。通观整个南诏、大理国时期的文学，无论是从表现内容还是表现形态上看，悲剧性都十分突出，悲剧性故事从数量和质量上说都呈现出明显的优势。这样的特点，符合南诏、大理国时期的社会历史进程，与那个时代生命力的勃发昂扬是一致的。正如段炳昌所指出的："正是在那个时期的历史跃进、文化剧变、充满力量和冲突的特殊环境压力下，人们对生命、对民族群体甚至整个人类的生活有了更深刻的认识，迸发出超常的抗争意识与生命力，这样就产生了南诏文化中特有的悲剧性精神和一篇篇震撼人心的悲剧性故事。"[1]

南诏、大理国时期，文人书面文学的发展也达到了一个高点，这也是此时期文学发展中的另一重要表现。南诏、大理国时期的文人书面文学主要指南诏、大理国中的知识分子运用汉字和汉文所创作的一些书面作品，包括诗歌、散文等。南诏、大理国与汉文化之间的交流一直持续不断，主动吸收和学习汉文化的行为也一直没有停止过，因而，在南诏、大理国中，不乏读儒书习汉文的知识分子，他们也利用汉文创作了许多书面文学作品，在中国古代文学长河中大放异彩。在南诏中期，涌现了以南诏王为核心的地方民族作家群体，异牟寻、寻阁劝、赵叔达等人就是其中的代表。这个时期的作家，创作的数量并不算多，但是他们在诗歌和散文创作方面留下了一些经典之作。到了南诏中后期，由于释儒阶层的形成，汉文书面文学的创作也有

---

[1] 张文勋主编：《滇文化与民族审美》，云南大学出版社，1992年，第168页。

了明显的进步，当时的很多释儒本身又是作家，因此，南诏中后期，伴随着释儒阶层的活跃，也就出现了一个为数不少的作家群，诗歌和散文的创作都出现繁盛的景象，使云南的汉文书面文学创作进入了一个新的发展阶段，并且一直持续到大理国后期。[1]白族比较早的开始运用汉文进行书面文学创作的事实，也让白族社会中口头传统和书面传统的交织互动更加深入和复杂，这也让白族文学与一些口头传统占据压倒性优势的少数民族的文学在整体的呈现上有所不同，具有一种自己的独特气质。

南诏、大理国时期的民间文学，因反映当时的社会现实而剧烈激荡，因蕴含着崇高的悲剧精神而震撼人心。南诏、大理国的书面文学因社会进步、创作力量的增强而达到发展的高峰，这些又共同奏响了这个时期白族文学的华美乐章，创造了白族文学发展中的辉煌。

三、元明清至中华人民共和国成立前：成熟转型

南诏、大理国时期，大理地区建立了雄踞一方的地方民族统治政权。当时的南诏、大理国，境内居住着许多不同的民族，他们在经济、文化发展方面具有不平衡性，发展水平并不完全一致。在这些民族中，白族无疑是当时的主体民族。关于南诏的族属问题，一般认为虽然其王室是"乌蛮"彝族，但南诏政权内的统治阶层和位居高官者则以"白蛮"即白族为主。[2]尤中认为："南诏统治时期，国王虽然是滇西蒙舍（今巍山彝族自治县）的彝族，而在政治上，尤其是文化方面起主导作用的都是白族。白族是南诏的主体民族。"[3]当时有许多白族贵族担任了南诏政权中的清平官、大军将等重要官

---

[1] 南诏、大理国时期汉文书面文学的具体情况，笔者将在后文展开论述。
[2] 董秀团：《论明清时期白族文化的转型》，载《云南民族大学学报》（哲学社会科学版）2004年第4期。
[3] 尤中：《中国西南民族史》，云南人民出版社，1985年，第239页。

职，白族可以说实际掌握着南诏政治权力中心的话语权。到了大理国时期，白族封建主更成为政权的统治者，因此，白族作为大理国政权中主体民族的地位得到了进一步巩固。

元朝建立，蒙古族铁骑南下，在"元跨革囊"的典故中，忽必烈灭大理国，之前雄踞西南的南诏、大理国地方政权不复存在，南诏、大理国的辉煌也已成为历史。因而，从元朝开始，白族文化包括白族文学就出现了一个新的转型，白族文学从原来的主体民族发出的中心话语变成了一定程度上被边缘化的叙事声音。当然，在这个阶段，丧失统治政权的白族群体在文化上、心理上承受的冲击和震荡并不是想象中的那么大。[1]原因有几个方面：第一，由于蒙古兵进入大理国境内时，遭到白、彝等族的强烈反抗，同时，边疆地区以傣族为主的各民族又一时难以征服，故元朝统治者采取了拉拢白、彝等族中已投降的贵族的政策，[2]所以元朝并未对白族地区进行高压式统治，白族文化和白族文学受到的排斥和冲击并不突出。第二，元朝整个政权统治时间较短，政权维系时间不足百年，还不可能有足够的时间把被征服地从政治管理到思想文化纳入中央王权的控制之下，因而其对白族文化也未形成强有力的撞击。第三，此时的南诏、大理国刚刚消亡，但文脉尚存，南诏、大理国时期的辉煌带来的余脉遗响还没有完全消弱。综合上述原因，笔者认为，白族文学真正的转型是在明清时期才更加突出地表现出来的。

明清时期，是白族文化发生重大转型的关键时期。[3]由于汉族移民的大规模进入及汉文化的全方位输入，白族作为区域范围内主体民族的地位开始丧失，白族文化在当地的主导地位也被汉、白文化的交映和谐奏所代替。明

---

[1] 董秀团：《论明清时期白族文化的转型》，载《云南民族大学学报》（哲学社会科学版）2004年第4期。

[2] 同上。

[3] 关于白族文化的转型问题，参见董秀团：《论明清时期白族文化的转型》，载《云南民族大学学报》（哲学社会科学版）2004年第4期。

代，在大规模移民和屯田的基础上，云南的汉族人口超过了少数民族人口，汉族文化对少数民族文化的影响不断强化。尤中曾指出，明清时期汉、白民族杂居的地方汉族对白族的融合和同化现象："当时迁入的汉族人口，在腾冲、保山和澜沧江以东、红河以北的地方，基本上是和白族共同杂居在一起。过去，这一带的城市和平坝区，基本上都是白族，随着时间的推移，在绝大部分地方，白族融合入汉族者多，而汉族融合入白族者少。至清朝中期以后，除了大理府外，其他府、州、县城及平坝区的白族人口仅剩少数。白族的聚居区只剩下一个大理府。"[1]由于汉族人口的增加，再加上明代中央政权在白族等边疆地区实行的文化政策，使得南诏、大理国时期以少数民族文化特别是白族文化为主体的局面完全被改变，汉文化成为云南文化中的主流。早在明朝军队刚刚平定云南之时，朱元璋便颁发谕旨，下令在云南各地建立学校，传播汉文化，"府、州、县学校，宜加兴举，本处有司，选保民间儒士堪为师范者，举充学官，教养子弟，使知礼义，以美风俗"[2]。这里当然也包括白族地区。这些政策和举措，使白族地区民众的汉文水平有了很大提高，甚至出现了许多熟识汉文的知识分子。与此同时，当时很多内地汉民也来到白族地区，其中亦不乏名士高人，如徐霞客、杨慎等，他们或旅游或流寓云南，来到白族地区后对当地也产生了不小的影响。熟识汉文化的白族知识分子和内地来到白族地区的知识分子一起充当着汉、白文化交流的中介和桥梁，对汉文化在白族地区的进一步发展做出了贡献。不能否认，元朝和明朝对云南的征服和统治以及汉文化在白族地区的广泛传播也是遇到过一些抵抗的，但总体上看这个过程仍是比较顺利的，这无疑与南诏、大理国时期对汉文化的主动吸收所奠定的基础有直接的关系。

明清以降白族文学的发展主要体现为二：一是白族文学在经历了南诏、

---

[1] 尤中：《中国西南民族史》，云南人民出版社，1985年，第523页。
[2] 张沈：《云南机务钞黄》，载方国瑜主编，徐文德、木芹纂录校订：《云南史料丛刊》第四卷，云南大学出版社，1998年，第559页。

大理国的灿烂辉煌后趋向成熟，二是白族文化的转型导致白族文学的总体转变，汉文化输入背景下的汉文文学成为白族文学中重要的组成部分。

先看第一方面，白族文学的趋于成熟。

如果说南诏、大理国时期的白族文学是灿烂辉煌，是无须压抑的尽情抒发，那么元明清以来的白族文学便是经历风雨之后的彩虹，成熟而富有内蕴。在这个阶段，白族文学中的很多内容、体式达到了成熟的顶峰，比如民歌、民间长诗、大本曲等。依托于"山花体"的白族民歌在此阶段有了长足发展，达到了鼎盛状态，直至今日，白族调仍是民间百姓抒发情感、社交娱乐的重要方式。白族的民间叙事长诗和抒情长诗同样在元明清以后发展成熟，大量优秀长诗的涌现是这个阶段白族文学发展中最夺目的景观。著名的民间长诗如《鸿雁带书》《青姑娘》《出门调》《放鹞曲》《秧鸡曲》《母鸡抱鸭》《黄氏女对金刚经》《月里桂花》《串枝连》《李四维告御状》等，篇幅较长，有别于民歌小调，也被称为"本子曲"。这些长诗往往是对社会现实和生活图景的描写及抒发，是白族社会生活日趋复杂的反映，其中很多内容无疑就是在元明清大理白族文化转型的背景下对社会实际状况的体验和书写，或许没有那种主体民族地位的丧失，没有强势文化输入的阵痛，就不会有这些长诗的发展和成熟。白族的大本曲也极有可能是明代才形成并在清代成熟的一种民间说唱艺术。笔者在《白族大本曲研究》以及《白族大本曲的文化内涵及传承发展》中对此问题进行了论述。笔者认为，大本曲的产生是白族传统民间叙事长诗发展到一定程度后，受到汉族说唱艺术影响的结果，汉族文化中的变文、俗讲、说话、宝卷、弹词等说唱艺术和各戏曲声腔都对大本曲的兴起有直接或间接的促进作用。大本曲与剑川地区的本子曲之间有很多共同点，题材上互有借取，形式上也互有影响，但是，相较于大本曲那种完整的唱腔、严格的艺术形式，本子曲显得更为单纯和质朴一些，表明本子曲可能是大本曲较初始的一种形式，或者说本子曲就是叙事长诗与大本曲之间的一个过渡形态。有学者认为剑川本子曲可能就是大本曲的雏形，二者的关系可以概括为本子曲是源，大本曲是流。[1]本子曲是较大本曲更为原始的文学形式，本子曲的抒情性、大本曲的叙事性和向"代言性"的戏剧体诗过渡的系列特征为我们展现了一条大本曲从叙事诗向说唱艺术乃至代言体的剧诗发展的轨迹。[2]因而，大本曲发展形成的时间不会早于元明时期。加之大本曲运用的是"山花体"格式，此种诗体格式到明代时已经十分盛行，因而，单从格式这一点上而言，大本曲产生在明代就具备了坚实的基础条件。像《山花碑》这样的长篇诗体的出现表明了同类体式的长篇叙事诗文体出现的可能。而明代之前，山花体虽已可能产生，但在刚刚出现还不太成熟的情况下，与说唱形式结合起来就显得不太可能，所以，从山花诗体这个角度也可证明大本曲的产生不会早于明代。而且，从白族的诗体，发展到独特的说唱艺术，其间既有对汉族说唱形式的借鉴，也有对汉族同类题材的移植，这又是一个长期的过程，所以，大本曲虽然在明代就可能产生，但其发展成熟却是到清代才得以完成。[3]

再看第二个方面，随着白族文化的转型以及汉文化的强势输入，白族知识分子创作的汉文文学成为白族文学中重要的组成部分。

南诏、大理国时期，王室、高官和释儒阶层大量主动吸收汉文化的营养，出现了白族书面文学的第一次高峰。明清时期，汉文书面文学创作更成为白族知识分子想要参与更广阔范围内的对话和证明自己的媒介。随着南诏、大理国政权的不复存在，白族主体民族地位的丧失，明清时期的白族特别是知识分子在心理上进一步倾向汉族。李晓斌指出，这种心理取向主要体现在明清时期白族的民族名称的变化上："白族的民族名称，在明前期所有记录中，

----

[1] 笔者于2004年4月29日在剑川访问白族学者张文。

[2] 董秀团：《白族大本曲的文化内涵及传承发展》，载《云南民族大学学报》（哲学社会科学版）2012年第2期；董秀团：《白族大本曲研究》，中国社会科学出版社，2011年，第64～65页。

[3] 董秀团：《白族大本曲研究》，中国社会科学出版社，2011年，第68页。

写作'僰人'，但在当时白族知识分子中，受大汉族主义的影响，不愿意使自己的民族与同区域内其他的少数民族一起被视为'夷人'，因而，白族知识分子李元阳在万历初年编成的《云南通志》中，便在该书中用'僰夷'去记录当时被称为'百夷'的傣族。而把'僰人'（白族）写作'郡人'以使自己的民族不被列为'夷人'之列。"[1]从"僰人"到"郡人"称谓的变化中，夹杂着以知识分子为主导的白族民众淡化自身少数民族身份的理想，当然这同时也正是向汉族靠拢的愿望的体现。后来出现的另一个白族的称谓"民家"更鲜明地表现了当时白族文化中的此种心理倾向，"明后期，白族中又出现了'民家'的称呼。白族自称民家，是为了甩掉被歧视的夷户的帽子，同时表示与同区域内的汉族在经济文化生活上都相一致，没有差别"[2]。因为在当时汉族移民大量来到白族地区屯田的背景下，汉族屯田居民被划分为所谓的"军户"和"民户"，此二者主要是与少数民族居民亦即"夷户"相对应和相区别，而白族自称为"民家"就是想要彰显自己与其他少数民族不一样的、很接近和类似汉族的总体特点。直至今日，在大理白族地区一些中老年人口中，仍将白族话称为"民家话"。正是在这样的背景下，丧失前期主体民族地位的白族开始从心理上自我调适，如此一来，知识分子无不以掌握汉文化的程度作为衡量自身和他者文化素质高低的标准，知识分子除了是白族的文化精英，还成为汉文化的承载者，不仅熟识汉字和汉文化，而且以汉文书面创作为必然。此阶段的汉文书面文学与南诏、大理国时期相比，所涉范围更广，参与者更众，涌现了无数名人大家，从元代的段氏总管到明代的杨黼、杨南金、杨士云、李元阳，到清代的杨晖吉、李崇阶、龚锡瑞、杨履宽、杨载彤、师范、李于阳、王崧，再到鸦片战争以后、中华人民共和国成立前的赵藩、周钟岳、赵式铭等，无不具备精熟汉文化的特点，也都运用汉

---

[1] 李晓斌：《明清时期大理白族文化变迁探析》，载《云南师范大学学报》2000年第1期。
[2] 同上。

文在白族文学的创作或理论总结中留下了他们无可替代的身影。此阶段，一些不是白族却在白族地区生息活跃并在白族文学中留下足迹的名人高士同样运用他们的汉文创作反映着白族地区的社会和生活，郭松年、李京、日本诗僧、张来仪、蒋宗鲁、杨慎、徐弘祖、担当和尚、大错和尚、黄元治、宋湘都是不会被白族人民忘却的名字。

在这个阶段，除了汉文书面文学的再次达到顶峰，民间文学领域也接受了大量汉族的作品，比如大本曲中的很多曲目就是在明清时期传入白族民众中的。这同样是白族文学中汉文文学地位越来越突出的例证和表现。

直至今天，白族民众对汉文化仍保持普遍的认同，这不能不说与元明清以来的社会和文化转型有着很大的关系。

四、中华人民共和国成立后：承继创新

中华人民共和国的成立，让白族同我国其他的少数民族一样，步入了一个全新的社会历史发展时期，劳动人民和民间大众真正开始当家做主。白族文学也进入了一个新的发展阶段。此阶段白族文学的发展可用承继与创新予以概括。

先说承继。中华人民共和国的成立，使得白族社会和民众的生活发生了翻天覆地的改变，但是，从文化和文学的角度来说，有其发展的内在规律和传习机制，因而，白族文学仍然在之前长期积淀的基础上发展，并没有抛弃和脱离传统文化的根基和脉络。前面几个时期白族文学发展中所达到的一些高峰在中华人民共和国成立后得到了继承和发扬。比如，白族民歌、大本曲、本子曲等传统文学形式中惯用的"山花体"格式，在中华人民共和国成立后依然传承下来，至今在白族民间仍得到广泛运用。白族文学中的各种已经形成的作品在本阶段不仅得到传承，而且由于党和国家的重视，组织人力、物力进行抢救，很多民间文学作品得以收集整理，其中有很多还被出版发

行，扩大了受众面和传播途径。白族文学中历经千年而积累、沉淀下来的文化精神、民族情感、价值观念、哲学意识也都成为后来甚至是今日白族文学发展的重要土壤和基础，一些白族文学中的典型作品、人物形象、故事类型、意象符号都在一脉相承中得以传续，并且，它们还将在白族文学的长卷中继续传承和延续下去。

再说创新。从社会形态来看，中华人民共和国成立以前，大理白族地区处于封建地主制阶段，中华人民共和国成立后，白族人民也步入了社会主义发展的新阶段。社会形态的改变，带来了全新的生活，这样的改变必然会反映到白族文学之中，所以这个阶段出现了大量讴歌新社会和新生活的民间文学，这属于白族民间文学内容上的一种创新。此外，中华人民共和国成立后，在大本曲和吹吹腔的基础上，形成了一种新的艺术形式，即白剧，其创新兼具形式和内容两个方面。今天，在现代化和全球化背景下，电脑、网络等新的传媒方式又催生了新的民间文学，比如很多民间歌手、艺人利用微信群、抖音、快手等网络平台对歌唱曲，还有很多民间艺人结合社会现象进行新的创作，比如赵福坤创作了很多以环保、消防、抗疫等为主题的大本曲短章，这些无疑都是新的社会环境下的一种创新。

当然，本书更关注的是白族文学在历史发展中积淀的传统特质，所以探讨的重点放在了中华人民共和国成立以前，对于中华人民共和国成立之后白族文学发展变化的梳理和讨论将在今后的研究中再予以关注。

第二节　白族文学的特质

白族文学是白族创造、传承的文学系统，它属于文学的范畴，自然具有文学的普遍共性。但是，白族文学又是白族民众创造出来的、属于白族这个群体的文学，它与白族文化、白族社会、白族历史、白族民众的生活紧密关联，所以必然又会被打上白族的烙印，体现出自身的鲜明特色。

张文勋主编的《白族文学史》中将白族文学的特点归纳为四个方面：其一，内容上反映了本民族的生活，与本民族的社会环境、自然条件、风俗习惯、心理素质、宗教信仰等有密切关系；其二，有丰富多彩的形式，不仅主要的文学体裁俱全而且每一体裁中又有许多类别，且每一种形式都具有鲜明的民族特色；其三，在发展过程中吸收其他民族特别是汉族文化的因素，又给其他民族以影响；其四，1949年后的白族文学，在党的文艺方针指引下获得空前发展，内容和形式都发生了巨大变化，但是民族风格和地方色彩并未消失。[1] 上述白族文学的特点，有的是其他少数民族文学同样具备的，比如形式上的丰富性、内容上的民族性等。这与白族文学的文学属性和创造主体有关，既然都是文学，白族文学与其他少数民族文学一样必定会具有基于文学学科的内在特点而产生的共性因素，也会打上民族烙印。但是，这些特点还不能完全等同于白族文学的特质。白族文学的特质应该是白族文学发展过程中形成的根本性的、不可替代的特征，是质的规定性。

关于白族文学具有什么样的特质，还少有学者进行系统讨论，但是对于白族文化的特质，已有不少学者提出了自己的看法。笔者认为，白族文化包含着白族文学，所以在一定程度上来说，白族文化的特质同样可以被认为是白族文学的特质，当然，白族文学作为白族文化中的一个组成部分，应该还具有某些自己的特征。所以，下面我们将借鉴学者对白族文化特质的探讨，再结合白族文学本身，就其特质问题展开论述。

段炳昌曾对南诏、大理国多元复合性的文化特质进行了深入的探讨，指出："南诏大理国土巫释儒道融汇化合为一体的文化趋向和多元复合性文化特质，在各种艺术形态中表现得十分生动形象而又完满充足，形成了南诏大

---

[1] 张文勋主编：《白族文学史》（修订版），云南人民出版社，1983年，第14～18页。

理国特有的土巫佛儒道汇融的复合性审美文化特征。"[1]杨政业在《论大理宗教的多元混融性》一文中指出:"近40年来,考古、历史、民族、民俗、宗教等学科研究成果表明,自从唐宋以来,大理地区区域文化是一种多元、混融复合型文化。宗教,作为大理文化的重要构成要素之一,同样呈现出它的多元、混融性的特征。"[2]

笔者认为,多元混融性同样是白族文学的重要特质,当然,除此之外,白族文学还具有仿汉性与民族性的共存、多层面叙事视角的谐调统合等特质。

一、多元混融性[3]

很多民族的文学都具有多元丰富的特点,但是白族文学的多元混融性显得尤为突出,并且白族文学的多元性并非仅体现于表面,而是从内在发散出来的一种特质,白族文学的多元性也并不是大杂烩或者文学拼盘,而是有机整合最终混融复合的整体性特征,不论是在形式还是内容方面均有充分的表现。

白族文学的多元混融性,一方面是源于自身,白族是在融汇、吸纳不同族群及其文化的基础上形成的民族共同体,白族文化系统在发展的过程中不断通过吸收外部营养而壮大自己,因而白族文学这个整体本身就是丰富元素的总和。另一方面,白族文学的多元混融性还与白族文化处于几大文化圈的交汇地带,形成多元文化的汇集,能够长期与外部文学保持交流有关。本书所关注的汉族文学、印度文学、东南亚文学都是和白族文学之间存在紧密交

---

[1] 张文勋主编:《滇文化与民族审美》,云南大学出版社,1992年,第154页。
[2] 杨政业:《论大理宗教的多元混融性》,载《大理文化》1992年第5期。
[3] 本部分的一些内容在董秀团《白族民间文学的多元混融特质及对边疆民族文学发展的启示》一文中曾发表。

流的文学系统，这些文学系统与白族文学的交流、相互影响同样是白族文学多元混融性特质形成的重要原因。

（一）文类体裁丰富多样

白族文学的系统兼具各种体裁文类。从民间文学角度而言，神话、史诗、叙事长诗、故事、传说、歌谣、谚语、谜语、俗语、戏曲、曲艺，每一种民间文学中的重要体裁在白族文学中都能找到。并且几乎每一种体裁都形成了耳熟能详的代表性作品。这些不同体裁的作品汇聚成了白族文学长河中一颗颗璀璨的明珠。从书面文学的角度而言，自南诏、大理国时期开始，就形成了南诏王以及高级官员和释儒阶层组成的知识分子阶层，他们从诗歌到散文，都达到了很高的艺术成就。而明清以来，知识分子更是大量涌现，很多人在文化史上留下了不朽的篇章。不仅文学宝库兼具了各种体裁和形式，而且每一种体裁和文学形式本身又充满了多元复合的特征。以创世史诗为例，从内容上说，其与神话有混融，都是对开天辟地等民族宏大叙事的关注；从形式上而言，歌舞乐相混融，将多元因素汇聚一体，比如流传于洱源西山地区的《创世纪》，以"打歌体"为表现形式，融诗、乐、舞为一体，与白族民众的民俗生活高度互融，充分体现了多元混融的特点。此外，白族民间文学中丰富多元的文类体裁的产生，大多是外来文化与本土文化整合发展的产物，体现了两种甚至多种文化的混融。白族戏曲曲艺吹吹腔、大本曲都是在外来移民携入的"弋阳腔"基础上融入白族民间原有的歌舞艺术、叙事传统而形成的。白族特有的曲艺大本曲，就充满了汉族元素和汉文化的影响，是汉文化和白族传统相结合的产物。白族的龙神话故事，既有中原汉文化影响的成分，也有印度文学影响的成分，同时也融汇了白族底层文化因子，是丰富复杂的综合体。

白族文学中艺术表现手法齐备。同样以民间文学为例，神话的光怪陆离、史诗的壮丽宏大、歌谣的通俗真挚都离不开独特的艺术表现手法。白族文学中，每一种体裁形式都运用着属于该种体裁的艺术手法，又加入了本民族的独特创造，因而在具有该种体裁共性的同时打上了白族烙印。以白族民歌为例，歌谣中常见的赋、比、兴等手法白族民众运用得同样娴熟，与此同时，白族民歌中充满了白族民众特殊的表现力和创造力，月亮、花、蜜蜂等意象的运用为白族民歌抹上了独特的民族色彩。反意歌、一字歌、串枝连等独特的表现形式更是白族文学中无可替代的创造力的典型体现。这两方面的因素，又使得白族民间文学多元混融的特质更加明显。

（二）文学文本互文印证

20世纪60年代，法国学者克里斯蒂娃提出了"互文性"概念，指出"任何文本都是对另一个文本的吸收和转换"[1]。从互文性理论出发，文本并非孤立存在，而是与其他文本以及社会历史文化语境密切相关。反言之，社会历史文化语境的种种影响亦会在文本中留下痕迹和烙印。综观白族民间文学本身，此种文本间性亦即互文性体现得十分突出，这又恰恰印证了白族民间文学的多元混融性特征。

白族民间文学中有大量文献文本与口述文本的互文实例。南诏以来在白族民间流传着一种增、减、重新组合汉字笔画和偏旁部首的古白文，一般与汉文夹杂使用，但流传范围较窄。所以白族文化除了以口传为主外，主要靠汉文书写典籍记录。由于南诏、大理国地方政权覆灭后白族文化典籍曾遭大规模焚毁，所以白族的传统文献典籍不多见。但白族文化包括文学的部分材料却得以在一些汉文典籍中记录下来。这些文献记载的文学文本又与民间口述文本共同流传，形成密切的互文性关联。《九隆神话》《火烧松明楼》《望夫云》等均是典型例证。晋常璩《华阳国志》及南朝宋范晔《后汉书·南蛮西南夷列传》都记载了九隆神话。九隆神话在白族民间也以口述的形式在

---

[1] Kristeva, Julia, *Bakthine, le mot, le dialogue, et la roman*. Paris: Seuil, 1969: 146.

传承。妇人捕鱼水中、触木而孕、产子十人、沉木化龙、龙舐幼子、九隆为王、十子娶妻等主要母题在文献记载和口述文本中基本一致，体现了高度"互文"的特性。除《九隆神话》外，民间还存在《九龙圣母》《龙母神话》等变体，同样具备感龙而生等核心母题。可以被统摄到"互文"网状系统中的文本十分丰富，充分说明了该神话的深厚生命力。对《火烧松明楼》传说的记载，可见于《白古通记》《南诏野史》《滇载记》和李元阳万历《云南通志》等地方文献。诸种文献中记载详略不一，但南诏欲吞并五诏、建松明楼、焚死各诏等情节是一致的。除了地方史志，民间还流传着《火烧松明楼》的诸多口述异文，其主要情节与《白古通记》等所载亦大体一致。《望夫云》传说在民间广泛流传，影响颇大，其文献记载主要见于《大理府志》《大理县志稿》等地方文献，这些地方文献的来源依据也是民间流传文本，所以在文献和口传文本间同样只存在细节的差异，互文性十分突出。

　　白族民间文学中还存在不少口述文本与仪式文本的互文实例。剑川一带正月十五有专门纪念青姑娘的姑娘节。当地的白族妇女会凑钱买好所需物品，请人扎一个青姑娘人偶，打扮成白族妇女的样子，到村中场坝祭奠。大家抬着青姑娘在村中巷道游行，边走边跳边唱，叙述青姑娘悲惨的身世。这一仪式对应的就是民间长诗《青姑娘》，长诗叙述了一个善良、勤劳的白族姑娘从小给人做童养媳，受尽折磨最终无奈跳进海尾河自尽的故事。此种互文性亦存在于前述《火烧松明楼》传说中，白族民众将传说的起源附会于火把节，火把节仪式中竖火把、点火把、染指甲等习俗均是对传说内容的印证，二者构成了一种互文关系。大本曲的演唱也体现了仪式与演述文本之间的互文。白族民间流传着"在家莫唱梁山伯，出门莫唱陈世美"的俗语，强调的就是演述场合与演述文本的契合问题。如七月祭祖时节，常唱《傅罗白寻母》《三下阴曹》《黄氏女对金刚经》等与鬼魂、地府有关的曲目；上梁、新居落成仪式上，多唱《蔡状元修洛阳桥》等曲目；家中结婚、办喜事，要唱大团圆结局的曲目。

（三）多种类型互融并存

在白族的神话、故事等文类中，不仅有着丰富的基本类型而且每一类型下面还常常存在多种亚型，这同样是白族民间文学多元混融特质的表征。

以创世神话为例，一方面，其关注人类早期生活中的重大问题，反映白族先民对宇宙、世界万物以及自身的探索和思考，对外界和自我的认知，具有所有创世神话、史诗共有的宏大叙事特征；另一方面，白族的神话史诗在具体的叙述中又体现了先民对创世问题的多元化思考，创世神话的不同亚型混融交织。白族创世神话的典型文本有《开天辟地》《创世纪》《人类和万物的起源》等。《开天辟地》叙述盘古变成天，盘生变成地，天地修成后，盘古、盘生死去，盘古死时身体变成了世界万物。《创世纪》中说到盘古、盘生变成天地后，又化身为"木十伟"，木十伟的身体变成了万物。《人类和万物的起源》讲述，远古时代天地相连混沌不分，两个太阳在天上互相碰撞，导致天地分开，小太阳坠落海中时海心冒出的石柱顶天撑地。如果说《开天辟地》和《创世纪》是化生型创世神话的代表，那么《人类和万物的起源》则反映了白族民众另外一套创世体系观，在两个太阳相互碰撞导致天地分离的叙述中，蕴含着先民关于天地万物在物质本原和运动、变化中生成的朴素唯物主义观念。

在人类起源神话和洪水后人类再殖神话中，白族民间文学的多元混融同样得以充分体现，有些文本自身就兼涉了不同亚型。《东瓜佬和西瓜佬》讲述人类是由东山上结的紫瓜中走出的小伙子和西山上结的白瓜中走出的姑娘繁衍而来，这里的瓜与葫芦具有同类属性，故该文本也可被视为葫芦型人类起源神话。《人类和万物的起源》中，最初的混沌世界里，两个太阳相互碰撞，落入海中的太阳被大金龙吞入肚中，又变成肉团从龙腮进出，炸开撞碎的肉团变成万物，肉核变成了一个女人劳泰和一个男人劳谷，劳泰和劳谷结成夫妻，繁衍人类。这可被视为人类起源神话中的天父地母亚型。除了人类的初次起源，白族民间文学中人类再殖母题也形成了兄妹婚再殖人类、人间子遗男子与天女婚配等不同亚型，同样体现了多元混融的特征。《创世纪》《开天辟地》《鹤拓》《兄妹成亲和百家姓的由来》《伏羲和娃妹》《点血造人》《人种与粮种》中都有洪水后兄妹结婚再殖人类的情节，体现了白族先民对人类起源于男女两性相结合的懵懂认知。《氏族来源的传说》《虎氏族的来历》中，有兄妹结婚生下的女儿嫁给熊、虎等动物繁衍人类的情节，是兄妹婚和人与动物结合繁衍人类相粘连的亚型。笔者在剑川石龙村收集的《桥生与龙女》《龙王三公主》故事文本，则叙述作为洪水遗民的人间男子与身份特殊的异类女子婚配后完成了再殖人类的使命。

白族龙故事中多种亚型的存在也体现了此种多元混融的特质。笔者曾将白族的龙故事分为五种类型：善龙，龙帮助人克服困难或为民除害；龙作恶，治恶龙；人与龙成为朋友；人与龙相恋或结为夫妻；感应生龙，人变成龙，人死后封为龙王。[1] 在每一类型下面还可看到多种亚型的并存交叉，如人龙婚配下面就还有龙女报恩、乐人与龙女、龙娶凡女等亚型。此外，大黑天神故事下面包含了吞瘟疫亚型、斗恶蟒亚型、本主亚型。蛇郎故事除了典型的433D型之外还兼具433F氏族始祖型。

（四）多元观念交织共生

在民间文学中，有着白族民众奇特的想象、朴素的思辨、深刻的思考、严肃的自省、沉痛的悲剧、美好的希翼、情感的寄托、观念的彰显。文学是社会生活的反映，白族文学同样是白族民众社会生活的体现，白族社会生活中的方方面面都被白族民众移植到了文学的世界里。白族民间文学的多元混融性，是多样、混融的社会生活本身的反映和多元混融观念的体现。在

---

[1] 董秀团：《白族民间文学中人与自然关系的解读——以龙的故事为例》，载《民族文学研究》2008年第4期。

这个文字和语言构筑的世界里，交织着白族民众的观念、意识、思考和心声，其间或许有着矛盾、碰撞，但最终又达成了更高层面上的混融和整合。

解析白族文学的文本，可发现其中有白族原生信仰和本土崇拜的内容，有佛教的影响，有道教的痕迹，有儒家的意识，有的文本更夹杂了前述几种信仰崇拜，可谓诸教杂糅。而这样的状况，完全与白族民众现实的信仰图景相呼应，在民间，不同宗教的神祇和平共处的景象随处可见，比如大理喜洲的寺上村，有一座中央祠本主庙，主要供奉本主，在本主庙后紧挨着的是大慈寺，寺内供奉着道教的玉皇、太上老君，儒家的孔子、七十二圣贤，还有佛教的弥勒佛、护法韦陀，可以说是多元信仰融汇共生构成的宗教建筑群；剑川石钟山石窟中南诏王本主造像、佛教造像和本土崇拜女性生殖器造像同堂共室。白族民众或许分不清自己信奉的到底是何方神圣，也无意去做这样的区分，在他们的心目中，只要能够护佑自己就可以去崇奉。正因为白族民众信仰观念的开放、多元映射到了文学中，故文本中又处处体现出此种多元互融之态势。

大黑天神故事就体现了佛教信仰与本主崇拜的融合。大黑天神本是印度教湿婆神的化身，后被佛教密宗吸收。大理地区的大黑天神不仅作为密教的护法神，而且被纳入了本主信仰的系统中。"大黑天神作为本主供奉的年代较久，至迟在大理国（宋代）时期已经盛行。"[1]如此早就进入白族本主信仰的体系，说明大黑天神这一外来神祇已经完全被白族民众所认可。大理的湾桥、石龙等地均供奉大黑天神为本主，也都流传着相似的大黑天神本主传说。

儒释道三教合流的倾向在白族文化中有明显表现，在白族民间文学中也留下了痕迹。白族大本曲、本子曲中都有关于目连救母故事的曲目，故事中

---

[1] 田怀清：《大理地区信仰大黑天神源流考说》，载赵寅松主编：《白族研究百年》（三），民族出版社，2008年，第524页。

既有对表现目连之孝的儒家伦理思想的抒发,也有对佛教因果报应、业报轮回观的描述,而目连用锡杖打开地狱之门救拔母亲及亡魂的情节与道士超度亡魂仪式和破地狱科仪很有关联,曲本中还有"我妈她拜观音经,爹拜天地水三官"之语。

动人的风物传说体现了白族民众所生活的山川风物的优美,大理的"风花雪月"每一景都有对应的风物传说,每一个传说都与当地独特的自然风光和民俗生活相联系。比如关于下关风的传说,讲到观音十分同情化身"望夫云"的公主和被打入洱海底化成石骡的猎人,于是携带九瓶大风欲吹干洱海水让猎人和公主团圆,罗荃法师假扮成可怜的渔夫,观音将之带到家中给他生火做饭,罗荃法师趁此机会偷走六瓶大风跑到外面将风放了,从此下关的风就特别大了。而剩下的三瓶风风力不足,不能吹干洱海水,公主和猎人无法团圆。[1]在这则传说中,既有对自然风物的解说,也有对救苦救难的观音菩萨的信仰,还有民间观念的隐喻:石骡子象征着对公主和猎人爱情的彻底扼杀,因为骡子本已无生育能力,更何况是石头的骡子?此种情节的设置体现了民众对以罗荃法师和南诏王为首的一方的极度绝望,因为他们对公主和猎人使用的手段太过绝情和残忍。

在白族民间文学中,还塑造了一系列龙的形象,如小黄龙、大黑龙、蝌蚪龙、母猪龙等,这其中,有善龙,有恶龙,也有兼具善恶两种因素的龙,有称霸作恶的龙,有与人类交朋友的龙,而不论是哪一种龙,其实都是白族先民对自身与自然之间关系思考的一种反映。白族民间文学中的另外一个特色是塑造了一系列悲剧形象,比如投身蟒腹杀蟒的段赤城,舍生取义的大黑天神,《鸿雁传书》中劳燕分飞的夫妻,《青姑娘》中过早"凋谢"的青姑娘;再比如《望夫云》中的公主和猎人,《火烧松明楼》中的柏洁夫人,这一个个美丽动人而又充满悲剧色彩的人物形象,使得白族文学散发出一种别样的

---

[1] 大理白族自治州文化局编:《白族民间故事选》,上海文艺出版社,1984年,第246页。

美，给我们展示了一个鲜活的、真实的世界。

　　白族文学中内容上的多元混融性，不仅仅是不同类型人物形象的集合，也不仅仅是不同情节故事文本的累积，而是多样、混融的社会生活本身的反映和多元混融观念的体现。在这个文字和语言构拟的世界里，交织着的是白族民众的心声，是白族民众的观念和意识，是白族民众的思考，其间或许有矛盾、碰撞，但这正是对最真实的"历史"的反映。在白族文学中，常常体现出白族民众多元混融的信仰观念，这也是白族文学多元混融性的表现之一。

二、仿汉性与民族性的共存

　　白族文学的第二个特质是仿汉性与民族性的共存。仿汉性，指的是白族文学对于汉族文学的吸收、模仿，也可以理解为汉族文学对白族文学的影响。民族性，指的是白族文学从自身传统中承袭下来的特征，是白族文学自身特色的体现和彰显。在白族文学中，这两个方面都非常突出，但它们之间并非绝对对立，而是达到了一种共存和谐调的境界。一方面，白族文学不断地仿照、吸收来自汉族文学的因子，加以消化和融汇；另一方面，白族文学又体现出与别的民族不一样的本土化、白族化的固有特色，这两个方面达到了一种平衡。

（一）仿汉性

　　白族文学中仿汉性的产生，与白族和汉族之间很早就拉开了文化交流的序幕有关，也与白族文化开放、包容的特点有关。

　　汉代比较重视对边疆地区的开发。汉武帝在云南通道设置郡县，拉开了汉代开发和经营西南夷地区的序幕，从那个时候开始，汉文化就不断输入云南地区。南诏、大理国时期，统治者及统治政权都把对唐朝的模仿、学习视为自然而然的事。所以,"仿唐"是南诏、大理国政权的共同特征。张福三指出:"如果我们从宏观上去探索南诏文化的特征,以及能在不太长的时间内迅速繁荣的原因,首先就是南诏文化中的仿唐性。"[1]南诏时代,曾持续派白族青年子弟到成都学习汉文化,此举历时50余年,乃至学成归来的才俊达到数千之众。《资治通鉴》说道:"初,韦皋在西川,开清溪道以通群蛮,使由蜀入贡。又选群蛮子弟聚之成都,教以书数,欲以慰悦羁縻之,业成则去,复以他子弟继之。如是五十年,群蛮子弟学于成都者殆以千数……"[2]《南诏德化碑》中用"不读非圣之书,尝学字人之术"的话语来记载和描述南诏王阁逻凤,说明其对中原儒家文化的推崇备至。另从南诏对一些汉地大儒的重用上也可看出其向慕汉文化的态度。南诏军队攻陷巂州后,俘获了当时的西泸县令郑回,郑回是熟识儒家传统的大儒,阁逻凤非常看重其儒学造诣,让他教育王族子弟。及至异牟寻即位后,更委以清平官之要职。从此一例,足可见南诏王室对汉文化的仰慕是发自内心的。南诏王异牟寻在《与韦皋书》中说"人知礼乐,本唐风化"[3],表现了南诏时期大理地区文化上总体趋近汉文化的特点,也肯定了大理地区对汉文化的认可和接受。大理国时期,虽然"宋挥玉斧"主动斩断与大理国的联系,但是这种联系实际上是不可能被完全隔断的,白族地区和中原地区的民间仍有诸多的经济贸易和文化交流,汉文化对白族文化的影响仍然存在。到了元代,虽然其整个政权维持的统治时间并不算太长,但一系列的举措却让汉文化在白族地区的流播延续下来。元代在云南设立行省,首任平章政事赛典赤在各地建立学校,传播儒学。《元史》中记载他"创建孔子庙,明伦堂,购经史,授学田,由是文风稍兴"[4]。通过这些举措,白族地区的汉文化浸染得以进一步扩散。

---

[1] 张福三:《走出混沌》,云南民族出版社,1989年,第192页。
[2] [宋]司马光:《资治通鉴》,中华书局,1956年,第8078页。
[3] [宋]欧阳修、宋祁撰:《新唐书》卷二二二上,中华书局,1975年,第6273页。
[4] 《元史》卷一百二十五列传第十二《赛典赤赡思丁》,中华书局,1976年,第3065页。

郭松年在《大理行记》中记载："改其宫室、楼观、言语、书数，以至冠婚丧祭之礼，干戈战阵之法，虽不尽善尽美，其规模、服色、动作、云为，略本于汉，自今观之，犹有故国遗风焉。"[1]这充分说明大理白族地区在建筑、语言、礼仪甚至军事方面都深受汉文化的影响。承继其后的明朝，汉文化开始大规模、全方位地输入白族地区。一方面是规模宏大的移民屯田，另一方面是儒学教育体系的完善，都成为汉文化空前传播到白族地区的重要原因。在外来汉文化的影响下，大理白族地区亦涌现出大量文人学士，英才辈出。他们和流寓、戍滇的汉地文人一起充当着汉、白文化交流的使者。在内、外因素的交织作用下，白族地区的汉文化在明代达到了前所未有的繁荣，也奠定和造就了此后白族地区长期沿袭的、浓郁的汉文化气息。这些在文献典籍中都有明确的印证。天启《滇志》卷三十《羁縻志》第十二说："白人，迤西诸郡强半有之。习俗与华人不甚远。上者能读书。"[2]肯定了白族风俗习惯与汉族的接近，也特意强调了白族中部分阶层读书识文的状况。谢肇淛在《滇略》卷四"俗略"中的描述则更强调了汉文化对白族地区的浸染以及所达到的成效："衣冠礼法，言语习尚。大率类建业，二百年来，薰陶渐染，彬彬文献，与中州埒矣！"[3]清代乾隆《赵州志》也说："白人，颇读书，习礼教，通仕籍，与汉人无异。"[4]这里所记录的白族，在记录者的眼中已经与汉族民众没有多少区别。

　　文化交流的深入以及汉文化源源不断的输入，自然会使白族文学打上汉文化和汉族文学影响的烙印。白族民间的很多文学样式就是在受到汉文化的影响下才得以形成。白族民间文学的文本内容中，也有很多是源自汉族地区。以大本曲为例，其文本中，有90%以上的曲目都是移植自汉族的戏曲

---

[1] [元] 郭松年：《大理行记》，王叔武校注本，云南民族出版社，1986年，第20页。
[2] [明] 刘文征撰，古永继校点：《滇志》，云南教育出版社，1991年，第998页。
[3] [明] 谢肇淛纂：《滇略》，云南图书馆藏云南大学历史系抄本，第67页。
[4] 杨世钰、赵寅松主编：《大理丛书·方志篇》卷一，民族出版社，2007年，第27页。

曲艺。其中有很多曲目连曲名都和汉族地区的保持一致，还有一部分曲目名字虽然不同，但内容大同小异。汉族地区广泛流传的陈世美不认前妻、杀狗劝夫、梁祝、天仙配、琵琶记、洛阳桥、目连救母、唐僧出世等故事在大本曲中均有对应曲目。大本曲中的《磨房记》，过去一直被认为是白族本土题材的典型代表，[1]但事实上，笔者在汉族及其他的少数民族地方戏曲中找到了该故事的痕迹或类似的故事情节，笔者认为，这极有可能也是一例外来曲目。

（二）民族性

任何一个民族的文化都应该具备自身的独特性，任何一个民族的文学也同样应该体现出与别的民族不一样的地方。这不一样的地方，在很大程度上就是该民族文学的民族性。白族文学在很多方面模仿和吸收汉族文学的内容，但它毕竟不是汉族文学，仍保有自己的特色和独特性，亦即体现出了自己的民族性。

白族文学的民族性体现在哪些方面？笔者认为这种民族性特征是从外在到内里的一种综合体现，它表现于白族文学的各个方面。

从外在的角度来说，白族文学中一些独特的体式、格律充分体现了白族文学的民族性。白族民歌、大本曲、本子曲等均采用一种被称为"山花体"的诗体格律，这种"山花体"就是白族文学中民族性的典型体现。

"山花体"是迄今仍流行于白族民间的一种民歌曲词体式。徐嘉瑞《大理古代文化史稿》中说："五代会要所记的南诏（时南诏已亡，乃郑旻时代）上大唐皇帝舅书，（大唐皇帝即后唐庄宗，时唐已亡）附有转韵诗一章，诗三韵，共十联，有类击筑调。"[2]徐嘉瑞认为这里的"转韵诗"就是采用"山

---

[1] 参见张文勋主编《白族文学史》及杨政业主编《大本曲简志》等著作。
[2] 徐嘉瑞：《大理古代文化史稿》，中华书局，1977年，第394页。

花体"。目前所见,较早采用"山花体"的有明景泰元年(1450)立的《圣元西山记》碑,碑阴有杨黼作的《词记山花——咏苍洱境》一韵共十联长诗,这也是至今唯一保存完好的明代白文碑。另有明成化十七年(1481)的《杨寿碑》,碑阴有《山花一韵》一联。还有更早的《赵公碑》所采用的亦为山花诗体。由于明代用白文所写的这种词名之曰"山花",因而现通称这种民歌体式为"山花体"。[1]山花体的基本格式为三七一五,即前三句为七个字,第四句为五个字。有的分为上、下两阕,则又有"三七七五,七七七五"和"七七七五,七七七五"两种体式。第一种体式即上阕的第一句是三个字的曲头,第二、三句为七个字,第四句为五个字,下阕的第一、二、三句为七个字,第四句为五个字;第二种体式是上、下两阕均为前三句七个字,第四句五个字。大本曲唱词绝大多数采用"七七七五"的山花体格式,当然,有时在此基础上也存在一些变体。赵橹认为山花体产生在元代,即段氏总管时代,而唱大本曲的活动和白文曲本就是随着白族山花体的成熟、定型而出现的。[2]到明代,山花体已经十分盛行。至今,山花体仍在白族各种诗体中得以广泛运用。比如白族调《三弦无嘴会说话》:

  龙头三弦响铮铮,曲如流水不断根;
  三股丝弦拉一起,悄悄诉心声。
  三弦无嘴会说话,曲到无声胜有声;
  今日兄妹相会后,情爱日日深。[3]

又如本子曲《鸿雁带书》"问信":

---

[1] 赵橹:《白文〈山花碑〉译释》,云南民族出版社,1988年,第173页。
[2] 同上注,第194页。
[3] 《石宝山白族情歌百首》,云南民族出版社,1991年,第8页。

坐着烦闷心又焦，走出门外试瞧瞧，
那边过来出门人，上前去问他。
阿哥出门哪里来，心里有话对你讲，
我家丈夫出门去，还没转回家。
去年栽秧说回来，秋收过后不回乡，
今年播种盼他归，没回来栽秧。
手扶门坊望夫面，手托腮巴思念他，
就是他不想念我，要想念爹妈。
人家常带书和信，人家常寄银和钞，
一封空书未寄回，安的什么心？
阿哥出门返回去，一封书信请您捎，
写与夫君这封信，问他可回家？[1]

再如大本曲《柳荫记》[2]中：

英台越想越伤心，思想梁兄昔日恩；
梁兄阴魂在何处，阴阳两下分。[3]

上述几个例子均是采用白族"山花体"。白族丧葬礼仪中演唱的"白祭文"[4]，同样也是用"山花体"格式的。这种诗体格式在白族民间影响深远，几乎所有的韵文都会采用这一格式。

---

[1] 剑川县史志办公室编：《剑川县艺文志》，云南民族出版社，2010年，第393～394页。
[2] 《柳荫记》所述即梁祝故事。
[3] 大理市湾桥镇编：《大本曲演唱基本知识》，内部资料，2003年3月。
[4] 白祭文，指的是在丧葬礼仪上演唱的叙述死者生平、事迹、功劳、人品以及表达对死者的怀念、哀思之情的一种叙事、抒情相结合的文体。

除了"山花体",白族民歌中独特的"一字歌""反意歌"等形式同样体现了白族文学的民族性。"一字歌"要求每句唱词中都有一个白语中发音相同的字重复出现。如《新》:

> 新娘子做客多喜欢,新衣新裤身上穿;
> 新人新客羞答答,躲在薪垛边。
> 薪垛一垛坍下来,新娘压在薪下边;
> 新郎吓得慌了神,心跳好半天。[1]

在这首一字歌中,新旧的"新"与柴薪的"薪"和心跳的"心"在白语里的发音完全相同,故借助语音的类同达到了巧妙的、戏剧性的效果。

"反意歌"借助反差鲜明的现象的对举来营造幽默、夸张的实际效果,把现实中不可能出现的事物说成可能,把可能的事偏要说成不可能,在强烈的反差中令人忍俊不禁。这一类歌曲中往往蕴含着深刻的哲理,或显示着歌者过人的才智。歌谣中的唱词表面上看确实是以"反意"的形式出现,但其内在却隐含着清晰的逻辑链条。反意歌的反差对举并非只是胡编乱造,歌者的独具匠心被暗含于其中,那些放在一起对举的必定是有关联的事物。如《小老奶》:

> 今年活到九十九,百岁只差一年头;
> 水豆腐我咬不动,只吃炒豆豆。
> 平平大路走不来,高山顶上能跑步;
> 绊着小草也跌倒,走尽天边路。[2]

---

[1] 大理白族自治州文化局编:《白族民间歌谣集成》,云南民族出版社,1991年,第372页。
[2] 同上注,第385页。

这首歌谣中，年近百岁的老奶奶却偏用"小"字作为定语，而后面的歌词无不围绕着这"小"与"老"的对比，在可能与不可能、合理与不合理、现实与超现实之间，展现了一位活灵活现的、年纪虽老却又无比年轻的老年妇女形象，整首歌谣可谓意趣盎然。

与"反意歌"类似的是大本曲中的一种"反调"，其基本形式就是正话反说、无中生有。比如《辽东记》中的反调就流传广泛，深受民众喜爱：

  青茵茵来白茵茵，老鼠叫猫咪一声；
  老鼠说是等一等，猫咪笑盈盈。
  小鸟它把老鹰追，竟然逮住了老鹰；
  小狗抬来大老虎，羊羔又去争。
  隔壁家的老水牛，被鸡啄得丧了命；
  马替水牛去告状，叫鸡赔牛命。
  母鸭用来驮树木，毛驴孵蛋最认真；
  大眼竹箩用装水，一点不会漏。
  针眼里面来跑马，一趟跑出眼眼针；
  茅草房上火烧猪，没烧了一根。
  蚊子轻轻落树梢，压得大树弯了根；
  苍蝇抬来大石头，绊倒在街心。
  狮子骑在大象上，它从墙缝里出进；
  泥巴大佛会说话，飞出又飞进。
  大海心里砍竹子，捞螺蛳在苍山顶；
  高山峻岭捞海菜，三庹长一根。
  和尚庙里办婚事，尼姑庵里产男婴；
  跳蚤心肝被狗吃，胀得狗丧命。
  等一等来等一等，鸡吃糠皮猪吃麦；

麻雀敢啄老鹰嘴，鼠啃猫手心。
几条水蛇欺负龙，狗追老虎好一程；
小鸡吓唬黄鼠狼，吃它肝和心。
田间杂草欺燕麦，狗燕麦苗欺小麦；
三面杂草欺稻谷，捡谷打田主。
门神几尊欺山神，三姑老太欺本主；
烧香几个欺佛爷，庙主欺寺主。
十冬腊月桃花开，硕果累累正月正；
光身汉子偷吃桃，竟然偷着几衣襟。
男主人他骂出来，媳妇去追偷桃人；
追出之后未回归，男主人成了寡夫。[1]

此种正话反说和对常规事物的超常描写，将听众带入了一个暂时的"反常规"时空，能给人以独特体验。故而此种反调在大本曲相对长时间的演唱中，能起到非常突出的调节作用，深受听众喜爱和认可。

除了外在的方面，白族文学的民族性还体现在内在层面，这又可以分两个方面来谈，一是一些具体的文类、作品内容被打上了地方性和民族性的印记，二是白族文学的内容中体现和承载着白族民众的民族精神和价值观念。

先说第一个方面。在白族文学中，无论是民间文学中的哪一种体裁，都在具体内容中体现出自己民族性的烙印。从神话来看，白族古老的神话《金鸡和黑龙》《小黄龙与大黑龙》等塑造了一系列龙的形象，有善龙，有恶龙，而且不论是英勇无畏的小黄龙还是作恶多端的大黑龙，都深深刻上了白族文化的烙印，并与大理白族地区古为泽国、水患频发的历史背景和生态环境紧密关联。而金鸡这一形象则既与白族的图腾崇拜有关，也与南诏以来大理白

---

[1] 赵福坤演唱，见"大理花上花曲艺世家"微信公众号 2020 年 8 月 2 日发布视频。

族地区深受妙香佛法的浸染有关。白族原生文化中有崇鸡的传统，此种意识后与佛教中的金翅鸟意象融合，最终形成了民间文学中金鸡这一独特的文化符号和意象。

　　白族的史诗中，打歌《创世纪》不仅形式独特，而且内容上，开天辟地的主角除了盘古、盘生外，还独创出木十伟这一形象，中间还穿插妙庄王算命、龙王逆天行雨等内容，极富民族特色。

　　白族的民间传说更是体现出鲜明的民族性和地方性，这当然与传说本身的特点有关，但同时也反映了白族人民热爱家乡、热爱本民族的意识。大理白族地区的山川河流、一草一木都流传着动人的传说，比如"风花雪月"四景即下关风、上关花、苍山雪、洱海月，每一景都有一个优美的传说伴随。此外，望夫云、鸡足山、茈碧湖，这些地方都有相应的传说在流传。

　　白族的民间故事中，同样具有民族性的内容，最典型的莫过于本主故事了。在本主故事中，白族民众塑造了一个个兼具神性与人性的本主形象，在他们身上，既有护佑一方生民的法力，同时又充满了人的世俗欲望和情感。比如鹤庆坝区大水美村、水路铺、石朵河村和山区七平、炭窑等村供奉的本主东山老爷，与小教场村的本主白姐经常来往，日久生情，常常半夜相会，东山老爷从北墙爬进小教场村的本主庙，长此以往，把北墙都爬倒了。刚开始，人们见墙倒了便去修，可是这墙总是修好了又坍掉，后来人们发现了其中的缘由，得知是东山老爷去会白姐才把墙爬倒了，于是就再也不修北墙了。一次两人半夜相会，共枕而眠，公鸡鸣叫才把他俩从酣睡中惊醒。东山老爷忙忙乱乱地穿上衣裳，套上鞋子溜回自己的本主庙。第二天清早，到东山本主庙给东山老爷敬香的人们看见东山老爷左脚穿的是一只靴子，右脚穿的却是一只女人的绣花鞋。原来是东山老爷在忙乱之中，把鞋子穿错了。[1]

----

[1] 白庚胜总主编，杨诚森本卷主编：《中国民间故事全书·云南·鹤庆卷》，知识产权出版社，2005年，第39页。

这则故事反映了白族本主崇拜的一个重要特征：世俗性。白族的本主并不是高高在上的神祇，而是为民做主同时也像老百姓一样有喜怒哀乐和七情六欲的具有神性的人。剑川地区的木匠故事，则反映了剑川白族地区土地贫瘠的背景下白族人民凭借手艺"走夷方"[1]的历史。

白族的本子曲叙事长诗中，同样充满了民族特色，《鸿雁带书》《出门调》都是抒发夫妻分离、出门在外的种种思乡情感，这是在出门"讨生活"这一历史背景下产生的独特叙事，和木匠故事有一定的相似之处。

白族的曲艺大本曲中，不仅有《白王的故事》《火烧松明楼》等民族题材，而且还将一些汉族的戏曲曲艺剧目本土化和白族化，增加了许多富有民族特色的情节和内容，融入了大量白族人民生活中的风俗习惯，体现出白族民俗生活特有的韵味。在很多曲目中，描写到庭院房屋的时候，往往按照白族特有的民居形式加以想象，将之描绘成三坊一照壁、四合五天井式的住宅。《张四姐下凡》《柳荫记》《王素珍观灯》《傅罗白寻母》《金铃记》《白蛇记》中都有类似的叙述。此外，大本曲中人物的服饰、饮食、风俗往往也都体现出白族地区的特色。《金钗记》中描述的女性，内穿蓝色的衣服，上面罩着青色的比甲（坎肩一类），戴着自制的上缀飘带的绣花围腰，活脱脱就是身着传统服饰的白族妇女形象。《金铃记》里多次提到吃"八大碗"，这"八大碗"是白族待客时宴席上常见的八道菜，大理地区的白族在婚丧嫁娶中吃"八大碗"也是一种独特的风俗习惯。《柳荫记》形象地描绘了白族婚俗的场景，婚礼中请来吹锁呐的、杀猪掌厨的、烧开水的、做米饭的、抬火把的、牵羊的、抱鸡的、抬柜子的、抬皮箱的、搭彩房的、写对联的、伴郎、媒人等。皮箱、柜子都是过去白族嫁妆中不可缺少的东西。《白蛇记》中的主人公富裕与龙王三太子"打老友"，反映了白族地区交友的习俗。《黄氏女对金刚经》提到一些妇女在莲池会上不团结，说是说非，所以死后在

---

[1] 指离开家乡到外地谋生。

地狱中受苦。这里的莲池会，是白族地区各村落广泛存在的民间佛教组织，俗称"老妈妈会"，参加者多为中老年妇女，每到节日会期就聚集在一起烧香念佛。直到现在，大理白族地区几乎村村都有莲池会。大本曲《荆钗记》《柳荫记》中都描绘了为丧者写祭文的情节。这里的祭文也就是白族民间在死者的葬礼上所唱诵的白祭文，直到现在民间仍十分流行。《金钗记》《王素珍观灯》中还出现了白族信仰习俗中"问细木"的描写。"问细木"是白语，即问祖先的魂之意，是白族民间一种寻找阴间亲人之魂的活动，其主要内容就是通过巫师的招魂仪式，寻找到死者的灵魂，并借巫师之口让魂灵与死者的亲属进行交流。

白族的民歌白族调里也有很多充满白族特色的内容。白族民歌中，常常以"蜜蜂采花""小心肝"等语词用于起兴，还经常出现"白月亮""白姐姐"等意象，都体现了白族文化的特色。在大本曲《三妻两状元》[1]中，梁山伯遇到路凤鸣，二人对诗对唱，曾以鱼水不离分、蜜蜂采花等作比，这也是白族民歌中常见的比喻。

再说第二个方面，即白族文学的内容中体现出白族的民族精神和价值观念。白族的民间文学中有许多内容关注的是与其他民族相同或类似的普泛性命题，但也有不少内容体现的是白族独特的民族精神和价值意识。比如白族文学中体现出来的白族民众平和的民族性格、精神思想的包容性，以及儒释双重影响下孝义伦理、善恶有报等价值观念都反映了白族民众的精神世界。

白族的民族性格总体上呈现为平和温厚的特点，这是白族民众与外界接触时比较明显也比较容易被感受和体会到的民族特征。然而白族的民族性格却并非从一开始就那么温和，这中间还经历了一些变化。根据文献典籍的记载，白族的民族性格特点以佛教传入为分水岭呈现出一定的差异。在佛教

---

[1] 参见大理市大理镇才村奚治南曲本。

传入之前，白族先民的性格中并不缺乏刚猛好斗的一面，但是佛教传入白族地区后，在其倡导的教义、教理潜移默化的影响下，白族民众的性格逐渐向平和、友善、宽容转化，这些特点最终成为白族这个群体总体上的性格特征。一直到今天，平和、温厚、包容仍是白族民族性格中的突出特征，这无疑与千百年来佛教在当地的浸透熏染有关系。[1]白族民族性格的平和又与其精神思想上的包容相互呼应，最终成就了白族文化整体上的开放性和包容性。在白族文学中，虽然也塑造了一系列为民除害、英勇无畏的形象，比如小黄龙、段赤城、杜朝选、大黑天神等，但是，从总体上说，白族文学中缺乏气势恢宏、震撼人心、集丰功伟业于一身的大英雄，比如其他民族英雄史诗中那样的英雄形象。笔者认为这与白族民族性格的平和有很大关系。另外，在白族的本主身上，也体现出白族人民开放和包容的心理特征。白族的本主来源十分广泛，举凡帝王将相、清官义士、民族英雄、普通凡人都可能成为白族民众供奉的本主。下关将军洞，供奉的是唐代天宝战争中阵亡的唐将李宓，这对于白族民众而言可是攻打南诏的敌对一方啊，却也在这里享受香火祭祀。还有一些村寨供奉的是龙王、白马、太阳、大石等，凡此种种，都体现了白族本主崇拜的开放性和包容性特征。因而，在白族文学中，白族民族性格的平和温厚与精神思想的包容便体现为文学中的海纳百川，有容乃大。

白族的民族精神和价值追求中，儒释双重影响下的孝义伦理、善恶有报等价值观念较为突出，这在白族文学的内容中也有所反映。儒家思想对大理地区的影响很早就发生了，自与中原汉族文化交流的序幕被拉开之时始，儒家文化就开始进入大理地区并作用于当地社会。读书入仕、功名进取在白族民间成为普遍受到认同的风尚，社会礼仪、家庭伦常亦深受儒家文化影响，尊老重孝，提倡父慈子孝、兄友弟恭，讲究尊卑和辈份，这在父母、兄弟居

---

[1] 董秀团：《现代化语境下边疆民族的文化发展机制——以云南大理白族为例》，载《民族艺术研究》2004年第2期。

住格局的规定和住屋分配上都有体现。笔者在白族地区田野调查时，常听一些洞经会的老人声称自己属于"儒教"，并尊孔圣为祖，这无疑是民间深受儒家思想影响之明证。大理被称为"妙香佛国"，佛教在当地的影响同样很大。关于佛教传入大理地区的时间，存在多种观点和争论，但认为佛法可能是在唐贞观、开元之际传入大理则是其中比较普遍的说法。云南的很多地方文献都将佛法传入的时间追溯到唐代的贞观年间。比如《纪古滇说》《白古通纪浅述》《南诏野史》都持此说。当然，尽管具体传入时间尚有争议，但有一点却可以肯定，那就是大理地区在南诏时已经信仰佛教。南诏中期以后，上至王室成员，下至普通民众，皆皈依佛法、虔敬三宝。这一点，在诸多史籍中常有记载。《新唐书·南诏传》曰："自南诏叛，天子数遣使至其境，酋龙不肯拜，使者遂绝。骈以其俗尚浮屠法，故遣浮屠景仙摄使往，酋龙与其下迎谒且拜，乃定盟而还。"[1]好几位南诏王都推崇佛教，并大行兴建佛寺，铸造佛像。据载，南诏王世隆在云南各地广建寺庙，大寺有八百，小寺达三千。南诏王隆舜喜铸佛像，曾用八百两黄金铸成文殊菩萨和普贤菩萨造像，还铸造了观音金像一百零八尊，令居民敬奉。从南诏王的这些举动中确实可看到他们对初传的佛法的极力推崇。到了大理国时期，佛法在白族地区的传播更为兴盛。《南诏野史会证》载段思平："好佛，岁岁建寺，铸佛万尊。"[2]在统治者的大力提倡下，佛教在大理地区可以说蔚为大观。佛教已经影响和渗透到普通民众的日常生活。据宋代范成大《桂海虞衡志》记载，大理人李观音得、张般若师等到横山卖马，又购买大量经书返回大理，[3]从这些人名字中夹有"观音""般若"等佛教称谓，以及他们购买的书籍多为经

---

[1] [宋]欧阳修、宋祁撰：《新唐书》卷二二二中，中华书局，1975年，第6290页。
[2] [明]倪辂辑，[清]王崧校理，[清]胡蔚增订，木芹会证：《南诏野史会证》，云南人民出版社，1990年，第210页。
[3] 方国瑜主编，徐文德、木芹纂录校订：《云南史料丛刊》第二卷，云南大学出版社，1998年，第232页。

书，足可反映出当时大理民众崇佛的盛况。元郭松年《大理行记》也描述了大理佛教的兴盛场景："然而此邦之人，西去天竺为近。其俗多尚浮屠法，家无贫富，皆有佛堂，人不以老壮，手不释数珠。"[1]在大理国段氏国王二十二人中，避位为僧者达七人之多，一王被废为僧。世袭宰相的高家子弟，为僧者更众。明代，朱元璋立国后也提倡、扶持和利用佛教。中央王朝还通过钦赐法号、经藏、寺名以及礼待寺庙僧人等方式借助佛教对大理社会进行统治。据《滇释纪》卷二《明释上》记载，"洪武十七年，云南大理府等州县名刹高僧，相率来朝，朕甚嘉焉。今诸僧居京师日久，敕礼部宜以僧礼送归"[2]。大理著名的僧人董伽大师也曾被明太祖朱元璋召见："洪武间游南都，太祖召对，颁赐法藏，并敕建法藏寺。"[3]此外，历代都有云南的僧人到内地学习、参观，同样也有中原和江南僧人到滇落迹，其中以河北、河南、陕西、两湖、四川、江浙等省为多。这些僧人也很可能成为佛教及相关文化内容传入白族地区的中介。

  佛、儒、道与本土的本主崇拜、原生信仰的结合、融汇，成为大理地区特有的信仰文化现象。南诏后期白族地区出现的一个很独特的阶层——"释儒"阶层便是佛教与儒家思想合流的结果。这里所谓的释儒，也称"儒释""师僧""国师"，是随着佛教密宗传入洱海区域后于南诏后期出现的一个社会阶层，广泛活跃于南诏、大理乃至元明时期云南社会生活的各个方面。[4]他们实际上就是儒释参半、亦释亦儒的人物，是佛教密宗的阿叱力僧人，但他们又熟读儒家经典，行孝悌忠信之道，讲究礼义廉耻。发展到后来，释儒阶层的影响力甚至扩展到了政治领域，他们不断参与南诏、大理国

---

[1] [元]郭松年：《大理行记》，王叔武校注本，云南民族出版社，1986年，第22、23页。
[2] 《丛书集成续编》第二五二册，台北新文出版公司，1989年，第423页。
[3] 同上注，第424页。
[4] 李东红：《白族文化史上的"释儒"》，载《云南民族大学学报》（哲学社会科学版）1993年第3期。

的政治。郭松年《大理行记》曰："师僧有妻子，然往往读儒书。段氏而上有国家者，设科选士皆出此辈。"[1]李京《云南志略》也说："佛教甚盛，戒律精严者名得道，俗甚重之；有家室者名师僧，教童子，多读佛书，少知六经者；段氏而上，选官置吏皆出此。"[2]明代张纮撰《荡山寺记》："段氏有国，用僧为相，或已任而出家，故大理佛法最盛，而僧之拔萃者亦多收附之。"[3]另据清代倪蜕《滇云历年传》卷五记载，宋真宗六年（1013），大理国王段素英开科取士，"定制以僧道、读儒书者应举"[4]。笔者曾撰文指出[5]，至明清时期，虽然南诏、大理国早已覆亡，儒释阶层在参政方面自然不可与南诏、大理国时期同日而语，但社会中这种儒释合流的倾向不仅没有消失反而达到了极致。据陈垣《明季滇黔佛教考》可知，明清时期大理地区的佛寺书院，既是"儒生参究教乘，以禅宗讲心学"的地方，又是神僧修行求知的处所，佛学与禅学在此交融、渗透，可谓"士夫无不谈禅，僧亦无不欲与士夫结纳"，"山僧与居士评诗，居士与山僧谈禅"[6]。当时白族地区的佛门僧人和儒家传统中形成的士大夫变成了儒释参半的人。

在儒释双重影响下，白族民众的精神文化中充满了孝义伦理和善恶有报等观念，这在白族文学中得到了突出的宣扬，在白族的大本曲、本子曲、民间故事、民间歌谣中都有反映。大本曲中，劝善教化是其重要主题，《傅罗白寻母》《白鹦哥行孝》《三公主修行》等均是宣扬孝道的曲本。《白鹦哥行孝》通过一只鹦哥的行为来表明为畜者尚且知道孝敬父母，为人者岂可无钦

---

[1] [元] 郭松年：《大理行记》，王叔武校注本，云南民族出版社，1986年，第23页。
[2] [元] 李京：《云南志略》，王叔武校注本，云南民族出版社，1986年，第87页。
[3] 刘景毛、文明元、王珏、李春龙点校：《新纂云南通志》（五），云南人民出版社，2007年，第494页。
[4] [清] 倪蜕辑，李埏校点：《滇云历年传》，云南大学出版社，1992年，第165页。
[5] 董秀团：《论明清时期白族文化的转型》，载《云南民族大学学报》（哲学社会科学版）2004年第4期。
[6] 陈垣：《明季滇黔佛教考》，河北教育出版社，2000年，第334页。

的道理。大本曲中还有一些源于二十四孝的曲本，如《王祥卧冰》《郭巨埋儿》《孟宗哭竹》《丁郎刻木》等。即使不是专门唱行孝劝善的曲本，在演唱大本曲的正本之前，艺人们也常常会演唱一些较短篇的劝人行孝的曲段。《白族文学史》指出长期流传于白族民间的劝人行孝的"劝世文"是大本曲曲本的来源之一，明清时期大理民间流行的这种劝世文用韵文写成，有说有白有唱词，主要内容为二十四孝等。[1]白族民间在办丧的时候，也有唱吹吹腔、大本曲"二十四孝"的习俗。这些都说明了大本曲将劝化世人行孝作为重要的主题之一。本子曲也有大量劝孝的内容，本子曲《鸿雁带书》的一些手抄本中几乎将二十四孝全编写在内，如王祥卧冰鱼自现、郭臣埋儿天赐金、董永卖身来葬父、杨湘打虎救双亲等。[2]除了大本曲、本子曲，在白族的民歌中还广泛流传着《报母恩》这样的歌谣：

    交一更，为人要报父母恩；
    母亲怀你十个月，受多少苦辛。
    你快出生那时候，母亲魂魄不附身；
    只隔地狱一张纸，为了把你生。
    交二更，为人莫忘父母恩；
    尿湿那块母亲睡，干处放你身。
    你不会吃嚼喂你，不会走路背母身；
    从小养大不容易，恩情比海深。[3]

---

[1] 张文勋主编：《白族文学史》（修订版），云南人民出版社，1983年，第322页。
[2] 杨亮才、李缵绪编：《白族民间叙事诗集》（《鸿雁带书》附记），中国民间文艺出版社，1984年，第83页。郭臣应为郭巨，杨湘应为杨香。
[3] 大理白族自治州文化局编：《白族民间歌谣集成》，云南民族出版社，1997年，第405、412页。

歌谣当中所流淌的父母儿女亲情实在令人动容。白族民歌中类似的劝孝歌谣还有很多，比如《十月怀胎》《灵前哭娘》等。此外，白族《孝感泉》《银箔泉》《哑子哭娘》等民间故事中还讲述了主人公因行孝得到神灵佑助的内容，都是以不同的方式述说着相同的价值观念。

除了"孝"，白族文学对"义"的表现也非常丰富。大本曲《杀狗劝夫》通过妻子杀狗的行为教育、劝化丈夫该结交什么样的朋友，什么才是真正的"义"。民间故事《阿义和阿贵》展现了阿义的善良、阿贵的恶毒，在对比中反衬为善者如何真正诠释出朋友间类似兄弟般的"义"。此类围绕朋友二人善恶行为展开二元对立模式化叙述的"两老友"型故事，在白族民间故事里较为普遍。

如果说孝义观念主要是受到儒家思想的影响，同时也契合了白族民众的天性和伦理的话，白族文学中的善恶有报观念则更多是受佛教文化影响所致。在佛教的生死轮回观中，人有前世、今生、后世的三世因果。人的转生轮回之道将因生前的善恶而展开，基于生前的善行、恶行，在轮回时或者升天为菩萨，或者重新投胎为人，或者转生为畜生，甚至成为堕入地狱的饿鬼。[1]白族大本曲《傅罗白寻母》中，这种善恶有报、因果轮回的观念十分突出，就是受到佛教影响的结果。该曲目讲述目连救母的故事，每个角色都因其生前所为在轮回报应中得到一个或善或恶的果。目连之母刘氏，生前因病而误食人心肝，尽管是不知情的状况下误食，但仍因犯了事实上的恶行而被打入地狱，转生为一只狗，属于畜生道。然而刘氏又非十恶不赦之人，她一生行善，从小吃斋念佛，积累了一定的功德，再加上儿子目连的救助，最终得以脱离地狱苦海。故事中的另一个角色叫花子张宝，其心肝被刘氏所吃，死后到地狱成了一名狱卒，把守铁罗城，即关押刘氏的地方。目连则由于从小出家修行，对父母至亲至孝，加上救母的功德，最后受封地藏王菩

---

[1] 董秀团：《目连救母故事与白族的信仰文化》，载《民族艺术研究》2002年第1期。

萨。[1]善恶轮回的观念在故事中得到了淋漓尽致的体现。再如《黄氏女对金刚经》曲目中，黄氏女因在世间生下一双儿女，血气厌了三光，被打入血湖池，要受三年血湖池之苦。恰好管理血湖池的猫将军正是在阳间为黄氏女守经堂的猫，因黄氏女吃斋念佛，猫儿守着经堂，也积了功果，在阴司被封为将军。猫儿为了报答以前的主人，私自改动阎王的圣旨，把黄氏女应受的三年血湖池之苦从"三年改成三月，三月改成三天，三天改成三时，三时改成一时不时哪！"[2]这样黄氏女免去了血湖池之灾，在猫将军处休养一番。这里突出的也是佛教的因果报应轮回观念。

白族文学中体现的孝义伦理、善恶有报等价值观念与汉文化的影响有很大关系，这些观念在儒释双重影响之下达到了一种和谐、平衡，这与前面说到的白族民族性格中的平和温厚以及白族文化和白族文学总体上的开放、包容又有了呼应关系，所以，我们可以将白族文学中的这些价值追求看作白族文学独特民族性的体现。

三、多层面叙事视角的谐调统合

白族既是中华民族这个整体中的有机组成部分，同时，又是这个大家庭中体现出自身鲜明特色的一员。白族文学同样如此，既具有中华文学的共性，同时也有自身的特点。而当我们把目光移到白族这个群体中的每一个个体的时候，其归属和认同也是多层面的。以生活在民间乡土中的个体为例，从血缘亲属的角度，自己归属于某个家庭，从地缘空间的角度，自己归属于某个村寨，从民族文化的角度，自己归属于某个民族。这样的多层面的归属和认同在白族文学中便形成了多层面的叙事视角，而此种多层面的叙事视角

---

[1] 董秀团：《目连救母故事与白族的信仰文化》，载《民族艺术研究》2002年第1期。
[2] 引自大理市大理镇才村奚治南抄藏曲本。

在白族民众这里能够谐调统合，体现了白族文学的整合能力和白族文化的多元包容。

具体来说，白族文学中，既有人类共有的重大题材的叙事，比如开天辟地、人类起源、洪水神话等，同时，也有本民族共同的一些叙事题材，比如在大理白族地区普遍流行的观音故事、龙的故事、本主故事等。此外，白族文学中，也有许多富于地方性的叙事内容，比如剑川地区民间文学中对于木匠故事的情有独钟，对鲁班的高度认同，对石宝山、龙头三弦的讲述，都极富剑川特色。其他地方也有类似的情况，几乎每一个地方都会在民间文学中表现出对当地山川风物的关注。如果范围再缩小，那每一个村每一个寨，还流传着大量与本村落有关的叙事内容，比如讲述本村本寨的来源和历史，本村本寨中各个姓氏、不同家族的关系，本村本寨与周围村寨的关系，本村本寨的神灵以及相关的传说等，这些都充满了村寨的符号烙印，往往不是其他地方可以复制的。

在这多层面的叙事中，建构起了白族这个群体中每一分子多层面的归属和认同，在自我的心理层面达到了谐调和平衡。每一个个体都能够在不同的事件、境遇当中为自己做出准确的定位，比如当村寨内部各个家族、姓氏发生利益冲突的时候，按照自己所属家族、姓氏为自己定位，当整个村寨与其他村子发生利益冲突或者进行资源争夺的时候，又是按照村寨为自己定位，整个村子能够团结一致，成为一个整体。

笔者曾对大理剑川的石龙村长期进行跟踪观察，在村中收集了两百多则民间故事，发现尽管这些民间故事所涉内容广泛，有关村落历史、神奇宝物、奇遇经历、神佛鬼怪、爱情婚恋、善恶伦理、名人逸事、机智人物等诸多方面，但是该村的民间叙事也体现出了一些焦点，如聚焦于村寨的起源和历史、聚焦于村落中的姓氏和家族关系、聚焦于本村与外部村寨之间的关系、聚焦于白族共同的历史和题材。石龙村中广泛流传着的有关村寨起源和历史的民间故事，都说到村寨的起源与石宝山的念经做会有关。在村中流传着的大量故事中,人们津津乐道于村落中几大姓氏谁先来到石龙以及各个姓氏的先人在占田、占地的过程中如何斗智斗勇的情节。在那些讲述石龙与外部村寨之间关系的民间故事中,石龙村民则倾注了对本村落的无限热爱之情,至少在口述史的层面维护着本村落的权威和利益。当然,石龙村民并不是仅局限于对本村本寨的叙事,而是将民间叙事的焦点聚集到超越村落的本民族共同的题材和领域,讲述着那些与其他的白族地区共享的故事资源。在这样多层面的叙事聚焦中,体现了村民对村寨共同历史记忆和传统的建构,体现了村寨内部的资源分配和权力博弈,体现了村寨认同和民族认同的谐调平衡。[1]其中,十分耐人寻味的一个现象就是,笔者发现在石龙村存在大量讲述石龙与沙溪之间社会交往的民间叙事。石龙人在建立自己对外界的认知关联的时候,一个很重要的参照系和坐标就是沙溪。石龙与沙溪坝子山水相连,从行政区划上来说,石龙也是隶属于沙溪镇的。但是,石龙人在讲述与沙溪人交往的点点滴滴时,常常显示出一种微妙的矛盾心理,在石龙人的眼中,沙溪是坝子,是中心,也是经济和文化上更发达的象征,而对于沙溪人来说,石龙是山区,是边缘,也是更具内倾性和贫困特征的所在。这种交往互动中的特点在民间口述故事中得到了明显展现:

  石龙和沙溪山水相连,自古以来人们今天不见面明天见,石龙的土特产和木材源源不断运到沙溪,沙溪的大米也滋养石龙人,双方存在婚姻交流等,因而不是亲戚也是朋友,人们深知这种关系。所以沙溪的古人们选了沙坪一个富有而有威望的老人,这人又和董家老人有一定交往,于是有个街天,沙坪的老人见到董家老人,百倍亲热,一定恳请董老到家休闲一晚,好意难辞,董家老人住了下来,晚上得到非凡的款

---

[1] 关于笔者对石龙村民间叙事多层面视角的统合问题的论述,请参见董秀团《村落民间叙事的焦点及意义表达》一文,载《思想战线》2014年第1期。

待。早上起床，两人煨茶，相敬饮茶，过了一会儿沙坪老人说："你喝，我去解个手。"于是董家老人自酌自饮，十分快活。过了一会儿，沙坪老人回来，故意在茶罐里翻找，董家老人问："您找什么？"沙坪老人答："老友，我把金戒指放在茶罐里，现在不见了！"瞬间翻下脸来不认亲，硬迫董家老人承认他偷了金戒指，并引来众多观众七嘴八舌责问。最后沙坪老人亮出了本来面目说："我们是朋友，不赔也罢，但有个条件，你必须把你的官道旁的田卖给我，否则就去见官司。"在他们的引诱和压力下，董家老人明知是莫须有，但也无可奈何，答应把田出卖，并立下文书，画了押，董家老人上了圈套，圆了沙溪西片引水灌田的美梦！[1]

上面的叙述中，石龙的水资源引到沙溪坝这一事实是通过沙溪古人精心设计的"圈套"而达成的，石龙村的董家老人被视为值得同情的对象来加以塑造。面对现实，石龙人颇显无奈，在无奈中又透露了他们对沙溪古人行为的几分不齿。在与沙溪交往的叙事中，无疑体现了石龙相对弱势的历史情境和事实。然而超越一村一寨的狭小范围，石龙人同样会因自己是沙溪的一分子而自豪，在外界对沙溪的美誉中，石龙人同样会获得满足感和认同感。

石龙村这样的个案绝非偶然，笔者相信白族地区的很多村寨必然也具有类似的情况。人们在不同层面展开与外界的交往，也在文学中去叙述和呈现这种多层面的交往、互动和认同。

或许白族文学中所体现的这种多层面叙事视角的谐调统合在其他民族中同样存在，因为其他民族同样具有多层面的身份归属和文化认同，但是，在白族文学中，多层面叙事视角之间却已经达到了一种谐调和平衡，在多元

---

[1] 引自云南大学聘请的村民日志记录员李绚金2005年6月26日所记日志。见董秀团主编：《石龙新语——剑川县沙溪镇石龙村白族村民日记》，中国社会科学出版社，2009年，第332～334页。

化的叙事中体现了白族文学的统合性,这一点是十分突出的。这些多层面、多元化的叙事并不是相互矛盾的存在,也没有隔阂,不会显得突兀,它们已经被有机整合,体现为有机、包容的白族文学本身。这一点,与白族文学本身的开放包容有关,也与白族文学的多元混融性相呼应。

综上所述,白族文学中的多元混融性、仿汉性与民族性的共存,多层面叙事视角的谐调统合是其最为重要的一些特质,正是这些特质,造就了白族文学的多姿多彩、自成一格,使得白族文学成为中国文学宝库中不可替代的部分。

第二章 白族文学的外向交流

多元混融的白族文学，一方面在自身传统的浸染下不断枝延叶展，另一方面也在外向交流的促动中得以丰富壮大。在上一章梳理白族文学历史和特质的基础上，本章转向对白族文学与外界互动的审视。

第一节　白族文学外向交流的历史和特点

据考古发现，早在四千多年前，白族先民就已经在大理地区的土地上繁衍生息。在这数千年的发展历程中，白族文化经历了一个不断成熟的过程，达到了一个又一个辉煌的顶峰。[1]纵观白族文化的发展历程，南诏、大理国，明清，现当代可以说是白族文化发展过程中的三个重要时期。在这几个重要的时期，白族文学不仅自身有了极大的发展甚至发生转型，同时也展开了与外界的广泛交流。

一、白族文学外向交流的历史轨迹

由于前面已述本书的研究主要针对中华人民共和国成立以前的白族文学，所以在考量白族文学与外界交流的时候，我们也将视点主要集中于中华人民共和国成立之前。我们发现，中华人民共和国成立之前整个白族文学的发展中，南诏、大理国时期和明清时期正是白族文学与外部文化和文学交流最为活跃的时期。

南诏以前，白族文学处于孕育初成的阶段。由于白族这个群体的来源并

---

[1] 董秀团：《现代化语境下边疆民族的文化发展机制——以云南大理白族为例》，载《民族艺术研究》2004年第2期。

不单一，而是多样的构成，因而白族文学本身孕育生成的过程就是远古时期以白族先民为主体的各个族群之间文化、文学互相交流、互相影响、互相融合的过程。当然，现在要想清晰分辨哪些是白族先民固有的底层文学，哪些是其他族群的文学，绝非易事，但这也恰恰说明了白族文学在早期就已展开了与外界的交流融合，其外向交流的历史早已拉开帷幕。

到了南诏、大理国时期，尽管上层统治者包括君王在内都倡导政治、文化上的"仿唐"，但此时期的白族文学仍是土著文化色彩远远超过汉文化色彩，本土文化的烙印是此时期文学的主流。毕竟君王的倡导也好，高官和知识分子的身体力行也罢，都从另一个侧面说明白族文学中汉文化的色彩还不突出，所以需要去提倡、去学习。而且从某种程度上说，上层社会的倡导并不等于全部，占据民间文化主体的百姓才是民间文化的主导者，他们还没有达到对外来文化的完全认同。从《观音伏罗刹》的故事中，可看到，一方面是佛教的进入，另一方面就是土著文化对外来文化的抵制和抗拒，这也可反证在此之前，当地文化是以土著文化为主导的。但此时期，大理地区的地方民族政权已经开始有意识、主动地吸收汉文化，白族文学与汉族文学的交流更加深广了。

在南诏、大理国时期，白族文学与东南亚地区文学之间也产生了更多的交流，或者换句话说，白族文学与东南亚地区的文学交流主要就是在南诏、大理国时期进行的。这种交流借助的是南诏、大理国作为雄踞西南的政权所带来的极强的辐射力和影响力。在那个时代，东南亚的一些地方本身就属于南诏、大理国的疆域范围，或者与南诏、大理国毗邻。正因为南诏、大理国政权范围的广阔，使得白族文学有了更多外向辐射的可能和底气，也让白族文学与东南亚文学的交流比起其他时期更加频繁和深远。

南诏、大理国时期，还有一件影响深远的大事就是佛教的传入。笔者认为，今天我们在白族文学当中所看到的种种印度文学影响的痕迹，绝大多数都是伴随着佛教文化而传入的。所以，自南诏时期开始，白族文学与印度文学之间经由佛教而展开的交流也就成为一个非常突出的现象。

明清以降，南诏、大理国时期就开始的"仿唐""仿汉"真正成为主旋律，这是伴随着国家大一统和中央集权的完成以及大规模移民屯田而实现的。这是从上至下的文化政策，因而其所带来的文化变迁也前所未有的深远。因而在这个时期，白族文学的外向交流最主要就是体现为与汉族文学的交流。尽管白族文学与汉族文学的交流早已开始，但明清以来的汉、白文化交流无论从规模上还是深度和广度上都是其他时期所无法比拟的。

二、白族文学外向交流的主要特点

上面我们梳理了白族文学外向交流的基本脉络。白族文学的外向交流还表现出复杂性与交叉性的基本特点。

需要指出的是，白族文学的外向交流中，在南诏、大理国以前，即白族文学孕育初成的阶段，主要是白族先民为主体的族群吸收、融合了其他族群的文学，在形成了白族这个共同体的同时白族文学得以孕育生成。南诏、大理国时期，白族文学的自我确立和外向辐射与白族文学对外来文学的接受同时存在，交相辉映，此时期白族文学的外向交流主要是在与汉族、东南亚地区之间的交流中展开。南诏、大理国以后，特别是明清时期，白族文学主要是接受汉文学的影响，而白族文学对外界的影响主要体现在白族文学对周边少数民族的辐射上。因而，白族文学的外向交流本身就是十分复杂的。当然，在这复杂的互动中，也存在着某一时段里较为明确的影响主体和接受主体。

此外，白族文学外向交流中的复杂性也表现在白族文学与外部文学之间交流的不平衡性。由于白族和汉族都是中华民族中的一分子，在长期的历史发展过程中具有更为紧密的关系，所以从总体上看白族文学在与外部发生交流的过程中，受汉族文学的影响要大于其他两个维度，也就是说白族文学与汉族文学的交流互动要多于白族文学与印度文学和东南亚文学之间的交流互动。因而，本书在白族文学与汉族文学交流的层面花费的笔墨也要多于对白族文学与后两者之间交流影响的描述。此种复杂性还表现在具体的交流过程中，交流的深度、广度同样存在差异，有时候是形式上的借鉴，有时候是内容上的移植，有时候是整体上的影响，有时候是局部和细节的融通，也有的时候是多种情况的交叉叠合。

白族文学的外向交流还体现出交叉性，也就是说白族文学的外向交流并非只是单一向度，这也是与其复杂性相关联的。比如，南诏、大理国时期，已经开始接受汉文学的影响，但这还未成为主流，而到了明清时期，这条主线更加清晰。白族文学与东南亚、印度文学的交流在南诏、大理国时期是最突出的交流维度，但并不意味着此后这个维度的交流就停止或消失。所以白族文学对汉文学的接受在时间上体现了一种复式交叉。此外，在同一时间维度内，白族文学可能同时展开与外界多种文学系统的复式、多向交流。比如在南诏、大理国时期，白族文学除了有与汉文学的交流，也存在与东南亚文学的交流，甚至还存在与印度文学的交流，这也表明了其外向交流不是单向度的，而是多元交叉。在其他时段可能也存在类似的情况，只不过在不同的时段中，在多层面、多向度的交流互动中也可能存在某个主要的方面或向度。

第二节　白族文学与汉族文学的交流

文学的交流离不开文化的交流，也可以说，文学交流就是文化交流的一个组成部分。前面已述，白族地区很早就开始了对汉文化的接触和接受，这意味着双方之间的文化交流从那时起就开始了。文化交流是一个双向的过程，但是其中也存在交流的主导者，也就是文化交流不可能是一个完全对等交换的过程,在交流中往往存在主要的输出者和主要的接受者。从中国的实际情况来说,汉族是五十六个民族中长期居于主体地位的民族,在文化交流的过程中相对来说更多充当着输出者的角色。在汉、白文化的交流中同样如此。虽然白族地区的乐舞、物产都曾输入汉族地区,但总体而言白族文化受汉族文化的影响更大,汉族文化输入白族地区并为白族人民所接受的情况更为普遍。反映到文学层面,也大抵如此。

在汉文化和白族文化的交流中,汉族文学对白族文学的影响和辐射主要表现在三个方面,一是白族文学中的一些体裁、样式是受到汉族文化和汉族文学的影响而形成的;二是汉族文学对白族的书面文学产生了巨大影响,这其中,白族文学的重要传承者特别是文人知识分子和民间精英成为汉族文学传入白族并被接受和认可的重要中介;三是汉族文学中的一些作品直接进入了白族文学中,又被白族人民予以白族化、本土化的改造,成为白族文学的组成部分。

一、汉族文学对白族民间文学体裁和样式的影响

白族文学中独特的"山花体"是白族调、本子曲、大本曲等共用的民歌曲词体式,体现了白族文学的民族性特征。但是,山花体的形成,也并非完全是本土文化孕育的结果,相反,在这种独特的、影响深远的诗歌体式形成的过程中,除了得益于传统的民谣俚曲,还与外来文化特别是中原汉文化的影响有关。"白族'山花体'之产生、形成,绝不是孤立的继承某一章定型诗的结果,而是在其传统民歌的基础上,广泛地吸取外来文化,逐渐成熟而趋于定型长短句式的结果。"[1]这里说到的外来文化,一方面指的是汉文化,另一方面指的是佛教文化。"对白族'山花体'长短句结构之形成,文献有

---

[1] 赵橹:《白族"山花体"的渊源及其发展》,载《民族文学研究》1993年第2期。

缺，我们无法找到具体的记载，加以说明。但从'夷中歌曲'的加工为《南诏奉圣乐》或《菩萨蛮》长短句式例之，不难而知，作为白族传统的民谣俚曲之发展为'山花体'长短句定式民歌，应该是与中原文化交流，主动、积极吸取中原汉文化的结果。"[1]除了受到中原汉文化的影响，山花体的形成还得益于佛教文化的影响，赵橹认为，佛教中的"赞呗"韵语体式渗透到白族传统的民谣俚曲当中，才使得白族文化中山花体这样的长短句式的民歌趋于定型。[2]

除了山花体，汉文化和汉族文学对白族文学的影响还体现于白族的说唱文学和戏曲的形成过程中。具体而言，白族文学中受汉族影响而产生的文学形式还有大本曲、吹吹腔、白剧等。

笔者曾将白族的说唱文学划分为三类[3]，一是较为原初的史诗类说唱，二是本子曲类长诗说唱，三是大本曲说唱，这三种类型不仅在产生的时间上存在先后关系，而且还具有内在的逻辑联系，它们标志着白族说唱文学不断发展和成熟的轨迹，体现了白族说唱文学发展的脉络。笔者认为，大本曲这一说唱形式的产生和发展是白族说唱文学成熟最重要的标志。大本曲之前的史诗类说唱和本子曲说唱，虽然具备了说唱的某些因素，却还不是成熟、完备的说唱形式，到了大本曲，不论从形式上、表演方式上还是题材内容上都已经更加丰富完备，可被视为白族说唱文学的代表。而大本曲的成熟，又与汉族传统说唱艺术和说唱形式的影响有关，从大本曲的形式到内容，我们都可以发现其与汉族传统说唱文学的鼻祖俗讲、变文存在大量的相似之处。此外，承俗讲、变文而起的说话、宝卷等说唱形式同样对大本曲产生了重要影响，这些在大本曲的曲本形式、演唱仪式、曲目当中都可以得到印证。总

---

[1] 赵橹：《白族"山花体"的渊源及其发展》，载《民族文学研究》1993 年第 2 期。
[2] 同上。
[3] 关于下述白族说唱文学的分类以及受汉族俗讲、变文、说话、宝卷的影响参见笔者的《白族说唱文学的类型及起源发展》一文，载《曲靖师范学院学报》2012 年第 4 期。

之，白族独具一格的说唱形式大本曲的形成和日趋成熟无疑受到了汉族文学的深刻影响。

除此之外，吹吹腔、白剧等白族戏曲的形成和发展同样受到汉族同类文学的极大影响。事实上，这也是很多少数民族的戏曲曲艺在产生、发展的过程中存在的一种共性。吹吹腔，又称吹腔，白语称"滴呆希"，直译为"唢呐戏"。曲六乙指出："白族吹吹腔，据专家考证，是弋阳腔的遗脉，罗罗腔的堂弟。"[1] 杨明指出吹吹腔是至今保留的弋阳腔系统的单一剧种："白族吹吹腔……实际属于罗罗腔，源是出于弋阳腔系统。……罗罗腔又名吹腔，与白族吹吹腔同名，而且正和现在白族吹吹腔一样，是用唢呐吹奏，联曲体的剧种。"[2] 他认为白族的吹吹腔已有五百多年的历史，明初洪武年间，是吹吹腔开始形成的时期。吹吹腔的形成极有可能与明代汉族移民将弋阳腔带入白族地区有关。明朝建立之初，受朱元璋派遣，沐英和傅友德进攻云南，俘获了大理段氏总管。为了管理和统治被征服地区，明王朝在大理实行军屯，又将中原内地的大批汉族居民迁到白族地区进行屯垦。这些军屯和民屯的移民中，有许多是当时弋阳腔流行的浙江、江苏、江西等地的汉族居民，弋阳腔应当是随着这些汉地移民传入了大理。[3] 还有学者指出，白族的吹吹腔"也曾接受过明、清高腔、乱弹的影响"[4]。这些都说明了吹吹腔与外来的汉文化及汉文学之间的关联是十分紧密的，也可以说白族吹吹腔的生成就是得益于汉族文学的渗透和影响。由于与汉族戏曲的渊源关系，白族的吹吹腔中也保留了大量汉族戏曲中观众耳熟能详的剧目，如《董永卖身》《薛丁山征西》

---

[1] 曲六乙：《中国少数民族戏剧》，作家出版社，1964年，第177页。
[2] 杨明：《白族吹吹腔传统与源流初探》，载《云南民族戏剧的花朵》，云南人民出版社，1963年，第439页。
[3] 同上注，第446页。
[4] 余从：《学习少数民族剧种史的心得》，载中国戏剧出版社编辑部编：《少数民族戏剧研究》，中国戏剧出版社，1963年，第86页。

《二度梅》《大破天门阵》《回窑》等。

20世纪50年代末60年代初，融合了大本曲和吹吹腔及白族民歌小调的白剧正式诞生，[1]白剧的两大基石大本曲和吹吹腔均受到了汉文学的深刻影响，白剧自然也不可避免留下汉文学影响的烙印。再加上作为中华人民共和国成立后出现的新兴剧种，白剧在发展过程中一直是以汉族戏曲"成熟"之标准作为借鉴的标杆，因而也可以说白剧的形成和发展就是汉族戏曲影响和促成的结果。

二、汉族文学对白族书面文学的巨大影响

汉族文学对白族文学的影响是全方位的和长期的，不仅对白族的民间文学有影响，对白族书面文学的影响亦十分突出。

白族的书面文学是以汉文书写为主体的文学。白文的书面文学曾在历史的洪流中留下了一些痕迹，但与汉文书面文学相比，尚不足以支撑白族书面文学的整体。为什么白族文学中缺乏白文书面文学的更多身影？这与明代所实行的文化高压政策不无关系。白族的许多传统典籍在这个时期被付之一炬，形成汉文化更加强势涌入的局面。我们知道，明代以前，白族地区的南诏国使用的口语是白语，《蛮书》卷八有"言语音白蛮最正"[2]之说，说明当时的南诏国内将白语作为"标准语"。[3]书面语方面，除汉字以外，南诏国还另有一种"白文"。这是一种利用汉字来记白蛮语音或将汉字笔画进行增损而形成的表意记音文字。此种白文在南诏、大理国社会中的运用也是比较广泛的，比如南诏时期的一些城镇建筑遗址内发现了许多有字瓦，其上的字就是白文。大理国时期记录白族历史文化的《白古通记》一书也是用白文写

---

[1] 董秀团：《学术史视界中的白族大本曲》，载《思想战线》2004年第4期。
[2] [唐]樊绰撰，向达原校，木芹补注：《云南志补注》，云南人民出版社，1995年，第119页。
[3] 李昆声：《云南艺术史》，云南教育出版社，1995年，第248页。

成。南诏、大理国的一些写本佛经、碑文上也不乏白文的身影。一直到元明时期，白族地区仍有许多用白文写的碑文，如邓川《段信苴宝摩岩碑》、杨黼的《山花碑》等。[1]上述事实说明，在明代以前，白语和白文在白族社会中是占有重要地位的。明清以降，直到现在，民间仍有此种白文得以流存，比如在白祭文中，在本子曲和大本曲的曲本中，都还可窥见一斑，但其流传、使用的范围已无法与明代以前相比。明代由于很多白族典籍包括白文典籍被烧毁，语言文字方面的汉化政策在一定程度上造成了白族白文书面文学的缺裂。除了与明朝的文化剧变有关，白族文学中白文书面文学的匮缺还与白文流传范围和掌握者有限以及白族文化中早已形成的对汉文化的向慕和吸收有关。总而言之，白族的书面文学主要就是汉文文学，这实际上同样反映了汉族文化和汉族文学对白族文学的巨大影响。

关于白族汉文书面文学的历史，传说早在西汉时期即出现了经师张叔和辞赋家盛览。明代李元阳万历《云南通志》最早记载了此说法，后来谢肇淛的《滇略》、冯甦的《滇考》、倪蜕的《滇云历年传》、胡蔚的《增订南诏野史》、师范的《滇系》以及一些地方史志也都收录此传说，记载了盛览曾学于司马相如并著有《赋心》四卷，而张叔曾从司马相如受经，并教化乡人。关于张叔、盛览学于司马相如的说法，多有争论，《白族文学史》认为这种说法并不可靠，但"从相传汉代有白族知识分子张叔、盛览这一说法中，我们可以看到传说所折光反射的历史的影子：白族地区与内地文化联系较为密切，汉代儒学、文学影响到大理地区不仅可能，而且汉武帝将大理地区划归益州郡，这也是势所必然的"[2]。从传说折射出白族地区在汉代或许就涌现了张叔、盛览这样的知识分子，甚至他们已经将对汉文学的接受转化为自身的书写实践，由此产生了白族汉文书面文学的萌芽。

---

[1] 董秀团：《论明清时期白族文化的转型》，载《云南民族大学学报》（哲学社会科学版）2004年第4期。

[2] 张文勋主编：《白族文学史》（修订版），云南人民出版社，1983年，第62～64页。

到了南诏时期，以南诏王和周围高级官员为首的统治阶层是白族汉文书面文学的倡导者与实践者，在各种文类中以诗歌和散文的成就最为突出。特别是诗歌，其中不乏收入《全唐诗》的佳作，体现了白族知识分子汉文创作水平所达到的高度。散文方面，异牟寻的《与韦皋书》可谓是经典代表作。到了大理国时期，汉文书面文学更多见于各种碑刻之中。而南诏、大理国时期形成的"释儒"阶层更无可争议地成为汉文化和汉文学输入白族地区的重要力量，并成为汉文书面文学的主要承载者。明清以来，大批熟悉汉文的白族知识分子的涌现，更把白族的汉文书面文学推向了一个高峰，这个时期的许多文人知识分子不光在白族文学中留下了光辉灿烂的一笔，就是在整个中国文学中他们的名字也是熠熠生辉的。

三、汉族文学元素进入白族文学后的本土化

在汉族文学输入白族文学的过程中，有时会发生较大程度和较大规模的改变，有时则表现在局部，显得相对平和；有时会影响到整个时段的文学面貌和风格，有时则是部分内容的植入或相对作用于细节。汉族文学在数千年的发展中形成了一座座辉煌的高峰，形成了无数经典的文学作品，这些经典同样可能会通过不同的途径进入白族文学当中，成为汉族文学对白族文学产生影响的直接媒介。

从民间故事的角度来说，在白族民间广为流传的段赤城杀蟒故事，讲到一条大蟒吞食人畜，不明就里的百姓以为死者是升天成仙了。这里大蟒吸人入肚被误认为是升天成仙的情节，可以说深受汉族道教仙话的影响。本主神话《段赤城斩蟒》就是以飞升成仙情节作为开头的。故事说，从前大理民间流传着"好好修持，老来到苍山成仙去"的说法，活到七八十岁的老奶奶，便把家里的事安顿好，向邻里乡亲一一辞别，洗澡，换上新衣，戴上金玉首饰，再带着木鱼、银磬、跪垫，相约结伴，高高兴兴地到苍山马耳峰下虔诚祈

祷、诵经。她们念呀念，直到太阳落山，夜幕降临，晚风呼呼吹起，这就是飞升成仙的时候到了。只见那些老奶奶一个接一个向西飞去。没有飞去的，反怪自己修持不够，回来后又再苦修苦持，过一段时间又去。[1]这里虽然实际讲述的是恶蟒吸人入腹之事被误认为是升仙，但故事中所描绘的完全是一幅幅虔诚修道的图景，这也从一个侧面反映出大理白族人民对于道教的信仰，人们普遍相信成仙飞升之说，所以才为故事的展开做了最好的铺垫。

汉族的梁祝故事传入白族地区后得到了白族人民的喜爱，在白族民众中普遍流传。梁祝故事流传到白族地区后，除了以故事传说的口述形式流传于民间，该故事还被纳入白族打歌、白族调、本子曲、大本曲、吹吹腔等多种艺术形式当中，更进一步扩大了故事的流传面和受众群体。张文勋主编的《白族文学史》中说道："这些取材于汉族故事的作品中，尤以《梁山伯与祝英台》流传的范围最广，影响最深。……在大理白族自治州的洱源、剑川、鹤庆等地搜集到有关梁山伯与祝英台的长诗计有十多种，差不多每一种都有自己的独特的艺术风格和地方色彩，真是琳琅满目，美不胜收。"[2]根据笔者的田野调查，在大理市七里桥镇大庄村、湾桥镇南庄、喜洲镇金河村和海东镇名庄等村寨中，民众所熟悉的大本曲曲目中，梁祝故事被提到的次数高居榜首。[3]在白族打歌中，梁祝故事被名之曰《读书歌》。在白族调中，"梁祝"已经成为常常被运用的意象，并且无须任何解释，不论是歌者还是听众均能理解个中含义。这说明梁祝故事在白族民众中已经深入人心、广为接受。在白族大本曲中，不光有梁祝求学、结拜、同窗共读、送别、祝家庄访友、逼嫁、山伯病死、梁祝化蝶等传统情节母题，而且还有讲述梁祝化蝶之后被搭救并拥有离奇经历、最终团圆的曲目《三妻两状元》。据郑振铎《中国俗文学史》介绍，宝卷中有《后梁山伯祝英台还魂

---

[1] 大理市文化局编：《白族本主神话》，中国民间文艺出版社，1988年，第12页。
[2] 张文勋主编：《白族文学史》（修订版），云南人民出版社，1983年，第151～152页。
[3] 董秀团：《白族大本曲研究》，中国社会科学出版社，2011年，第269～271页。

团圆记》，所述内容当与白族《三妻两状元》类似。但在汉族地区，受宝卷影响的该故事系统流传度显然没有化蝶为止的版本高，而在白族地区，该系统的梁祝故事却被保留下来。这当然也说明了白族地区对于汉族梁祝故事的接受不是表层和局部的，而是多面和立体的。

　　汉族地区董永与七仙女的故事同样进入了白族地区并得到喜爱和流传。在吹吹腔中有《董永卖身》《天仙配》剧目，大本曲中则除此之外还有《槐荫记》的别名。吹吹腔、大本曲中还有不少曲目、剧目明显也是源于汉族地区，比如二十四孝中的很多故事都进入了白族吹吹腔和大本曲的体系，而这些二十四孝故事无疑与汉文化有着不可分割的关联。

　　白族民间长诗本子曲以及曲艺大本曲中，均有《黄氏女对金刚经》这个曲目。而该曲目实际也是来源于汉族地区的宝卷。从总体上看，白族的《黄氏女对金刚经》故事大致情节甚至主要的人名均与汉族地区的宝卷相同，足以说明白族的该故事是自汉族地区移植而来。

　　总之，在白族文学中，那些家喻户晓、民众耳熟能详的故事，其源头往往可以追溯到汉族地区。我们会发现，在汉族地区，这些故事同样有着很高的流传度，甚至可以说是妇孺皆知。正因为在汉族地区流传广泛，这些故事有很多通过移民、屯田、流寓等人员流动的途径或是经由宗教、艺术等文化传播的途径进入白族地区，在被移植到白族文学的土壤中之后得以生根发芽。

　　当然，汉族的文学作品在被移植进入白族文学的体系之后，并不是完全一成不变，而是在保持传统面貌的同时也不断被本土化，或者将背景、时空等与本土的地理相联系，如引入本地地名，将故事情节发生地点具体化到当地某处，或者在故事情节和内容中融入本民族的民风民俗，通过这两种方式的改造让作品打上地方文化烙印和白族的民族特色。很多时候，这两种方式也会结合在一起。本土化使得这些移植的作品从某种意义上说成为白族文学的一个有机组成部分而不再是单纯、独立的外来之物。上述段赤城杀蟒故事中,人们普遍相信飞升之说,但是段赤城这个主角不仅识破了恶蟒吸人的事实,而且还亲自斩蟒,这又从另外一个角度说明尽管大理白族人民受到道教飞升思想的深刻影响,但是也存在对此种现象的怀疑和抵触,恶蟒吃人的事实说明飞升成仙只不过是人们美好的幻想而已。从此例可以说明,汉族的道教仙话进入并影响到白族文学,但是也进行了符合白族地区实际的改造和变化,这与白族地区先崇道后信佛的思想转化历程是相呼应的。

前述梁祝故事传入白族民间后,更被白族人民进行了大量本土化的改造。比如洱源西山流传的打歌《读书歌》中,梁山伯和祝英台从书生公子和千金小姐变成了典型的白族劳动人民的形象。不仅人物形象发生改变,故事的讲述也完全被置于白族民间风俗场景之中,与白族民众的民俗传统结合在一起,涉及白族婚俗、丧葬习俗、节日风俗等方面的描绘,已经是白族化了的内容。这样的例子可谓不胜枚举。比如大本曲《赵五娘寻夫》来自汉族故事中的《琵琶记》,大本曲中的《杀狗劝夫》也是来自汉族文学的,这些故事在保留了汉族故事基本情节内容的同时,与白族民众的生活、风俗相结合,完成了进入白族文化并成为其中风格鲜明的组成部分的本土化过程。

第三节 白族文学与印度文学的交流

中国和印度是亚洲大陆上的邻国,相互之间的友好往来很早就拉开了序幕,两个国家之间有着至少两千多年的文化交流史。季羡林通过考古、天文和神话方面的资料推测中印文化交流的时间起点应该滥觞于汉朝以前。[1]

---

[1] 季羡林:《中印文化交流史》,中国社会科学出版社,2008年,第5~10页。

一、大理白族地区与印度文化交流的历史背景

《史记·西南夷列传》中记载，公元前138年至公元前137年奉汉武帝之命出使西域的张骞在大夏看到了中国蜀布和邛竹杖的情况："元狩元年，博望侯张骞使大夏来，言居大夏时见蜀布，邛竹杖。使问所从来，曰'从东南身毒国，可数千里，得蜀贾人市。'或闻邛西可二千里有身毒国。"[1]《史记·大宛列传》也有类似的记载。这里的"身毒国"就是印度，可见公元前2世纪时，中国四川的产品已经传到印度，这是中印文化交流的可靠证据。[2]这条被称为"蜀身毒道""川滇缅印古道"的通道，从四川经云南再通往缅甸并达印度，后人称其为"西南丝绸之路"。古道的形成，为印度和云南文化的交流提供了可能。陈茜指出了古道中商队的具体行走路线："公元前四世纪，蜀（今以成都为中心的四川西部）地方的商人组成的商队，赶着驮运丝绸的马帮，走过川西平原一段平坦的道路来到雅安附近，就进入崎岖的山间小道，经过邛都（今四川西昌），渡过金沙江，到嶲、昆明地区（今云南大理一带），再到滇越（今云南腾冲及其东南），在这里和印度商人进行交换；或者进到缅甸伊洛瓦底江上游，越过亲敦江和那加山脉，到阿萨姆，沿布拉马普特拉河谷再到印度平原；或由伊洛瓦底江航行出海，经海路到印度。"[3]考古发掘和出土文物也能为这条古道的存在提供旁证。陈茜指出，在云南晋宁石寨山滇王墓葬群中发现了一些贮贝器和海贝，据推断这些海贝应当来自印度，甚至云南用贝为货币的习俗也是由印度传来的；此外，云南晋宁石寨山滇王墓葬中还发现有少量琉璃珠，古代时的云南并不产琉璃，所以它们可

---

[1] [西汉]司马迁:《史记》第九册，中华书局，1959年，第2991页。
[2] 季羡林:《中印文化交流史》，中国社会科学出版社，2008年，第11页。
[3] 陈茜:《川滇缅印古道初考》，载《中国社会科学》1981年第1期。

能也是来自印度的。[1]这些海贝和琉璃珠如果确实是来自印度，那么无疑其空间的转移必然要依托于实际存在的交往通道，即依赖于古道的存在。这条古道的存在，不仅是经贸往来的需要，也带来了移民迁徙。《华阳国志·南中志》记载了永昌郡人中有闽濮、鸠僚、骠越、裸濮、身毒诸种，这其中既有印度人，也有缅甸人。当时的永昌郡成为诸种民族杂居互处的中心，究其原因，也与古道的存在有一定的关系。对此，方国瑜曾指出："云南与印度缅甸之交通，盖以贸易为主，往还既密，则不免有移民至者，故永昌郡境内，有住居之印度人与缅族。"[2]所以，前述这条通道还是中国云南和印度间古代民族迁徙流动的重要走廊，"不仅古代中国的一些部族途经云南迁徙到了阿萨姆，而且古印度的一些民族也有可能曾经迁徙到云南"[3]。另外，在一些古籍如元代张道宗的《纪古滇说集》和明代倪辂所辑的《南诏野史》中，都记载了一个故事，讲到印度阿育王的三个儿子因追逐神骏来到滇池的金马、碧鸡附近，后又因哀牢夷所阻不得返回印度而最终居留在滇。[4]透过该神话传说的表象，亦可窥见印度与云南在历史上曾经有过密切的交往关系和频繁的文化交流。

　　大理白族地区是"川滇缅印古道"上的重要驿站，古道的勾连为白族文化与印度文化的交流奠定了坚实的基础。唐宋时期，云南与缅甸、印度的交通有了较大的发展，这时有三条道路通往天竺。在《新唐书·地理志》中以里程记载了南诏通往天竺的两条道路：一条是从南诏经骠国通天竺道；另一条是从南诏西出腾冲通天竺道。[5]除此之外，陆韧认为还有一条南诏北经大

---

[1] 陈茜:《川滇缅印古道初考》，载《中国社会科学》1981年第1期。
[2] 方国瑜:《云南与印度缅甸之古代交通》，载《西南边疆》1941年第12期。
[3] 周智生:《滇缅印古道上的古代民族迁徙与流动》，载《南亚研究》2006年第1期。
[4] 同上。
[5] 周智生:《中国云南与印度间商贸交流史研究综述》，载《云南社会科学》2003年第1期。

雪山通天竺道。[1]这些通道的存在，无疑为南诏、大理国与印度的交流提供了最有力的基础。《蛮书》卷2中记载了河赕贾客在寻传羁离未还者所作的一首歌谣："冬时欲归来，高黎贡山雪。秋夏欲归来，无那穹赕热。春时欲归来，囊中络赂绝。"[2]歌谣中的河赕，指的就是唐代西洱河地区，河赕贾客便是当时远赴骠国、天竺经商贸易的大理商人。而寻传即今缅甸伊洛瓦底江东岸的打罗。

南诏时期，随着南诏国的建立，大理地区的外向交流得以强化，其对外的经济交往不断增加，与缅甸、印度等外域国家之间的商业交流和贸易活动也更为普遍和频繁。唐代，不少印度僧人跋山涉水来到南诏，对当地的宗教信仰产生了巨大的影响。始建于南诏时期的大理剑川石宝山石窟中便雕刻有印度婆罗门僧人的造像，直到现在，大理白族地区还流传着许多与印度宗教有关的神话传说。[3]到了大理国时期，其政权基本上继承了南诏的疆域，因而大理国也保持了与东南亚、南亚诸国的贸易往来和密切关系。明代李浩在其《三迤随笔》一书中写有《罗摩人善唱》的文章，该文中记载了大理国时期宫廷演奏音乐的情景。文中记录，大理国的国王于三月十六日在五华楼举行宴会招待诸部酋长和异邦使臣，在酒宴上，除了命乐工演奏《奉圣乐》《锦江春》等本地名曲之外，还让他们演奏异域音乐，"亦有异域之音来自天竺、波斯，中有罗摩人，亦称吉普色人之女。不分老少常至叶榆，以唱乞、巫卜为生。……喜浪游，卖唱、巫卜，皆女人之事。……冬居勐缅、勐定、威远地，三月移居于大理、蒙化、永昌，亦有西走天竺祭祖者，秋凉始归。其所唱之曲有梵曲、龟兹曲，善诸异域语，精通汉话"[4]。来自印度的流浪艺人长期在大理一带活动，说明大理和印度之间的文化交往已经十分深入。

---

[1] 陆韧：《云南对外交通史》，云南民族出版社，1997年，第96～104页。
[2] ［唐］樊绰撰，向达原校，木芹补注：《云南志补注》，云南人民出版社，1995年，第21页。
[3] 陈茜：《川滇缅印古道初考》，载《中国社会科学》1981年第1期。
[4] 大理州文联编：《大理古佚书钞》，云南人民出版社，2001年，第169～170页。

二、印度佛教文学对白族文学的影响

在文学方面，印度对中国的影响主要体现于民间文学方面，而这些民间文学又常常以佛教或佛经作为载体。当然，有必要指出，印度的文学是一个浩瀚的海洋，佛教文学或者说佛经文学只是其中的一个组成部分，并且印度的佛经文学中也吸收了大量印度民间神话传说等古老的民间文学的内容。鲁迅在《〈痴华鬘〉题记》中曾说过："尝闻天竺寓言之富，如大林深泉，他国艺文，往往蒙其影响。即翻为华言之佛经中，亦随在可见。"[1]不仅是寓言，很多民间故事的类型都可以在印度找到源头。季羡林也说过："至于印度民间文学对中国的影响，则是人所共知的，许多印度民间故事通过佛经的翻译而传至中国，有的进入中国的民间文学，有的甚至进入文人学士的创作。"[2]不光如此，印度故事在中国的影响还波及少数民族地区，"不论是汉地还是少数民族地区，自从佛教传入以后，受到印度故事影响的情况很多"[3]。据刘守华推算，"伴随佛教进入中国的印度佛经故事估计在千篇以上"[4]。

印度文学对白族文学的影响是双方文学关系中的主流。印度文学影响白族文学，一方面是因为同处一个大的文化区域，二者有着许多共同的文化特质，另一方面，则主要是伴随着双方的古道交往以及佛教的传入而显现出来。从初唐开始，佛教经由不同的路线和途径传入大理白族地区，大量的佛典文学及其相关的故事传说也随之进入白族地区，这其中，既有通过印度密教直接传入的，也有间接通过汉传佛教甚至藏传佛教而进入的。尽管印度文

---

[1] 鲁迅：《集外集》，人民文学出版社，1973年，第84页。
[2] 季羡林：《跨越国界的民间故事》，载《比较文学与民间文学》，北京大学出版社，1991年，第171页。
[3] 薛克翘：《印度民间文学》，宁夏人民出版社，2008年，第47页。
[4] 刘守华：《佛经故事传译与中国民间故事的演变》，载《外国文学研究》2005年第3期。

学对白族文学的影响肯定不是全部经由佛教的途径而进入，但不可否认这是其中最为重要的一个环节。而这，当然也与白族地区长期崇佛的地方背景不无关系。大理地区流传的佛教既有汉地佛教再传的成分，也有受藏传佛教影响的因素，而大理地区独具特色的"白密"则与印度密教的影响紧密相关。由于佛教经历了艰难的传教过程后在大理白族地区已经生根立足，大量与佛教有关的典籍、文学也就进入当地并产生了重要影响。当然，还是要再次说明，印度文学之于白族文学的影响，既有印度文学直接传入、作用于白族文学的因素，也有印度文学影响汉族文学之后汉族文学再作用于白族文学的情况，这当然也与白族地区佛教文化的多元传入途径有关。而由于文献记载的缺乏，对于这两种情况有时是很难清晰予以区分的。总体来说，明代以前，印度文学直接作用于白族文学的可能性要更大些，而明代以降，经由汉族文学再影响白族文学的可能性更大。

在白族地区的佛教文化中，与印度最直接相关的是密教。"白密"是大理白族佛教密宗的简称，白密的僧人称为阿阇黎、阿吒力等，换句话说，阿吒力就是密宗僧人及和尚的意思，所以白密又称为阿阇黎教，后民间泛称为阿吒力教。[1]

方国瑜说："阿吒力教之传，始于赞陀崛多。"[2] 赞陀崛多乃印度高僧，据文献记载，他直接到云南传播阿吒力教。万历《云南通志》卷十三记载："赞陀崛多神僧，蒙氏保和十六年，自西域摩伽陀国来，为蒙氏崇信，于鹤庆东峰顶山结茅入定，慧通而神。"[3] 李家瑞《南诏以来来云南的天竺僧人》一文指出当时来到大理白族地区的印度僧人是很多的，并且在大理白族地区

---

[1] 张锡禄：《大理白族佛教密宗》，云南民族出版社，1999年，第18～19页。
[2] 方国瑜：《云南佛教之阿吒力派二、三事》，载《滇史论丛》第一辑，上海人民出版社，1982年，第218页。
[3] 转引自李东红：《白族文化史上的"释儒"》，载《云南民族学院学报》（哲学社会科学版）1993年第3期。

也广泛流传着关于天竺僧人的故事传说，说明天竺僧人的形象及事迹在白族地区十分深入人心。[1]郑筱筠指出："从阿吒力教形成的过程来看，在其发展初期和中期阶段，印度密宗对其体系的形成和完善，起到了关键性的决定作用。我们甚至可以认为在某种程度上白族阿吒力教的形成正是印度密宗白族化的结果。尤其是佛教在南诏国的劝丰祐时期（公元824～859年）被定为国教，印度僧人及印度密宗的作用是不容低估的。"[2]

由于印度密教及僧人在"白密"形成中的重要作用，在白族民间就流传着大量相关的传说故事。在大理地区广泛流传着观音化身为梵僧的传说，如观音七化、观音伏罗刹，在鹤庆则流传着牟伽陀开辟鹤庆等传说。观音化身的天竺僧人的故事广泛流传于大理白族地区，说明当地对于印度佛教以及伴随而来的佛经文学的接受。

印度佛教的影响在白族文学中留下了不可磨灭的印迹。除了梵僧故事，白族文学中还有不少故事类型、母题也可找到其与印度佛教的关联，有些则反映了佛教的思想观念。

白族地区广泛传述的《黄氏女对金刚经》故事就充满了佛教文化的痕迹。虽然其中可能也夹杂了汉族文化的一些内容，但仍可看到故事中的很多思想、观念都和佛教紧密相关。整个故事讲述的是女主人公黄氏女和丈夫之间因为敬佛拜佛与杀生屠宰产生的对立和冲突，而黄氏女入冥对经的过程中，展现了一幅幅地狱图景，这也与佛教有密切关联。地狱原是梵文 Naraka 的意译，音译为"那洛迦"，也常被译作"不乐""可厌""苦果""苦器"等，因其位于地下，所以又被称为"地狱"。灵魂不灭的观念广泛存在于世界上各民族当中。中国人自古就有灵魂不灭的观念，在古代民间就有黄泉、泰山等乃鬼魂生活之地的传说。但在佛教传入前，中国人的信仰观念中，并不认

---

[1] 李家瑞：《南诏以来来云南的天竺僧人》，载杨仲录、张福三、张楠主编：《南诏文化论》，云南人民出版社，1991年，第348页。

[2] 郑筱筠：《佛教对汉族白族龙文化之影响及比较》，载《博览群书》2001年第6期。

为人死后灵魂会根据生前阳世中的善恶行为而轮回转生。现在为中国民众所普遍接受或认同的地狱世界，实际上是受到外来佛教影响的结果，即有学者所指出的："创造出一个与人间一样的冥界，鬼魂在那里生活，又创造出鬼魂在轮回中受处罚的地狱，其中有执法如山、刚正不阿的阎罗王以及一套完整的统治制度和刑罚制度，则是佛教思想的产物。"[1]而黄氏女故事中充满的因果报应观念同样极可能是受佛教影响的结果。故事中，黄氏女活着的时候吃斋念经，后来到阴间与阎王对经，最后则因生前的功德重新投胎女转男身并高中状元，如此曲折的情节中隐含的实则是佛教因果轮回的观念。《黄氏女对金刚经》结尾的诗句正是该故事深受佛教因果报应观念影响的明证：

　　团圆团圆真团圆，女转男身中状元。
　　因果报应有分寸，世人不要看眼前。[2]

从此诗可以看出，黄氏女在转世投胎时由原来的女儿身变为男儿身，并一举高中状元，"因果报应有分寸"一句是对情节赖以产生的思想内核的最好注解。这些无疑都是基于佛教的因果轮回而产生的故事情节。

白族地区流传的目连救母故事中同样可追寻到印度佛教文学影响的因子。目连救母故事与佛教有很深的渊源，目连的原型便出自印度佛典。源于佛经的目连救母故事，在其后的发展中虽经历了诸多本土化的过程，也加入了很多世俗化的内容，但却一直与佛教纠缠在一起，从未脱离佛教的影响和制约。再加上白族地区历来有崇奉佛教的传统，因而在白族的目连救母故事中，同样未能脱离佛教的影响，故事被打上了浓厚的佛教色彩和烙印，反映了大量佛教的信仰和思想观念。[3]其中，佛教的因果报应、业报轮回观念体

---

[1] 魏承思：《中国佛教文化论稿》，上海人民出版社，1991年，第109页。
[2] 引自大理市大理镇才村奚治南抄藏曲本。
[3] 董秀团：《目连救母故事与白族的信仰文化》，载《民族艺术研究》2002年第1期。

现得尤为突出,这一点在目连、其母刘氏甚至张叫花等每一个人物身上都得到了体现,他们的前世今生、因果轮回都符合佛教所倡导的观念。故事也表现了佛教的地狱灵魂观念。故事中讲到,目连的前身是傅罗白,傅罗白去西天寻母的路上,受到神仙导引而脱离了肉身,在跳下山涧摔死之前,他是具有肉身的、作为人的傅罗白;跳下山涧摔死后,脱离了肉身,他就不再是人,而是作为神的目连。在故事中,我们实际上可以把"目连"这个名号视为罗白灵魂的代表。目连脱离肉身是其上天入地寻母、救母的前提,所以目连在埋葬了自己的肉身后又踏上了寻母之路。这与佛教相信死亡仅仅是此生的结束而非生命的终结,即死亡仅是肉体的死亡而非精神的死亡的观念是完全吻合的。[1]

  白族文学中有丰富的龙的故事,这其中,当然有白族原生的崇水意识和龙神信仰的成分,但在很大程度上也受到了佛典文学的影响。郑筱筠指出,白族原有斗龙型故事如《小黄龙和大黑龙》等,佛教文化传入后,佛典中的龙王、龙女故事渗入斗龙型故事中使其演变为以佛教人物或崇佛人物为主制服龙或水患的故事,如《杨摩矣锁龙》《杨都师驯黑龙》《罗荃寺僧降龙》等。[2]在白族的斗龙故事中,还有很多是金鸡斗黑龙的故事,这其中也有佛教的影响。金鸡的意象,融汇了白族传统中土著文化因素和印度佛教文化因素而成为白族民间文学中标志性的符号。

  白族民间有一则《辘角庄》的故事,从类型上被划归到"天婚"型民间故事中。事实上,此"天婚"母题中亦有印度文学影响的痕迹。在《南诏野史》中有该故事的详细记录:

    大理府城南二十里,南诏蒙阁逻凤有女,欲为择配。女曰:择配非

---

[1] 董秀团:《目连救母故事与白族的信仰文化》,载《民族艺术研究》2002年第1期。
[2] 郑筱筠:《佛教与云南民族文学》,新华出版社,2001年,第11页。

天婚也，我欲倒坐牛背，任牛所之，不问贫富贵贱，牛入之家则嫁之。凤勉从其请，至一委巷，牛侧其角而入，见一老媪，问媪有子否：曰有一子，往樵矣。女即拜媪为姑，嫁其子，令报凤。凤大怒，绝女。一日，婿问女曰：首饰是何物所制？女曰：金也。婿曰：吾樵处是物甚多。顷之，载归，果金也。女遂恳请宴凤。凤使人难之曰：汝能作金桥银路，吾当来汝。女遂作以迎凤，凤叹曰：信天婚也。遂名其地曰辘角庄，言牛入隘巷，角如辘轳转也。[1]

该故事在白族民间一直流传颇广，为白族民众所熟知。徐嘉瑞、李星华等学者都收集、整理过《辘角庄》的故事。日本学者伊藤清司也很关注白族的《辘角庄》故事，撰写过论文《〈天婚〉故事的结构论研究》。白族的《辘角庄》故事因流传广泛，在民间存在多个异文，但故事中的"骑牛配亲""金桥银路"等母题基本固定。故事将南诏王阁逻凤和其女附会为主角，体现了南诏公主追求自由婚姻和顺应天意自然的精神，而故事的结尾主人公不仅缔结了美好姻缘而且还意外得到财富，说明公主选择"天婚"是最明智和正确之举。这则故事给了白族民众无尽的遐想，它不仅带给公主这样的上层阶级追求自由爱情的可能，也满足了贫苦百姓意外受到青睐和获得美满婚姻的愿望。《辘角庄》故事中公主与穷汉结婚后意外获得财富的情节，与中国民间故事中被钟敬文命名为"享夫福女儿型"的故事也十分接近，在后者中女主人公嫁给贫穷的夫婿后，这个家庭也往往会因某种特殊的机缘突发意外之财，得以改变穷困命运。丁乃通《中国民间故事类型索引》中将该类型故事命名为"负责主宰自己命运的公主"，编号为 AT923B 型。所以，《辘角庄》故事也可以被视为是 AT923B 型故事中的典型文本。而这则故事，根据

---

[1] ［明］倪辂辑，［清］王崧校理，［清］胡蔚增订，木芹会证：《南诏野史会证》，云南人民出版社，1990年，第383页。

刘守华的考证，同样是源于佛经故事的，"我以为以《辘角庄》为代表的中国 923B 型故事，正是由《杂宝藏经》中的《善光缘》于南北朝时期传入中国后演化而成"[1]。《杂宝藏经》卷二第 21 则《波斯匿王女善光缘》便是白族《辘角庄》故事的早期来源。《波斯匿王女善光缘》讲述波斯匿王之女善光因坚持认为自己有业力而不是受父王福祉的庇护，失去了父王的荫庇，嫁给一个贫穷的夫婿，成家后在夫家旧宅中得到深藏地下的财宝而成为巨富，最终获得福报。刘守华给出了断定《辘角庄》故事的文学来源是印度佛经的主要理由："本篇故事均由豪门贵族之女大胆申明不享父福而享夫福，不依赖父母许婚而要自主择偶，成为叙说的开端；女主人公均下嫁至遭人轻贱的穷汉而不怨悔；后来却在意外机遇中获得大量财宝成为巨富，实现美满人生。这个包含几次命运逆转的主干情节，在印度佛经和中国民间文学中是这样惊人地对应一致。"[2]

在白族的《开天辟地》《创世纪》等神话史诗和大本曲中都出现了算命先生妙庄王神机妙算和龙王逆行雨点的内容，这其中也存在受印度佛典文学影响的因子。大理洱源西山白族打歌《创世纪》的"洪荒时代"对该情节是这样叙述的：

> 盘古盘生两兄弟，
> 天天砍柴为什么？
>
> 盘古盘生两兄弟，
> 天天砍柴养母亲。
> 盘古哪里去算命，

---

[1] 刘守华：《汉译佛经故事的妙趣——〈杂宝藏经〉札记》，载《世界文学评论》2006 年第 2 期；刘守华：《〈杂宝藏经〉与中国民间故事》，载《西北民族研究》2007 年第 2 期。
[2] 同上。

庙中王家去算命。

算命算得怎么样？
砍柴不如去钓鱼。

哪里去钓鱼？
金沙江边去钓鱼。

哪天哪时才出行？
八月初三卯时才出行。

钓黑鱼还是钓红鱼？
要钓钓红鱼。

要钓多少鱼？
要钓三条鱼，只要第三条。

为什么只要第三条？
第三条是龙王的三太子。

钓住红鱼怎么办？
钓住红鱼街上卖。

零卖还是趸卖？
人家零卖你趸卖，人家趸卖你零卖。
实落多少钱才卖？

三百六十文就卖。

红鱼钓着了没有?
红鱼钓着了。

哪个天天找红鱼?
龙王天天找红鱼。

哪个出钱三百六?
龙王出钱三百六。

红鱼买到了没有?
红鱼买到了。

哪个叫你去钓鱼?
庙中王叫我去钓鱼。

龙王暗暗想,
算命就数庙中王。

龙王也要去算命,
看他算得准不准。

今年雨水怎么下?
城内下两点,城外下三点。
龙王生了气:

算是算得准，下要由我下。

龙王反行雨：
城内下三点，城外下两点。

霎时天下黑洞洞，
一下下了七年雨。

下了七年怎么样？
洪水满天下。

天地怎样了？
天崩地裂了。

日月怎样了？
日月没有了。

人类怎样了？
人类没有了。

从此天下怎样了？
从此天下黑乌乌。

哪个把天下毁灭？
龙王把天下毁灭。
哪个把龙王治服？

盘古盘生两兄弟。

怎样把龙王治服？
捉来把头砍掉了。

龙王死后变什么？
龙王死后变成虹。[1]

上面叙述的是龙王和算命先生庙中王相斗的故事，而大本曲《唐王游地府》同样涉及了龙王与算命先生打赌的情节。曲本讲述鬼谷子算命很准，一打鱼为生者请鬼谷子算命，鬼谷子让他到劲龙滩打鱼，他果真捉到很多的鱼，龙王知道后很生气，变成一个书生，与鬼谷子打赌，让鬼谷子算什么时候下雨，雨大雨小。鬼谷子答明日就会下雨，且城内雨小，城外雨大，城外下七点城内下三点。鬼谷子算得很准，但龙王为了赢得赌局违背圣旨逆行雨点，城外下三点城内下七点，造成城内水灾。又由此引发了龙王被斩、唐王入冥对案的情节。在《西游记》中也有类似的故事情节，算命先生是妙庄王。几个故事中，龙王与算命先生斗法并导致水灾的情节是一致的，打歌《创世纪》中的庙中王，当为妙庄王之误。而据郑筱筠的研究，这一情节正是受到佛典文学的影响所致。[2]

白族民间广泛流传着大黑天神的故事，在大理的很多村寨，大黑天神被奉为本主。白族的大黑天神故事中，常说到大黑天神不忍心在人间散布瘟丹，只好将瘟疫吞进自己肚中，毒性发作使他全身变黑。为了拯救黎民百姓，大黑天神牺牲了自己。大黑天神是从印度传来的，本是密教的护法神。

---

[1] 杨亮才、李缵绪选编：《白族民间叙事诗集》，中国民间文艺出版社，1984年，第6～10页。

[2] 郑筱筠：《佛教与云南民族文学》，新华出版社，2001年，第152页。

他是大自在天的一个化身，而佛教典籍中的大自在天也就是印度教神话中的大神湿婆，据说湿婆和众神搅乳海的时候产生了一团足以毁灭世界的剧毒，湿婆吞下了剧毒因而有"青项"之说。白族民间文学中大黑天神全身变黑的情节，很有可能受到了印度神话的影响。

此外，白族文学多种文本中出现的割股救亲情节可能也与佛教有关。大本曲《赵五娘寻夫》中，赵五娘在饥荒之年割股孝敬公婆。《凤凰记》里，张孝为了救生病的母亲而割股救亲。《高彦珍下科》中，孟月红亦欲割股救亲。有学者指出，尽管中国古代也有割股救亲之说，比如早在春秋战国时期，就流行介子推割股食文公以疗饥的传说，至唐代，出现了割股、截指等行为，到了宋元时期，又有刺血、剔肉、取肝等，最为风行的是割股肉，但这些过激怪异的孝亲举动不可能是源自先秦介子推割股食文公的行为。[1]而佛经文学中有须阇提割肉救父母的故事，在后汉失译《大方便佛报恩经》卷一《孝养品》，元魏慧觉等译《贤愚经》卷一《须阇提品》，元魏吉迦夜、昙曜共译《杂宝藏经》卷一《王子以肉济父母缘》中都有这个故事。到了宋代，绍德、慧询等译《菩萨本生鬘论》卷一《如来分卫缘起》同样讲述了该故事。故事说到，善住王同邻国交战不敌，带上妻子和爱子善生逃走，走了一半路，干粮就没了。善住王想必须要舍弃一人才可能保存另外两人，于是想杀妻子以救爱儿和自己。没想到善生回头看见父亲举刀，急忙求父亲不要杀母亲，而宁愿割自己的肉作为口粮以救双亲。父母不忍，于是善生手持利刀自割身肉。后来，孝感于天，善生的身体恢复了原貌。[2]笔者认为白族文学中的这一情节极有可能也是受到佛经文学的影响。

除了以上所举，《观音伏罗刹》中有观音袈裟一披、黄狗一跳占尽罗刹地盘的情节，据学者考证，"袈裟一披"是由末田底迦"神通广身"衍化而

---

[1] 陈开勇：《宋元俗文学叙事与佛教》，上海古籍出版社，2008年，第110～111页。
[2] 同上注，第115～116页。

来,而末田底迦"神通广身"系导源于印度古代神话。[1]

从上面的论述中,我们已经可以看到白族文学中受印度文学特别是佛教文学影响的例子确实是非常多的,这已经能够说明印度文学对白族文学的深远影响。

第四节 白族文学与东南亚文学的交流

东南亚地区指的是亚洲东南的延伸部分。这个地区在中国的史籍中曾被通称为南洋或南海。明朝张燮著《东西洋考》时,又以渤泥国(今文莱达鲁萨兰国)为界,将该地以东海域称为东洋,以西海域称为西洋。在历史上,欧洲人曾将东南亚诸岛屿称作东印度群岛。第二次世界大战期间,美英盟军为划分对日作战区域,将这一地区明确称为东南亚战区,并建立由英国蒙巴顿将军指挥的东南亚盟军司令部。此后,各国政府以及学术界开始普遍采用东南亚一词。[2]现在,东南亚共有10个国家,即大陆(半岛)地区的越南、老挝、柬埔寨、缅甸和泰国,以及海岛地区的马来西亚、新加坡、印度尼西亚、菲律宾和文莱。

从地缘角度和历史上的实际联系来看,东南亚地区的缅甸、越南、老挝、泰国与我国的云南省包括白族地区的联系相对更频繁和更紧密,这几个国家和地区的文化、文学与白族文学的交流也相应要更为突出一些,因而在本书的论述中一方面兼顾东南亚地区的区域特点和整体性,同时也会有针对性地将目光主要集中在上述国家和地区与白族的文化交流和文学关系方面。

东南亚文学与白族文学之间是一种双向交流的关系,这其中,既有东

---

[1] 傅光宇:《云南民族文学与东南亚》,云南大学出版社,1999年,第155~156页。
[2] 梁英明:《东南亚史》,人民出版社,2010年,第1页。

南亚文学对白族文学的影响，也有白族文学对东南亚文学的影响，相对来说白族文学对东南亚文学的影响要大些。这与白族属于中华文化大家庭中的一员，依托于中华文化的外向输出而影响了东南亚地区有一定关系。当然，也与白族地区曾经建立了南诏、大理国这样的地方民族政权并且强盛一时从而具备外向辐射之基础也有很大关系。从时间的向度来审视，白族文学与东南亚文学之间的关联早在远古的神话传说时期就已经存在，而到了南诏、大理国时期，则是白族文学对东南亚文学的影响最为突出的时代。前面我们说过佛教是印度文学影响白族文学的重要中介，但我们也注意到，在大理国时期，大理的佛教还出现了与东南亚佛教的更多联系，"早在南诏晚期，随着这个地区霸主在东南亚势力的扩大，当地的佛教文化便开始影响云南，著名的阿嵯耶观音就是南诏晚期被王国接受的……阿嵯耶观音像完全不同于唐宋佛教造像的风格，其略为扁平的躯体，以及头冠、臂环、服饰等显示的特征确实和东南亚同时期的造像很接近"[1]。这样的变化，当然也与此时期大理地区与东南亚地区文化交流的整体推进是有密切关系的。

考察白族文学与东南亚文学的关系，主要有三个向度可供分析。

一、处于共同的文化区域或文化圈而产生的文学关联

日本学者中尾佐助、佐佐木高明等曾提出"照叶树林文化带"的理论，认为从不丹东部、印度阿萨姆到缅甸、泰国、老挝、越南等国的部分地区，再到中国的云南、广西、湖南，直至日本西部存在一个半月形地带，生长着常绿阔叶林青冈栎，以刀耕火种为核心，主要栽种水稻、杂粮（包括旱稻）、薯类，拥有大量共同的文化事象。[2] 由于东南亚和大理白族地区同属"照叶

---

[1] 张海超：《大理佛教密宗阿吒力教派兴衰变迁考》，载《宗教学研究》2009年第1期。
[2] 〔日〕佐佐木高明：《照叶树林文化之路》，刘愚山译，云南大学出版社，1998年，第15～23页。

树林文化带"的范围,因而在神话方面也拥有许多共同的要素。白族文学与东南亚文学的关联在双方的神话传说中有突出的表现,特别是洪水神话、葫芦神话、谷物起源神话等神话类型中,反映了两者之间的普遍联系。洪水神话是世界性的神话母题,但东南亚洪水神话与白族的洪水神话,都将洪水母题与兄妹结合再殖人类母题缀连起来。葫芦神话同样是这个文化圈中的共有文化要素,因而大理白族和东南亚地区一样普遍流传着葫芦生人的神话传说。谷物起源神话也是该文化圈中为东南亚和大理白族共有的文化因子。这里我们以谷物起源神话为例来说明东南亚文学与白族文学之间基于共同的文化圈背景而产生的联系。

关于谷物起源神话的类型,李子贤曾将云南少数民族的谷物起源神话分为自然生成型、飞来稻型、动物运来型、死体化生型、英雄盗来型、祖先取回型、天女带来型、穗落型、神人给型九种类型。[1]白族谷物起源神话的典型文本有《稻子树》。神话讲述田公地母是住在白赕的一对夫妻,一天,田公外出打猎时嗅到一股香气,他顺着香气翻过九架大山来到一个坝子,看见一棵棵大树结满了吊桶一样大的果子,香气就是从果子里飘出来的。一位白胡子大爹告诉田公这叫稻子树,果子自己飞到田公手里,吃半个就饱了。白胡子大爹给了田公三颗稻种,田公一路和鸟兽搏斗终于回到白赕却累死了。田公死后,地母带着三个儿子种稻,地母也累死了,临死前她把三棵稻子树分给三个儿子。三兄弟不好好种稻,老大的稻子树变成了高粱,老二的稻子树变成了现在的稻子,老三的稻子树变成了稗子。[2]

这则文本可以归入祖先取回型的谷物起源神话,其中也有自然生成型的痕迹,可能夹杂着白族先民对于自然生长的稻谷的一种古老记忆。稻子树的

---

[1] 李子贤:《云南少数民族谷物起源神话类型与多元文化》,载李子贤:《探寻一个尚未崩溃的神话王国——中国西南少数民族神话研究》,云南人民出版社,1991年,第238~260页。
[2] 大理白族自治州文化局编:《白族民间故事选》,上海文艺出版社,1984年,第287~290页。

神奇生长具有幻想性，而果子的个大以及果子自己飞到田公手里又具有飞来稻型的一些痕迹。

另有流传于洱源白族地区的《五谷神王》，神话说，原先人们没有吃的，只好挖野菜、剥树皮充饥。有个叫跋达的人走了一百天去向观音求取五谷籽种。观音送他一个装树种的大葫芦和五个装着荞种、麦种、豆种、谷种、糯米种的小葫芦，叫他分撒在各地。跋达背着大葫芦，抱着小葫芦，照着观音的吩咐，依次在高山、山腰、山脚撒下了荞种、麦种、豆种、谷种。不料，还没等他撒下糯米种，他背上大葫芦里的塞子就掉了。他撒了种子回头一看，所有的山上都长满了树，跋达找不到回去的路，只好流落在外乡。人们吃到五谷，都感谢跋达。观音把跋达封为"五谷神王"。从此，人们每年农历六月二十五日点燃火把祭跋达。[1]

该文本同样可以被视为是祖先取回型，但其中结合了神赐的因素，谷种是观音赐给人类的，跋达"五谷神王"的称号也是观音封赐的，观音在这里就是无所不能的神灵的代表。

东南亚的柬埔寨、缅甸、老挝、泰国、越南、马来西亚和菲律宾等国也都有谷物起源神话的流传。[2] 而东南亚的谷物起源神话又以飞来稻型最为普遍。考察东南亚各国的飞来稻型神话，其母题和情节与我国流行的此类神话并无大的差别，一般来说都具备了这样一些基本母题：古时候稻谷很大且会自动飞回谷仓，一懒妇打碎或打跑谷粒，此后谷粒变小且不会再自动飞回。

柬埔寨流传的水稻来历故事如下：早先，人们不需外出耕种，田野中就到处自然生长着水稻，成熟时也不需要去收割，大米会自动飞入各家各户的粮仓。后来有一次，当稻米飞回一个蛮横无理的妇人家时，她嫌稻米飞回的声音太吵，还用木板打稻米。稻米十分生气，飞进深山老林的石缝里躲起

---

[1] 云南省民间文学集成办公室编：《白族神话传说集成》，中国民间文艺出版社，1986年，第62～63页。

[2] 张玉安：《中国神话传说在东南亚的传播》，载《东南亚》1999年第3期。

来。人们都挨饿了。鱼儿主动帮助挨饿的人们去央求稻王，稻王答应回去但提出了一个条件：村民必须自己耕种、自己收割。从那以后，人们只能自己劳作去耕种和收获稻谷了。[1]

越南流传的谷物起源神话同样属于飞来稻型。该神话的内容是：很早以前，玉皇大帝出于对人类的关爱，让稻谷自生自长，成熟后，稻粒会爬到家家户户的粮仓。可人类却不珍惜。在稻子爬回一户人家时，好吃懒做的女主人还没有把屋子打扫干净。稻粒冲开房门涌进屋中，妇人恼羞成怒，拿起扫帚抽打稻粒。玉皇大帝非常生气，让稻粒变小，还惩罚人类自己去耕种和收割。[2]

老挝的老龙族中也流传着飞来稻型的谷物起源神话，其内容与前述基本相同。神话说，古时候的稻谷一粒就有一个南瓜那么大，成熟后还会自动从田里滚回主人家的谷仓。可是，有一天，谷子已经不断从田里滚回来，一个很懒的寡妇却还没清理好谷仓，她将谷子赶回了田里。从此以后，那谷粒就变得很小了，而且再也不自动滚回谷仓了。[3]

印度尼西亚的《猎人与两粒稻种》这样讲述：猎人带回的红、白两粒谷种在猎人的家乡种了一段时间后，红稻子对主人不满，自行离去，到了另一个地方，选中一个农妇的土地，在那里自生自长起来，从此另一个地方也有了稻子。[4]

从上述文本可知，白族的谷物起源神话兼具自然生成型和祖先取回、神赐等多重因素，而东南亚的谷物起源神话主要是飞来稻型。有学者指出："世界稻作农业起源于西起印度东北部的阿萨姆邦、东至中国云南省的一个椭圆形丘陵地带，其中一条传播线路是沿湄公河向南延伸至东南亚地区……

---

[1] 张玉安：《中国神话传说在东南亚的传播》，载《东南亚》1999 年第 3 期。
[2] 同上。
[3] 同上。
[4] 陈岗龙、张玉安等：《东方民间文学概论》第三卷，昆仑出版社，2006 年，第 538～539 页。

分布在这一区域的孟-高棉语族的民族有飞来型稻谷起源神话。"[1]这里说到的湄公河,是贯穿中国西南地区和东南亚的跨国河流,发源于中国青海省玉树藏族自治州。该河流经老挝、缅甸、泰国、柬埔寨、越南,最后在越南的胡志明市流入南海。河流的上游即在中国境内的河段被称为澜沧江,流入中南半岛后被称为湄公河。澜沧江-湄公河贯通了中国西南和东南亚地区的水系的同时,也孕育了一些共同的文化特质,稻作就是其中之一。从地理分布来看,东南亚的一些地区和中国云南都是世界稻作文化起源的中心地。李子贤曾指出:"流传自然生成型谷物起源神话的少数民族,均属有野生稻生长的地区。……云南现代栽培稻的祖先很可能就是云南普通野生稻。"[2]在白族文学中,很少见到飞来型的谷物起源神话,云南的飞来稻型神话主要是流传于傣族、布朗族、景颇族、哈尼族、瑶族等民族之中。李子贤提出,飞来稻型神话可能是一种较为古老的类型,并且,族源属古代百越系的傣、壮等云南民族,由于其先民是云南最早的稻作民族,故至今尚未发现有祖先取回型谷物起源神话流传,白族的先民是由游牧民与农耕民两部分融合而成并发展为农业民族,或者是向其他民族吸收了农业技术而成了农业民族。[3]故白族中有祖先取回型神话的流传。这说明,谷物起源神话中的祖先取回型相比飞来稻型和自然生成要后起一些。白族中兼具自然生成型和祖先取回型的谷物起源神话,恰恰印证了白族族源及早期生产文化中的多重因素。李东红指出:"秦汉时期洱海区域同时存在着分别以'农耕'与'游牧'为主要经济形态的民族群体,是学术界较为一致的看法。"[4]并且,大量的考古资料可

---

[1] 刘付靖:《东南亚民族的稻谷起源神话与稻谷崇拜习俗》,载《世界民族》2003年第3期。
[2] 李子贤:《云南少数民族谷物起源神话类型与多元文化》,载李子贤:《探寻一个尚未崩溃的神话王国——中国西南少数民族神话研究》,云南人民出版社,1991年,第240页。
[3] 同上注,第242页。
[4] 李东红:《白族的形成与发展》,载赵寅松主编:《白族文化研究2001》,民族出版社,2002年,第88页。

证明，白族先民生活的"洱海区域存在着两种类型的青铜文化，一种是以土坑墓为主的农业文明，另一种是以'石棺葬'为代表的游牧经济"[1]。很早就开始的农业传统为白族文学中的自然生成型神话奠定了现实的基础，而农业与游牧的融合共生又使得白族文学中的祖先取回型神话有了形成的可能。至于东南亚民族中普遍存在飞来稻型神话而无祖先取回型神话，其原因当为他们与云南最早的稻作民族一样同属稻谷栽培的最早文化区域。在此类神话中，我们看到的是对于失落的黄金时代的缅怀，但这个黄金时代并非真实的存在，而更多是先民的理想反映。正如恩格斯所说，民间文学作品的功能是"使一个农民作完艰苦的日间劳动，在晚上拖着疲乏的身子回家的时候，得到快乐、振奋和慰藉，使他忘却自己的劳累，把他的硗瘠的田地变成馥郁的花园。民间故事书的使命是使一个手工业者的作坊和一个疲惫不堪的学徒的寒伧的楼顶小屋变成一个诗的世界和黄金的宫殿；而把他的矫健的情人形容成美丽的公主"[2]。不仅民间故事有此功能，神话也不乏这样的补偿功能。最早进行稻作的民族在稻谷的栽培中必定付出了无数的艰辛，而这更让人遐想无须辛勤劳作即可获得谷物的可能，因而便幻想出一个曾经的黄金时代。而那些并非最早的稻作民族的族群，虽也可能在后来从其他民族中学会谷物栽培的技术，但毕竟已经跨越了最初的技术壁垒，可以在那些最早的稻作民族探索的基础上获得相应的栽培技术，相较而言可能对于谷物栽培之艰辛的体会要少一些。笔者并不是说东南亚的所有民族都是最早的稻作民族，但是东南亚民族与中国云南最早的稻作民族同属一个稻作文化圈，自然可以得到该文化圈的滋养并产生许多共同的文化因素。此稻作文化圈在云南就是以傣、壮等百越族系的后裔为核心，白族不属于其核心区域，故白族的谷物起源神话与此稻作文化圈中的中国云南傣、壮等民族以及东南亚各族皆有不同表现。当

---

[1] 李东红:《从考古材料看白族的起源》，载《中央民族大学学报》2004年第1期。
[2] 杨炳编:《马克思恩格斯论文艺和美学》下册，文化艺术出版社，1982年，第558页。

然，谷物起源神话的存在本身就证明了不论是白族还是东南亚的很多族群均有悠久的稻作传统，具有高度发达的稻作文化，这一点应当是毋庸置疑的。

二、基于文化交流而产生的文学关联

云南与东南亚地区的联系很早就开始了。这种联系除了表现为毗邻而居的天然纽带之外，还体现为两地之间居民的迁徙和融合。有学者指出："大约从5000年前开始，一批批中国的先民，带着居住地的先进文化，或从云南和广西直接进入中南半岛，或从南中国海进入印度群岛和马来半岛，与当地居民相结合，共同创造东南亚的史前文化。"[1]而云南与东南亚地区的交流具有悠久历史的论断，还在考古发现中有了更直接的证据支撑。根据有关专家的研究，位于云南西南部澜沧江支流沿岸的沧源、耿马等地的多处原始岩画，从内容到风格都与缅甸和泰北的岩画非常接近，从内容上说，两地的岩画中都出现了太阳、人、牛、狗等常见图案，从艺术风格上说，云南与缅甸和泰北的岩画也有很多相似和类同之处，这充分说明中国云南南部与中南半岛北部地区的族群很可能在新石器时期就已经有了联系。[2]东南亚各国的神话传说中，也常常体现出当地民众对于中国文化的认同。用汉语文言文写成的越南古代神话传说集《岭南摭怪》中有"鸿庞氏传"，认为越南传说中最古的王朝的统治者"鸿庞氏"乃是中国上古神话中的炎帝神农氏的后裔，而越南的史籍《大越史记全书》在记载越南上古王系的传承时，沿袭了这种说法，承认古代越人的君王源出于神农氏。[3]从民间的神话传说到官方的史籍都透露出其对中国古代文化的一种认同态度。此外，在缅甸流传的神话《三个龙蛋》认为缅甸人和中国人是"同为蛋生"的同胞兄弟，这种说法在缅

---

[1] 张玉安：《中国神话传说在东南亚的传播》，载《东南亚》1999年第3期。
[2] 贺圣达：《东南亚文化发展史》，云南人民出版社，1996年，第47页。
[3] 张玉安：《中国神话传说在东南亚的传播》，载《东南亚》1999年第3期。

甸得到广泛的认可，其心理基础仍然与缅甸文化中对中国文化的认同是分不开的。

到了南诏立国，政治上比较强劲的实力为其外向的交流奠定了坚实的基础。作为雄踞于亚洲东南部的独立政权，南诏在自身得到壮大后也主动加强了与境外东南亚国家和地区的交流和联系。有学者指出，"公元8世纪中叶南诏脱离唐朝之后，俨然以大国的形式雄踞亚洲东南部。在与吐蕃合兵夺取唐朝的巂州、稳定了北部边境之后，南诏随即展开了向中南半岛地区的扩张。从总的情况来看，南诏是在征服了寻传地区（今澜沧江以西至伊洛瓦底江流域地带）和银生地区（今思茅地区和西双版纳地区）之后，再以这两大前沿地区为依托向古中南半岛地区进行扩张。……其中，经寻传地区过骠国领地、再到达印度的蜀身毒古道路段，是南诏控制的重点"[1]。基于自身的实力，南诏在与东南亚各国进行交往的过程中体现出了比较强劲的势头，外向辐射和影响也在不断强化。

以南诏与缅甸的交往为例，南诏与缅甸境内各国都有政治联系。南诏与当时缅甸境内的骠国壤地相接，在政治、经济及文化等方面有着密切的关系。商贸方面，南诏通过滇缅古道与缅甸开展了频繁的贸易活动。

《蛮书》卷十载："骠国在蛮永昌城南七十五日程，阁罗凤（公元七四八至七七九年）所通也。"[2]骠国与南诏接壤，是南诏与当时的大秦即今印度交往的必经之地。《新唐书·南蛮上·南诏上》中记载，"骠，古朱波也……在永昌南二千里，去京师万四千里。东陆真腊，西接东天竺，西南堕和罗，南属海，北南诏"[3]。很多骠国商人来到南诏进行商贸交流。约在832~835年，

---

[1] 谷跃娟：《南诏对寻传及银生地区的经营及利益趋向》，载《云南民族大学学报》（哲学社会科学版）2007年第3期；又见谷跃娟：《南诏史概要》，云南大学出版社，2007年，第181页。

[2] 管彦波：《试论南诏多源与多元的文化格局》，载《民族研究》1993年第2期。

[3] [宋]欧阳修、宋祁撰：《新唐书》卷二二二上，中华书局，1975年，第6306~6307页。

南诏曾派兵攻打骠国、弥臣、昆仑等国，并掳掠过骠国等国的人口。当然这并非南诏与骠国关系的主流。另据《南诏野史》记载，858年，缅甸遭受狮子国（今斯里兰卡）的进攻时，曾向南诏求救，南诏派大将段宗牓出兵相助，缅甸还赠送金佛酬谢。此外，骠国的乐工还常到南诏演出，对南诏音乐产生了较大影响。

宋朝时期，缅甸蒲甘王朝与白族地区的大理国之间往来十分密切。"据缅甸《琉璃宫史》记载，缅王阿奴律陀统一全缅、建立蒲甘王朝不久，闻知大理国崇信佛教，且珍藏一枚佛牙，便亲率江喜陀和四员大将前往大理求取佛牙，受到大理国王隆重接待。虽然阿奴律陀最后未能如愿带回佛牙，却获赠碧玉佛像一尊，带回蒲甘后成为历代国王顶礼膜拜的佛教圣物。……继阿奴律陀之后，蒲甘国王江喜陀和阿隆悉都继续保持了与大理国的使节往来。"[1]在《南诏野史》中，多处记载了缅甸进贡物品到大理的情况。如"宋徽宗癸未崇宁二年，使高泰运奉表入宋，求经籍，得六十九家，药书六十二部。……缅人（即蒲甘）、波斯（今缅甸勃生）、昆仑（今缅甸莫塔马）三国进白象及香物"[2]。这里的缅人即蒲甘，波斯指今缅甸勃生，而昆仑即今缅甸莫塔马。此外，"政和五年，缅人进金花、犀象"[3]。这些都为双方交流之实证。

正是由于政治交往和民间交流的频繁，为大理地区与东南亚文学的互动奠定了坚实的基础。缅甸流传着一个传说，说缅甸青年貌干做了中国南诏国的驸马，生有一子。一天，他对南诏王说，缅甸仰光有一个大金塔，塔上有很多金银珠宝，愿去取来。貌干到了仰光，踏上通往大金塔塔院的台阶双腿

---

[1] 钟智翔主编：《缅甸研究》，军事谊文出版社，2001年，第330～331页；另见陈炎：《中国同缅甸历史上的文化交流》（上），载《文献》1986年第3期。

[2] [明]倪辂辑，[清]王崧校理，[清]胡蔚增订，木芹会证：《南诏野史会证》，云南人民出版社，1990年，第269页。

[3] 同上注，第274页。

就变成石头，一直到脖子处。南诏国公主抱着幼儿千里迢迢来仰光寻夫，走近丈夫，自己的双腿也变成石头，最后貌干和妻儿都变成了石头人。[1]故事虽然无史可证，但也说明了缅甸和南诏国之间联系很紧密，否则怎么可能流传着缅甸青年成为南诏驸马的故事呢？东南亚地区文学和云南白族文学的某些相似、关联之处也不排除是基于双方往来和文化交流而产生的。

三、由于共同受到外部文化的影响而产生的文学关联

这里所说的外部文化主要是印度文化和中国的汉族文化。除了相互之间的影响之外，东南亚文学和白族文学之间还存在很多共同点，这些共同点不完全是相互影响的产物，而极有可能与两个地区之间文化的共性有关。还有一个原因就是东南亚文学和白族文学都曾受到印度文化和中国汉族文化的影响。由于地理位置的原因，东南亚文学从古代起就受到中国和印度两大文明的深刻影响，而白族文化也由于多种原因而深受汉族文化和印度文化的影响。

先看印度文化对白族和东南亚的共同影响。作为东方的文明古国，印度文化对世界上的很多国家和地区都产生过深远的影响。东南亚的各国受印度文化的影响也是很大的，这与东南亚各国长期信奉南传佛教有一定的关系。印度文化的很多内容因此通过佛教这一中介渗透到了东南亚信奉佛教的国家和地区的文化当中。这一点在民间文学领域也有着突出的表现。对此，有学者指出："在历史上，东南亚各国（菲律宾除外）曾长期受印度宗教文化的影响。在缅甸、泰国、老挝和柬埔寨，小乘佛教一直占统治地位，佛教文化是其文化的基本形态。因此这些国家的原生神话后来或多或少地吸收了印度宗教文化，其中主要是佛教文化的成分。以至有些神话已经很难分清哪些是

---

[1] 陈岗龙、张玉安等：《东方民间文学概论》第三卷，昆仑出版社，2006年，第332页。

本民族固有的内容，哪些是来自印度文化。"[1]缅甸学者德班梭仁也说过："实际上，缅甸文化是以骠族文化为基础，以孟族文化装饰起来的，由印度文化转变而来的文化。"[2]而云南的白族同样受到了印度文化很大的影响。所以，不排除白族文学与东南亚文学都受到印度文化影响而产生共同点的可能。比如金翅鸟是印度佛教文化中的天龙八部护法神之一，这一意象不仅影响到了白族，而且也影响到了东南亚地区。老挝民间故事中有一则《金翅鸟》，内容为：贫苦的渔民普陶在捕鱼时网到了一块光滑的小石头，普陶将之珍藏起来，不久后，小石头变成了一只金翅鸟。金翅鸟带着普陶来到满地都是金银的花园，让普陶变得富裕起来。县令得知后分外眼红，他学着普陶的做法也得到了一只金翅鸟。金翅鸟同样带着他来到金银花园，贪心的县令恨不得把所有的金银都带回家，他装了很多的金银，骑上金翅鸟，在回家的途中，坠入大海，葬身鱼腹。[3]

这里的金翅鸟同样是吉祥之鸟，或许也受到了印度佛教文化的影响。而老挝的这则故事，也让我们想到了白族民间流传的一则类似的故事，笔者在大理剑川石龙村搜集的文本内容为：

> 两兄弟分家，哥哥给弟弟分了不好的田地，弟弟只好去砍柴。他到太阳升起的地方去砍，但是因为伤心，所以就在那里哭了。这时飞来一只凤凰，问他："老二，你怎么一个人在这里哭？"他回答："哥哥和我分家，他没分给我好田，所以我没有粮食吃，只好来砍柴，想着想着心里很难过，所以就哭了。"凤凰告诉他："老二，你坐在我的翅膀上，我带你去个地方。"弟弟骑到了凤凰的翅膀上，凤凰带着他去到了有太阳的地方，那里有很多的金银。弟弟拾了一些金子和银子，装在口袋里带

---

[1] 张玉安：《东南亚神话的分类及其特点》，载《东南亚纵横》1994年第2期。
[2] 转引自陈岗龙、张玉安等：《东方民间文学概论》第三卷，昆仑出版社，2006年，第303页。
[3] 同上注，第188页。

回家。弟弟用这些金银换了很多的粮食，过上了好日子。哥哥看到就来问弟弟，弟弟说出了经过。哥哥也到了弟弟砍柴的地方，也在那里假装哭，凤凰飞了过来，问他："老大，你为什么会在这里哭？"哥哥说："我和弟弟分家，弟弟分给了我差的田，我日子过得太穷了，想着很伤心，所以就哭了。"凤凰说："那你坐在我翅膀上，我带你去个地方拾些金银。"哥哥带了一个很大的袋子坐到凤凰翅膀上，到太阳那里拾金银。凤凰说："老大你拾够了吗？太阳快要升起来了，我们必须要回去了。"老大已经装了很大的一袋，但他还嫌不够，说："再等等，再等等，我还没有拾够。"太阳升了起来，凤凰飞走了，老大就在那个地方被太阳晒死了。[1]

　　白族这则故事中的凤凰与老挝故事中的金翅鸟何其相似，它们都是帮助弱者改善境遇的关键因素和神奇力量。而白族地区还流传着大量金鸡的故事，也融汇了印度佛教中的金翅鸟意象。从上述的例子，可以看出，老挝故事中的金翅鸟和白族故事中的凤凰、金鸡都有源自印度文化的因子，与印度佛教中的大鹏金翅鸟形象有重要关联。

　　在缅甸有一则《从蛋里出来的国王》的故事，也与白族的民间故事《牧童与龙女》十分相似。《从蛋里出来的国王》内容为：每天早晨，年轻的掸族牛倌赶着水牛群到牧地吃草，下午，他领着牛群到一个阴凉的水潭边，自己坐在一旁吹笛子。水潭中那加龙王的公主爱上了他，化成人形与之结为夫妻。婚后公主生下一个蛋。公主让牛倌把蛋拿回家，还说两人必须分手了。公主变成了一条那加龙，钻进潭水里不见了。牛倌每天继续到潭边吹笛子，但龙公主却再也没有露面。几个月后，蛋里孵出一个金色的男孩。长到十六

---

[1] 董秀团、段铃玲、朱刚、赵春旺于2005年1月23日在大理剑川石龙村张明玉家收集，讲述人张明玉，女，1959年生，文盲，农民。

岁的时候，男孩从父亲那儿知道了自己出生的秘密。他来到水潭边高声喊叫妈妈。龙公主出现了，还说如果儿子需要帮助，就走到水边拍地七下，她就会立刻出现。那时候中国云南的国王没有儿子，只有一个女儿。求婚的人络绎不绝，国王在一个波涛汹涌的湖心岛上，盖了一座黄金宝塔，把女儿安置在塔中。国王宣布不用木头、筏子或者船只便能到达岛上的男人会成为女儿的新郎。几百名青年跳进湖中都被波浪打沉了。从蛋里生出来的年轻人，让母亲龙公主将他驮了过去，中国公主对他一见钟情，他们就结婚了。过了几年，国王逝世，从蛋里生出来的年轻人即位当了云南王。他们生下了四个儿子，这四个儿子后来也都成了国王。[1]

该故事的前面部分，特别是牛倌吹奏笛子吸引了龙公主的情节，与白族故事中的《牧童与龙女》《笛声吹动龙女心》十分相似，都是讲龙女被凡间善良的男子所吸引而展开了人龙之间的恋爱。此种龙王、龙女类型的故事，在中国古代小说中亦能找到身影，而根源却是印度的故事，因此，白族和东南亚的此类故事可能受到了印度文学的影响。

东南亚文学和白族文学之间存在共同点的另一个原因是都受到了汉文化的影响。东南亚的一些国家比如越南属于汉文化圈的范围，深受汉文化影响，而白族同样受到了汉族多方面的深广影响，所以这也是双方的文学可能产生共性的一个原因。比如越南流传着帮助丈夫"浪子回头"的《杀狗劝夫》故事[2]，白族同样也流传着同名的《杀狗劝夫》故事。在白族的大本曲中，讲述宋朝时，山西省的南华县有两兄弟，哥哥叫赵必光，弟弟叫赵必辉。兄娶尹氏，弟娶夏氏。弟兄分家后，赵必光因遭水灾，家中贫穷，向弟弟借取银子，赵必辉不肯借。赵必辉不理会兄长的死活，却结交车三、王二两个狐朋狗友。夏氏为了劝夫，杀了一条狗，将之扮成人形，丢在后花园

---

[1]〔缅〕貌阵昂编:《缅甸民间故事选》，殷涵译，中国民间文艺出版社，1982年，第58～60页。

[2] 陈岗龙、张玉安等:《东方民间文学概论》第三卷，昆仑出版社，2006年，第123页。

内。赵必辉以为是人的尸体出现在自家后花园，便去请车三、王二帮忙掩埋，二人推辞。他又去请大哥，赵必光不计前嫌前来帮忙。赵必辉回心转意，兄弟搬在一起居住，不再理车三、王二。车三、王二状告赵家兄弟图财害命，赵氏兄弟被押入狱中。夏氏说明情况，县官释放了赵家兄弟，车三、王二被打入监牢。宋王得知此事，为夏氏立牌坊予以表彰。[1]白族的《杀狗劝夫》故事与汉族同名，内容情节几无二致。考察越南和白族的《杀狗劝夫》故事，其来源无疑都是汉族故事，因为这则故事在汉族地区的流传历史比较久远。早在宋元南戏中已有《杀狗劝夫》，元杂剧有萧德祥作《杀狗劝夫》，到明代，有徐畹的《杀狗记》。汉族该故事流传到白族地区乃至于东南亚地区的时候，仍保持着故事的基本情节和母题，这为我们寻找该故事的汉族源头提供了有力支持。

此外，越南流传的《石生传》和白族流传的《阿义和阿贵》故事都与汉族"云中落绣鞋"故事属同一类型。它们都是讲述"英雄深入地下洞穴援救被妖怪抢掠的女人，自己反陷入困境，历经艰难方得脱险"[2]的基本内容，在 AT 分类法中，被列为 AT301 型。《阿义和阿贵》的故事情节是：阿义和阿贵是朋友，一天，阿义在苍山砍柴，看到一只沾血的女人绣花鞋，阿义告诉了阿贵，两人顺着血迹找到一个山洞，在洞里看到一个姑娘，原来是白王的公主被七头大蟒精掳到这里，阿义砍死了大蟒精，公主感谢阿义救命之恩便以身相许，将耳环上的玉叶片掰成两半给阿义一半为凭证。阿贵将公主拉出洞，之后故意砍断皮条让阿义又跌回洞里。阿义在深洞里碰巧又救出龙王三太子，龙太子邀阿义到龙宫玩，走时龙王送给阿义宝葫芦，要什么就能变出什么。而阿贵送公主回宫后，白王以为是他救出公主，便将之留在宫中。阿贵对公主说阿义已死，让公主和自己成亲，公主不允。阿贵听说阿义

---

[1] 参见大理市大理镇下鸡邑杨益抄藏曲本和大理市喜洲镇作邑村赵丕鼎抄藏曲本。
[2] 刘守华：《一个影响深远的唐代民间故事——〈望夫冈〉与"云中落绣鞋"型故事》，载《文史知识》1997 年第 1 期。

回来了，假装去看望他，还借走他的葫芦。阿贵去宫里请客，让葫芦变出菜肴，不想葫芦变出了牛屎、狗粪、马尿，白王发怒要治他的罪，阿贵说葫芦是阿义的，白王将阿义招进宫，阿义用葫芦变出美味珍馐，国王问葫芦来历，阿义将经过讲给国王。国王将公主叫来，公主和阿义凭玉叶片相认。阿义和公主成亲，阿贵被赶出宫。[1] 白族还有关于杜朝选的故事，大致讲述两个姑娘被大蟒掠去山洞，猎人杜朝选在山上看到一条大蟒，他射了一箭，射中了蟒头。后来他见到一个姑娘在溪边洗血衣，一问才知是被大蟒掳走的姑娘之一，杜朝选随姑娘进洞奋力杀蟒。后来两个姑娘嫁给了杜朝选。[2] 这则故事虽无云中落绣鞋的情节，但符合该类型故事中英雄深入洞穴解救被妖怪掳走的女子的主要内容，应属"云中落绣鞋"型故事。

越南流传的《石生传》同属"云中落绣鞋"型，其基本内容为：石生原为玉皇大帝的太子，受父皇之命下凡投胎，取名石生。石生砍柴为生，13岁时，托塔天王李靖下凡密授武艺和法术。石生与李通结拜为兄弟，当地有蟒蛇精作害，官府每年向其献上一名男子为祭品。当轮到李通当祭品时，他设计骗石生代行。石生杀死蟒精。李通又施计将功劳算在自己头上，受皇帝封官赏银。一天，皇帝女儿琼娥公主被大鹏叼走，皇帝命李通去寻找并答应救回公主可当驸马继承王位。李通找石生同去。石生见到叼着人的大鹏飞过，循血迹找到山洞救出了公主，李通把石生堵死在洞里。石生在洞里杀死了大鹏搭救了龙太子，龙王送一把琴给石生。李通受赏即将当上驸马，公主却一直昏迷不醒。蟒蛇精和大鹏阴魂合谋诬陷石生，石生被投进监狱。石生借琴声抒发愤懑，公主听到琴声苏醒将实情禀告皇帝，皇帝将公主许配石生。李通遭雷击身亡。[3]

丁乃通分析了中国及其邻国的云中落绣鞋故事，认为"汉族的 301A 传

---

[1] 大理白族自治州文化局编：《白族民间故事选》，上海文艺出版社，1984年，第97～102页。
[2] 同上注，第163～165页。
[3] 陈岗龙、张玉安等：《东方民间文学概论》第三卷，昆仑出版社，2006年，第118～119页。

统的影响极为广泛,从内蒙古到越南南部,从中缅边界到朝鲜。中国的许多301B异文,也同样明显接受了它的影响"[1]。而从中国到越南的传播,主要是由于"乘船可到达越南,那儿很多人是中国的移民,汉语在那里广泛应用已长达数世纪"[2]。梳理云中落绣鞋故事的文献资料,可知我国干宝《搜神记》卷十一中有一则《望夫冈》的故事,是该类型故事的早期形态。"《搜神记》与《鄱阳记》所记《望夫冈》均无云中落绣鞋情节,是此故事类型的雏形。"[3]在后来的发展中,此类型故事的现代口头异文几乎遍及中国的各个省份。流传于吉林的《石义和王恩》文本被认为"代表了本故事最完整的形态"[4]。故事内容为:有个叫石义的小伙子,靠打柴养活老母亲。他在山上连续三年将自己带来的饼子送给一位老和尚吃,老和尚送给他一个用秫秸扎成的宝船。在庙门口石狮子眼睛发红、突发洪水的时候,石义等人上到船上安全脱险。他们在洪水中救活了一群蜜蜂、一堆蚂蚁,也救活了一个叫王恩的年轻人。一天,石义在山上砍柴,见一位女子被旋风卷走,他将斧子对准旋风抛去,击伤妖怪,拾得一只绣花鞋。后得知是京城里的皇姑被妖怪抢走,就揭了皇榜,同王恩一起到山上的石洞里去搭救皇姑。石义下到洞里,在皇姑的帮助下杀死九头妖,然后叫皇姑坐在筐子里先出洞。王恩见皇姑长得漂亮,起了坏心,将洞口堵死,不让石义出洞。石义因救活了一条被囚的小白龙得以出洞。他直奔京城去见皇姑。王恩冒功得赏,正准备同皇姑成亲。皇上出难题辨认真假驸马,石义在蚂蚁和蜜蜂的帮助下顺利通过难题考验,和

---

[1] 〔美〕丁乃通:《云中落绣鞋——中国及其邻国的AT301型故事群在世界传统中的意义》,载丁乃通:《中西叙事文学比较研究》,陈建宪、黄永林、李扬、余惠先译,华中师范大学出版社,2005年,第172页。

[2] 同上注,第173页。

[3] 祁连休:《中国古代民间故事类型研究》卷上,河北教育出版社,2007年,第292页。

[4] 刘守华:《一个影响深远的唐代民间故事——〈望夫冈〉与"云中落绣鞋"型故事》,载《文史知识》1997年第1期。

皇姑成亲。最后真相大白，王恩被斩首示众。[1]

白族的《杜朝选》《阿义和阿贵》故事和越南的《石生传》很可能都是受到中国汉族民间云中落绣鞋故事的影响而产生的。

除了上述的例证，白族文学与东南亚文学存在关联的个例还有很多。著名的九隆神话是白族文学与东南亚地区有关联的又一个案。而除了神话，白族文学中与东南亚文学的关联还可在故事传说中觅得踪影。白族地区流传较多的"百羽衣"故事在东南亚也是享有盛誉的故事类型，在那里学者称之为"鸟毛衣女"故事圈。此外，白族地区流传的南诏盟石传说也与东南亚的试剑石型传说有相似之处。白族地区的蛇郎故事也可在东南亚寻到踪迹，可做比较。

---

[1] 转引自刘守华:《一个影响深远的唐代民间故事——〈望夫冈〉与"云中落绣鞋"型故事》，载《文史知识》1997年第1期。

第三章 白族文学与汉族文学关系研究

费孝通于20世纪80年代提出了"中华民族多元一体格局"的理论命题，对中国各民族之间紧密的关系从理论高度进行了注解。费孝通指出，中华民族这一实体的形成具有自己的特色："距今3000年前，在黄河中游出现了一个由若干民族集团汇集和逐步融合的核心，被称为华夏，像滚雪球一般地越滚越大，把周围的异族吸收进入了这个核心。它在拥有黄河和长江中下游的东亚平原之后，被其他民族称为汉族。汉族继续不断吸收其他民族的成分而日益壮大，而且渗入其他民族的聚居区，构成起着凝聚和联系作用的网络，奠定了以这个疆域内许多民族联合成的不可分割的统一体的基础，成为一个自在的民族实体，经过民族自觉而称为中华民族。"[1]从中我们可看到一个事实，那就是中华民族多元一体格局的形成，是一个长期、持续的过程，而非一朝一夕、一蹴而就之事。在这个过程中，汉族充当着核心作用，不断整合其他的民族群体，像滚雪球一样壮大了自己的同时，完成了凝聚的使命。在中华民族多元一体的格局中，各民族之间有着"我中有你、你中有我"[2]的密切关系，同时，汉族是其中长期居于主体并且在文化方面占据主导的民族群体。

在中华民族多元一体格局形成及构建统一的中华文化认同的过程中，各民族文学的交流、互鉴、融合起到了重要作用。汉族因其核心作用，长期以来起着对少数民族文学输出和影响的作用，当然，少数民族文学对汉族文学也是有着影响和反作用的，在中华多民族文学互生共存的历史图景中，少数民族文学与汉族文学的动态关系以及少数民族文学实际发生的作用已经越来越得到人们的认识和肯定。少数民族口传文学的地位也在国际学界对口承和书写二者的关系进行论争的背景下得到了提升，朝戈金指出："汉族文学与诸多少数民族文学的关系，不能简单地处理为以一对多的关系，而是充分强

---

[1] 费孝通主编：《中华民族多元一体格局》（修订本），中央民族大学出版社，1999年，第4页。

[2] 同上注，第3页。

调其多层面交织的、叠加互渗的关系。"[1]关纪新也说："我们今后撰写的'中国文学史'，既不应当再是中原民族文学的'单出头'，也不应当是文学史撰写者出于'慈悲心肠'或'政策考量'而端出来的国内多民族文学的'拼盘儿''杂拌儿'。中华民族是多元一体的，中华民族的文学也是多元一体的。中华的文学应当是一个有机联接的网络系统，每个历史民族和现实民族，都在其中存有自己的文学坐标的子系统，它们各自在内核上分呈其质，又在外延上交相会通，从而体现为一幅缤纷万象的壮丽图像。"[2]在中华多民族文学史的构建中，少数民族的地位得到进一步突显。但是，在审视整个中华多民族文学整体及其中的白族文学的时候，仍不可否认汉族文学是其中核心的一维。一方面是因为汉族文学在中华多民族文学整体中占据着重要位置，在构建统一的中华多民族认同意识的过程中发挥着核心性的凝集和整合作用，另一方面则是由于白族很早就开始吸收汉文化和汉文学的影响，因而，在梳理白族文学与外部的关系时，白族文学与汉族文学的关系理当单独予以审视。

神话、传说和民间故事是民间文学中的重要文类，白族文学中这几种文类亦具有比较重要的地位。它们也成为映射与汉族文学交流的主要中介。几种文类之间有着一定的区别，但在实际面对民间文学作品的时候，我们也会发现文类之间时有交叉，有些具体的作品其划分和归属存在一定模糊性。比如关于龙的民间叙事，既有神话的特点，也有混杂传说、民间故事文类特征的情况；《火烧松明楼》我们既可将之视为传说，也可以认为它属于民间故事；梁祝是民间传说，但它也进入了民间传说之外的多种文类。而我们在分析论述中使用的一些具体的民间文学文本材料，在以往的研究中文类归属也并不确定，同样的题材和叙事内容，有的文本用了神话之名，有的则将之归入故事或者传说。或许此种文类划分原本就是学者视角的一种体现，对于

---

[1] 朝戈金：《"中华多民族文学史观"三题》，载《民族文学研究》2007 第 4 期。
[2] 关纪新：《创建并确立中华多民族文学史观》，载《民族文学研究》2007 年第 2 期。

民间老百姓来说，出发点和分类的视角还有所不同。当然，出于研究的便利性，我们还是按照传统的文类划分方式对白族民间文学与汉族文学的关系进行梳理，将选取的作品大致归入某种文类，但这并不意味着此种文类划分的唯一性、确定性和凝固性。同时，下面的叙述中，我们有时候也会从广义角度使用民间故事这一概念，或者是出现神话故事、故事传说等并置性的描述。

第一节　白族神话与汉族文学

作为一个相对稳定的民族共同体，白族是南诏以来逐渐形成的。但是，白族先民早已繁衍生息于云南的土地上，古老的神话为白族悠久的历史提供了最好的注解。神话可以说是最能反映远古时期人类社会生活的文学样式，在神话那光怪陆离的世界里，折射的是先民远古时期的历史和生活，白族的神话自然也具有这样的功能。马克思在《〈政治经济学批判〉导言》中说："任何神话都是用想象和借助想象以征服自然力，支配自然力，把自然力加以形象化。"[1]白族的远古神话反映了先民们与自然之间的关系，体现了白族先民对自然和社会的认识。除了反映和体现着白族先民对于自然界的认知，白族的神话中还夹杂了汉文化的因子，体现了与汉族文学长期互动的历史事实。

---

[1]〔德〕马克思：《政治经济学批判》，人民出版社，中共中央马克思恩格斯列宁斯大林著作编译局译，1976年，第220页。

一、白族创世神话与汉族的关系

创世神话最为典型地反映人与自然的关系，体现先民对自我与外界的认知、探索和思考。在世界各民族中普遍流传着以创世为主题的神话类型，因为人们对于外界的探索欲望是相似的。

前面已述，白族创世神话的典型文本有《开天辟地》《创世纪》《人类和万物的起源》等。《开天辟地》《创世纪》所述内容基本相同，均以盘古、盘生两兄弟开天辟地的壮举为主要内容。不同的是《创世纪》中有盘古、盘生降伏了龙王、斩杀龙头、龙王死后变成彩虹的情节，并且盘古、盘生变成天地后，又化身为木十伟，木十伟的身体变成了万物。

白族创世神话中盘古、盘生兄弟开天辟地、化生万物的情节，与汉族地区流传的盘古神话有着很多相似之处。盘古神话最早见于三国时吴国人徐整所撰的《三五历纪》和《五运历年纪》，现两书均已佚失。

《艺文类聚》卷一引《三五历纪》的记述：

> 天地混沌如鸡子，盘古生其中。万八千岁，天地开辟，阳清为天，阴浊为地。盘古在其中，一日九变，神于天，圣于地。天日高一丈，地日厚一丈，盘古日长一丈。如此万八千岁。天数极高，地数极高，盘古极长，后乃有三皇。数起于一，立于三，成于五，盛于七，处于九，故天去地九万里。[1]

此外，《绎史》卷一引《五运历年纪》中的盘古神话为：

---

[1]［唐］欧阳询撰：《艺文类聚》卷一，上海古籍出版社，1965年，第2页。

    首生盘古，垂死化身。气成风云，声为雷霆，左眼为日，右眼为月，四肢五体为四极五岳，血液为江河，筋脉为地里，肌肉为田土，发髭为星辰，皮毛为草木，齿骨为金石，精髓为珠玉，汗流为雨泽，身之诸虫，因风所感，化为黎甿。[1]

  在民间的解释和学者的解读中，常常把盘古看作开天辟地的大神。但王鲁昌针对《三五历纪》的记述指出："向来学者把这段文字解作盘古开天辟地，然而，今细审之，令人诧异——文中并无盘古开辟天地之意。……不是盘古在混沌中'一日九变'而导致了天地开辟，是盘古随着天地升降在'一日九变'。"[2] 吴晓东同样注意到了这个问题："天地是自开的，并非盘古开辟的，盘古只是一直在其中而已。……另外，盘古也没有用自己的身体来支撑天地以使天地分开，文中是先说'天日高一丈，地日厚一丈'，然后才说'盘古日长一丈'。天地分离在先，盘古生长在后，随天地生长而已，并无支撑之意。"[3] 陈建宪则将汉文古籍中的盘古神话分解为宇宙卵和垂死化生两个基本母题，并认为"垂死化生"的母题来自《山海经》的烛龙、烛阴、鼓等的化生母题。[4] 笔者认为，陈建宪的分解是能够体现盘古神话的核心内容的。综上所述，汉文文献中的盘古神话最早并无开天辟地的壮举，盘古不是创世大神。既然如此，为何后来的解读中，盘古会朝着创世神的方向变化呢？这与盘古的化生母题又有何关联？王鲁昌从化生的角度提出盘古神话的"根"是女娲神话，并提供和列举了文献证据。许慎《说文》曰："娲，古之

---

[1]［清］马骕撰：《绎史》卷一，中华书局，2002年，第2页。
[2] 王鲁昌：《盘古神话探源》，载《中州学刊》1995年第3期。
[3] 吴晓东：《盘古神话：开辟天地还是三皇起源》，载《广西民族师范学院学报》2011年第5期。
[4] 陈建宪：《宇宙卵与太极图：论盘古神话的中国"根"》，载《民间文学论坛》1991年第4期。

神圣女，化万物者也。"《山海经·大荒西经》中说："有神十人，名曰女娲之肠（郭璞注：'或作女娲之腹'），化为神，处栗广之野。"[1]袁珂也因女娲之肠化为神的神话，认为女娲有垂死化生之举："至于女娲之肠化而为神的神话，疑女娲亦有死，死后亦如盘古之有所化身"[2]。张光直指出《山海经》中有三种神秘的古代生物身体化生的神物，一是烛阴，二是烛龙，三是女娲。他认为女蜗神话"似乎都代表东周化生说宇宙神话的残留。三国时代所记盘古'垂死化身'的故事，便是这一系神话发展完全的形式"[3]。

综合学者所述，汉文献中的盘古神话最初并无创世之举，而主要表现为宇宙卵和化生两个母题，其中的化生母题又可能源于女娲神话。那么，白族的创世神话中盘古、盘生神话又与汉文献神话有何关系呢？

在白族的盘古、盘生创世神话中，盘古、盘生确确实实有创世的行为。《创世纪》中有这样的描述：

> 难呀难！天地没有怎么办？
> 不用怕！盘古盘生有办法。
>
> 哪个来变天？
> 盘古来变天。
>
> 从哪方变起？
> 从东北方变起。
>
> 哪年变成天？

---

[1] 王鲁昌:《盘古神话探源》，载《中州学刊》1995年第3期。
[2] 袁珂:《古神话选释》，人民文学出版社，1979年，第41页。
[3] 张光直:《中国青铜时代》，生活·读书·新知三联书店，1983年，第267页。

属鼠年变成天。

天不满是哪一方？
天不满是西南方。

天不满用什么补？
天不满用云补。

哪个来变地？
盘生来变地。

从哪方变起？
从西南方变起。

哪年变成地？
属牛年变成地。

地不满是哪一方？
地不满是东北方。

地不满用什么补？
地不满用水补。[1]

---

[1] 云南省少数民族古籍整理出版规划办公室编:《云南少数民族古典史诗全集》上卷，云南教育出版社，2009年，第319页。

这里，明确提到盘古变为天、盘生变为地，可以据此认为白族神话中，盘古、盘生有开天辟地之举，这与汉文献中记载的盘古神话有一些不同。但是，为何白族神话中不是盘古一人创世，而是增加了盘生的角色呢？有学者指出："对远古盘舞的研究说明，云南石寨山四人乐舞中一人吹笙，三人平托而舞的舞蹈可理解为盘舞，故芦笙伴奏盘舞现象可以简称为盘笙或槃笙。此外，由于芦笙是由葫芦制作，葫芦可单称为匏或瓠，芦笙伴奏盘舞现象可简称为槃瓠，故盘笙、槃瓠的词语应是人们对远古祭祀舞蹈的简称。"[1] 汉族神话中有"女娲作笙簧"的说法，袁珂对此做了解释："笙之所以叫'笙'，据说是为了人类的繁衍滋生，其义同'生'。而古代笙用葫芦（匏）制作，其事又和伏羲女娲入葫芦逃避洪水，后来结为夫妇，繁衍滋生人类的古神话传说有关。"[2] 还有学者指出："《诗经》中常见笙字，如龠歌笙舞等，《说文》解笙：'象凤之身也，笙，正月之音，物生，故谓之笙。'笙由口吹气流振动笙中簧片发出声音。……《礼记·明堂位》：'女娲之笙簧。'《说文》：'古者女娲作簧'据此，笙出现于铜器时代以前，笙的名称寓意万物生长，笙与女娲概念有关。"[3] 闻一多亦考证："'伏羲''女娲'果然就是葫芦。"[4] 并且"女娲本是葫芦的化身，故相传女娲作笙"[5]。这里的论述，为我们理解白族盘古神话中的"盘生"这一角色提供了参考和借鉴。盘生的"生"与盘笙的"笙"发音一样，或许盘生的"生"原当为"笙"，是与女娲有关，同时也与葫芦有关。我们知道，在中国西南的少数民族中，有丰富的葫芦神话在流传。在楚雄、祥云、大理、昆明等地的青铜文化遗址中，还曾发掘出许多铸

---

[1] 宁轩弘：《葫芦神话的研究》，载中国艺术研究院舞蹈研究所编：《舞蹈艺术》1993年第一辑（总第42辑），文化艺术出版社，1993年，第127页。
[2] 袁珂：《古神话选释》，人民文学出版社，1979年，第39页。
[3] 宁轩弘：《葫芦神话的研究》，载中国艺术研究院舞蹈研究所编：《舞蹈艺术》1993年第一辑（总第42辑），文化艺术出版社，1993年，第127页。
[4] 闻一多：《神话与诗》，天津古籍出版社，2008年，第47页。
[5] 同上注，第49页。

在青铜器上的完全仿葫芦的样子的葫芦笙图像。[1]显然这些葫芦笙与葫芦崇拜有密切联系。

而常任侠又说过："伏羲与槃瓠为双声（此承胡小石师说）。伏羲、庖牺、盘古、槃瓠，声训可通，殆属一词。"[2]如此说来，盘古亦即伏羲。而前面已述盘生与女娲有关。而闻一多已考证伏羲、女娲皆为葫芦，故白族神话中的盘古、盘生实为伏羲、女娲两个角色的变体。也正因此，故白族的创世神话中盘古、盘生有开天辟地的行为，与汉文献中盘古无创世之举有所不同。不惟如此，白族盘古、盘生神话将开天辟地的创世之举与化生万物的行为予以结合，而不论是开天辟地还是化生万物，实则归根结底都与葫芦有关，盘古、盘生皆为葫芦，盘古、盘生创世的神话实际是葫芦生人和葫芦生万物神话的变体。据《蛮书》卷二记载，唐代滇西尚有大葫芦和大冬瓜出产，"瓠长丈余，冬瓜亦然，皆三尺围"[3]。在大理剑川白族中流传着《东瓜佬和西瓜佬》的故事，说到还没有人类的时候，从东山上结的紫瓜中走出一个小伙子，西山上结的白瓜中走出一个姑娘，二人结为夫妻繁衍了剑川坝子中的人。所以，现在剑川白族语言中还用"东瓜佬"代表"爹"。[4]而西南少数民族中丰富的葫芦神话已经提供了葫芦生人和葫芦生万物的双重证据。葫芦生人的神话还融合了洪水故事，这便有了洪水神话中以葫芦为避水工具的情节的产生。在白族的盘古、盘生神话中，后半部分就是观音留下的两兄妹以葫芦为避水工具，初看到白族《创世纪》和《开天辟地》中的这些情节，会觉得盘古、盘生创世部分与后面两兄妹再殖人类的情节之间有隔阂，不是那么顺理

---

[1] 汪宁生：《云南考古》，云南人民出版社，1980年，第35页。

[2] 常任侠：《沙坪坝出土之石棺画像研究》，载《常任侠艺术考古论文选集》，文物出版社，1984年，第6页。

[3] ［唐］樊绰撰，向达原校，木芹补注：《云南志补注》，云南人民出版社，1995年，第21页。

[4] 大理白族自治州《白族民间故事》编辑组编：《白族民间故事》，云南人民出版社，1982年，第79～80页。

成章，其实是因为白族此类神话体现了葫芦生人神话缀连洪水神话之故。闻一多说过："我们疑心造人故事应产生在前，洪水部分是后来粘合上去的，洪水故事中本无葫芦，葫芦是造人故事的有机部分，是在造人故事兼并洪水故事的过程中，葫芦才以它的渡船作用，巧妙地做了缀合两个故事的连锁。总之，没有造人素材的葫芦，便没有避水工具的葫芦，造人的主题是比洪水来得重要，而葫芦则正做了造人故事的核心。"[1]以葫芦生人为初型，缀合了洪水神话，这些曲折的过程已在神话的传承中被遮蔽和隐藏，当我们拨开迷雾，才发现白族的盘古、盘生神话实则复合了多种神话的母题，其核心和本质是葫芦生人。而之所以从葫芦生人演变成盘古为主的创世神话，与汉族文化的影响不无关系。尽管汉文献中的盘古神话最初并无开天辟地的内容，但在盘古神话进一步流传后，开天辟地的事迹被附会在其身上，而这种现象影响到了白族神话，因而白族神话中原本葫芦生人和生万物的创世功绩便由外来的盘古神所代替，当然这其中隐藏着接受的基础，即盘古本亦有葫芦之意，故外来的盘古与原有的葫芦神话一拍即合，形成复合，加之时间流变，又融入洪水神话的因子，便形成了白族创世神话中的《开天辟地》《创世纪》等复合性的神话，既有白族原生文化的因子，又有受汉族文化影响的痕迹。

白族创世神话中盘古、盘生神话本与葫芦神话有关，但因复合了洪水神话并受到汉文献中盘古神话的影响，渐渐遮盖了其原初内涵。白族民间流传的洪水后兄妹婚神话中，也有一些文本保留了原初的因子，比如《伏羲和娃妹》讲到，伏羲和娃妹两兄妹救了雷公，雷公给两兄妹一个葫芦，并交代石狮子哪天眼里出血就要躲进葫芦里。后来，接连大雨，大地变成了一片汪洋，两兄妹躲进葫芦里。观音叫老鼠咬开葫芦，救出兄妹二人，兄妹成亲，传下了人种。[2]

---

[1] 闻一多：《神话与诗》，天津古籍出版社，2008年，第47页。
[2] 张文勋主编：《白族文学史》（修订版），云南人民出版社，1983年，第27页。

这则神话同样是葫芦生人神话的变体，是葫芦生人神话缀连洪水神话后葫芦生人母题演变为葫芦避水工具母题，但其主人公是伏羲与娃妹，也就是伏羲与女娲，而我们在前面已经论述了盘古、盘生与伏羲、女娲的关系，所以这里的《伏羲和娃妹》根源仍然是葫芦生人神话。

白族创世神话中这些受汉族文化影响的痕迹，除了在汉文献的盘古神话中有所印证，在汉族的其他神话材料中也有表现。在白族的《创世纪》中，盘古、盘生修天补地的情节很容易让我们联想到汉族神话中女娲补天的故事。《创世纪》中还有顶天柱、支地柱的描写，这样的观念也与汉族十分相似：

  天地都不稳，
  我们怎么办？

  先找顶天柱，
  后找支地柱。

  什么做顶天柱？
  四座大山做顶天柱。

  什么做支地柱？
  四个鳌鱼做支地柱。[1]

此外，白族神话《人类和万物的起源》中也有天柱支撑天地的情节。神

---

[1] 云南省少数民族古籍整理出版规划办公室编：《云南少数民族古典史诗全集》上卷，云南教育出版社，2009年，第320页。

话中讲述，远古时代，天地连在一起混沌不分。后来，两个太阳在天上互相碰撞，小太阳被撞落坠入大海中，掀起的滔天巨浪震得天摇地陷，海潮把天冲得高高在上，海涛把地冲陷得往下降落，从此，天地才被分开了。当小太阳坠落海中时，从海心冒出了一峰石柱，石柱上顶天、下顶地，撑住了天地，从此，天不摇了，地不晃了，天不升了，地不陷了。[1]

而我们知道，在汉族民间，有昆仑山是沟通天地之天柱的观念，世界树撑天的观念也很普遍。此外，白族《创世纪》中的鳌鱼为支地柱也可理解为地在鳌鱼背上，这一观念在汉族中也是十分常见的。总之，白族创世神话中的撑天支地一类母题表现出与汉族神话的高度相似，除了各民族在相似的思维方式和思想观念支撑下形成近似的叙事模式这一原因之外，或许也与汉族上古神话中的基本表述已经影响波及白族等少数民族有很大关系。

二、白族龙神话与汉族的关系

龙是中华文化中标志性的符号，与龙文化息息相关，产生了大量的龙神话故事。白族地区的龙神话也是十分丰富的，这一点得到了人们的公认。那么，白族的龙文化以及相应的神话其来源如何，又与汉族文化或其他的外部文化有何关系呢？

张文勋指出："龙和凤所表现出来的文化现象，融汇了许多部族图腾文化而赋予以特殊的内涵，形成华夏文化中的独特的文化观念……所以关于龙的概念以及有关龙的神话传说，不仅遍布于华夏民族中，也广泛流传于许多少数民族中。"[2]中国各民族中流传广泛的龙文化和龙神话故事体现了各民族传统文化与汉文化之间的交融和统一。"龙文化早已是以汉族为主的各族

---

[1] 云南省民间文学集成办公室编:《白族神话传说集成》，中国民间文艺出版社，1986年，第1页。

[2] 张文勋:《华夏文化与审美意识》，云南人民出版社，1992年，第39页。

人民共同创造，其间，当然也体现出各族人民之间的文化交流。如果我们把视线从全国缩小到大理白族地区，我们也可看到关于龙的神话传说，遍及汉族、白族及其他民族的情况。例如苍山就有九十九条龙之说，有小黄龙与大黑龙争斗的传说，这些几乎是有口皆碑。从大理白族地区流传的龙的神话传说看，大多数是本地人民的创造，但也有许多是从汉文化传入。"[1]杨正权把西南各民族的龙文化与远古氐羌族群相联系，指出："氐羌是最早的崇龙集团之一。远古氐羌族群崇龙之风一旦形成，便对氐羌族群各民族产生了广泛影响，龙文化也因氐羌系统民族的不断南下而南下。"[2]在文献中有很多夏代崇拜龙的事迹的记载，与此同时，史籍中也多记载了夏禹与羌族的关系，《史记·六国年表》中就有"禹生于西羌"的说法。这说明夏代崇龙之风也很可能来自氐羌的影响。前文已述，作为白族先民主体之一的"僰人"就是从氐羌中分化出来的。因而，白族与氐羌之间是有联系的。至今白族的文化中仍保留着很多源自氐羌的因子，诸如火崇拜、披羊皮等。所以，白族对龙文化的关注也很有可能与远古氐羌文化的因子有关。

当然，白族共同体形成的源头并非只有氐羌分化而来的僰人，白族先民中有一部分是自古就居住在洱海区域的土著人，同时还融汇了一些其他的民族群体，并最终在南诏、大理国的整合中形成了白族这个稳定的共同体。所以，白族的龙文化也并非只是受到远古氐羌文化或者中原华夏文化的影响，其中，也有洱海、滇池地区原生文化的影子。

徐嘉瑞曾提出南诏以龙为图腾之说，"《旧唐书》：'南诏自言本哀牢后'，而哀牢夷以龙为图腾，种人皆刻画其身象龙文，衣着尾，明载于后汉书。是南诏以龙为图腾，有最可信之史料也"[3]。自徐嘉瑞提出此说后，有不少人赞同和追随。当然也有一些反对者，比如赵橹认为："龙不仅不是白族的图腾，

---

[1] 张文勋：《华夏文化与审美意识》，云南人民出版社，1992年，第40页。
[2] 杨正权：《龙与西南古代氐羌系统民族》，载《思想战线》1995年第5期。
[3] 徐嘉瑞：《大理古代文化史稿》，中华书局，1977年，第276页。

而且,'龙'不是图腾。"[1]笔者以为,对于龙文化的认识,有必要说明后世所谓的"龙"与早期的"龙"不完全一致,也就是说"龙"这个概念本身就是不断发展变化的。我们知道后来的"龙"已经是一种综合、虚拟的生物体,这与早期原始先民心目中的"龙"是不一样的。在早期的原始先民观念中,"龙"应该不会脱离其具象的动物形体,而这样的"龙"才有可能是图腾。后期的综合化的"龙",已经从图腾上升为文化、族群符号,已经不再是严格意义上的图腾,当然,其中融合了远古时期的图腾观念则是可能的。何星亮认为中国的"龙文化自产生以来,主要经历了四个较大的发展阶段:一是图腾崇拜阶段,二是神灵崇拜阶段,三是龙神崇拜与帝王崇拜相结合的阶段,四是印度龙崇拜与中国龙崇拜相结合的阶段"[2]。笔者认为这样的划分对于更清晰地认识中国龙文化的发展很有裨益,但我们需要指出,图腾崇拜阶段的龙,还不是后来人们观念中的综合性的虚拟的生物,而是以现实当中出现的动物为其原型。闻一多在《伏羲考》中对此有论述:"然则龙究竟是个什么东西呢?我们的答案是:它是一种图腾(Totem),并且是只存在于图腾中而不存在于生物界中的一种虚拟的生物,因为它是由许多不同的图腾糅合成的一种综合体。……龙图腾,不拘它局部的像马也好,像狗也好,或像鱼、像鸟、像鹿都好,它的主干部分和基本形态却是蛇。"[3]这种以蛇为图腾基干的观念影响到华夏各族,并成为后来龙的形象的基础。

针对白族,目前似乎没有见到以蛇为图腾的文献记载,但白族支系勒墨人中流传的《氏族来源的传说》中,讲到三姑娘嫁给蛇并繁衍了蛇氏族的故事。[4]这似乎提供了白族存在蛇图腾信仰的一些证据。张旭通过调查得知怒江白族流传下来的白族《十三月制》古历法,规定每一新年之起头一日(元

---

[1] 赵橹:《白族龙文化》,云南大学出版社,1991年,第2页。
[2] 何星亮:《中国龙文化的发展阶段》,载《云南社会科学》1999年第6期。
[3] 闻一多:《神话与诗》,天津古籍出版社,2008年,第20~21页。
[4] 大理白族自治州文化局编:《白族民间故事选》,上海文艺出版社,1984年,第10页。

旦），必须是蛇日，这同样反映了对蛇的尊崇。[1]此外，在《南诏中兴二年画卷》和《大理国张胜温画卷》上都绘有《西洱河神图》，画的就是两条大蛇，两蛇身子围成一个圆圈，头和头相接，尾和尾相交。公蛇旁有一条金鱼，母蛇旁有一白玉螺。这同样反映了白族原初文化中有蛇崇拜的因子。张旭还指出：大理海东洪山本主就是蛇神，其主要职责是保护海上来往船只平安、渔业丰收，说明古代西洱河的主神应该是蛇，只是在龙文化传入以后，才由崇蛇转变为崇龙，但从白族的蛇图腾传说和崇蛇的情况看，白族在古代无疑有过崇蛇文化，且至今还有残存。[2]白族先民生活的大理地区古代时本是泽国，水患频繁，所以西洱河神是蛇说明在白族先民意识中蛇有主水的功能。这样的观念无疑为后来龙文化传入奠定了基础。如果白族先民确实存在以蛇为图腾的情况，那么白族的蛇图腾以及相应的蛇文化自身也在不断发展，以蛇为水神的观念扩展为一种更宽泛的水神意识，同时，白族远古底层的蛇文化又与南下的氐羌文化中的龙文化相融合，并且进一步受到外来汉族龙文化的影响，最终在白族文化中形成龙的观念。有一则流传于大理鹤庆、剑川地区的神话《龙神人祖》可以为白族的蛇图腾以及龙文化的发展提供一些注解。该神话讲道：很久很久以前，大地分为五大块，居住在东方的鸟王凤凰、南方的兽王老虎、西方的虫王蜜蜂、北方的鱼虾王鳖鱼同居住在中央的三头六臂的大母猴玩闹、交媾致使母猴怀孕，母猴怀了9900年，生下了99个大蛋。东、南、西、北方的四个王子，悄悄把母猴生下的蛋偷走，只把那个它们运不出去的最大的蛋留给母猴。从这个蛋中爬出了一条蟒蛇。蟒蛇打败了飞禽、走兽、甲虫、鱼虾并将它们吞食，这样，蟒蛇的相貌全变了，头上长出了角，颈下长出了翅膀，翅膀下长出了手脚，眼中喷出了火，嘴上长出了胡子，浑身长出了鳞甲……成了个牛头、鹿脑壳、猪嘴、鹰爪、

---

[1] 转引自吕大吉、何耀华总主编：《中国各民族原始宗教资料集成：彝族卷·白族卷·基诺族卷》，中国社会科学出版社，1996年，第516页。

[2] 同上。

鸭子脚、蛇身子的能上天入地、腾云驾雾、呼风唤雨的神龙。神龙敲开寻回的 98 个蛋，蛋中出来各种动物和一男一女两个人，后人便把女的叫希妞，男的叫彭虾，意思是男老祖公和女老祖太。把神龙称作"农胎柯吐"，汉语意思为龙神人祖。[1]在这则神话中，我们不仅看到蛇在故事中的核心作用和始祖地位，而且也看到了神龙以蟒蛇为原型并综合了其他多种动物的特征这一发展过程。

白族的龙文化在神话故事中得到了最集中的体现。故我们先对白族的龙神话进行一番梳理。白族龙神话按照情节内容可分为以下几类：

（一）感生型

感生型的龙神话以"感应生人"作为核心母题，神话中的女性是通过感应外物的途径而圣洁受孕的。艾伯华在《中国民间故事类型》里提到了"神奇受孕"这一情节母题，并列出其具体内容为："（1）有个女子由于吞下了一粒种子、一个蛋，由于龙射出的光、雷电的光，由于太阳、月亮或其他东西的作用而怀孕了。"[2]关于女子离奇怀孕的原因，艾伯华列出了降入一条赤龙，吞下珍珠、谷粒、蛋，吃一朵花或一个果实，喝水等。[3]这种感生神话，在中国古代是十分普遍的，比如古籍中记载了姜嫄履大人迹而生后稷的神话，禹的母亲吞薏苡而生禹、简狄吞玄鸟之卵而生契的神话，还有附宝感北斗而生黄帝、女登感神龙而生炎帝、女枢感虹光而生颛顼、庆都感赤龙而生尧的神话等。顾希佳对"龙子望娘"型故事进行解析，指出该故事的第一个情节单元"龙子诞生"就有"一女子感应怀孕，生下龙子"的情形。同时，根据龙子诞生的不同情形，将"龙子望娘"型故事分为感应怀孕型、拾卵抚

---

[1] 马昌仪编：《中国神话故事》，中国广播电视出版社，1996 年，第 220～222 页。
[2] 〔德〕艾伯华：《中国民间故事类型》，王燕生，周祖生译，商务印书馆，1999 年，第 99 页。
[3] 同上注，第 101～102 页。

养型、吞珠变龙型三个亚型。[1]白族龙神话中的感应生人就属于第一种亚型。

白族感生型龙神话流传的文本较多,但其中最为著名的当数九隆神话。关于九隆神话,很早便有了文献记载,徐嘉瑞较早对这一在云南民族中广泛流传和影响较大的神话类型进行了研究。关于该神话的文献版本,他认为:"又九隆神话,当以《南中志》及《后汉书》为正,此外皆后人伪托。"[2]现据《华阳国志·南中志》的记载照录如下:

> 永昌郡,古哀牢国。哀牢,山名也。其先有一妇人,名曰沙壶,依哀牢山下居,以捕鱼自给。忽于水中触有一沈木,遂感而有娠。度十月,产子男十人。后沈木化为龙出,谓沙壶曰:"若为我生子,今在乎?"而九子惊走。惟一小子不能去,陪龙坐,龙就而舐之。沙壶与言语,以龙与陪坐,因名曰元隆,犹汉言陪坐也。沙壶将元隆居龙山下。元隆长大,才武。后九兄曰:"元隆能与龙言,而黠有智,天所贵也。"共推以为王。时哀牢山下复有一夫一妇,产十女,元隆兄弟妻之。由是始有人民,皆象之,衣后着尾,臂胫刻文。元隆死,世世相继,分置小王,往往邑居,散在溪谷。绝域荒外,山川阻深,生民以来,未尝通中国也。南中昆明祖之,故诸葛亮为其国谱也。[3]

徐嘉瑞认为,除了《南中志》,《后汉书》对九隆神话的记载较为可信。兹亦照录南朝宋范晔《后汉书》卷八十六《南蛮西南夷列传》对该神话的记载如下:

---

[1] 顾希佳:《化身成龙的孝子——"龙子望娘"故事解析》,载刘守华主编:《中国民间故事类型研究》,华中师范大学出版社,2002年,第484页。
[2] 徐嘉瑞:《大理古代文化史稿》,中华书局,1977年,第129页。
[3] [晋]常璩撰,刘琳校注:《华阳国志校注》,巴蜀书社,1984年,第424页。

哀牢夷者，其先有妇人名沙壹，居于牢山。尝捕鱼水中，触沈木若有感，因怀妊，十月，产子男十人。后沈木化为龙，出水上。沙壹忽闻龙语曰："若为我生子，今悉何在？"九子见龙惊走，独小子不能去，背龙而坐，龙因舐之。其母鸟语，谓背为九，谓坐为隆，因名子曰九隆。及后长大，诸兄以九隆能为父所舐而点，遂共推以为王。后牢山下有一夫一妇，复生十女子，九隆兄弟皆娶以为妻，后渐相滋长。种人皆刻画其身，象龙文，衣皆著尾。九隆死，世世相继。乃分置小王，往往邑居，散在溪谷。绝域荒外，山川阻深，生人以来，未尝交通中国。[1]

在上述文献记载中，可以看到九隆神话的基本母题和脉络：妇人捕鱼水中、触木而孕、产子十人、沉木化龙、龙舐幼子、九隆为王、十子娶妻等，这些主要母题在两则文献中都是一致的，所不同的只是妇人名字沙壹、沙壹的差异，以及九隆和元隆的讹误而已。

除了文献记载，九隆神话在民间也以口头和"活态"的方式在流传，显示了该神话强劲的生命力。

除了九隆神话，白族文学中还有很多感生型的龙神话，《龙母神话》便是其中之一。该神话叙述，龙母原住在绿桃村，是个以砍柴为生的女子。一天她去山上砍柴时吃下一个桃子，因此怀孕并生下一个男孩，后来男孩因医好了一条龙的病，在龙宫游玩，不想误穿龙袍上身，变成了一条小黄龙。小黄龙制服闯进洱海作乱的黑龙，平息水患，保障了大理坝子的丰收。[2]此外，还有《小黄龙》的神话，也讲到一女子因吃了一条黄鱼而怀孕生子，生下的男孩小小年纪就做出了不少奇事。后来，当地发大洪水，男孩化身黄龙与恶

---

[1]〔宋〕范晔撰，〔唐〕李贤等注：《后汉书》，中华书局，1997年，第2848页。
[2] 云南省民间文学集成办公室编：《白族神话传说集成》，中国民间文艺出版社，1986年，第84～87页。

龙打了一天一夜,制服了恶龙。人们给男孩盖庙,奉他为龙王。[1]小黄龙的神话故事在大理白族流传的异文较多,但基本都包含了感生母题,除了说其母吃下黄鱼而怀孕,还有因吃下红鲤鱼、绿桃子而怀孕等说法,吞下之物不同,但作为感生神话的实质无异。

(二)变形化身型

在白族的龙神话中,龙与人在交往时常常要化身为人,以人的面貌出现。也有某人因某种特殊原因化为龙的描写。人、龙之间互相变形化身是常见的情节。此外,龙也可能变形为其他动物,以蛇、鱼、螺、贝壳、鸡、牛等形象出现。

龙化身变形为人,将水族身份与人的外形相结合,与凡人接触、交往,这是神话故事中曲折、浪漫的情节得以展开的基础,并且龙变形化身为人是可以反复出现的行为。这样的变形情节,增加了人类对龙之神性的幻想和敬畏。尽管龙以人形出现,并且与人关系密切,但其作为异类特别是神圣异类的特点是没有改变的,所以龙的原形和真身在人类的眼中依然具有强大的威慑力。在白族的神话中,对此有自己的叙述。《青龙潭》讲述了一条青龙和老和尚之间发生的神奇故事。苍山清碧溪里有个龙潭,潭边有座寺庙。龙潭里的青龙常化身为小伙子,与寺庙里的老和尚下棋对弈。一来二去两人交往渐深,小伙子说出了自己的真实身份。老和尚要求小伙子显现龙的真身给自己看一下。小伙子答应了,但他让老和尚支开两个小和尚,还要老和尚穿上自己送的袈裟。青龙现出原形,老和尚一再要求青龙变大些,不料青龙的原形吓死了老和尚那两个躲在门外偷看的小徒弟。青龙因此无法变回人形,一直闯进洱海。老和尚被宝物袈裟所救,却为自己逼朋友现形闯下大祸而懊悔

---

[1] 云南省民间文学集成办公室编:《白族神话传说集成》,中国民间文艺出版社,1986年,第90~92页。

不已，觉得没脸回清碧溪，就外出远游去了。[1]类似的还有《浪穹龙王的传说》，里面讲到浪穹龙王也常常变形为人，还和人间的陶进士成了好朋友。后来陶进士得知龙王身份，提出想看看龙王的原形，浪穹龙王不忍心拒绝好朋友的要求，便只好现出真身。可是，等到龙王变出原形，陶进士却被活活吓死了。[2]这里的龙都可变形，以人的面目出现，并且都可以和人成为好朋友，但人与龙的交往必须在龙化身为人的情况下进行，当人想毫无限制地接近龙的本真面目，这种和谐的交往关系就会破裂，并且最终受害的是人。这样的叙述无疑增加了龙的神秘性，也为人、龙幻形故事增加了特殊的想象空间和吸引力。

龙能幻形为人，人同样可以变形为龙。白族神话故事中的人变为龙又有两种不同的情况，其一是人特别是小孩吞龙珠变龙，其二是人死后被封为龙王。吞珠变龙的故事，大致是说一个小孩去割草，发现在水潭边的一处地方草长得特别好、特别快，才割过又长出来，其他地方割了好几天才长出来。后来他发现草下面的泥土里有一颗宝珠，原来就是这颗宝珠让这里的草长得那么好。小孩把宝珠拿回家，放到米柜里，没想到米吃了又有，从此家中的米吃不完了。而且宝珠放进什么东西里什么东西就变得用不完、吃不完。后来，小孩误食了宝珠，他觉得口渴难耐，叫妈妈把家中桶里的水给他喝，喝光也不够，他告诉妈妈自己干脆跑到井里去喝，没想到还是不够喝，他就又跑到海里去喝，喝着喝着他就变成了一条龙。原来他吞下的那颗宝珠是一颗龙珠。顾希佳在对"龙子望娘"型故事的解析中，认为该故事的第一个情节单元"龙子诞生"还有一种情形便是"一小孩误吞龙珠变龙"。[3]也就是该

---

[1] 大理州《白族民间故事》编辑组编：《白族民间故事》，云南人民出版社，1982年，第114页。

[2] 中国科学院文学研究所民间文学组主编，李星华记录整理：《白族民间故事传说集》，人民文学出版社，1959年，第5页。

[3] 顾希佳：《化身成龙的孝子——"龙子望娘"故事解析》，载刘守华主编：《中国民间故事类型研究》，华中师范大学出版社，2002年，第484页。

类型故事的第三种亚型：吞珠变龙型。白族神话故事中的小孩误食龙珠变身为龙就当属于此种亚型。《青山一碗水》中，孤儿阿亚割草时捡到一颗珠子，他把珠子装进口袋里，没想到口袋里的干饼吃了又有，原来他捡到的是一颗海龙珠。阿亚把海龙珠变出来的东西分给伙伴们。财主要抢阿亚的宝珠，阿亚气愤之下将龙珠吞到肚中，阿亚就变成了一条白龙。[1]类似的讲述在大理南涧彝族中也有，《二十四个望娘潭》中的贫苦孩子阿龙去割草，有个地方的草总也割不完，原来是泥土中埋着一颗宝珠让青草不断生长。阿龙把宝珠拿回来放在米缸里，米也吃不完。贪婪的财主得知宝珠之事，想据为己有。为了不让宝珠落在财主手里，阿龙将宝珠吞到肚中，他就变成了一条青龙，只得飞走，阿龙的母亲喊了阿龙二十四声，阿龙回头看了母亲二十四次，在当地留下了二十四个龙潭。[2]前述白族《龙母神话》中，男孩因在龙宫游玩时误穿龙袍上身，变成了一条小黄龙，这里的龙袍也与龙珠有相似的功能。

  人变为龙的第二种情况是人因为生前的业绩或行为在死后被封为龙王，受到人类的供奉。这一类故事中，人往往有突出的英雄事迹，为民除害，立下功业。《河头龙王的家系》讲述一老倌身上扎满了锋利的小刀投身蟒腹杀蟒，替老百姓除害，后来，老倌死了，人们就尊他为河头龙王，把这房子改作河头龙王庙，塑了很多神像。[3]《绿娃》讲述大理三文笔背后村子里有一个姑娘去割草，因吃下草丛里的一颗鲜桃而怀孕，十三个月后生下绿娃，绿娃三岁就长成了大汉子，当时大理海子里有条大黑龙兴风作浪，绿娃跳进海子变成一条小黄龙，打败了大黑龙，但小黄龙变不成人了，变成了洱海龙

---

[1]《云南群众文艺》编辑部编：《云南民族民间故事选》，《云南群众文艺》编辑部，1979年，第308～310页。

[2] 邓承礼：《南涧民间文学集成》，云南民族出版社，1987年，第43页；马妮娅：《云南少数民族民间文学"龙"母题研究》，云南大学2012年硕士学位论文。

[3] 云南省民间文学集成办公室编：《白族神话传说集成》，中国民间文艺出版社，1986年，第117页。

王。[1]比较相似的是《金龙报仇》[2]，金龙的母亲也是吃了桃子而生下他，此种出生本就具有不凡的特质，最后他又在与财主恶霸的斗争中变身化形为一条金龙。《独脚龙王的故事》讲述洱海边有一青年精通水性，为了解决宾川百姓的干旱，他潜入洱海底，把海底的千斤石磨挪开一道缝，让水流到宾川，却失掉了一条腿。过了几年，宾川又遇干旱，青年又潜入洱海底，解决了干旱，青年却没能回来。人们为他建了一座庙，塑了像，尊他为"独脚龙王"。[3]

从吞龙珠变龙和人死后被封为龙王的相关叙述可以得知，人与龙的交往中，龙是异类，但这是具有神秘性和神圣性的异类，所以龙变形为人以人之形象显现，是龙之神性的一种表现，也可以说是轻而易举的事。而人变为龙，是非常态的现象，必须要有某种非常规、特殊的原因。或误食龙珠，或误穿龙袍，或助民有功，再或者便是，以人的面目出现的孩子本来就有不平凡的出身，和龙有着天然的联系。总之，人变为龙必定出于一定的原因。

除了人与龙的变形化身，在白族的神话故事中，龙还常常变形为其他动物，会以蛇、鱼、小鸡、螺、贝壳、牛等不同的形象出现在人们面前。比如在白族《开天辟地》和《创世纪》中，盘古、盘生在算命先生的指点下去钓鱼，钓到的红鱼实际是龙王三太子。在《灵姑与龙郎》中，龙郎白天是以蛇的形象出现的。

笔者在大理剑川石龙村做调查时，曾收集到不少民间神话故事，其中也有龙变形化身为人和动物的情节。比如《桥生与龙女》的大致内容为：

---

[1]《云南群众文艺》编辑部编：《云南民族民间故事选》，《云南群众文艺》编辑部，1979年，第285～287页。

[2] 中国科学院文学研究所民间文学组主编，李星华记录整理：《白族民间故事传说集》，人民文学出版社，1959年，第117页。

[3]《云南群众文艺》编辑部编：《云南民族民间故事选》，《云南群众文艺》编辑部，1979年，第213～215页。

很久以前，地上发洪水，人都淹死了，只剩下一个算命先生、桥生和他的母亲。洪水后没有吃的，桥生去钓鱼给母亲吃，几天后钓到一个贝壳。贝壳开口说："你不能杀我，你要是把我熬给你妈喝，那你们以后都会饿死的，把我放回海里吧。"桥牛听后把贝壳放回海里。从那以后每天半夜三更不知是谁给桥生做好了吃的东西。一天晚上，桥生偷偷去看，发现是一个漂亮女子做的饭。原来这是桥生钓到的那个贝壳也就是龙王的女儿。桥生抓住女子，请她做自己的妻子。龙女答应了。第三天，龙女说自己生病了，这是因为她的父母想她，只要桥生去看看他们，她的病就会好。桥生按照龙女说的方法来到龙宫，岳母变成一个美女试探他，说要做他的妻子，桥生不答应。岳母又化身老太婆说要嫁女儿给他，桥生也不要。岳母给了他许多粮食带回家。几天后，龙女又亲自变成美女试探他，桥生仍不动心。龙女心想桥生心眼好，要和他好好过日子。后来，龙女怀孕了，一次生了一对龙凤胎，一共生了一百对。桥生和龙女把这些龙凤胎两人一对配成了一百对夫妻。现在世上的人都是由桥生的一百对孩子繁衍来的。[1]

这则神话中，龙女先是以贝壳的面目出现，后又化为美女示人。另一则《孤儿与龙女》则是这样讲述：

从前有个孤儿叫赵华，从小父母去世，奶奶把他抚养长大。赵华十几岁时，去帮别人放牛。路上要经过一座山神庙，他每天都把带的饭分一半供给山神。山神禀告了玉帝，玉帝让山神在赵华放牛的地方变出一塘水，塘边长满青草。一天，赵华正在那里放牛，不知从哪儿跑来一红

---

[1] 董秀团、段铃玲、朱刚、赵春旺于2005年1月23日在大理剑川石龙村张明玉家收集，讲述人张明玉，女，1959年生，文盲，农民。

一黑两头牛在他面前打架，眼看红牛打不赢了，赵华就帮红牛打败了黑牛。这两头牛其实是两个龙王的太子。变成红牛的龙太子为感谢赵华，带他到龙宫玩。三天后，龙王告诉太子该让赵华回家了。太子对赵华说龙宫里的三天是凡间的三年，所以他该回去看看了。按照太子的交代，赵华离开时向龙王要了桌子边的小鸡。赵华带着小鸡回到家中，奶奶已经去世。他把小鸡放在家里，就到田里干活去了。中午回来，看见桌上摆着八大碗，饭已经做好了。第二天，他出去又折回来偷看，原来是那只小鸡变成了一个美丽的姑娘正在给他做饭。赵华悄悄进去，把拴小鸡的绳子烧掉了，请求姑娘不要再变成小鸡，做他的妻子。姑娘说："我不会再变成小鸡了，我们的姻缘已到，我要永远做你的妻子。"从此，他们过着幸福的日子。[1]

这则文本中，龙子变成牛的形象出现。而故事中的小鸡，讲述人虽未明言是龙女身份，但根据小鸡来自龙宫，并且具有变形化身的神奇能力的情节来推断，当也是属于龙族的，或者说小母鸡本身就是龙女的化身。这种推断在下面这则文本中亦能得到印证：

从前有个孤儿和奶奶相依为命，他每天去帮人家放牛。孤儿放牛要路过山神庙，他每次都将主人给的饭分出一半供给山神，山神被他感动了，在他放牛的地方变出仙草和一潭仙水。一天，在放牛的地方，龙潭里冒出两头牛，一头黑，一头红，两头牛打起架来，黑牛壮，红牛打不过黑牛，孤儿就过去帮红牛打跑了黑牛。这红牛原是龙王的太子，龙王要感谢孤儿，让龙太子把他约到龙宫玩。三天后孤儿回去时，在龙太子的

---

[1] 董秀团、段铃玲、朱刚、赵春旺于2005年1月23日在大理剑川石龙村张明玉家收集，讲述人张明玉，女，1959年生，文盲，农民。

指点下，他向龙王要了桌下拴着的小白母鸡。

孤儿回到家，奶奶已经死了。他把鸡关在家，自己又去放牛。晚上回来时，桌上摆好了饭菜，家里也收拾得很干净，一连几天都这样。一天他假装出去，从门缝里偷看，看到小鸡脱了皮变成一个漂亮姑娘帮他做饭。孤儿跑进去抱住姑娘，求姑娘做他的媳妇，还把鸡皮丢到火里烧了，姑娘说："你把我的皮烧了，我就变不回去了，我没有了法术，我们会很穷的。"姑娘做了他的媳妇，可他们真的穷了下来。姑娘让孤儿去找自己的母亲帮忙。孤儿找到岳母，岳母给了他80个饼，让他拿到县衙门口卖，县官尝了觉得好吃，就让孤儿每天送饼到县衙。这样，孤儿赚了很多钱。一天，他没去卖饼，差役找到家中，看到他的媳妇很漂亮，回去报告县官，县官想霸占他的媳妇，就叫他准备每条都是1斤重的100条鱼，否则要杀他。媳妇又让孤儿去找母亲。岳母给了他大大小小100条鱼。孤儿把鱼送到县衙，这些鱼有大有小，可拿去称时每条都是1斤重，不多也不少。孤儿说："鱼我已经给你了，你拿我没办法。"县官说："好，那你明天就把'没法'弄来给我，要不然还是要杀你。"媳妇又叫孤儿去找母亲。岳母给他折了一根棍子，让他到山上把虎豹赶到县衙去。孤儿到了县衙说："我把'没法'给大人赶过来了。"他把棍子往头上一挥，那些虎豹一齐冲上去，把县官和差役都吃了。[1]

这则神话故事的前半部分与上一则很相似，都是龙子变为牛，而小鸡，是在龙子的指点下向龙王索要来的，如果不是身份特殊，可能也不会如此大费周章。后半段的情节中，小鸡化成美女，并且在遭遇人间的恶势力的时候，是来自龙宫的妻子借助娘家也就是龙宫的力量化解了矛盾，文本中

---

[1] 董秀团、杨建华、赵春旺于2008年7月27日在大理剑川石龙村张万松家收集，讲述人张万松，男，1938年生，文盲，农民。

一再提到来自龙宫的岳母的神奇能力，这也再次让我们推测故事中的小鸡身份不一般，不光是来自水中的龙宫，而且极有可能就是身份高贵的龙女。

我们也在白族文学中找到了来自龙宫的小母鸡本为龙女的直接讲述。《龙公主阿妹》就是一例，其中讲到，苍山五台峰下的阿金母子，靠阿金砍竹为生。一次，两个牧童在打两条蛇，阿金救下了它们。这两条蛇原是龙王的两个太子，于是，老龙王为了谢恩，让龙太子邀请阿金到龙宫做客。一年后，龙王再次邀请阿金到龙宫玩，原来龙王的二公主阿妹尚未婚配，龙王觉得阿金忠厚勤劳，有意将阿妹嫁给他。阿金到了龙宫，阿妹变成一只雪白的小母鸡在他面前转来转去。阿金离开前，龙王要送他礼物，阿金什么都不要，只要小母鸡。龙王将小母鸡送给阿金。阿金回到家后，仍然天天上山砍竹。可是每天他背着竹子回来，家里的饭菜已经做好，洗脸洗脚水也烧好了。一天，阿金假装上山，悄悄躲着偷看，发现是从龙宫带回的小母鸡变成姑娘在做饭。阿金上前抱住姑娘，于是两人成亲了。一天，一个财主打发仆人给县官送寿礼，一阵大风刮走了礼物，仆人们急得直哭。阿妹恰巧路过，得知情况后，就替仆人们蒸了一甑寿糕给县官。县官吃了寿糕非常满意，问是谁做的，仆人们说出了事情经过。县官见到美貌的阿妹，要阿妹嫁给他。阿妹提出两个条件，要县官给家里送一驮银子，还要做一个大澡缸成亲前洗澡。阿妹嘱咐阿金拿到银子后带着母亲到漏邑村龙潭找自己的大姐。大缸做好装满水要洗澡了，县官先跳进去，水翻腾起来，阿妹也跳进木缸，一下就不见了。衙役们从缸中捞出县官的尸首。六月二十五日火把节那天，阿妹来到漏邑村与阿金母子相会，全家又过上了幸福的日子。[1]《龙女小三妹》[2]与此类似，可视为其异文。

---

[1] 白庚胜总主编，施珍华、和显耀本卷主编：《中国民间故事全书·云南·大理卷》，知识产权出版社，2005年，第65～69页。

[2] 中国科学院文学研究所民间文学组主编，李星华记录整理：《白族民间故事传说集》，人民文学出版社，1959年，第120～125页。

而在丁乃通的《中国民间故事类型索引》中，其555*型"感恩的龙公子（公主）"的"以法宝为酬"情节段落中，也说到男主人公在龙宫受到款待后，离开之前接受的那个不起眼的礼物，可能是"一只雉、一只白母鸡，等等，那是龙王公主的化身"[1]，男主人公因此意外得到仙妻。如此看来，白族民间文学文本中，反复出现来自龙宫的小母鸡的描写就不是偶然了，虽然有的文本未明言小母鸡乃龙宫的公主，但这一点实际已经是非常明显的事实了。

龙与人、龙与其他动物相互变形化身这样的母题中无疑体现了原始先民的"万物有灵"思想。在原始先民的心目中，不光人有灵魂，世界上的其他万事万物均有灵魂，甚至是一块大石头、一座山都是有灵魂的，并且在神话思维和原始思维"互渗律"的引领下，这许许多多的事物之间都充满了神秘的联系，所以人与万物、万物之间出现变化形体的现象也就不是偶然了。

而这种现象，绝不是单单在白族文学中才出现，汉族地区同样有大量龙变形化身为人或其他动物的描述。在汉族的神话故事中，龙族多数时候是以幻形为人的方式出现的，真身反而难得一见。有时，龙族又变形为其他动物或植物、非生物等等，可以说变形是龙族很常见的一种本领。

（三）助人型

在白族文学中，塑造了一系列帮助人类的善龙的形象，有的时候，人与龙成为极好的朋友。《银箔泉》讲述，大理三月街场地北边有一个银箔泉，南诏时智永和尚与泉中的龙结为好友，智永和尚四处化缘在泉边修了一座庙。龙还拿茶水帮助智永和尚待客。[2]《志本山龙王》中说，云龙县漕涧坝的志本山上，有九十九个天池，清亮亮的池水顺着八十八条山箐流向漕涧

---

[1] 〔美〕丁乃通：《中国民间故事类型索引》，郑建成等译，中国民间文艺出版社，1986年，第192页。

[2] 大理州《白族民间故事》编辑组编：《白族民间故事》，云南人民出版社，1982年，第49～52页。

坝。这九十九个天池里，住着志本山龙王的九十九个子孙。老龙王经常教育龙子龙孙，勤劳的漕涧乡亲是他们的恩人，如果没有这些勇敢的民众，志本山早被妖怪吞并了。龙子龙孙们按时用志本山九十九个天池的水灌溉田地，从来也不使它闹旱灾。当地的人们也永远记着志本山龙王的恩情。当老龙王遇难时，漕涧人就千方百计去解围。[1]

这些龙不仅善良，而且富有情义。《玉白菜》中，龙守护着玉白菜，也守护着大理坝子的安宁。传说苍山脚下的一个村庄里，俞大娘和儿子俞大香相依为命。俞大娘生了重病，大香没钱给母亲看病买药，焦急万分。一位白胡子老爷爷在梦中告诉大香去找四条红蛟龙守护着的玉白菜，只要采一枚铜钱大小的玉白菜叶子含在嘴中，病痛自消。大香找到玉白菜所在，向四条蛟龙恳求讨要玉白菜叶子，它们点头应允。大香采了一小片玉白菜的叶子，回来让母亲含在嘴中，果然母亲病愈。恰好南诏王宫里的老太后患重病，太医也无法医治，南诏王听到了玉白菜的传闻便召俞大香进宫给太后治病，大香献上玉白菜叶片，太后含后病痛完全消除，南诏王封赏了大香。太和城的大富豪贾家藻听说此事后，千方百计想得到玉白菜。他来到玉白菜生长的地方，假装对蛟龙说母亲生病，家中贫穷没钱买药，讨要一小片玉白菜，四条蛟龙点了点头，没想到贪心的贾家藻拉下了一整片菜叶，这下，整个大理坝子都剧烈震动起来。四条红蛟龙勃然大怒，将他活活扯死了。[2]故事中的蛟龙有灵性，还能辨善恶，蛟龙守护着大理坝子，职责神圣。《龙肝》里的龙有情有义。白龙一心报答救过自己的王老二，让他割龙肝医好了县官的病。后来县官太太生病，王老二不忍心割，向龙说明来意后由其兄王老大割。最后，县官小姐又病了，这回王老大独自去割，他跳进龙肚里，一刀下去想割

---

[1] 大理白族自治州文化局编:《白族民间故事选》，上海文艺出版社，1984年，第140页。
[2] 云南省民间文学集成办公室编:《白族神话传说集成》，中国民间文艺出版社，1986年，第80页。

一大块，白龙肚痛难忍，一下把嘴闭拢，王老大便葬身龙腹了。[1]《幺龙王》塑造了一位善良的龙王形象。据说玉湖龙君将一座银山沉在死海里，让儿子幺龙王把守。南诏王皮逻阁听从罗荃法师的计谋，让两万名犯人一百天之内打干死海里的水，开采银山，否则处死。规定的日期到了，水位却未下降，犯人们知道马上要死，在旁边哭泣，幺龙王得知缘由后，变成一条小黑龙，用角凿通海底，让水落下，任犯人开采银山，自己却弄得遍体鳞伤。[2]幺龙王牺牲自我的悲壮举动中透露的是它的坚韧不拔，令人尊敬。

  白族神话故事中的龙常常具有神奇的法力。《四海龙王——柴村本主故事》中的龙王可以说就是具有无上法力、无所不能的形象。故事中，有四个村民一起去找本主四海龙王，但他们却有着不同的需求。一个农民说明天要打麦子，请本主老爷出太阳。一个农民说明天要栽秧，请求下雨。一个渔民说明天他要划船到下关，请本主吹北风。另一个说明天要划船到上关，请求吹南风。四个人提出相反的要求，四海龙王却都予以满足，他说："早吹南，晚吹北，夜间下雨，白天打麦。"[3]四海龙王的故事尽管充满了生活气息，却也体现了龙王强大的法力和智慧，令人心生敬意。直到现在，大理白族地区的老百姓还常常说"这几天正是晚上下雨，白天打麦的时候"这样的话。《猪龙的故事》讲述善良的猪龙带来水让百姓灌溉，搭救了瓦午村的百姓。[4]《浪穹龙王的传说》中，龙王原是杀蟒英雄，死后被老百姓封为龙王。而且龙

---

[1] 大理州《白族民间故事》编辑组编：《白族民间故事》，云南人民出版社，1982年，第99页。

[2] 董秀团：《白族民间文学中人与自然关系的解读——以龙的故事为例》，载《民族文学研究》2008年第4期；另见大理州《白族民间故事》编辑组编：《白族民间故事》，云南人民出版社，1982年，第125页。

[3] 同上注，第176页。

[4] 大理州《白族民间故事》编辑组编：《白族民间故事》，云南人民出版社，1982年，第110页。

王有德,让老百姓风调雨顺。[1]《长生得宝》中,长生杀了蟒,被龙王的三公主请到龙宫去唱调子,临走公主还送给他一个宝葫芦,要什么就能变出什么。[2]

上述所举白族神话故事中的龙,可以说都有一个共同点:他们身上都有"善"的特点。他们的善良,有的体现为对老百姓的爱护,有的体现为与人间的民众结下友谊,有的为了大众的利益而甘于牺牲自我,在他们身上,往往体现出令人尊崇的一面。在汉族地区,龙助人为善的叙述当然也不少,但是,在白族地区,这种现象显得特别突出,也从一个侧面反映了白族龙崇拜的兴盛。

(四)斗争型

白族人民对龙的态度是复杂的,也可以说是既敬又畏。在白族文学中,也有不少讲述斗恶龙的神话故事,体现了人们在面对大自然和外力的时候的复杂心态。

在斗争型的龙神话故事中,恶龙总是被征服的对象。但征服恶龙的具体情况却各有不同,有时是龙与龙同类相斗,但龙亦有善恶之分,所以结局往往是善龙打败、制服了恶龙。有时不是龙与龙的斗争,而是人或其他动物与龙发生斗争。这时的龙也常被作为恶势力的化身,所以其结果多是人或其他的动物战胜了恶龙。

在善龙战胜恶龙的故事中,第一种情况是两龙化为其他动物争斗的,比如前面所述两龙化作牛争斗、打架,其中善龙在势弱的情况下得到某人的帮助,战败了恶龙,善龙或其父也就是龙王感谢此人并赠予妻子或宝物。实际上,这种龙与龙相斗的情节,与丁乃通在《中国民间故事类型索引》中所

---

[1] 中国科学院文学研究所民间文学组主编,李星华记录整理:《白族民间故事传说集》,人民文学出版社,1959年,第8～15页。

[2] 同上注,第103～112页。

归纳的"蛇斗"母题很接近。丁乃通将"蛇斗"母题的基本情节概括为:

> (a)一个人目睹蛇在地上大战(如果是龙则在水里)。(b)白色(或其他浅色)的蛇通常受人帮助,最后获胜。这个人是个(c)猎人或(d)士兵或农民。(e)白蛇给他珍宝相酬,并且警告他说,另外一条蛇可能会要报复,必须当心提防,不要再去那荒野的地方。不久他忘了这一警告,深色的蛇夺去了他的生命。[1]

在白族神话故事《浪穹龙王的传说》中,张天师在询问陶进士时得知浪穹的龙王非常善良,对百姓很好,又问烂板桥的进士,烂板桥的进士说他们的龙王很不好,常发水淹百姓。张天师免了浪穹龙王当值的任务。烂板桥的龙王因此对烂板桥进士怀恨在心,张天师看破了恶龙的歹意,便送了烂板桥进士一件烂衣服,嘱咐他要贴身穿,不要嫌脏。刚开始进士穿着宝衣,恶龙无法伤害,但后来走了一阵,他脱去了烂衣,这样恶龙就把他抓死了。[2]这里虽然没有直接讲到二龙相斗,但实际上也是通过对比,体现了二龙一善一恶,而张天师给烂板桥进士宝衣的情节也与"蛇斗"母题中的后面部分是一致的。

善龙战胜恶龙还有一种情况是善龙由人化成,所以可将之归为人与龙的斗争型。前面提到的《小黄龙》故事,小黄龙原本以人的面貌生活在人间,后来黑龙作恶引发洪水,小黄龙为了治水才跳入水中化身为龙,并与黑龙发生交战。小黄龙代表的是人间百姓的利益,最终他也得到了百姓的认可,村民们专门为他立庙奉祀。这里的小黄龙是由人化成,只不过小黄龙自出生开

---

[1]〔美〕丁乃通:《中国民间故事类型索引》,郑建成等译,中国民间文艺出版社,1986年,第232～233页。

[2] 中国科学院文学研究所民间文学组主编,李星华记录整理:《白族民间故事传说集》,人民文学出版社,1959年,第8～10页。

始原本就不同于凡人，他的母亲系吃下黄鱼而怀孕生他，这里的黄鱼追究起来也是水族生物，故而也暗示了小黄龙源自水族的异常身份。

除了龙与龙之间的相斗，制服恶龙的主角也可能变化为人或其他动物。人战胜恶龙的故事在白族民间文学中可谓不少。《赞陀崛多开辟鹤庆》[1]《牟伽陀开辟鹤庆》[2]中的主人公都是法术在身的得道高僧，他们开辟大理各地的过程中都少不了平水患、治恶龙。在这两则故事中，作恶的变成了蝌蚪龙。这两则故事的主人公并不是普通凡人，而白族民间文学中还有一些作品制服恶龙者就是普通人，这充分反映了民间文学对人类自身力量的肯定。比如《龙壳》中的老汉，《赵宝龙降服母猪龙》中的赵宝龙都属此类。《龙壳》中，恶龙谋划着将一个坝子的山垭口堵住，将整个坝子变成大海，供自己享乐。他晚上穿上龙壳实施恶行，白天脱下龙壳睡觉。没想到恶龙的计谋被一个老汉识破，于是老汉将他的龙壳撕碎，阻止了他围山造海的美梦和恶行。[3]《赵宝龙降服母猪龙》中降伏恶龙的赵宝龙是生活在苍山脚下的普通青年，当地出现了一条母猪龙，作恶人间，赵宝龙立志要制服恶龙，为了完成壮举，他不辞辛苦到宾川鸡足山拜师学艺，勤学苦练长达十年之久，最后回到村中，终于在村民的帮助下打败了作恶的母猪龙。[4]

制服恶龙的除了人还可能是其他的动物，这其中的制胜者又以金鸡最为

---

[1] 云南省民间文学集成办公室编：《白族神话传说集成》，中国民间文艺出版社，1986年，第294页。

[2] 同上注，第301页。

[3] 董秀团：《白族民间文学中人与自然关系的解读——以龙的故事为例》，载《民族文学研究》2008年第4期；另见大理白族自治州文化局编：《白族民间故事选》，上海文艺出版社，1984年，第146页。此故事名中降服应为降伏。

[4] 董秀团：《白族民间文学中人与自然关系的解读——以龙的故事为例》，载《民族文学研究》2008年第4期；另见张文勋主编：《白族文学史》（修订版），云南人民出版社，1983年，第108页。

常见。《金鸡和黑龙》[1]、《灰龙、金鸡治黑龙》[2]讲述的都是金鸡制服了危害人类、作恶多端的恶龙，这个恶龙多数时候是黑龙，有时则是母猪龙。

不论制服恶龙的是人变成的善龙，还是金鸡，或是人自己，总归反映的是人类战胜自然中恶的因素的愿望。当然，这不同的制胜者所代表的不同的故事类型也在一定程度上反映了神话故事本身发展的不同阶段，总体来说，依靠自然之物诸如善龙、金鸡等降伏恶龙的故事类型，应早于依靠人类自身战胜恶龙的故事类型。这其中，体现的是人类在与大自然的斗争中，自身力量不断得到发展壮大的历史进程，人类自我的力量在故事的讲述中不断彰显和强化。

（五）神奇婚姻型

人与异类的婚配是民间故事中为人们所津津乐道的话题。这些来自与人类生活的世界不同的异类，有螺女、龙女、蛇妻、蛇郎、青蛙丈夫等，其中，龙女故事是熠熠生辉的一类。白族关于龙的故事传说中，此类故事也为数不少。在白族的龙神话故事中，目前看到的文本多为龙女与凡人婚配，龙子与凡间女子婚配的情况较少，而这一点与汉族地区的龙故事是一致的。

丁乃通《中国民间故事类型索引》中列出555*型"感恩的龙公子（公主）"，指出该类型故事由赐恩鱼类、善报、以法宝为酬、遗失法宝四个情节段落构成。[3] 其中，涉及龙女报恩情节。在龙女与凡人婚配的故事中，龙女报恩型是其中常见的亚型。此亚型的开头常常是男主人公（也就是后来娶上龙女的凡间男子）偶然救了鱼、蛇、牛或者其他动物，此动物实乃龙子的化

---

[1] 云南省民间文学集成办公室编:《白族神话传说集成》，中国民间文艺出版社，1986年，第93页。

[2] 同上注，第96页。

[3]〔美〕丁乃通:《中国民间故事类型索引》，郑建成等译，中国民间文艺出版社，1986年，第191页。

形,或者是男主人公帮助了相互搏斗的两个同类动物(往往是不同的颜色)中处于劣势的一方,两个动物也同样是龙族子孙。由于男主人公的出手相助,龙子得以脱离危险,故男主人公因为自己的善良、同情弱者等特质而有恩于龙族。龙子或龙王为了感谢男主人公,将之请到龙宫中游玩。在被救的龙子的授意下,或者完全是出于不自觉的原因,在龙王送礼物给男主人公以示谢意的时候,男主人公只是选择了一个非常不起眼的小动物或小东西,然而这一不起眼之物实际却具有神奇属性。男主人公带着这不起眼之物回到家中之后,遭遇了奇异的事情,就是这个从龙宫带回的小动物竟然化身为漂亮女子给他烧火做饭、洗衣打扫。男主人公发现小动物化身为漂亮女子的秘密后,与女子结为夫妻,幸福地生活在一起。在这一亚型的龙女故事中,还融入了螺女故事的因子,动物化身女子为男子炊爨、打理家务,本身就是螺女故事的典型情节。前述笔者在石龙村收集的几个文本,可以说就符合这样的情节要素。这一亚型的故事中,虽受惠于人的常是龙子,但施报恩行为者多为龙女,是龙女嫁给人间的男子。有时候,受惠者变成了龙族的其他成员,比如《龙太婆和水晶珠》中被施以恩惠的是龙母。故事中说,大理东门外洱海边上的一个村子里,有个渔夫叫阿和,是个孤儿,一天,他出海撒网,打着一尾十来斤的金色鲤鱼。阿和看鱼可怜,将之放了。原来这条鱼是东洱河的龙母,为了报答阿和,龙母给了他水晶珠解救干旱,还把女儿嫁给他。[1]

有时候,龙女之所以下嫁给凡人,不是为了报恩,仅仅是因为爱上了人间的男子,或者是出于偶然的原因来到人间。白族的《牧童和龙女》《笛声吹动龙女心》等均属此类。《牧童和龙女》说很久前有个孤儿每天吹笛子放羊,笛声被龙王的三公主听到了,龙女被笛声深深吸引。龙女偷跑出宫,和孤儿相见,两人都爱上了对方。一天,宫女来告诉孤儿,龙女私自出龙宫

---

[1] 大理州《白族民间故事》编辑组编:《白族民间故事》,云南人民出版社,1982年,第112~113页。

的事被发现，龙女被关了起来。孤儿赶着羊群去龙宫救龙女，龙王被打得滚下山，而孤儿变成了一条大鲤鱼。后来孤儿在龙宫和龙女永远生活在一起了。[1]《笛声吹动龙女心》内容与此相近，讲小伙子阿虹每天去放羊，他很喜欢吹笛子，而这笛声打动了龙女小玉，二人萌生爱意，龙王发怒用雷击、冰打逼阿玉回龙宫。最后二人在大黑龙伯伯的帮助下到人间过上了幸福的生活。[2]《石花妞》中的龙女，是因为被凡间生活所吸引，才主动变成鱼被浩川钓回家中。故事讲述浩川常受嫂嫂虐待，后来他钓到了一条石花鱼，拿回家养着。从此他砍柴回来饭菜已经做好，原来是盆里的鱼变成姑娘给他烧火做饭。后来他们结婚，生了个男孩。嫂嫂嫉妒，设计陷害石花妞，还让浩川把石花妞赶走。石花妞告诉浩川，她本是龙王的侄女，只因羡慕凡间才背着叔父变成一条石花鱼，本想与浩川过好日子，没想到最后只能无奈离开。[3]《打鱼郎》中，渔夫打到的鲤鱼是龙王的女儿，后来他们结婚，过上幸福的生活。一个大官得知龙女的美丽，想霸占龙女，经过斗争，他们弄死了大官，获得了胜利。[4]《三月街的传说》中，渔民阿善忠厚勤劳，打到一尾小红鱼，原来它是洱海龙王的三公主，龙公主愿意做他的妻子。婚后，龙公主约阿善去逛天上的"月亮会"，回来后公主提议把街子搬到人间，这样便有了三月街。[5]《王老渔和龙三妹》讲王老渔打鱼时拿回龙潭里的一块石头，没想到是颗夜明珠。王老渔将夜明珠丢进龙塘，打开了龙门，他向龙王的女儿龙三妹求婚，二人过上了幸福的生活。[6]

---

[1] 云南省民间文学集成办公室编：《白族神话传说集成》，中国民间文艺出版社，1986年，第123～124页。
[2] 同上注，第125～128页。
[3] 大理白族自治州文化局编：《白族民间故事选》，上海文艺出版社，1984年，第153～158页。
[4] 张文勋主编：《白族文学史》（修订版），云南人民出版社，1983年，第198页。
[5] 大理白族自治州文化局编：《白族民间故事选》，上海文艺出版社，1984年，第256～258页。
[6] 大理州《白族民间故事》编辑组编：《白族民间故事》，云南人民出版社，1982年，第429～431页。

在白族文学中的龙女与凡人婚配的故事中，也有一些文本的男主人公虽是凡人却体现出了英勇无畏的精神，《龙三公主与段郎》等文本也是龙女与人类恋爱婚配，但其中的男主人公身上具备了普通凡人不可能有的一些特质，某种程度上说已经被神化了。《龙三公主与段郎》讲述打鱼为生的段郎心地善良，他为了制伏兴妖作怪的洱海黑石头，在大黑天神的帮助下，撬走黑石头，救出龙三公主，又与龙三公主结成夫妻，安居乐业。《黑衣老僧——喜洲金圭寺本主故事》所述与此相似，讲到孤儿段郎打鱼时打到了偷偷出来游玩的龙王的两个公主，三公主求段郎放了两个姐姐，并给了段郎一颗聚沙珠。龙王关起三女儿，还向段郎索回聚沙珠。段郎救了失足落水的大黑天神，后来在大黑天神的帮助下，段郎救出了三公主，二人成亲。[1]

　　人龙婚配中除了龙女嫁人还有人嫁龙子的一类。《灵姑与龙郎》是其中的典型文本。故事所述为：洱海边一个渔村里有个美丽的姑娘叫灵姑，灵姑在海边补渔网，唱调子，从海边沙滩上走来一位英俊的白族小伙子，抱着三弦，与灵姑对调唱曲。二人相爱。小伙子是洱海龙王的太子。灵姑嫁给了龙郎，在洱海龙宫生了两个孩子。三年后的一天，灵姑要回家看望爹妈，龙郎便把她送出海面。临别时，龙郎嘱咐灵姑，要她在正月十五晚上天不亮就赶到海边，他在那里等着接灵姑母子回龙宫。没想到他俩的话被可恶的蛤蟆精偷听去了。正月十五晚上，蛤蟆精捉了一些瞌睡虫放给灵姑，灵姑昏昏沉沉睡着了。蛤蟆精又拣了个鹅卵石，在海边等龙郎。圆月从东方升起时，龙郎便来到海面等待灵姑，等到圆月下到苍山顶还不见灵姑到来，他心急如焚，把头探出水面往远处看望，冷不防，被蛤蟆精猛击一石，打在龙头上，龙血染红了海面，就这样死了。第二天早上，灵姑醒来急忙领着孩子赶到海边，只见

---

[1] 大理州《白族民间故事》编辑组编：《白族民间故事》，云南人民出版社，1982年，第148～152页。

血浪滚滚，不见龙郎，进不了龙宫，她只能悲哀地哭喊。[1]

对白族人龙婚配神话故事的梳理，可证白族文学中该类故事的丰富多彩。而从这类故事中，我们可以看到白族龙神话的发展。正如杨正权指出的那样："人龙互婚神话是图腾生人神话的发展，此时的图腾已经完全人格化、人形化，几乎与人无异。"[2]人龙婚配神话中的龙，已经不再是感生神话中的龙，这个时期的龙已经从原始图腾上升为人格化的灵物。而进入阶级社会后，现实生活中的阶级压迫也折射于人龙婚配的神话中。杨正权认为："人龙互婚神话进入阶级社会以后，变成了劳动人民的圣歌，是劳动人民在人压迫人、人剥削人的社会中建立起来的光彩四溢的美好殿堂。"[3]这在白族的人龙婚配神话中同样有体现。人与龙的结合遭到恶人（往往是皇帝、国王、官员之类的统治阶级）垂涎，通过反复的斗争后他们才战胜了恶势力。总之，人龙婚配的神话故事，既是对感生型龙神话的继承，同时也是对其的发展，并且其中还掺入了阶级社会中阶级斗争的影子，反映了白族龙神话历史的久远以及发展形态的丰富性。

综上所述，我们将白族的龙神话分为不同的类型，这些不同类型的神话故事充分反映了白族龙文化的丰富形态。至此，我们再对白族龙神话故事中所体现的白族龙文化做一些小结：白族的龙文化，以白族原始的水神观念为核心，在龙母感生型神话中，不管是龙母触碰到木头，还是龙母吃下鱼、桃等物，这些东西在多数场景下是出现在水中的。这为龙作为水神的存在奠定了坚实的基础。向柏松在研究水神感生神话这一类型时也说过："女子感龙而生子的神话最多，这一方面是因为龙有着神圣而崇高的地位，另一方面也

---

[1] 云南省民间文学集成办公室编：《白族神话传说集成》，中国民间文艺出版社，1986年，第120～122页。
[2] 杨正权：《论龙崇拜与西南少数民族的龙神话》，载《民族艺术研究》1998年第1期。
[3] 同上。

是因为龙是最具代表性的水神。"[1]在中国上古帝系中,炎帝便是其母感龙首而生的。原初的感生型龙神话体现了白族龙文化的初始形态。但是,在后来的发展中,一方面是白族龙神话本身的发展演变,一方面是受到汉族龙文化和相关观念的影响,白族的龙神话出现了变化,原初的感生神话中也加入了社会斗争、王权意识等因素。

白族的龙文化,既有白族原初文化中蛇崇拜和水神信仰的因子,也有对中原汉族龙文化的接受。王宪昭研究了中国神话中的龙母题,认为"由于中原汉族与周边少数民族关系的日趋密切,龙对少数民族地区的影响也相当普遍"[2]。九隆神话就是白族龙神话传说受汉文化影响后蕴含的内涵和观念发生嬗变的突出例证。该神话从原来的单纯强调女始祖感"沉木"而孕,发展到后来对"沉木"乃系龙之化身的情节予以特别强调,这实际反映了该神话中已经在原来的感生神话的基础上加入了汉族以龙为贵的思想因素。九隆神话强调"沉木"实乃龙的化身,这"与汉族古代的感龙而孕母题极为相似,特别是该故事在流传中又加上了沉木变为龙与沙壹相见,并且增加了喜欢第九子的情节,无疑是提醒世人注意,九隆的来历并不是真正的'感木而生',而是'感龙'而生,这可以断定与北方帝王的天生龙种是一脉相承的。龙形象的出现应该是华夏民族崇龙的继承。……这个神话与中原龙母题神话的相承或影响关系是掩盖不了的"[3]。不仅如此,像九隆神话这样的神话中,九隆被父所舐而在诸子中鹤立鸡群、被推为王的描述越来越得到重视,反复被强调,这实际上已经削弱了原初感生而孕母题的核心性。再到后来,九隆神话不断地被吸收为蒙氏起源神话、大理国起源神话,成为南诏、大理国的开国神话。这就体现了王权在确立和巩固自己的地位的过程中,不断借用和改造

---

[1] 向柏松:《水神感生神话的原型与生成背景》,载《中南民族大学学报》2007年第2期。
[2] 王宪昭:《中国民族神话母题研究》,民族出版社,2006年,第236页。
[3] 王宪昭:《中国少数民族感生神话探析》,载《理论学刊》2008年第6期;另见王宪昭:《中国民族神话母题研究》,民族出版社,2006年,第236~237页。

原有神话的努力。徐嘉瑞在《大理古代文化史稿》中也提到了蒙氏以九隆为远祖,以九隆神话为祖源神话。[1]《纪古滇说集》里,九隆神话中出现了一个之前文本中没有出现过的人物,即蒙迦独。联系到南诏以蒙氏为王姓,蒙迦独形象的塑造,无疑是为了在九隆神话中加入南诏蒙氏祖先的身影,为把九隆神话改造为南诏开国神话铺路。《白族文学史》中提到白王传说的两则文本《大理国王的诞生》与《果子女和段白王》,说一位老人的果园里一棵果树结了个大果子,果子成熟落地出来一美女,老人加以收养。后来果子女在霞移溪洗澡,脚触一逆流之木,知元祖重光化龙,感而有孕,生段思平弟兄,后段思平做了大理国王。[2] 这里将大理国国王段思平与九隆神话勾连,实是要将九隆神话借用为大理国的祖源神话。

　　除了九隆神话这样的感生神话被借用和改造,白族龙神话的发展变化还体现在神话中龙的形象从原来的神异灵物地位渐次降低,甚至不抵凡人了。在《小白龙不应彭家水》[3]中,龙的神性大打折扣,尽管最后的结局仍是小白龙胜利了,但是故事中的小白龙不再是高高在上、遥不可及的神物,相反,却还要到朝廷为皇帝服役。而且,故事中与小白龙结下仇怨的彭都堂不仅对小白龙态度恶劣,而且还叫人将死狗、瘟猪丢进龙潭。皇帝的能力远远盖过了小白龙,怕彭都堂吃亏,皇帝还给了他一竹筒干黄鳝和一件龙袍,而那些干黄鳝其实都是小龙。在《志本山龙王》[4]中,皇帝的地位同样高过了龙王,乾隆皇帝做寿,志本山龙王还要费尽心思给他准备礼物,而当志本山龙王被误认为对皇帝不敬时,皇帝甚至要把志本山龙王推出午门斩首,还要灭其九

---

[1] 徐嘉瑞:《大理古代文化史稿》,中华书局,1977年,第130、132页。
[2] 张文勋主编:《白族文学史》(修订版),云南人民出版社,1983年,第38～39页。
[3] 大理州《白族民间故事》编辑组编:《白族民间故事》,云南人民出版社,1982年,第120～122页。
[4] 大理白族自治州文化局编:《白族民间故事选》,上海文艺出版社,1984年,第140～142页。

族。这里，把皇帝抬到了很高的位置，皇权盖过了龙的神性，这是龙的观念中融入了皇权意识之后的结果，说明汉族地区皇帝为真龙天子的观念已经深入人心，并影响到白族地区，为白族人民所接受。《浪穹龙王的传说》讲到，每年旧历的正月初一、十五，各地龙王都要到京城替张天师当值，浪穹的龙王也到京城天师府当值。[1]这样的神话，当是白族社会不断发展，白族民众的自我力量不断增强的时候才可能出现的。换句话来说，白族文化中龙的观念，从类似图腾的灵物在经过汉族影响后逐渐被神化为唯我独尊的神圣意象，又经过了社会的发展，成为了可与人恋爱、婚配的异类，最后，也成了可以被人制服的对象，这样的发展演变，是白族民众对龙认识的结果，也是汉族文化不断渗透的结果。

第二节 白族民间传说与汉族文学

民间传说往往与特定的人、地、事、物相联系，其地方化和民族化的特征比较突出。但这并不意味着民间传说是孤立封闭式发展的，事实上，民间传说同样可以成为各民族和各地区文化交流的中介和载体。白族地区的很多民间传说，就映射出与汉族交往的历史背景，展现了与汉族的文化交流过程。

---

[1] 中国科学院文学研究所民间文学组主编，李星华记录整理：《白族民间故事传说集》，人民文学出版社，1959年，第8页。

一、汉文化对《火烧松明楼》传说的影响[1]

《火烧松明楼》传说主要讲述南诏统一六诏的过程，其中融入了慈善死节的事迹，并被附会于火把节的起源，在白族民间广泛流传。

《火烧松明楼》传说最早记载于大理国时期地方文人所编撰的《白古通记》，但因此书已佚，无法看见原文。唐代樊绰的《蛮书》和宋代的《新唐书》等史籍中都没有对火烧松明楼的描述。元代张道宗《纪古滇说集》载："邓川东十里邆赕诏之妻名慈善者，因诏先被平，慈善筑城负固之。神武王亲率兵去欲妻之，慈善坚执不从，誓约，一女不更二夫，乃居城以自守，王领兵因攻之不克。慈善卒，王嘉其节，赐号德源城。"[2]其中提到的主要是蒙氏平服五诏及慈善以死明节的事迹，没有建松明楼和焚之的情节，也没有慈善以铁钏认领丈夫尸骨的说法。游国恩指出："证知宋、元之际，松明焚诏之说尚未有也。然则谓火把节因慈善而起者，其在元、明之交乎？"[3]如果火把节与慈善事迹是在元、明之交才得以勾连的说法成立，那此种关联的出现必定与南诏、大理国灭亡后地方民族势力的衰弱以及汉文化的强势进入有关。正是在汉文化进入的背景下，以祭祖为原初内涵的火把节被改造成了宣扬汉文化中的贞节、忠义观念的节日。

到了明代，《南诏野史》中记载的《火烧松明楼》情节内容已经比较完整。其中既交代了松明楼一事的背景，又详述了火烧松明楼的情节，也有慈善

---

[1] 笔者在《心理疏泄与群体记忆：基于〈火烧松明楼〉传说"完型化"过程的探讨》一文中讨论了《火烧松明楼》传说的历史记忆和文化功能问题，一些资料梳理和论述内容已在该文中发表，详见《民俗研究》2017年第5期。

[2] [元] 张道宗：《纪古滇说集》，载方国瑜主编，徐文德、木芹纂录校订：《云南史料丛刊》第二卷，云南大学出版社，1998年，第659页。

[3] 游国恩：《火把节考》，载《游国恩学术论文集》，中华书局，1989年，第450页。

据铁钏认领夫君尸骨的叙述。此外，在李元阳万历《云南通志》《滇载记》等地方文献中均记载了《火烧松明楼》的传说。记载详略不一，但南诏欲吞并五诏、建松明楼、焚死各诏等情节已经具备。《滇载记》记述前面几个情节，却未载慈善事迹。兹据胡蔚本《南诏野史》录于下：

先是，蒙氏恐三十七蛮部不服，选亲族为五诏。未几五诏抗命，逻阁遂赂剑南节度使王昱，求合六诏为一。昱奏于朝，许之。逻阁乃豫建松明大楼，祀祖于上。使人谕五诏曰：六月二十四日乃星回节，当祭祖，不赴者罪。四诏听命。惟越析诏波冲之兄子于赠，远不赴会，而邆赕诏丰咩孙皮逻邆之妻慈善者，止逻邆勿赴。邆不听。慈善不得已，以铁钏穿于邆臂而行。二十四日，逻邆及施浪诏施望欠弟施望千、浪穹诏丰时孙铎罗望、蒙巂诏巂辅子罗原皆至逻阁所。逻阁偕登楼祭祖，祭后享胙食生饮酒，迨晚，四诏尽醉。逻阁独下楼，焚钱遽纵火，火发，兵围之，四诏皆焚死。逻阁遣使至四诏所，报焚钱失火，四诏被焚，状令各诏收骨。四诏妻至，莫辨其骨。独慈善因铁钏得焉，携归葬之。逻阁既灭四诏，取各诏宫人，念慈善慧而甚美，遣兵围其城，迫取之。慈善曰：吾岂忘夫事仇者？闭城坚守，半月城中食尽，慈善度不能支，即自杀，时七月二十三日也。逻阁嘉其节，乃封赠为宁北妃，并旌其城曰德源城。[1]

清康熙时期冯甦撰《慈善妃庙记》碑文中亦引《白古通记》中的松明楼传说：

---

[1] ［明］倪辂辑，［清］王崧校理，［清］胡蔚增订，木芹会证：《南诏野史会证》，云南人民出版社，1990年，第52～53页。

《白古记》载，蒙舍谋并五诏时，为松明楼，招诸诏以六月二十五日会祭。时有邓赕慈善妃劝诏勿往，诏畏蒙舍强，不敢辞。妃因为铁钏约诏臂。祭毕，饮楼上。蒙舍骤下，举火焚楼，五诏俱死灰烬。惟邓赕诏以铁钏故，辨得其尸归葬焉。蒙诏闻之，奇妃智，逼娶之。妃闭城坚守，绝食死。蒙诏征其城为德源城。……滇中六月二十五日有星回节，然炬遍野，哀妃死也。[1]

前引《南诏野史》和《慈善妃庙记》碑文虽成书于明清时期，但由于它们都是依据或援引《白古通记》，而《白古通记》于大理国时期由地方文人编纂，由此可以推知，火烧松明楼的故事当早已在民间流传，故而才会在大理国时期被地方文人纳入视野并收录。

民间口述的《火烧松明楼》传说，其大致内容为：大理地区原有六诏，位于南边的蒙舍诏其首领皮逻阁意图吞并其他五诏。皮逻阁以祭祖之名召集各诏首领在六月二十五这天赴会，并事先搭好一座松明楼，当各诏诏主聚集到松明楼喝酒之时，皮逻阁命人纵火将他们全部烧死。邓赕诏的柏洁夫人看穿了皮逻阁的野心，事前就劝丈夫不要去，但邓赕诏诏主迫于祭祖之名和南诏威力，不得不去赴会。柏洁夫人心知此行凶多吉少，于是将一只铁钏戴在丈夫手上。南诏通知各诏来认领诏主遗体时，所有人已被烧得面目全非，尸骨难辨，只有柏洁夫人根据手臂上的铁钏认出了丈夫的遗体。后来，柏洁夫人起兵反抗南诏，但最终不敌，城破被掳。皮逻阁垂涎柏洁夫人的美丽聪慧，欲强行与她成亲。柏洁夫人假意应允，但提出要为丈夫守孝一百天，期满后到洱海边祭奠亡夫之魂后方可成婚。夏历七月二十三，柏洁夫人在洱海边祭奠完毕，便纵身跃入洱海。后来每年的这一天，洱海沿岸的村寨都要扎起花船下海赛船，象征着打捞柏洁夫人的尸体。为了纪念柏洁夫人，每年的

---

[1] 杨世钰主编：《大理丛书·金石篇》，中国社会科学出版社，1993年，第10册，第143页。

六月二十五要过火把节，到了这天晚上，人们骑上快马，燃起火把，绕着大理城奔来奔去，意为去救援柏洁夫人。妇女们还要用凤仙花把指甲染红，表示对柏洁夫人用双手刨丈夫尸骨时流血的纪念。[1]

从文献记载及民间口述文本，可梳理出《火烧松明楼》传说的主要情节：南诏欲灭五诏—建松明楼并召五诏—慈善以铁钏附夫手臂—火烧松明楼—据铁钏认夫尸骨—皮逻阁欲强娶慈善—提出三个条件假意允婚—慈善反抗失败以死明节—过火把节/星回节/游海会纪念。综观该传说的情节母题，共有三个重点：六诏归一、火烧松明楼、慈善死节。在这三者中，火烧松明楼当为核心，这是承前启后的关键情节，没有这个核心的连接，则或只述六诏归一，或仅宣扬慈善守节。而火烧松明楼恰恰把这两者衔接合一，成为一个完整的叙事文本，也使得该传说成为真正意义上的《火烧松明楼》传说。而文本中的三大主要情节并非从一开始就同时存在，而是在后来才粘连在一起：其一是将六诏归一的史实与火烧松明楼的母题相粘附；其二是火烧松明楼与慈善死节的勾连；其三是将松明楼一事改造成火把节起源传说。而在此过程中，汉文化的影响或显或隐，但都是粘连得以发生的重要动因。

先说六诏归一史实与火烧松明楼情节的粘附。前面已述，现存较早记载《火烧松明楼》传说相关内容的是元代的《记古滇说》，但该书仅有蒙氏灭五诏及慈善死节的事迹，没有建松明楼的情节，更无慈善以铁钏认领丈夫尸骨的说法。笔者认为，《记古滇说》未记载恰恰说明此时还未产生火烧松明楼这个具体的情节。此时已经出现的是蒙氏平五诏的情节。南诏统一六诏之史实在《蛮书》《新唐书》中均有详细记载，该事件与南诏时期的社会发展和历史背景密不可分，也与中原王朝的介入和支持不无关系。当然，六诏

---

[1] 白庚胜总主编，施珍华、和显耀本卷主编：《中国民间故事全书·云南·大理卷》，知识产权出版社，2005年，第247～254页。

归一的历史经过了残酷的兼并战争，并非像传说中所述仅是付之一炬便告完成，其中唐王朝起到了关键作用。可以说，这一事件的最大助力来自于唐王朝。南诏的强大与之后的吞并六诏建立少数民族政权都得到了唐朝的支持，充分反映了唐王朝在与吐蕃相抗衡的过程中，为自己建立过渡地带的政治考量和历史背景。在吐蕃咄咄逼人的情势下，唐朝决定扶持滇西地方势力以抗御吐蕃。基于对蒙舍诏的了解，唐朝看重其野心及优势，选定蒙舍诏为代理人。尽管蒙氏兼并其余五诏的民间叙事在大理国时期可能已经出现，但此时的叙事还受到刚刚过去的历史的制约，还没有产生脱离史实的大量虚构，还没有将这个统一的过程简单化、集中化为火烧一炬的情节。再言之，南诏、大理国时期，蒙氏建国乃为正统，民间讲述自然不可能完全摆脱正统思想的制约，故后来《火烧松明楼》传说中对皮逻阁的批判以及暗含简单、粗暴等意味的火烧一炬情节在此时都还不太可能出现。综上所述可知，大理国时期还没有产生松明楼火烧一炬的情节母题。及至大理国覆灭，南诏、大理国时期蒙、段原有正统地位丧失，文化转型势在必然。在特殊的社会历史背景下，火烧松明楼这一核心情节得以产生，并被粘连到原有的六诏归一情节中。这一过程在明代才得以完成，故元初的《记古滇说》并无记载。

再看火烧松明楼与慈善死节的勾连。《记古滇说》中虽有慈善死节之说，但未明言此与火烧松明楼情节的关联。或者说，《记古滇说》中的慈善死节主要还是与六诏归一有关的衍生情节。但在元明之后，慈善死节与火烧松明楼两个母题产生了联系。而这两个情节产生勾连的主要原因就是明代以降汉文化的强势输入和浸染。慈善死节与火烧松明楼情节的联系，强化和突出了慈善的聪慧，具体表现就是慈善对火烧松明楼的预料及用铁钏附夫手臂这一先见性情节的出现和丰满。慈善正因预见丈夫在松明楼被烧死面目全非的境况，才有让丈夫戴铁钏之举，这一点又与死节母题顺理成章联系起来。同时，两个母题的勾连更突出了文本对于忠义观念的强调，明明已经洞悉南诏皮逻阁的阴谋，却仍碍于"祭祖"之名和南诏权威而不敢不去赴会，比起之前的文本，此中无可奈何之情更甚，对忠义的绝对尊崇越发体现无遗。在凶残、蛮横、粗暴的火烧松明楼情节的映衬下，慈善死节的"大义"体现得更加突出。而女性死节母题原本就是汉文化中一个突出的传统，在慈善死节的叙事中，亦可找到汉文化源头的影子。与慈善死节相类似的事迹，有汉代阿南之说，还有孟姜女的故事。"耐人寻味的是阿南的三个条件，这在著名的《孟姜女故事》中也有表现。"[1]此外，大理地区有火把节时用凤仙花染指的习俗，民间解释这是纪念柏洁夫人从松明楼灰烬中刨夫尸体的惨状。而在华北一些地区，端午节时妇女儿童会将手指染红，此风俗也被认为是与孟姜女在长城下徒手挖夫尸骨以致指染鲜血的故事有关。在孟姜女故事中出现了这样的情节：孟姜女得知丈夫死去的消息，在长城下将丈夫的尸骨徒手挖出，因而染满鲜血。另有异文中有孟姜女在尸骨上滴血以找寻丈夫尸骸的情节。作为汉文化产物的女性死节母题在《火烧松明楼》传说中成为重要的抒写元素。冯甦《慈善妃庙记》中说，历代的忠臣义士、节烈之妇很多已被湮没于历史洪流当中，唯独慈善死节事迹虽乏文献，也无金石，却能口耳相传，"邓之人口传之，历宋、元、明而无遗失若是者，何也？于纲常大义自在人心而不可磨灭也"[2]。此段叙述说明汉文化中的忠义节烈等"纲常大义"在大理地区已经深入人心，所以尽管没有书面记载，但是慈善事迹仍由民众口头代代相传。

从上面的梳理可知，女性死节母题虽不是《火烧松明楼》所独有，但却是到了《火烧松明楼》传说中，才把死节母题和火烧松明楼相比附，这与统治政权的更迭和明代以来汉文化的强势涌入不无关系。正是由于南诏、大理国的灭亡，在汉文化更迅猛输入的背景下，《火烧松明楼》传说对慈善的死节进行了着重的渲染，并将死节母题与火烧松明楼这一核心母题粘附结

---

[1]〔日〕伊藤清司：《传说与社会习俗——"火把节"故事研究》，载《中国、日本民间文学比较研究（在华学术报告集）》，辽宁大学科研处1983年编印，第75页。

[2]〔清〕侯允钦纂修：《邓川州志》卷十三艺文上，台湾成文出版社，1968年，第163页。

合。尽管在汉族地区，早已有死节母题及忠孝节义观念的传统，但负载着此等观念的情节被强化、凸显并粘附到六诏归一和火烧松明楼的传说之中，仍与南诏、大理国政权覆灭所带来的文化转型有关。

最后是将松明楼一事改造成火把节起源传说。师范《滇系·杂载》列出火把节来源的三种说法，其一为武侯南征，其二为曼阿奴之妻阿南，其三为邓赕诏妻慈善。火把节源于诸葛武侯南征一说，多被认为是附会。而源于阿南之说，胡蔚订正《南诏野史》曾引《大理郡志》云："汉元封间，叶榆妇阿南者为酋长，曼阿娜之妻。娜为汉将郭世忠所杀，欲妻南。南曰：能从三事，当许汝。一作幕次祭故夫；一焚故夫衣，易君新衣；一令国人皆知我以礼嫁。忠如其言，明日，聚国人张松幕祭其夫。下置火，南藏刃出，俟火炽焚夫衣，即引刃自断其颈，朴火中，时六月二十五日也。国人哀之，每岁以是日燃炬吊之，名为星回节云。"[1]源于阿南之说，与源于慈善的火烧松明楼之说，出场主角似有不同，但实质故事中情节功能一致，刘小兵指出，阿南传说的"结构和母题却与'火烧松明楼'完全相同。……可以看出，在这两个传说中，有关人物的姓名和角色虽然各不相同，但人物的行为的功能则是完全一致的。按照结构分析的原理，民间传说中由谁来充当何种角色，这是无关紧要的，重要的是人物的行为的功能。如果两个传说的人物的行为有着相同的功能，那就意味着两个传说中包含有同一个母题。上述两个传说中人物行为的功能完全一致，表明两个传说具有相同的母题。"[2]在白族民间，《火烧松明楼》常被用于解释火把节来源，属火把节起源传说的一种，但这并非火把节起源的原初性文本，而是明代以来对火把节起源传说进行改造所产生的文本。正是在明代以后，松明楼焚烧五诏以及火把节是为了纪念慈善等说

---

[1] [明]倪辂辑，[清]王崧校理，[清]胡蔚增订，木芹会证：《南诏野史会证》，云南人民出版社，1990年，第52页。

[2] 刘小兵：《火烧松明楼传说的原型分析》，载李子贤主编：《文化·历史·民俗》，云南大学出版社，1993年，第563页。

法被增补到该故事中,《南诏野史》等地方史志中对慈善说多加渲染,并开始将松明焚诏和慈善事作为星回节或火把节的起源传说。有的则进一步将星回节与火把节等同,如谢肇淛《滇略》记载火把节民俗,并说火把节又谓星回节。清代以后的文献中,星回节即火把节的表述越来越常见,人们对火把节即星回节的说法大多全盘接受。事实上,游国恩通过考证,认为火把节即星回节之说乃为讹误。星回节实为南诏岁暮辞旧迎新之节,当时的南诏以十二月为岁首,所以星回节也可以说是南诏的新年。而火把节是岁中六月的节日,有以火色占农的习俗。星回节和火把节是南诏以来包括白族先民在内民众的重要节日,但这两个节日原本并行不悖,和松明焚诏及慈善事也无瓜葛。随着汉文化的深入,星回节逐渐消失,"由于大理一带受汉文化影响较深,南诏灭国之后,对南诏的旧制进行改革,把以十二月为岁首,改为正月岁首,与汉族过一样的年节,以后星回节也就慢慢消失了"[1]。原本的星回节作为"大年"受到历法改革和汉文化的冲击而消失,这又促使民众把原有的节日记忆和民族情感融入六月的火把节中,而火把节等于星回节的讹误也由此产生并广为流播。

《火烧松明楼》的传说,既映射出复杂的历史背景和政治斗争,也反映了汉文化的影响和民族文化转型,还体现了民族底层文化习俗和汉文化观念的相融互渗。可以这样说,正是汉文化的输入和汉、白文化的交织造就了这一则白族传说,并让它充满了魅力,一直流传至今。

二、道教仙话对义士杀蟒传说的影响

大理地区古为泽国,水患频仍,而在白族民众的意识中,导致水患的

---

[1] 杨亮才:《火把节试辨》,载赵寅松主编:《白族研究百年》(二),民族出版社,2008年,第264页。

重要原因便是恶蟒或恶龙作乱，因而，一系列斗龙杀蟒的传说就产生了。前面对神话中的斗龙型故事进行了分析，这里我们着重谈一谈义士杀蟒传说。

白族文学中的义士杀蟒传说，有在大理地区流传度很高的段赤城杀蟒传说，此外，外来的大黑天神故事在流传中也吸收了段赤城传说中的情节，形成了大黑天神故事的杀蟒亚型，再者还有杜朝选杀蟒的传说等。笔者发现，白族的义士杀蟒型传说，受到了汉族道教仙话的强烈影响，也可以说，其中的一些亚型本身就是在汉族道教仙话的影响之下才产生形成的。

我们先来梳理段赤城传说的文本。在不同的异文中，有的写作段赤城，有的则是段赤诚，一字之差，不影响故事的内容和大局。

段赤城的传说，应该最早见于《白古通记》的书面记载，因原书已佚，我们只能从各种引用的典籍中窥见一斑。《白古通记》说段赤城事发生在唐代。胡蔚本《南诏野史》引《白古通记》说：

> 洱河有妖蛇，名簿劫，兴大雨水淹城。王出示能灭者赏尽库，子孙世免差役。有段赤城愿灭蛇，缚刀入水，蛇吞之，蛇亦死，水患息。王建寺镇之，以蛇骨皮灰塔，名曰灵塔。[1]

万历《云南通志》"人物志"载：

> 义士段赤城，叶榆人，有胆略，勇于为义。蒙氏时，龙尾关外有大蟒吞啖人畜。赤城披甲持双刃赴蟒，蟒吞之，剑锋出蟒腹，蟒亦死。人剖蟒，取赤城骨葬之，建塔冢上，煅蟒骨以垩塔。[2]

---

[1] [明]倪辂辑，[清]王崧校理，[清]胡蔚增订，木芹会证：《南诏野史会证》，云南人民出版社，1990年，第117页。

[2] 转引自张文勋主编：《白族文学史》（修订版），云南人民出版社，1983年，第123页。

民间口述传说《段赤诚》中说到，南诏时，大理绿桃村有个姑娘因吃了水中冲下来的绿桃而怀孕，十三个月后生下一个男孩取名段赤诚。段赤诚长大后有千斤之力。那时马耳峰出了一条巨蟒，危害乡亲，段赤诚为了除掉恶蟒，身缚钢刀、手持宝剑与大蟒搏斗，巨蟒张口将段赤诚吸到肚里，段赤诚身上的刀剑刺穿蟒腹，大蟒死了，但是段赤诚也死了。一天，龙凤村的乡亲梦到段赤诚对他们说："我已成了洱河龙王，请你们在海边建一个龙泉祠，建祠的木料，动工时我会送来。"后来就这样用洱河龙王送来的木料盖了庙，给段赤诚塑了神像。[1] 收录于《白族神话传说集成》中的《段赤诚》以及收录于《白族民间故事选》的《段赤诚》与此处文本基本一致。

《蛇骨塔》讲的也是段赤城之事。大致内容是：大理三塔寺后有一户姓段的人家，一天家中姑娘到山沟里洗衣服，水中冲来两个甜桃，她吃了一个，另一个给了刚好跑来的母猪，母猪变成母猪龙闯进深山密林。姑娘吃了桃就怀孕了，怀到第四个年头，生下一个孩子，刚生下就有七八岁那样大，起名为段赤城。有一年，大理龙王庙附近出了一只专吃童男童女的恶蟒，为了救孩子，段赤城背着钢刀，嘴里叼着一把，两手各执一把，跳进大蟒嘴里，最终杀死了大蟒，他也闷死在蟒腹里。因为段赤城的尸体是在羊皮村打捞起来的，人们就在羊皮村斜阳峰的山脚下修盖了一座蛇骨塔，段赤城被奉为羊皮村的本主。[2]

《段赤城斩蟒——喜州区河埃城等村本主》中所述与前文稍有不同。文本讲述，从前大理民间流传着好好修持的人老了可以到苍山成仙的说法。那些七八十岁的老奶奶，常常相约结伴到苍山马耳峰下虔诚祈祷、诵经，祈求飞升。太阳落山时，老奶奶一个接一个向西飞去。那些没有飞去的，回来继

---

[1] 中国民间文学集成全国编辑委员会、《中国民间故事集成·云南卷》编辑委员会编：《中国民间故事集成·云南卷》，中国ISBN中心，2003年，第423～424页。

[2] 中国科学院文学研究所民间文学组主编，李星华记录整理：《白族民间故事传说集》，人民文学出版社，1959年，第44～47页。

续苦修,过一段时间又去。西洱河畔的羊皮村,有个小伙子叫段赤城。一天,他赶着羊群经过马耳峰山垭时,有几只羊突然飞进山垭里去了。他追着去看,发现一条大蟒蛇正张开血盆大口,在那里吸食山羊。人们这才知道原以为"成仙"的老人们都落入蛇口了。后来,段赤城手拿双刀,身绑利刃,跳入蟒腹和蟒蛇打斗。最后,蟒蛇死了,段赤城也牺牲了。乡亲们把段赤城葬在马耳峰下的小山岗上,并立他为本主。还在他墓前建了一座宝塔,取名蛇骨塔。据说,这是唐朝年间的事了。[1]

关于段赤城的斩蟒事迹,民间还有一种传说:苍山马耳峰麓有一座古庙,庙内有一条巨蟒,喜吃人畜。庙中念佛修斋的人不见了,人们不知是巨蟒吃了人畜,还以为是因为修炼有功成佛升天去了。为此许多人误投蟒口。后来人们发现死去的人不是成佛升天,而是被庙中巨蟒吸上半空吃了,便相议除蟒。但因蟒蛇过大,一时无法。有绿桃村人段赤城,平素勇力过人,常做好事,他得知此事后,决定身扎利刃、手持双剑同巨蟒决斗。赤城被蟒蛇吞入肚去,他身上的刀剑刺破了蟒腹,杀死了巨蟒,但他也牺牲了。人们在马耳峰下建佛塔纪念他,用蟒蛇骨烧成灰来敷塔身,因名蛇骨塔。[2]

综合段赤城传说的文本,最早的文献记载侧重讲述段赤城作为一个勇敢的义士而舍身杀蟒。在后来的口传文本中,则出现了两个新的情况,一个是加入了其母食桃而孕的情节。但是,这一情节,应该并非段赤城传说的原初情节,而是复合了小黄龙故事的感生母题。在《白古通记》等文献记载中,并没有绿桃投胎的情节。在《段赤城斩蟒——喜州区河埃城等村本主》的附记中,选录者姜祥就认为:"有的搜集整理者,曾把小黄龙之母吃下绿桃而怀孕的情节与段赤城斩蟒的故事联系在一起,并认为段赤城就是小黄龙。经我们多次调查、采访得知,段赤城与小黄龙是两个根本不相干的神化人物,

---

[1] 大理市文化局编:《白族本主神话》,中国民间文艺出版社,1988年,第12~14页。
[2] 李一夫:《白族的本主及其神话传说》,载《大理白族自治州历史文物调查资料》,云南人民出版社,1958年,第70页。

就故事本身而言，也是互不相干的两个故事。……在口头流传中，虽也有段赤城是其母吃下绿桃感应而生之说，但多数人认为这是误传。"[1]段赤城传说口传文本出现的第二个新情况是在一些异文中融入了飞升成仙的母题，比如上述的《段赤城斩蟒——喜州区河埃城等村本主》传说，就是以此情节作为开头。笔者以为，段赤城传说在白族地区最早是以单纯的英勇义士舍身杀蟒为主要情节的叙事文本，《白古通记》等古文献记载反映了该传说较为原初的面貌。但在后来的流传发展中，段赤城传说融入了其他的情节母题，特别是其中的飞升成仙母题。而该传说中飞升成仙母题的出现，实是受到了汉族道教仙话的影响，是外来道教仙话母题与白族该故事原有母题嫁接融合的结果。

与段赤城杀恶蟒近似的还有大黑天神升仙台除恶蟒的传说。此类大黑天神传说中的升天母题同样是融入了汉族地区道教仙话飞升情节的产物，故而大黑天神传说中不独有大黑天神升仙台除恶蟒的类型，也有其他类型的并行流传。

大黑天神传说在大理地区常被作为本主传说讲述，其情节主要有三类：一类为吞瘟疫救黎民百姓，一类是升仙台除恶蟒救民，还有一类是大黑天神显化搭救百姓，其中的第二类亦即升仙台除恶蟒的故事与段赤城杀蟒故事中的升仙情节有异曲同工之处。关于大黑天神升仙台除恶蟒的传说，文本主要流传在大理地区的洱源、大理、剑川等地。

《大黑天神》内容如下：明朝万历年间，有个叫张本端的人进京赶考，路过洱源三营，见老百姓吹吹打打抬着花轿往山洞去，原来当地有风俗，每年正月间送老年夫妇到山洞升天。张本端心觉怪异，跟着去看究竟，老年夫妇跪在升天台上不断磕头。张本端发现老年夫妇并非是升天了，而是被大蟒吸到腹中了。张本端约了一些小伙子打了一百把钢刀，刀尖擦上毒药，然后他

---

[1] 大理市文化局编：《白族本主神话》，中国民间文艺出版社，1988年，第15页。

把钢刀扎在身上,来到升天台。大蟒将张本端吸入腹中,张本端在蟒腹横戳直滚,毒药发作,蟒蛇死了。人们破开蟒腹,张本端已全身变黑死了。之后,张本端被供为本主。[1]

《三营本主大黑天神》所述与上一则文本大同小异:明末清初时,道台张本端离开京都来到大理,准备赴丽江上任,行至三营莲愧山时遇到人们送高寿老人到仙台成仙,他觉得很奇怪。第二年送仙会时他在身上扎了钢刀和两个老人一起走上送仙台,他们被一怪物吞进腹中,他尽力翻滚,挥舞钢刀,最后怪物死了,人们才知道这是一条蟒蛇。人们剖腹取出张本端时,他已死了,全身也因中蛇毒变得乌黑。人们将此事上奏京都,乾隆封之为三营本境大黑神。三营百姓将之立为本主。[2]

与三营不远的邓川也有类似的传说。《成仙洞》说,邓川城西村原名成仙村,村后有个成仙洞,现在叫西洞,洞口像个喇叭。很早以前,年年有很多烧香拜佛的斋奶来这里成仙升天。升天之前,要在洞前摆好祭品,点香念经,不一会儿,来升天的人就会平地而起,飞进成仙洞。大理"提台大人"的老母亲也吃斋念佛,也要来升天,"提台大人"带了大队人马陪着老母来到成仙洞。点燃香火、敲响木鱼、念起经文后,不多一会儿,老夫人就慢慢升起来,好像真要升天了。这时,送老夫人升天的九门铁炮轰鸣起来,炮声震耳欲聋。炮声响过,老夫人从半空中掉了下来,跌得半死。"提台大人"吓了一跳,只见洞口挂着一个碓头大小的蛇头,张着红彤彤的血盆大口。"提台大人"吓得要死,赶忙背起老母拔腿就跑。[3]

在大理流传的相关传说中,说升天台在雪人峰的百丈岩,后来人们发现

---

[1] 中国作家协会昆明分会民间文学工作部编:《云南民族文学资料》第九集,1962年,第137~139页。

[2] 白庚胜总主编,杨义龙本卷主编:《中国民间故事全书·云南·洱源卷》,知识产权出版社,2005年,第123~124页。

[3] 张文勋主编:《白族文学史》(修订版),云南人民出版社,1983年,第200~201页。

了升天之谜实为恶蟒吃人，众人商议治蟒办法，一个远方来的小生意人献计并自愿献身除害，人们认为这是大黑天神下凡显圣搭救百姓。[1]

祁连休、傅光宇等学者曾梳理相关文献资料，发现讲述升天成仙实为大蟒吞人的此类传说在汉文献中出现其实是很早的。该类型传说早在晋张华《博物志》中便有记载。祁连休将此类传说称为"'升仙'奥秘型故事"，并列出其大致情节为："大致写某处多有求'升仙'者，往往站立林（或崖、洞）下，便飞升而去。后有一智者过此，以为必有妖孽为祟，于是领众人将吸食'升仙'者的蟒精除掉。"[2]

《博物志》卷十"杂说下"载：

> 天门郡有幽山峻谷，而其上人有从下经过者，忽然踊出林表，状如飞仙，遂绝迹。年中如此甚数，遂名此处为仙谷。有乐道好事者，入此谷中洗沐，以求飞仙，往往得去。有长意思人，疑必以妖怪，乃以大石自坠，牵一犬入谷中，犬复飞去。其人还告乡里，募数十人执杖携山草伐木至山顶观之，遥见一物长数十丈，其高隐人，耳如簸箕。格射刺杀之。所吞人骨积此左右有成封。蟒开口广丈余，前后失人，皆此蟒气所噏上。于是此地遂安稳无患。[3]

五代王仁裕撰的《玉堂闲话》录有两则飞升型传说，分别为"选仙场"和"狗仙山"，《太平广记》卷四五八引之。"选仙场"内容为：

> 南中有选仙场，场在峭崖之下，其绝顶有洞穴，相传为神仙之窟宅也。每年中元日，拔一人上升。学道者筑坛于下，至时，则远近冠帔，

---

[1] 转引自傅光宇：《云南民族文学与东南亚》，云南大学出版社，1999年，第148页。
[2] 祁连休：《中国古代民间故事类型研究》卷上，河北教育出版社，2007年，第234页。
[3] [晋]张华撰，范宁校证：《博物志校证》，中华书局，1980年，第111页。

咸萃于斯，备科仪，设斋醮，焚香祝数。七日而后，众推一人道德最高者，严洁至诚，端简立于坛上。余人皆掺袂别而退，遥顶礼顾望之。于时有五色祥云，徐自洞门而下，至于坛场。其道高者，冠衣不动，合双掌，蹑五云而上升。观者靡不涕泗健羡，望洞门而作礼。如是者年一两人。

次年有道高者合选，忽有中表间一比丘，自武都山往与诀别。比丘怀雄黄一斤许，赠之曰："道中唯重此药，请密实于腰腹之间，慎勿遗失之。"道高者甚喜，遂怀而升坛。至时，果蹑云而上。后旬余，大觉山岩臭秽。数日后，有猎人自岩旁攀缘造其洞，见有大蟒蛇腐烂其间，前后上升者骸骨，山积于巨穴之间。盖五色云者，蟒之毒气，常呼吸此无知道士充其腹，哀哉！[1]

"狗仙山"所述与选仙场近似，但变成了升天的是猎犬而不是人。"狗仙山"内容为：

巴宾之境，地多岩崖，水怪木怪，无所不有。民居溪壑，以弋猎为生涯。嵌空之所，有一洞穴，居人不能测其所往。猎师纵犬于此，则多呼之不迴，瞪目摇尾，瞻其崖穴。于时有彩云垂下，迎猎犬而升洞。如是者年年有之，好道者呼为狗仙山。

偶有智者，独不信之。遂拽一犬，挟弦弧往之。至则以粗缍系其犬腰，系于拱木，然后退身而观之。及彩云下，犬紫身而不能随去，噪叫者数四。旋见有物，头大如瓮，双目如电，鳞甲光明，全照溪谷，渐垂身出洞中观其犬。猎师毒其矢而射之，既中，不复再见。顷经旬日，臭秽满山。猎师乃自山顶，缒索下观，见一大蟒，腐烂于岩间。狗仙山之

---

[1]［宋］李昉等编：《太平广记》卷四五八，中华书局，1961年，第3749页。

事，永无有之。[1]

除此之外，在南宋洪迈撰的《夷坚志》中也收录了该类型故事的异文，明代张谊撰《宦游纪闻》亦采录了发生在四川的故事异文。总之，在汉文文献中，此类传说从晋代开始记录以来一直存在。祁连休指出："这一故事类型，现当代仍在上海、湖北、浙江、河北等地流布。"[2]

"升仙"奥秘型传说，早在晋代即已出现在汉文献中，其原因，当与魏晋以后道教文化的兴盛以及道教仙话的勃兴有关。魏晋时期社会的动荡不安使得仙道思想有了很大发展。早在晋代，葛洪便把神仙分为上、中、下三等，并描述了各类神仙的三种升仙方式：飞升、隐化和尸解，飞升即"举形升虚"，隐化是"游于名山"，尸解为"先死后蜕"。[3]唐末五代杜光庭则在《墉城集仙录序》中把修道成仙分成了飞升、隐化、尸解、鬼仙四类。杜光庭认为飞升"又叫冲天、轻举。云车羽盖，神形俱飞，是神仙之上者。飞升去处，九天之上，无何之乡，极阴之都，神仙之府"[4]。飞升思想影响到民间，形成飞升类的故事传说，而此类传说在汉代的《列仙传》中就有出现，其中卷上《王子乔》篇记录了王子乔乘鹤升仙的故事。[5]除了乘物飞升，还可能会化物飞升，或者白日飞升，即凡人不凭借任何外物，举形飞升，白日升天。[6]我们看到的"升仙"奥秘型传说中描述的飞升情节应该就属白日飞升一类。

正是在道教思想的影响下，飞升型故事传说深入人心。但与此同时，反宗教的思想一直存在，或者说也有其他宗教思想对道教飞升羽化的贬低和反

---

[1] [宋]李昉等编：《太平广记》卷四五八，中华书局，1961年，第3750页。
[2] 祁连休：《中国古代民间故事类型研究》卷上，河北教育出版社，2007年，第240页。
[3] 参见萧兵、周俐：《古代小说与神话宗教》，山西人民出版社，2005年，第61页。
[4] 转引自卿希泰：《中国道教思想史纲》第二卷，四川人民出版社，1985年，第676页。
[5] 王叔岷撰：《列仙传校笺》，中华书局，2007年，第65页。
[6] 萧兵、周俐：《古代小说与神话宗教》，山西人民出版社，2005年，第62页。

驳，所以，在中国古代和白族民间便出现了大量揭秘飞升实为大蟒吞人的故事传说。傅光宇认为，《博物志》中所载的飞升传说以及《太平广记》所引《玉堂闲话》中的二则飞升传说"最早是在湘西，西传川东、云贵，'狗仙山'之名为'好道'者所称，说的是狗升仙，余二则说的是'乐道'者之飞升，均具有嘲弄道教之意味，而'选仙场'之外地比丘遗雄黄毒死蟒蛇则是佛教的介入，正与'大黑天神'为密教护法之身份及本为外地人十分相似。三营大黑天神之传说，显然与上述诸传说在精神上一脉相承，为其西传发展之结果。"[1]从其论述中，我们可以看到"成仙"奥秘型传说所体现出的对飞升羽化的解构和嘲弄，这其中也有佛教介入的原因。结合大理地区的宗教信仰状况，笔者认为傅光宇的论述不无道理。据胡蔚本《南诏野史》记载，南诏王丰佑"太和二年，用银五千，铸佛一堂，废道教。"[2]既然要由统治者"废道教"，实则恰恰说明在此之前南诏是崇信道教的。另据文献记载，唐贞元十年（794），南诏与唐王朝举行了"苍山会盟"，南诏王异牟寻与唐剑南节度使巡官崔佐时代表双方在苍山神祠举行会盟仪式，订下的誓文中有"谨诣玷苍山北，上请天、地、水三官，五岳四渎及管川山谷诸神灵同请降临，永为证据"[3]之语，这是当时南诏崇道的明证。及至南诏后期，佛教的力量越来越兴盛，道教势力逐渐衰微，但是直到今天，大理白族地区仍有道教信仰的痕迹和遗响。一方面，南诏曾信奉道教，而且一直余响不绝，所以道教中的羽化飞升观念自然也传入了白族地区。另一方面，随着道教式微和佛教的取而代之，道教成仙飞升的仙话受到嘲讽和揶揄，所以揭秘飞升是恶蟒吞人的传说故事在大理地区广为流传，并且在这样的传说故事中，融入了大理地区特有的义士身缚钢刀入蟒腹杀死恶蟒的情节母题。正因为存在这样

---

[1] 傅光宇：《云南民族文学与东南亚》，云南大学出版社，1999年，第149～150页。
[2] [明]倪辂辑，[清]王崧校理，[清]胡蔚增订，木芹会证：《南诏野史会证》，云南人民出版社，1990年，第134页。
[3] [唐]樊绰撰，向达原校，木芹补注：《云南志补注》，云南人民出版社，1995年，第143页。

的嫁接，所以在白族段赤城传说中既有融入了飞升母题的文本，也有只讲述段赤城身缚钢刀杀死恶蟒而无飞升母题的文本。在大黑天神传说中，同样有的融入了飞升杀蟒母题，而有的是吞瘟疫母题，几种亚型并行不悖，在民间均有广泛流传。

总而言之，白族地区的义士杀恶蟒揭秘飞升成仙母题是在受到了汉族道教文化和道教仙话影响后形成的，同时又体现了反道教的倾向。其中也融入了白族地区特有的身缚钢刀杀蟒的故事情节和母题。文化交融中成长起来的这一传说故事，打上了汉、白文化的双重烙印，显得独具魅力。

第三节　白族民间故事与汉族文学

民间故事是世俗性最强的文学体裁，是最贴近民众的生活、最能反映民众思想和愿望的叙事形式。白族的民间故事与汉族的交流也十分深广，这主要表现在，有些白族民间故事是从汉族地区传入的，有些则是打上了汉族地区思想和观念的烙印，反映了汉族文化对白族民间故事的巨大影响。当然，在接受汉族民间故事的同时，白族文化也发挥了整合的能力，将这些外来文化逐渐打上了本民族文化的印记。另外，在民间故事的领域，类型化的倾向十分突出，这甚至是世界范围内的一种共同现象。其原因有二：一是由于故事的传播而导致相似；二是各民族、各地区文化存在共通性和普适性，此种发展规律也会带来故事的类同现象。在大量白族民间故事中，我们也看到了这两种因素的同时存在，也就是说，白族文学中那些与汉族相似的民间故事，有的是从汉族地区直接传入的，也有的是基于共同的文化环境、价值追求等而生成了相似的故事类型。

一、梁祝故事在白族地区的流传

汉族四大民间传说之一的梁祝不仅在汉族地区妇孺皆知,在少数民族当中也有广泛影响。虽然梁祝故事从文类上一般被视为民间传说,但它传入白族地区后,民众对其原有的地方化标签并非照搬,也不太在意,故事的情节母题等反而受到重视,因而我们将之放到民间故事里进行介绍。加之梁祝的叙事在白族地区不仅有故事传说类的散体叙事,还有民间诗歌的韵文叙事,也出现于本子曲、大本曲等说唱艺术中,甚至也成为戏剧中的经典剧目,鉴于文本的此种复杂状况,所以我们将之称为"梁祝故事",这里也有从广义角度使用民间故事概念以便在讨论中尽可能囊括多样化的文本类型的用意。

梁祝故事在唐代已有记载,宋代张津所著浙江省宁波地方志《乾道四明图经》中有了更详细的叙述:"义妇冢即梁山伯、祝英台同葬之地也,在县西十里接待院之后,有庙存焉。旧记谓二人少尝同学,比及三年,而山伯初不知英台之为女也,其朴质如此。按《十道四蕃志》云,义妇祝英台与梁山伯同冢,即其事也。"[1]《十道四蕃志》乃初唐时梁载言所著,《乾道四明图经》中引《十道四蕃志》的说法,说明初唐时已有关于梁祝故事的记载。至明代,徐树丕《识小录》中云:"按,梁祝事异矣!《金楼子》及《会稽异闻》皆载之。"[2]这里,说到《金楼子》和《会稽异闻》两部书中都记载了梁祝事迹,而《金楼子》为南北朝时梁文帝所作,如此说来,至少在南北朝时已有梁祝故事的流传,如果此说可信,则梁祝故事的流传时间又大大提前了。但徐树丕所见《金楼子》是否为原书以及徐树丕所言是否可靠皆无从查考,且

---

[1] 向云驹:《"梁祝"传说与民间文学的变异性》,载《民族文学研究》2003 年第 4 期。
[2] 钱南扬:《梁祝故事叙论》,载钱南扬等:《名家谈梁山伯与祝英台》,文化艺术出版社,2006 年,第 2 页。

现在存世的《金楼子》系辑本中并无梁祝事的记载。[1]到了清代，翟灏《通俗编》卷三十七有"梁山伯访友"条，其中引晚唐张读所著《宣室志》亦云："英台，上虞祝氏女，伪为男装游学，与会稽梁山伯者同肄业。山伯，字处仁。祝先归。二年，山伯访之，方知其为女子，怅然如有所失。告其父母求聘，而祝已字马氏子矣。山伯后为鄞令，病死，葬鄮城西。祝适马氏，舟过墓所，风涛不能进。问知有山伯墓，祝登号恸，地忽自裂，陷祝氏遂并埋焉。晋丞相谢安奏表其墓曰'义妇冢'。"[2]清梁章钜《浪迹续谈》卷六"祝英台"条也同样引了《宣室志》，文字与前述翟引相同。[3]清代两书此段所引《宣室志》把梁祝故事记为晋代即有，如此说来，这个故事至今已有1600余年的历史。[4]然而，此段引文并不见于今点校本《宣室志》，因而很多学者认为是清人误引。[5]虽然所引《宣室志》的记载可能有误，但引文中对故事的记载较为详细，梁祝故事中的英台女扮男装、同窗共读、山伯访祝、祝适马氏、墓裂同葬等重要情节均已出现。文献显示梁祝故事在宋明时代才逐步成熟[6]，但引文中借《宣室志》之名传达的梁祝信息已经十分丰富，说明梁祝故事在民间或早已流传，因而故事情节才渐趋丰满。

源自汉族地区的梁祝故事其生命力和影响力不言而喻，故事已经流传延伸到少数民族当中，甚至远播国外。作为受汉文化影响颇深的白族地区来讲，自然也有梁祝故事的普遍流传。这个故事在白族地区受到了白族民众的

---

[1] 刘锡诚：《梁祝的嬗变与文化的传播》，载钱南扬等：《名家谈梁山伯与祝英台》，文化艺术出版社，2006年，第2页。

[2] 转引自钱南扬：《梁祝故事叙论》，载钱南扬等：《名家谈梁山伯与祝英台》，文化艺术出版社，2006年，第6页。

[3] 李道和：《民俗文学与民俗文献研究》，巴蜀书社，2008年，第18页。

[4] 向云驹：《"梁祝"传说与民间文学的变异性》，载《民族文学研究》2003年第4期。

[5] 参见李剑国：《唐五代志怪传奇叙录》（上），南开大学出版社，1993年，第833页；另外，云南大学李道和教授认为此处清人所引"宣室"二字或为"宁波"的形误，参见李道和：《民俗文学与民俗文献研究》，巴蜀书社，2008年，第17～18页。

[6] 李道和：《民俗文学与民俗文献研究》，巴蜀书社，2008年，第19页。

欢迎和喜爱，成为白族民众最熟悉的汉族民间故事之一。当年编撰《白族文学史》的作者们就发出感叹，认为在取材于汉族故事并得以在白族民间流传的作品中，梁祝故事不论是在流传的范围而言，还是在白族地区产生影响的程度来说，都是最为突出的。[1]

白族民众对梁祝故事的喜爱，首先表现在大理白族各地均有该故事的流传。其次表现在该故事在大理白族地区以多种形式和体裁在流布，遍及叙事诗、本子曲、大本曲、白族调、吹吹腔等各领域。再次表现于其异文丰富，尤其是有关梁祝故事的长诗，数量颇丰。《白族文学史》的作者在大理州内洱源、剑川、鹤庆等地搜集到关于梁祝的长诗多达十余种。[2] 而笔者本人在大理市、剑川县等地的田野调查中，也搜集到不少关于梁祝故事的异文，如剑川的本子曲、白族的大本曲中都有相关的文本，民众对于该故事也呈现出一种超乎其他故事的熟悉和认同。

白族民间流传的梁祝故事，较为典型的文本有洱源西山打歌中的《梁祝读书歌》：

哪个一起来下棋？
梁山伯和祝英台。

什么做棋盘？
青天做棋盘。

什么做棋子？
星星做棋子！

---

[1] 张文勋主编：《白族文学史》（修订版），云南人民出版社，1983年，第151页。
[2] 同上注，第152页。

棋盘摆面前，
山伯不会下。

哪个一起弹琵琶？
梁山伯和祝英台。

什么做琵琶？
大地做琵琶。

什么做弦线？
道路做弦线。

琵琶摆面前，
山伯不会弹。[1]

剑川白族调中也有《山伯英台曲》："山伯英台两兄弟，一块读书形影不离，两人同坐一张桌，同拜一位师。"[2]虽然在民歌的文本中，内容篇幅短小，故事高度浓缩，但也从一个侧面反映出白族民众对该故事了然于胸，故而在短小精悍的歌谣中也常常出现梁祝的身影。

大理鹤庆县一带白族民间流传的《祝英台在山伯墓前拜哭调》抄本共分两大部分，第一部分为英台祭山伯，实为一篇祭文，第二部分用第三人称叙述，可视为一篇叙事诗。这部分讲到祝英台在山伯墓前祭毕大哭三声后，忽然一声巨响，梁山伯的坟墓从中裂开，英台便纵身跳了进去，坟墓顷刻自然

[1] 周静书主编：《梁祝文化大观·故事歌谣卷》，中华书局，1999年，第788页。
[2] 大理白族自治州文化局民族文化研究室：《云南白族民歌选》，云南人民出版社，1984年，第102页。

合拢。马德芳看到这个情况，又急又气，昏死在地，魂魄来到阴间地府，到阎王面前状告山伯。告完状，马德芳突然惊醒还阳，立即派人去挖山伯的坟墓。[1]

本子曲中同样有梁祝故事的曲目，主要流传在大理的剑川、洱源等地。本子曲《山伯英台》其内容分为：上学、试探、相送、逼婚、相会、叙情、相思、祭灵、迎亲、殉情十段。[2]

大本曲中，梁祝故事是一个深受白族民众喜爱的曲目，名为《柳荫记》。大本曲《柳荫记》有求学、草桥结拜、春游伴读、十八相送、山伯访友、祝英台开药单、五更还魂、哭坟化蝶八个大段。[3]笔者调查得知，大本曲中的梁祝故事实由几本相互关联的曲本组成。《柳荫记》分为上、下本，上本《山伯访友》，下本《英台抗婚》，[4]到化蝶为止。此外，还有被称为"续本"或"后本"的《三妻两状元》。

《山伯访友》主要内容为：梁山伯的父亲早逝，他与母亲相依为命。梁山伯和祝英台同在学堂读书，二人结为兄弟。师母怀疑英台为女子，英台见师母和宗师生疑，便辞行归家。山伯送英台回家的路上，英台以山神土地成一对、树大分枝男婚女配暗示山伯，山伯未能领会。英台说家中有个祝九妹，将之许配给山伯。半年后，山伯去找英台，一为求亲，二为访友。山伯到祝家见到英台，方知英台是女子，但此时英台已被许配给马甲。山伯气病回家。[5]

---

[1] 转引自张文勋主编：《白族文学史》（修订版），云南人民出版社，1983年，第154页。

[2] 周静书主编：《梁祝文化大观·故事歌谣卷》，中华书局，1999年，第789页。

[3] 中国曲艺志全国编辑委员会：《中国曲艺志·云南卷》，中国ISBN中心，2009年，第140页。

[4] 大理市文化馆的藏本上本名《山伯访友》，下本却由于封面损坏，看不出原来的名字。不过，从李明璋先生收藏的曲本名目来看，上本是《山伯访友》，下本是《英台抗婚》，因而，这里也暂将下本定名为《英台抗婚》，但所述内容参考的是大理市文化馆藏本。

[5] 参见大理市文化馆藏本。

《英台抗婚》的内容紧接《山伯访友》进行叙述：山伯到祝家访友，得知英台已许配马甲，气病回家。山伯让母亲苏氏去请英台来看望自己，英台开了一个药方让苏氏带回，药方说的都是世上难寻的物品，暗示二人不可能结合。山伯见英台未来，一命归阴。八月十五，马家来迎娶英台，到了山伯墓前，英台下轿祭奠，突然墓门打开，英台跳进墓中。马甲命人挖开坟墓，挖出一对石狮，马甲命人将之打烂，不想它们又变成了松树和柏树，马甲又命人将松柏砍断烧掉，最后变出一对蝴蝶。[1]

《三妻两状元》续讲梁祝化蝶后事。曲目主要内容为：梁山伯与祝英台化为蝴蝶，山伯被洞宾老祖搭救，英台被尼山老母搭救，二人还分别被传授了武艺和法术。尼山老母让英台下山寻找山伯，英台住进一家黑店，恰遇梁山伯伯父梁京一家也误入此黑店，英台杀死店主文通，救了梁京的妻女。朝阳王田总兵带人来捉英台，英台杀了田总兵，自立朝阳王。山伯亦下山寻找英台，并与路员外之女路凤鸣结为夫妻。山伯考中状元，奸臣马力欲招之为婿，山伯不从，马力上奏让山伯带兵剿灭朝阳王。路凤鸣下京寻夫，女扮男装中了状元，三亲王的公主彩台招亲将绣球抛给路凤鸣，洞房夜，凤鸣将实情告知公主，并允诺将其许配给山伯。山伯与英台在战场相会，不战而和。路凤鸣护送粮草给山伯大军，三人见面。山伯大军班师回朝，奸臣马力杀了皇上欲篡位，山伯捉住马力，扶太子登基。山伯娶英台、凤鸣、公主为妻，是为三妻，山伯、凤鸣均中状元，是为两状元。[2]

梁祝的故事在白族民间以各种体裁和形式流传，而梁祝也已经成为一个符号、一个意象，融入白族的各种文学作品中，也就是说其他的文学作品虽不是在讲梁祝的故事，但却常常化用、提及梁祝之事，这足可体现白族民众对该故事的喜爱和熟悉程度。在白族的民歌中，就常常出现将梁祝的名字、

---

[1] 参见大理市文化馆藏本。
[2] 参见大理市大理镇才村奚治南抄藏曲本。

故事化入的情景，比如下面这首白族情歌：

    山伯死来为英台，蜜蜂死来为采花；
    我为小妹遭毒手，死了也心甘。[1]

白族调《盆花空自开》唱道：

    太阳落了喜开怀，门外山伯访英台；
    怎奈我家黄狗恶，花香没人采。[2]

《石宝山上哥遇妹》：

    岩头一朵鲜花开，花香引得蜜蜂来；
    石宝山上哥遇妹，山伯遇英台。[3]

  邓川流传的山歌《采花要采叶子绿》中有"挂你好像梁山伯，想你好比想祝英"[4]的唱词。白族民间长诗《青姑娘》里也说："千色百样鲜花开，花开飘香蜜蜂来；山伯、英台来相会，蜂花喜心怀。"[5]另外，白族本子曲《鸿雁带书》中也以总结式的口吻对梁祝事迹进行了概括："陈世美弃秦香莲，千人骂来万人厌；梁山伯与祝英台，万古美名传。"[6]

---

[1]　杨亮才、陶阳记录整理：《白族民歌集》，人民文学出版社，1959年，第117页。
[2]　大理白族自治州文化局编：《白族民间歌谣集成》，云南民族出版社，1997年，第188页。
[3]　同上注，第195页。
[4]　杨亮才、陶阳记录整理：《白族民歌集》，人民文学出版社，1959年，第162页。
[5]　《中国少数民族文学作品选》编辑委员会编：《中国少数民族文学作品选》第五分册，上海文艺出版社，1981年，第9页。
[6]　杨亮才、李缵绪选编：《白族民间叙事诗集》，中国民间文艺出版社，1984年，第58页。

如果将前述白族各种体裁和文本中的梁祝故事与汉族的梁祝故事进行一番对比，可发现学堂求学、山伯送别、英台暗示、山伯访友、英台开药方、化蝶等在汉族故事中同样是一些基本的情节要素。从白族梁祝故事的文本，可知该故事是自汉地传入无疑。至于梁祝故事传入白族地区的途径和路线，因文献记载缺乏，我们只能从其内容本身来做出一些推测。从文本可知，白族地区的梁祝故事多数以韵文形式在流传，而散文的故事、传说类文本所见较少。笔者认为，这可能与白族梁祝故事主要经由汉族戏曲、曲艺传入有很大关系。而梁祝故事中的几个重要情节也为我们进一步推测该故事传入的路线提供了基础。

先看英台开药方的情节。英台开药方是梁祝故事中富于特色的情节，深受白族民众的喜爱。在白族的故事中，特别是长篇的文本中，多有此情节。白族本子曲《山伯与英台》中，山伯访祝得知英台是女儿身，并且已经许配马家，山伯气得重病，山伯的母亲为救儿子来请英台去探望山伯，但英台父母不答应，英台只好提笔开出药单给梁母：

英台提笔开药单，还望老母细心听。
只要十样药找齐，山伯就回生。

麒麟角要配一钱，凤凰毛要两三根。
蚊子眼眶骨一架，蜜蜂肋巴骨一根。

东海龙王鳞一片，西天王母酒一樽。
母虎奶水要一碗，玉兔毛九根。

千年瓦上霜刮来，金鸡脚露水一升。
观音母处借药罐，金童熬药羹。

凤毛麟角哪里找？蜜蜂蚊子难挖心。
龙王鳞片哪里拿？王母酒难寻。

老虎哪个敢挤奶？玉兔躲在月桂荫。
太阳一出霜就化，金鸡脚不伸。

观音老母是仙人，只有童子拜观音。
英台开出这副药，世上没处寻。[1]

笔者在大理洱海地区调查白族大本曲时，收集到多个《柳荫记》的曲本，其中都有英台开药方的情节，不同版本中该情节大致相同，仅细节上存有差异。杨汉曲本中是这样表述的：

提起笔来把书用，
四九听我说原故，
药单子来开与你，
你小心服用。
第一龙王上单方，（汉译：第一要龙王单方）
第二王母次上香，（汉译：第二王母身上香）
第三用千双上灰，（汉译：第三千年老灰尘）
再用白檀香。
四用万年瓦上霜，
天鹅蛋快乳自引，（汉译：药引要用天鹅蛋）
第五要汝麒麟角，（汉译：第五要用麒麟角）

---

[1] 奚寿鼎等编：《白族民间长诗选》，云南民族出版社，2000年，第379～380页。

奶己药汤悟。（汉译：与药汤同用）
我是他的归命丹，
蟠桃酒汁用第六，
金童密上刚药温，（汉译：金童亲手来煮药）
玉女把药送。
观音水瓶立上水，（汉译：要用观音瓶中水）
梁兄病体才有效，（汉译：梁兄病体才有救）
忍保阿川抓恨保，（汉译：叫他服完这剂药）
要等我次扣。（汉译：我身将他救）
富光头蚊子眼扣漏，（汉译：蜜蜂骨蚊子眼眶）
三年瓦房上扯受，（汉译：三年瓦房上的霜）
弹药要汝柱柱君，（汉译：熬药要用珍珠罐）
倒药玛瑙盅，（汉译：玛瑙盅服用）
套闹明角长，（汉译：毛驴子的角）
虎母头奶悟。（汉译：母虎的乳汁）
再汝鸡博蛋水豆，（汉译：再用公鸡下的蛋）
跳蚤光头要阿半，（汉译：跳蚤骨头用一撮）
弹药叭龙宫。（汉译：到龙宫熬药）
蚊之光头用四两，（汉译：蚊子骨头用四两）
五夫汪立要下受，（汉译：五六月霜要用够）
英台认登哥上病，（汉译：英台知道哥的病）
相会不能够。
只作刚两打全恨，（汉译：只要找全这剂药）
方才离别黄泉路，
只作找不全阿样，（汉译：如若一样找不全）

要进阴司路。[1]（汉译：要走阴间路）

艺人赵丕鼎的曲本中则是这样描写：

英台提起笔，

两眼泪汪汪，

拜上梁兄莫心伤，

突听哥哥有疾病，

我心也不安。

要想而看恼，（汉译：想要去看你）

弟格闲银双，（汉译：就怕有闲话）

英台我自打急转，（汉译：英台急得团团转）

开给哥上药单来，（汉译：开给阿哥这剂药）

实在生难相。（汉译：实在是为难）

第一东海龙王角，

第二蟠桃酒一缸，

第三千年瓦上霜，

四要麒麟胆。

第五鳄鱼尾上毛，

第六蚊子眼眶拉，（汉译：第六蚊子的眼眶）

第七观音甘露水，

八用白檀香，

第九要用青龙须，

第十直父光头架，（汉译：第十蜜蜂的骨架）

---

[1] 杨政业主编：《大本曲简志》，云南民族出版社，2003年，第44页。

十样如若找齐全，

起死回生汤。

开好药单开药引，

三样药引配拢它，

公鸡蛋呢虎母奶，（汉译：公鸡的蛋母虎奶）

跳送心肝叭，（汉译：跳蚤心肺肝）

弹药要汝珍珠菊，（汉译：熬药要用珍珠罐）

恩药要汝玛瑙缸，（汉译：喝药要用玛瑙缸）

金童玉女来煨药，

吃得喷鼻香。

若凡此药不见效，

再有一剂好药方，

车漆寿房买保格，（汉译：红漆棺材买一口）

料理瞎本当。[1]（汉译：后事料理好）

  英台开药单的情节在汉族的故事中亦有，河南地区的鼓词《新刻梁山伯祝英台夫妇攻书还魂团圆记》、四川地区的《柳荫记》、木鱼书《全本梁山伯即系牡丹记南音卷上》、江苏弹词《新编金蝴蝶传》[2]中都出现了类似的情节，但所开的药方不大相同。大本曲中的这一选段与川本《柳荫记》更为接近。川剧《柳荫记》中有"四九求方"一场，叙梁山伯到祝家访祝后心情郁闷，回来重病卧床，打发书童四九到祝家求方，也就是试探还有无结合的可能，祝英台开出的药方是：

---

[1] 杨政业主编：《大本曲简志》，云南民族出版社，2003年，第46页。

[2] 路工编：《梁祝故事说唱集》，古典文学出版社，1958年，第53、101、179、223页。

一要东海龙王角

二要虾子头上浆

三要千年陈壁土

四要万年瓦上霜

五要阳雀蛋一对

六要蚂蟥肚内肠

七要仙山灵芝草

八要王母身上香

九要观音净瓶水

十要蟠桃酒一缸

倘若有了药十样

你公爷病体得安康

倘若无有药十样

姑娘另有巧良方

花花板儿买一副

公爷死了里面装

不用阴阳来看地

埋在南山大路旁

生不同衾死同葬……[1]

对比白族大本曲中的药方和川剧中的药方，可知东海龙王角、千年（万年）瓦上霜、王母身上香、观音净瓶水、蟠桃酒、棺材等都是相同的，只是白族大本曲中的描述更加丰富，可能是大本曲艺人对这个情节进行了发挥和再创造。

---

[1] 艾青：《歌剧〈梁山伯与祝英台〉——谈越剧〈梁山伯与祝英台〉、川剧〈柳荫记〉》，载四川省川剧艺术研究院编，李致主编：《名家论川剧》，四川人民出版社，2006年，第122页。

我们还可以从梁祝化蝶前的情节中看到白族梁祝故事与川剧的联系。在大理鹤庆流传的《祝英台在山伯墓前拜哭调》中，对马德芳派人去挖山伯墓的情形是这样描绘的：

> 马家正在把墓起，
> 一股青烟骇杀人。
> 忽然又见红烟起，
> 青红结成带一根。
> 世人称为一条虹，
> 自古流传到而今。
> 霎时只见狂风起，
> 扫地吹来实可惊。
> 上界吹倒梭罗树，
> 下界吹得泰山崩。
> 阎王吹得团团转，
> 小鬼吹得眼不睁。
> 大风之上加霹雳，
> 骇杀马家一帮人。
> 半个时辰天明朗，
> 光有花棺不见人。[1]

这是梁祝分别被神仙搭救之前的一段描述，而这一段描述，与清末四川桂馨堂刻本《柳荫记》中的十分接近。桂馨堂刻本是这样说的：

---

[1] 转引自张文勋主编：《白族文学史》（修订版），云南人民出版社，1983年，第154页。

德芳醒来是一梦,
阴间告状记得清。
实实心愿忧不过,
要去挖开梁姓坟。
带了家人数十个,
拿起锄头往一行。
……
马家正在把坟起,
一阵青烟黑杀(骇杀)人。
忽然只见红烟起,
青红结成带一根。
世人称为一条虹,
自古流传到而今。
忽然又见狂风起,
扫地被风吹倒人。
上界大风如霹雳,
赫杀(吓杀)马家一伙人。
半个时辰天明了,
只见花棺不见人。[1]

　　罗汉田在对比了鹤庆白族中流传的故事和四川刻本《柳荫记》后得出结论:"从《祝英台在山伯墓前拜哭调》的那一段与《柳荫记》的这一段相比较,不仅可以看出两者的情节内容完全一样,而且很多唱词也基本相同。由

---

[1] 转引自罗汉田:《中国南方民族文学关系史·元明清卷》,民族出版社,2001年,第196～197页。

此完全可以认为鹤庆白族民间流传的《祝英台在山伯墓前拜哭调》梁祝传说梁祝化蝶升天以后的一段，显然是直接来源于四川桂馨堂刻本《柳荫记》中的一节。"[1]

再看梁祝死后复活并基于此而展开的新的曲折情节。前面已述，在白族大本曲中，除了有讲述梁祝至化蝶而止的故事文本，还有《三妻两状元》这样讲述梁祝死后之事的文本，并且两人死而复活后的经历可谓离奇曲折。据郑振铎《中国俗文学史》介绍，宝卷中有《后梁山伯祝英台还魂团圆记》，其内容大致为："这是一个荒唐的故事，写梁山伯、祝英台死后还魂，成为带兵的将官。后来功高名就，山伯被封为定国王，且于英台外，复娶二女为妻。故亦名《三美图》。"[2] 大本曲中，山伯助太子登基，定国安邦有功，也是被封为定国王。显然，白族的梁祝后本并非自己的创造，当是有着汉地来源。

而在云南唱书中也有类似对梁祝死后复活事迹的讲唱。据马绍云介绍，云南唱书传统曲目《柳荫记》，又名《阴阳会》，曲目分上、下集，内容讲述的是苏州祝英台女扮男装到杭州读书，路遇梁山伯，二人结拜为兄弟，同窗三年，苦读诗书。后英台害怕时间长了被人识破女儿身，便告别宗师与山伯，回家看望父母。山伯十里相送，英台用沿途所见的事物比喻暗示自己是女儿身，山伯却一直未能解破。临别时，英台只好说把自家小九妹许配山伯，要梁早日来娶。英台回家后被其父许配给马家公子，当山伯也去祝家探望时，方知九妹就是英台，而且已经许配人家。山伯因忧闷而身染重病，不久去世。马家迎娶英台的路上，英台到山伯坟前祭奠，坟墓裂开，英台跳入墓中，梁祝化作一缕青烟升空而去。这事传到玉帝耳中，他查明他们属于冤死，命令梨山老母将祝带上混山学习兵书，吕洞宾带梁到阴阳洞操练。后

---

[1] 罗汉田：《中国南方民族文学关系史·元明清卷》，民族出版社，2001年，第197页。
[2] 郑振铎：《中国俗文学史》下册，作家出版社，1954年，第346页。

来，英台和山伯分别拜别师父下山，祝降顺了叛军做了都督，梁考中了状元，率兵降伏了北海平王之乱。最后，山伯和英台相会结合，并收英台救出的路凤鸣和红瑞公主为妾，大团圆结局。[1]

白族大本曲《三妻两状元》与川剧也有密切联系。前面说到山伯平叛有功，被封为定国王，并于英台外另娶二女，川剧《柳荫记》中也有此情节。[2]而前述桂馨堂刻本《柳荫记》所述梁祝化蝶之后的故事情节，亦与《三妻两状元》十分相似。桂馨堂刻本讲到，山伯坟墓大开，英台纵身跳入，英台被梨山老母带上梨花山，山伯则被吕洞宾领到朝阳洞，二人习得武艺。山伯的叔父梁金携妻女上任，错住黑店，遭熊文通一伙抢劫杀害。英台从梨花山下来也住进熊文通的黑店，她杀死熊文通，救了梁金妻女，还俘获熊文通的后台白虎关都督田文的兵马，自立为王。山伯离开朝阳洞，途经路家庄，与辞官归乡的路爷之女凤鸣相遇，二人结为夫妻。山伯考中状元，宰相马力要招其为婿，山伯拒绝，马力怀恨在心，上奏君王让山伯领兵出阵。凤鸣女扮男装赴考寻夫，中了状元，被三清老贤王招为驸马，又奉旨押送粮草。战场上，山伯、英台、凤鸣等人喜相逢。山伯、英台杀入京城，将叛逆作乱、篡夺王位的奸臣马力镇压，扶太子登上龙位。[3]

当然，与川本《柳荫记》相比，白族的大本曲也有一些不同，如前者讲到路凤鸣下京寻山伯，表兄王德顺、堂弟路逢章陪同前往，凤鸣改名逢喜，大本曲中则只讲到路凤鸣下京寻山伯，其他略去。

此外，甘肃一带的玉垒花灯戏传统剧目中也有《百花楼》一目，又名《梁山伯与祝英台后传》，述山伯和英台死后，山伯转生一武将家，英台则投师梨山老母学武。十八年后，梨山老母赠包天帕与捆仙绳，让英台下山到百

---

[1] 马绍云：《享誉西南的云南唱书四大书局》，载中国人民政治协商会议昆明市五华区委员会文史资料委员会编：《五华文史资料》第20辑，2008年，第65页。

[2] 路工编：《梁祝故事说唱集》，古典文学出版社，1958年，第101页。

[3] 罗汉田：《中国南方民族文学关系史·元明清卷》，民族出版社，2001年，第186～187页。

花楼等候山伯。山伯的叔父梁金，赴任时误投百花楼黑店，店主熊文通杀死梁金，逼梁夫人成亲。英台打跑熊文通，熊求助于总督田文，田文亦被英台擒杀。山伯中了武状元，奉命挂帅出征到百花楼，英台见山伯便不战而降，二人回朝揭露田文罪行，皇帝旌表二人，御赐婚配。[1]另，在广西的壮剧中，也将梁祝故事分为前传和后传，后传写山伯、英台死后分别被玉禅老祖和观音老母搭救并收为徒，刚好周朝梁君携眷告老还乡投于黑店，店主田文东杀死梁君后逼其女成亲，观音派英台下山救梁氏母女，英台落草于黑店附近山寨，皇帝为剿灭英台，出榜招贤平寇，玉禅老祖命山伯下山揭榜，梁祝相遇，共同杀死田文东，梁祝团圆。[2]这里，与大本曲中的《三妻两状元》有相似之处，如二人被神仙所救的情节，以及黑店店主的情节，但没有大本曲中的那么复杂，大本曲中，英台杀了店主文通，搭救的是梁山伯的伯父梁京之妻女，且山伯还另娶了两个女子。而这些情节，恰恰与川剧更为接近。

　　综上，我们可以看到，大本曲中的《三妻两状元》与宝卷、唱书、川剧之间的关联。笔者推断，白族地区流传的梁祝故事，一方面受到汉地说唱类艺术的影响，另一方面，因地缘关系，亦受到川剧的影响，因而便体现出与宝卷、唱书和川剧的诸多相似之处。而梁祝故事发生的浙江一带又是历代中央王朝迁往云南的移民的主要来源地之一，所以该故事伴随着汉族移民进入白族地区的可能性也是很大的。

　　至于梁祝故事何时传入白族地区的问题，由于资料缺乏，很难对此做出断定。《白族文学史》中说："但说在南诏时代已经或开始传入，这是可能的。"[3]刘红在《梁祝传说传入白族地区的年代》一文中则认为："梁祝传说传入白族地区的时间最早只可以上溯至南宋末年。……准确地说，南宋末年只是梁祝传说流入白族地区的时间上限。……梁祝传说在白族地区大规模的

---

[1] 中国戏曲志编辑委员会：《中国戏曲志·甘肃卷》，中国ISBN中心，1995年，第146页。
[2] 同上注，第150页。
[3] 张文勋主编：《白族文学史》（修订版），云南人民出版社，1983年，第151页。

流传应该自明代开始。"[1]笔者认为，由于大理白族地区流传的梁祝故事多数以韵文形式流传，叙事较为繁复详尽，内容也多与明清时期汉地梁祝故事接近，可知其通过汉族戏曲曲艺途径传入的可能性颇大，而汉族地区戏曲曲艺特别是各种地方戏的勃兴是清代的事情，故而梁祝故事于明清时期传入白族地区的可能性要更大一些。

梁祝故事无疑自汉地传入和引进，但是也必须要指出，被移植到白族文学中后，梁祝故事又与白族民众的民族传统结合在一起，发生了白族化的改变。在洱源西山打歌《读书歌》中，山伯、英台在松树下结拜，还说山伯、英台同游点苍山，我们知道点苍山上生长最多的就是松树，松树在白族民间也有特殊的象征，凡祭祖、节日、婚丧礼仪中均可能出现松树的身影。松针还常被视为能够驱邪，至今在剑川的石龙村，每年村民在腊月二十九或腊月三十这天，还要在院落中种上一棵小松树，称为"则汪整"，意为正月树。正月树必须竖在天井里，正对着中堂，从竖起的当天就开始早晚点香，直到正月十五才能拔掉。《读书歌》中，山伯、英台还被塑造成自己挑水砍柴、烧火做饭的劳动人民形象，甚至自己动手盖学堂，做桌椅板凳等。在"十八相送"部分，白族的文本中对此也有独特的描述。先是英台让山伯和自己一块儿去井中照影，英台说井中照出一男一女，刚好配夫妻，而山伯却说："哥我明明是男子，比作女人不像话；胡乱把我比女人，给哥出洋相。"二人又来到土地庙，山伯问英台庙里有没有和尚，英台却回答："英台回答山伯讲，土地庙里没和尚，让我英台做尼姑，你来当和尚。"山伯仍不解风情。二人又到了观音堂，英台看到金童玉女，便说玉女是金童妻，不知他们可否同床。梁山伯说金童玉女只是木头雕成，不能配成双。这时，英台又气又急，说山伯也和木头一个样。英台又说让观音老母做媒，让山伯和她来拜堂，山伯说：

---

[1] 刘红：《梁祝传说传入白族地区的年代》，载《云南师范大学学报》（哲学社会科学版）2006年第1期。

"你我俩个都是男,两个男子怎拜堂?"出了庙,看到放牛娃娃,英台将山伯比作牛,说自己是对牛弹琴牛不懂,山伯生气说不该把自己比畜生。二人来到万人堆,英台说山伯"你比死人多口气",意思是山伯是个大活人却不懂自己的心思,而此时山伯却在生气英台说话不好听。再往前走,看到鸟儿成对,雄鸟飞在前,雌鸟飞在后,英台说山伯还不如鸟,不懂得人间的凤求凰。[1]其中的很多内容与汉族故事不一样,颇具地域色彩和白族特色,比如讲到观音堂,还说让观音老母做媒等,这与大理白族地区崇奉观音的文化特点完全契合。

在本子曲《山伯英台》中,除了沿袭汉族故事中的主要情节母题,白族民众也对该故事进行了改编和再创造。比如故事的发生地被移植到了大理。曲本开篇是:

玉水河边一姑娘,人才美艳识文章。
她人若不是女子,中状元探花。[2]

玉水河地处洱源县境内,故事中的祝英台和梁山伯俨然已成了白族青年。

此外,在该本子曲中还有很多描述十分契合当地风物和白族人民的所处所感,在"试探"一节中有这样的描述:

映山红开马缨艳,红芍药对白牡丹,
世上只有山茶好,赛过百样花。
黑紫竹对白紫竹,杜鹃花开遍山岗,

---

[1] 参见李明璋编写、尹明举记译白族大本曲《梁山伯与祝英台》选段,1981年。此为董秀团2002年12月6日访问尹明举先生时借抄尹先生藏本。
[2] 周静书主编:《梁祝文化大观·故事歌谣卷》,中华书局,1999年,第789页。

玉兰花开玫瑰放,花十里香。[1]

大理白族人民爱花护花,映山红、山茶、杜鹃花、玉兰花、玫瑰花等都是大理白族地区常见的植物,也是白族人家庭院中喜养之花。本子曲中写"试探"不是空洞的言说,而是融入了日常生活和身边最直观可感的花卉植物,体现了梁祝故事通过白族民众的改造,已经成为具有白族民众体温、情感的个性化叙事。

在白族大本曲的梁祝故事中,不论是语言表达上山伯和英台的对唱,还是静物描写上对祝家"白族民居式"住宅的描绘,又或是马家迎娶时办喜事的风俗画面,都表现出了强烈的白族特色。其中,英台吊孝一节,表现的就是白族民间丧葬习俗中为死者作祭文的情形。这种习俗流传至今。

作为从汉地传入的一则故事,白族的梁祝故事在保留了汉族该故事主干情节的基础上,又进行了富有白族地方特色的改编和创造,在故事中体现了汉、白文化的交融。梁祝故事是汉族和白族文学交往的典型例证。

二、白族《百羽衣》故事与汉族《鸟毛衣女》故事

百羽衣故事又称羽毛衣、百鸟衣故事,这类故事流传于我国汉族以及白、壮、苗、侗等少数民族当中,白族叫《百羽衣》,壮族叫《百鸟衣》,苗族叫《阿秀王》,侗族叫《贫苦人当了皇帝》。在国外,日本也流传着百羽衣的故事,叫作《画中女》。艾伯华《中国民间故事类型》中《百鸟衣》故事的编号为195。丁乃通《中国民间故事类型索引》中列为 AT465A 型,同样名为《百鸟衣》。其基本情节是:一孤儿或穷人娶了一个美貌聪慧的妻子,

---

[1] 周静书主编:《梁祝文化大观·故事歌谣卷》,中华书局,1999年,第792页。此处最末一句"花十里香"为四字,按照白族歌谣普遍采用"七七七五"山花体的规律,笔者认为这里应译为"花开十里香"更恰当一些。

她被皇帝强抢入宫，临走前她交待丈夫去打猎制成羽毛衣，丈夫依计而行，穿上羽毛衣来到皇宫，女子被逗笑，皇帝为了逗女子开心，用自己的衣服交换羽毛衣，女子让手下打死了皇帝，她的丈夫当上了皇帝。在一些地方的故事中，是女子的画像被风吹到皇宫，被皇帝见到，于是她被抓入宫，所以这一故事有时也被称为《画中人》《画中女》或是《画上的媳妇》等。在大理白族地区，这也是一则流传广泛的故事，除了制作百羽衣之外，一般都有"画中女"的情节。

　　百鸟衣型故事在更广阔的视野中，被纳入"天鹅处女型故事"的范畴。天鹅处女型故事在学界是引起学者广泛关注的故事类型，英国哈特兰德，日本西村真次、君岛久子以及我国学者钟敬文、刘守华等都撰写过关于天鹅处女型故事的论文。汪玢玲将我国二十几个民族中天鹅处女型故事的异文归纳为五个亚型：创世始祖型、孔雀公主型、百鸟衣型、牛郎织女型、千羽锦型。她指出其中百鸟衣型故事的基本情节是"一猎人或农夫，救过一只鸡或仙女，鸡变美女（或画上美人下来）暗中给农夫或猎人做饭，被发现后与之成婚。后美女被皇帝或县官所见，或画被风刮去，皇帝按图索人，妻子被抢入宫。临别时妻子嘱丈夫用百鸟衣救她。农夫捕百样鸟，用鸟羽做彩色斑斓的羽衣，穿之入宫。美人见衣极喜，皇帝为得美人欢欣，用龙袍与农夫交换百鸟衣。一旦换好，美人立即唤卫士将穿百鸟衣的皇帝打死，然后与丈夫逃走"[1]。此类故事流传范围比较广，尤其是在汉族地区流传较普遍，在少数民族中也多有流传。"在藏族叫《百雀衣》，此外，壮族的《百鸟衣》、布依族的《九羽衫》、朝鲜族的《鸟羽》、蒙古族的《黄雀衣》……，都属于这类故事的异式。"[2]在百鸟衣型故事中，表现出与传统的天鹅处女型故事不完全相同的地方，比如此类故事中"向无沐浴情节，魔衣也不是用于天女的变形，

---

[1]　汪玢玲：《天鹅处女型故事研究概观》，载《民间文学论坛》1983年第1期。
[2]　同上。

而是用于对敌斗争,突出其社会斗争性",基于此,汪玢玲认为百鸟衣型故事产生的时间较之天鹅处女型故事的其他亚型要更晚。[1]

陈建宪将中国天鹅处女型故事的众多古今异文分为六个亚型:原型、鸟子寻母型、难题求婚型、妻美遭害型、族源传说型、动物报恩型,并指出,妻美遭害型在汉族地区多见,而在妻美遭害型下还有一种"百鸟衣"型,这是壮、白等西南少数民族中一种富有特色的地方型,其后半部分的独特性表现为天鹅仙女被抢走后,男主人公按妻子的吩咐,打了一百只鸟,以其羽毛做了件怪异的衣服,最后通过与抢人者交换衣服而救出女主人公。"这个故事的晚近异文,女主人公通常不是仙女,而是普通人。故事中已不是以仙女神奇的法术,而是以她的智慧取胜。"[2]有的故事文本已经不再刻意交代女主人公的神异身份。

以上两位学者都将百鸟衣型故事划归入天鹅处女型故事的亚型,这在一定程度上也说明了百鸟衣型故事与天鹅处女型故事的密切联系。

还有学者认为百羽衣故事的原型是周幽王烽火戏诸侯博取宠妃褒姒一笑的故事,"因为这组故事里'博取美人一笑'的母题最早见于汉族古代典籍,所以这则故事首先是在汉民族中间流传是毫无疑问的。随着汉民族与其他兄弟民族和国家的交往,这则故事便流传到苗、壮、侗、布依等民族中去,也流传到毗邻的越南、泰国。不仅如此,在日本和东南亚各国也流传着这则故事"[3]。笔者认为百羽衣故事中虽有博美人一笑的母题与周幽王和褒姒的故事相似,但从总体上而言,百鸟衣故事的重点不在博美人一笑,而在于那件百鸟衣,它才是故事的核心母题。所以,该故事与天鹅处女型故事的关系或许才是重点。

---

[1] 汪玢玲:《天鹅处女型故事研究概观》,载《民间文学论坛》1983年第1期。
[2] 陈建宪:《论中国天鹅仙女故事的类型》,载《民族文学研究》1994年第2期。
[3] 杨思民:《中日民间"羽毛衣"故事异同及其文化根源》,载中国人民大学书报资料中心复印报刊资料《中国古代、近代文学研究》1989年第3期。

既然学者都认为百鸟衣型故事在汉族地区比较常见，我们先来看看汉族该故事的典型文本。流行于苏北地区的《羽毛衣》内容为：一农夫娶了个漂亮妻子，一刻都离不开。其妻自画一像，让他随身带着。农夫去锄地，休息时拿出妻子的画来看。一阵风把画刮到了皇宫里。皇帝命人寻画上的女子。农夫的妻子被抓走，走前，她嘱咐农夫按自己的话去做。女子进宫后，整天皱眉噘嘴，不说一句话。皇帝为讨她欢心，用大车拉着她去外边游逛。一次，她在马车上见到一人，对皇帝说："亏你还是个皇帝呢，连这样一件好衣服都没有！"皇帝一看，离马车不远处站着一人，身穿野鸡毛缀成的衣服。此人正是农夫。皇帝把农夫带进宫里，要买他的羽毛衣。农夫提出用皇帝身上的衣服交换。两人换了衣服，农夫一拳打倒皇帝。皇帝想还手，女人大喊："羽毛人造反了，快斩快斩！"武将们拥进房内，七手八脚将皇帝砍成了肉泥。农夫带着妻子出宫回家去了。[1]

而在白族地区，百鸟衣的故事也流传颇广。笔者在大理剑川石龙村搜集到的《百鸟衣》故事内容为：

有个孤儿以砍柴为生，一天他卖完柴，去买了一幅女子的画像。回到家，他把画挂在墙上。奇怪的是，从那以后，他每次砍柴回家时，饭菜都已做好。去问邻居，邻居都说没做。一天，他出门去又转回来偷看，看到画上的女子从画里走下来给他做饭。他跑了进去，把画扯下来扔火里烧了。女子说："你要是不烧掉画，我可以变出来给你做饭，现在画被烧了就变不了了，我们生活要是穷了的话怎么办？"他说："没关系的，只要我们好好干活就可以了。"但是他出门时总舍不得妻子，于是妻子给他画了张像，他把画像挂在柴担前。一天，一阵大风把画吹到了皇帝那里。皇帝见画上的女子十分漂亮，就命人去找，果真找到了女

---

[1] 钟敬文主编：《民间文学作品选》（第二版），高等教育出版社，2010年，第94～95页。

子。女子临走时叮嘱丈夫:"我走后,你到山上去打猎,用打到的鸟毛做成一件衣服,然后穿着这件鸟毛衣来京城找我。"三年后,丈夫终于猎鸟,缝好鸟毛衣。他穿着鸟毛衣,跳着舞到了京城。女子在皇宫的三年里一直都没笑过,现在听说有个跳鸟舞的人到了京城一下子就笑了。皇帝觉得奇怪,他们就出门去看。看到跳鸟舞的人,女子显得非常高兴。皇帝说:"这个我也会跳,你要是高兴我就把鸟毛衣借过来,跳给你看。"皇帝用皇袍交换了鸟毛衣。女子对手下人喊道:"那是个叫花子,把他打死。"皇帝手下的人果真把皇帝打死了,女子的丈夫就做了皇帝。[1]

　　从上述文本来看,石龙村白族的百鸟衣故事与苏北地区汉族的百鸟衣故事在主要情节上是基本一致的,都遵循着得到美妻、画妻像、恶人得画寻女、女子交待丈夫做羽毛衣、女子见穿羽衣人而发笑、恶人与男主人公交换服装、在女子授意下恶人被手下人打死、男女主人公团聚等基本情节内容,所不同者只是石龙村白族的这则故事开头复合了螺女故事的炊爨情节,并且女主人公系从画中走下来的仙女,不是普通凡人,而苏北汉族故事中的女主人公似乎只是凡间女子。故事的结尾,石龙村白族的故事中是女子的丈夫当了皇帝,而苏北汉族故事中是穷人带着妻子离开皇宫回家了。

　　白族的百鸟衣故事还有一种版本,是将主人公联系到历史人物身上。此版本讲述赵善政打柴奉养母亲,感动樵青神,让他生活好过起来。有一年天旱,农民们生活不下去,赵善政去问樵青神怎么办,樵青神说可以把山里的水放出去,但这样松树就会死掉,对打柴不利。赵善政选择了放水,自己也去耕作。因此村里最美丽的白姐嫁给了他,后面是百鸟衣故事的本事。[2]

---

[1] 董秀团、段铃玲、朱刚、赵春旺于2005年1月23日在大理剑川石龙村张明玉家收集,讲述人张明玉,女,1959年生,文盲,农民。

[2] 张文勋主编:《白族文学史》(修订版),云南人民出版社,1983年,第103页。

此外，另一种说法是有个泥水匠或木匠给一家员外盖房子，认识了员外的女儿，去求婚，员外刁难，要他拿金塔银塔或铺金桥银路订婚，后来这个匠人去西天问佛，获得了员外要的东西，和员外的女儿结了婚。后面也是叙述百鸟衣故事的本事。[1]

民间故事不同类型之间的交叉复合是一种常见的现象，在百鸟衣故事中也不同程度地复合了其他故事的一些情节内容。但笔者认为，百鸟衣故事的核心母题正如此类故事的名字一样，应在于"百鸟衣"之情节本身，也就是妻子嘱咐丈夫打鸟并制成羽毛衣。而这一情节之所以重要，也是由于百鸟衣故事与天鹅处女型故事即鸟毛衣女故事的渊源和紧密关系。天鹅处女型故事的早期文本有《毛衣女》，见于晋人郭璞所著《玄中记》及干宝所著《搜神记》。《搜神记》卷十四："豫章新喻县男子，见田中有六七女，皆衣毛衣，不知是鸟。匍匐往，得其一女所解毛衣，取藏之。即往就诸鸟。诸鸟各飞去，一鸟独不得去。男子取以为妇，生三女。其母后使女问父，知衣在积稻下，得之，衣而飞去，后复以迎三女，女亦得飞去。"[2]在故事中，鸟化为女，女得鸟衣后飞去是基本的情节，也就是说在天鹅处女型故事的早期文本中，是将鸟与女紧密联系的，二者可以互换、等同。而让这二者之间发生关系的，恰恰是具有神秘特质的鸟衣。鸟脱去毛衣为女，女穿上鸟衣又恢复为鸟。在天鹅处女型故事的发展演变中，多保留了鸟衣的核心情节，尽管化为女子的可能是天鹅、白鹤、白鸽、雁、孔雀等，但都未脱女鸟原型。天鹅处女型故事在后期流传中，融入了更多的社会内容，出现了一种新的亚型，陈建宪称之为"妻美遭害型"，在此亚型中，陈建宪对其"得妻"母题的归纳是："一个穷人（农民、猎人、樵夫或渔夫）由于某种原因，得到一个美丽的仙妻（天鹅仙女、龙女或田螺仙女）。"[3]在这里，我们看到了天鹅处女型

---

[1] 张文勋主编：《白族文学史》（修订版），云南人民出版社，1983年，第103～104页。
[2] ［晋］干宝：《搜神记》，中华书局，1979年，第175页。
[3] 陈建宪：《论中国天鹅仙女故事的类型》，载《民族文学研究》1994年第2期。

故事后期发展中女主人公的一些变异,即女主人公从早期的女鸟泛化为仙女,不一定是鸟,也可能是龙女、田螺女等异类女性。这也为天鹅处女型故事中的百鸟衣故事亚型里女主人公的进一步泛化奠定了基础,在百鸟衣故事中,有的甚至不再强调女主人公的仙女身份,而变成了凡人、邻家女孩,只不过保留了漂亮、美丽等特点。从这样的线索和思路来看,将百鸟衣型故事纳入天鹅处女型故事的框架中去审视还是很有道理的。

白族的百鸟衣故事也为我们呈现了上述变化线索的更多例证。在石龙村的文本中,女主人公画中女的身份,虽看不出与原初形态的女鸟有多少关联,但保留了"仙女"的特异性质和神奇属性。而在《白族文学史》中给出的两个文本中,不论是嫁给赵善政的白姐,还是员外的女儿白姐,都已经远离了仙女的神奇身份,更遑论女鸟的形态了。

但是,女鸟的记忆毕竟在百鸟衣故事中是通过那件羽毛衣得以勾连的,鸟脱毛为女,女穿毛为鸟,让鸟和女得以关联的神秘羽衣在故事的长期发展中没有被完全遗忘,而是以另一种形式出现,所以在天鹅处女型故事后起的亚型百鸟衣故事中,故事聚焦到了那件神奇的百鸟衣上,值得注意的是,虽然最后披上羽衣的是男主人公,并且披上羽衣的功能并非如早期故事那样系实现鸟和女之间的身份转换,而是男主人公通过穿羽衣的方式博得女主人公一笑,以至抢走女子的恶人主动与男主人公交换衣服,穿上了羽衣,却误被打死,但是,男主人公之所以打百鸟制成百鸟衣,完全是妻子授意之下的行为,而女主人公为何不想其他的办法,偏偏要丈夫制作百鸟衣并能预料到百鸟衣的制成会在后面取得制敌的效果,这实在无法从逻辑上加以解释,我们只能认为这恰恰是早期女鸟故事中神奇羽衣情结在故事流传和文化传承中起到了隐性的作用,女鸟故事中羽衣的神奇属性并没有被遗忘,只不过以另一种形式呈现出来而已。

《毛衣女》故事的发生地在"豫章新喻县",即今天的江西省新余县。还有一些文献说故事的发生地在"阳新",比如"《水经注》卷三五《江水》

所引与此略异:'阳新县,故豫章之属县矣,地多女鸟。《玄中记》曰:'阳新男子于水次得之,遂与共居,生二女,悉衣羽而去。'阳新今属湖北,却邻近江西。表明这个故事当时流行于赣北鄂南广大地区"[1]。江西、湖北一带是毛衣女这样的天鹅处女型故事早期形态的发生地,该类型故事的后期发展在这些地方也不可能完全绝迹,而这些地方是明清以来进入云南大理一带的汉族移民的主要来源地,这也让我们有理由相信白族的百鸟衣故事与汉族地区有渊源,该故事很有可能是随着汉族移民流入白族地区的。除了上述地区曾是移民进入大理地区的重要区域,做出这样的推测还有两个原因:一是白族地区流传的天鹅处女型故事亚型单一,主要是百鸟衣型故事,而少见其他更早期的形态和文本。说明该故事传入白族地区时间还不太久远。因为百鸟衣亚型在天鹅处女型故事的发展序列中属于后起亚型,并且学者已经考证这一亚型在汉族地区流传最广;二是白族地区的百鸟衣故事从内容情节上看与汉族地区百鸟衣故事契合度高,说明当是受汉族影响而产生或从汉地传入。

第四节 白族戏曲曲艺与汉族文学

前文已述,少数民族戏曲曲艺多是受汉族影响而发展起来的,白族的戏曲曲艺也不例外,不论是本子曲说唱还是白族特有的曲艺形式大本曲,抑或是吹吹腔以及后来形成的白剧,可以说其中都不乏汉族戏曲曲艺的影响,同时,越是发展到后来,这种影响越突出。换句话说,早期的本子曲中汉文化影响较少,发展到后来,在大本曲、吹吹腔和白剧之中,汉文化的影响就越

---

[1] 刘守华:《"羽衣仙女"故事的中国原型及其世界影响》,载《湖北民族学院学报》(社会科学版)1997年第2期。

来越大了。

本子曲主要流传于大理剑川地区，这是一种抒情或叙事的长诗。本子曲的唱词格式采用白族民间通行的"山花体"，加上在剑川仍流行的一些传统本子曲"全为白语唱词，所反映的大都是元、明、清时期当地白族的社会生活。由此亦可推断，其历史久远，明代以前，本子曲就已盛行"[1]。在《白族文学史》中，作者将本子曲列入元明清时期文学加以探讨。本子曲是在白族民间诗歌的基础上扩展篇幅、增大容量而形成，根植于白族民间传统土壤，却在元明清时期才盛行起来，而这盛行的背后，当也吸收了汉族抒情长诗或叙事长诗的影响，汉族的一些剧目或故事也随之进入本子曲当中。比如《山伯英台》《黄氏女对金刚经》等本子曲，当属来自汉族的曲目。在本子曲《鸿雁带书》中有几句是："要说生死不变心，世称牛郎织女星；古时有个张君瑞，只爱崔莺莺。陈世美弃秦香莲，千人骂来万人厌；梁山伯与祝英台，万古美名传。"[2]这里提到的人物，都是汉族戏曲或民间故事中的主角，说明汉族戏曲曲艺等在白族民间已经深入人心。

大本曲的产生，一方面是吸收传统白族民间艺术的营养，包括吸收本子曲的营养，另一方面，则是受到了汉族的说唱传统和戏曲曲艺的影响，汉族地区传统的变文、说话、宝卷等说唱艺术以及戏曲形式都对大本曲的形成发挥过作用。而大本曲的曲目，绝大多数都是移植自汉族的戏曲曲艺，体现了汉文化对大本曲的深远影响。虽然在接受和移植汉族的曲目、剧目的同时，白族大本曲艺人也开始了自己创作曲目的尝试，将传统的历史、故事编入曲目当中，但与移植自汉族的既有的成熟曲目相比，这一部分的创编只占其中很小的比例。大本曲中的很多曲目连曲名都和汉族地区的保持一致，还有一部

---

[1] 张文：《白族曲艺"本子曲"音乐》，载张文、羊雪芳编著：《白乡奇葩——剑川民间传统文化探索》，云南民族出版社，2006年，第37页。

[2] 杨亮才、李缵绪编：《白族民间叙事诗集》(《鸿雁带书》附记)，中国民间文艺出版社，1984年，第83页。

分曲目名字虽然不同，但内容大同小异。笔者在《白族大本曲研究》中曾将大本曲曲目与其他地区的戏曲曲艺曲目进行对比，发现大本曲中大约80多个内容确知的曲目均可在汉族或其他民族、地区的戏曲曲艺中找到对应的曲目，有的曲目出现在多种地方戏中。其中，《杀狗劝夫》《赵五娘寻夫》《铡美案》《崔氏逼夫》《王石朋祭江》《蟒蛇记》《三公主修行》《傅罗白寻母》《董永卖身》《张四姐下凡》《孟宗哭竹》《柳荫记》《林招得放黄鹰》《金箱记》《桥头记》《双钉记》《白音哥行孝》《黄氏女对金刚经》《秦雪梅吊孝》《三孝记》《苏武牧羊》《孟姜女寻夫》《西厢记》《白蛇传》等曲目，其源较古，可以追溯到唐代变文、宋元南戏、元杂剧、明传奇或明清宝卷。[1]

白族的吹吹腔主要流行于云龙、洱源、剑川、鹤庆等地。吹吹腔源于弋阳腔，而且受到明清时期高腔、乱弹的影响。吹吹腔的剧目，同样大多来自汉族戏曲曲艺，《云南兄弟民族戏剧概况》列出云龙吹吹腔传统剧目136个，鹤庆吹吹腔传统剧目83个。[2]其中的很多剧目，都可以在汉族地区戏曲曲艺中寻到踪迹。比如《三顾茅庐》《月下赶韩》《长板坡》《三英战吕布》《华容道挡曹》《空城计》《失街亭》《白玉带》《复汉图》《三官堂》《闯宫》《三打王英》《东吴招亲》《武松打虎》《宋江扫北》《洛阳斩单》《罗成大战胡敬德》《仁贵征西》《薛丁山征西》《二度梅》《打金枝》《穆柯寨》《大破天门阵》《四郎探母》《判双钉》《郭巨埋儿》《王祥卧冰》《大舜耕田》《扫松下书》《香山记》《唐僧取经》《张公百忍》《八仙庆寿》《唐王游地府》《苍蝇护脖》《董永卖身》《崔文瑞砍柴》等，或是三国水浒戏，或来自杨家将、说岳、二十四孝等汉族戏曲和故事，体现了吹吹腔剧目多移植自汉族地区的突出特点。

在中华人民共和国成立以后，20世纪50年代末60年代初形成的白剧，

---

[1] 董秀团：《白族大本曲研究》，中国社会科学出版社，2011年，第173页。
[2] 云南省文化局戏剧工作室编：《云南兄弟民族戏剧概况》，云南人民出版社，1959年，第26～32页。

以大本曲和吹吹腔为两大基石，同样是在汉文化影响下形成的少数民族剧种。白剧从戏曲声腔、伴奏到剧目都受到了汉族戏曲的诸多影响。

下面，我们在白族的戏曲曲艺中选取一些较为典型的曲目、剧目来探析其与汉族地区的关联。

一、《黄氏女对金刚经》在白族地区的流传

《黄氏女对金刚经》，又称为《黄氏女对经》《黄氏女对金刚》等。因发音相近，黄氏女的"黄"有时被误为"王"。明代著名长篇小说《金瓶梅》第七十四回是《宋御史索求八仙鼎，吴月娘听宣黄氏卷》，这里标题中提到的"黄氏卷"，指的就是讲述黄氏女对《金刚经》故事的宝卷。[1]《金瓶梅》第七十四回中还有宣唱该宝卷具体场景的描写："月娘洗手炷了香，这薛姑子展开《黄氏女卷》，高声演说道……"[2]在《金瓶梅》中刻意描写了宣讲《黄氏女卷》的情景，这说明当时社会中该宝卷必定已经比较流行和普及。问题是，书中写到的这部《黄氏女卷》到底源出哪里呢？关于这个问题，《金瓶梅素材来源》一书的作者进行了考释，认为《黄氏女卷》应为《三世修道黄氏宝卷》，一名《对金刚经》，有明刊本。[3]车锡伦认为《金瓶梅》中的《黄氏女卷》"依据的底本是明代民间宗教家的改编本《佛说黄氏女看经宝卷》。清代所传有两种卷本，一是《三世修道黄氏宝卷》，又名《黄氏宝传》《对金刚宝卷》等，它是清代先天道的改编本；另一种是《王氏女三世化生宝卷》，简名《三世化生宝卷》，又名《王氏女宝卷》《王氏桂香宝卷》等"[4]。

---

[1] 刘守华、刘晓春:《白族民间叙事诗〈黄氏女〉的比较研究》，载《民族文学研究》1993年第3期。

[2] 李林:《梵国俗世原一家——汉传佛教与民俗》，学苑出版社，2003年，第181页。

[3] 周钧韬:《金瓶梅素材来源》，中州古籍出版社，1991年，第364页。

[4] 车锡伦:《中国宝卷研究》，广西师范大学出版社，2009年，第124页。

在黄氏女故事的宝卷出现之前，已有佛教传说在流传。"这一佛教传说最早见宋天台法空大师《金刚经证果·三世修行王氏女白日升天》。罗清《正信除疑无修证自在宝卷》'化贤人劝众生品第六'中也提到这一故事：'无极祖来托化黄氏贤女，临命终离别哭劝化众生。'"[1] 段珺珺也指出：《金刚经证果》中的王氏女，其修行成功的关键在于《金刚经》的修持，段成式《酉阳杂俎·续集卷七·金刚经鸠异》也记载了一个常持《金刚经》的少女于冥府因其持经得死而复生的故事。[2] 这些都为黄氏女对经的故事提供了更早的源头。

车锡伦据《王氏女三世化生宝卷》，将汉族地区此故事的内容进行了概括：王桂香前世为灵隐寺僧张道。桂香七岁时母病亡，她决意看《金刚经》以报母恩。父亲王百万（进达）续娶侯氏，侯氏带儿子侯七进门。王氏日夜诵经。侯七企图杀王百万，却误杀其母，遂诬王百万杀侯氏。王氏代父认罪，被判绞刑，得太白金星救助还魂。后巡按审出实情，侯七被判剐刑。王氏十八岁，尊父命嫁屠户赵令方，生一男二女。她劝丈夫同修，赵不从。王氏烧香礼诵《金刚经》，香烟佛音达于地府，阎罗王遣仙童来请王氏到地府念经。王氏香汤沐浴，坐化而逝。阎罗王令她对《金刚经》，无一字差错，她被放回阳世，投胎到曹州张家为男，取名张俊达。出生时肋间有红字两行，"此是看经张家女，曾嫁观水赵令方"。十八岁科举登甲，授曹州府南华县知县。最后，张俊达同赵令方和儿女一起到王氏坟前，做道场七日，五人一起升天。[3]

在大理白族地区的本子曲、大本曲中也普遍流传着黄氏女对经的故事。本子曲中，该故事名为《黄氏女对金刚经》。根据王明达研究，该本子曲"初步考证产生于元明时期。这是至今搜集到的最长的白族民间叙事歌，有

---

[1] 车锡伦：《明代的佛教宝卷》，载《民俗研究》2005年第1期。
[2] 段珺珺：《〈黄氏女宝卷〉研究》，山西大学2012年硕士学位论文。
[3] 车锡伦：《中国宝卷研究》，广西师范大学出版社，2009年，第125页。

的版本长达四千多行"[1]。黄氏女的故事进入本子曲，被白族人民改造成了自己喜爱的曲本，在白族民间广泛流传。本子曲的黄氏女故事，在大理的剑川、洱源、云龙等地均有流传，民间艺人抄本有十多种，如张翠庭抄本[2]、陈瑞鸿抄本[3]，均已收入《西南少数民族文字文献》第十五卷。另外，《云南民族文学资料》第十一集中，收录有《黄氏女对金刚经》本子曲文本二则。[4]各种抄本大同小异，故事主干基本一致。

在本子曲中，其大致内容是这样的：黄氏女吃斋念佛，丈夫赵连芳却是个屠夫，不仅杀生而且天天吃荤腥，有时还打儿女。黄氏女与几位同伴去参加太子会，因半路淋雨而回家生病。女儿玉英让姨妈找医生给妈妈抓药。第二天，玉英的姨妈来看望黄氏女，黄氏女说梦见阎王让童子来接自己到地府去对《金刚经》，于是她将儿女托付给妹妹。黄氏女的丈夫赵连芳从街上回来，喝得醉醺醺的，还提回一些排骨。黄氏女对丈夫说为什么三十六行他偏要当屠夫，还交待要照顾一双儿女。丈夫骂黄氏女说她生病都是吃斋惹的事。黄氏女到阴间一路上游历地狱各种情形，最后与阎王对经时一字不差地念出了《金刚经》。黄氏女放心不下儿女，向阎王要求回去安顿一下，于是她转回家中，与儿女依依惜别，后又转回阴司。最后，阎王让她以男身投胎人间，十八岁后中状元。[5]

除了本子曲，黄氏女故事在大本曲中也有流传，这也是大本曲中民众较为熟悉的一个曲目。大本曲《黄氏女对金刚经》主要内容为：黄桂香嫁给赵另方为妻，生下儿子金刚和女儿长寿。赵另方反对黄桂香每日拜佛念经，桂

---

[1] 王明达：《离人和神最近的地方》，云南大学出版社，2006年，第118页。
[2] 参见次旺仁钦等编：《西南少数民族文字文献》（第十五卷），兰州大学出版社，2003年，第85页。
[3] 同上注，第169页。
[4] 中国作家协会昆明分会民间文学工作部编：《云南民族文学资料》第十一集，1963年，第64、153页。
[5] 根据笔者2013年8月12日在大理剑川石龙村收集的村民李根繁整理抄本归纳。

香则反对丈夫当屠夫杀生。另方将桂香守经堂的猫打死。桂香念起《金刚经》，善气冲天，阎王让桂香到阴司地府对经。桂香因结婚生下一对儿女，有三年血湖池之灾。管理血湖池的猫将军就是为桂香守经堂的猫，桂香因而没有受难。桂香女转男身，投生到河南开封府张员外家，取名张桂香，十一岁中状元。[1]

在大本曲《黄氏女对金刚经》中，既有对黄氏女吃素守斋、虔诚向佛的描写，也有对黄氏女与一对儿女亲情的讲述。此外，大本曲中对黄氏女喂养的猫后来又报答她的情节予以特别强调，这也是本子曲或其他故事中不多见的。曲本中说到，黄氏女在阴间对完经，因在世间生下一双儿女，血气厌了三光，被打入血湖池，要受三年血湖池之苦。恰好管理血湖池的猫将军正是在阳间为黄氏女守经堂的猫，因黄氏女吃斋念佛，猫儿守着经堂，也积了功果，在阴司被封为将军。猫儿为了报答以前的主人，自改圣旨，"待我把阎王圣旨改它一改，三年改成三月，三月改成三天，三天改成三时，三时改成一时不时哪！"[2] 这样黄氏女免去了血湖池之灾，还在猫将军处休养了一番。这里更加突出了佛教的因果报应轮回观念。

对比本子曲和大本曲的黄氏女故事，可以看出本子曲中保有较多白族文化的痕迹，而大本曲受汉文化影响更深。这与本子曲这一艺术形式本身更贴近白族传统文化的特点是一致的。

在白族民间，黄氏女的故事除了以本子曲、大本曲之类的说唱形式存在，也以民间故事形式口耳相传。在《云南民族文学资料》第九集中就收录了民间故事《黄氏女》。[3] 同时，在白族地区，黄氏女的故事以戏曲的形式在民间的丧葬仪礼上上演，在《洱源县凤羽区凤翔镇白族风俗调查》中这样

---

[1] 参见大理市大理镇才村奚治南抄藏曲本。
[2] 引自大理市大理镇才村奚治南抄藏曲本。
[3] 中国作家协会昆明分会民间文学工作部编：《云南民族文学资料》第九集，1962年，第264～267页。

描述丧葬仪式:"闹棚是高潮,过去分两场,首先是教会'念经护灵',善人教徒们在棚里设经堂,念报恩经和开路经,为死者扫除路障,顺利地走向地狱,接受阎龙王的审判;信徒围着果酒桌,听劝世经文,吃着果酒以示守灵,最后每人吃一碗大汤圆,了却信徒们的心愿。闹棚的人接着哭簧吹吹腔哀乐调门,如《哑子哭娘》《黄氏女哭金刚》《报父母养育之恩》等戏。"[1]其中提到的《黄氏女哭金刚》便是黄氏女对经的故事。

那么,白族地区黄氏女故事的渊源又是如何的呢?对此,刘守华、刘晓春两位学者明确指出:"白族《黄氏女对金刚经》的长诗和故事以及其他地区流行的同类型作品,均由这部早在明代即已刊印传世的《三世修道黄氏宝卷》脱胎而出。"[2]欧阳弥生则认为:"从《黄氏女》的故事情节、表现形式来看,其原始故事情节很可能演变于唐代的变文,这一长诗大概根据宋代宝卷有关记载,又从白族的人情世俗出发予以再造而成……《黄氏女》很可能是由唐代演绎佛经故事变文中的《地狱变文》故事演变而来。"[3]笔者认为,唐代的变文特别是《地狱变文》当为黄氏女故事中的游历地狱情节提供了基础,但作为相对完整的黄氏女故事,应该是在唐代变文的基础上后来逐渐形成的,其中当也吸收了宝卷的影响因子,因为在白族地区反映地狱观念的文学文本比较多见,除了黄氏女故事外,唐王游地府、王素珍观灯、傅罗白寻母等故事中均有对于地狱的细致描写,故黄氏女故事直接从《地狱变文》演变而来的证据还不充分。

白族的黄氏女故事,系从汉地传入无疑。《王氏女三世化生宝卷》中说

---

[1]《中国少数民族社会历史调查资料丛刊》修订编辑委员会编:《云南少数民族社会历史调查资料汇编》(一),民族出版社,2009年,第107页。

[2] 刘守华、刘晓春:《白族民间叙事诗〈黄氏女〉的比较研究》,载《民族文学研究》1993年第3期。

[3] 欧阳弥生:《从〈神曲〉想到〈黄氏女对经刚〉》,载《西南民族学院学报》(哲学社会科学版)1989年第2期。

王氏女转生为张俊达后,十八岁科举登甲,授曹州府南华县知县。而在白族的大本曲中,曲本开头说"黄氏女住南华县,名叫黄桂香"[1]。这里提到的南华县,当是大本曲对宝卷来源的一种记忆。在大本曲中的结尾部分,黄氏女转生为张桂香并中状元后,也是做了南华县的县官。[2]

汉地的黄氏女故事传入白族地区后,主要情节大致保留下来,但也与汉族流传的该故事有了很多不同。汉族地区的一些黄氏女宝卷和戏文中,开头常有贤人转生的情节,即说到黄氏女前世是僧人。比如光绪五年(1879)镇江宝善堂善书坊刻本《新镌三世化生宝卷》中说王桂香前世为灵隐寺僧张道。[3]而白族的黄氏女故事,并没有此一情节,而是直接从黄氏女嫁为人妇后的生活说起,多数曲本采用倒叙手法,开头就讲到黄氏女和丈夫以及儿女的情况,然后在后面的叙述中才交代丈夫平常与她的观念冲突等。显然,白族的故事中,虽也在佛教信仰的大背景下讲述该故事,但是已经增加了很多的生活气息,并融入了白族民众对现实社会生活的理解。白族地区的黄氏女曲本多汉字记白语,形成汉白相杂的语言风格。故事中还出现了不少白族化、地方化的改变,很多抄本将故事的发生地说成是石宝山下的沙溪坝。比如刘举才抄本本子曲开头就说道:

> 沙溪出了个黄氏女,
> 提起她来没有人不知道。
> 她的娘家是姓黄,
> 丈夫家姓赵。
> 赵联芳是她丈夫,
> 养得独儿和独女,

---

[1] 引自大理市大理镇才村奚治南抄藏曲本。
[2] 参见大理市大理镇才村奚治南抄藏曲本。
[3] 段珺珺:《〈黄氏女宝卷〉研究》,山西大学 2012 年硕士学位论文。

儿子名叫赵长寿，
女儿叫玉英。[1]

在刘举才抄本长诗《黄氏女对金刚经》的结尾，阎王让黄氏女女转男身投生人间，并且状元及第，到剑川做官，和子女大团圆：

做官委到剑川县，
前呼后拥到甸尾，
轿子歇下举目望，
心烦交意乱。[2]

黄氏女故事的广泛流传，反映了白族社会生活的一些实际面貌，该故事为很多民众所熟悉，在民间的认知度颇高。这实际上与白族地区佛教信仰的兴盛不无关系。前面说过，元郭松年曾在《大理行记》中描绘过大理白族地区不分贫富家家皆有佛堂，男女老壮手不释数珠的崇佛景象，明代张含《苍洱歌》中也写道："叶榆三百六十寺，寺寺夜半皆鸣钟。"清代诗人吴伟业诗中说大理"洱水与苍山，佛教之齐鲁"。这些都为我们勾画出了一个香烟缭绕、钟磬长鸣的妙香佛国景象。时至今日，大理白族地区村村寨寨中老年妇女仍加入自己的佛教组织"老妈妈会"亦即"莲池会"，一年之中，做会念佛乃为常事。黄氏女故事中的黄氏女，似乎只是一个个白族中老年妇女的化身，当然，由于故事典型化特征的需要，黄氏女被塑造成年纪尚轻便吃斋念佛的形象，与民间一般是中老年妇女才如此修行有所不同，但是，故事中这个形象，是在白族妇女的基础上塑造出来的，或者也可以说，黄氏女的故事

---

[1] 中国作家协会昆明分会民间文学工作部编：《云南民族文学资料》第十一集，1963年，第64页。
[2] 同上注，第151页。

流传到白族地区后，就引起了民众强烈的共鸣，白族民众在原有故事的基础上，又把自己的理解和白族地区的社会实际状况融入对这个典型形象的塑造当中。

白族民间流传的黄氏女故事，有两种结局，一种说黄氏女到地府和阎王对经，无一字差错，加上她到地府对经的时间较长故肉身已坏，所以阎王让她女转男身重新投胎，做官管民，还与前世丈夫儿女重逢或一起升天。这种结尾比较常见，同时也与汉族地区流传的该故事的结局相似，应该是从汉族故事中直接移植而来。故事中，给黄氏女前世苦修定下的结局是让她后世托生男子，并中状元、做官，这样的结局，实际反映了我国传统文化中儒家思想的浸染，彰显着汉文化对白族的影响。当然，这种结局中，也有的异文说黄氏女女转男身后到剑川做了官，这表现出该故事既有移植自汉族故事的部分，也有被进行白族化和地方化改造的部分。黄氏女故事的第二种结局是说阎王发现黄氏女到地府后仍留恋人世，违抗地府法规，还私自出逃去见儿女，就把她捉回地府，强迫给她灌下迷魂汤，让她失去了对过往的记忆，黄氏女也因此永远没有与家人团聚之日。这第二种结局中，灌迷魂汤能使人忘却生前一切事情这样的观念与汉族传统地狱信仰是契合的，当也来自汉族地区，但是这种结局让我们看到了与第一种结局对黄氏女吃斋念佛和阎王的英明体恤、歌功颂德不一样的思想观念，也就是一种对黄氏女吃斋念佛长期修行的一种否定，同时也有对阎王爷残酷无情的批判。

在白族的黄氏女故事中，多数将黄氏女以正面形象塑造，虽然这个人物身上对修行念佛的痴迷被认为是受封建迷信毒害太深，但黄氏女身上那种妇女的善良、对信仰的坚定、对儿女的爱，都是不应该被否定的。而黄氏女的丈夫赵联芳，则被描述为一个天天杀猪的屠夫，其职业设定体现了这个角色对生命的漠视，并且他还喜欢喝酒、赌博，对黄氏女缺乏关心，对子女也不闻不问，可以说是一个负面形象。不过也有例外，有的文本将黄氏女和其丈夫赵联芳的形象塑造完全进行了反向置换。在《中国曲艺志·云南卷》中有"王恩兆在本子曲《黄氏女》演唱中的综合技巧运用"条目,其介绍写道:"《黄氏女》又叫《黄氏女对金刚经》,是白族本子曲传统曲目。剑川县本子曲艺人王恩兆擅长弹唱该曲目。曲目里的黄氏女是一个'赖佛偷生'、靠菩萨吃饭的迷信职业者,她丈夫赵联芳则是全靠双手劳动谋生的劳动者。另有长寿、玉英、姨妈、医生、阎王、鬼差、童子、卖浆婆等十多个关联性人物。该节目唱词一千六百多行,全用第一人称的口吻相互对唱组成。"[1]这里,对黄氏女和丈夫赵联芳的评价与传统曲目中不太相同,将黄氏女说成靠菩萨吃饭的迷信职业者,其夫赵联芳则是底层劳动者的形象,黄氏女从一个虔心敬佛的自我修行者变成了借助封建迷信吃饭的欺骗者。笔者认为该种说法极有可能是后来的编创,应该是中华人民共和国成立后艺人的一种改造,其目的是强化对封建迷信的批判。

黄氏女故事在一些地方戏中曾因被认为封建迷信思想严重而遭到禁演。学者们在研究该故事的时候,也都看到了故事所包含的复杂的思想性。欧阳弥生说:"《黄氏女》的思想内容是很复杂的。它推崇'三从四德''纲常伦理',但又揭示了封建婚姻家庭所造成的矛盾和痛苦;它宣传宗教意识,但又揭示了宗教迷信虚伪、欺骗的本质;它表现了对夫权、神权的敬畏,但又否定了夫权、神权的权威。"[2]特别是其中宣扬的痴迷吃斋念佛以及对地狱的恐怖情状的描绘,都会带来一些负面的影响,但是,对于该故事中所体现出来的反封建思想倾向以及对社会矛盾的揭露,学者们也予以肯定。笔者认为这样一分为二的态度无疑是比较客观的。但是针对白族的该故事,笔者认为其中一些内容还是需要我们予以更多的分析和认识。

首先,故事从总体上看是在宣扬吃斋念佛、行善积德的好报,这从黄氏女最后投生男子、中状元、与前世子女团圆等情节都可以看出。而我们在前

---

[1] 中国曲艺志全国编辑委员会:《中国曲艺志·云南卷》,中国ISBN中心,2009年,第666页。
[2] 欧阳弥生:《从〈神曲〉想到〈黄氏女对经刚〉》,载《西南民族学院学报》(哲学社会科学版)1989年第2期。

面说到了白族妇女念佛修行生活的状况，实是这些妇女在现实生活中寻找慰藉的一种途径。其中强调得最多的还是行善积德，这在一定程度上能起到净化心灵的作用，不应一概否定。黄氏女在与丈夫交谈中也说：

　　古说一善改百恶，
　　这些名言你听过，
　　为人要多做好事，
　　怪事且莫做。[1]

而在大本曲中，曲本结束后，艺人还增加劝化的话语：

　　唱曲我把世人劝，
　　我劝世人要学好；
　　咗冈世人劝求恨，（汉译：如把世人劝化好）
　　我利怎功果。[2]（汉译：我也有功果）

其次，黄氏女故事中也出现了很多对痴迷念佛修行行为的批判性语句，可以看出白族民众对这个问题有辨别和思考，并非一味盲从。当阎王打发童子来请黄氏女到地狱对经时，黄氏女丢不下年幼的子女，一再央求，甚至发出了对拜经的抱怨：

　　这时使我没办法，
　　这时叫你丢孤子，

---

[1] 中国作家协会昆明分会民间文学工作部编：《云南民族文学资料》第十一集，1963年，第97页。
[2] 引自大理市大理镇才村奚治南抄藏曲本。

母子好伤情。
玉英乳臭还未干，
长寿吃奶没人喂，
子鸡母鸡分开后，
达拜什么经。[1]

这里比较充分地说明黄氏女和众多的白族妇女拜佛念经实际是为了现世生活的改善，很多时候这些妇女并非为了自己，而是为了家人。所以，当对经这一事件造成黄氏女与子女离别的苦痛时，她是置亲情于修行之上的。故事中，还借丈夫赵联芳之口，说出了很多不信神佛的言语：

屠户也能上天堂，
亲耳听别人说过，
观音那只漏底船，
渡的什么人？
……
死了身体进棺材，
有谁见过地狱门？[2]

再次，故事中黄氏女是一个慈母，对一双儿女感情深厚。黄氏女并没有为了修行而舍弃亲情，而是仍然像一个普通的母亲。在她去念经回来时，看到丈夫并没有管儿女，首先就是去给儿女做饭：

---

[1] 中国作家协会昆明分会民间文学工作部编：《云南民族文学资料》第十一集，1963年，第87页。
[2] 同上注，第99页。

叫声我儿小玉英，
你们晚饭还没吃？
你爹一天出外闲，
什么事不管。
太阳已经不回来，
给你姐弟饿肚子，
嘴里呼声赵联芳，
下世再会你。
……
我给你们做晚饭，
晚饭很快就做好，
喊你弟弟快些来，
快快吃晚饭。[1]

在黄氏女病倒后，放心不下的仍是儿女，她一再嘱托妹妹要照顾好自己的儿女。黄氏女临行前哭别儿女的"五更调"，淋漓尽致地体现了母亲对儿女的不舍之情：

今夜再喂一会儿奶，
可怜我怎么舍得你，
手指甲和肉分离，
心肝也气烂。
一面吃奶一面哭，

---

[1] 中国作家协会昆明分会民间文学工作部编：《云南民族文学资料》第十一集，1963年，第72页。

> 一对小眼偷看我,
> 这样小的人也伤心,
> 咬着我奶头……
> 阎罗叫我们活分离,
> 骨烂肉里头。[1]

黄氏女走在黄泉路上,在望乡台看到伤心的儿女,实在不忍,求童子让自己转回去看看,她给儿女盖好被子,一个细微的举动却体现了慈母的心怀。童子再次催促,黄氏女唱的一段"哭五更"让人声泪俱下:

> 四更月亮已偏西,
> 折回对你们叮嘱,
> 若是你爹打你们,
> 赶忙叫你姨;
> 说是"我妈回来了",
> 说是"我妈请求你"。[2]

读到这样的诗句,相信每一个人都会被黄氏女作为母亲的那份深深的爱所感动。而且这里的描述不是空洞的说教,实是心声的流露。总之,黄氏女对儿女的深情是不用质疑的,这也体现了白族故事中的黄氏女作为一个普通女性正常情感的流露,黄氏女并不是为了吃斋念佛放弃一切世俗情感,也没有因为吃斋念佛而减少对儿女的爱。

综上所述,作为汉族地区产生的一则故事,黄氏女流传到白族地区后进

---

[1] 张文勋主编:《白族文学史》(修订版),云南人民出版社,1983年,第298页。
[2] 同上注,第299页。

入多种文学体裁，特别是在本子曲、大本曲中有突出表现。对于这样一部长诗，从总体上看，有封建迷信的因素，也有为宗教信仰歌功颂德之嫌，但其中也融入了白族民众对社会的看法和认识，特别是其中对黄氏女母性亲情的描述细腻感人，再加上白族社会文化元素的融入，使得整个故事具有了白族化的特色和印迹。

二、《琵琶记》在大本曲中的白族化[1]

《琵琶记》是汉族地区传播度颇广的一则戏曲故事。该故事在白族地区也有较高的知名度。在白族大本曲中，故事名为《赵五娘寻夫》。

该曲目主要讲述丈夫进京赶考后一去不归，赵五娘前往寻夫的艰辛，赞扬了赵五娘对公婆的至孝和对丈夫的宽容。故事的大致内容为：广西陈刘县书生蔡伯喈下京赶考中了状元，被丞相之女刘月英招婚。时逢天下大旱，蔡伯喈被派往赈灾。蔡伯喈一去七年不归，其妻赵五娘在家中孝养公婆，卖发换米。五娘让公婆吃米，自己吃糠，还割股孝亲。最终，公婆还是饿死了，邻居张广才帮助五娘买了棺材，欲安葬其公婆，不想突遇暴雨山洪，将棺材淹埋。五娘只好画了公婆之像，弹唱琵琶下京寻夫。五娘宿于如来寺中，恰好蔡状元也来此敬香，看见了五娘放在那儿的父母之像，蔡伯喈将像带回家中。五娘被刘月英叫到府中唱调，蔡状元回到府中，与五娘相认。蔡状元回家安葬父母。[2]

蔡伯喈和赵五娘的故事，历来以说唱、戏文、院本、杂剧等多种形式在民间广泛流传。早在南宋时期，以蔡二郎为题材的故事便已广泛传唱于城乡各地。徐渭《南词叙录》"宋元旧篇"中，首列篇目就是《赵贞女蔡二郎》，

---

[1] 此部分的一些内容参见董秀团《白族大本曲研究》第 182～184 页。
[2] 参见大理市海东镇名庄村李明璋抄藏曲本，现由李明璋女李丽收藏。

谓其"即旧伯喈弃亲背妇，为暴雷震死，里俗妄作也。实为戏文之首"[1]。迄今仍传唱于京剧及秦腔中的《小上坟》一剧中也有这样的唱词："正走之间泪满腮，想起了古人蔡伯喈。他上京中去赶考，一去赶考不回来。一双爹娘都饿死，五娘子抱土筑坟台。坟台筑起三尺土，从空降下一面琵琶来。身背着琵琶描容相，一心上京找大回。找到京中不相认，哭坏了贤妻女裙钗。贤惠的五娘遭马踹，到后来五雷轰顶是那蔡伯喈。"[2]这说明，蔡伯喈"为暴雷震死"的主要原因是"五娘遭马踹"，即蔡伯喈的背信弃义。在宋代陆游的诗中，"死后是非谁管得，满村听唱蔡中郎"，也提到了说唱蔡中郎其事的场景。到元末，高明所著《琵琶记》便是根据民间流传的戏文《赵贞女》改编的。当然，高明把《赵贞女》改编为《琵琶记》后，故事情节、人物有所改变，把原本"背亲弃妇"的蔡伯喈塑造成正面人物，悲剧结局也改成了大团圆。[3]《琵琶记》受到很多人的推崇，此后的许多地方戏曲、曲艺也皆以之为范本。与当时统治阶级对戏曲内容的要求有关，高明开宗明义提出："不关风化体，纵好也徒然。"[4]因而将原本"不忠不孝"的蔡伯喈改成了"子孝妻贤"的模式，其中很重要的一点就是为蔡伯喈增加了"三不从"的情节，为其后来的行为埋下解释的伏笔。此"三不从"一乃辞试不从，二为辞官不从，三系辞婚不从，说明尽管有双亲饿死，有五娘受苦，但皆不是出于蔡伯喈之本心，蔡仍可算是全忠全孝之人。正因讲述忠孝，就连明朝的开国皇帝朱元璋也对《琵琶记》大力推崇。朱元璋曾说过："五经四书布帛菽粟也，家家皆有。高明《琵琶记》如山珍海错，贵富家不可无。"[5]结合朱元璋政府

---

[1] [明]徐渭撰：《南词叙录》，载《中国古典戏曲论著集成》（三），中国戏剧出版社，2020年，第250页。

[2] 转引自周贻白：《中国戏曲发展史纲要》，上海古籍出版社，1979年，第125页。

[3] 吴新雷、丁波：《戏曲与道德传扬》，江苏古籍出版社，2002年，第122、123页。

[4] [明]高明：《琵琶记》，中华书局，1958年，第1页。

[5] [明]徐渭撰：《南词叙录》，载《中国古典戏曲论著集成》（三），中国戏剧出版社，2020年，第1页。

只提倡忠孝节义题材的戏曲曲艺的政策态度,可知朱元璋对该本的盛赞有加无疑与其中的忠孝思想有关。李渔曾指出《琵琶记》中的情节"背谬甚多","如子中状元三载,而家人不知,身赘相府,享尽荣华,不能自遣一仆,而附家报于路人"[1]。其实,为了营造赵五娘所受的艰辛和寻夫的艰难,这些所谓的"背谬"在很多民众看来可能也就不值一提了,甚至是被人们有意忽略了。

笔者认为,白族大本曲《赵五娘寻夫》当是移植自汉族地区的曲本,这从《赵五娘寻夫》和《琵琶记》故事内容、情节的高度契合,甚至连故事的主人公名字都未做过多的改变可以得到证明。写作《琵琶记》的高明,是温州瑞安人,属今天浙江境内。在山西地方戏、江苏南通童子祭祀剧、徽剧、西河大鼓、河西宝卷以及流传于广东、福建一带的白字戏中均有《赵五娘寻夫》一目。我们知道,浙江、江苏、两广、福建等地均是有大量汉族移民进入白族地区的,这更为该剧目移植自汉族提供了佐证。此外,从剧目内容本身来看,大本曲中的该故事也有很多情节保留了汉族故事中的内容。其中五娘吃糠的情节与《琵琶记》中完全相似,五娘为了孝亲而卖发的情节也与汉族故事中几无二致。五娘描摹公公婆婆画像带在身上下京寻夫,这也是和汉族故事一致的。《赵五娘寻夫》中并没有像汉地早先流传的民间传说那样将蔡伯喈描绘成一个不忠不孝之人,而是沿袭了《琵琶记》中的更改。虽然白族故事中对蔡伯喈着墨不多,故事的主角变成了赵五娘,但也没有将蔡伯喈塑造成反面形象。这说明白族大本曲中该故事是从《琵琶记》改编移植而来,而非从更早的汉族民间传说移植过来。同时,这也说明了该故事被移植入大本曲的时间不会早于明代《琵琶记》出现的时间。

当然,《琵琶记》传入白族地区进入大本曲之后,也被白族民众进行了

---

[1] 李渔:《闲情偶记》,载中国戏曲研究院编:《中国古典戏曲论著集成》第七卷,中国戏剧出版社,1959年,第16页。

白族化的改编，因而大本曲中的赵五娘故事也存在诸多与《琵琶记》不一样的地方。大本曲《赵五娘寻夫》中，没有二老逼蔡伯喈赴试的情节。曲本开篇就叙述蔡伯喈中了状元，又被丞相之女刘月英招婚，因时年干旱，皇帝命之去救济粮米，故不能回家。对于刘月英，也没有多少笔墨描写，只说到她命丫鬟去请小唱，恰好请到的小唱便是五娘。然后就是五娘与蔡伯喈在书房相遇、相认。最后五娘、蔡伯喈、刘月英三人一起回家守孝三年。《琵琶记》中牛小姐与父据理力争、主动为小等情节在大本曲中都没有出现。汉族故事中五娘卖发孝亲、吃糠等情节由于是围绕和突出五娘中心形象的核心情节，所以在大本曲中被保留下来了。此外，大本曲中增加了五娘割股救亲的情节，是《琵琶记》中没有的。总而言之，大本曲中，完全以赵五娘为中心人物，围绕着五娘来结构曲本，突出的是五娘这一人物的善良，而不像汉族《琵琶记》那样要描绘出一幅面面俱到、全忠全孝的画面。

徐渭曾说过："《琵琶》一书，纯是写怨：蔡母怨蔡公，蔡公怨儿子，赵氏怨夫婿，牛氏怨严亲，伯喈怨试，怨婚，怨及第，殆极乎怨之致矣！"[1]但综观白族大本曲中的《赵五娘寻夫》，我们似乎看到的不是"怨"字，而是五娘的忍辱负重和全心付出。这固然有封建社会中妇女受压抑的一面，但似乎让我们看到的更多是一个白族民间妇女的光辉形象。白族地区的妇女，常常是家庭中的顶梁柱，这里的女人除了操持家务，还和男性一样干着田间地头的粗重之活，家里家外都是一把好手。像在剑川一带，男人如果去"走夷方"，奔生计，那家中里里外外更是要全部丢给女人来操持。在白语中，有"倒害卯"的说法，直译成汉语意为"大天母"，把头上的老天称为"母"而不是天公之类，足以说明白族人心目中母性之重要。所以，当赵五娘一人撑起家庭重担的时候，我们脑海里闪现的恰恰是白族民间劳动妇女的身影。

有学者说道："《琵琶记》的思想内容是比较复杂的：它和我国许多古代

---

[1] 转引自张庚、郭汉城主编：《中国戏曲通史》上册，中国戏剧出版社，2006年，第255页。

作品一样，精华与糟粕并存。"[1]白族大本曲《赵五娘寻夫》对五娘割股救亲这样极端行为的叙述，确实有过于血腥之嫌，这无疑也会对民众思想产生麻痹，带来消极作用，故事本身也未能脱离忠孝节义的主题模式，但是，我们还是在曲本中看到了白族民间艺人的再创造，看到了白族民众的价值观，看到了善良的白族妇女的形象，这些或许也是该故事在白族民间受到民众欢迎和认可的原因所在。

三、《磨房记》的汉地来源[2]

白族戏曲曲艺中的《火烧磨房记》又有《磨房记》《火烧磨房》《血汗衫》《兰季子会大哥》等别称。在笔者所见的曲本中，还有名为《磨盆记》的，当属移植中语音的变异。在白族的大本曲、吹吹腔、白剧中都有此剧目。最早对白族该曲目进行关注的是徐嘉瑞。徐嘉瑞说抗战期间他曾在大理抄录二十多种大本曲，有《火烧磨房记》《摇钱树》《双槐树》《傅罗白救母》《王素玲观灯》[3]等，徐氏所举曲目中《火烧磨房记》被列于首位。在笔者的田野调查中，该曲目也是很多民间艺人的拿手曲目，几乎每个艺人都收藏有此曲本。而在对民众的调查中也发现大家对该曲目的认知度很高，这也是白族民众常常提及的、为他们所熟悉的曲目。

在《云南民族口传非物质文化遗产总目提要》的史诗歌谣卷（上卷）中，收入《磨房记》《火烧磨房》《兰季子会大哥》三个曲目。书中对《磨房记》是这样介绍的：

又名《血汗衫》……主要内容是：兰中林和兰中秀与兰季子是同

---

[1] 张庚、郭汉城主编：《中国戏曲通史》上册，中国戏剧出版社，2006年，第254页。
[2] 此部分一些内容参见董秀团《白族大本曲研究》第151～152页。
[3] 笔者调查所见到的曲本多叫《王素珍观灯》，这里徐嘉瑞先生所记疑有误。

父异母的兄弟。官府招兵，三丁抽二，将大哥中林、二哥中秀抽去当兵。不料继母乔氏起黑心，为了独占家产，想把兰中林之妻王氏烧死在磨房中。乔氏亲生子兰季子发现后，救出大嫂，藏于西庄。王氏杀鸡答谢三弟救命之恩，却不慎将鸡血溅在了兰季子的汗衫上，季子把汗衫交给大嫂，便出庄外拾柴火，不料遇过路兵马，被抓走当役工。乔氏得知儿媳王氏的下落后，前往西庄，发现了兰季子的血汗衫，便以血汗衫为证，收买县官，以杀害兰季子之罪，把王氏打入死牢。中林、中秀在战场上屡建战功，被封为王爷、侯爷；兰季子被抓去当役工后，落难成花子，流浪大理，卖唱为生。后来到大哥、二哥府中，兄弟三人喜相逢。最后兰季子带着兵将回到家乡救出大嫂，与父亲团聚，并令其母沿街乞讨。[1]

此介绍参照的是大理市喜洲镇下作邑大本曲艺人赵丕鼎的抄藏本。其对《火烧磨房》的内容则是这样介绍的：

  王氏的丈夫兰中秀当兵在外，婆婆乔氏好吃懒做，生性凶残，百般虐待王氏。这一天，乔氏叫亲生儿子兰季子和他爹到亲戚家做客，趁机把王氏叫出打骂一顿后，还叫她背一斗麦子去，必须磨出三斗麦面。后来乔氏又起黑心，火烧磨房，意欲把王氏活活烧死。好心的兰季子提前回家发现了，他放走王氏，并痛骂母亲乔氏不该残害嫂子。[2]

此处参照的是云龙县旧州乡汤邓村吹吹腔艺人李春芳的传统本，此外还参考了大本曲艺人杨汉说唱本和收入《云南民族戏剧的花朵》一书的白剧文

---

[1] 普学旺主编：《云南民族口传非物质文化遗产总目提要·史诗歌谣卷》（上卷），云南教育出版社，2008年，第162页。

[2] 同上。

本。书稿中对《兰季子会大哥》也进行了介绍：

> 白族叙事长诗，又名《血汗衫》，流传于云南省大理白族自治州白族聚居区。歌谣唱述明朝初年沐英部下的大将兰中秀出征大理，长时间没有音信，弟弟兰季子历尽千辛万苦来到大理才找着大哥兰中秀。因此，大理白族人把好不容易找到亲人，饿急了大吃一顿，叫作"兰季子会大哥"，这已成为民间俗语。[1]

此处参照的同样是云龙县旧州乡汤邓村李春芳唱述记译的吹吹腔戏本。在《大理白族自治州志》卷七《文化艺术志》中，收录了《兰季子会大哥》的大本曲。书中对该曲目的介绍是这样的：

> 又名《血汗衫》和《磨房记》，是长达2000多行的大本曲。传说大理古代，地方连年灾荒，官家搜刮百姓。人民十分困苦，便爆发了起义，起来反抗白王统治。秀才兰中林、兰中秀兄弟毅然参加起义队伍。不料兰家兄弟离家后，他们的继母乔氏却恶毒地虐待大儿媳王氏，强迫她去磨面，一斗麦子要磨出三斗面，麦皮还在外，甚至想把王氏烧死在磨房里。不料被乔氏亲生儿兰季子发觉，救出王氏。后来王氏又趁季子被抓去当夫役，诬陷王氏杀死季子，县官偏信乔氏一面之词，将王氏定成死罪。幸好兰中林、兰中秀回来，救出王氏，合家团聚。白族民间至今流传着一句歇后语："兰季子会大哥——从此好起来了。"说的正是兰季子经历了千难万险，终于找到大哥兰中林，真相大白，一家团圆，过

---

[1] 普学旺主编：《云南民族口传非物质文化遗产总目提要·史诗歌谣卷》（上卷），云南教育出版社，2008年，第162页。

上好日子的故事。[1]

这里，同样是参考了民间的大本曲曲本，但因未交代来源和出处，无法得知参考的具体是哪个艺人或哪个机构所收藏的曲本。

在《白族歌手杨汉与大本曲艺术》一书中收录了杨汉收藏的曲本《火烧磨房》，其主要内容为：渭南县兰中林母亲去世后，父亲娶后娘乔氏。时逢父亲六十寿辰，但家中贫困，中林、中秀弟兄忧愁不知怎么办。中林妻王氏剪下青丝让两兄弟去卖，换取银钱给父办寿。白王段文达造反，皇上传旨各州府县招兵，中林、中秀去当兵。家中乔氏让儿媳王氏去磨面，要求一斗麦子磨出三斗面，还想半夜火烧磨房，烧死王氏。乔氏带来的随娘子季子发现此事，到磨房救出嫂嫂。为了感谢季子救命之恩，王氏杀鸡款待季子，不想杀鸡时血染到季子的汗衫，同时，季子被兵丁抓去。乔氏看到季子的血汗衫诬陷王氏杀了季子，王氏被打入牢中。兰季子流落大理，打莲花落为生，中林、中秀平息白王有功，镇守太和，季子与两位哥哥相会。弟兄救出王氏，一家团圆。[2]

笔者曾在大理民间访问大本曲艺人，收集到了多个该曲目的文本，兹列其中二种于下[3]：

《磨盆记》（又名《蓝季子会大哥》）：云南白王起反，山西渭南县兰芳草前妻之子兰中林、兰中秀投军远征云南。兰芳草后妻乔氏欲害死大儿媳王氏，火烧磨房。季子发现母亲之举，将嫂子救出。季子去看望嫂嫂，王氏杀鸡招待，鸡血溅到季子的白汗裳，季子脱下血裳，出门捡柴，被官兵抓走来到云南。乔氏诬王氏杀子，王氏被抓。季子到下关，遇到中林、中秀。季子

---

[1] 大理州地方志编纂委员会编纂：《大理白族自治州志》卷七，云南人民出版社，2000年，第78页。

[2] 李晴海主编：《白族歌手杨汉与大本曲艺术》，远方出版社，2000年，第152～199页。

[3] 笔者对大本曲曲目的收集和介绍，曾收于《白族大本曲研究》一书的附录当中。

回家，救嫂嫂，将母亲乔氏赶出家门。[1]

《火烧磨房记》：云南白王起反，山西渭南县兰芳草前妻之子兰中林、兰中秀投军远征云南。兰芳草后妻乔氏欲害死长媳王氏，为季子独霸家产，于是火烧磨房，季子赶到磨房将嫂救出。季子去看望嫂嫂，王氏杀鸡招待，鸡血溅到季子的白汗裳，季子脱下血裳，出门捡柴，被官兵抓到云南。乔氏诬王氏杀子，王氏被抓。中林、中秀活捉白王和白合公主，白合公主与中秀结为夫妻。季子到大理，遇中林、中秀。季子回家，救下嫂嫂。乔氏认错，一家团圆。[2]

从上述所引各版本的《火烧磨房记》，可以看到虽然该故事在民间存在不少的异文，但核心情节没有太大的差异，都围绕着后母虐媳、火烧磨房、季子救嫂、血染汗衫、季子遇兄、团圆惩恶等内容展开叙事。特别是火烧磨房、血染汗衫、季子遇兄等母题是该故事最核心也最精彩的部分，所以这几个核心母题也往往成为整个故事的代名词。在不同的曲本、剧本和不同的异文中，仅细节方面存在差异，比如有的异文将故事的背景设置为白王起反、反对白王的起义，有的则仅模糊提到官府招兵。此外，大本曲中的一些叙述比较完整，吹吹腔中则多数以某个核心母题为主形成较独立和片断式的描述，笔者认为这与大本曲与吹吹腔两种艺术形式不同的表演取向有一定关系。大本曲是曲艺，以"口述"说唱为主要表现形式，这样的形式要求讲述的故事相对完整以吸引听众的注意力。而吹吹腔是一种戏剧艺术，以"表演"和场景展现为主要呈现手段，这样的形式相对来说不是通过叙事的曲折和完整来吸引观众，而是结合了视觉感知等多重手段来强化艺术效果，所以吹吹腔可以从剧目中的某个典型场景、片断切入故事的演述，形成比较典型的折子戏。这样的不同取向反映到曲本、剧本中，便出现了上述的文本表现

---

[1] 参见大理市文化馆藏本。
[2] 参见大理市大理镇才村奚治南抄藏曲本。

差异。

在徐嘉瑞提到《火烧磨房记》曲目后,很多专家学者看到了此曲目在白族地区的流行盛况,看到了白族民众对该曲目的喜爱,加之发现该曲目中有很多结合了白族历史和当地自然风物的情况,所以将该曲目定位为本土题材,认为这是在白族本土传统中发展起来的曲目。《白族文学史》中,将《磨房记》作为"取材于白族人民的民族生活、历史以及故事传说"的典型代表。[1]杨亮才也指出,《血汗衫》(又名《兰季子会大哥》《磨房记》)、《上关花》(又名《朝珠树》)、《白王的故事》《火烧松明楼》《望夫云》《辘角庄》《美人石》《杜朝选》《杜文秀起义》《大理好风光》等是直接反映白族人民生活的曲本。[2]《大本曲简志》同样将《磨房记》归入"取材于本民族历史、生活、民间故事的创作"的优秀代表。[3]

笔者在研究中发现,《磨房记》并不是白族本土产生的曲目。笔者搜寻相关资料,发现尽管该曲目中有很多白族化的烙印,但是,从总体上说,该曲目无疑是一个外地移植而入的曲目,并非本土曲目。笔者在《白族大本曲研究》中首次提出了这个观点。[4]但至今为止,照搬、沿袭传统说法者仍然很多,故此,笔者在这里对此问题做进一步的说明。

从与各地戏曲曲艺剧目的对比中,可以看到《磨房记》绝非白族独有的剧目,而是广泛存在于花鼓戏、淮剧、秦腔、豫剧、湖北土家族地区鄂峰柳子戏、闽西汉剧、云南壮剧、富宁壮族土戏和广南南路沙戏等各地戏剧中。故笔者推断,这一剧目当是在汉族地区首先产生,在流传到白族地区后,被予以大量本土化的改造,但究其来源实属外来剧目。

流行于南京、皖南、浙西北一带的花鼓戏中有《磨房记》剧目,在皖南

---

[1] 张文勋主编:《白族文学史》(修订版),云南人民出版社,1983年,第322页。
[2] 杨亮才、李缵绪选编:《白族民间叙事诗集》,中国民间文艺出版社,1984年,第231页。
[3] 杨政业主编:《大本曲简志》,云南民族出版社,2003年,第74页。
[4] 董秀团:《白族大本曲研究》,中国社会科学出版社,2011年,第151页。

花鼓戏中《磨房记》还属大戏。江苏最大的地方剧种淮剧中也有《磨房记》剧目。此外，秦腔传统剧目《血汗衫》，讲述明朝时，兰仲礼、兰仲信双双投军。继母张氏虐待仲礼之妻李氏，李氏移居外庄，张氏亲生子兰吉子欲外出寻兄，李氏杀鸡以飨，吉子宰鸡时血染汗衫，更衣后离去。张氏告李氏杀死吉子，李氏被判死刑。仲礼、仲信立功封官，救出李氏。[1]豫剧中也有《血汗衫》剧目，又名《蓝季子讨饭》《鸡血记》《双富贵》等，讲述蓝芳草赴山东讨债，长子忠岫与次子忠岭进京赶考，继妻郑氏让长媳尹氏到刁庄推磨。郑氏所带之子蓝季子替嫂推磨，尹氏杀鸡酬弟，鸡血污衣，季子换下了血衣。季子听说兄长科考高中，便进京寻兄，郑氏见血衣诬尹氏杀季子，尹氏被判死刑。季子寻兄未果，行乞回家，恰好在路上遇到了已经做官的两个兄长，季子先回家报信，在法场救下尹氏，一家团圆。[2]湖北土家族地区鄂峰柳子戏有剧目《边关投军》，闽西汉剧有《蓝继子》，又名《双贵图》。云南壮剧中的《双贵图》，又名《血汗衫》，讲述的也是蓝芳草和儿子蓝中琳、蓝中秀、蓝季子的事。[3]富宁壮族土戏和广南南路沙戏中的《双贵图》，又名《血汗衫》《蓝芳草》和《蓝季子会大哥》，讲述老汉蓝芳草前妻亡故，丢下中林、中秀二子，后续娶乔氏，随带一子名季子。中林、中秀在外当兵，乔氏在家经常虐待儿媳王氏。乔氏火烧磨房欲害王氏，幸季子赶到相救。中林中状元，乔氏羞愧难当。[4]以上各剧种中所述内容均大同小异。

在白族大本曲《磨房记》的开头，首先出场的是兰芳草，他出场后先有诗，再有白：

诗：人到中年万事休，七旬老人能几秋，

---

[1] 中国戏曲志编辑委员会：《中国戏曲志·甘肃卷》，中国 ISBN 中心，1995 年，第 145 页。
[2] 中国戏曲志编辑委员会：《中国戏曲志·河南卷》，文化艺术出版社，1992 年，第 134 页。
[3] 黎方：《云南僮剧浅识》，载《少数民族戏剧研究》，中国戏剧出版社，1963 年，第 259 页。
[4] 中国戏曲志编辑委员会：《中国戏曲志·云南卷》，中国 ISBN 中心，1994 年，第 105 页。

记得少年骑竹马，转眼又是白头翁。

白：老汉姓兰名芳草，陕西渭南县兰家庄人氏……[1]

这里，道白中明确讲到自己是"陕西渭南县"人氏，也说明了该曲目应该不是白族本土产生。而前面所引该故事的各个版本中，开篇提到主人公乃陕西渭南县人的就有三个文本。

除了在各地剧种剧目中广泛流传，白族的《磨房记》还体现出与明代中央王朝平定云南这一历史背景的关联。该剧所述内容多与明代沐英、蓝玉平定云南的历史事件相关。曲目中的主要人物兰季子传说就是蓝玉之弟，还被鹤庆县的金墩、银河等村落奉为本主。[2]大理市江尾镇上沙坪村所奉本主也是兰季子，故村中至今还保留着一个独特的习俗，即每年农历七月二十三日本主会这天，不能在村中唱《磨房记》，否则就会招致电闪雷鸣。听当地老人说，存在该习俗主要是因为《磨房记》中有讲到兰季子流落大理的内容，如果本主会期唱这一本和这一段，一方面是惹本主伤怀，另一方面也有当面揭本主之短的嫌疑。[3]也有曲目中的兰中林是沐英、蓝玉部将的传说。不论是蓝玉的部将，还是蓝玉的弟弟，都提示了该曲目是与其联系在一起的。汉族其他地方戏曲的该剧目同样提供了一些佐证，如秦腔中的《血汗衫》就指明事件发生在明代。湖北土家族地区的鄂峰柳子戏《边关投军》中说兰纪昌在边关立功，被封为平西侯。考虑到云南地区地处祖国西南边疆，此处的"平西"或许就是指云南。其他的地方戏曲虽未说明是投军出征到云南，但也说是到边关，如闽西汉剧《蓝继子》。这些都说明这个剧目与明代进云南、移民入滇之间有关联。

当然，大本曲中的该故事确实存在大量其他地区故事、剧本中所没有

---

[1] 引自大理市大理镇才村奚治南抄藏曲本。

[2] 杨政业：《白族本主文化》，云南人民出版社，1994年，第213页。

[3] 笔者于2003年1月31日在江尾访问艺人杨学智。

的独特情节，如其他剧目中多只讲到兰中林、兰中秀投军，而大本曲中将之与平定白王之乱联系在一起，讲到中林、中秀打败了白王，中秀还娶了白王之女白鹤公主为妻。同时，其他的剧目中多只有鸡血染衣、兄弟立功、救出嫂嫂的情节，而大本曲中对火烧磨房的过程有详细的描写，同时，加入了乔氏骂媳、季子羞母等以语言的精彩而见长的内容，其中融入了大量白族民众特有的生活内容和风俗，也因此该曲本一直以来都被当作白族本土题材的典范。在白剧的《火烧磨房》中，蓝季子有这样的唱词："季子一路自思叹，母亲为人真怪诞，一两五钱嫁人家，我只做饶上。"[1]这样的唱词虽然用的是汉语，但其使用与一般汉语又有所不同，无疑也具有白族文化的印迹。

此外，在大本曲中，讲到季子来到大理，描述了所见的大理风物，有提到下关、上关、苍山洱海、三塔寺、三月街、一塔寺、南门、卖草帽、女人穿戴绣花围腰和绣花鞋、火烧猪、雪梨、火把梨、海东妇女等。中林、中秀吩咐梅香去请一个小唱为远在家中的父亲祝寿，梅香出场时，也描述了海东汉子、下关汉子、上关汉子、喜洲汉子见到梅香美貌时的表现：

海东知迭汉灯我，（汉译：海东汉子看见我，）

叙利卖次认本灯，（汉译：梨卖丢了也不觉，）

卖美望头汉灯我，（汉译：卖米的人看见我，）

三升孙两升。（汉译：三升算两升。）

……

上国知迭汉灯我，（汉译：上关汉子看见我，）

辣子卖次认本灯，（汉译：辣子卖丢也不知，）

下国知迭汉灯我，（汉译：下关汉子看见我，）

---

[1] 民族戏剧观摩演出大会秘书处编：《云南民族戏剧的花朵》，云南人民出版社，1963年，第279页。

丈日省我后。（汉译：老是跟我后。）
喜洲之迭汉灯我，（汉译：喜洲汉子看见我，）
胜么之自滴滴黑。[1]（汉译：口水直淌个不停。）

　　这里通过侧面描写，用众人看到梅香后的反映来反衬梅香的美。这样的手法让我们想起了中国古代汉乐府《陌上桑》中对罗敷的描写，二者所采用的描绘手法是一样的。当然，这段梅香曲当中还加入了大量具有白族特色的内容，如写到海东男子在卖梨，还写到了上关、下关、喜洲的男子，这些都打上了大理本土的特色和地域的烙印。

　　《磨房记》是外来曲目，但是它在白族地区的流播中逐渐已经成为白族民众认可、接受和喜爱的曲目。2003年春节，笔者亲身感受到了民众对这个曲目的喜爱。当晚由艺人奚治南在大理镇北生久村演唱《磨房记》，当唱到季子羞母的内容时，在场的男女老少都笑得合不拢嘴，加上奚老师在演唱的时候又加上了一些动作，演出了乔氏的丑恶和狠毒，唱出了季子的善良、幽默和智慧，使听众听得痛快之极。有的老奶奶听到《磨房记》中乔氏虐待儿媳的情节，会忍不住哭出声来，这一方面是对王氏的同情，同时也是因为回忆起了自己年轻时曾经的经历而忍不住伤心，用眼泪来宣泄自己的情感。从这个意义上也可以说，这个外来的曲目已经成为白族化了的曲目。

　　当然，对《磨房记》白族化和本土化的分析，并非要否定其汉地来源。这反而证明了一个问题，那就是白族文学对外来文学的吸收不是单纯、被动接受的过程，而是加入了白族民众的思想、观念、传统的再创造，白族文学在接受汉族文学影响的同时，将外来的内容融入传统文化的系统，使得这些外来的文学焕发出了新的生命活力。

---

[1]引自大理市大理镇才村奚治南抄藏曲本。

第五节　白族智识精英与汉族文学

通常来说，很多少数民族在历史上长期处于无文字社会，还没有产生文字或者文字被掌握在少数人的手中，因而其文学主要以民间文学和口传文学为主。白族历史上曾存在过一种主要是增删、重组汉字偏旁部首的"白文"，但流传范围不广，更多的白族知识分子是直接运用汉文进行创作和书写的。所以，相对而言，白族的汉文书面文学创作较为发达。这种局面的形成，与白族长期以来对汉文化的向慕有很大关系。大理白族有崇尚汉文化的传统，长期以来，耕读传家被视为正统，诗书礼仪是民众主动追求的，知识分子阶层，则以读书入仕、博取功名为终极目标。

根据考古发掘，云南地区早在新石器时代就和中原文化发生了联系，在汉代成为中央王朝的一部分之后，这种文化的交往与联系越来越加强。据李元阳万历《云南通志》卷十一大理府"人物"条记载，早在西汉时期，白族地区叶榆人张叔、盛览曾学于司马相如，此后，多种地方史志典籍均从此说。这反映出大理地区早就有与汉文化的交流，且这种交流影响颇大。而大理地区的史籍之所以对此事件津津乐道，恰恰映射出当地人对汉文化的一片向慕之心。《华阳国志》中还记录了一首汉武帝时期流行于白族地区的歌谣《行人歌》，歌曰："汉德广，开不宾。渡博南，越兰津。渡兰仓，为他人。"这同样是白族地区与汉地存在早期交流的证据。

南诏、大理国虽然割据一方，与中央王朝时有矛盾，但政治上仍然承认唐宋王朝的宗主地位，其统治者大多都表现出超乎寻常的对汉文化的向慕之心，并将之付诸积极引进的实践行为。南诏、大理国时期，还一直重视引进内地各类专门人才和获取内地文化信息。唐文宗太和三年（829），南诏军队攻入成都，虏掠数万人而还，主要是子女、百工、僧、道，还有杂剧丈夫、眼医大秦僧等。大理国在与宋朝的商贸活动中，以马匹换取图书资料，涉及"五经""三史"《国语》《文选》《初学记》等69种儒家经史子集，医药书62种，《五藏论》《大般若》等佛家经典，还到南宋求取《大藏经》1465部，置于大理五华楼。[1]虽然《南诏野史》有"南诏不知孔子"的说法，但实际上南诏统治者对儒家思想一直十分尊崇，南诏王阁逻凤"不读非圣之书"[2]，因而在俘虏了唐西泸县令郑回后，"以回有儒学"而"甚重爱之，命教凤伽异（阁逻凤子）"。[3]凤伽异、异牟寻、寻梦凑三代王子都以郑回为师，学习儒家经典和唐朝礼乐典章制度。郑回还被委以南诏清平官要职。异牟寻执政时期，每年选派大批南诏子弟赴成都留学，持续了50年时间，期间南诏子弟到过成都留学的数以千计。南诏后期到大理国时期，读儒家经典渐成风气，汉字成为官方通用文字。在南诏、大理国的许多碑刻中，到处都可以看到儒家文化的深刻影响。在南诏中期，以南诏王为核心的地方民族作家就已开始成长起来，形成了南诏、大理国时期的文人书面文学。异牟寻的散文、寻阁劝与赵叔达的诗、释儒阶层的诗歌和散文创作，这些均为南诏、大理国文人书面文学创作成就的代表。进入元明清时期，白族的文化史上涌现出了无数作家和文人如"段氏总管"，明代的杨黼、杨南金、杨士云、李元阳等，清代的杨晖吉、李崇阶、龚锡瑞、杨履宽、杨载彤、师范、李于阳、王崧，鸦片战争以后到中华人民共和国成立前夕的赵藩、周钟岳、赵式铭、张子斋、马曜，再到当代的杨明、晓雪、杨苏、张长、那家伦、张文勋等。

大理白族地区普遍向慕汉文化的情况不光在坝区白族中有表现，就是在山区村落也是如此。由于对汉文化的向慕和主动接近，白族社会中也出现了

---

[1] 施惟达、段炳昌编著：《云南民族文化概说》，云南大学出版社，2015年，第47页。
[2] 《德化碑》碑文。
[3] ［后晋］刘昫等撰：《旧唐书·南诏蛮》，载方国瑜主编，徐文德、木芹纂录校订：《云南史料丛刊》第一卷，云南大学出版社，1998年，第374页。

一定的分化，出现了智识阶层，形成了知识分子所代表的智识文化。白族知识分子身上的智与识，不光体现在他们对白族传统的承袭，还体现在他们对外来汉文化的熟识和把握。他们身上被打上了深刻的汉文化烙印，他们也成为将汉、白文化融会贯通的精英人士，推动了白族文学对汉族文学的吸收，创造了丰富灿烂的白族汉文书面文学。同时，在民间乡村社会中，也不乏掌握了汉字的民间精英，有些还同时掌握着古老的白文，这些民间精英同样是沟通汉、白文化的桥梁。

一、南诏、大理国时期的诗文

南诏政权十分重视对汉文化的吸收容纳，持续选派贵族子弟到成都学习，所学的主要是儒学。同时在本土推广和使用汉字和汉文化，其中不乏用汉文进行的书面文学创作。南诏存在的历史时间对应着中原的唐代，而唐代是中国文学中诗歌艺术发展到顶峰的时期，所以受到中原地区的影响，南诏的文学成就中诗歌也比较突出。《滇系》中说："滇人之诗，萌于汉，兴于唐。"而兴于唐的滇人诗歌中，南诏王及其释儒的诗就是代表。

在南诏中期，以南诏王为核心的地方民族作家就已开始成长起来，其中，异牟寻的散文、寻阁劝与赵叔达的诗达到了相当高的艺术成就，是当时书面文学中的代表作。

异牟寻的散文现仅存两篇，即贞元九年的（793）《与韦皋书》和贞元十年（794）与唐使崔佐时点苍会盟的《誓文》。《与韦皋书》和《誓文》都是在写南诏与唐朝的关系。《与韦皋书》表达了南诏不得已叛唐的苦衷，展露了反对吐蕃、重新归唐的心意，表面看来似乎是在低声诉求，实际上却是柔中见刚，可以说整篇文章当中机巧暗伏，逻辑清晰，是一篇非常出色的散文作品。《誓文》写得简明扼要却极显坦诚恳切。

《南诏德化碑》也是一篇著名的散文，徐嘉瑞在《大理古代文化史稿》

中评道:"此碑文章,胎息左氏,其辞令之工巧,文体之高洁,俱臻上乘。三千余言,一气呵成,名章隽句,处处有之,在有唐大家中,亦不多觏。"[1] 虽然一般认为其作者是清平官郑回,是汉族大儒,但该文叙写了统一六诏的过程以及与吐蕃和唐朝时战时和的状况,还说到南诏各方面的成就,可以说体现的是南诏王室和成员的政治取舍和文化素养,可以把它看成一篇集体创作的散文,也可以将之视为一个反映和体现白族文学的例子。

此时期,寻阁劝和其清平官赵叔达的诗亦值得一提。寻阁劝生于唐代宗大历十二年(777)。宪宗元和三年(808)受到唐朝的金印册封,次年正月,改元应道,尊号"骠信"(皇帝),以善阐也就是今昆明为东京,以大理为西京。寻阁劝的诗作流传下来的并不算多,但却体现出较为鲜明的艺术特点,有一种潇洒浪漫的气息。《太平广记》卷四百八十三"南诏"条引《玉溪编事》说道:"南诏以十二月十六日谓之星回节。游于避风台,命清平官赋诗。"在命清平官赋诗的同时,骠信先赋诗一首。袁嘉谷、徐嘉瑞等均认为这里说的骠信诗是寻阁劝创作的。寻阁劝的《星回节游避风台》诗为:

> 避风善阐台,极目见藤越。
> 悲哉古与今,依然烟与月。
> 自我居震旦,翊卫类夔契。
> 伊昔经皇运,艰难仰忠烈。
> 不觉岁云暮,感极星回节。
> 元昶同一心,子孙堪贻厥。

该诗写岁末星回节时登上高台远望的情景,感慨时光易逝,但自然宇宙中的一些事物却亘古永存。接下来写到自己继承王位以来得到贤臣辅佐,又

---

[1] 徐嘉瑞:《大理古代文化史稿》,中华书局,1977年,第233页。

怀念先王创业的艰辛。最后再用岁暮星回节来点明看到景物以后引发的感思，希望自己的统治能使君臣一心，子孙后代能继承祖业，不负众望。诗中追述先祖和引发感怀，与星回节"祭祖"传统习俗带来的氛围相契合。整首诗从目中所见写到心中所怀，再由此抒发意兴所至，十分真切感人。诗中尤其出众的"悲哉古与今，依然烟与月"二句，把古今时空交叠并置，将历史的悲慨与自然的苍凉相融，传达出一种悲天悯人的深沉，体现出浓厚、悲怆的忧患意识，气势环盈，动人心魄。袁嘉谷用"卓然唐音"来评价，可谓极为贴切。

通过前述《太平广记》所引可知寻阁劝在星回节游善阐台时，还"命清平官赋诗"，于是清平官赵叔达也写了一首诗：

　　法驾避星回，波罗毗勇猜。
　　河阔冰难合，地暖梅先开。
　　下令俚柔洽，献赕弄栋来。
　　愿将不才质，千载侍游台。

赵叔达的诗生动地描绘出南诏骠信出游的勃勃英姿，国家的繁盛景象，自己的忠诚心意。整首诗写得层次分明，对仗工整，也很见功力。但相较而言，从意境到语言，寻阁劝的诗都显得更加悲壮大气，对汉语言的使用也更加圆熟。

上面所述寻阁劝和赵叔达的诗都是用唐诗的形式写成的，是汉文诗，足可见当时南诏统治者汉文的深厚基础。同时，诗中写到了南诏的山川风物和社会状况，还夹用了一些少数民族的语词。这也说明汉文是形式，内容还是本土化了。当然这样的化用只能说明诗人的汉文水平已经十分高超。

南诏中后期，形成了一个特殊的社会阶层——释儒。释儒亦僧亦儒，这个特殊的知识僧侣阶层具有较高的汉文化素养，往往身居要职，在南诏、大理国国家政治活动和上流社会中具有重要的影响,对汉文书面文学的创作也有着明显的推动作用,很多南诏、大理国的释儒同时又都是作家。释儒阶层的出现乃至活跃于社会上层,有力推动了当时南诏、大理国社会中的汉文书面创作,形成了较为稳定的汉文书面创作作家群,出现了诗歌、散文等文体汉文创作的兴盛局面。从一定程度上说,这一时期的南诏、大理国文学把云南的汉文书面文学创作推入了一个全新的发展阶段。杨奇鲲、段义宗、董成、赵和、郑昭淳等人的诗歌创作,段进全、杨才照、赵佑、杨俊升等人的散文创作,代表着这一时期汉文书面文学创作的突出成就。

杨奇鲲,或作杨奇肱,是隆舜时的清平官,他最有名的是《途中》诗:

(首缺二句)
风里浪花吹又白,雨中岚影洗还青。
江鸥聚处窗前见,林狖啼时枕上听。
此际自然无限趣,王程不敢暂留停。

该诗笔调轻快流畅自然,又不乏章法上的变化起伏,对仗工巧,极具匠心。特别是其中的"风里浪花吹又白,雨中岚影洗还青"二句,诗中有画,色调鲜明清美,诗味新奇浓郁。这首诗已被收入《全唐诗》中,足可见其艺术水平。赵藩评价此诗为"已觉唐音宛可听",这是对此诗的极大肯定,说明即使在浩如烟海的唐诗中,这首诗也是上乘之作。

此外,康熙《大理府志》载杨奇鲲七绝《岩嵌绿玉》等两首。《岩嵌绿玉》是一首写大理石的诗,诗云:

天孙昔谪下天绿,雾鬓风鬟依草木。
一朝骑凤上丹霞,翠翘花钿留空谷。

大理石是苍山出产的奇石，石上有自然形成的图案，有的像动物，有的似神人，有的如水墨山水，不仅形态各异，而且自带素朴高雅的意境。这首诗把织女的配饰翠玉和珠花飘落在山中空谷化为大理石的传说化用于诗中，把优美的传说和大理石这一当地物产相联系，为自然之造物的石头注入了生命活力，也引起人们无数的遐想。

段义宗也是和杨奇鲲同时代的诗人，曾任清平官，是大长和国郑仁旻的布燮。据同时人何光远《鉴诫录》载：五代前蜀王衍乾德中（919～924），长和国派布燮段义宗、判官赞卫姚岑等使蜀，段义宗因不愿朝拜，遂削发为僧，然后才出使。作为一名削发为僧的释儒，段义宗的很多诗既表现儒家精神又歌颂佛家境界，力图把世俗旨趣与超越体验融汇为一。他的代表作是《题大慈寺芍药》《题三学院经楼二首》《思乡》等。他的诗韵律严整，对仗工巧，词藻丰富，风格绵密，总体上看是精雕细琢的，具有高超的艺术技巧，表现出很高的汉文化修养。《思乡》一首被收入了《全唐诗》，也体现了诗作较高的艺术成就。诗云：

泸北行人绝，云南信未还。
庭前花不扫，门外柳谁攀？
坐久销银烛，愁多减玉颜。
悬心秋夜月，万里照关山。

此诗情景交融，表现了诗人身在异地他乡时，对故国家乡的深刻思念之情，感情真挚动人，写得极富感染力。

大理国时期的很多散文作家如段进全、杨才照、赵佑、杨俊升等也都是释儒。段进全是昆明地藏寺石幢刻写的《造佛顶尊胜宝幢记》的作者，是大理国中期的释儒，他在《造佛顶尊胜宝幢记》中把孔圣和释尊放在对等的位置加以肯定和颂扬，显示了作者力图糅合儒释二家思想体系的自觉努力，这无疑是与作者作为一名释儒的实际情况和观念体系相符合的。杨才照是大理国后期杰出的散文家，他是大理崇圣寺的释儒。他撰写的《兴宝寺德化铭》《褒州阳派县嵇肃灵峰明帝记》二文，同样体现了释儒阶层一贯的追求，在思想内容上亦儒亦释，尽力把儒与释二家思想融会贯通、熔铸一炉。这两篇文章在艺术技巧上的成就也很突出，行文上骈散兼具，文辞精妙流畅，风格典雅庄重却又不失理趣和情致。两篇文章在南诏、大理国的汉文创作中属于上乘之作，受到了赵式铭、徐嘉瑞等人的高度评价。赵佑也是大理国后期的释儒，生活年代晚于杨才照。他的《皎渊塔之碑铭并序》不光叙述了皎渊的事迹，而且以夹叙夹议的形式，将深刻的佛教理论和儒家思想予以阐发和解析，对儒释两家思想的融会和阐释自然流畅。这篇散文同样骈散兼行，文中有不少句子工整巧妙，整体上议论叙述皆纵横开阖，舒卷有度，意境深远空灵，充分显示出作者高度的艺术创造力和在儒、释思想方面的深厚素养。徐嘉瑞称赞此文"微妙精湛"，该文确实堪称大理国时期达到成熟境界的散文作品的代表。

二、明清以来当地的书面创作

元代段氏总管时期也留下了一些白族书面文学作品，元末的大理总管段功及其妻子、女儿都擅长写诗词，但数量较少。而到了明代，情况有所变化。明代是白族书面文学发展鼎盛的时期，涌现了大批作家，也留下了丰富的作品。作家中杨黼、杨南金、杨士云、李元阳等都曾对白族文学的发展产生过重要影响，在少数民族文学史上占有一席之地。到清代，白族知识分子更是人才辈出。

明代的碑文、墓刻中，留下了一些用白文书写的作品。这里说的白文，早在南诏时期就已使用。在明代以前，白语和白文在白族社会中占有重要地位。明代已降，受汉文化的冲击和影响，白文地位大不如前，流传和使用范围渐趋萎缩。但此时仍有许多碑文是用白文写成的，如邓川的《段信苴宝摩岩碑》、杨黼的《山花碑》等。[1]甚至一直到现在，民间仍有一些汉字记白音的白文流存，这主要是在民间的白祭文、白曲、大本曲等文类中使用。这些白文书写或者是在汉字书写中夹入了白文的作品，既代表着白族传统文化的发展，也体现着汉族文化的影响。

明代碑文中最具代表性的是杨黼的《词记山花·咏苍洱境》，这是唯一保存完好的明代白文碑，也是现今唯一留存下来的他用方言写的竹枝词作品。该碑原立于大理喜洲庆洞庄圣源寺观音殿壁柱间，现存大理市文化馆。据碑阴《圣元西山记》，碑立于景泰元年即公元1450年春，距今已五百多年了。

杨黼，白族，从小好读书识文，李元阳《杨黼先生传》说他"素好学，读五经，皆百遍"。从这句话可以看出杨黼的汉文水平是非常高的。他自号"存诚道人"，人称"桂楼先生"。据说他"庭前大桂树，缚板其上，题曰'桂楼'，日夕偃其中，歌咏自得。尝以方言著竹枝词数千首"[2]。《词记山花·咏苍洱境》便是这样一首方言竹枝词。

该诗前面部分写尽苍洱美景，包括人文景观，说到上关、下关、苍山洱海、苍山十八溪、佛寺宫观、五华楼、三塔、凤羽山。中间部分抒发作者自己的体悟，将儒释道相融汇。最后在抚今追昔中发出感概。在该诗中，杨黼体现出了对儒释道三教的深厚认识。他从小喜读四书五经，同时又爱好释典，"于佛老真诠密典，靡不研究"。"尝入鸡足结夏而放光石现，登峨嵋参祖而无际心传。""属于书翰，埋笔成冢"，"并尝以方言为竹枝词数十首，好发明无极之旨"。[3]从这些记载中，可知杨黼身上兼具儒释道的影响，可以

---

[1] 董秀团：《论明清时期白族文化的转型》，载《云南民族大学学报》（哲学社会科学版）2004年第4期。

[2] [明]李元阳：《李元阳文集》，云南大学出版社、云南人民出版社，2018年，第570页。

[3] 转引自周祐：《杨黼和他的〈山花碑〉》，载《下关师专学报》1981年第1期。

说是一名释儒。而这首诗的中间部分恰恰反映了杨黼的释儒气质：

> 整日勤苦守节操，
> 昼夜参禅修善福，
> 大夫居处栽松柏，
> 君子种梅竹。
> 方丈里烧三炷香，
> 书斋内点五更烛，
> 云窗下诵大乘经，
> 看公案语录。
> 热茶煨好相对饮，
> 诚心诚意相嘱咐，
> 菩提达摩做知音，
> 迦叶做师主。
> 盖世功名立国古，
> 尊贵朝廷受爵禄，
> 仁慈治理众人民，
> 才比周文武。
> 忠实敬天地父母，
> 教育子孙尊僧儒，
> 念礼不绝钟磬声，
> 消灾难添福。
> 力行仁义讲礼仪，
> 不逞凶恶和弊逆，
> 三教书经代代传，

槽溪水不息。[1]

  杨黼的汉文化修养很高，但他却写了很多的方言竹枝词，体现了他对本民族文化的热爱，他还做了将汉、白文化相融合的尝试。杨黼才华横溢又为人旷达，性格敦厚，所以受到百姓喜爱。在白族民间流传着大量关于杨黼的趣闻逸事，民众在讲述的过程中增添了许多神秘色彩，体现了杨黼在他们心目中非常特殊的地位。比如传说他在"桂楼"写诗弄文，发现砚干了，刚想要下楼去取水，砚池自己就忽然满了。《明史·隐逸传》还载他"寿至八十，一日沐浴，令子孙拜，曰明日吾行，时至，果卒，既敛，见其自外而入，大笑曰：'杨黼先生，今日才了事也。'呼之，遂不见。所居去城四十里，城中戚友一时皆见其来，言笑如生平。不知入棺已一日矣"[2]。杨黼善丹青，故民间又传说村中有一个孝女求杨黼给她作画，杨黼应允，给她画了一头驴，孝女把画拿回家悬挂在室内。没想到这头画上的驴竟然跑到别人田里吃人家的麦子，田主人追驴到家，只见画上的驴嘴角还留有麦茬呢。[3]这里杨黼画的驴都能从画上跑下来，可见民众对他的画功已经神化到了何种程度。传说杨黼曾在田间游玩，忽然他跑到溪边用手浇水，还大叫："救火！"而此时村中果然失火了，因杨黼浇水而让火熄灭了。[4]如果说前面的故事中是对其画技的神化，这则故事里就是对杨黼本人的神化，在民众的心目中，他已经是修道成佛的仙人了。民间传说不是事实，但反映的是杨黼在民众中地位之高、影响之大。

  李元阳也是明代大理地区著名的文人，虽然他本人并非白族，但他生于大理，元时远祖就落籍大理，到李元阳已是第九世了，再加上其创作本身与白

---

[1] 徐琳，赵衍荪：《白文〈山花碑〉释读》，载《民族语文》1980年第3期。
[2] 参见周祜：《杨黼和他的〈山花碑〉》，载《下关师专学报》1981年第1期。
[3] 赵橹译注：《白文〈山花碑〉译释》，云南民族出版社，1988年，第4页。
[4] 同上注，第5页。

族文化密切相关,也受到白族民众的认可,正如张文勋指出的那样:"但这些汉族作家如李元阳等,对白族文化有很大影响,他们的作品中,有很多直接反映白族人民生活和白族地区的风土人情。因此,我们研究白族文学时,就不应把他们排斥在外。"[1]也有人认为李元阳祖上几代与当地白族通婚,他实际上已经变成白族了。

李元阳,字仁甫,号中溪,因其母董氏"梦龙负日入怀"出生而名。他熟读经典,经历宦海沉浮,在文学、哲学等方面均有很高造诣。李元阳还是一个关爱家乡、热心公益事业的人,他归隐乡里后做了很多有益于当地民众的事情,诸如编纂地方志,保存和弘扬地方文化,修建寺庙古迹、桥梁堤坝、道路等。[2]他的诗文作品存于《中溪家传汇稿》,共十卷,其中诗四卷,文六卷。民国年间腾冲李根源将之重刊为《李中溪全集》。最能体现李元阳文学成就的是山水诗和游记。他描写大理山水风物的诗有《和杨太史咏兴教寺海棠》《白山茶柬陈使君》《咏玉蝴蝶兰花》《芋花》《默游园木瓜花架》等。还有《咏雪》:"日丽苍山雪,瑶台十九重。白圭呈众崿,玉镜出圆峰。涧口羊蹲石,枝头鹤压松。九州九杂染,太素是此封。"苍山雪是大理风花雪月四景之一,李元阳在此诗中形象地描绘出了大雪封山、银装素裹的雪景。另有一首写苍山的诗《晓望点苍山》:"青荧点苍山,射旭雪华晓。群峰争峨峨,众壑何了了。瀑布冰柱垂,蟠杉螺壳小。仙家住杳冥,行药经窈窕。白日下洞门,紫霞升岭表。夙心在翠微,安得高随鸟。"《山茶》:"南中山茶被陵谷,家家移种成风俗。丹焰高擎玛瑙盘,白英细缕羊脂玉。王家已比腥唇红,坡老更怜犀甲绿。蓓蕾十月阴阳功,阅历四时霜露浴。冬与寒梅争放花,未许春葩殿芳躅。芙蕖茎短不离泥,牡丹虽奇红不足。其余品汇空纷纷,堪与山茶作奴仆。惜哉开谢万山中,不种上林花

---

[1] 张文勋:《白族文学研究刍议》,载《张文勋文集》第5卷《异文杂著》,云南大学出版社,2000年,第169页。

[2] 施立卓:《明朝宰相的白族恩师李元阳》(下),载《大理文化》2012年第7期。

药局。"《白山茶柬陈使君》:"园中一树白山茶,玉瓣棱棱二月花。此树从来天下少,使君何惜过山家。"这两首诗都写山茶,而山茶是大理有名的花卉,家家户户院落中都要种上几株的。《张氏别墅》中写到了杜鹃花:"鹭阿曲曲雨欲冥,艳阳只有杨花知。杨花随风到春坞,杜鹃一片红参差。"杜鹃也是大理人喜爱的花卉,苍山上就生长着很多杜鹃,人们也喜欢在庭院中种植。《石屏歌》是描写大理点苍山的物产大理石的。《点苍山夏秋有白云如带横亘山腰世称奇绝者》则描写苍山玉带云。《星回节登大观楼》描绘传统节日星回节的风俗。《感通山》:"渺渺寒山独自游,松青云白欲相留。一声长笛知何处,吹落江门一派秋。"感通山是苍山十九峰之一,其上还有感通寺名刹。写清碧溪的诗有《清溪道中》:"松间细路绕溪斜,白水丹丘近钓沙。草露未干分马迹,炊烟遥认有人家。江篱漠漠群飞鹭,瑶草娟娟夹路花。"此外,在其诗中还写到了鸡足山、水目山、石宝山、清碧溪等大理景观,有《泛洱水》《入石宝山》《石宝中岩》《友人约游兰峰无为寺》等咏大理风物的写景诗。《登石宝山》勾绘出了石宝山的奇绝险要:"剑海西来石宝山,凌风千仞猿猱攀。岩唇往往构飞阁,石窟层层可闭关。恍疑片云天上落,五丁把住留人间。霜痕雨溜石色古,璆琳琅玕何足数。老藤穿石挂虚空,欲堕不堕寒人股。"

除了山水诗,李元阳也写了很多游记。《榆城近郭可游山水记》《清溪三潭记》《游花甸记》《游石宝山记》《游石门山记》等游记都写得真切感人,体现了他对自然山水的用心体悟,对家乡山山水水的深厚感情。

李元阳是大理地区有名的文化人,在白族民间还流传着许多关于他的故事传说。有些传说已经把他神异化,描述了他具有神仙法术、料事如神的形象。比如一则传说讲到他帮助学生张居正摆脱狐妖纠缠,张居正竟杀了狐妖,他从而预知狐妖必将报仇,恐祸及己身,遂辞官归隐,并于苍山大埋疑冢，以免被掘坟暴尸。[1]这样的传说在大理白族民间被人们津津乐道，除了狐精与张居正的人妖纠葛，更多是在渲染李元阳的未卜先知和神机妙算。还有一则有关李元阳的传说，同样在神化李元阳不同于常人的特质。据施立卓文载：传说李元阳是明代内阁首辅张居正的启蒙老师，他有料事如神、知事在先的本领。小时候的张居正是人理城远近闻名的神童。一次，在课堂上，李元阳出了上联"河鹅戏白云"，张居正不假思索就对出下联："城牙啃青天。"李元阳听了张居正的下联，既喜又忧，喜的是张居正小小年纪便出语不凡，忧的是皇帝号称天子，联中的"啃青天"之语不免有犯上作乱之嫌。李元阳料到张居正以后可能会出事，为使自己免遭连带之灾，他在苍山十九峰上修了十九座坟茔，以乱其真。后来，张居正青云直上，成为位高权重的宰相，但他恃才傲物，荒淫无度。有一年，张居正的白族同乡艾自修千里迢迢赴京赶考，榜出时却只是倒数第一。张居正不仅不说一句安慰的话，还当着众人的面吟联奚落艾自修："白面书生背虎榜，自羞（修）不羞！"艾自修不知气打何处来，反唇相讥："乌须宰相卧龙床，居正不正。"这话传到皇上耳中，张居正犯了辱君大罪，不仅他自己被斩首，还殃及十族。此时李元阳已经去世多年，因他料事在前，钦差最终没能找到他的真坟，从而逃脱了鞭尸之刑。[2]在传说中，很多情节被夸张或神化，并不是事实。实际上张居正是湖北荆州人，并不是大理白族人，当然也不可能是邓川白族艾自修的同乡了。而李元阳和张居正之间确有联系，李元阳曾任荆州知府，在当地主持童子试，还给了张居正最高分。张居正位高权重之后仍和李元阳之间保持着师生情谊，他在给李元阳的信中敬称李为"尊师"。

李元阳熟读儒学，同时也热衷佛道。陈垣《明季滇黔佛教考》云："今《中溪集》与禅人唱酬之作颇多，然与羽人唱酬亦不少，大抵为三与二之比，

---

[1] 傅光宇:《试析白族文人传说的文化要素》，载中国民间文艺家协会云南分会等编:《边疆文化论丛》第一辑，云南民族出版社，1988年，第248页。

[2] 施立卓:《明朝宰相的白族恩师李元阳》（上），载《大理文化》2012年第6期。

其视僧道本无二致也。"[1]李元阳写下了不少与僧道交往的诗作。《赠老衲》曰："少小学谈宗，持经入远峰。身贫还守寺，年老尚栽松。久住山门换，忘机野鸟从。邻溪吾卜住，早晚得过逢。"退隐回乡之后的李元阳更潜心佛学，他在《结构精蓝与碧潭清上人》诗中写道："身退已十载，迥与尘网离。居处爱泉石，结交必僧缁。"李元阳对佛道儒的体悟和相关的哲学思想都融入了他的诗文之中，为其诗文奠定了深厚的底蕴。

再如流寓云南的杨慎，虽然是外地人，但他到大理后，在白族地区与文人交往频繁，对当地白族文人以及整个白族书面文坛产生了很大的影响，甚至民间百姓常将他视为本地人。故我们也把他纳入此部分中介绍。

杨慎，字用修，号升庵，四川新郡县人，是明代正德辛未年（1511）的状元。在明朝"议大礼"事件中，因进谏反对追封皇帝亲生父母而触犯当朝，遭到廷杖，被谪戍云南永昌。谪戍云南期间，专心写下大量诗文著述。充军云南后，杨慎在云南待了三十多年，大理是他主要游居之地。杨慎在大理创作的诗词有数百首之多。他和大理名士李元阳、杨士云、担当和尚及其周围的文人均有很多交往，与众人谈经论文、唱和往来。袁丕钧《滇南文化论》中说："逮嘉靖以后，慎以议大礼，谪戍永昌，居滇中者盖三十年。士大夫多从之游，而滇之文化遂骎骎与江南北地相颉颃。"[2]李元阳在《送升庵先生还螳川客寓诗序》中也评价杨慎博识多才，并记载了大理人士向他求学问道的盛况。

杨慎和李元阳之间有唱和往来，建立了深厚的友谊。他们一起游苍洱风光、邓川西湖、凤羽鸟吊山、剑川石宝山。杨慎和李元阳游点苍山时，就唱和赋诗成为一卷，题曰《苍山杂咏》。二人在剑川沙溪同游还留下了脍炙人口的唱和诗《兴教寺海棠》。杨慎诗云：

---

[1] 陈垣：《明季滇黔佛教考》（上），河北教育出版社，2002年，第334页。
[2] 袁丕钧：《滇南文化论》，云南开智公司，1924年铅印本，第9页。

两树繁花占上春，多情谁是惜芳人？
京华一朵千金价，肯信空山委路尘。

李元阳唱和曰：

国色名花委路旁，今年花似去年芳。
莫言空谷知音绝，也有题诗玉署郎。

在诗中，两个惺惺相惜的人对现实的感悟、对未来的忧虑、对知音的感遇都得到了充分体现。杨慎去世后，李元阳还写下了许多追思他的作品，《哭杨修撰升庵》《过升庵杨太史高峣旧居》《兴教寺海棠感旧》等，表现了对昔日友人的无尽思念。

杨慎也写了不少描写大理白族地区山川风物的诗文。石宝山、茈碧湖、鸟吊山、感通寺、苍山、玉局寺、大理石都曾在其笔下出现。其诗《玉局寺》云："仙是青城客，山留玉局名。浑如故乡地，偏动故乡情！"可以看到他对大理是多么热爱。他的《星回节》《四月八日观中溪浴佛会》《月节词》等则写到白族地区的风俗人情。《月节词》之五："五月滇南烟景别，清凉国里无烦热。双鹤桥边人卖雪，冰碗啜，调梅点蜜和琼屑。十里湖光晴泛艓，江鱼海菜鸾刀切。船尾浪花风卷叶，凉意惬，游仙梦绕蓬莱阙。"这里写到街边卖雪，描绘了人们将苍山的积雪背下来调入梅、蜜等调料售卖，供人食用解暑的景象。写到了江鱼、海菜等物产，这些现在仍是白族地区的代表性饮食。从中亦可看出，作为外来人的杨慎已经熟谙白族地区的民风民俗。

在大理白族民间，杨慎也是一个被神化了的人。杨慎"不仅是白族人民理想化了的知识分子形象，而且被白族人民神圣化了，他俨然成了苍洱间白族人民的地区性保护神"[1]。在大理地区流传着很多关于杨慎的传说，除了讲到他的潦倒寂寞，他对百姓的关心，还讲到他的很多神奇事迹。《大理点苍山的怪猿》说杨慎出生不凡，是点苍山感通寺的一只怪猿转世的。[2]《佛爷都敬佩的学生》叙述杨慎从小到古庙读书非常用功，他的精神使泥菩萨都深受感动，看到他来连佛像们也都要起身欢迎。[3]《洱海竹钉鱼》说杨慎拥有神奇的法术，看到百姓打不到鱼便生怜悯之心，采来竹叶撒在洱海里，竹叶便变成了让渔民们打捞不尽的"竹钉鱼"。[4]《状元公显圣》讲道杨慎成神后还心系白族人民，常常显化搭救百姓。[5]《神笔》讲述一个小孩在打雷时被震死，杨慎十分悲愤，便拿笔写了一首诗控诉，小孩竟然起死回生了。[6]笔者在大理地区进行田野调查的过程中，也对杨状元在白族民间的深远影响颇有感悟。比如在大理剑川石龙村调查民间故事时，让笔者没有想到的是在这个石宝山腹地之中的偏僻小山村中，竟然也流传着很多杨状元的故事：

  杨状元小时候很喜欢读书，但家里很困难。他去考状元的时候，一些有钱人的子弟也要去考试，他就对他们说："你们几位去考试，我和你们一起去，可以给你们做饭，照料一下你们的马，也跟着你们去逛一下。"路上，那些考试的人还故意和他开过玩笑。看到四个人抬着棺材，

---

[1]　傅光宇:《试析白族文人传说的文化要素》，载中国民间文艺家协会云南分会等编:《边疆文化论丛》第一辑，云南民族出版社，1988年，第247页。
[2]　张锡禄、吴崇仁、舒宗范等搜集整理:《杨升庵在云南的传说》，四川人民出版社，1982年，第1~4页。
[3]　同上注，第5~6页。
[4]　同上注，第40~43页。
[5]　同上注，第100~106页。
[6]　大理白族自治州文化局编:《白族民间故事选》，上海文艺出版社，1984年，第334~335页。

杨状元故意说："哎，你们几位，这个叫什么？"他们说："四人抬轿。"看到有人在犁田，他又说："哎，你们几位，这个又叫什么？"他们说："二牛抬杠。"又往前走的时候看到了有人在积粪，他又问这个叫什么，他们说："蒸炒酱。"他们以为他什么都不懂，所以就故意这样说。到了京城，找了一个地方住下来。考试那天早上，那些人吃完饭叮嘱他说："你在家给我们做饭，今天我们去考试，可能会晚一些才能回来。"他把一切都准备好了，等到那些人去考试的时候他也偷偷地跟在了他们身后，进了考场。考生的试卷已经送了进去，那些考试的人也坐在了桌子边。他拿了一张他们的纸，因为他没有笔，所以用了一根鸡毛当笔，他也没有墨盒，所以就捡了一个，在里面磨了一些墨。他很快就写好把试卷给交了，于是他先回到了住的地方，给他们做饭。等到那些人回来的时候，他的饭也做好了，马也喂了，水也烧好了。那些人吃完饭睡前还叮嘱他："明天要张榜，我们要去看榜。你在家里把午饭给我们做好。"他答应了。第二天早上，听到放炮的声音，他到放榜的地方一看，自己考了个头名状元，和他一起去的那些人则一个也没有考上。看完榜，他折回住的地方，烧好火，看时间还早，就又躺在自己的草席上。过了一会儿，那些考试的人起床了，"踢踏、踢踏"地从楼上下来了。这个时候，他已经知道了考试的结果，就想和那些人开个玩笑。于是他笑着说："哈哈哈，你们几个走得轻一点，你们把灰给抖到状元郎头上了。"以前，老人们会说："你们在这里乱说乱吹的，状元郎就在楼底下！"说的就是这个杨状元了。那几个人洗漱好出去看榜，一个都没有上榜，而为他们牵马的人反而考上了头名状元。这几个人相互说："我们在来的路上，还故意取笑过这个杨状元，现在他考上了，我们没有考上，这可怎么办？"他们一齐去向他道歉："这次你考上了，我们没考上，我们是一起来的，所以你要给我们弄点事情做做。"他说："简单，简单，现在先吃饭，吃完饭，我给你们找样事情做。"他做了一条一条的小纸，上面写着"二牛抬杠""四人抬轿""蒸炒酱"之类的,把他们在路上开玩笑的那些弄给了他们。

俗话说"贵人多有难",杨状元是贵人,但先前也受过很多的苦。杨状元是我们云南人[1],他很能干,但京城里的一些人不服他,所以总到皇帝面前告他的状。皇帝就要把他贬到地方上。杨状元的心里其实就想回我们云南,所以他故意拿了一把香去祈祷,还说:"宁从峨眉山,莫从云南碧鸡关,那里蚊子有四两,跳蚤有半斤。"意思是说宁可去其他的地方,去四川,也千万不要让我去云南,那里的蚊子有四两那么大,跳蚤有半斤那么重,是一个很恐怖的地方。皇帝就派了两个人来云南调查,刚好遇到了一个老太太去割蚊子草,他们问她:"大妈,你割什么草?"她说:"我割蚊子草。"两人以为割蚊子草是要割给蚊子吃的草,于是就回去报告说:"是的,他们云南那边的蚊子也要割给它吃草。"这样,皇帝就说:"他越是不想去的地方,就越要让他去。"于是就把他派到了云南,在云南待了很长一段时间。

后来,皇帝又把他召回了京里。但有一些官员还是一天到晚地找他的茬。那时候他从云南回京,带了些荞面去,一天他把荞麦面搓成了一小条一小条的,然后放到皇帝的寝室门口,皇帝起来一看以为是出恭出的,就要查这个是谁的屎。结果那些人因为都要害杨状元,就都说是杨状元弄在那里的,杨状元说:"好,你们都说是我,那我就把这些东西给吃了。"于是,杨状元就把那些东西给吃掉了,其实谁都不知道他吃的是荞面,皇帝看到了就对所有人说:"要是以后还出现这样的事情,那查出来是谁干的就要谁把这些都给吃了。"第二天,皇帝起床以后到寝宫外,又有那些东西了,而这次真的是杨状元弄在那里的。和前次一样,皇帝还是召集了所有的人,说:"前次你们都说是杨

---

[1] 杨慎并非云南人,而是被充军到云南。

状元,杨状元一个人把那些东西都给吃了。这次你们几个人一人吃一些。"所以皇帝就让那些人把杨状元的屎给吃了。这样杨状元就算计了他们一次。

后来,他们又把杨状元派回了我们云南。到大理的时候,他晚上写字,风很大,把他的灯给吹灭了,他又把灯给点上了,说:"哎,风不敬我。"从那以后,他在大理住的房子虽然没有装修,外面的风吹得也很大,但他的家里却再也没有风吹进来过。他在大理住了几天,后来就到了沙溪,当时他先到了甸头,就睡在甸头一家人的碓上,他走的时候在碓上留下一首诗:"炳里拱董碓,邋里邋遢睡,不明不白来,不明不白去。"他又到了一个叫水的坪[1]的地方,刚好是平田撒种的季节,人们都在那里放水。杨状元看到了一个赶鸟雀的人,就要去试试他,说:"我现在很想抽烟,但没烟没火。你给我拿个火,我要抽根烟。"赶雀的人说:"给你拿个火,我是很乐意的,但我走掉的话,小鸟就会把我的种子吃掉。"杨状元说:"没关系的,你仔细看好了,要是被吃掉一颗的话我负责,你给我拿个火,我在这里帮你赶鸟。"于是那个人就帮他去拿火了。他想这个人是好人,要帮他赶赶鸟。他就说:"你们这些麻雀远退三十里,不要在这个地方。"所以,水的坪三十里的范围内都没有鸟雀了,鸟雀都全部飞到外面去了。

后来他又到了甸头里面一些的地方,那里有两个无子无女的孤老。他到了他们家里,和他们住在了一起,想要帮他们一下,让他们过得好一些。杨状元平时给他们做做饭,挑挑水什么的。除夕前的一天,他说:"大妈,过几天就是除夕了,我这个人也没有什么手艺,只会画点画,你去赶集的时候给我买几张纸,买些墨,到时候我给你画几张画,你可以把画拿去卖了。"于是老大妈在赶集的时候给他买了些纸和墨,

---

[1] 在剑川县羊岑乡六联。

但总也没见到他画画，老大妈心急了，就问他："明天就是街天了，可是你今天都还没有画，那明天我怕是不能去卖了。"他说："大妈，不用急，赶得上的。"他把纸拿过来就揉，像老大妈们洗衣服那样，然后把他磨的那碗墨泼在了纸上，两个老人想："啊呀，人家画画都是一笔一笔的，而你把墨汁泼在上面，揉几下，滚几下，这样的画怎么能卖得掉？"第二天要赶集了，他吩咐老大妈："大妈，风太大了，你去卖画的路上不能把画打开，到了卖东西的地方，你再把它给打开。"老大妈连声说："好好好！"就去赶集去了。到了山口那个地方，老大妈回头看了看，看不到他们的村子了，于是就想："我先打开看看，这画到底能不能卖得成。"当她把画给打开的时候，发现这画画得好极了。上面还闪闪发光的，有些锦鸡什么的，拿到了街上很快就给卖完了。买回家去的那些人把画挂在堂屋上，撒上几颗谷子锦鸡还会从画上走下来吃，吃完了再回到画上去。老大妈卖了些钱回来，就对杨状元说："要不你再画几张有鸡的画，你画的那些一下子就卖完了，你既然画了，那就多画几张，让我们再卖一下。"但是他怕人家发现他就是杨状元，所以就说："大妈，就要到除夕了，这是最后一个街天了，没有卖的时间了，买的人也不会有了，等到明年的时候我们再多画一些。"到了第二年除夕，他对老两口说："大爹、大妈，今天外面会出事，你们要把大门关好，别人再怎么叫，你们也不要开门。我出去逛一下，晚饭好的时候，我会回来吃晚饭的。"他出去的时候就在大门上写了一副对联："家家户户过肥年，唯独饿死杨状元。"这个对联被一些人看到了，于是想要帮助杨状元，大家拿着钱、米、肉等东西去叫门，但门关得紧紧的，也没有人答话，所以那些人只好把东西从墙外丢进去。两个老人到院子里一看，尽是些米、肉和钱什么的。两个人把这些东西收拾好，做好了饭等他，但是他从此就没有回来，直接走掉了。[1]

　　石龙村张万松讲述的这则故事，文本内容较长，可能是把几则关于杨状元的故事复合在一起了。该故事与大理其他地区流传的杨状元的故事有很多共同的地方，也有自己的独特之处。故事开头，说到杨状元小时候因家中穷，虽然喜欢读书但没有路费去赶考，所以就帮助那些赶考的人牵马做饭，跟着他们一起到了京城。路上，这些赶考之人并未将他放在眼里，总是和他开玩笑。后来，杨状元却利用自己的智慧和才智考上了状元。故事中，说杨状元是云南人，这可能是由于杨状元的传说在云南流传十分广泛，所以很多人以为杨状元是云南人，当然也不排除是因为云南百姓对杨状元十分喜爱而将其家乡说成是云南。故事中，杨状元为了被发配往云南而耍了一个小聪明，皇帝派来调查的人遇到老大妈在割蚊子草，以至于认为云南的蚊子确实很大，这个情节设置得十分巧妙，也富于幽默感，每个人读到这里、听到这里必然会发出会心一笑。这一情节与大理其他白族地区流传的杨状元的故事大同小异。而杨状元恶整那些和他作对的人的内容，也充满了世俗性，在这里，杨状元好像不是一个学识渊博的状元，也不是一个儒雅敦厚的学者，而是一个喜欢恶作剧的顽童。故事中的后半部分，主要强调的是杨状元的神奇和不凡，他说"风不敬我"，从此风就不往他家里吹，他让麻雀远退三十里，麻雀果然就不在那个地方出现，他画的画妙笔生花，连画上的锦鸡都能从画上走下来。这些，都表现了杨状元的不凡和神性，在民众的心目中，杨状元已经不是普通的凡人，而是像神一样的人，在他的身上，有那么多不平凡的特性，所以他能够以超凡的能力来帮助贫苦人和他想要帮助的人。故事的最后，百姓们看到杨状元的对联，就主动给他送来米、肉、钱物，这也充分

---

[1] 董秀团、段铃玲、朱刚、赵春旺于2005年1月24日在大理剑川石龙村村公所收集，讲述人张万松，男，1938年生，文盲，农民。

表明了百姓们对杨状元的仰慕和崇拜之情。

除了杨升庵，徐霞客、担当和尚、大错和尚等外来人士或隐居大理的高人也都在苍洱间留下不少诗文。

明末清初的白族诗人中，赵炳龙也是非常杰出的一位。他是剑川向湖村人。民间还流传着赵炳龙救人的故事，讲赵炳龙常常抱着书到西湖边德胜桥一带读书，一天，太阳将要落山时，一个怀孕的妇女抱着一个小孩跳入水中自寻短见，赵炳龙赶忙丢下书跃入水中救起了母子，后来听到天空中传来声音："救活三命，明年亚魁。"第二年，赵炳龙果然高中举人的第六名，也就是亚魁。[1]赵炳龙写过很多诗、词、散文，著述颇丰。赵炳龙的诗中有一篇《妾薄命》，以一个妇女的口吻写出了丈夫出征经年不归的哀怨。段炳昌说："读这首诗，很容易使人想起白族民间长诗《鸿雁带书》，虽然二者在内容、构思等方面都有很大差别，但是感伤幽怨的情调、妇女面对悲惨命运的态度等方面却有相通之处。"[2]《鸿雁带书》是流传于剑川地区的本子曲，写一个妇女让鸿雁给出远门讨生活的丈夫带信。从这里，我们也可看出在赵炳龙这样的白族知识分子身上，除了掌握了熟识的汉文技巧，他们也非常熟悉和钟情于本土和民间的传统，受到民间传统的影响和熏陶。

到了清代，白族地区文人作家辈出，著述丰富。清代著名的白族诗人文士，有师范、王崧、杨晖吉、谷际岐、龚锡瑞、杨履宽、赵廷枢、杨载彤、师道南、李于阳等。这些白族地区的文人作家，对家乡大理有一种深厚的热爱之情，他们的诗作也多有对大理白族文化的书写和反映。杨晖吉著有《且诗》一卷。张国宪《点苍石》："十九峰最奇，五月雪犹积；云寒飞不动，结作山中石。"该诗描写了苍山积雪以及云化入石的奇观，展现了奇瑰的想象。

---

[1] 段炳昌:《天南风雅——一个小地方的大创作》，云南民族出版社，2012年，第58页。
[2] 同上注，第74页。

龚敏《万人冢歌》回顾历史，抒发情感。杨履宽诗多写大理地区民间传说，如《星回节再吊邓赕夫人慈善》二首，以及《妇负石歌》，把火把节、观音负石阻兵等相关传说融入诗中。赵廷枢存诗《望夫云》一首："一缕浮云几度秋，坚心常注海中沤。踉跄浪打蛟龙窟，绰约神明水月楼。卷地难平千古恨，回峰又锁百重忧。可怜夫婿无消息，空抱情根护石头！"该诗将望夫云的民间传说融入其中，又做了自己的评价。赵廷玉的妻子周馥也著有《绣余吟草》一卷，诗中同样有很多取自当地史实或民间故事传说的内容，如《汉阿南夫人》《唐阁逻凤女》《梁阿盖郡主》《段羌娜闺秀》等，多写到白族地区著名的女性，是从女性视角出发的独特诗作。杨载彤的诗中也有涉及乡土传说，如《大理风》《星回节咏阿南夫人》等。师范除了工于诗文，还有史学著述。师范的儿子师道南的《苍山》诗写苍山十九峰、十八溪，最后几句"我本好山人，恨未峰峰至。何年身得暇，展筇乃一试。去作苍山樵，日与神仙醉"，很有气势和意境。李于阳也写了不少关于大理景物、传说的诗作，如《星回节怀古》《阿姑祠》《登苍山观洱海作歌》等。《登苍山观洱海作歌》描写苍山诸峰和洱海之云，写得气势飞扬、惊艳绝伦。

　　清代的白族文学不光有丰富的诗作，还有文学批评和文学理论方面的研究，比如王崧的诗论和文论。

　　晚清至民国的白族诗人赵藩，曾任四川按察使，《滇八家诗选》卷五中说赵藩："自同治甲子起，迄民国丁卯止，存诗七十余卷，不下万首千首，视放翁尤过之。"说明其著述甚丰。赵藩，剑川向湖村人，字樾村，一字介庵，别号蝯仙，晚年自号石禅老人。赵藩擅长楹联撰写，也长于诗歌创作，他还主持编纂了《云南丛书》。著名的成都武侯祠对联就是赵藩所撰："能攻心则反侧自消，从古知兵非好战；不审势即宽严皆误，后来治蜀要深思。"赵藩的诗有很多描述民众疾苦，也有很多写到他家乡剑川的山水，如《登金华山》，还有数十首描述和赞美石宝山的诗。总之，赵藩是对白族文学影响很大的诗人和文化巨匠。

清末至民国初著名作家还有周钟岳、赵式铭等，也写下了很多诗文作品，有较大影响。现当代作家有马曜、张子斋、欧小孜、马子华、赵橹、杨明、张文勋、杨苏、晓雪、李缵绪、张长、那家伦、景宜（女）、尹明举、张熠铎、杨殿邦、李洪文等。在此不再一一介绍。

三、民间的精英

前面说到，在南诏后期，社会中形成了一个特殊的释儒阶层，在他们身上，儒释思想得以融会贯通。释儒阶层在南诏、大理国乃至元明时期的社会生活和文化领域发挥着重要的作用，扮演了不可或缺的角色。明代以后，特别是清代以来，曾经兴盛一时的释儒阶层也经历了由盛而衰的转变。这种转变，主要表现在原先以一种颇具声势的整体力量掌握着社会的话语权、参与社会政治各领域统治决策的群像的消解和分化。明清以来，尽管在白族知识分子和宗教人员身上儒释合流的现象并未完全消失，但此时的儒释合流仅仅只是一种文化表现，与南诏、大理国时期手握政治话语权的师僧、阿叱力阶层有了很大的不同。南诏、大理国时期的阿叱力僧阶层作为占据着统治集团重要位置的一维力量，在当时的政治、经济、文化、宗教领域都具有不可替代的份量和地位，而到了明清以后，这种儒释合一的主流意识形态地位已经不复存在，当然这一现象本身与地方政权覆灭、社会转型和白族主体民族地位的消落有着不可分割的关系。明清以后的释儒阶层，从政治领域被分离出来，丧失了前期政治决策者的地位。这又最终导致了释儒阶层本身的分化。[1]走向分化的释儒阶层，其成员或变为以读书做官为进取目标的儒士，或下降成

---

[1] 董秀团:《论明清时期白族文化的转型》，载《云南民族大学学报》（哲学社会科学版）2004年第4期。

为民间祭师性质的阿左梨。[1]到了明正德、嘉靖年间，"原来的仪式传统转而成为以儒教意识为主导的对乡贤与名宦的崇拜"[2]。当然，不管走向分化的释儒是变成了儒士还是民间祭师阿左梨，有一点不容否认，那就是在他们身上都承继了原来释儒作为文化综合体的特质，他们依然在白族的社会里担当着文化传承者的重任。数百年来释儒阶层所积淀的重传统、好读书的风尚也浸染了白族社会的方方面面，深入每一个白族民众的心底，成为一种民族共同的价值取向。

由释儒阶层分化出来的儒士，将读书进取作为最大的目标，而传统社会中博取功名最可行的途径便是参加科考。科举考试选拔以中原汉文化作为标准和工具，热心功名的白族人士自然也要适应这样的选拔制度，他们因此理所当然地成为白族当中最熟悉汉文化和汉族文学的人。正德《云南志》卷三"大理府风俗"记载："郡中汉、僰人，少工商而多士类，悦其经史，隆重师友，开科之年，举子恒胜它郡。"[3]热衷于科甲的白族知识分子自然要主动向汉文的考试标准靠拢，他们的汉文知识和创作水平也在此过程中不断得以提高。明清时期白族知识分子的汉文创作可以与汉族名士相媲美，甚至有的人其汉文文学的水平已经大大超过了同时代的汉族作家作品，由此看来，明清时期白族的汉文书面文学创作有着较突出的表现。

虽然这些儒士最终并不一定都能在科举中博得功名，也不一定都能进入中原王朝的政权统治阶层入仕为官，但此种博取功名、仰慕汉文化所带来的读书识文风尚已经成为社会的共同追求。《滇志》《滇略》等诸种文献都对白

---

[1] 段炳昌：《浅论中国少数民族文学的几种构成模式》，载谭君强、李森主编：《文艺美学与文化》，云南大学出版社，2002年，第183页。

[2] 连瑞枝：《僧侣·士人·土官——明朝统治下的西南人群与历史》，社科文献出版社，2020年，第19页。

[3] [明]周季凤纂修：正德《云南志》，云南大学历史系向云南人民图书馆传钞范氏天一阁藏嘉靖廿三年刻本，第6页。

族读汉书、习汉文、风俗礼仪接近汉族的特点做了描述。

在白族民居中，常于照壁上题字，表达耕读传家的礼仪传统。像李白、杜甫这样的著名诗人也出现在白族民居照壁中，如姓李人家题写"青莲遗风"，姓杜人家题写"工部家声"，就是在表明向先贤学习、以诗书传家的家风家训。而在民间演唱的大本曲中，也常常透露出白族民众对功名的热衷追求。大本曲《劈财神》中，开头财神下凡来庆贺，有这样一段唱词：

> 第一打风调雨顺，第二打国泰安民，
> 第三打三元及第，四打国太平。
> 第五打五子登科，五子登科喜盈盈，
> 第六打六位高升，七打福康宁。
> 第八打八仙过海，八仙过海显威能，
> 第九打九子连登，十劈了财门。
> 分付（吩咐）了招财童子，利市仙官你二人，
> 手闷答灯金鞭干，沟踏黑虎头。（汉译：手里抬着根金鞭，脚踏黑虎头。）
> 手抬金鞭举一举，今日劈开了财门。
> 快快打开宝藏库，遍地赏金银。
> 一赏东方甲乙木，老者过加福加禄。
> 庆贺古银过百双，做加官进禄。（汉译：庆贺老人过百岁，还加官进禄。）
> 二赏南方丙子丁，读书者金榜题名。
> 庆贺读书人自官，做探花汉林。（汉译：庆贺读书人做官，做探花翰林。）
> 三赏北方壬癸水，庆贺某某得和美，
> 寿比南山不老松，做福如东海。

四赏西方庚辛金，发展副业生意好，
生易（意）做一本万利，找白银黄金。
五赏五方正中央，庆贺某某得平安，
庆贺子孙大发旺，后代做高官。[1]

在这段唱词中，我们可以发现与科举考试、读书做官相关的内容占据了庆贺的主体，这也可以反映出白族民众对于读书进爵的高度认同。这些传统风习自然也在熏陶和浸染着每一个身处其中的民众，为活跃于村寨中的民间精英们提供着充足的支撑和底气。

以剑川为例，这里是全国白族人口比例最高的县，剑川的气候苦寒，土地贫瘠，却孕育出了人杰地灵、诗书传家的良好风尚，清王世贵、何基盛等纂《康熙剑川州志》卷十六"风俗物产"中说："剑川山清水秀，士生其间，多聪俊雅驯。城乡远近，处处设塾延师，诵读之声不绝。是以人文蔚起，科甲接踵，在迤西诸郡中，足称翘楚。"[2]在历史的长河中，剑川可谓英才辈出，先后涌现出了一大批白族知识分子，比如杨栋朝、何可及、段高选、赵藩、周钟岳、赵式铭、张子斋、欧根等，他们是剑川的土壤中成长起来的文化精英，是剑川的骄傲和象征。就连最偏远的山区村寨，都受到这种重文化、重传统的风习浸染，追求读书入仕成为普遍风尚，就算不能求得功名，不能走出山村，但只要是有文化修养的人，在村民的眼中就是与众不同的，会得到更多的尊重。在剑川石宝山的腹地有一个小山村名石龙，我们在村中调查时，村民一再提到了"张耀采"这个名字，后来才得知此人熟识汉文，曾参加过科考，他在村中地位很高，曾主持村中本主庙合并、更改村名等公共大

---

[1] 引自大理市喜洲镇作邑村赵丕鼎抄藏曲本，参见董秀团：《白族大本曲研究》，中国社会科学出版社，2011年，第341页。

[2] [清]王世贵、何基盛等纂：《康熙剑川州志》，载大理白族自治州文化局翻印：《云南大理文史资料选辑·地方志之八·康熙剑川州志》，1986年，第110页。

事。虽然斯人已长逝，但我们在村民的讲述中却似乎看到了一个民间知识分子的形象。这就是民间精英的精神力量。除了张耀采，石龙村还出现了张士元、张佑吉、张汝太、张金鸿、李定鸿、李绚金、张灿兴、张定坤等民间精英，他们或是活跃于村中的洞经会、念佛会、乡戏等组织和活动中，或是熟识汉文，或是深谙民风民俗，村落的生活史中总缺少不了他们的身影。时至今日，在石龙这样的封闭山村，仍然保留着这样的传统，鼓励孩童识字习文，甚至在每年的春节期间，长辈总是鼓励家中的孩童拿起毛笔撰写春联，不管他写得好坏，都无比自豪地贴于门庭，足可见传统风习浸染之深。

释儒阶层分化出来的另一个主体是民间祭师阿左梨。明太祖朱元璋曾打击密教，"明时特申禁令，不准传授密教"[1]。与密教关系紧密的阿左梨活动转入民间或变得更加隐秘。但是，明清以来的几百年间民间祭师阿左梨在白族民间社会一直有着重要的影响，他们主要"为人家禳灾祈福，驱邪治鬼，送丧做会，有一定的报酬"[2]。在白族农村地区，村村寨寨都有念佛会或妈妈会这样的佛教组织。张旭在文中讲到早年村中念佛会的情况："我们村的念佛会，多数是由阿吒力主持的，有我们一两个村子由剑川县僧正司直接主持，且他们也学了阿吒力的那一套，与阿吒力分别不出来。"[3]这同样说明了阿左梨在民间的影响犹存。还有学者说道："在白族村落中都有莲池会的中老年妇女组织，有'经母'，相当于阿吒力教中的'释儒'，主要带领大家唱颂经文，其唱颂的《方广经》《报恩经》《放生仪文》《观音经》等许多经文就是从阿吒力教经文中化用的，有的就是'释儒'为了使不识字的妇女好记忆而

---

[1] 杨文会：《佛教宗派详注》，上海佛学书局，2001年，第241页。
[2] 张旭：《大理白族的阿吒力教》，载《云南大理佛教论文集》，佛光出版社，1991年，第123页。
[3] 同上注，第122页。

改编的。"[1]这里，把经母等同于释儒，笔者认为值得商榷，经母或许无意间受到多种文化的影响，接受了儒、释诸家的思想和文化，但经母多由民间中老年妇女担任，她们往往不识一字，其影响也多局限于中老年妇女群体，绝对无法与释儒阶层相提并论。但从中我们至少也可以看出至今白族的民间宗教活动中释儒文化和阿左梨的影响。这些民间祭师通过特殊的承传方式奠定了他们在民间与众不同的地位，当然，可能在历史上的一些时期他们也要承受更多的风险。在民间他们是一种特殊的人才，至少在某些方面具备比常人更多的知识。从这个意义上来说，他们也是白族民间的精英。刚才说到的白族"经母"，笔者对于她们在民间百姓心目中的特殊地位也是有着深刻感受的。笔者小时候，祖母也是村中的"经母"，经母共有八位，其间还排有顺序，我的祖母排名第二。在祖母去世多年后，我的姑母也成长为一名经母。排名靠前的一两位经母是群体中的领导者，排名靠后的还起不到实质的领导作用，主要有作为后备人才加以培养和储备之意，当然，她们对于所学经文已经非常熟络，否则难以担此名号。经母要带领成员拜佛念经，所以经母自己必须熟记所有的经文，而且能够运用自如，在什么样的场合应该念哪一段经文，每一段经文的前后顺序如何，都需要经母的掌控和提点。经母还担负着传带徒弟即一字一句教授徒弟学会所有经文的重任。经母在民间受到尊重，弟子们在做会期间要照料好经母的饮食，出行做会要搀扶照顾，平常的日子中，弟子们也要时常到经母家中走动，这样才能学会所有的经文。

在白族民间，还有那么一类人，他们活跃于村寨当中，具有与众不同的特点，他们读书识字，能在民俗活动和节日时成为主角，或者撰写对联，或者记录功德，或者组织民俗活动，而这些都需要他们对于白族传统文化和汉字汉文水平的双重认知。他们在不同的领域担负着重要角色。比如大本曲、

---

[1] 李晋昆：《浅论阿吒力教对当代白族民间宗教活动的影响》，载《全国商情》（理论研究）2009年第24期。

本子曲、白族调等方面的民间艺人,在笔者看来他们也是白族社会中的民间精英。在中国,戏曲曲艺一直受到正统文化的鄙弃,被视为不能登大雅之堂的小道,鲁迅就曾说过:"小说和戏曲,中国向来是看作邪宗的。"[1]相应的,民间艺人也受到歧视,很多生活凄惨。但是,戏曲曲艺、民歌恰恰又是与民间文化关系最为密切的部分,在民间最受大众的欢迎。虽然白族的社会中出现了知识分子阶层,也体现出了对汉文化的高度认同,但是,最有活力的民间文化仍然是白族文化中的主体。笔者曾在《大本曲研究》一书中说过,由于大本曲是长篇大本,所以在长期的流传中形成了艺人传抄的曲本,而大本曲艺人要传抄甚至改编曲本,就必须要有一定的汉文化的积累,因为曲本中虽夹杂使用白文,但主体仍是汉字,并且此白文我们前面也谈到是在增删、重新组合汉字偏旁、部首的基础上所形成,自然也脱离不了汉字的基础。正是由于大本曲的唱本均为长篇大本,故事情节复杂,唱腔丰富,演唱时唱腔变化也较大,故一般人不易掌握,如果没有充足的时间,没有一定的资质,是很难学好的。因而,大本曲的演唱,需要一些较为专门的人来进行。同时,这些专门从事这项活动的人必须是有一定文化水平的人,特别是具有一定汉文化水平的人。因为他们不仅要借助汉字来记录和传承曲本,同时还需要汉文化的知识来借取、移植汉族故事和戏曲中的题材曲目。在这种需求之下,出现了一些职业或半职业的艺人。[2]笔者在调查访谈中得知,过去大本曲艺人收徒弟后,徒弟对师傅非常恭敬,要服侍师傅的生活起居,有时还要帮师傅家干田地里的事。一般的民众对艺人也很尊敬,主办者把艺人请去演唱必定好生招待,很多时候邀请方还会专门派人来接送艺人。在演唱期间,吃住全包,饮食方面对艺人特殊照顾,还要考虑到艺人演唱的体力支出,特意准备一些补品或润嗓的茶饮给艺人享用。最后还要给艺人支付一定的报

---

[1] 鲁迅:《徐懋庸作〈打杂集〉序》,载《徐懋庸选集》第一卷,四川人民出版社,1984年,第145页。

[2] 董秀团:《白族大本曲研究》,中国社会科学出版社,2011年,第206页。

酬。在大本曲的极盛时期，多数艺人一年的演唱有上百场，当时最有名的艺人年演唱场次有 200 场以上。比如海东腔名艺人李明璋在"文化大革命"前曾创下年演唱 280 余场的记录。[1]据说，李明璋就是靠四处表演挣钱盖起了一幢房子。白族民间有句俗语："六六三十六，起房盖屋。"意为每一个白族男子，到了 36 周岁的时候，要完成的最重要的人生大事就是建起自己的房子。当然这个任务的完成并非易事，所以每个白族男子都将之当成最重要的人生目标。李明璋这样的艺人能够靠大本曲演唱而完成人生使命，说明大本曲演唱在他的生活中是具有替代其他生计活动的功能的。根据笔者的调查，当年的著名艺人，当时的生活状况总体上看是优于普通民众的，在 20 世纪的六七十年代，大本曲艺人的收入水平要高于其他职业。比如当时大本曲艺人一天的酬金是泥水匠、石匠等职业的 5～6 倍。[2]尽管现在大本曲艺人演唱场合减少，很多艺人已经不可能仅仅依靠大本曲演唱来维持生活，但艺人曾经在民间活跃并成为民间群体中耀眼的少数人，这已经足以说明他们在民间社会中的精英位置。

　　本子曲表演者和白族调歌手与大本曲艺人的情况差不多。剑川地区过去著名的歌手张明德等在民间影响很大，每到一处都深受民众欢迎。白族歌手们的命运在现代化的语境中还有了翻天覆地的变化，他们有的登上了更为宽广的表演舞台，比如登上中央电视台的舞台；有的则是被纳入了文化系统的体制内作为特殊人才对待，比如剑川县文化馆把白族"歌王"姜宗德和"歌后"李宝妹吸收到馆工作，发给工资；还有的则是出唱片、出光碟，还被请到各村各镇去表演，俨然明星一般。他们的生活显得光彩夺目，他们的成长经历在民间产生示范效应，在他们身上，我们同样看到了白族民间精英的独特性。

---

[1] 董秀团：《云南大理白族地区大本曲的流播与传承》，载《民族文学研究》2006 年第 3 期。
[2] 笔者根据 2003 年 1 月 31 日在江尾访问大本曲艺人杨学智而测算出的数据。

白族民间还有一些人专门为别人写白祭文。白祭文是白族民间文学中一类特殊的文体形式。白祭文的格式、唱腔、叙事性等特征都与大本曲有一致或相似之处。白族民间至今仍有唱白祭文之俗，诵唱的时间一般是在老人去世后出殡的前夜，祭文的内容多为叙述死者生前的生活、道德、经历、遭遇、事迹及后人对逝者的评价、追忆和怀念等。由于其内容上的要求，就不可避免地使这种文体带有叙事的特征。李缵绪认为，白族民间叙事诗按种类可分为打歌、本子曲、串枝连、十二月调、五更调、当兵调及神曲、白祭文等。[1]祭文一般用白语，当然，由于汉语在白语中的影响颇大，因而，其中也不可避免地夹杂着一些汉语。祭文的唱词依照白族诗歌格律，与大本曲一样多为山花体韵文格式，短的几十句到几百句，长的可唱通宵达旦。在那些流传大本曲和本子曲的地方，大本曲和本子曲艺人常常同时承担这一职责。白祭文有的如泣如诉，有的追忆感怀，这样的祭文，我们可以想见其作者是花费了心血的，有一些祭文虽然已经无法追溯作者个体，但它们从总体上反映了白族民间精英身上厚重的知识积累，比如流传于洱源凤羽的白祭文《五更寒》，又名《灵前哭娘》，还有在洱源西山流传的白祭文《时也》：

  时影跪合冷九月，（汉译：时值正是这九月）
  霜降利过罗，（汉译：霜降也过了）
  立冬利充叭，（汉译：立冬已来到）
  庆季利过罗，（汉译：秋季已过了）
  冬季利充叭。（汉译：冬季初开张）
  秋收秋种来喽紧，（汉译：秋收秋种忙不停）
  点时过节乱慌慌。（汉译：时间匆忙好慌张）

---

[1] 杨亮才、李缵绪选编：《白族民间叙事诗集·序》，中国民间文艺出版社，1984年，第1页。

岭上冷热超必十，（汉译：山上寒风吹得紧）
整叶木叶利落光。（汉译：树木黄叶都落光）
霜雪自街将及至，（汉译：霜雪时间快来到）
冷赶子街来收叭，（汉译：时值寒冷下雪霜）
尧纳早劳尼仍趁，（汉译：夜间长来白天短）
绍利衰仍上刀加，（汉译：雪上又加霜）
因为啊妈辞别世，（汉译：因为母亲的辞世）
子女到妈哭相相，（汉译：子女一家泪汪汪）
恩作啊妈欠我听，（汉译：叫声母亲听儿讲）
欠苦简叙话。（汉译：把苦情叙叙）
儿孙满堂跪灵前，
文解迷嫩端。（汉译：个个想念您）
苦简苦仪说不尽，（汉译：苦情苦义说不尽）
子女迷迷心不甘。（汉译：子女想想心不甘）
闪子四奥看养倒，（汉译：把我从小看养大）
报不完恩光。（汉译：恩情报不完）
因本拉自昨昨顿，（汉译：不会吃时细嚼喂）
碑本拉自马倒孬，（汉译：不会走时背背上）
酒我深恩楞九字，（汉译：哄我声声到成人）
伤心又伤肝。
三代同堂乐一乐，
四代子孙大发旺，
有福有禄必有寿，
有福寿而康。
七十上寿恼成佛，（汉译：七十上寿才成佛）
将吗叭之刷。（汉译：将满八十岁）

有德者而必有寿，
名传于四方。
世上就有千年树，
哪个自你登百岁，（汉译：哪个做人得百岁）
自古有生必有死，
乌本迷酿端。（汉译：别挂念我们）
三牲酒礼供酿孟，（汉译：三牲酒礼供灵前）
早期之期供西汪，（汉译：茶气酒气摆在外）
三炷清香插灵前，
三汤三饭摆是当，（汉译：三汤三饭摆一方）
香烟缭绕上九天，
照考妈来因保酬，（汉译：亲母抬起吃一口）
暗当纸伞之冷对，（汉译：这里纸伞有一对）
阴司滔孬干招鸭，（汉译：阴司路上带回乡）
概请业恼白骑马，（汉译：给母牵来一匹马）
路票有一张。
望乡台孬没买卖，（汉译：望乡台上没买卖）
松格啊妈夫吉康，（汉译：就怕母亲饿饥肠）
金山银山过山岭，
地狱门接鸭。（汉译：地狱门接回）
金童引进西方路，
玉女迎归极乐邦，
跨鹤归西赴瑶池，
拜王母娘娘。
永别茹妈请安息，（汉译：永别老母请安息）
千急保佑我平安，（汉译：千万保佑我平安）

身酿六畜利兴旺,（汉译：叫我六畜大兴旺）
子嗣要繁昌。
日落西山光不复,
啊奶野孬没处安,（汉译：阿奶面貌无处看）
只见棺材不见面,
叫我双眼泪汪汪,
乌鸦反哺嫩西子,（汉译：乌鸦反哺四个字）
嫩兹自本肺。（汉译：你儿做不好）
呜呼!
尚飨。[1]

在这篇祭文中，从自然季节的更替和时节的寒冷、萧瑟入手，刻画了一幅与家人去世相呼应的悲苦景象，之后简要回顾了母亲的抚育之恩，接着描绘了死者将要去往的阴司世界的情景，希望母亲能够早登极乐。祭文不是单纯复述死者的生平，也不是仅仅表达对母亲的眷念和不舍，而是将生者的悲伤以另一种形式体现出来，可以说祭文的写作体现出作者较为高超的文字运用能力和水平。

洱源白族地区还流传着《哭五更》的白祭文，多于出殡前一天晚上演唱，唱时用唢呐伴奏。祭文以一更至五更作为贯穿主线，夹杂对亡人的追忆和思念，夹叙夹议，如泣如诉，情深意切。现摘引何瑞乾、李佩玖搜集整理的《祭母文》(《哭五更》)的部分汉语译文：

一更月亮上东山，三亲六眷在灵前。

---

[1] 洱源县民族宗教事务局编，杨敬怀、杨文高主编：《洱源县民族宗教志》，云南民族出版社，2006年，第238～240页。

阿妈醒来请高坐，听儿把话言。
十月怀胎受熬煎，前情万绪锁眉尖。
一朝分娩临盆降，儿才到人间。
嗷嗷待哺心窝暖，破布碎棉裹身穿。
一七未满就做活，两眼泪满腮。
……
二更月亮上门窗，儿孙哀哀哭一堂。
天上月圆人正缺，相袂两悲伤。
……
阿妈一生实堪伤，苦尽甜来度时光。
哪知一时得了病，儿孙心不甘。
几次住院医不好，中西医生无主张。
眼看病情日日重，个个心发慌。
……
三更月亮上房头，灵前灯枯再添油。
儿孙有话难开口，哽咽在咽喉。
阿妈生来就是侯（好），勤俭持家处事恭。
南村北营谁不敬，夸妈是英雄。
上给老人入了土，下使儿孙出了头。
起房盖屋维祖业，巧手摘星斗。
……[1]

祭文以时间为经，以对死者生平的回忆和叙说为纬，夜深人静，逝者已

---

[1] 何瑞乾、李佩玖辑：《洱源白祭文选译》，载赵寅松主编：《白族文化研究2002》，民族出版社，2003年，第308~310页。

往，而生者的追忆却如潮水般涌来，从一更到五更，循环往复，时间仍在流逝，亡者之灵将要踏上去往另外一个世界的征程，而生者的留恋却总也说不完道不尽。

此外，在大理剑川石龙村，至今仍有在老人去世的丧礼上诵唱白祭文之俗。在石龙村，诵唱祭文是丧礼中堂祭的中心内容，祭文还分为首献文、亚献文和三献文。云南大学聘请的记录员李绚金老人曾在村民日志中这样写道："以前的祭文由村中的老学究作，宣读完毕那些学子们你抢我夺祭文，抢着祭文认为是幸运，可以拿回家，闲时细读，研究祭文格式内容，以便以后使用。如有人请写祭文就可作为参考。那也是读书人在农村必备的本领，否则有朝一日丧家请去作祭文，如不会作那是丢人的事情，因而读书人抢一篇祭文作为参考是学子的必修课。也由于这个缘故，千百年祭文内容越来越丰富，传人层出不穷，使石龙的祭文文化长盛不衰。旧社会祭文作者都是本村老学究，没有专人指导，青年学子抢了祭文自己钻研，无师自通，结果人才辈出。"[1]祭文的作者和诵者可以统一，也可以分开。而且祭文的作诵者往往是一些固定的精于此道的人士，他们和死者并没有必然的亲缘关系，但祭文往往有一个特点就是按照子女的口吻来写作，诵唱时同样以子女的口吻来进行，但不是由子女亲自来做此事。根据李绚金的介绍，石龙的祭文分起、承、转、合四个部分。起文是开头部分，往往以节令为衬托，触景生情。不论老人去世于哪个季节，均能以此起兴。"春暖花开，风和日丽是一年中最理想的气候，而在春天万物复苏，万物都即将生长发育，但在这美好的时候老人去世，描述春景，实际衬托了悲伤。又如夏季，炎热难熬，此时老人去世，用炎热来衬托悲哀。秋天叶黄，叶落比喻人之死亡，很自然。冬季严寒的霜雪好比老人去世，子女十分悲痛，如寒冬腊月。"[2]紧接起文的是承文部

---

[1] 云南大学"云南少数民族调查研究与小康社会建设示范基地"石龙白族调查点村民日志记录员李绚金记录的2006年11月11日的村民日志。

[2] 同上。

分,多叙亡者生平。回忆死者一生,评价死者为人处事等。承文部分后面是转文,转文部分笔锋一转,从对死者生平的回顾转到对死者生前病重情形的描绘,有时会加上子女如何服侍病重的父母,父母如何病体渐重乃至无可挽回等。最后是合文部分,也就是一个大同小异的结尾,讲到生者为死者供上茶饭、念经,希望死者早登极乐、保佑后代子孙。

比如,下面是石龙村一位女性老人去世时由姜伍发作并诵唱、李绚金记录的一篇《上祭文》:

漫言阿母彦升天,(汉译:可叹阿母您升天)
岩处细吾秋了说,(汉译:到处把话好好讲)
保佑你儿得千春,(汉译:保佑您儿活千岁)
你孙得百岁。(汉译:您孙活百年)
哽咒阿母吨肯来,(汉译:叫声阿母坐起来)
按大菜蔬你嘎吧,(汉译:这里摆着几碗菜)
错害姑是应本盖,(汉译:粗茶淡饭尝一点)
茶酒恩本付。(汉译:茶酒喝一口)
盖时志七奴害命,(汉译:今日十七日晚上)
灵前灯火明亮亮,
子子孙孙奶女记,(汉译:子子孙孙您女多)
跪在你台下。(汉译:跪在灵台下)
漫言阿母彦升天,(汉译:明天阿母您升天)
寻北招魂高彦将,(汉译:悬白招魂把您接)
扫前彦奴报恩经,(汉译:诵给您老报恩经)
岩鳌吉路巴。(汉译:您去幸福处)
阿母千心岩你武,(汉译:阿母安心独自去)
你孙嘎眼咪彦多,(汉译:几个孙子很想您)

女轰要格安你膘,(汉译:女儿回家要见您)
你奴寿处客。(汉译:您老哪里找)
东南西北是将清,(汉译:东南西北找遍您)
地斗是鱼利是膘,(汉译:四面八方也找到)
五小坡奴短你得,(汉译:松坡路上拦您前)
短肯得彦多。(汉译:拦不住您老)
中草西药利恩清,(汉译:中药西药都服过)
单方药草利席将,(汉译:单方药物也找到)
阿母彦板奴麦药,(汉译:阿母您病没有药)
气中心奴血。(汉译:气成心积血)
阿改典很彦得板,(汉译:一下阿母您得病)
加合病认十二月,(汉译:刚好病了十二月)
阿母彦子病彦天,(汉译:阿母您儿问一句)
安病心肝膘。(汉译:病已入膏肓)
燕说你本自后芮,(汉译:您说您本身和气)
安心安乐过嘎岁,(汉译:安心快乐过几年)
不料过彦更岁很,(汉译:谁料过到了今年)
灾难初转膘。(汉译:灾难就降临)
女梯嘎眼培植认,(汉译:女儿几个嫁出去)
子女嘎眼科斗劳,(汉译:子女几个已长大)
斗孙眼子顶聪明,(汉译:大孙子最是聪明)
学得练巴巴。(汉译:学习顶呱呱)
恩哥心真良心秋,(汉译:女婿心直良心好)
拥们苦自拥们算,(汉译:边辛苦来边计划)
开担闷奴经销乃,(汉译:增开一个经销店)
立业而兴家。

阿母付很利喜花，（汉译：阿母心里很高兴）
燕古坚子利后劳，（汉译：艰苦一点也很好）
补肯吗奴句吗花，（汉译：插给你们朵金花）
花自用咒妙。（汉译：心里太高兴）
吗说风水转来，（汉译：都说我家风水转好）
奶女孙轰利转膘，（汉译：子孙身上已显露）
奶女孙轰利温鱼，（汉译：子孙好几个）
加合四人帮。（汉译：恰好四弟兄）
央利担肯大闷名，（汉译：我家已有大名声）
妈也担肯大央担，（汉译：母也挑得一重担）
吗二眼子金配玉，（汉译：子孙和母金配玉）
芍药配牡丹。
恩大姐奴伴好东，（汉译：我大姐招赘在家）
小女嘎眼死气望，（汉译：几个小女嫁出去）
姓张轰吗良心秋，（汉译：夫家姓张良心好）
迁得吗柱把。（汉译：全由她们当家）
祭当眼子郊当尺，（汉译：您老一人山上睡）
子正尺利麦处说，（汉译：儿子有话向谁讲）
按肯太挂做言，（汉译：只有硬着心肠）
吐喂岸嘎岁。（汉译：抚养他们几年）
彦很出工啊岩哆，（汉译：白天出工等回家）
友很高岸衣半挖，（汉译：夜里教我们做人礼）
既等班介冷工值，（汉译：堂前阶上您老坐）
交心改岸哆。（汉译：很关心我们）
按嘎子梯尺你鱼，（汉译：我们儿女和您睡）
既当爹来又当妈，

家常杂把奴来挂,（汉译：家常杂事您来管）
一担子奴挑。（汉译：一担子您挑）
青害奴利温压害,（汉译：青天你也不长眼）
用恩爹奴哽担要,（汉译：把我爹抓回去）
纪路无等描介央,（汉译：阎王爷把我们隔开）
描介工党望。（汉译：阴阳两下分）
半土半彦土心很,（汉译：走路走到半路上）
养儿育女你嘎岁,（汉译：养儿育女这几年）
害奴白无班青害,（汉译：天上白云遮青天）
帮自无主张。（汉译：实在无主张）
接肯岸盖那温务,（汉译：接着子女都出世）
牡丹柒东开自大,（汉译：牡丹七朵开得艳）
彦咒你本自合劳,（汉译：您说这回太好了）
心空利放下。（汉译：心也放得下）
初说亩值奴光景,（汉译：就说当时的光景）
气自肯花自望,（汉译：气在心里欢在外）
阿妈要格当央家,（汉译：阿妈奋力当好家）
欢乐过彦岁。（汉译：好好过几年）
当兵退伍转要格,（汉译：阿爹退伍转回家）
无衣无靠奴时光,（汉译：无依无靠的生活）
恩爷恩奶要口劳,（汉译：我爷我奶已去世）
叹心又叹肝。（汉译：伤心又伤肝）
母时国民党手很,（汉译：当年国民党时候）
抓丁派款奴时光,（汉译：抓丁派款的时代）
用恩爹冲怎当兵,（汉译：把我爹抓去当兵）
岩认志恕岁。（汉译：去了十多年）

替肯爷奶轰手很，（汉译：说到爷奶的为人）
子名子姓劳嘎岁，（汉译：有名有望好多年）
先生弟子出央东，（汉译：书香子弟出我家）
名气扬四方。
咪肯阿妈彦做言，（汉译：想起母亲的一生）
替肯秀岸肉尔骨，（汉译：历尽艰难与风霜）
风风雨雨彦受尽，（汉译：风风雨雨您受尽）
高讲利心叹。（汉译：一说就心叹）
做言害子代母种，（汉译：为人就像母猪肠）
一帆风顺岸那安，（汉译：一帆风顺哪里有）
酸甜苦辣冷细子，（汉译：酸甜苦辣的日子）
记得千眼哆。（汉译：不要再说起）
如奴整万得千春，（汉译：山上树木活千年）
做言阿董得百岁。（汉译：为人难得过百岁）
记自古劳岩秋处，（汉译：人老死去归好处）
右山眼记下。（汉译：古时就这样）
纪害来气世界很，（汉译：生来活在世界上）
纪害天高世界安，（汉译：生来要把世界看）
做言天来做纸转，（汉译：为人一生像赶街）
卖买罗利要。（汉译：生意未完也要走）
加合紧言岁尾很，（汉译：刚好已过到岁尾）
好东粮食利装吗，（汉译：家中粮食装满仓）
肥猪嘎等杀吧认，（汉译：年猪几头宰杀掉）
过秀初冷毛。（汉译：好时光就现在）
国家西部大开发，
城市很不相说，（汉译：城市里不用说）

农村很利大变样，（汉译：农村里也大变样）
彦比彦过化。（汉译：一天比一天富裕）
冷更党奴闷英明，（汉译：这个时代党英明）
三个代表言先出，（汉译：三个代表利人民）
三询满狗坐认是，（汉译：二弦弹起歌盛世）
好盖处吾膘。（汉译：到处都幸福）
初戏过劳亚戏膘，（汉译：初献过后亚献到）
高央苦情家常说，（汉译：把我家的苦情说）
白纸仲奴做祭文，（汉译：白纸上面写祭文）
简单奴高说。（汉译：简单说一说）
来格洋洋　尚飨　完　二〇〇四年农历十一月十七日晚9点[1]

　　这篇祭文从母亲去世儿孙供奉最后的饮食茶饭说起，接着自然回顾母亲病重时的情景，多方求医问药无果，最终还是离去。后面是追述母亲后半生家中境况的好转，特别突出了亡者子孙后代的能干，家业的兴旺，然后又夹杂对母亲生前特别是早期生平的回顾，表现母亲前半生的艰辛。最后则加上了歌颂当下政策的话语，显示了白祭文这种文体中作者本人思想的与时俱进。而这篇祭文的作者姜伍发曾担任多届石龙村委会领导职务，在祭文中加入体现时代脉络和国家政策的语句正与其身份相符合。

　　初献文后要诵唱亚献文。以下是张万和作并诵唱、李绚金记录的一篇《亚献文》，祭文书写的对象与前一篇初献文为同一位逝者：

初献过老亚献到，（汉译：初献过后又亚献）

---

[1] 董秀团主编：《石龙新语——剑川县沙溪镇石龙村白族村民日记》，中国社会科学出版社，2009年，第215～219页。

出生来叩世界看，（汉译：人生出世看世界）
做银体来做之最，（汉译：人生好似赶趟街）
是买老利呀。（汉译：买卖未完也作罢）
世上树木得千春，（汉译：山上就有千年树）
骂眼做银定百岁，（汉译：哪个出世活百年）
见字老了去秋处，（汉译：人人老了去好处）
正路初你柱。（汉译：正路就这条）
十月乃过彦冬月里，（汉译：十月已过过冬月）
冬至利过老，（汉译：冬至也过了）
冬至阳阳春又来，
腊月过年利到。（汉译：腊月过年就要到）
梅花乃开彦雪曲很，（汉译：梅花开在雪地里）
霜雪下字白化化，（汉译：霜雪下得白花花）
整丁五冬利带孝，（汉译：山岭树木齐带孝）
呀子阿母彦父乐。（汉译：母亲的福禄）
讲肯阿母彦做银，（汉译：说起阿母的一生）
什真孟斗骂，（汉译：做事很认真）
汉室安你六子弟，（汉译：养得我们六姊妹）
困难称几年。（汉译：困难了几年）
咒气乃恩爹初去世，（汉译：当时我爹刚去世）
子眼家家女眼当，（汉译：男当家成女当家）
自跌倒老自自爬起，（汉译：自己跌倒自爬起）
立业而兴家。
鲜大眼老培植称，（汉译：大女儿结了婚）
运气更更出，（汉译：运气慢慢好）
仲定子眼顶能干，（汉译：招赘女婿很能干）

勤快孟斗骂。(汉译：勤俭维持家)

老子曲子相当灵,(汉译：心计又好脑子灵)

苦计划老苦砍算,(汉译：善计划又善经营)

杂村子老讲听利,(汉译：全村的人都夸赞)

斗母老眼骂。(汉译：实在有出息)

浚老乃孙好见眼孟,(汉译：不久孙儿续出世)

喜欢孟东骂,(汉译：实叫人喜欢)

松竹梅兰你戛盆,(汉译：松竹梅兰这几盆)

杂是子发望。(汉译：子孙很发旺)

女弟乃叩眼培植称,(汉译：妹子五人嫁出去)

界眼成室而成家,(汉译：每个人成室成家)

汉子好子丁过好,(汉译：每家每户生活好过)

界眼子称赞。(汉译：全村人称赞)

女手眼子心术好,(汉译：招得女婿心术好)

杂是计划定孟里,(汉译：计划都很有道理)

整界好各建肯望,(汉译：房屋住处都建好)

碑文立满坟山。(汉译：祖宗碑墓竖满坟山)

阿母倒床阿岁老,(汉译：阿母倒床了一年)

代是彦字丁叩大,(汉译：全家大小都关心)

喝阿史字用阿史,(汉译：要吃什么有什么)

缺发老便骂。(汉译：没什么缺乏)

你子计划孟父很,(汉译：您儿计划在心里)

省彦过好某叩岁,(汉译：要您幸福过几年)

省彦过好自浚老,(汉译：让您好过,我幸福)

灾难受最到。(汉译：不幸灾难到)

安利乃很心疾救彦,(汉译：我们决心抢救您)

中西药喝了解,(汉译:中西药服用了无数)

服药不行神不灵,(汉译:服药不行求神也不灵)

抢救肯彦哆。(汉译:抢救不了您)

闹山你佺好呀更,(汉译:外地佺儿都回来)

初字呀更叩彦按,(汉译:就是看您老人家)

庸整共彦叩三界,(汉译:要想和您多交谈)

大骂斗界处。(汉译:没有人答话)

你孙你解汉彦飘,(汉译:您这么多的孙子)

小眼大眼咪彦哆,(汉译:大人小人都想您)

痛想共彦叩三界,(汉译:要想和您坐在一起)

水里捞月望。(汉译:水里捞月亮)

骂咒乃好人不在世,(汉译:古说好人不在世)

你呀古人眼说下,(汉译:这是古人说的话)

雕郎刻木为父母,(汉译:丁郎刻木为父母)

传爹妈斯像。(汉译:存父母形象)

汉书条彦方受彦,(汉译:挑时选日办丧事)

加合书利乃顺插,(汉译:恰好丧期也顺利)

三天三夜老谈经,(汉译:三天三夜做法事)

大彦很上父。(汉译:帮您老忏悔)

念佛会来热闹彦,(汉译:佛会会友来吊念)

界眼咪彦哆,(汉译:大家都怀念)

干果菜蔬你叩盘,(汉译:干果蔬菜这几盘)

排在仲名下。(汉译:摆在灵台下)

今晚乃十七老堂祭,(汉译:今晚十七举行堂祭)

灯火明亮亮,

子子孙孙男女佺,

跪仲彦台下。(汉译：跪在灵台下)

家常言语说不完，

在而阿母彦见柱，(汉译：这话阿母您记住)

去到恩爹骂很字，(汉译：去到我爹他们处)

啃吾秋老说。(汉译：好话说几句)

明日乃阿母彦升天，(汉译：明天我们送葬您)

阿大菜蔬这几碗，(汉译：这里摆着几碗菜)

粗饭淡饭吃本碗，(汉译：粗茶淡饭吃一碗)

茶酒喝本父。(汉译：茶酒尝一尝)

阿母乃去到新添门，(汉译：阿母您去到西天)

大叩你子安台看，(汉译：要把您子孙照顾)

保佑你子得千春，(汉译：保佑您儿活千岁)

你孙得百岁。[1](汉译：您孙活百年)

  这篇亚献文，与初献文相较，更多地承袭了白祭文的传统路数，从生死乃生命定律出发，用季节点题和衬托，接着回忆母亲一生的功劳，凸显母亲独自将儿女抚养成人的艰辛和伟大，用子孙的成器反衬母亲的付出，然后又回到现实情景，祭祀和送别母亲，最后则希望母亲在西天能够保佑儿孙后代。和前一篇相比，这一篇要更加朴实一些。

  下面的这篇同样是亚献文，但针对的对象与前两篇有所不同，这篇的对象即逝者是村中一位老年男性。该祭文系李根繁所作，由李绚金记录：

初献过拉亚献票，(汉译：头祭已过二祭到)

---

[1] 董秀团主编：《石龙新语——剑川县沙溪镇石龙村白族村民日记》，中国社会科学出版社，2009年，第215～219页。

再干家常苦情刷，（汉译：再把家常事说说）
叙不完的家常话，（汉译：说不完的家常话）
越谈越悲伤。
春季过言夏季很，（汉译：春季已过夏季到）
清明巴之谷雨票，（汉译：清明过后谷雨到）
共边鸣票整丁奴，（汉译：报谷鸟在树上鸣叫）
杨柳之吐绿。（汉译：杨柳树吐绿）
如奴百产花子开，（汉译：山上百花都齐放）
地膜覆盖白化化，（汉译：塑料地膜白花花）
雪压吴利杂打面，（汉译：虽不下雪一片白）
农忙初乃毛。（汉译：农忙就是此阶段）
皆害额气世界很，（汉译：人生出世活在世）
皆害额干世界安，（汉译：人生是来看世界）
人生似鸟同林宿，
旦孟奴央光。（汉译：不必太认真）
做言害之代母肠，（汉译：为人在世像猪肠）
一帆风顺奴眼毛，（汉译：没有谁一帆风顺）
酸甜苦辣利尝清，（汉译：酸甜苦辣都尝尽）
计定千眼多。（汉译：人人要经历）
阿爹闷皆害某索，（汉译：阿爹出生那一年）
一九三四年母岁，（汉译：一九三四那一年）
票该自之七十一，（汉译：一下活到七十一）
直七志一岁。（汉译：有价值是这一年）
恩爷恩奶苦做言，（汉译：我爷我奶善为人）
好东彦下处压票，（汉译：家庭生活不算苦）
马定恩娘那工天，（汉译：背着我姑你们两兄妹）

花之用咒妙。(汉译：欢天又喜地)

定那界旬定回才，(汉译：儿女出世胜发财)

干那旦之玉明珠，(汉译：把你们当夜明珠)

汉那金咒子利旬，(汉译：养育你们兄妹胜金孔雀)

含言马句角。(汉译：含嘴般珍贵)

恩爷恩奶供彦书，(汉译：我爷奶供您读书)

幼学古文利学将，(汉译：幼学古文皆读熟)

四书五经利学千，(汉译：四书五经都背熟)

聪明彦东毛。(汉译：实在是聪明)

学气书之散拉乃，(汉译：学着丰富的知识)

写对对眼干彦安，(汉译：写对联都请您过目)

乡党应酬乃嘎边，(汉译：红白二事和应酬)

界好奴为票。(汉译：每家都帮到)

阿爹彦之坐好东，(汉译：阿爹娶妻在老屋)

恩娘女之省气旺，(汉译：我姑外嫁到桃源)

恩娘界杨屯介利，(汉译：我姑父家隔此九里路)

吃餐土之票。(汉译：一餐饭时间便可回来)

恩母那工眼做言，(汉译：我妈和您成家业)

最反概利生杨刨，(汉译：各项计划都成功)

披星戴月不辞劳，

立业而兴家。

一耍二笑奴对待，(汉译：对村民和睦相处)

重董尺利压三刷，(汉译：不好听的话不说)

马咒夫唱之妇随，(汉译：俗话说夫唱妇随)

勤俭又持家。

安嘎子天利皆害，(汉译：我们兄弟姐妹都成器)

了之斗步之修下，（汉译：这是祖德的结果）

定安三男利二女，（汉译：养得我们三男又二女）

青害母照看。（汉译：老天的恩德）

大肯介之供安书，（汉译：长到学龄供我们读书）

刷巫直概之刷巫，（汉译：结婚年龄给我们娶妻）

舍子旦丁彦共注，（汉译：三子像您学业有成）

岩气为国家。（汉译：当教师为民服务）

大方向之彦掌握，（汉译：家中大方向您老掌握）

彦挡前之安古尾，（汉译：您在前面全家跟在后）

好东根好之这界，（汉译：我家旧房既窄又破旧）

新好处气旺。（汉译：新房建在外）

四合同介处者扔，（汉译：建成崭新四合院）

史安成室而成有，（汉译：我们兄弟成了家）

五好家庭之杨东，（汉译：我家是五好家庭）

和睦过时光。

秋眼前务土压额，（汉译：善良人前路畅通）

为孙轰利来初票，（汉译：几个孙子相继出世）

尽之出气剑阳敌，（汉译：个个都聪明绝顶）

杂是利发旺。（汉译：子孙很发旺）

计世界眼计压秋，（汉译：老天创造出世界但美中不足）

月缺花朝怎该刷，（汉译：月缺花谢怎么说）

阿该白云班青害，（汉译：白云一下遮青天）

心空奴路夫。（汉译：心缺了一半）

叫害务之害共高，（汉译：叫天可是天不应）

尽咒毒奴再之毛，（汉译：没有比这更毒的）

猴子本孟子奴西,（汉译：猴子抚养小猴而丧生）
秀彦肉耳光。（汉译：令人最伤感）
如长不低气扬长,（汉译：山长也不抵气长）
气中肯拉花中旺,（汉译：内心忧愁表面欢）
心空此彦孙轰奴,（汉译：孙辈成器您心安）
抓彦心奴创。（汉译：您硬着心肠）
彦大孙眼学气书,（汉译：您大孙子卫校已毕业）
学了医生转旦要,（汉译：学着医生转回乡）
马刷波介之子挡,（汉译：人说重担他来挑）
洗清杨根几。（汉译：振兴了我家）
彦孙嘎眼丁听彦,（汉译：几个孙子很听您的话）
心空路课利奔马,（汉译：心有不足也觉得满意）
子巫嘎眼良心秋,（汉译：几个儿媳良心好）
介眼之称赞。（汉译：个个都称赞）
喜欢吃史初吃史,（汉译：您爱吃啥就吃啥）
喜欢岩那之岩那,（汉译：喜欢去哪任您去）
尽咒彦奔忙扬长,（汉译：都说您一生奔忙）
安乐母嘎岁。（汉译：安乐过几年）
如奴整务定千春,（汉译：山中自有千年树）
阿董做言定百岁,（汉译：活到百岁有几人）
门眼丁务七压通,（汉译：失明人前路不通）
灾难初转票。（汉译：灾难就降临）
输液打针利压转,（汉译：输液打针病不好）
单方药草之恩将,（汉译：单方草药都喝遍）
县医院利半将扔,（汉译：县医院也没办法）

彦病回是重。(汉译：您的病加重)

阿爹尺奴之史病，(汉译：阿爹患的什么病)

彦病奴药岩那安，(汉译：医您的药哪里找)

生拥安尺天彦尺，(汉译：儿孙愿意替您病)

天旦之空刷。(汉译：但只是空说)

叫咒阿爹端肯额，(汉译：叫声阿爹爬起来)

茶清酒薄恩本夫，(汉译：清茶薄酒喝几杯)

子子孙孙兰女侄，(汉译：子子孙孙和侄女)

跪中彦台下。(汉译：跪在您灵前)

屯处亲奴利要个，(汉译：远处亲戚也跪下)

三亲六旬千之旦，(汉译：三亲六眷全到齐)

要想共彦干三界，(汉译：都想再见您一面)

安杀彦生相。(汉译：只看到遗像)

洞经会很汉彦飘，(汉译：洞经会里都找您)

念佛会很干彦安，(汉译：念佛会里也想您)

骨肉恩情两分离，(汉译：生离死别两分离)

叹心又叹肝。(汉译：伤心又伤肝)

八大碗细班言背，(汉译：里面摆着八大碗)

三汤三饭班气旺，(汉译：三汤三饭摆在外)

子安报彦恩压度，(汉译：我们未尽子女责)

请干安奴高。(汉译：请原谅我们)

曼言阿爹彦升天，(汉译：人们说您升天了)

细吴秋勒刷，(汉译：要帮我们说好话)

保佑彦子定千春，(汉译：保佑您儿活千岁)

彦孙定百岁。(汉译：您孙活百年)

呜呼　尚飨[1]

　　李根繁所作的这篇亚献文，最突出的特点是能够言之有物，而且非常贴合死者的身份和业绩。该文是为石龙村的村民张金鸿而作，笔者曾多次在石龙村调查，对张金鸿老人也很熟悉。张金鸿本身也是在石龙颇有影响力的人物，是石龙洞经会中的权威，小时读过私塾，熟悉汉文化，也对村中的传统和白族的风习谙熟于心，村中有公共事宜或节日、婚丧嫁娶等都要请他出面。因此，写这篇祭文的人将这些事实融于其中，讲到村民写对联要请亡者过目，村中的红白二事和方方面面都由他来应酬，讲到他去世后，洞经会、念佛会都会怀念，这些都是十分贴合死者生前事迹的。

　　对比石龙村的白祭文和洱源地区流传的白祭文，我们发现其中有很多共同点，比如用世上有千年古树但是却无人活过百年来说明死亡是人生的正常规律。还有祭文总体的用途、风格等也基本一致。这些白祭文都是用白族传统山花体写成，多数遵循着"七七七五"的格式，只有少数地方没有严格遵守格式的字数。祭文中往往形成一些固定的套语，比如用猪大肠的弯弯曲曲来形容人生在世不可能没有坎坷，这样的比喻充满了生活气息。当然祭文虽有一些固定套路，但讲究必须要贴近亡者本身，所以在内容上作者们都会联系死者生前的实际情况。

　　尽管白祭文是用白语演述的，但其中夹杂着大量汉语和汉字。特别是这些创作祭文的人，往往都会事先将祭文诉诸于纸笔，将之书写和记录下来，而这当中自然也要大量借用汉字。虽其中也掺杂了只有他们自己才能看懂的"白文"，但前面已述，这些白文也主要是在汉字的基础上进行的增删、组合。所以，白祭文的存在，实际在很大程度上是依托于汉字的。此外，白

---

[1] 董秀团主编：《石龙新语——剑川县沙溪镇石龙白族村民日记》，中国社会科学出版社，2009年，第292～296页。

祭文虽然存在一些固定的套式，但祭文的作者能够创作出篇幅不算短小的祭文，而且常常要随着逝者的实际情况进行调整，是以创作者本人的文化素养作为基础的，没有一定的汉文化和白族传统文化的积淀和素养，实难完成祭文的创作。随着时代的发展，祭文的作者还把时事加入其中，比如上面提到的"西部大开发""三个代表"等，这也从一个侧面反映出作祭文的人多是有一定文化水平的，在他们身上也体现出汉文化的巨大影响。在前述李根繁为张金鸿作的祭文中，说死者从小就熟读幼学古文、四书五经，文中还清晰展示了白族民众对于读书识文的重视，这里读的书、识的文实际上都属于汉文化的体系。而李根繁本人，虽只是初中毕业，但也曾担任代课教师，更重要的是，他是远近闻名的白族调歌手，而且是被村民们誉为"歌霸"级别的人物，他的出名靠的并非声嗓音色，而是他的"肚才"，也就是创编的能力，此种创编能力中自然也蕴含着他汉、白文化的双重素养。所以，从一定程度上说，民间的白祭文创作者无疑也可被视为民间的精英。在这些民间精英身上，体现了汉文化和白族文化的交融和影响，他们是汉族文化和汉文学影响白族文学的中介、承载者及典型例证。

第四章 白族文学与印度文学关系研究

作为文明古国之一，印度在世界文学史上具有重要的地位。印度文学的丰富内容直接影响到了世界上的很多国家和地区。在中印文化的交流中，双方互有往来，各有交融互鉴。而大理白族地区，尽管处于中国西南边疆，远离国家的政治文化中心，但由于地理、历史等方面的原因，也与印度文学有着千丝万缕的联系。《新唐书·南诏传》描述了南诏的疆域："东距爨，东南属交趾，西摩伽陀，西北与吐蕃接，南女王国，西南骠，北抵益州，东北际黔巫。"[1]同时，该书的《西域传》又载："天竺国，汉身毒国也，或曰摩伽陀，或曰婆罗门。"[2]说明《南诏传》中所述的南诏西为摩伽陀实际就是天竺，所以南诏与天竺国是相连的。这自然为印度文学与大理地区白族文学的交流奠定了坚实的基础。

在白族文学与印度文学的关系中，印度文学对白族文学的影响更大，而这种影响又与佛教的传入有密切关系。尽管前面我们已经说到大理白族地区的佛教，其来源并不单一，在《南诏图传》的文字卷中也有这样的记载："敕大封民国圣教兴行，其来有上，或从胡梵而至，或于蕃汉而来，奕代相传，敬仰无异。"[3]这里的"胡梵而至"指的是从印度传来的部分，而"蕃汉而来"指的是由吐蕃和中原传来的部分。从这个记述，可知南诏佛教的来源是多元的而非单一的。大理白族地区的佛教，有汉地传入、吐蕃传入、印度传入等各种途径，并且印度传入的佛教既有自滇印缅古道传入的，也有经由吐蕃再传入的。无论如何，在这其中，自印度而来的后期佛教也就是密教在某些时期对白族文化产生了重大的影响。在昆明、大理等地都流传着阿育王派其子到滇池、洱海地区传播佛教的说法，这一说法也被云南的一些史志记录下来。阿育王确实向国外派出大量使者传播佛教，但阿育王是否真的派其

---

[1]［宋］欧阳修、宋祁撰：《新唐书》卷二二二中，中华书局，1975年，第6267页。
[2]［宋］欧阳修、宋祁撰：《新唐书》卷二二一，中华书局，1975年，第6236页。
[3]　李东红：《大理地区男性观音造像的演变——兼论佛教密宗的白族化过程》，载《思想战线》1992年第6期。

子到云南传教还没有更多的证据，然而这样的传说从一定程度反映了滇池、洱海区域佛教与印度佛教之间的关联。《景泰云南图经志书》卷五"大理府"的"寺观"条载，大理感通寺，古称荡山寺，又名上少寺、上山寺，据传此寺是天竺僧人所建："无极本居感通寺，寺之由来尚矣，而石未有记。岁庚午，无极特以状请，曰大理山水明秀，见称于前……宗辈相传，谓汉摩滕竺法兰，由西天入中国至此时所建。或又谓李成眉贤所建，至蒙氏时有僧赵波罗更葺之。"[1] 由于无金石为据，明代高僧无极只能报告宗辈相传的说法。结合其他文献记载，王明达认为这实际上"暗示了一种可能：中天竺僧人摩滕、竺法兰从古印度经由缅甸，进入云南，到大理传教，再到四川传教，最后到达洛阳"[2]。无论怎样，都说明了天竺高僧来到大理地区传道布教的可能性。远道而来的天竺僧人勤于布道，在白族民间留下了大量梵僧到大理开辟土地、救助民众的故事传说。

印度佛教文化、佛教文学对白族地区的影响在白族文学当中有着比较明显的表现。根据《白古通记》的记载：

> 天竺阿育王第三子骠苴低，子曰低牟苴，一作蒙迦独，分土于永昌之墟。其妻摩梨羌名沙壹。世居哀牢山下。蒙迦独尝为渔，死池水中，不获其尸。沙壹往哭于此，见一木浮触而来，妇坐其上，觉安。明日视之，触身如故，遂时浣絮其上，感而孕，产十子。他日浣池边，见浮木化为龙，人语曰："为我生子安在？"众子惊走，最小者不能走，陪龙坐，龙因舐其背而沈焉。沙壹谓背为九，谓坐为隆，名曰九隆。十子之名：一眉附罗，二牟苴兼，三牟苴挪，四牟苴酬，五牟苴笃，六牟苴托，七牟苴林，八牟苴颂，九牟苴闪，十即九隆。九隆长而黠智，尝有

---

[1]　[明] 陈文纂修：《景泰云南图经志书》，载方国瑜主编，徐文德、木芹纂录校订：《云南史料丛刊》第六卷，云南大学出版社，1998年，第79页。

[2]　王明达：《南诏大理国观音图像学研究》，云南人民出版社，2011年，第19页。

天乐随之，又有凤凰来仪、五色花开之祥，众遂推为酋长。时哀牢山有酋波息者，生十女，九隆兄弟娶之。厥后种类蔓延，分居溪谷，是为六诏之始。[1]

在这里，《白古通记》所载的九隆神话中，明确提到蒙伽独的身份为天竺阿育王之孙，有学者认为这是南诏王族为了美化自己来源的有意假托之词。在此，我们先不去考辩这是否为假托之词，但有一点很明显，其中反映了佛教文化对南诏大理文化的渗透。作为印度佛教代表的阿育王，与作为土著代表的沙壹的结合，实则暗示了外来佛教在白族地区被逐渐接纳甚至内化为其文化重要组成部分的事实。

当然，印度文学对白族文学的影响也呈现出一种复杂性，由于印度文学与中国汉地文学之间同样有着交流，而汉族文学又实际上对少数民族文学产生着重要影响，故而也不排除印度文学的一些内容先影响到中国的汉族文学，进而又从汉族文学进入白族文学中的可能性。有的时候，印度文学与中国的汉族文学、白族文学之间的关联是交叉融合的，这些都说明了文学交流的多向立体性。

第一节　几则白族佛教故事的印度渊源

一、观音故事

观音，是梵文 Avalokitesvara 的意译，汉语音译"阿婆卢吉低舍波罗""阿

---

[1] 转引自耿德铭：《哀牢国与哀牢文化》，云南人民出版社，2003年，第290页。

缚卢积多伊湿伐罗"或"阿缚卢极低湿伐逻",意译有"光世音""观世音""观自在""观世自在"等。唐代为避太宗李世民讳而简称观音。观音原名"不朐",本为男性,而且是一位太子,身份不凡。及至后来成佛,他与大势至菩萨同为阿弥陀佛的左右胁士,三者被合称为"西方三圣"。到了元代,我国佛教传说中开始出现观音是妙庄王的第三个女儿,名叫妙善这样的说法,[1]与此相应,中原地区的观音造像逐渐演化为女身。

南诏、大理国笃信佛教密宗,而此密宗最早系从印度传入,当然在后来的发展过程中也吸收了汉地佛教显、密诸宗及其他宗教信仰的因素,在此基础上形成了大理白族的佛教密宗即阿吒力教。观音是密宗的菩萨,在密教中有特别的地位,受到特别的敬重。白族地区对观音的信仰达到了相当突出的地步,观世音被看作大理国的护国之神。南诏王隆舜甚至自称"摩诃罗嵯",改年号为"嵯耶"。侯冲指出:这里的"摩诃罗嵯"是梵语的音译,意为大王,是印度大王的称号,而"嵯耶"一词应当是"阿嵯耶"的简称。[2]进而言之,"阿嵯耶"实际上就是"阿嵯耶观音",因为"阿嵯耶"这个词总是与观音关联出现,所以"不论'阿嵯耶'一词的含义是什么,都不妨碍我们将阿嵯耶与观音相提并论或等视"[3]。南诏王将年号改为"嵯耶",这已从一个侧面体现了南诏社会对观音的无上崇信。大理国时期至元代,大理白族地区有很多以观音为名者,诸如李观音得、高观音得、赵观音才等。[4]明清以来大理地区出现了很多观音庙,而现在我们在大理地区还可以看到众多的观音像,包括梵僧、阿嵯耶观音、观音老爹等男身像,说明大理白族地区

---

[1] 李东红:《大理地区男性观音造像的演变——兼论佛教密宗的白族化过程》,载《思想战线》1992年第6期。

[2] 侯冲:《南诏观音佛王信仰的确立及其影响》,载赵怀仁主编:《大理民族文化研究论丛》第一辑,民族出版社,2004年,第167、168页。

[3] 同上注,第168页。

[4] 李东红:《大理地区男性观音造像的演变——兼论佛教密宗的白族化过程》,载《思想战线》1992年第6期。

的观音信仰之悠久和兴盛。连瑞枝曾从观音与国家的关系、观音与贵族的关系、观音与巫术的关系、观音带来的梵僧是名家大姓认同的祖先这四个方面论述了大理地区观音信仰的意义。[1]

正是由于观音信仰的兴盛，白族地区流传着一系列观音的故事，这其中也体现出不少来自印度文化的影响。

南诏以来天竺僧人不断入滇传教，他们常常宣称自己是观音或者观音的化身，所以在大理的观音故事中，观音常以梵僧的形象出现。在观音化身梵僧的传说中，观音七化是典型的例子。万历《云南通志》卷十三《杂志》"观音七化"条记载："观音显圣，南止蒙舍，北止施浪，东止鸡足，西止云龙，皆近苍洱。第一化：唐永徽间，有一老人，美髯，戴赤莲冠，身披袈裟，手持一钵，至蒙舍细奴逻家乞食。时农（奴）逻与逻晟耕于巍山之下，其妻、其妇将往饷田，见僧俨然乞食，遂食之，此一化也。"第一化述观音化身的僧人向细奴逻家眷乞食之事。细奴逻的母亲和妻子去给他送饭，路遇僧人乞食，姑妇二人将饭食给了僧人。第二化叙述姑妇二人再次做好饭要送去给细奴逻时，又遇到刚才的僧人再次乞食，姑妇又把食物给了他。第三化讲述姑妇二人又返回做好食物，到巍山，见到刚才的僧人坐在石上，僧人对她们说了"奕业相承"的话。第四化叙"南诏兴宗王蒙逻晟时，有一僧，手持锡杖钵盂，牵一白犬，乞食开化郡穷石村中"。接着还讲到村人杀了僧人的狗，后又杀了僧人，僧人形复完好。第五化上接第四化述村人追僧人，射之，箭落皆变为莲花，呈现不凡异象。第六化说僧人腾空化为观音像，显现真身。第七化则是"蒙保和二年乙巳，有西和尚普立陀诃者入蒙国，云：'吾西域莲花部尊阿嵯耶观音行化至汝国，于今何在？'语迄，入定于上元莲宇。七日始知坐化，盖观音化身也"。观音七化的故事结合不同的历史和情景，在

---

[1] 连瑞枝：《隐藏的祖先——妙香国的传说和社会》，生活·读书·新知三联书店，2007年，第72页。

不同的细节叙述中凸显了共同的主题，那就是宣扬观音反复传道布教的艰辛以及在此过程中所展现的强大法力，以此来折服大理地区的民众。在《南诏图传》中，也画了观音七化的故事，并将僧人题为"梵僧"。梵僧即是观音化身，画面上是一个牵着白犬、手持锡杖和钵盂的老人形象。《南诏图传》描绘的是观音幻化、南诏开国的神话，体现了王权神授的思想。"《南诏图传》所绘'观音七化'之佛教神话，即是根据当时有关天竺僧人之传说故事绘制而成。由于这些天竺僧人的努力，天竺录山佛地之传说，也被搬到了大理。"[1]观音化身梵僧到大理传播佛教密宗的叙事中，对观音的形象予以无限夸大，这自然与佛教传播、立足的需要有关，透过这些被夸大和神化的表象，我们也看到了印度密教的传入及其对大理白族地区的深远影响。

描述观音化身的梵僧的系列故事中，更为民众所熟悉的是"观音伏罗刹"的故事。最早记载该故事的是《白古通记》，后被万历《云南通志》收录：

遂古之初，苍洱旧为泽国，水居陆之半，为罗刹所据，犹言邪龙。《汉书》称邪龙、云南，即今郡也。罗刹好食目睛，故其地居人鲜少。有张敬者为巫祝，罗刹凭之。有一老人主张敬家，托言欲求片地以藏修。居数日，敬见其德容，以告罗刹。罗刹乃见老人，问所欲。老人身披袈裟，手牵一犬，指曰："他无所求，但欲吾袈裟一展，犬一跳之地，以为栖身之所。"罗刹诺。老人曰："既承许诺，合立符卷以示信。"罗刹又诺。遂就洱水塔上，画券石间。于是，老人展袈裟，纵犬一跳，已尽罗刹之地。罗刹彷徨失措，意欲背盟。以老人神力制之，自不敢背。[2]

---

[1] 李东红：《大理地区男性观音造像的演变——兼论佛教密宗的白族化过程》，载《思想战线》1992年第6期。
[2] [明]李元阳纂，邹应龙修：《云南通志》卷之十六羁縻志第十一，云南省图书馆藏传抄本，1935年龙氏灵源别墅重印。

据李家瑞研究，李元阳是根据白文写的《白古通记》一书记录这些故事的，这些故事还流传在大理境内，且有康熙刻本《白国因由》一书，专记"观音化作梵僧"救渡土人之事，全书共有十八段之多。[1]《白国因由》可谓是观音故事的集大成之作，将原来的观音七化扩展为十八化。《白国因由》最早刻绘在大理喜洲圣源寺大殿的隔扇门上，有图有文，后来由该寺的住持寂裕和尚将其刊印流传。该书内容主要叙述梵僧于唐初从西天竺来到洱海地区传播密教的事迹，其主线便是观音伏罗刹的故事。罗刹，相传是印度土著民族名，在雅利安人进入印度征服当地土著后罗刹变成了"恶人"的代名词，后来又演变为"恶鬼""恶魔"等意。一般认为，《观音伏罗刹》叙事中实际反映的是密教初传进白族地区时与当地原始巫教之间的斗争，观音是密教的代表，而罗刹是本土巫教的化身。"《观音伏罗刹》神话的产生，主要是反映当时密教与白族原始巫教的激烈斗争，而且是密教徒为了弘扬其法力无边，可以战胜一切异教外道的思想创造出来的。"[2]在《白国因由》中，观音伏罗刹的故事被纳入"开国除魔始末"之中，成为其重要内容，这就说明观音伏罗刹反映了密教传入大理地区之后的宗教斗争，并且该故事还被改造成了南诏的开国神话，这既是密教徒宣扬佛法的需要，也是南诏统治者为自己的王权正名的需要。古正美指出："《白国因由》所记之南诏、大理的建国传说，并不完全是神话，而是南诏、大理所使用的佛教治国意识形态之始源及内容。南诏、大理所使用的治国意识形态，就是其等的建国信仰。南诏、大理的建国信仰，即是其观音佛王信仰。"[3]

在印度流传着很多罗刹的神话故事，赵橹认为："佛教与罗刹斗争的丰

---

[1] 李家瑞：《南诏以来来云南的天竺僧人》，载杨仲录、张福三、张楠主编：《南诏文化论》，云南人民出版社，1991年，第355页。
[2] 赵橹：《论观音神话》，载《山茶》1983年第2期。
[3] 古正美：《从天王传统到佛王传统》，台北商周出版社，2003年，第449页。

富而多样的故事,皆出自印度佛经。"[1]傅光宇对《观音伏罗刹》故事中核心母题的印度渊源做了考释,指出故事中观音化身的梵僧"袈裟一披"这一情节应首先见于佛经,《阿育王传》《莲花面经》《善见律毗婆沙》《根本说一切有部毗奈耶杂事》《经律异相》《大唐西域记》等经书中均载有如来弟子末田底迦(末田地、末阐提、摩田提)"弘扬佛法"的事迹。[2]末田底迦"神通广身"又是导源于印度古代神话中毗湿奴的故事,《梨俱吠陀》中记载,毗湿奴化身侏儒到魔王巴利那里讨要栖身之地,说只要三步即可,魔王答应了,没想到侏儒一步跨过了天堂,第二步跨过了人间,第三步把魔王挤到阴间地府。[3]《薄伽梵往世书》第8篇第15～23章也记载了毗湿奴化身侏儒的故事:

> 伯力成了三界的主人,众天神陷入苦难之中,四处游荡。大神毗湿奴投胎在天神之母阿底提的腹中,化身为侏儒出生。侏儒来到伯力处,向伯力要三步大小的一块地。伯力说:"好吧,既然只需要三步大小的一块土地,那就给你吧。"没想到侏儒大神变得高大起来,最后大神的身体竟把整个宇宙都包括了进去。毗湿奴只用了两步就跨过了伯力统治的三界,伯力带领全体底提耶到地界去了,因陀罗也带领诸神返回天界。[4]

除了袈裟一披,《观音伏罗刹》中还有黄狗一跳的情节,这个情节据傅光宇考证是曾经广泛流传于印欧语系诸民族中的情节母题。[5]

---

[1] 赵橹:《论观音神话》,载《山茶》1983年第2期。
[2] 傅光宇:《〈观音伏罗刹〉与"乞地"传说》,载《思想战线》1994年第1期。
[3] 傅光宇:《云南民族文学与东南亚》,云南大学出版社,1999年,第156页。
[4] 转引自薛克翘:《印度民间文学》,宁夏人民出版社,2008年,第83～84页。
[5] 傅光宇:《云南民族文学与东南亚》,云南大学出版社,1999年,第157页。

《南诏图传》《白国因由》所载的观音故事反映了观音初入云南传播佛教的艰难历程。这一点，不仅文献记载中有反映，在民间故事传说中亦可窥见一斑。流传于剑川白族民间的剖腹观音故事，解释了剑川石钟山石窟中所雕刻的剖腹观音的来历。故事说观音是"西方世界"的国王妙庄王的女儿，她长大后信佛，发誓普度众生。观音听说东土人不信佛，便背了三石三斗三升籼米，一顿吃一颗，一天吃三颗，到白国传教。由于白国人信鬼不信佛，她的种种劝化均难以奏效。最终，观音剖腹掏出心来给大家看以示诚意，才使众人信服。[1] 故事曲折影射了观音所倡导的佛教与本土巫教之间的对抗，观音剖腹掏心的举动实际是对其传教行为的极端化宣扬。另外，在洱源也流传着一则观音的故事，说观音化作一老者携白犬到今洱源罗坪山化斋。一开始当地人不肯施给她。后来，观音遇到母子三人，他们正在吃晌午饭，见到老者，便请老者一起吃饭。老者对母子三人说："你们请我吃斋饭，我自有补报。"吃完饭后老者将石块丢进田里，还用白语说："到秋天收谷子五十石。"说完就走到山箐中去了。到了秋天，那家人果然收了五十石的粮食。因此罗坪山后至今还有一个"五十石村"。[2] 这里，起初人们不肯给老人施斋，并不是简单地突出善恶对比，而是曲折地反映了梵僧初入白族地区传教时受阻的情况。但是，通过天竺僧人的努力，印度密教逐渐被大理一带民众所接受，并最终在大理白族地区立足生根。

　　白族地区的观音故事受到了印度佛教的深厚影响，同时也受到了汉地佛教的影响，汉地元代以后出现的观音是妙庄王三女儿的说法在白族地区同样也有流传，白族大本曲中还有《三公主修行》的曲本，所述内容不脱汉地观音修行故事的窠臼，这应该是后期汉地观音故事传入的结果。当然，白族的观音故事也加入了很多白族人民自己的创造。在白族民众的口头传统中，观

---

[1] 王明达：《南诏大理国观音图像学研究》，云南人民出版社，2011年，第48～49页。
[2] 《大理上下四千年》电视专题片解说词编写课题组：《白族的观音崇拜》，载《大理学院学报》2005年第6期。

音为了拯救大理人民而有负石阻兵的壮举，观音与三月街的创造有关，观音救苦救难的神格与白族人民生活的方方面面相联系，她似乎已经成为一个勤劳善良的白族妇女的化身，而不仅仅是不食人间烟火的神佛。李星华说："白族的观音具有白族劳动人民的性格、形象。"[1] 赵橹认为，负石阻兵、五十石等故事原本早已存在于白族民间，胡蔚本《南诏野史》以及雍正《云南通志》等书中均记载了老妇负石吓退敌兵的记载，但并没有说此老妇是观音，是密教徒将负石阻兵的老妇改造和置换成了观音；五十石的神话原本是传播生产劳作经验的，却被密教徒将观音植入其间，宣扬观音的功德。[2] 赵橹所述或为事实，但这也恰恰从另一个角度反映了观音所代表的梵僧们深入白族地区传道布教并得到认同的情形。密教徒能够将观音置换或植入白族固有的神话传说，本身已经说明白族民众开始接受密教及其神祇了。在白族的《创世纪》中，同样植入了观音信仰的因子，本来是开天辟地的起源神话，在盘古、盘生开天辟地的壮举中，却嵌入了观音留下人种于葫芦的情节，把观音置于运筹帷幄的重要地位。这些同样印证了自印度来的观音及其相关的故事传说已经被白族民众接受、认可，成了白族文学和白族文化不可或缺的组成部分。

二、大黑天神故事

大黑天神，梵名"摩诃迦罗"，本是印度教湿婆神的化身，后来为佛教密宗所吸收，成为密教的主要护法神。根据李玉珉的研究，南诏、大理国的大黑天神形象，与印度的大黑天神造型类似，应当是直接受到来自南方的印

---

[1] 中国科学院文学研究所民间文学组主编，李星华记录整理：《白族民间故事传说集》，人民文学出版社，1959年，第156页。
[2] 赵橹：《论观音神话》，载《山茶》1983年第2期。

度的影响。[1]大黑天神在大理白族地区受到广泛信仰,其地位仅次于建国梵僧观音菩萨。

　　大理地区信仰大黑天神的历史与佛教密宗传入时间相当。《新纂云南通志》"宗教考"载:"元至正初,昆明王升撰《大灵庙碑记》曰:'蒙氏威成王尊信摩诃迦罗大黑天神,始立庙,肖像祀之,其灵赫然,世祖以之载在祀典。至今滇人无间远迩,遇水旱疾疫,祷之无不应者。'康熙《志》卷十八曰:'大灵庙,在城隍庙东,即土主庙,神为摩诃迦罗,蒙氏城滇时建。'"[2]这里指的是南诏凤伽异筑拓东城时所建的大灵庙,所供奉的就是大黑天神。在《大理国张胜温画卷》中画了两幅大黑天神的画像,在剑川石窟中也有大黑天神像,此外考古发现的南诏、大理国时期及之后的大黑天神造像也很多。

　　《孔雀王经》说大黑天神是摩醯首罗变化之身。摩醯首罗为大自在天的梵名,而大自在天也就是湿婆。湿婆与梵天、毗湿奴并称为三大主神,是婆罗门教和印度教的主神之一。在印度的《梵书》《奥义书》两大史诗及《往世书》中都有关于湿婆的神话。印度神话《搅乳海》讲到天神和阿修罗商定,共同搅动乳海以获取能令各种生命长生不老的甘露,得到甘露后大家分享。于是,他们以曼达罗山为搅棒,以龙王婆苏吉为绞绳,开始搅动乳海。他们从乳海搅出很多宝物,得到了甘露,但同时也搅出了毒液。大神湿婆为了拯救众生,毅然自己吞下了毒液,而他的脖子竟被毒药烧成了青黑色,故而他又有别名"青颈"。[3]这可能就是大黑天神的"大黑"之由来。

　　大理地区的大黑天神不仅是密教的护法神,而且被纳入了本主信仰的系统中。"大黑天神作为本主供奉的年代较久,至迟在大理国(宋代)时期已

---

[1] 李玉珉:《南诏大理大黑天图像研究》,载《故宫学术季刊》1995年第2期。
[2] 刘景毛、文明元、王珏、李春龙点校:《新纂云南通志》(五),云南人民出版社,2007年,第502页。
[3] 薛克翘:《白族民间故事与印度传说》,载张玉安、陈岗龙主编:《东方民间文学比较研究》,北京大学出版社,2003年,第54~55页。

经盛行。"[1]前述蒙氏所建供奉大黑天神的大灵庙又名土主庙,说明当时已将大黑天神作为本主供奉。据《新纂云南通志》"宗教考"记载,直到20世纪的三四十年代,"云南各县多有土主庙,所供之神非一,而以祀大黑天神者为多。塑像三头六臂,青面獠牙,狰狞可畏。何以祀此神像? 民间传说,多不稽之谈。近年留心滇史,稍有涉猎,乃知大黑天神为阿阇梨教之护法神,盖其教以血食享祀,民间犹敬畏之"[2]。如此早就进入白族本主信仰的体系,说明大黑天神这一印度外来神祇已经完全被白族民众所认可。

大黑天神在大理白族地区广受信仰,也留下了许多相关的神话传说。傅光宇将大理地区的大黑天神神话分为三类,一类本是玉皇大帝侍者,因违抗玉皇旨意而"吞瘟丹"、救人类,成了"土主"或"本主";二类本是清官或义士,与升天台的恶蟒斗而献身除害,成为"本主";三类为其他本主神话传说。其中,清官或义士与升天台的恶蟒斗而献身除害成为大黑天神的传说,晚于"吞瘟丹、救人类"的大黑天神传说。[3]在第一类关于大黑天神的神话传说中,更多地体现了其受印度文化影响的痕迹。大黑天神本身就源自印度民间,而其之所以名为"大黑",与其吞下足以毁灭三界的剧毒有关,因为毒液将其脖颈烧成青黑色。这一点,在白族的吞瘟丹类神话传说中有了一定的沿袭。白族大黑天神吞瘟丹的神话流行于大理各地,其主要内容为:相传,玉皇大帝不喜欢地上的人,就派天神到人间散布"瘟丹",欲使人类遭受瘟疫而灭绝。天神接到这残忍的圣旨,怀揣瘟丹来到人间。到了人间,天神看见人们男耕女织,勤劳善良,实在不忍心散布瘟疫灭绝人类,但如此一来又无法回返天庭复命,于是他下决心牺牲自己拯救人类。天神打开瘟疫瓶

---

[1] 田怀清:《大理地区信仰大黑天神源流考说》,载赵寅松主编:《白族研究百年》(三),民族出版社,2008年,第524页。

[2] 刘景毛、文明元、王珏、李春龙点校:《新纂云南通志》(五),云南人民出版社,2007年,第502页。

[3] 傅光宇:《大黑天神神话在大理地区的演变》,载《思想战线》1995年第5期。

子，将瘟疫种子放在自己的身上，吞下全部瘟疫符咒。毒性发作，他的脸和全身一下子全变黑了。天神用自己的死换来了人类的生。人民感激他，奉他为本主。因他全身被瘟疫烧成黑色，因此又被叫作大黑天神。[1]

上述文本中，对玉皇大帝不喜欢人类的原因没有明言。类似异文有流传于剑川地区的《大黑天神》，玉帝要向人间撒瘟疫的原因是不能容忍人间的幸福生活胜过天宫。该故事说道，剑川狮河村的本主大黑天神，传说原是玉皇大帝身边的侍者。值日星君禀报玉帝，说好几位大仙不来上朝，经查已私逃人间。玉帝来到南天门外，吩咐云神拨开云头，观看人间。只见人间桃红柳绿，莺飞燕舞，白族男女正忙于春耕。玉皇大帝越看越忌妒，他不能容忍人间胜过天宫，于是派身边侍者把瘟药撒到人间，让人间人亡畜死，树枯水干。侍者不愿做这种伤天害理的事，他到了凡间，决定牺牲自己，拯救生灵，便把瘟药全喝到自己肚子里去了。侍者的脸膛被烧得黑乎乎的，像个马蜂窝，跌落到狮河村上河的后山上。太上老君把这事托梦给村民，狮河村的百姓十分感动，把侍者奉为本主，在他跌落的地方盖了本主庙，尊他为"大黑天神"。[2]

还有一种版本，是大理湾桥等村供奉的大黑天神本主的相关传说，其中设置了大黑天神一到人间便看到一妇女心地善良，与之前天神说法不符的情节。传说玉皇大帝听了耳目神的谎报，以为大理白族百姓很坏，便命天神到凡间散布瘟疫符章，要让生灵死去一半。天神奉旨驾云而下，来到湾桥，看见有个妇人，身背七十多岁的老婆婆，后面跟着六七岁的一个小孩。天神问道："婆婆可以走路，为何不背小孩？"妇人回道："孝敬婆婆，本为人子之道；小孩可以走路，并无妨害。"天神才知玉帝错怪了凡人。要是符章一散布出去，很多人就会冤枉而死。他心想不如我一人帮人间消灾，于是就把玉帝交给他的瘟疫符章吞了。霎时，他全脸发黑，昏倒在路旁。天下的蛇都

---

[1] 张文勋主编：《白族文学史》（修订版），云南人民出版社，1983年，第124页。
[2] 李子贤主编：《云南少数民族神话选》，云南人民出版社，1990年，第113~114页。

纷纷赶来救治，用嘴去吮吸瘟毒，把天神身上吸出许多洞洞，但始终没有吸完，从此，蛇的嘴巴里就有了毒汁。天神死了，湾桥的人为他建祠塑像，奉为本主，因为脸黑，他就被称作"大黑天神"。[1]

湾桥村的大黑天神故事还有另外一种异文，主要是将妇人背婆婆置换成背着非亲生子。内容如下。远古时，大黑天神是玉皇大帝驾前一员神将。巡天神向玉皇大帝禀奏，说苍山洱海之间湾桥一带黎民人心日下，男不耕，女不织，上不孝，下不养，几百户人家，没一个好人。玉帝大怒，让大黑天神带上一瓶瘟药撒到上、下湾桥。大黑天神拿着瘟药到人间，只见苍洱之间一片春光明媚，人们在田野里忙于耕种。大黑天神心想莫非是巡天神将说了假话？大黑天神走到上湾桥，见路上有一个三十多岁的女人，右手牵一个七八岁的男孩，背上背着一个十岁左右的男孩。大黑天神变成一个白发苍苍的老倌，问那个女人为何年纪小的娃娃不背，反倒背着年纪大的。那女人答道："大爹有所不知，年纪大的这个娃娃不是我亲生的，可怜他的亲娘早死，我虽是他的后娘，但也如同亲娘一样，只能多疼他一些。"大黑天神又问道："那你牵着的这个娃娃，是你亲生的了？"那女人点了点头说："他的年纪虽说小一些，可还懂事，我不背他，常常背着他的阿哥，他也不争不哭。"大黑天神很感动，于是对那女人说："我告诉你一件事，可不许向别人说。你们村子今晚要遭大难。你回去在家门前栽棵小松树，再在门头上挂一双新草鞋，你们全家就能消灾免难。"那女人回家，依照大黑天神的话做了。丈夫和女人商量，说左邻右舍都是好人，也要告诉他们。女人说自己的娘家在下湾桥，也要回去告诉他们。这样一家传一家。夜深人静时，大黑天神手执瘟药瓶走入村中，见家家门前都栽上了小松树，门头上也都挂了新草鞋。不知该把瘟药撒在哪家。刚想怪那女人泄漏了天机，转而又想那个女人真是善

---

[1] 白庚胜总主编，施珍华、和显耀本卷主编：《中国民间故事全书·云南·大理卷》，知识产权出版社，2005年，第208页。

良,她不光只顾自己一家,而自己是天上的神将,明知他们是好人,却不设法拯救,难道自己竟连一个凡间女人都不如吗?最后,大黑天神把那瓶瘟药吞进肚里,药性发作,全身变黑,脸颊溃烂。玉皇大帝叫蛇神火速赶往上湾桥村去救大黑天神。蛇神召唤附近的大蛇小蛇,一齐出动,前来给大黑天神吸毒。可大黑天神中毒太深,还是死了。大黑天神死后,湾桥人为他盖了一座本主庙,尊奉他为本主。[1]

笔者在大理剑川石龙村调查时,发现该村供奉的本主同样是大黑天神,村中也流传着许多大黑天神的故事。笔者在石龙村共搜集到三则相关的文本,多与湾桥流传的白族妇人善待非亲生子的故事一致,但诬告百姓的人变成了灶君:

从前,灶君和其他神仙去天上告老百姓,说老百姓良心差,自己杀猪吃也不祭祀他们。于是天神就派大黑天神下来调查此事,并给了他一瓶毒药,让他把良心坏的人全毒死。大黑天神到了人间后,遇到一个妇女,身上背着一个娃娃,手里还牵着一个。背在背上的那个年纪大,牵着自己走的那个却很小。于是他就问这个妇人:"为什么背着那个大的,小的这个却让他自己走?"妇人回答:"因为背着的这个是他前娘的,牵着的这个是我亲生的。"大黑天神看到此事被感动了,说这里的百姓良心这么好,怎么能说不好呢?他想把那瓶毒药倒在地上,又怕会影响庄稼,想倒在水里,又怕会毒死人和动物,最后,没有办法,他只好自己服下了毒药。当毒性发作的时候,他的脸及全身都发紫、变黑,他跳进水里,水也沸腾起来,天神下来救他,但已经来不及了。后来,人们把他奉为本主。[2]

---

[1] 大理市文化局编:《白族本主神话》,中国民间文艺出版社,1988年,第33～37页。
[2] 董秀团、段铃玲、赵春旺于2004年7月31日在大理剑川石龙村张祖元家收集,讲述人张祖元,男,1938年生,小学,农民。

另一则文本对玉帝、天神的描绘已经淡化，唯独将人间妇女厚待非亲生子的情节完整保留：

  天上的人说地上的人良心不好，就派人拿了一瓶毒药到人间，要毒死地上的人。派来的这个人来到人间，遇到一个妇女，背上背了一个小孩，手里还牵了一个小孩。背上背的小孩看起来年纪要比手里牵的小孩大。天上的人问她："为什么你背着年纪大的，却让小的走路？"妇女说："小的是我亲生的，背上的不是亲生的。"天上的人听后说："你们地上的人良心好。"天上的人不忍心毒死地上的人，就自己喝了毒药，毒药在他体内发作，全身变黑了。这时，来了一条蛇，吸他身上的毒，但这个人还是死了。后来，地上的人就把这个天上来的人塑成了佛像，成为我们的本主。[1]

第三则文本只有最核心的上天降罪散瘟疫、大黑天神吞瘟疫的情节，其余细枝末节一概略去：

  大黑天神原来是天上的一个神仙。地上的百姓做了不好的事，没有良心，所以上天要降罪下来，就派大黑天神拿毒药毒死天下的人。大黑天神心地善良，不忍下手，把毒药自己喝了，自己全身变黑，死了，脸色也变青了，天下百姓为了纪念他，奉他为大黑天神，还把他奉为本主。[2]

---

[1] 董秀团、杨建华、张金兰于2008年7月25日在大理剑川石龙村本主庙收集，讲述人李富花，女，1933年生，文盲，农民。
[2] 董秀团、段铃玲、赵春旺于2004年7月25日在大理剑川石龙村张金鸿家收集，讲述人张金鸿，男，1935年生，读过六年私塾，农民。

综观白族文学中吞瘟疫类的大黑天神传说，基本情节是：玉皇大帝不喜欢地上的人，或玉皇大帝嫉妒人间美景和生活，或玉帝听了耳目神/巡天神将/灶君谎报说地上的人坏，或天上的人说地上的人坏，或地上的百姓做了不好的事——玉帝或上天命大黑天神下凡撒瘟疫毁灭人类——大黑天神不忍，或大黑天神看到地上的人实际良心好而不忍（又分为两种情况，一种是孝敬老人，一种是善待非亲生子）——大黑天神吞下瘟疫而全身中毒变黑——大黑天神被立为本主。在此我们看到无论是哪一个版本，也不论是哪一种亚型，大黑天神吞下足以毁灭人类的瘟疫而导致自身中毒变黑，这是此类故事的核心情节。

大黑天神牺牲自我吞瘟疫拯救人类而导致自身中毒变黑的核心情节，与印度民间讲述的湿婆吞下搅乳海产生的剧毒导致"青项"的情节在本质上并没有区别，可以肯定，白族大黑天神吞瘟疫的故事正是印度同类故事传入的结果。白族人民在大黑天神吞瘟疫的故事中加入了自己的创造，比如别出心裁描绘地上的人良心好的情节，但是这并不能抹杀大黑天神故事整体上从印度传入、受印度原有故事情节影响的事实。在印度，大黑天神是湿婆之化身，而该神吞下剧毒导致"青项"，这便解释了"大黑"之由来。而白族的故事中，同样是大黑天神，同样是吞瘟疫（剧毒），同样是全身变黑，如果说和印度同类故事无关，纯属巧合，显然是不能令人信服的。

大黑天神从印度民间宗教保护神被密教吸收为护法神，并成为佛教的代表性大神之一，而伴随着佛教特别是密宗的传入，该神也被大理白族地区民众所接受和喜爱，一方面大黑天神所展现的不惜牺牲自己救助百姓的大无畏精神感动了民众，另一方面也可以说切合了大理地区宗教信仰的斗争需求。我们在前面说过，南诏在崇佛之前崇信道教，并且当佛教在南诏、大理国风靡之时，道教也并没有绝迹，所以大黑天神吞瘟疫型的神话，实则也反映了南诏、大理国时期佛教树立权威对抗道教的过程中佛教徒对本系统神祇的塑造。

故事中，大黑天神是玉皇大帝身边的侍者或者是其手下的天神，这或许正是影射南诏时期佛教进入大理白族地区时道教已经被崇奉在前，而大黑天神最终吞瘟疫的行为无疑也是对玉皇大帝的反抗，我们也可以将之看成佛教对道教的一次反拨。这一点在大黑天神的第二类故事即与升天台的恶蟒相斗而献身的故事中同样得到了沿袭，大黑天神生前作为清官或义士斗恶蟒，是与揭露升天台成仙秘密相联系的，而升天成仙不正是道教一贯的主张吗？所以这一类故事同样反映了对道教的一种批判。大黑天神因拯救百姓的高尚行为而得到了白族人民的认可和信奉，所以故事中的结尾常常是大黑天神被祀为当地本主。这表明作为外来的大黑天神佛教信仰，经过本土化的努力后，被当地人接受。而在大黑天神打入白族民众信仰体系的过程中，恰恰巧妙地运用了原有的印度神话传说中大黑天神的相关事迹，然后再加入一些白族化的叙事内容，这样，一场宗教神祇浸入的运动被消弭在世俗生活的讲述当中。

正是因为吞瘟疫类大黑天神故事的核心情节源自印度文化，所以在白族民间仍有不少文本保留着这最初的底色，只强调大黑天神吞下瘟疫、拯救生灵，而自己却被瘟疫烧成黑色且最终献出了生命。前面所述的白族吞瘟疫类大黑天神故事的文本中，不论异文如何变化，这一核心情节始终不会变。而在此基础上，一些文本刻意强调发出散布瘟疫指令的是玉皇大帝，大黑天神违抗命令的对象是玉皇大帝，这是与印度佛教中的大黑天神进入大理地区之后面临的排除道教影响让佛教在当地立足的使命相呼应的。至于大理白族地区的该类型故事中，又加入表现妇人之仁孝善良的情节，则更是贴合白族老百姓审美期待的一种变化。说到底，这些文本越是描绘细致、完整和曲折，就越是远离了印度民间这一源头，体现出该故事情节传入大理白族地区之后的不断丰满、完善和发展，在保留着其远源的同时拥有了大理白族民众赋予故事的全新生命力。

三、目连救母故事

目连救母的故事，在中国各地广泛流传，且故事的历史十分久远。追溯起来，目连的原型源自印度佛典。目连原名没特迦罗，他自幼出家，出家后的法名为摩诃目犍连，或称大目犍连，是释迦牟尼座前十大弟子之一，神通第一。[1]1851年，英国人、印度考古局长孔宁汉在孟买东北549英里（883.53千米）的山奇发现写着舍利弗和目犍连名字的盛放骨灰的石匣，证明目犍连实有其人。

目连的事迹是随着用汉文翻译佛经活动的展开而传入中国的，最早可上溯到魏晋时期。目连救母的故事最早也是见于《经律异相》《撰集百缘经》及《杂譬喻经》等佛经。在实际研究中，诸家追溯目连救母故事渊源时常常引用《佛说盂兰盆经》中的说法。[2]该经由晋代竺法护所译，其中关于目连救母故事的记载细致而又生动：

> 大目犍连始得六通，欲度父母，报乳哺之恩。即以道眼观视世间，见其亡母生饿鬼中，不见饮食，皮骨连立。目连悲哀，即以钵盛饭，往饷其母。母得钵饭，便以左手障钵，右手抟饭。食未入口，化成火炭，遂不得食。目连大叫，悲号涕泣，驰往白佛，具陈如此。佛言："妆母罪根深结，非汝一人力所奈何。汝虽孝顺，声动天地，天神、地神、邪魔、外道道士、四天王神，亦不能奈何。当须十方众僧威神之力，乃得解脱。"……佛告目连："十方众僧，七月十五日僧自恣时，当为七世父母，及现在父母厄难中者，具饭百味五果，汲灌盆器，香油锭烛，床敷

---

[1] 董秀团：《汉族和白族目连救母故事的异同比较》，载《民族文学研究》2004年第2期。

[2] 董秀团：《目连救母故事与白族的信仰文化》，载《民族艺术研究》2002年第1期；又见董秀团：《汉族和白族目连救母故事的异同比较》，载《民族文学研究》2004年第2期。

卧具，尽世甘美以著盆中，供养十方大德众僧。……现世父母六亲眷属，得出三涂之苦。"……时，目连比丘，及大菩萨众，皆大欢喜。目连悲啼泣声，释然除灭。时目连母即于是日得脱一劫饿鬼之苦。[1]

源于佛经的目连故事传入中国后就不断地发展并中国化。与佛经演述和传播关系甚密的俗讲、变文中也有该故事的承传，此后，该故事又进入宝卷、杂剧等系统。目连故事既保留了与佛经故事中相似的内容，又不断发展、演变，有的甚至在核心基干外衍生出大量旁枝。从佛经故事到《目连缘起》《目连变文》等俗讲、变文的文本，再到各种版本的目连救母宝卷和宋杂剧，再到明代集大成的郑之珍《新编目连救母劝善戏文》，以及清代御臣张照奉命改编的应承大戏《劝善金科》，在这一发展过程中还有各种地方目连戏的涌现和兴盛，[2]这一庞大的链条显现出目连救母故事的内容和情节在不断增加的事实。

白族地区的目连救母故事也是一则流传颇多的故事。笔者在大理、剑川各地的调查中，发现熟悉或知晓该故事的人为数不少。在大理洱海地区，该故事主要通过大本曲的形式得到广泛流播，很多人是通过听大本曲而知道这个故事的，当然，除了大本曲的演唱，民间也会以口述形式讲述这个故事。由于大本曲是其主要传承途径，加上大本曲有曲本，对故事的完整性保存较好，所以笔者在下面的分析中引用大本曲中该曲目即《傅罗白寻母》的内容。大本曲《傅罗白寻母》讲述，傅罗白是傅员外之子，他从小就被父母送到金山寺出家修行。傅罗白的父亲去世得早，他的母亲刘氏感念于此，每日吃斋念佛，行善修行。后来，罗白的母亲患病，家人请了一位外乡医生来诊治，医生交代要用"人参汤"做药引子，没想到因口音差异，医生说的"人

---

[1] 林世田、李德范编：《佛教经典精华》，宗教文化出版社，1999年，第541页。
[2] 董秀团：《汉族和白族目连救母故事的异同比较》，载《民族文学研究》2004年第2期；又见董秀团：《云南大理白族地区大本曲的流播与传承》，《民族文学研究》2006年第3期。

参汤"被大家误听成"人心肝"。正当家人为药引子焦急之时,一个名叫张宝的叫花子来到傅家讨饭,罗白的三舅便顺势将张宝骗到花园中杀害,取其心肝让刘氏当药引吃了。刘氏误食人心肝,犯下大恶,一命归阴,死后还被打入地狱受难赎罪。罗白在家中给亡母守灵,此时正值寒冬腊月,家中下人却来禀报,说家中花园的池塘里开满了莲花,上披着经文。罗白到花园中查看,经文上的字提示他,母亲正在地狱受难。罗白下决心要到地狱寻母、救母。观音化为美女、金银试探罗白,罗白丝毫不动心。观音派黑鱼精化为书生导引罗白脱了肉身,变成了目连。目连到地狱寻母,从一殿找到十殿,却始终没有找到母亲。最后他到了铁罗城,本来刘氏就关押在此,但由于把守铁罗城的恰恰是叫花子张宝,为了报仇,张宝骗目连说其母不在铁罗城。目连无功而返。不甘心的目连又上西天向佛祖借来照天伞和锡杖,打开照天伞,看见母亲正在铁罗城的火床上受难,于是他再次下地狱救母。来到铁罗城外,刘氏已转生白狗投生到四川成都府一员外家。目连只好又到四川寻母。目连找到那员外家,员外家的白狗见了目连连连摇尾,双眼流泪,这白狗正是刘氏的化身。目连向员外提出要化缘带走白狗,员外不应允,还说目连要金要银都可以,就是不施狗,目连便摇了摇手中锡杖,员外家的院落顿时地动山摇,员外只好将白狗施给目连。历经艰辛的目连终于完成了救母的使命。目连从员外家化得白狗,一头挑着经书一头挑着母亲(白狗)再上西天。之后,目连受封为地藏王菩萨。[1]

此外,笔者在剑川石龙村收集到两则目连救母的故事,内容与大理洱海一带稍有不同,对目连之母的行为交代与洱海一带文本不完全一致,主要是增加了目连之母在水中屙屎污染饮用水犯下罪行的情节。剑川石龙村目连故事的文本一为:

---

[1] 笔者根据田野调查中收集的大本曲艺人所收藏的曲本概括而成。现在在大理地区的地藏王菩萨塑像脚下多有一只狮子狗,便是其母。

一户姓傅的员外家长年吃斋，一直吃了九代。后来，傅员外娶了一个叫刘善四的女子，很多年了，他们都没有孩子。一天，刘善四到花园里闲逛，看到花坛里长了一个萝卜，她忽然觉得很馋，就把萝卜吃了。后来，刘善四便怀孕了。孩子出生后，给他取名叫"傅萝卜"，这就是目连。傅萝卜长大后，不愿住在家里，要住到寺院里吃长斋，他爹被气死了。刘善四有一个弟弟叫刘贾，他告诉姐姐："我的姐夫也死了，你也不用再吃长斋了，开荤算了。"刘善四听了弟弟的话，便开荤了。刘贾又说姐姐身子弱，必须要吃鸡、吃狗才能补起来。这样，原本吃斋的刘氏又是吃鸡又是吃狗，毁了傅家多年的修为，刘善四也死掉了，还被打入地狱。目连从寺院回到家中，看到母亲已经死了，而且被压在十八层地狱中，就想去救母。到了十八层地狱，看门人说钥匙已经被丢到大海里去了，拿不出来。目连就请了一个能下水的人去吸海水，把海水吸干，拿到了钥匙。目连拿到钥匙后放出了母亲，他们便一起回家。走了一段路，他的母亲口渴，要找水喝。目连用一块青石凿出了一口井，他母亲喝了觉得这股水实在太好了，如果别人喝到了岂不可惜，于是，她便背着儿子在井里屙了一泡屎。这样，地狱里的人马上又将她抓了回去。目连又到地狱里去问，地狱里的人告诉他其母已转世投胎了。目连得知母亲转世后变成了一员外家的狗，便打扮成化缘的人去找母亲。到了那户员外家，原本凶恶的狗看到目连便向他摇尾巴。员外家施给目连钱、经书，他都不要，就只要那只狗。最后员外终于把狗施给了他。回去的路上，目连把狗放在担里，狗放一头，经书在另一头，目连心想：我要是把经书挑到身后，那是对经书的不敬；要是把母亲挑到身后，那是对母亲的不敬，我要平着挑。于是，目连便平挑着担子，走路的时候，碰到什么挡路的树木，那些树木都给他让路，只有一棵枯松和一棵棕树不给他让路，于是枯松上飞来一只鸟对它说："你如果被砍掉，那就什么都不会剩下了，你的根也会枯掉。"这样，松树被砍了以后根部就会朽掉，不能再发出来。棕树上停的那只鸟对它说："你要被千刀万剐，一月被剥一次皮，一年要被剥皮 12 张。"最后，目连历尽困难终于救回了母亲。[1]

文本二相对于文本一稍显简略，对目连的家世未做过多交代。对目连之母下地狱的原因也描述模糊，不甚了了，只以一句没有良心来带过，而其中还增加了文本一中所没有的十殿阎王和目连打赌的情节。但目连到地狱救母、其母屙屎污染水源、其母转生为狗、目连一头挑经书一头挑母亲、几种特殊的树种不给目连让路而遭诅咒等情节与文本一基本一致：

> 目连是个大孝子，他的母亲刘氏没有良心，被抓到地狱。目连拿着夜明珠到十八层地狱中去找母亲，把母亲从地狱中救了出来。走着走着，刘氏说口渴，于是目连就用锡杖戳了一下地面，戳出一口井，刘氏喝了水，口不渴了，母子往前赶路。可是她心想："那么好的一潭水，如果让别人喝了，实在划不着。"于是，她又转回来在水中屙了屎。这样，阎王又把她抓回到地狱中，而且被关在很深的地方。目连又到地狱中找母亲，十殿阎王还和目连打赌，说："如果你能找到你母亲，我们拜你为师。"后来，目连确实又找到了母亲，所以十殿阎王就拜他为师了。目连的母亲被转生为狗，目连装成一个化缘的，来到刘氏转生的那家，主人给他什么他都不要，就是要化那只狗。主人于是把狗给了他。目连就一头挑着经书一头挑着母亲，可是把母亲挑在前是不敬经书，把母亲挑在后又是对母亲的不敬，于是他只好平着挑。路上，所有的树都给他让路，只有棕树不让，目连就说："你不给我让路，我让人剥你的

---

[1] 董秀团、段铃玲于 2004 年 8 月 4 日在大理剑川石龙村张明玉家收集，讲述人张明玉，女，1959 年生，文盲，农民。

皮！"所以，棕树的皮总是被人剥掉。后来，目连被封为地藏王菩萨，他的塑像旁有一条狗或一头狮子，那就是他的母亲。[1]

同样是在剑川地区，还流传着多个目连救母故事的异文。内容与石龙村讲述的文本大同小异，同样讲到目连之母犯下的主要恶行是屙屎污染了水源，这一点也与大理洱海一带大本曲中的讲述存在明显的差异。流传于剑川下沐邑村的目连救母故事，基本内容如下：

> 目连又称地藏，他是个大孝子。其母是个大恶人，死后被关在十八层地狱。目连想救度母亲，苦于没有办法。后来，释迦牟尼送了一根神杖和一颗夜明珠给目连，目连用夜明珠开路，用神杖将地狱层层打破，救出了母亲。走到山上，其母口渴，目连就用神杖点出一池清水，还想让以后过往的行人饮用。其母说要慢慢地喝，让目连在前面等，不料目连回头看时，却见其母正往池中拉屎，原来她不愿别人喝到就故意破坏了这一池清水。目连之母的恶行引起了上天的愤慨，她被转生为狗，永世不得超生。现在地藏脚前有一只狮子狗，就是其化身。[2]

该村流传的另外一个文本对该故事前面的内容予以省略，着重叙述目连之母污染水源之后发生的事情：

> 目连之母拉屎入池，被打入地狱。目连要去救母，十王都说不可能，还说他若真救出母亲就以他为王。后目连利用神杖救出母亲，"十王朝地藏"就成了定局。目连的母亲由于行为恶劣，死后转生为大理鹤

---

[1] 董秀团、杨建华、赵春旺于2008年7月26日在大理剑川石龙村张灿兴家收集，讲述人张灿兴，男，1942年生，读初中一年，农民。
[2] 张玉梅、董秀团于2000年7月在大理剑川下沐邑收集，讲述人为下沐邑村老人。

庆县一员外家的看家狗。目连想要回母亲，就一边化字纸，一边寻母。每进一家，看家狗都对他又吼又叫，到了一家，那狗却不停地对他摇尾巴，目连想这肯定是母亲了，便再三恳求员外把狗施给了他。现在，地藏王脚前的狮子狗就是其母。[1]

在上述大理白族地区的目连救母故事中，有的对其母被打入地狱的原因进行了说明，也有的对此没有交代。关于目连之母堕地狱的原因，佛经里主要说她"罪根深结"，但并未明言其母到底犯下了何种罪行。在《目连变文》中，刘氏的罪行则更清晰，并与佛教有很大的关系，主要是"悭贪而欺诳佛法""不肯设斋布施"。《大目乾连冥间救母变文》中，刘氏的主要罪过则是有"悭吝之心"，还隐匿供佛的资财，可谓"欺诳凡圣"。《目连缘起》中的刘氏则是"在世悭贪，多饶煞害""朝朝宰杀，日日烹脆"的悭吝而又贪吃的形象。《目连救母出离地狱升天宝卷》中，刘氏的罪名是"不信三宝"。[2]总体来看，以上文本中的刘氏之"恶"主要围绕着佛教的教义教理来评判，刘氏或者是开斋杀生，或者是悭吝贪婪不布施、占佛财，或者是缺乏对佛教的信仰，这其中，开斋杀生违反了佛教戒律，不敬三宝、欺诳佛法是对佛门的大不敬。[3]因而在佛教的视域中，刘氏无疑是大恶之人。这一评价标准是从佛教本身出发的，自然也打上了佛教的烙印。大理白族地区的故事中目连之母初堕地狱的原因有所不同，洱海地区大本曲中主要是说误食了人心肝，虽然吃了人心肝当药引是大恶，但追究起来目连之母自己并不知晓实情，造恶行为的主导者是目连的三舅。而在大理剑川石龙村流传的故事中，或者只

---

[1] 张玉梅、董秀团于 2000 年 7 月在大理剑川下沐邑村收集，讲述人为下沐邑村老人。
[2] 董秀团：《汉族和白族目连救母故事的异同比较》，载《民族文学研究》2004 年第 2 期；又见董秀团：《云南大理白族地区大本曲的流播与传承》，载《民族文学研究》2006 年第 3 期。
[3] 董秀团：《云南大理白族地区大本曲的流播与传承》，载《民族文学研究》2006 年第 3 期。

笼统地说其母是个大恶人、良心不好，但没有具体说如何之恶；或者就只是单纯因为听了弟弟的话而开荤，吃了鸡，又吃了狗，毁了长年吃素所积累的德行。这两种原因都与"吃"有关，一为误食，一为开荤。而之所以都与饮食有关，看来还是由于佛经的影响。尽管汉译佛经中可能加入了很多中国化的内容，但是其毕竟还是与印度文化有重要关联。所以，大理白族地区的目连救母故事受印度佛经文学的影响应该是很大的。这一推断在剑川地区故事中的目连之母屙屎入池情节中亦可得到印证。在剑川地区流传的目连救母故事中，有一个特殊的情节，就是目连第一次救出母亲之后，母亲喝了水不愿意别人也喝到，在水里屙了屎，所以立刻又被抓回地狱。据笔者的调查，这一情节，在剑川地区的民间故事中多有出现，但却不见于其他白族地区包括大理洱海地区的同类故事中。这一情节，恰恰又与佛经中的一些故事惊人地相似。如《撰集百缘经》中《富那奇堕饿鬼缘》的故事：

  目连见一饿鬼身如焦柱，腹如大山，咽似细针，发如锥刀，缠刺其身。此鬼四向驰走，求索屎尿，以为饮食，疲苦终日而不能得。目连问造何业，受如是苦，此鬼饥饿已极，无力回答。目连随即白所见于佛，并问："他所造业行，受如是苦？"佛陀解说，舍卫城中有一长者以售甜甘蔗汁致富，一辟支佛至其家，乞甘蔗汁疗疾。长者因前约不得不出去，行前他告诉妻子富那奇，他走后施辟支佛药饮。然其夫走后，富那奇暗尿于辟支佛钵中，以甘蔗汁盖覆钵上，献与辟支佛。辟支佛知她污秽其钵，投弃于地空钵而去。富那奇命终堕饿鬼中，正是目连所遇。[1]

这似乎是表明，大理剑川地区流传的目连救母故事保留着更多佛经中原

---

[1] 中华大藏经编辑局编：《中华大藏经（汉文部分）》第50册，中华书局，1992年，第524页。

初性的内容。这与后来汉族地区目连救母故事的中国化、地方化确有不同。汉族地区目连救母故事在后来的发展中盘根错节，引申出大量与目连救母这一核心情节无关的旁枝，与最初的印度文学和佛经中的故事相去甚远。大理白族地区的故事虽然也有本土化和白族化的叙述，却一直保留了目连救母这一中心和主题，并且无论是从内容上看还是从观念上看，或是从细节上看，都更接近原初的佛经文学。

白族的目连救母故事中所反映的一些观念总体上仍受到了佛教文化的影响，当然也就不可避免留下了印度原生佛教的影子。白族的目连救母故事中因果报应、业报轮回的观念非常强烈和明显，这无疑就是受佛教文化影响而体现出来的一个特点。在佛教的生死轮回观中，人有三世因果。人的转生将因生前的善恶或升天为菩萨，或重新投胎为人，或转生为畜牲，甚至成为饿鬼堕入地狱。[1]白族的目连救母故事整个故事情节无疑都在实践着上述的因果逻辑。目连之母刘氏虽本非恶人但因误食人心肝犯了事实上的恶行而被打入地狱，转生为狗。这里体现出了佛教的因果轮回中不以个人单纯的意志为转移的观念，强调了此因果转换的不可控制。然而，既然是因果轮回，此因此果必然构成一个人生命轮转的重要依据，所以刘氏因生前的行善之举和从小吃斋念佛积累的功德，最终并不是万劫不复，再加上其子目连的救助，刘氏最终得以脱离地狱苦海。[2]剑川地区的故事中，刘氏被目连救出地狱后又因屙屎入池污染水源之恶行被再次打入地狱转生为动物。至于叫花子张宝，在稀里糊涂中心肝被刘氏所吃，可以说死得非常冤枉，作为一种补偿，他死后在地狱中变成了一名狱卒，而且负责把守铁罗城，看押刘氏。本来没有交集的两个人，因为误食人心肝，变成了最有关联的两个人，所以他们到了地狱中也必定要了结生前未了之事。再来看看故事的主人公目连，在他的身上

---

[1] 董秀团：《目连救母故事与白族的信仰文化》，载《民族艺术研究》2002年第1期。
[2] 同上。

实践的是佛教因果轮回观中善有善报的一面，在白族的目连救母故事中，目连几乎是完人的角色，他从小出家修行，对今世的父母至亲至孝，在金钱和女色的诱惑面前丝毫不为所动，在得知母亲在地狱受苦之事后历尽艰难反复奔波去寻母、救母，正是因为有如此多的积淀和修为，目连最后受封地藏王菩萨。由此可见，在白族的目连救母故事中，每一个角色都在印证着佛教的因果业报思想，每一个人也都因其生前所做所为最终得到一个或善或恶的果，因果相承，业报轮回。

在目连救母故事中，描述了目连"上穷碧落下黄泉"到地狱寻母的过程，对地狱十殿进行了较细致的描述。地狱十殿之说源于《佛说阎罗王授记四众预修生七斋往生净土经》，人死以后，亡灵每七天经过一个殿。[1] 第一殿是秦广王，第二殿是初江王（楚江王），第三殿是宋帝王，第四殿是五官王，第五殿是阎罗王，第六殿是变成王（卞成王），第七殿是泰山王，第八殿是平等王，第九殿是都市王，第十殿是五道转轮王。从一殿至十殿，各有不同的人把守，各有不同的刑罚和在其中受罚之人。大理白族大本曲故事中对此同样有较详细的描述，而且十殿的设置也与佛经中大同小异，当然白族目连救母故事中的地狱十殿也表现出与佛经中不完全一致的地方，比如每一殿的名字与佛经中可能略有出入，或者是各殿的设置顺序与佛经中不太一样，也可能是在各殿各狱中受惩罚的人所犯的罪行与佛经中稍有差异，但地狱十殿的总体构架无疑是搬自佛经，这实际上也反映了白族目连救母故事与佛经故事、佛教文化之间的渊源。

当然，我们并不否认目连救母故事的本土化和白族化，同时也不否认其中受汉文化影响的因素。比如该故事中所体现出来的"孝"文化，就是中国目连救母故事的独特创造。目连救母的故事，善是其根本，孝是其核心。劝孝是该故事最重要的主题。不管是在佛经、变文、宝卷中还是在杂剧和各地

---

[1] 董秀团：《目连救母故事与白族的信仰文化》，载《民族艺术研究》2002年第1期。

方剧种中,目连故事的核心都是一个"孝"字。行孝是目连这一人物形象的根本特征。佛经中的目连,是释迦牟尼十大弟子中的"神通第一"者,身上的神性多于人性。中国是一个孝文化十分发达的国家,故事传入后,目连渐渐演化为世俗中国孝子的典型。目连之善莫大于其对母亲之"孝",对目连形象的塑造是借助他寻母、救母的孝行而完成的。在大理剑川金华镇西北边,有一座地藏寺,地藏寺中的古戏台上,有清道光年间白族学者王兆曾撰写的一副对联:"虽云罔极报深恩,只不过曾之养,舜之孝,哪闻十殿寻亲,孝子如斯真古怪;纵使开荤成大恶,终莫若武于唐,吕于汉,何尝百般受罪,阎王未免太糊涂。"有学者认为此对联指明佛家宣扬的目连救母的孝道脱离实际,标准不明,是非不清。[1]但结合对联题在地藏寺中的戏台之上,同时再结合后一句中对阎王的批评,似乎对联作者对目连救母之事并非完全持否定态度,倒更像是对目连十殿寻母之罕见的感叹,连曾、舜之孝亦不过如此,目连却能"上穷碧落下黄泉",作者的语气中似乎包含着一种反语的成份,所谓"孝子如斯真古怪"似乎更像是对明知不可能而为之的执着与坚韧的赞扬。从这里也可看出中国传统的"孝"对白族文化影响之大。

另外,在故事的结尾还有一个情节,说松树和棕树不给目连让路,于是一只鸟对松树和棕树发出了诅咒,诅咒它们一个住在山上贫瘠之处,一个要饱受剥皮之苦。这其实是结合了松树和棕树本身的特征,解释它们为何会具有这样的特征,但故事中把解释附会到了目连救母故事之上。这一情节十分有意思,在中国另外一些地方的目连救母故事中有时也有这一情节,但所述植物的种类和发出诅咒者在不同的地方可能有所不同。这当然也是该故事发生了本土化的具体体现。

---

[1] 云南省剑川县志编纂委员会编纂:《剑川县志》,云南民族出版社,1999年,第750页。

四、感恩的动物忘恩的人故事

动物报恩故事是民间文学中的常见主题,其下有蜈蚣报恩、老虎报恩、感恩的动物忘恩的人等亚型。

在丁乃通《中国民间故事类型索引》中,感恩的动物忘恩的人被列为AT160型。丁乃通将其概括为:"一个人从危难(通常是洪水)中救出一些动物(常常包含蚂蚁、蜜蜂、蛇和鸟),另外又救了一个人。后来被救的人陷害他,但是动物却帮他找到妻子或逃出监狱。"[1]

在中国的很多地方广泛流传着感恩的动物忘恩的人型故事。比如在江苏流传的《宝船》故事就是汉族地区该类故事的典型文本。故事说道,王小与母亲相依为命,靠打柴为生。一天,王小打柴途中救了一个掉落河里的老人。老人拿出一只小纸船送给他,告诉他让纸船变大、复原的口诀,还说六月里要发大水,到时可乘坐纸船避难,老人又反复嘱咐他在水中遇到什么动物都可以救,但千万不能救人。到了六月,雨下个不停,一片汪洋中王小和母亲坐上宝船逃生。王小将一条大蛇救上船,又救了一群蚂蚁和一窝蜜蜂。王小看到邻庄财主的儿子张三在水中呼救,他顾不得老人的叮嘱,救起张三。两人结拜兄弟。大水退去,张三和王小母子回到家乡。张三提出把宝船献给皇帝来换取赏赐物品,王小母子只好同意了。王小把宝船交给张三,传授给他宝船变大变小的口诀。张三到京城献上宝船,得到皇帝的赏赐,做了大官,却忘记了对王小母子的承诺。王小一路乞讨到京城找张三,张三命手下人将王小痛打一顿抛到荒野。之前被王小搭救的大蛇衔来一棵仙草擦好了他身上的伤。后来,皇帝的女儿患上怪病,皇上贴出告示谁能治好皇姑的病

---

[1] 〔美〕丁乃通:《中国民间故事类型索引》,郑建成等译,中国民间文艺出版社,1986年,第32页。

就将她嫁给谁。王小揭了告示,用仙草治好了皇姑的病。张三得知,又设计害王小,哄皇帝将二斗芝麻和二斗谷糠混在一起,限时让王小分开,王小搭救的蚂蚁群帮他分开了芝麻和谷糠。张三又设计谋害王小,要求他在五十四顶同样的花轿中辨认出皇姑所乘的轿子,王小搭救的蜜蜂围在最后一顶花轿周围,帮助他完成了难题。最后王小同皇姑成亲,王小把事情经过告诉皇姑,皇帝杀了张三以示惩罚。王小带着皇姑回家去了。[1]

这一类故事,很多学者肯定了其印度来源。温德尼兹在《印度文学和世界文学》中谈道:"不过也有一些别的故事,其中印度来源是可以稳妥断定的。例如在《本生经》中有一个故事的几种说法,都说是有一个人和许多动物曾被一位过路的人救过命。所有被救的都答应将来报恩。可是这被救的人后来却背叛了恩人,而所有的其他动物却都用协助来报答恩德。这个报恩禽兽与负恩的人的故事是在世界文学中传播极广的。不过只有在印度的佛教文学中,我们发现一整套这一类的故事,其中都有一个动物——往往是象——用它的恩义使不如它的人蒙羞。对于这一类的故事的印度来源是无可置疑的。"[2]刘守华亦考证此类型故事的渊源在印度,源于佛经中的本生故事,而佛本生故事中的该故事又源自民间故事,因而此类故事的原初形态是印度古老的民间故事。[3]

根据刘守华的研究,在南朝梁代高僧僧旻、宝唱等撰集的汉译佛经故事《经律异相》中,就可以找到三篇 AT160 型,即感恩的动物忘恩的人故事的梗概。其中之一是《现为大理家身济鳖及蛇狐》,该故事出自《布施度无极经》,收入《经律异相》卷第十一。该篇讲述,以前菩萨曾化身为大财主,

---

[1] 贾芝、孙剑冰:《中国民间故事选》,作家出版社,1958 年,第 138〜144 页。
[2] 〔德〕温德尼兹:《印度文学和世界文学》,金克木译,载《外国文学研究》1981 年第 2 期;或见金克木著:《印度文化论集·附》,中国社会科学出版社,1983 年,第 192 页。
[3] 刘守华:《从佛经中脱胎而来的故事——"感恩的动物忘恩的人"解析》,载《民间文化》2000 年第 11〜12 期。

一天，菩萨在市场上看到有人卖鳖，本性慈善的他顿时心生怜悯，就将鳖买来放生。那只鳖告诉菩萨，很快就要发大洪水了，赶快准备船只躲避洪灾。后来果然洪水降临，鳖和菩萨乘坐同一艘船逃难，途中他们遇到水中有蛇呼救，菩萨救起了那条蛇，接着又遇到水中有狐狸呼救，菩萨又把狐狸救上来。后来，他们听见水中有人的呼救声，菩萨要救这个人，鳖不同意，它说人心都是奸伪的。菩萨却不忍心见死不救，最终，在菩萨的坚持下他们还是把此人救上了船。洪水退去，被救的蛇、狐狸各自去找地方安家。狐狸打洞时得到金子，它将之送给菩萨。菩萨想把这些财宝分给穷人，没想到那个被菩萨救起的人得知消息后提出要分一半的财宝。菩萨没答应他的无理要求，被救的人设计向官府诬告菩萨，菩萨身陷牢狱。菩萨从水中救出的那条蛇想方设法欲救菩萨，它先将国王的太子咬伤，又给了菩萨医治的药，让菩萨医好太子。国王感激菩萨，菩萨又向国王说了整个事情的经过。国王诛杀了菩萨从水中救出的人，还将菩萨封为相国。[1]

第二个故事为《慈罗放鳖后遇大水还济其命》，该篇出自《阿难现变经》，收入《经律异相》卷第四十四。故事讲述慈罗曾买鳖放生，后来，在发洪水时鳖搭救了慈罗，慈罗又广施善行，救起了一群蛾子和一个卖鳖者。不料慈罗所救的这个卖鳖者却是个忘恩负义的人，他恩将仇报，向官府诬告慈罗。但是，在官员书写慈罗的罪状时，慈罗之前所救的那群蛾子却趴在写罪状那人的笔头上，导致那人写不出字来。这件事情大家都觉得十分奇异，国王得知此事后命人调查，最后真相大白，国王下令诛杀卖鳖者。[2]

第三个故事是《日难王弃国学道济三种命》，出自《摩日国王经》，收入《经律异相》卷第二十六。此篇讲述日难王放弃了国家，在山林中学道。他在山林的深坑里救出了一只乌鸦、一条蛇，还有一个猎人。被救的乌鸦给日

---

[1] 刘守华：《从佛经中脱胎而来的故事——"感恩的动物忘恩的人"解析》，载《民间文化》2000年第11~12期。

[2] 同上。

难王叨来明月珠以报答其恩情，被救的猎人却是个忘恩负义的人，他反而诬告日难王偷盗，日难王被抓起来而且差点遭到活埋。被救的那条蛇想办法来搭救日难王，蛇先咬伤太子，然后把神药送给日难王，让日难王为太子治疗伤病。日难王因救了太子得以免去罪罚。日难王把事情的经过讲述出来，洗清了自己的冤屈。最终国王给予猎人处罚，施以极刑。[1]

这三篇都是将救起的动物和人置于两端，在对比中凸显动物和人对待救命恩人的不同态度。此外，在佛本生故事中有一篇《箴言本生》，所述内容同样属于AT160型。故事说，古时候，梵授王的儿子凶狠残暴，随从们把他推入水中，王子趴在一截树木上顺流而下，后来又有一条蛇、一只老鼠、一只小鹦鹉因发洪水躲到这截树木上。菩萨转生的隐士听到王子的呼救声，将之救出，同时救了蛇、老鼠和小鹦鹉。菩萨给他们生火取暖，吃果子。后来，菩萨考验他们，发现三种动物都知道报恩，当上国王的王子却恩将仇报，要砍菩萨的头。菩萨不断地重复念诵偈颂："人们说得对：世上有些人，你若救他命，不如捞浮木。"一些智者听到菩萨念的偈语，便问缘由。菩萨讲述了事情经过，全城居民十分愤怒，杀死了国王，另立菩萨为王。[2]我们可以看到几则故事大同小异，都是表现了同样的主题，动物懂得感恩，人却忘恩负义。

佛经中的感恩的动物忘恩的人故事，实际上又是源于印度古代的民间故事。在印度民间故事集《五卷书》中，有一则故事，说一个婆罗门在森林中看到一口井里有一只老虎、一只猴子、一条蛇和一个人。他先将三个动物拉了出来，又准备救人。动物们告诉他，人是万恶之首，千万不能救。但婆罗门想到人是自己的同类，不忍心不救，于是也将那个人救了出来。后来，猴

---

[1] 刘守华：《从佛经中脱胎而来的故事——"感恩的动物忘恩的人"解析》，载《民间文化》2000年第11～12期。

[2] 郭良鋆、黄宝生译：《佛本生故事选》，人民文学出版社，1985年，第57～61页。

子用甜美的果子招待婆罗门，老虎给他项链和金子，而被救的那个人是个金匠，婆罗门想让他帮自己卖掉老虎给他的金子，没想到金匠到国王处告发，国王误以为婆罗门是杀害王子才得到的金子，故要处死婆罗门，蛇去咬国王的爱妃，然后让婆罗门去救她，这样婆罗门被释放了。国王又问婆罗门金子的由来，婆罗门说出了前因后果，最终国王惩罚了金匠，任命婆罗门为大臣。[1] 在这则故事中，除了婆罗门是从井中救人之外，其余情节内容与佛经故事中的相似。特别是前述《经律异相》中第一则和第三则故事都讲到蛇咬伤太子又给主人公解药让他去救人，这一情节与《五卷书》中这则故事里蛇咬伤国王的爱妃如出一辙。

在白族民间文学中，感恩的动物忘恩的人也是一类较为普遍的故事。此类故事实际是将感恩的动物与忘恩负义的人两个母题结合在一起，有时又将故事背景置于洪水母题之下来书写。源于印度佛经的此类型故事，在白族地区颇受欢迎，流传着多种异文。笔者在大理剑川石龙村就搜集到两则该类型的故事。其一为《石刚救人》：

> 先前的时候，有个叫石刚的人去算命，算命先生告诉他："以后会发洪水，你去救被水冲下来的东西的时候，看到一个头像个木桩的人千万不能救。"这就是我们白族话说的"头往上浮的人是救不得的"。后来真的发了大洪水，淹没了许多地方，冲走了很多动物。石刚就去救那些被水冲走的东西，他把小虫子和许多小鸟雀都救了上来。这时，他看到水里还有一个人。刚开始，他想着算命先生和他说过的那些话，就没有去救那个人。那人被冲出去了很远，嘴里一直在叫："石刚哥哥救命，石刚哥哥救命。"石刚心想："猪我也救了，虫子、蚂蚁、蚊子我也救了，一个人不救，这实在忍不下心。而且这个被水冲走的人连我的名字都叫

---

[1] 季羡林译：《五卷书》，人民文学出版社，1981年，第84～88页。

了，我还不去救他的话，那是不行的。"所以，石刚就跑过去把那人给救了上来，还和他做了兄弟，这个人还跟着他回了家。过了一段时间以后，这个被石刚救起来的人的坏心肠就表现出来了。有一天，两兄弟去砍柴，到了一个村子，他们听说这个村子里来了妖精，抓走了村里的一个女孩。两兄弟看到女孩的父母一直在哭。石刚说要去帮老夫妇救出女儿，老夫妇说："如果谁把我的女儿救回来，就让她给谁做妻子。"于是石刚便和弟弟去救人了，他们拿了根绳子，还带了两只鸽子。两人走了很久，到了妖精住的岩洞那里，石刚说："我先下去洞里看看，等我到了洞底的时候，我就放一只鸽子出来，你看到鸽子就知道我已经到洞底了，等我把第二只鸽子放出来的时候，就代表我要上来了，那时你就把我拉出来。"弟弟说："好的，好的，哥哥你放心吧。"石刚到了岩洞里，看到了被抓的女孩，那个时候妖精刚好又出去抓人了。于是他把绳子给女孩拴上，放出了鸽子，弟弟就把这个女孩拉了上来。弟弟把这个女孩拉上来后，发现她非常漂亮，他心想如果把石刚拉上来，自己就得不到这个女孩了。于是他就砍断了绳索，和这个女孩回了家。石刚却被困在洞里出不来了。

弟弟和女孩回到女孩家，弟弟对女孩的父母说："我帮你们把女儿救回来了，你们说过，谁救她回来，就让她嫁给谁，那么现在该把她嫁给我了吧？"女孩的母亲说："这太好了，你救回了她，我们就让她给你做妻子。"女孩说："救我的人不是他，救我的人还在山洞里。我不能做这个人的妻子。"

石刚被困在洞里，他左思右想，想到了一个办法，他呼唤那些他曾经救过的小虫子、小鸟、老鹰，它们听到他的声音就飞进洞里把他给驮了出来。石刚从洞里出来后说："人家说动物能救，人不能救，真是有道理啊！我救的这些动物回来报答我，而我救的那个人却这样害我。"后来，石刚把他这个弟弟给杀了,而他救回来的那个女孩则做了他的妻子。[1]

另一则石龙村流传的可归入此类型故事的文本为《进宝状元》:

　　一个孤儿去帮别人砍柴,每次他都会把带的吃食敬给山神和土地。一天,山神和土地托梦给他:"明天你去砍柴的时候到山神庙里,中间那一级台阶下有一个宝物,你取了它,把宝物拿给皇帝,可以做个进宝状元,做皇帝的女婿。人或者动物死了往嘴里放那个宝物,就可以再活过来。但是要记得,动物可以救,人不能救。救了动物它们会报答你,而救了人,人反而会害你。"

　　第二天,他到了山神庙,先到山神像前磕了个头,然后去掀那块石头,果真找到了宝物。回家途中,他想试试宝物,刚好路上有一只死狗,他就把宝物放到狗嘴里,一会儿工夫,狗真的活了过来,还跪下去给他磕头。他继续往前走,看到一窝死了的蜜蜂,于是他把宝物放到了蜂窝里,过了一会儿,蜜蜂们都活了过来,扇扇翅膀飞走了。他走了一会儿,看到前面有一个贼被杀死了,他想起梦里山神土地说的话,但还是不忍心,就用宝物把那个贼救活了。贼问孤儿自己为什么死而复活,孤儿说了宝物的秘密。得知孤儿要去给皇帝献宝,贼要和他一起去。到了悬崖那里,贼拿走他的宝物,把他推下了悬崖,之后贼就进宝去了。

　　孤儿原先救的那条狗知道了,含了仙草把他救活,那群被他救活的蜜蜂则托梦给他:"明天皇帝就要选女婿了,你要赶快去。没有宝物也没有关系,进宝的人这么多,皇帝准备了八顶一样的轿子,谁能认出哪

---

[1] 董秀团、段铃玲、朱刚、赵春旺于2005年1月24日在大理剑川石龙村张四合家收集,讲述人张四合,女,1962年生,小学,农民。

顶是公主的轿子,就能当皇帝的女婿。到时候,我们就停在公主坐的那顶轿子上。"

第二天,孤儿到了进宝的地方。蜜蜂们飞到公主坐的那顶轿子上,孤儿认出了公主的轿子。那个贼也去了,孤儿和朝廷的人说明了情况,他们把那个贼抓了起来,让他交出了宝物。孤儿把宝物献给皇帝,被封为进宝状元。孤儿和公主成了亲,那个贼则被浇上油,点作了灯。[1]

不论是《石刚救人》还是《进宝状元》,从类型上来说,无疑都属于AT160型感恩的动物忘恩的人型故事。其大意均是说,在危难之中,主人公同时救了一些动物和一个人,但是到最后,这个他救的人总是反过来要害他,而只有那些动物是来报恩帮助他的。在那些被救的动物的报答和帮助下,主人公得到好报,而忘恩的人最终也得到了惩罚。所以,说明了一个道理,宁可救动物也不能救人,救了人,人只会忘恩负义,救了动物,动物会感恩报答。

当然,《石刚救人》和《进宝状元》的故事在细节上仍有着诸多不同。《石刚救人》中,是算命先生告诉他发大洪水时只能救动物不能救人,而《进宝状元》中,是因为孤儿良心好,每天都敬奉山神土地,所以他得到了一个能让死物复活的宝物,又用这个宝物救了动物和人。在《进宝状元》中,故事体现的宗教信仰和善恶报应观念比《石刚救人》更加突出,而孤儿得到神奇宝物的情节又让故事充满了幻想性。此外,《石刚救人》中,石刚救的是一对老夫妻的女儿,最后与她成亲,而《进宝状元》中,孤儿是在报恩的动物的帮助下认出了公主乘坐的轿子,与公主成了亲。在《石刚救人》中,惩罚恶人的是石刚自己,而《进宝状元》中,惩罚恶人的是朝廷里的

---

[1] 董秀团、段铃玲于2005年2月13日在大理剑川石龙村李年登家收集,讲述人李年登,男,1938年生,文盲,农民。

人。两相比较,《石刚救人》的世俗化色彩更浓厚,而《进宝状元》的神奇性和幻想性更突出。

前面已述,根据刘守华的研究,这一类型的故事是源于佛经中的"本生故事"的,更早的源头则可追溯到印度民间故事中。但是,印度的佛本生故事中,其情节较为单一,而中国的同类故事,多数是复合形态的故事,在故事的原有结构中又增加了更多的情节母题,使得故事更加生动曲折。[1] 有时候这一类型的故事会与云中落绣鞋型故事出现复合。在吉林流传的一则《石义和王恩》的故事中,主体内容属云中落绣鞋型故事,但故事开头的部分却是感恩的动物忘恩的人故事的典型情节,也说到主人公在洪水中搭救了动物和人,后来动物报恩而人却忘恩负义。同时该则故事开头也说到老和尚送给石义宝船,让他在洪水中脱险,关于宝船的情节也与感恩的动物忘恩的人故事相契合。这说明,云中落绣鞋故事与感恩的动物忘恩的人故事之间存在交叉复合是一种普遍现象。

白族地区流传的感恩的动物忘恩的人故事与汉族地区同类故事也有很多相似之处。比如《石刚救人》中有蜜蜂帮助男主人公认出公主的座轿的情节,这与前述江苏《宝船》故事中的讲述几无二致。这说明白族《石刚救人》这样的感恩的动物忘恩的人故事,也有可能受到了汉族地区同类型故事的影响。但这并不能否定这一类型故事总体上与印度文化和佛经文学的关联。特别是在印度佛经文学中,该类型故事中总会出现主人公救人之前遇到的警告,如菩萨救的鳖说人心奸伪,《五卷书》的《箴言本生》故事中菩萨反复念诵的偈语:"人们说得对:世上有些人,你若救他命,不如捞浮木。"这一具有特殊象征意义的情节在中国的故事中保留了下来,白族《石刚救人》中算命先生的告诫,以及白族话中"头往上浮的人是救不得的"的俗语,《进宝状元》中山神和土地"动物可以救,人不能救"的警示,都

---

[1] 刘守华主编:《中国民间故事类型研究》,华中师范大学出版社,2002年,第163~167页。

类似于印度民间故事和佛经故事。这也印证了这一类型故事的印度文化渊源。

当然，白族文学中感恩的动物忘恩的人故事其源头是印度佛经文学，但在长期的流传中，该类型故事不仅受到了汉族的影响，同时还发生了很多白族化的改变，与白族的其他故事类型出现交义复合。在《石刚救人》中，石刚与弟弟去山洞救女子，因为女子的父母许诺谁救出女儿就把女儿嫁给谁，当看到女子的美貌时，弟弟便生了坏心，他在拉出女子后就砍断了绳子，把石刚留在洞中，以为这样自己就可以充当救人的英雄，得到美人的垂青。这一情节就与大理洱海地区流传的故事《阿义和阿贵》很接近。《阿义和阿贵》的故事中，是阿义砍死了大蟒精，公主感谢阿义救命之恩便以身相许，但阿贵将公主拉出洞之后，故意砍断皮条让阿义又跌回洞里。当然，故事的最后阿义和公主有了一个圆满的结局。两个文本当然也存在一些差异，比如《阿义和阿贵》中被掳走的是白王的公主，掳走她的是大蟒，而《石刚救人》中，是妖精掳走了一对老夫妻的女儿；结尾部分，《阿义和阿贵》中，白王原本要杀阿贵，但阿义反而为他求情，故阿贵被赶出王宫，而《石刚救人》中，石刚最后杀死了忘恩负义的弟弟，亲手惩罚了忘恩的人。从类型上看，《阿义和阿贵》不能划归到感恩的动物忘恩的人型故事中，因为故事中的阿义和阿贵并不存在谁救了谁的问题。但故事中山洞救人的情节讲述与属于感恩的动物忘恩的人型故事的《石刚救人》存在高度的契合。总体看来，大理洱海地区的《阿义和阿贵》的故事世俗性更强一些，而《石刚救人》的故事似乎保留了更多的佛经故事的原初性内容。不过，白族《阿义和阿贵》这样的故事中，善恶双方形成鲜明对比，恶者想尽办法、机关算尽仍最终遭报应，而善者虽几度遭到陷害最终得到善报，这样的观念与佛教所倡导的也是吻合的，或许这样的善恶纠葛故事也是从佛经文学中衍化而来也未可知。

在泰国同样流传着同类的故事，名为《金龟》的故事讲道，一对老夫妇没有子女，养了一只金龟。一天，金龟告诉老两口，要发洪水了，让他们做了竹筏，把竹筏拴在牢固的大树上，在竹筏上装上粮食。洪水来了，老两口待在竹筏上，金龟担心水中绑竹筏的绳子被动物咬断，要下水守护，便嘱咐老两口，假如有动物请求上竹筏可以答应，如果是人类，不要让他们上，因为动物大多是忠诚的，而人类就不一定了。金龟下水后，老两口让一只虎、一条蛇、一只猴子上了竹筏，又让一个官员上了竹筏。洪水退后，猴子为两位老人找野果，蛇为他们带来红宝石，虎为他们找来野猪肉。一天，帕拉那世国的国王到森林里狩猎，差人回宫让侍者将食物放在金桌子上抬来侍奉。侍者在森林里遇上了那只虎，被虎给吃了。虎把金桌子放在它送野猪肉给两位老人的地方，两位老人以为是虎送给他们的金桌子，便把桌子抬回家了。不久，帕拉那世国闹饥荒，老两口收留了救过的官员，还准备好食物放在金桌上给他食用。官员看到金桌子，回去禀报国王，国王让官员去抓两位老人，将他们关入天牢。眼镜蛇带了一棵草药来到天牢，告诉两位老人它会用毒喷瞎公主的双眼，让两位老人到时候用这棵草药去治公主的眼睛。后来，两位老人治好公主的眼睛，国王很高兴，问他们为何要杀害侍者，金桌子为什么会在他们家。两位老人说了始末。国王赏赐了两位老人，将忘恩的官员降为奴仆。[1]

  泰国的这则故事，从主要母题和核心情节来看，也应该划归入感恩的动物忘恩的人故事类型之中。前面我们已经分析了此类故事在印度佛经中能够找到的源头，笔者认为，泰国这则故事的渊源，当也与印度佛教文学的影响有关。该故事总体而言并未脱离感恩的动物忘恩的人故事的基本叙事逻辑。印度佛教文学对东南亚地区的影响也是很大的，所以我们会看到一些来自印度的故事传说，同样流播到了东南亚各国。这也反映了白族文学与外部文学交流的复杂性和多向性，很多时候这种交流存在交叉，而非泾渭分明、非此即彼。

---

[1]　刀承华编译：《泰国民间故事选译》，民族出版社，2007年，第262~269页。

第二节 白族龙神话中的印度文化因子

龙，是最具吸引力的文化意象之一，在中国文化和世界文化中影响巨大。在白族文化中，通过民间文学的塑造，同样创造了独具魅力的龙的形象，呈现出了白族多姿多彩的龙文化。

白族的龙文化来源复杂，其中既有受汉族影响的成分，也有源于自身原初传统的因子，这其中，还有一个不能忽视的源头便是印度的龙文化。郑筱筠等曾指出："远古时期的诸夏部族龙文化及三国时期汉民族龙文化对白族龙文化的影响结果基本上导致了白族龙文化的原生型诞生，而初唐后，印度密教、汉传显密二宗及藏传佛教对其的影响，便形成了次生态型和复合型龙文化，其中尤以佛教对白族龙文化的影响至为关键且巨大。"[1]

印度佛教文学对白族龙文化的影响，首先表现在变形斗法故事当中。前面已述，白族的神话传说中有一类讲述金鸡斗黑龙的故事，如《金鸡和黑龙》《灰龙、金鸡治黑龙》等，笔者在石龙村调查时，听村中的民间歌手讲述了一则这样的故事：

> 据说明朝的时候，石宝山有条黑龙横行霸道，造成水土流失，周围的百姓都遭了殃。这时，石宝山又来了一只金鸡，金鸡要制服作恶的黑龙，周围的老百姓们闻声也赶来为金鸡助阵，在大家的共同努力下终于制服了黑龙。为了庆贺和纪念这个胜利，人们就举行一年一度的石宝山歌会。同时，人们将龙头作为三弦的头，龙的脊骨作为三弦的品，再把

---

[1] 郑筱筠、赵伯乐、牛军：《佛教与白族龙文化》，载《思想战线》2001年第2期。

龙的筋抽出来做成了三条弦线，龙的皮用来蒙鼓，做成了龙头三弦，而拨珠的套子则是金鸡的爪，这样，用金鸡的爪来拨弄三弦，弹出欢快的音乐，来表达内心对于金鸡制服黑龙的喜悦之情。从此，就有了龙头三弦。[1]

据郑筱筠等学者的研究，佛教传入后对这一类原生故事进行了改造和置换，用佛教天龙八部之一的护法神金翅鸟形象与龙形象来改造原有的金鸡和龙的形象，将之予以重合，扣合佛教观念进行演绎，使大理本土文化中原来就存在的金鸡黑龙故事，变成了印度佛教中金翅鸟与龙的战斗故事，而这样的斗法故事又与佛典文学和印度神话传说都有紧密的联系。[2]白族文学中制服龙的金鸡，已经不是原生意义上的鸡这种动物，而是融合了原生文化和印度文化的一个符号、一个意象。从原生本土文化的角度来说，根据学者的研究，鸡当是白族先民的原始图腾之一，这在白族文化中还时有表现，比如白族的他称中有六种称之为鸡，白族村寨有很多是以鸡为名的，如大理镇的上鸡邑、下鸡邑等。[3]白族人家的中堂后墙正中处经常悬挂着一幅雄鸡图，或为绘成，或为绣制，昂首挺立的公鸡或许正呼应着来自白族底层原初文化的记忆。白族地区也流传着大量金鸡斗黑龙的故事，这已经成为白族民间文学中一个突出的母题。

从鸡这一意象的印度文化来源而言，"关于大鹏金翅鸟与龙为敌的故事，最早见于印度古代神话"[4]。在印度史诗《摩诃婆罗多》的"第一初篇"的"阿斯谛迦篇"中，讲述了一个金翅鸟救母的故事，故事中，因陀罗同意

---

[1] 2004年7月24日董秀团、段铃玲、赵春旺在石龙村访问村民李根繁。参见董秀团：《白族螺女故事类型及文化内涵研究——以大理剑川石龙村流传的故事为例》，载《民俗研究》2012年第6期。

[2] 郑筱筠、赵伯乐、牛军：《佛教与白族龙文化》，载《思想战线》2001年第2期。

[3] 张旭：《白族的原始图腾——虎与鸡》，载《大理文化》1979年第7期。

[4] 薛克翘：《白族民间故事与印度传说》，载张玉安、陈岗龙主编：《东方民间文学比较研究》，北京大学出版社，2003年，第56页。

给金翅鸟一个恩典,让他今后以蛇为食物。[1]故事的情节梗概是:天神生主有两个女儿,她们都嫁给迦叶波大仙为妻。婚后,长女生下了一千个蛋,而次女却只生下了两个蛋。五百年后,长女生的一千个蛋中孵出一千条蛇,而次女所生的两个蛋却没有丝毫动静。次女心里很着急,于是她揭破一个蛋想一探究竟,结果损失了一个生命。她因此遭到这个死去儿子的诅咒,说她将沦为奴隶五百年。后来,另一个蛋里的儿子破壳而出,这是一只大鹏金翅鸟。由于诅咒之力,次女沦为姐姐的奴隶,受尽痛苦和折磨。又过了五百年,金翅鸟为了救母,开始向蛇攻击,不断吞噬蛇类。从此,金翅鸟和蛇结下冤仇,成为世代夙敌。[2]又因龙的形象是在蛇的基础上形成,故而金翅鸟以蛇为食的观念又被置换为金翅鸟食龙、制龙。此种观念一直流传下来,影响颇大。此种观念也在佛教文化中得以继承,在佛教文化中,金翅鸟为护法神,属天龙八部之一,并且专以龙为食。在《佛说长阿含经》的《世记经龙鸟品第五》有一段详细描述金翅鸟与龙斗争的文字:"若卵生金翅鸟欲搏食龙时,从究罗睒摩罗树东枝飞下,以翅搏大海水,海水两披二百由旬,取卵生龙食之,随意自在,而不能取胎生、湿生、化生诸龙。若胎生金翅鸟欲搏食卵生龙时,从树东枝飞下,以翅搏大海水,海水两披二百由旬,取卵生龙食之,自在随意。若胎生金翅鸟欲食胎生龙时,从树南枝飞下,以翅搏大海水,海水两披四百由旬,取胎生龙食之,随意自在,而不能取湿生、化生诸龙食也。湿生金翅鸟欲食卵生龙时,从树东枝飞下,以翅搏大海水,海水两披二百由旬,取卵生龙食之,自在随意。湿生金翅鸟欲食胎生龙时,于树南枝飞下,以翅搏大海水,海水两披四百由旬,取胎生龙食之,自在随意。湿生金翅鸟欲食湿生龙时,于树西枝飞下,以翅搏大海水,海水两披八百由

---

[1] 〔印〕毗耶娑:《摩诃婆罗多》(一),金克木、赵国华、席必庄译,中国社会科学出版社,2005年,第53页。
[2] 参见薛克翘:《白族民间故事与印度传说》,载张玉安、陈岗龙主编:《东方民间文学比较研究》,北京大学出版社,2003年,第56页。

旬,取湿生龙食之,自在随意,而不能取化生龙食。化生金翅鸟欲食卵生龙时,从树东枝飞下,以翅搏大海水,海水两披二百由旬,取卵生龙食之,自在随意。化生金翅鸟欲食胎生龙时,从树南枝飞下,以翅搏大海水,海水两披四百由旬,取胎生龙食之,随意自在。化生金翅鸟欲食湿生龙时,从树两枝飞下,以翅搏大海水,海水两披八百由旬,取湿生龙食之。化生金翅鸟欲食化生龙时,从树北枝飞下,以翅搏大海水,海水两披千六百由旬,取化生龙食之,随意自在。是为金翅鸟所食诸龙。"[1]这段文字的描写中,龙是金翅鸟随意取食的对象,在佛教的宿命中,龙和金翅鸟的关系被固定化,金翅鸟的高位和龙的弱势表现得非常明显。"尽管在后来的佛典记载中,金翅鸟与龙因皈依佛法,成为佛教护法神,它们之间的关系稍有所改善,但金翅鸟能战胜龙这一观念却根深蒂固地被沿袭下来,并随佛教的传播而四处流布,迄今为止,许多佛塔建筑上仍铸有金翅鸟的形象以厌龙。"[2]大理崇圣寺三塔、弘圣寺一塔、下关佛图寺塔等南诏、大理国时期的古塔,塔顶原来都有雄踞其上的金翅鸟。大理崇圣寺三塔的塔顶高八米,四角原有金鹏鸟。谢肇淛《滇略》说:"崇圣寺三塔,中者高三十丈,外方内空,其二差小,各铸金为金翅鸟,立其上,以厌龙也。"李元阳《云南通志》卷十三载:"崇圣寺有三塔,……各铸金为顶,顶有金鹏,世传龙性敬塔而畏鹏,大理旧为龙泽,故以此镇之。"金鸡斗恶龙的故事已经成为白族文学中比较突出的故事类型,此类故事中表现出的对"鸡"的崇拜,除了与白族信仰文化中原初的鸡图腾观念有关,也与白族文化对佛教系统中大鹏金翅鸟形象的接受、容纳和信奉有一定关系。[3]当然,也可以反过来说,是佛教在进入白族地区后利用、融合原有文化来传播自己的信仰体系,以获得在当地立足生根的更大可能性。在白族文化的语境中,白族民间的鸡形象被纳入佛教系统之中,白族民间崇

---

[1] 中国佛教文化研究所点校:《长阿含经》,宗教文化出版社,1999年,第352页。
[2] 郑筱筠、赵伯乐、牛军:《佛教与白族龙文化》,载《思想战线》2001年第2期。
[3] 董秀团:《白族螺女故事类型及文化内涵研究》,载《民俗研究》2012年第6期。

拜的鸡图腾与外来的佛教天龙八部之一的护法神金翅鸟形象相重合、叠加，演变成为白族民间制服恶龙的金鸡形象。金鸡所斗之黑龙，同样是在白族原有的水神意识的基础上，接受了华夏文化中的龙的形象，同时也受到了佛典文学的影响而形成的复合性的形象。特别是将金鸡和黑龙放在一起，将金鸡作为龙的制胜者，这无疑与印度神话传说和佛典文学有不可分割的关联。

在白族地区还流传着一些大黑天神与龙王变形斗法的故事，其中一则讲道：相传东海龙王与大黑天神不和，是死对头，所以他俩常常各显神通斗法。有一次，东海龙王变成蚊子，大黑天神变成蛤蟆，蚊子和蛤蟆又开战了。在双方打斗过程中，蛤蟆把蚊子吞到了肚里，蚊子乘机想在蛤蟆腹中作法来胀死蛤蟆。东海龙王的大儿子看见父亲被蛤蟆吞下，情急之下向蛤蟆背上踢了一脚，这一脚把蛤蟆肚里的蚊子踢飞出来了。东海龙王大骂儿子不成器，抱怨儿子破坏了自己胀死大黑天神的机会。大黑天神被踢了这一脚，也受了伤，后来他的神像背上还可看到有一个脚印。[1]

大理上、下湾桥村也供奉大黑天神本主。本主故事《大黑天神治服母猪龙》讲述：一条母猪龙和一条神龙在空中戏珠，一不小心，宝珠落下凡尘，掉入一个妇女的米箩里。回到家她把米倒进柜子里，宝珠就被米盖住了。到了晚上，母猪龙变成一个凡人，来到妇人家里，说："大嫂，你捡到一颗宝珠，请你还我。"妇人说："我没有捡到什么宝珠，怎么叫我还你？"母猪龙没有办法，只好走了。后来，妇人天天打米煮饭，但米柜子还是满满的，吃也吃不完。她感到奇怪，想起前几天有人来要宝珠的事，心想：莫非柜里真有宝珠？就把柜子打开，朝柜底一翻，真的看到了一颗金光闪闪的宝珠。这时，她才知道那天来要宝珠的并非凡人，想还给他，但却不知到哪里找他，只得又把宝珠放回米柜。母猪龙回到天宫后，因为找不到宝珠，就被打下凡尘，住在苍山莲花峰上。从此，它常常发怒，经常下山来害人，冲倒房屋，

---

[1] 李一夫：《白族的本主及其神话传说》，载《大理白族自治州历史文物调查资料》，云南人民出版社，1958年，第78页。

糟踏庄稼。母猪龙想把上湾桥和下湾桥淹掉。两村的本主大黑天神召集很多神兵，把两个村子团团守住，加紧疏导固堤，挡住了洪水泥石。母猪龙施展了所有法术，都冲不进上、下湾桥。它自知斗不过大黑天神，只好灰溜溜地逃到别处去了。[1]故事中的母猪龙，虽为龙属，但却看不到过多的超人法力，连妇人不还给他珠子也无计可施。而最后在与大黑天神的争斗中，只落得灰溜溜逃走的结局。

在大理喜洲的金圭寺，也供奉大黑天神为本主，其本主故事《黑衣老僧》讲述：很早以前，大理坝子从海东到苍山脚，从上关到下关，到处是一片白茫茫的汪洋大海。那时，过往的船只常被狂风恶浪打翻。在洱海里有一块小山一样漆黑的大石，只要船只一靠近它，船上的铁器都像蝗虫一样飞向大石，船散人亡。只有狂风掀起巨浪，把石头遮住的时候，或者是洱海龙王的"聚沙珠"把沙子聚拢，盖住了石头的时候，大石才不会作怪。在洱海西岸有一个打鱼度日的孤儿段郎，一天夜里，他收网时网住了龙王的两个女儿，小女儿为了换回大姐、二姐，把聚沙珠给了段郎。龙王知道后关起三公主，还逼段郎交回宝珠。后来，段郎在大黑天神的帮助下，练就武艺，用大黑天神的禅杖撬动大黑石，海水下落，段郎又用大黑天神的禅杖和宝剑与龙王战斗，砍下一只龙爪，救出三公主，取回聚沙珠盖住大黑石，还从大黑石上敲下一小块黑石，刻上大黑天神像，让那个地方不再下沉。[2]故事同样赞扬了大黑天神一方，洱海龙王则被置于对立面，并最终在与大黑天神的斗争中落败。

这几则故事均为大黑天神与龙王相斗的故事。第一则故事中的大黑天神和段思平被置于与东海龙王对立的一方，虽未明言大黑天神和段思平的联合，但似乎暗示了佛教传入大理白族地区后受到统治者支持的事实，段思平

---

[1] 大理市文化局编:《白族本主神话》，中国民间文艺出版社，1988年，第39～40页。
[2] 同上注，第184～187页。

是本土统治者的象征,大黑天神是外来佛教的象征,而这里的东海龙王应该是本土文化的象征,故事实则亦反映了外来佛教进入时受到的阻力,大黑天神还因此受伤,说明所受阻力是不小的,但最终的胜利者应该说还是大黑天神。第二则故事中,大黑天神和母猪龙的斗争中,大黑天神占据了主导,完全没有了初入时面对的阻力。第三则故事中大黑天神虽然没有直接和龙王相斗,但实际上他像一个全知全能的神,主导着段郎与龙王的斗争。

笔者认为这样的以龙作为斗法失败的一方来表现的故事应该还是受到外来文化也就是印度文化影响的可能性大些。笔者并不是说大黑天神和龙斗法的故事全盘照搬自印度文学,但笔者认为变形斗法故事中龙的失败似乎与印度文化中将龙置于金翅鸟之下的地位有一定的联系。

印度的龙文化影响到白族龙文化,还表现于大量龙王、龙女的故事。李道和指出:"一般地说,龙王、龙女故事是在佛教影响下才逐步产生的,在这里,我们可以看到佛教传入后的中国龙女故事也决非没有中国本土世人娶河伯女故事的背景,现当代民间口传故事中的螺女往往是龙王的女儿,河伯女变为龙女,这当然也染上了佛教色彩。"[1]郑筱筠也指出,中国的龙能以人格化的形体特征出现和活动,并以此为基点敷演出大量曲折的故事情节,是受到来自印度佛教的龙文化的影响:"印度佛教中那伽虽摄属畜生道,但却具有善于变化的神性。……那伽从一开始在印度神话传说中虽属动物神,却具人格,时常以人形以及人的思维和生活方式出现于印度传说中。"[2]此外,白族文学中的"龙司水、主降雨、有神通、善变化,甚至能变形为人,或常具人格、思维及行动,有眷属家族,有精美别致的龙宫,拥有奇珍异宝,有严格的等级制度等观念,都直接由印度密教,或间接由汉传佛教、藏传佛教传入"[3]。在白族的民间文学中,龙常变形为人,《青龙潭》《浪穹龙王的传说》

---

[1] 李道和:《晋唐小说螺女故事考论》,载《文学遗产》2007年第3期。
[2] 郑筱筠:《佛教对汉族白族龙文化之影响及比较》,载《博览群书》2001年第6期。
[3] 郑筱筠、赵伯乐、牛军:《佛教与白族龙文化》,载《思想战线》2001年第2期。

都直接讲述龙变形为人，人又见到龙的原形。白族民间文学中还常常将龙宫塑造成一个神秘的、充满了奇珍异宝的奇妙所在，这里不是凡人可以企及的。在大本曲《白蛇记》中，龙王送给主人公富裕一个宝葫芦，能用它变出最漂亮的四合五天井民居。民间故事《孤儿与龙女》中，龙太子为了感谢孤儿赵华的救命之恩而带他到龙宫去玩。龙宫里的三天便是凡间的三年。故事描绘时间的作用主要在于抬高龙宫的地位，将之描绘成梦幻仙境一般，与凡间大不相同，[1]这说到底也是为了渲染龙宫的与众不同。而赵华回家时按照龙太子的指点，向龙王索要了拴在桌边的小鸡，这实际上是龙女的化身。在石龙村民张万松为笔者讲述的故事中，孤儿因无意中救了龙子，为表谢意，龙王让龙太子邀孤儿到龙宫玩。离开龙宫时孤儿同样是按照龙太子的指点向龙王索要桌下拴着的小白母鸡，实际也就是龙女。而在孤儿和龙女回到人间后，当他们遇到人间恶势力的刁难时，是来自龙宫的妻子借助娘家也就是龙宫的力量化解了矛盾，故事中一再提到来自龙宫的岳母的神奇能力，这同样是对龙宫的神奇属性的强化。《龙公主阿妹》《龙女小三妹》中的龙女也是以母鸡的形象出现，最后同样在与县官的斗争中显示了不凡的神性。《玉白菜》中，玉白菜与大理坝子的安宁息息相关，小小的一点叶子还可治愈重病，可视为无价珍宝，而玉白菜就是由龙守护的，这自然也可以理解为龙宫有珍宝观念的一种变形。而龙宫有奇宝的观念也是受印度佛教的影响所致，"印度佛教中龙王不仅居住在华丽宽广的龙宫中，而且拥有不可胜数的奇珍异宝"[2]。佛经中对此多有描述。

白族民间文学中还有大量人龙相恋、婚配的故事，《牧童和龙女》《笛声吹动龙女心》等故事，都为龙女的来源设置了一个类似人间的家族谱系，她从神秘的龙宫而来，是龙王的女儿，而故事中的龙王也往往像人间的家长一

---

[1] 董秀团:《白族螺女故事类型及文化内涵研究——以大理剑川石龙村流传的故事为例》，载《民俗研究》2012年第6期。

[2] 郑筱筠:《佛教对白族龙文化之影响及比较》，载《博览群书》2001年第6期。

样，拥有多个儿女，管理着自己的家庭。《天池龙王两父女》《河头龙王的家系》这样的故事，从标题就给人一种感觉，龙王的家庭生活和谱系图景就像是人间家庭的缩影。白族故事中的龙王还常常将自己的儿女分派到各地各村去担任本主。这些，都与印度文化的影响有一定的关系。正如有学者指出的那样："为龙本主配以妻子儿女、组建家庭、构筑充满温馨和亲情的龙宫，是白族龙本主崇拜受佛教龙文化影响的最突出的表现。"[1]笔者认为，给龙本主配上祀神，组成家庭式的神灵谱系，这与印度佛教龙文化的影响有一定关系，但还有其他的原因。为本主配置家庭式的神谱不光在龙本主身上得到体现，而且是整个本主信仰中比较突出的一种现象。笔者认为佛教密宗和汉族宗族观念的渗入本主崇拜可能是两个主要原因。但总体而言，龙族和龙本主家庭式神祇组构模式曾受到印度佛教中龙文化的影响应该是没有疑义的。

此外，在白族文学中还有一个现象，就是笔者曾撰文指出的，白族地区螺女故事的女主人公常常与龙女复合，这应该说与白族深受印度文化和佛教龙文化的影响有关。白族地区此种复合型故事中，将螺女为人间男子炊爨的情节与"龙女报恩"情节结合在一起，也就是说龙女之所以给男主人公做饭并与之结合实是出于"报恩"的需要，正是因为男主人公秉性善良、扶救弱者，故意外地救下龙子，有恩于龙族，所以才引出故事的后面部分，龙女代表龙族向男主人公报恩，下嫁人间的男子。这其中也体现了佛教的因果报应思想，于龙族是有恩必报，于男主人公是善有善报。[2]

自然，白族的龙文化是复杂的，不光受到印度佛教的影响，也受到原生文化的因子和汉文化、藏文化诸多文化因子的影响，但是，不可否认，印度佛教及龙文化对丰富白族的龙文化起到了重要的作用。

---

[1] 郑筱筠、赵伯乐、牛军：《佛教与白族龙文化》，载《思想战线》2001年第2期。
[2] 董秀团：《白族螺女故事类型及文化内涵研究》，载《民俗研究》2012年第6期。

第五章 白族文学与东南亚文学关系研究

由于地缘关系、历史传统、文化交流等多方面的原因，大理白族地区与东南亚地区的各国和各民族存在着紧密的交往互动关系，白族文学与东南亚文学之间也存在许多互渗交融或相同类似之处。这一特点在一些双方共同流传的神话、传说、故事类型之中有着具体的表现。

第一节　古老神话中的交叉复合

白族和东南亚地区的很多民族都具有悠久的历史和丰富的文化传统，拥有古老的神话叙事。比如族群起源神话、洪水和人类再殖的神话、葫芦神话等，这些神话类型都有着古老的历史，都是关乎人类和万物来源的神圣讲述，体现着各民族对自身和宇宙万物的认识和思考。在这样的思考中，白族和东南亚地区各民族的神话叙事呈现出了一些交叉复合的现象。这里的交叉复合，指的是一些文化要素在双方的文化系统中都得到普遍关注，或者一些文化要素在双方的文化系统中出现了类同。这样的关联，一方面与文化的移植和传播有关，另一方面也与两者同处于一个大的文化区域而产生的文化共性有关。

一、九隆神话与老挝老龙族的起源神话

前文已述，在《华阳国志·南中志》和范晔《后汉书·南蛮西南夷列传》等史籍中均记载了九隆神话，而这则神话是白族先民重要的祖源神话，也是哀牢国、南诏、大理国的开国神话。在诸种文献记载中，多将神话归属为哀牢国和哀牢夷所有。关于哀牢国的地域范围，史学界以汉置永昌郡

为基本共识[1]，包括了今天的保山、大理、临沧、思茅、德宏、版纳等地区，甚至还包括了老挝的一些地区，其范围十分广泛。关于哀牢夷的族属问题，一直是学术界争论最多的问题。诸种说法可分为三大类：濮人说、氐羌说和百越说。[2]"从民族构成来看，哀牢夷是濮、越、氐羌等多民族的共同体。"[3]《保山县志稿》（抄本）载："永昌之濮人即哀牢也。"[4]但也有学者认为哀牢夷的族属不是濮人。[5]还有学者认为："哀牢属于百越，为滇越之后裔。"[6]还有很多学者认为哀牢夷中包含了氐羌族群。黄惠焜认为哀牢人属氐羌族群，"汉唐以来中国史籍明白谓哀牢夷与氐羌同源，是'昆明人'的一部分，是南诏的先民，也就是今天彝语各族的先民。……哀牢夷的九隆神话正是氐羌民族龙崇拜的直接遗留，哀牢夷正是继承了羌人拜龙的正统"[7]。黄惠焜还认为，九隆神话作为一个原始的感生神话，其发生地应在越嶲一带，其后"随着永昌设郡后哀牢政治中心西移，史书也就把九隆神话系在永昌郡下了"[8]。黄惠焜肯定了哀牢"上绍昆明，下启南诏"，把哀牢与蒙舍诏的族属渊源联系在一起。而徐嘉瑞在《大理古代文化史稿》中也谈到了蒙舍诏与哀牢夷以及九隆神话之间的关系，认为"想南诏祖先，本隽州蒙蛮，乃乌蛮之一支。入永昌后寖以强大，遂自言本哀牢后，以便统治永昌之哀牢夷。且哀牢为南中所共祖，……所谓南中昆明，盖指大理丽江盐源西昌一带之土人，

---

[1] 杨薇、李子贤：《九隆神话：文献记载与民间口头传承之流变》，载《楚雄师范学院学报》2010年第4期。

[2] 申旭：《老挝史》，云南大学出版社，1990年，第32页。

[3] 杨薇、李子贤：《九隆神话：文献记载与民间口头传承之流变》，载《楚雄师范学院学报》2010年第4期。

[4] 转引自林萌曾：《九隆神话与哀牢国》，载杨仲录、张福三、张楠主编：《南诏文化论》，云南人民出版社，1991年，第121页。

[5] 黄惠焜：《论哀牢夷族属非濮》，载《思想战线》1978年第1期。

[6] 申旭：《老挝史》，云南大学出版社，1990年，第32页。

[7] 黄惠焜：《哀牢夷的族属及其与南诏的渊源》，载《思想战线》1976年第6期。

[8] 同上。

皆以哀牢为祖。……蒙氏本乌蛮，其祖先本蒙蛮。居西昌、盐源一带，与哀牢种杂处其间，即所谓南中诸夷也。南中诸夷，与昆明夷，自汉季世，即以哀牢为其共同之祖先，亦以九隆神话为其共同之神话。蒙氏一支入永昌后，以九隆为其远祖，自言本哀牢后，乃极自然之事，但不能谓其即汉代定居永昌之哀牢夷也"[1]。也有学者认为哀牢一词"并非族属，是分布在哀牢山周围，以山而得名的部落群体"[2]。不论哀牢夷的族属到底如何，笔者认为，任何民族群体在历史发展过程中都处于不断分化、融合的变迁之中，不可能完全与其他的民族群体绝缘，所以哀牢地区应该说生活着诸多民族，其中氐羌是重要组成部分，而此氐羌中也必定还融入了其他民族的因子。

那么九隆神话与白族的关系又如何？上述学者或者认为九隆神话为哀牢夷之神话，或者认为九隆神话乃蒙氏之祖昆明人的神话，这其中，与白族有何关联？笔者认为，白族先民也是九隆神话的创造者之一。九隆神话由原始感生母题和龙崇拜母题结合而成，其中的龙崇拜母题主要源于氐羌文化传统。

首先，关于白族的族源，前文已述应是融汇了多元因子的，既有洱海区域土著先民，也有南下的氐羌族群的成分，而被融汇入白族这一民族群体的氐羌成分，保留和沿袭了崇龙的传统，所以说白族的先民也参与了九隆神话的创造。其次，东汉时期的哀牢夷，主要分布在以今保山、大理为中心的永昌郡。而这些地方也是后来白族群体居住的主要地区之一。虽然那个时候白族这一民族群体尚未正式形成，但是也不排除白族先民是当时哀牢夷的组成部分的可能性，所以极有可能白族先民参与了九隆神话的创造。只有这样，我们才能更好地解释为什么后来白族的上层统治者和民间大众都奉九隆神话为始祖神话，自称九隆后裔。该神话在白族民众中保留和传承的情况相对完

---

[1] 徐嘉瑞：《大理古代文化史稿》，中华书局，1977年，第130页。

[2] 林荫曾：《九隆神话与哀牢国》，载杨仲录、张福三、张楠主编：《南诏文化论》，云南人民出版社，1991年，第120页。

好，影响也较大。

在东南亚的老挝，九隆神话同样被其主体民族老龙族奉为始祖神话。老挝马哈西拉·维拉冯《老挝史》记载了这则老挝老龙族的起源传说：很久以前，在今天中国四川省边界，紧靠群山的湄公河谷（即澜沧江）住着许多人，其中有一个妇人，她生有九个儿子，在她怀第九子之前，据说她有一次去湄公河边打鱼，在打鱼过程中，漂来的一根粗糙的树干触着了她的腿，从那以后她就怀了第九子。当九子长到一定年龄时，他母亲带着他又到河边打鱼，她正在打鱼的时候，一条蛇（Naga）游了过来，问她："我的儿子在哪儿？"慌乱之中，她只喊了一声"九龙"便撇下儿子逃走了。蛇于是就舔了一下他的背。后当九个儿子都长大并成了家之后，九子成为他们之中最聪明的一个，成了当然的领袖。后来这个女人所生的九个儿子就成了老挝人的始祖，并因此而被称为哀牢，意为老挝兄弟。[1]

前面已述，中国古籍中的九隆神话，妇人捕鱼水中、触木而孕、产子十人、沉木化龙、龙舐幼子、九隆为王、十子娶妻等是其基本母题。白族文化语境中的九隆神话沿袭了这些要素。将中国文献中的九隆神话与老挝老龙族的这则神话相比，可发现妇人捕鱼水中、触木而孕、沉木化龙、龙舐幼子、九隆为王等母题是一致的，所不同的是老龙族神话中妇人触沉木后怀上的是第九子，而哀牢神话中妇人触木生十子。但可以断定，老龙族的始祖神话与中国的九隆神话为同源神话。老龙族从族属上是属于古代百越族群的，为何他们会将九隆神话作为始祖神话？

在中国和越南的一些史籍中还记载了老挝古代也有一个哀牢国。中国史籍如《皇明象胥录》《国榷》《宙载》《明史稿》《明史》《明实录》《安南杂记》《道光云南志钞》《腾越州志》，越南史籍如《大越史记》《舆地志注》《越南

---

[1] 景振国主编：《中国古籍中有关老挝资料汇编》，中州古籍出版社，1985年，第342页。

历代疆域》等中均有这样的记载。[1]当然,此哀牢国并非彼哀牢国,根据申旭的研究,中国的哀牢国和老挝的哀牢国并非同一时空中的同一对象,而是存在时间上的承继关系,上述史籍中所载的老挝哀牢国在时间上要晚于中国的哀牢国,是由滇西一带的哀牢人南迁进入老挝地区后建立的。[2]"众所周知,哀牢人起源于中国,老挝地区本无哀牢人,后来有了哀牢人,并成为今天老族人的祖先。"[3]分布在中国西南地区的哀牢人,有一部分南迁进入老挝,并在时间的洗礼中,逐渐在当地占据了主导位置,演化为今天老挝的主体民族——老族。

傅光宇认为九隆神话为氐羌族群"昆明诸种"的哀牢人所有,但因哀牢地区居住着氐羌、百濮、百越等族群,其中百越族群中的"鸠僚"最靠近老挝,哀牢地区"鸠僚"中的一部分因战争失利等原因顺澜沧江南下而移居老挝并逐渐取代原先的孟高棉人发展为老挝最大的族系,所以九隆神话也就经由他们的南迁被带到了老挝,成为老龙族的始祖神话。[4]

笔者认为上述学者所述不无道理。在哀牢地区广泛流传的九隆神话早已被生活在这一区域中的各个族群所接受。这为后来从哀牢迁入老挝的鸠僚群体强调九隆神话并将之作为整合原有居民的政治神话提供了更多的可能性。

外国的一些学者曾提出"泰族北来说",认为哀牢是泰人或掸人,南诏是哀牢九隆之后,所以说南诏是泰族建立的国家。这种谬论,学术界已经对之进行了有力驳斥,不足为据。笔者认为,九隆神话之所以在东南亚各国得到流传,除了哀牢夷中的部分南迁进入东南亚之外,也与后来南诏、大理国政权建立后在东南亚产生较大影响有关。由于南诏、大理国都将九隆神话奉

---

[1] 耿德铭:《哀牢国与哀牢文化》,云南人民出版社,2003年,第9页。
[2] 申旭:《老挝史》,云南大学出版社,1990年,第38～43页。
[3] 同上注,第35页。
[4] 傅光宇:《云南民族文学与东南亚》,云南大学出版社,1999年,第80～81页。

为圭臬，将之作为开国神话，而南诏、大理国是雄踞于我国西南的地方民族政权，影响达于东南亚大部分地区，因而东南亚的一些国家和民族因受到南诏、大理国的影响而接受九隆神话也不是没有可能的。

二、洪水及兄妹婚神话与东南亚的同类神话

洪水神话是世界性的，在世界上很多民族中都普遍流传着此类型的神话。中国洪水神话中，南方民族普遍将洪水母题与兄妹婚母题结合，构成洪水后兄妹结婚再殖人类的神话类型。有意思的是，此种类型的洪水神话不仅在中国境内分布，而且在东南亚地区也有流传。白族的洪水神话，大致内容与我国南方其他少数民族的相同，沿袭了将洪水与兄妹婚再殖人类两个母题相结合叙述的特点，相关的文本数量也比较多。我们先对白族文学中的洪水神话主要文本进行一番梳理。

《开天辟地》的神话中就包含了洪水后兄妹婚的母题。神话讲述观音在洪水前藏了两兄妹在金鼓中，洪水后观音让兄妹二人结为夫妻，二人开始不愿意，后来观音让他们分别在两座山烧香，两山的香烟徐徐会合。又让二人各拿一根小木棒丢进河里，它们变成一公一母两条金鱼。还叫两人一人搬一扇磨盘从山顶推到山箐里，两扇磨盘合在一起。两兄妹没话可说，只好答应结婚。婚后二人生下一个狗皮口袋，口袋里有十个儿子，十个儿子又各生十个孙子，成了百家。[1]

《鹤拓》神话主要内容为：很久以前，大理这个地方是一片茫茫无边的水，后来因大地震才形成了一个小坝子。有兄妹二人因家乡遭灾逃到这里，

---

[1] 云南省民间文学集成办公室编：《白族神话传说集成》，中国民间文艺出版社，1986年，第13～18页。

在白鹤的指引下来到坝子,兄妹二人结婚,生了子孙,住满了整个坝子。[1]

《兄妹成亲和百家姓的由来》:远古时,洱源西山白族村寨里有长命和富贵两兄妹,一天小鸟衔来一颗葫芦籽,他们种下后结出一个大葫芦。兄妹二人因钻进葫芦而躲避了一场大洪灾,所有人都死了,只有兄妹幸存,老鼠咬开了葫芦,兄妹从中出来,开荒种地。天神为了繁衍人类让兄妹成亲,妹妹不同意,通过滚石磨、穿针线、烧火烟交织在一起,妹妹只好同意。后兄妹生下一肉坨,兄妹将之切成一百份,这些都变成了人,刚好是一百家。[2]

《伏羲和娃妹》:有一个人想吃雷公肉,大家就请李长脚把雷公抓来关起来,要想办法杀雷公。伏羲和娃妹两兄妹去看雷公,雷公求救,他们就把雷公放了。雷公给两兄妹一个葫芦,并说:石狮子哪天眼里出血,就要躲进葫芦里。两兄妹天天到学堂门口去看石狮子,老师很奇怪,问两兄妹是什么道理。两兄妹把雷公的话说了,却被几个学生听见,拿红笔把石狮子眼睛点红。于是七年接连大雨,大地一片汪洋,只有两兄妹俩躲进葫芦浮在海上。后来,观音叫老鼠咬开葫芦,救出兄妹二人,世界上才传下了人种。[3]

《氏族来源的传说》:天神阿白告知人们要发大洪水,搬到葫芦中住,只有阿布帖和阿约帖兄妹照做,洪水退去,只剩兄妹二人。哥哥提出结婚,二人分别在河的对岸用棍子打对方放的贝壳,刚好打中,表示天神认可,故结婚,后生五女,分别和熊、虎、蛇、鼠、毛虫结合,繁衍人类。[4]

《虎氏族的来历》:古时候,发大洪水,天神阿白告诉人们躲起来,只有阿十弟和阿仪娣兄妹听了,藏进葫芦,洪水退后,二人为繁衍人类只得结

---

[1] 中国民间文学集成全国编辑委员会、《中国民间故事集成·云南卷》编辑委员会:《中国民间故事集成·云南卷》(上册),中国ISBN中心,2003年,第215~216页。

[2] 云南省民间文学集成办公室编:《白族神话传说集成》,中国民间文艺出版社,1986年,第32~34页。

[3] 张文勋主编:《白族文学史》(修订版),云南人民出版社,1983年,第27页。

[4] 云南省民间文学集成办公室编:《白族神话传说集成》,中国民间文艺出版社,1986年,第35~36页。

婚。婚后连生七女,阿十弟死了,阿仪娣一人领着七个女儿生活。一天一只白花老虎来求亲,七姑娘嫁给了虎,还生了两个男孩,繁衍为虎家。[1]

《点血造人》:远古时,不知我们祖先犯了什么大忌,惹得天神发怒,接连降了九十九天大雨,洪水泛滥。有两兄妹,阿妈叫他们躲进木桶里。洪水退去,两兄妹爬出木桶,周围没有一个幸存者。为了繁衍后代,哥哥提出兄妹做夫妻。妹妹提出要看天意。于是,兄妹各自爬到一个山头,哥哥抛出的线不偏不斜正好穿进了妹妹手中的针眼。兄妹又各扛一扇磨盘分别爬上了山顶。两扇磨盘同时滚了下来,滚到箐底刚好合拢在一起。于是兄妹结婚,第二年生下一个女孩。转眼间女孩长大成姑娘了,仍不见另有小弟、小妹出世。哥哥急了,避开妹妹独自到深山老林里"点血造人",在做好的木头上点一滴自己的血,木头人就变成了活人一样,而且不同的木质就变成不同姓氏的人。他把血点到李子树上,又点在杨柳树上,造出来的人就是李氏族、杨氏族。[2]

《人种与粮种》:远古时候,人们不用每天奔波做活便有足够的粮食吃,一天,一对年轻夫妻去舂饵块,刚会爬的儿子在旁边拉了一泡屎,年轻的母亲用饵块帮娃娃揩屁股后将饵块丢了。天神见人们不爱惜粮食,十分生气,吩咐给人间泼下九十九天的暴雨,洪水到处泛滥,人间变成了一片汪洋大海。洪水退后,大地荒无人烟,只有姐弟俩活了下来。一天,突然来了一位老奶奶,让姐弟做夫妻传人种。姐姐不答应,老奶奶便让他们从山顶滚下磨盘,磨盘合在了一起,表示天神同意他们结婚。这老奶奶原来是天神,指点完后飘到空中了。姐弟俩按照天神的指点成了家,生下了娃娃,人类不会绝种了,可是没有吃的。那条跟姐弟俩一起活下来的狗,白天对着太阳叫,夜里又望着月亮叫。狗的哀嚎感动了太阳、月亮和天神,于是他们给人间丢下粮

---

[1] 云南省民间文学集成办公室编:《白族神话传说集成》,中国民间文艺出版社,1986年,第43~46页。
[2] 施中林主编:《兰坪民间故事集成》,云南民族出版社,1994年,第5~6页。

种。因为狗给人们讨来了粮种,所以那马人特别敬重狗。[1]

除了上述文本,笔者还在剑川石龙村搜集到两则相关故事。其一为《桥生与龙女》,讲述很久以前,地上发洪水,淹死了好多人,只剩三个人,即算命先生、桥生和他的母亲。后来,桥生钓到一个贝壳,贝壳实为龙女,桥生娶了龙女,龙女怀孕后一次生了一对龙凤胎,一共生了一百对。桥生和龙女的孩子又两人一对配成了一百对夫妻,繁衍了后来的人类。

另一则为《龙王三公主》:

> 以前有两母子,生活困难。一天,一个算命先生告诉小伙子:"上天要惩罚有罪的人间,所以过几天要发一场大洪水。明天你就把你妈背到山顶上。"第二天,他背着母亲爬到山顶。过了几天,观音菩萨让龙王三公主来度他们,给他们送早晚饭,还叫三公主做了这个小伙子的妻子。为了检验小伙子对三公主是否真心,观音菩萨变了一百个美女来试他,但他只要三公主。过了一段时间,小伙子说要看看三公主家里的人,但他并不知道三公主是龙王的女儿。有一天,吹风下雨,天阴得像黑夜一样,什么也看不见,三公主说:"今天去看我家里人吧。"三公主用纸剪了一艘船,又剪了一盏灯放在船上,当她把纸船放到水里面的时候,纸船就变成了真船。她又把船上的灯点起来,告诉小伙子:"可以走了,等走到河中间看到有灯光的时候就把船上的灯熄灭。"这样他们就到了龙宫里。这时,观音也在龙宫里,观音又变出一百个美女要给小伙子,说:"你的媳妇有什么好的,我的这些美女随便给你一个。"小伙子说:"我不要,我只要三公主。"后来,三公主和小伙子在龙宫里住了几天就回家去了。又过了些时候,三公主又想她的家人了,她和丈夫就像上回一样回到了龙宫。观音又变出一百个美女来试探三公主的丈夫,

---

[1] 施中林主编:《兰坪民间故事集成》,云南民族出版社,1994年,第3~4页。

他仍然像上回一样回答了观音。观音对他说："你们回去吧，让三公主为你繁衍后代。生出来一个小孩就抬板凳，生出来另一个小孩就抬碗，生出一个男的一个女的就将他们配成一对。"这样，他们回去后一共生了一百对男女，这一百对男女又配成对，从此以后，人类就开始繁衍生息了。[1]

上述的白族洪水神话，有与开天辟地的宏大命题相结合的，有单纯叙述洪水后兄妹婚再殖人类的，也有与氏族来源相联系的，还有渲染男女主人公忠贞情义而洪水和兄妹婚只是作为背景简略提及的，这些体现出白族洪水神话的丰富样态。

在白族丰富的洪水神话文本中，发洪水、兄妹婚是最为核心、稳定的情节内容。此外，还有一些母题在不同的文本中其重要性有所不同。王宪昭梳理了洪水再生人类神话的故事元素及母题的排列顺序:（1）发生时间→（2）洪水原因→（3）洪水征兆→（4）洪水制造者→（5）避水工具→（6）洪水遗民→（7）遗民的婚姻→（8）婚前占卜或难题考验→（9）生怪胎→（10）繁衍人类。[2]按照王宪昭梳理的母题元素，我们可以进一步对白族的洪水神话与兄妹婚神话不同文本的主要母题进行检索和考察:

---

[1] 董秀团、段铃玲、朱刚、赵春旺于2005年1月24日在大理剑川石龙村张四合家收集，讲述人张四合，女，1962年生，小学，农民。
[2] 王宪昭:《试析我国南方少数民族洪水神话的叙事艺术》，载《湖北民族学院学报》（哲学社会科学版）2007年第1期。

370　多元混融中的白族文学

白族洪水与人类再殖神话主要母题

名称	发生时间	洪水原因	洪水征兆	洪水制造者	避水工具	洪水遗民	遗民的婚姻	婚前占卜或难题考验	生怪胎	繁衍人类	流传地区
开天辟地	从前	龙王逆行雨点	观音藏人	龙王	金鼓	赵玉配和郁三妹兄妹	兄妹成亲	香烟合，木棒变金鱼同游、滚磨盘相合	生下狗皮口袋	狗皮口袋中的十个儿子又生十个儿子	大理、洱源、剑川
兄妹成亲和百家姓的由来	远古		偶然钻进葫芦		葫芦	长命和富贵兄妹	兄妹成亲	滚石磨、穿针线、烧火烟交织	生下肉坨	肉坨切成一百份变成一百家	洱源
点血造人	远古时候	祖先犯忌惹怒天神		天神	木桶	兄妹俩	兄妹成亲	穿针眼、滚磨盘		生一女孩后又点血造人	兰坪白族支系那马人
氏族来源的传说	不知道是多少万年以前		天神阿白告知		葫芦	阿布帖和阿约帖兄妹	兄妹成亲	在河的对岸用棍子打对方放的贝壳		生下七女分别嫁给动物	怒江州碧江地区白族支系勒墨人
人神与粮种	远古时候	人糟蹋粮食惹怒天神		天神		姐弟二人	姐弟成亲	滚磨盘		生下了娃娃	兰坪白族支系那马人

[1] 董秀团：《白族洪水与人类再殖神话的型式及母题的传承与变异》，载李子贤、李存贵主编：《形态·语境·视野——兄妹婚神话与信仰民俗暨云南省开远市彝族人祖庙考察与研究国际学术研讨会论文集》，云南大学出版社，2011 年，第 221 页。

第五章 白族文学与东南亚文学关系研究　371

（续表）

名称	发生时间	洪水原因	洪水征兆	洪水制造者	避水工具	洪水遗民	遗民的婚姻	婚前占卜或难题考验	生怪胎	繁衍人类	流传地区
虎氏族的来历	古时候		天神阿白告知		葫芦	阿十弟和阿仪嫂兄妹	兄妹成亲			生下七女，七姑娘嫁虎	怒江州碧江地区白族支系勒墨人
伏羲和娃妹		雷公报复	雷公告知	几个学生将石狮子眼睛点红	葫芦	伏羲和娃妹兄妹	兄妹成亲			九年生九个儿子，第十年生一姑娘	
鹤拓	很久以前						兄妹成亲	白鹤把兄妹拉到一起		兄妹生的孙遍布坝子	大理
桥生与龙女	很久以前					母子和算命先生	儿子与龙女成婚			生一百对龙凤胎	剑川石龙
龙王三公主	以前	上天惩罚有罪之人	算命先生告知		爬到山顶	母子	儿子与龙女成婚			生一百对子女	剑川石龙
各母题出现频次	9	5	6	4	7	9	10	6	2	10	

从上表可看到，在白族的洪水神话中，各母题出现频次有所差异，出现最多同时也是在所有的文本中都出现的有两个母题，分别是遗民的婚姻和繁衍人类。其次是发生时间和洪水遗民，出现频次达九次。避水工具出现七次，洪水征兆（包括得知洪水将临的方式）、婚前占卜和难题考验各出现六次，洪水原因出现五次，洪水制造者出现四次，生怪胎出现二次。

洪水与人类再殖神话本身是由洪水神话和人类再殖神话复合而成，如果我们现在依然将之进行划分，那么，就会发现白族的洪水与人类再殖神话注重的是后者而非前者，因为在文本中完整保留的两个母题即遗民的婚姻和繁衍人类均与后者即人类的再繁衍有关，发生时间和洪水遗民这两个高频度出现的母题，前者虽然与洪水有关但只是背景性说明，后者虽是洪水的结果，但在神话中其更重要的功能是引出人类的再殖，所以仍应被纳入人类再殖的序列。相较而言，在白族洪水与人类再殖神话中，人类再殖是核心母题。

那么东南亚的洪水神话又是如何的呢？洪水神话在东南亚的分布是比较集中的，人类学家弗雷泽在其著作《旧约中的民俗》中就把东南亚和古代两河流域、美洲印第安地区并列，归入世界洪水神话的三大流传中心之一。[1]东南亚的洪水神话同样以兄妹婚神话为其主要亚型。张玉安在其文章中提到，他收集到东南亚地区的越南、老挝、缅甸、菲律宾等国洪水神话文本共计十八篇，其中有七篇便是洪水后兄妹结婚再殖人类神话。从地域分布看有三篇来自越南，两篇来自老挝，两篇来自菲律宾。从文本内容而言，这七篇神话的主要母题和内容情节与中国同类神话可以说是完全相同的。[2]

让我们先来看一下东南亚洪水神话的典型文本及基本内容。

越南神话《越南人类的起源》讲述：很早以前，洪水淹没了大地，到处

---

[1] 参见史阳：《菲律宾阿拉安-芒扬人洪水神话的象征内涵》第3条注释，载《东方丛刊》2009年第2期。

[2] 张玉安：《中国神话传说在东南亚的传播》，载《东南亚》1999年第3期。

一片汪洋。只有几座最高的山峰像小岛一样露出水面。人类也被大水冲走，只剩下阿梅和阿乌姐弟两人抱着大鼓侥幸活下来。姐弟二人爬上岛，采摘熟透的果子充饥。姐姐提出男女有别，两人分别在山坡两边盖房，天黑后，他们各自回到自己的房子里。第二天早上，姐姐醒来，发现弟弟躺在身边，姐姐骂弟弟，弟弟委屈地说自己并不知道为何会这样。连着三天均如此，姐姐非常生气。这时出现一位神仙，说按照人类的规矩，同胞姐弟不能成亲，但如今人类已经死光，只剩下姐弟二人，因为不希望人类绝种，所以神仙才把弟弟弄到姐姐身边。神仙要二人成亲，姐弟不愿。神仙便把二人拉到一起，严严实实关了屋门。姐弟二人只好成亲，后来他们生下许多孩子，孩子们长大后搬到各地居住，成为各民族的祖先。[1]

越南还有洪水神话的另一个文本：古时候，洪水泛滥，一片汪洋，人类几乎都被淹死了，只剩下一个家庭中的两男两女。后来，哥哥和嫂嫂躲进铁鼓被淹死，姐姐和弟弟躲进木鼓随水漂到天庭，天神命蛟龙吸水退洪。姐弟俩随着水势下降回到大地。大地上人烟已绝，姐弟二人只好顺从天意结为夫妇。妻子产下一个外壳坚硬的肉包，把硬壳敲开，硬壳的碎片变成一个个小孩儿。人类又开始在地上繁衍生息。[2]

缅甸有《毁灭地球的雨》的神话，讲到大神创造了河流，又开始造桥，凶神的儿子想方设法破坏，大神因上当受骗而大怒，让整个世界都下大雨，吞噬了世界上所有的人，只剩下一对兄妹存活下来。[3]这一故事中虽对所剩兄妹在洪水后再殖人类的情况未展开叙述，但却暗含着兄妹婚再殖人类的母题，因为倘若不是如此，就无须刻意强调世界上的人都死了，仅剩一对兄

---

[1] 薛克翘、张玉安、唐孟生主编：《东方神话传说》第六卷《东南亚古代神话传说》上，北京大学出版社，1999年，第58～61页。

[2] 陈岗龙、张玉安等：《东方民间文学概论》第三卷，昆仑出版社，2006年，第106页。

[3] 薛克翘、张玉安、唐孟生主编：《东方神话传说》第六卷《东南亚古代神话传说》上，北京大学出版社，1999年，第148～149页。

妹这一内容。所以笔者认为这则故事实际也隐含着洪水后兄妹婚繁衍人类的情节。

菲律宾伊富高洪水神话的核心母题也是洪水后兄妹再殖人类。神话说：一次特大干旱中，长者建议人们在河边的墓中挖洞寻找河神，第三天人们终于挖出了泉水，猛烈喷涌的泉水淹死了来不及脱身的人们。人们举行找到水源的庆祝宴会，宴会上风云突变，大雨倾盆，河水越涨越高，人们往山上逃去，所有人都被淹死了，只剩下分别躲在两座山上的兄妹俩活了下来，大水退去，哥哥找到妹妹，按照神的旨意，兄妹结婚，延续了人类。[1]

张玉安认为，中国和东南亚地区广泛流传的洪水后兄妹婚再殖型神话，存在诸多的共性，它们"不但在母题和主要情节上完全相同，而且在某些细节上也存在惊人的相似之处"[2]。这又具体表现为三个方面的相同或相似，第一方面是再殖人类的过程中，不论是中国还是东南亚地区，女方通常不是直接生下人，而是生下各种所谓的怪胎，诸如"肉包、葫芦、南瓜"等物，所以，"越南、缅甸、老挝等东南亚国家的民族也和中国的许多民族一样，在历史上可能都产生过葫芦（南瓜）崇拜，都把葫芦当作母亲崇拜、祖先崇拜的象征物，当作了人类始祖"[3]。笔者认为中国南部和东南亚地区洪水后再殖神话中不直接生人的描述，当也和后来观念中禁止兄妹、姐弟血亲通婚有一定关系，正因为人们已经普遍认识到了血亲通婚的弊端，所以更突出地强调在这不得已的情况下兄妹首先生下的乃非正常的物品，以区别于常态化的男女联姻。张玉安指出的两地神话的第二个相同或类似的方面是担任人类再殖重担的兄妹或姐弟婚后繁衍的后代，成了各民族共同的祖先。[4]各民族同根共祖、一母所生、同一来源的观念不论是在中国还是东南亚地区，都是一个

---

[1] 陈岗龙、张玉安等：《东方民间文学概论》第三卷，昆仑出版社，2006年，第416页。
[2] 张玉安：《中国神话传说在东南亚的传播》，载《东南亚》1999年第3期。
[3] 同上。
[4] 同上。

突出的母题。两地洪水后再殖神话相同和相似的第三个方面，则体现在兄妹或姐弟的血亲结合，开始总是遭到当事人的抗拒，最终是在神灵的劝说或通过神奇的占卜验证之法才让二人结合，这其中很多占验的细节在中国和东南亚地区的文本中亦表现出了共性。[1]基于中国南部和东南亚地区洪水后再殖型神话出现的大量共性特征，加上地理上的区位关联，或许我们可以认为在中国南部和东南亚地区存在一个洪水后兄妹婚再殖人类的神话叙事圈。张玉安比较细致和全面地分析了中国和东南亚地区的此类神话故事，我们可以对东南亚的洪水神话与白族的洪水神话再进行一些比较。

首先，东南亚和白族的洪水神话中多数出现了葫芦这一意象，说明葫芦意象在中国南部和东南亚地区存在深厚的信仰基础。[2]但东南亚地区的葫芦更多是在兄妹结婚后生下了葫芦，葫芦中又生出人，是作为造人材料的象征。少数也将葫芦作为避水工具，如泰国的拉祜族的洪水神话。而白族的葫芦多是作为避水工具出现的。

其次，洪水后由兄妹结婚再次繁衍人类，这在东南亚和白族的洪水神话中都是一样的。当然，前面已述，这也是中国南方洪水神话的一个突出特点，并且在东南亚地区也有突出表现。洪水神话本为世界性母题，但为什么偏偏是中国南部及东南亚地区这一地域范围将洪水和兄妹婚这两大母题嫁接在一起，形成这个区域最富于自身特色的洪水神话？这可能就是需要思考的问题。在笔者看来，中国南部和东南亚地区，不仅地理位置毗邻，处于同一大的文化区域，拥有民族来源、相互交往的诸多纷繁联系，而且更重要的是它们的神话发展处于大致相当的阶段。洪水后兄妹再殖神话，不是首次创世的洪水初民神话，而是二次的繁衍，不能简单断言这样的神话类型一定比初次创世的神话后起，但确实其中增加了更多人类社会发展进程中积累的观

---

[1] 张玉安：《中国神话传说在东南亚的传播》，载《东南亚》1999年第3期。
[2] 关于此文化共性，我们在后面的葫芦神话内容中再做进一步分析。

念、意识，甚至渗透了思维、逻辑的演进。此时，至少创造神话文本的先民头脑中已经具备了男女两性的结合带来生殖繁衍这样的基本观念，而不再是早期创世神话中人从蛋中出、葫芦中出、洞中出的混沌，也不是只知其母不知其父时代对无夫而孕的着力渲染。两地洪水神话在这一点上的类同，实则反映了两地神话发展阶段的大致相当。

再次，兄妹一开始并不愿意结婚，是经过了大量的占卜性验证环节之后兄妹才结合的。这在白族和东南亚洪水神话中都是一致的。但是，不同的叙事文本中具体的卜验情节则可能有所不同。关于兄妹、姐弟起初抗拒血亲结婚，此问题学者多有探讨，有的结合人类社会的婚姻形态发展史认为这就是人们从血缘婚过渡到非血缘婚后对前期婚姻形态的一种否定，是在人类已经意识到血亲通婚带来的问题后在神话中加入了抗拒的情节。如果人类婚姻形态发展的这样一种线索不被否定，笔者认为对血亲通婚的反思并非毫无道理。但是，在笔者看来，此类神话中该情节的重点可能还不在于反思本身，而是通过神灵、动物以及观测天意的占卜、验证环节来加强兄妹结婚和人类再殖的神圣性。神话和仪式的密切关联是学界公认的一个事实，但在不同的神话类型中，或者说在神话的不同发展阶段中，其仪式性的强弱存在区分和差异。如果我们前面所述洪水后再殖型神话已经是人类社会原初创世观念基础上演进的观念不致谬误，那么洪水后再殖型神话的仪式性不如初次创世的神话类型强，也当是一个显而易见的事实。所以，在神话的神圣叙事中，必然要想方设法地提升自己的神圣性、规范性，在神话内容中设置富于仪式性的情节无疑是一个较好的选择。如此说来，当洪水与兄妹婚两大母题的结合成为必然，兄妹婚中出现大量卜验环节的描述也就不再偶然。

最后，白族的洪水神话中，观音是常常出现的重要角色，在东南亚的洪水神话中则没有此种情况。观音是佛教中的重要神祇，大理地区和东南亚地区都深受佛教文化的影响，但佛教在两地的流传又有所不同。白族洪水神话中的观音角色体现了佛教白族化中的重要现象，即白族地区对观音的尊崇。观音本为佛教的神祇，按照佛教的体系，佛祖释迦牟尼居于神谱中的最高位置，然而，传入大理白族地区的佛教，在神佛谱系的构筑中却出现了一个有意思的现象，在这里，观音的地位被无限提升，甚至超过了释迦牟尼。在白族文化中，观音信仰和观音崇拜成为非常突出的一个现象，其声势的壮大远非佛教中的其他神祇可以比拟。最明显的例证就是白族地区广泛流传着大量有关观音的神话故事传说，有《观音负石阻兵》《五十石》《观音伏罗刹》等，而祀奉观音的庙宇也是遍布各地，如大理的观音塘、喜洲观音寺、海东观音阁，不一而足。白族洪水神话中，不论是《开天辟地》里观音留下兄妹作为人种，还是《龙王三公主》中观音试探男主人公的情节，都体现了当地民众中存在崇奉观音的深厚基础，故而作为外来佛教神祇的观音也介入洪水与人类再殖神话的神圣文本当中。

从洪水与兄妹结婚神话的个案，可看到白族与东南亚各民族在神话讲述中的主要内容和大致情节都是类似的，这与双方出于共同的文化区域拥有相似的文化事象不无关系。同时，双方的洪水神话在细节方面也存在一些差异，这应该是受到各自不同的自然、历史、文化环境影响的结果。

三、白族的葫芦神话与东南亚的葫芦生人神话

葫芦神话在东南亚的越南、老挝、缅甸、泰国等地和云南各民族中均有流传。与葫芦同类可作为替代物的有瓜。虽然具象意义上有所区别，但其本质和功能意义却是一样的。因此，葫芦神话中的"葫芦"可泛指一切葫芦科植物。

葫芦神话可以分为与洪水有关的和与洪水无关的两大类。与洪水无关的葫芦神话，葫芦是作为生人、造物的工具而存在的。如前述大理剑川白族流传着的《东瓜佬与西瓜佬》，瓜中走出的小伙子、姑娘结合繁衍人类。此

外还有大理剑川白族地区的神话故事《"五百天"神》：天上掉下一个大葫芦，葫芦被炸成两半，里面跳出板古、板梅，二人结合繁衍人类，被后世奉为"五百天"神。[1]东南亚各族流传的与洪水无关的葫芦神话也很多。老挝老龙族传说中讲述，库姆伦（亦译坤博隆）来到孟天，他立国之地临近一个湖泊，湖边各种藤草围绕，北面长着一棵葫芦藤，上结着两个大瓜。由于古藤参天，大树茂密，天地混为一体，显得十分拥塞昏暗。库姆伦派人向天王求助，天王派出一批天将前来砍伐古藤和大树，并凿开那两个葫芦。藤树被伐后，天地分开了，人间亮堂了。葫芦被凿开后，从第一个葫芦中走出了许多人，他们是佧、柯姆、普因、佧英、佧米等民族；从第二个中走出了佬人。后来，库姆伦分派他的七个儿子和葫芦里出来的臣民到各处建立了七个国家。[2]这里的库姆伦即坤博隆是南诏王皮逻阁被移植入老挝后名字的变异。学术界已经对南诏是泰族建立的国家的说法进行了批驳，南诏王皮逻阁成为老挝的开山始祖的说法也就立不住脚了，但这从一个侧面反映出东南亚文化包括老挝文化受到了南诏文化的强烈辐射和影响。老挝的《葫芦出人》神话讲：天帝派三位天使来到人间，送来一头卷角的大水牛，人们用水牛耕种，人间变成了鱼米之乡。三年过去，水牛突然死去，从水牛鼻孔中长出一根葫芦藤，结出了非常大的葫芦。葫芦里人声鼎沸，嘈杂一片。三位天使用烧红的铁钎往大葫芦戳去，从葫芦中出来成群结队的男男女女。这些人安居乐业、繁衍后代，成为老挝境内各民族。[3]在缅甸也有丰富的葫芦生人神话。缅甸《人贪心，天地分》神话说道：宇宙之初，天地不分，混沌一片。后来，地球上长出一棵巨大的葫芦藤，结出一个硕大无比的青葫芦。一天，葫

---

[1] 李耀宗等编：《中国少数民族神话传说选》，四川民族出版社，1985年，第94～100页。
[2] 蔡文枞：《关于老挝民族起源问题》，载云南省历史研究所编：《研究集刊》1981年第2期，第59～64页。
[3] 转引自陈岗龙、张玉安等：《东方民间文学概论》第三卷，昆仑出版社，2006年，第170页。

芦突然裂开，走出许多人来。世界上从此就出现了各色各样的人。这些人走向世界各地，寻找藏身的山洞，就在各处定居生活。起先，这些人没有一丝一毫贪婪之心，也没有生气、发怒的习惯。人们只要轻轻地吻一下青苔，便可维持生命，用不着寻找其他任何食物。可是，人后来渐渐萌发了自私、贪婪之心，天与地也就开始分离，再也不像当初混在一起了。[1]此外，缅甸《景栋编年史》中也载有人类从葫芦出来的传说，讲道拉佤首先出来，央人即克伦人第二批出来，接下来出来的是泰人和其他人。[2]缅甸佤族神话说人类都是从一个葫芦里出来的，最先出来的是佤族，后面又出来了克伦族、掸族及其他民族。[3]缅甸克耶邦的克耶族传说讲述天地起初是连在一起的，没有分开，并且当时世上还没有人类，只生长着一个非常大的葫芦。后来，葫芦裂开，从里面出来了很多人，这些人散居在洞穴里。[4]除了老挝、缅甸，在东南亚的其他国家亦有不少类似的讲述。泰国拉佤族传说，古时很多民族的祖先都挤在一个葫芦里，有一位老人用烧红的铁棍在葫芦上钻洞，这样人们才陆续从葫芦里走了出来。[5]泰国东北部还流传着一个人类起源的神话，说远古时代，有三个官人朗呈公、昆德和昆堪在原野上建造了一座都城，收获时节他们没有对天神祭祀祷告，天神大怒发洪水淹没整座城市。三个人造了一只竹筏去天上向天神请罪，后来他们回到人间一个叫作纳诺的地方，不久那里长出了一个大葫芦，三人用凿子凿开葫芦，刹那间从葫芦里流出一拨又一拨的人，流了三天三夜，他们就是泰族五个分支的先人。朗呈公教会他们种植农作物、建造房舍、织布等，天神又派昆谷和昆崆来管理人间，但两

---

[1] 薛克翘、张玉安、唐孟生主编：《东方神话传说》第六卷《东南亚古代神话传说》上，北京大学出版社，1999年，第151～152页。
[2] 傅光宇：《云南民族文学与东南亚》，云南大学出版社，1999年，第186页。
[3] 同上。
[4] 同上注，第187页。
[5] 同上注，第186页。

人贪恋杯中之物,被昆德和昆堪告发,天神于是另派昆布隆来到人间,昆布隆成了澜沧国的开国国王。[1]这里的昆布隆,从发音上与老挝的坤博隆相近,应该也是南诏王皮逻阁在泰国名字的变异。这同样说明了南诏文化对东南亚影响的深远。

在与洪水无关的葫芦神话中,无论是东南亚还是白族都有葫芦生人的讲述,这一点是共同的。所不同的是,白族与洪水无关的葫芦神话中,除了讲到葫芦生人,还讲到葫芦生万物,或者葫芦既生人又生万物。而东南亚的葫芦神话中少见此类表述。白族《火把节》里讲道:跋达向观音求五谷种子,观音给了它五个小葫芦和一个大葫芦。它撒向大地,于是有了五谷及树林。[2]鹤庆和永胜地区的白族中流传的一则神话《金葫芦》则是葫芦既生人又生万物:天王捏了大黑、二白、三姑娘,叫他们去造万物。其中三姑娘用葫芦造出万物,大黑、二白来争葫芦,剖而为二,三姑娘把剩下的一颗葫芦籽藏在头发中,后它变成小伙子,与三姑娘生儿育女。[3]

上述神话中,葫芦是生人的工具,但与洪水母题没有发生关联。除了与洪水无关的一类,葫芦神话还有一类是与洪水相关的。在此类神话中,葫芦以三种情况出现,其一,作为洪水遗民的避水工具;其二,是洪水遗民生下的物品,又从中繁衍和再生了人类,即洪水遗民所生葫芦成为造人素材;其三,既不是避水工具,也不是洪水遗民生下的物品,而仅仅在洪水后充当了造人素材。有时,葫芦集第一、第二两个功能于一身,既作为避水工具又作为造人素材。在与洪水有关的葫芦神话中,葫芦起了重要的联系承接作用。

---

[1] 转引自陈岗龙、张玉安等:《东方民间文学概论》第三卷,昆仑出版社,2006年,第17页。
[2] 大理州《白族民间故事》编辑组:《白族民间故事》,云南人民出版社,1982年,第26～27页。
[3] 鹤庆县民间文学集成办公室编:《鹤庆民间故事集成》,云南人民出版社,1989年,第33～35页。

正如闻一多在《伏羲考》中所说:"洪水故事中本无葫芦,葫芦是造人故事的有机组成部分,是在造人故事兼并洪水故事的过程中,葫芦才得以它的渡船作用,巧妙地做了缀合两个故事的连锁。"[1]

与洪水相关的葫芦神话,在东南亚各民族中是一种发达的神话类型,在白族文学中也有流传。首先是作为避水工具的葫芦。东南亚国家的这类葫芦神话如泰国拉祜族的《泰国的山民》,讲述了天神造万物,同时制造了一个形似猴子和一个人身鱼尾的女人,使二人结为夫妇。女人怀孕临产时发洪水,夫妇躲进葫芦得以幸存。女人生一百个男女,成为各族人民的祖先。[2]白族文学中,作为避水工具的葫芦神话,有《伏羲和娃妹》《兄妹成亲和百家姓的由来》《氏族来源的传说》等。以碧江勒墨人(白族支系)的《氏族来源的传说》为例,神话讲述了几万年前,洪水暴发,只有阿布帖和阿约帖兄妹躲到葫芦里幸免于难。为繁衍人类,兄妹按照天神的意旨,结为夫妻,生儿育女,阿布帖一家便成了人类的始祖。

除了用作避水工具,洪水神话中的葫芦还以洪水遗民结合后所生之物的身份出现。作为兄妹结婚后生下的物品的葫芦,实也是洪水后的造人素材。目前,尚未看到白族有兄妹婚后生下葫芦作为造人素材的洪水神话。而东南亚地区此类洪水神话颇为多见。东南亚中南半岛民族克木人中有这样一个神话:天神发怒,使洪水泛滥。洪水退后,大地上留下一个大石鼓,神鸟在石鼓上凿开一个洞,出来兄妹或姐弟二人。二人结为夫妻,生下一个葫芦。葫芦里走出人来,成为各族祖先。[3]老挝《南瓜生人》也是将洪水及兄妹婚相结合,神话讲述,从前南瓜村住着兄妹二人。一天,兄妹俩在树林中捉到一只灰鼠。灰鼠求兄妹俩放掉它,并告诉他们一场特大洪水就要来临,一切生

---

[1] 闻一多:《神话与诗》,天津古籍出版社,2008年,第47页。
[2] 转引自申旭、刘稚:《中国西南与东南亚的跨境民族》,云南民族出版社,1988年,第353页。
[3] 秦钦峙等编著:《中南半岛民族》,云南人民出版社,1990年,第325~326页。

灵都难逃厄运,让他们赶快找一个空树干当船用,或许还能活命。兄妹俩放了灰鼠便急忙找到一棵中空的树做成船。不久,果然洪水铺天盖地而来,吞没了人畜,摧毁了庄稼和房屋,只有兄妹俩劫后余生。洪水过后,到处是一片凄凉悲惨的景象,人类面临绝迹的危险。一只小鸟飞来劝兄妹俩结为夫妻,繁衍人类。兄妹俩思考再三,最后才接受小鸟的建议。婚后不久,妻子便生下两个大南瓜。一天,妻子舂米不小心将杵甩出手中,正好杵尖戳到南瓜上,把南瓜打破,从南瓜中相继走出几个泰、黎、佬族人。妻子惊讶之余,又将一根铁棒烧红,把另一个南瓜也捅了个大洞,几个克穆人从南瓜中走了出来。[1]

洪水中葫芦既作为避水工具又作为洪水遗民生下的造人素材的神话,在白族中也尚未见到,但在东南亚有流传。如老挝《老挝民族的祖先》:天神发怒,凡间洪水滔天,只剩下一户人家。当大水正要淹没他家时,有一个大葫芦漂来,夫妻俩把一个女儿和一个儿子放进葫芦,之后,夫妻俩也被洪水吞没。洪水退后,姐弟在鹧鸪鸟授意下结为夫妻,妻子生出一个葫芦,葫芦里走出了很多人。[2]另外,越南蛮族的一则神话讲述:洪水涨发,兄妹同入南瓜避水,后兄妹结婚,生一南瓜,剖瓜得子,播种变为人。[3]

还有一种情况,葫芦不是避水工具,也不是洪水后兄妹结婚生下的物品,而是洪水后用于生人、造人的素材。老挝民族神话《葫芦生人》说道,天神发怒,掀起滔天洪水,后天神携水牛重返人间,水牛死,鼻孔里长出葫芦藤并结葫芦(或说南瓜),葫芦里走出很多人,成为老挝境内各民族。[4]

---

[1] 薛克翘、张玉安、唐孟生主编:《东方神话传说》第六卷《东南亚古代神话传说》上,北京大学出版社,1999年,第119～120页。

[2] 张良民:《老挝民间故事》,辽宁少年儿童出版社,2001年,第4页。

[3] 转引自傅光宇:《云南民族文学与东南亚》,云南大学出版社,1999年,第186页。

[4] 张良民:《老挝民间故事》,辽宁少年儿童出版社,2001年,第1页。

此外，老挝还流传着《两个南瓜生初民》的故事，说很久以前，天神怒发大洪水，一切生灵都惨遭灭顶之灾，只有布·兰森国王和其他两位德高望重的国王得一小筏，才幸免于难。无情的洪水越涨越高，最后把三位国王托入天界。三位国王极力说服天神，让人类重新在大地上繁衍生息。最后天神采纳了他们的建议，赐予他们一头水牛。三位国王把天神所赐的水牛带回大地，精心喂养。不料三年后，水牛突然死去。从死去的水牛鼻孔中长出两根藤蔓。藤蔓越长越长，最后从两根藤蔓上各结出一个硕大的南瓜。布·兰森便拾起铁块将南瓜凿穿。这时，从凿穿的南瓜洞里走出了人类的初民。[1]在上述老挝的两则神话中，并未出现兄妹结婚的情节，葫芦也并非兄妹结合所生之物，但故事中也提到了洪水滔天，并且洪水后人类的再殖、繁衍也跟葫芦有关。另有越南一则洪水神话说，洪水过后，两位天神将八个南瓜带到大地上，分别放在八个地区，然后用八根擎天柱将南瓜一一捅开，于是从中走出三百三十个民族。[2]缅甸一则神话说，洪水后，一位智者从神赐的牛腹中发现了两粒南瓜籽，他把南瓜籽种下，后来结出了两个大南瓜，又从南瓜中走出了缅甸各族人民。[3]越南和缅甸的这两则神话，与前述老挝的两则类似，其中的葫芦均为洪水后用于造人、生人的素材，但未出现兄妹结合等洪水遗民的相关内容。

首先，从白族和东南亚的葫芦神话来看，不论是与洪水有关的还是与洪水无关的，均贯穿了一个重要的意象即葫芦，不妨说葫芦是所有此类神话题材的核心。在作为避水工具而出现的葫芦神话中，如《氏族的来源》《泰国的山民》等，正因为有葫芦的救护，仅有的人类才得以幸存，从而绵延子嗣、繁衍生息；在生人、生万物的主题中，葫芦是孕育生命的起点，如白

---

[1] 薛克翘、张玉安、唐孟生主编：《东方神话传说》第六卷《东南亚古代神话传说》上，北京大学出版社，1999年，第119页。

[2] 张玉安：《中国神话传说在东南亚的传播》，载《东南亚》1999年第3期。

[3] 同上。

族《金葫芦》、东南亚民族《葫芦生人》等神话,均说到人类是从葫芦里诞生的。不管怎样,葫芦在这里充当了一个重要的角色,并且其角色功能意义都是一样的,都是孕育生命的起点,是人类得以繁衍生息的源头,是一个神圣而又神奇的所在。葫芦神话中的葫芦被赋予了生命、繁衍、孕育、母体,甚至是两性合体等多重象征,葫芦也成为葫芦神话中最具符号意义的典型物体。

其次,在葫芦神话中,突出的是生人主题和兄妹婚主题。纵观白族与东南亚各民族的葫芦神话传说,它们高度地显示了与世界各民族葫芦神话相统一的规律性特点,即在葫芦神话主题类型上,突出生人主题,生人主题中又突出洪水主题,洪水主题中又突出兄妹婚主题。上述文本,在生人和生万物主题上,仅白族神话中有《火把节》《金葫芦》两则(其中《金葫芦》为生人、生万物并存),东南亚各民族则全是生人主题。可见生人主题是主要的,这一点也是学界的普遍共识,正如傅光宇所说"不管与洪水是否相关,都主要是葫芦(瓜)生人或变人,生万物者次之"[1]。无论是洪水神话还是非洪水神话,凡是涉及生人主题的,无外乎这样两种情况:葫芦直接生人、兄妹结婚生人(以葫芦为媒介),兄妹婚为常见形态。而葫芦洪水神话与生人神话的结合,则更是葫芦神话的普遍形态,所以葫芦神话又体现出生人主题中突出兄妹婚主题这样一个合规律性的特点。葫芦生人如白族的《东瓜佬与西瓜佬》《"五百天"神》,东南亚各民族的老挝民族起源神话《葫芦生人》,缅甸佤族、克耶族的人类起源说,泰国拉佤族人类起源说等,均涉及兄妹婚主题。

除此之外,白族和东南亚的葫芦神话还有诸多共同点,如二者都属受佛教影响的地区,在葫芦神话中也突出了佛教影响的痕迹。白族《伏羲与娃妹》中兄妹二人因观音的劝说而成婚,老挝神话《葫芦生人》中提到,沟通

---

[1] 傅光宇:《云南民族文学与东南亚》,云南大学出版社,1999年,第205页。

凡人和神仙来往的大山叫须弥山。"须弥"一词系梵文的音译,据说须弥山是古印度神话体系中的名山,后来佛教吸收古代神话的说法,将之当成了构筑佛教宇宙体系的中心点。按照佛教的观念,须弥山是位于世界中心的一座大山,为帝释天所居之处。上述两个例子,都是神话中出现了佛教影响的内容,这无疑印证了佛教思想对于白族和东南亚民族的渗透。

白族与东南亚各族的葫芦神话,有诸多的相似之处,不乏共性,当然,由于二者分属不同的国家和地区,两地的葫芦神话所赖以生成的地理生态环境、历史文化传统、审美意识观念等均有不少差别,这些具体的因素也让白族的葫芦神话和东南亚地区的葫芦神话产生了不少差异。

首先,是主题和内容上的差异。在这方面,最大的不同便是:白族葫芦神话形态更为丰富,具体表现为洪水神话与非洪水神话并存、生人神话与生万物神话共生,东南亚各族则几乎只是葫芦生人这样一个母题。白族的与洪水相关的葫芦神话多将葫芦作为避水工具,而东南亚则主要是造人素材,东南亚各族的葫芦神话中不论是否与洪水有关,单纯的葫芦生人线索一直贯穿下来,而白族的葫芦神话,更为复杂,在交织了洪水母题的葫芦神话中,葫芦生人不再是唯一的线索,而是融汇了更多的因素,扩展了葫芦生人这一具有原初葫芦崇拜特点的观念,而葫芦作为避水工具更多体现了先民智力的拓展和社会生产的发展。

其次,在象征载体"葫芦"意象上,白族神话中多持"葫芦"一说,而东南亚各族"南瓜"一说也较为普遍。如老挝、越南、缅甸三个国家的民族的葫芦神话均提到人是从南瓜里出来的。这反映了东南亚民族与白族在植物崇拜方面的不同。

第二节　故事传说中的类同与差异

在大理白族和东南亚地区的各民族中，还流传着一些共同的故事和传说。在这些故事传说的讲述中，既表现出了诸多的类同，也存在各自的特色与差异。分属不同的国家和地区，有不同的历史背景和文化传统，差异的存在自然比较容易理解，而类同的存在，其原因主要有两个方面，一是与文化交流有关，二是与相似的历史地理基础上产生的文化共性有关。

白族地区流传的南诏盟石传说就是一个比较特殊的远源于越南的个案。蛇郎的故事，则体现出了民间故事本身的魅力：一方面故事本身就存在诸多的类型化特质，这也是民间故事的特点之一；另一方面同一故事又在不同的语境下形成了极具各地风格的差异化叙事。

一、南诏盟石传说与越南的试剑石型传说[1]

南诏、大理国与东南亚地区的文学交流，或因印度佛教和汉族文化的中介而发生，或由南诏、大理国的政权外向交流和辐射而存在。由于存在交流的历史基础，我们可以看到不少白族文学与东南亚文学中出现的类同个案，试剑石型传说即为一例。南诏的盟石传说与越南试剑石型传说很有可能存在远源关系。

试剑石型传说指的是解释某地有裂痕或被分为两半的石头之来历的一类

---

[1] 此节吸收、参照了课题组成员之一云南大学民俗学专业2011级研究生倪娜的硕士学位论文《云南"试剑石"传说的类型及文化内涵》(2014)的部分内容。

传说。该类型传说的核心情节是解释某地一块石头的成因，该石通常被分为两半且切面光滑，或是有着深深的裂痕，解释的原因一般是某人因某事劈石试剑所致。这一类型的传说在我国各地均有分布和流传，如大理巍宝山、四川青城山、广西桂林伏波山、湖南衡山、江苏镇江北固山、江苏虎丘等地均有此类解释性的传说。由于属于地方风物类传说，且附会了当地的实物景观，所以此类传说往往结合当地的历史、人物展开叙述。试剑之人身份特殊，多为帝王、英雄或宗教人物。根据上述的认定逻辑，南诏的盟石传说应当归入试剑石型传说。

南诏盟石传说是流行于大理地区的南诏始祖细奴逻建国之初举剑问天砍石的故事。其文本见载于《南诏野史》等文献典籍。《南诏野史》"盟石"条载曰：

蒙化厅城北二十里路傍，建宁国张乐进求，欲让国于蒙细奴逻，逻曰：如果我应为君，斫石剑入。斫之，剑果入石三寸，名曰盟石。[1]

李元阳万历《云南通志》卷之三"地理志·蒙化府古迹"及卷之十七"杂志·蒙化府怪异"中也都有相关记载。另在康熙《蒙化府志》卷一"地理志"之"沿革·蒙氏始末附"中亦载：

唐太宗贞观二十二年。进求会诸酋于铁柱，禋祀武侯。柱顶故有金缕鸟。忽翔集奴逻左臂。不去。众异之。以为天意所属。进求遂举国以逊。因妻以女。奴逻拔剑祝曰。我当得国。剑应入石。果入石三寸。今地名盟石。旁建古石祠。祀其妃也。遂自立为奇王。筑蒙舍城居之。适

---

[1] [明]倪辂辑，[清]王崧校理，[清]胡蔚增订，木芹会证：《南诏野史会证》，云南人民出版社，1990年，第382页。

有凤凰集于南山。[1]

  这里说的是建宁国的首领张乐进求带领众人祭于铁柱，柱顶的金缕鸟飞到细奴逻左肩呈现祥异之兆，于是张乐进求要将王位禅让给细奴逻，举国相让，还要以女妻之。细奴逻因此砍石问天。而其剑果然入石三寸，说明细奴逻之得国确乃天意所属，是天授王权之明证。细奴逻拔剑砍石问天的举动留下了盟石古迹，而相应的传说故事也至今仍流传于大理地区的白族和彝族民众当中。

  除了丰富的古代文献记载，南诏盟石传说在民间亦广为流传，具有鲜活的生命力，其中又以大理巍山地区尤为盛行，这里的盟石村、前新村等均流传着盟石传说的活形态文本。文献与风物互为印证，体现了盟石传说的强大生命力。巍山地区流传着《"盟石"的故事》，讲述了大理巍山县城北十多公里处的盟石村村名的由来。传说内容为：一千多年前，现在的巍山叫蒙舍川，酋长叫张乐进求。细奴逻据说是"九隆"之后，素有祥异。一次，张乐进求因诸葛武侯所立的白崖铁柱岁久剥蚀，重铸之。铸好那天，举行社祀祭柱，蒙舍川的男女老少都来参加。祭祀活动刚开始，铸在柱顶上铜质金丝鸟忽然活了起来。金丝鸟在空中盘旋一周后落在细奴逻左臂上不动了，一直停了八日方才飞去。蒙舍川人大为惊奇，都说这是天意所示，细奴逻要为王了。于是张乐进求就决定让位给细奴逻，细奴逻执意不肯。细奴逻砍石问天，他指着巨石发誓说："如我为王，剑必入此石！"剑果入石三寸。细奴逻不好再推辞，自称奇嘉王，建号大蒙国。后人为纪念此事，就把细奴逻举剑入石的石头叫"盟石"。后来人们在"盟石"所在地落户，建立了村寨。这就是现在的盟石村。[2]

---

[1] [清]蒋旭纂：《康熙蒙化府志》，载大理白族自治州文化局翻印：《云南大理文史资料选辑·地方志之四·康熙蒙化府志》，1983年，第28页。

[2] 巍山县人民政府编：《南诏故地的传说》，云南民族出版社，2002年，第22页。

康熙《蒙化府志》提到"盟石"旁建有古石祠，古石祠即"娘娘庙"。古石祠里原奉"盟石"，后在阁逻凤时期增奉九天娘娘。这位九天娘娘或说为道教的九天玄女。[1]但民间说法还认为此庙内供奉的娘娘是白王的女儿也就是细奴逻的夫人。在大理白族地区流传着《白王与金姑》的传说，内容为：白王张乐进求有三个姑娘，三姑娘金姑背着家人到洱海边对歌玩耍，张乐进求知道后骂了金姑一顿，金姑没向父王认错还回了嘴，张乐进求一气之下把金姑赶出门。金姑赌气离家，在下关七五村东南二台坡遇到猎人细奴逻，细奴逻杀死了金姑身旁要咬她的大蛇。细奴逻得知金姑的遭遇后让她跟自己回家，金姑在神主的指点下跟细奴逻回家成亲。张乐进求得知此事，非常生气。后来细奴逻被当地人推选为部落首领，洱河灵帝、城隍老爷都托梦给张乐进求，让他接金姑回来闲几天，认下细奴逻这个女婿。张乐进求答应了，人们纷纷前往蒙舍川去接金姑。后来张乐进求年纪大了想把王位传给细奴逻，张乐进求召集文武大臣和众酋长，按习俗在广场的一棵梧桐树上挂一只开笼的金丝鸟。金丝鸟飞出来落在细奴逻的肩上。大家觉得这是天意，张乐进求要细奴逻继承王位，细奴逻推辞不过，便来到一块大石前，跪下对天盟誓："天神在上，要是我能当王，一刀砍下去，刀进石三寸，要是我不配当王，一刀砍下去，刀缺不进石。"说完，他就往大石上一刀砍去，不多不少，刀子砍进石头的深度恰好是三寸。从此，细奴逻就当上了白国的国王，又称奇王，一直传了十三代。[2]

此外，还有一则《南诏始祖细奴逻》是这样说的：细奴逻出生不凡，是其母感龙而孕，后来又受到观音的点化。弥渡白岩国的国王张乐进求想招个姑爷传给王位，观音托梦给他到巍山找细奴逻。张乐进求召集各部落酋长，当着他们的面问细奴逻能否做到两件事，第一件是要使各部落相处如兄弟，

---

[1] 蔡华、罗永华：《试析巍山彝区道教宫观与彝族宗教文化》，载《西南民族学院学报》（哲学社会科学版）2003年第5期。
[2] 大理市文化局编：《白族本主神话》，中国民间文艺出版社，1988年，第60~67页。

细奴逻拔出宝刀，仰对苍天："我若欺小凌弱，不把大家当作亲兄弟，愿受天神惩罚。"第二件是要与唐朝和睦相处，不乱动干戈。细奴逻举刀一挥，砍入一块大石，足足砍进三寸："我若叛唐，就像这块石头一样，任凭各位酋长处治。"于是各部落酋长就推举细奴逻当国王。张乐进求将女儿金姑嫁给细奴逻。[1]

这里细奴逻砍石不是为了问天，而是为了盟誓明志，但仍可归入试剑石型传说。在白族中流传的故事里都说到金姑，大理的白族在民间还保留着接金姑的传统习俗。每年农历二月十八日到二十三日，人们都要成群结队地前往巍山县接金姑，把金姑和细奴逻夫妻一起接回大理。

南诏盟石传说最早见于明代诸种地方文献的记载。但前面已述，盟石传说可归入试剑石型传说，而试剑石传说最早的文字记载可见于公元521年北魏郦道元《水经注·温水》：

> 范文，日南西卷县夷帅范椎奴也。文为奴时，山涧牧羊，于涧水中得两鳢鱼，隐藏挟归，规欲私食。郎知检求，文大惭惧，起托云："将砺石还，非为鱼也。"郎至鱼所，见是两石，信之而去，文始异之。石有铁，文入山中，就石冶铁，锻作两刀，举刃向鄣，因祝曰："鳢鱼变化，冶石成刀，斫石鄣破者，是有灵神，文当治此，为国君王；斫不入者，是刀无神灵。"进斫石鄣，如龙渊、干将之斩芦苇。由是人情渐附。今斫石尚在，鱼刀犹存，传国子孙，如斩蛇之剑也。[2]

除《水经注》外，该传说还见载于《述异记》《梁书》《晋书》《南史》等。《梁书》卷五十四列传第四十八"诸夷"条讲到林邑国，记载云：

---

[1] 大理市文化局编：《白族本主神话》，中国民间文艺出版社，1988年，第69~74页。
[2] 王国维校：《水经注校》，上海人民出版社，1984年，第1139~1140页。

> 文本日南西卷县夷帅范稚家奴，常牧牛于山涧，得鳣鱼二头，化而为铁，因以铸刀。铸成，文向石而咒曰："若斫石破者，文当王此国。"因举刀斫石，如断刍藁，文心独异之。[1]

《晋书》卷九十七列传第六十七"林邑国"条也有类似的记载：

> 文，日南西卷县夷帅范椎奴也。尝牧牛涧中，获二鲤鱼，化成铁，用以为刀。刀成，乃对大石嶂而咒之曰："鲤鱼变化，冶成双刀，石嶂破者，是有神灵。"进斫之，石即瓦解。文知其神，乃怀之。[2]

《南史》卷七十八列传第六十八也有试剑石传说的相关记载，内容与前述大同小异。

在诸家文献史籍中均提到了日南西卷县的地名，而"西卷县为日南郡治所，在今越南中部广治省广治河与甘露河合流处"[3]。故从目前可知的早期文献记载来看，试剑石型传说应当源于越南中部。在关于范文的记载中，已经具备了刀砍入石的核心情节，并且这一情节是与帝王创业问天卜卦相联系的，南诏关于细奴逻的盟石传说并未脱离此核心情节。南诏盟石传说载于典籍始见于明代，与北魏郦道元《水经注》等史书相比，历时相差近千年。由此，我们推测南诏盟石传说应当是外来产物，其远源可能便是史载越南试剑石型传说。傅光宇认为："这一传说是先由越南沿海北上，最先记载在《水经注》上，然后又再入《述异记》乃至《梁书》《晋书》《南史》等正史中，唐、宋以来逐渐与北固山、吉水等地旅游景点相联系，罗贯中把它融铸于

---

[1] [唐]姚思廉等撰：《梁书》第三册，中华书局，1973年，第784页。
[2] [唐]房玄龄等撰：《晋书》，中华书局，1974年，第2545页。
[3] 傅光宇：《云南民族文学与东南亚》，云南大学出版社，1999年，第57页。

《三国演义》中，最后方辐射至云南及南北各地。"[1]当然，中国的文献中说试剑石型传说发生在越南中部，但是在越南文献中却很难看到相关的记载，越南民间文学中也少见相关的试剑石型传说。如果说越南古代史籍的缺乏是因为"越南现存的汉喃古籍主要为后黎朝至阮朝（1533～1945）时期的典籍，此前的典籍多毁于战火"[2]，那么源于越南的试剑石型传说在民间缺乏口述文本的沿袭就无从解释。或许是笔者所见有限，看来只能仰赖于越南口传资料的更多搜集和整理才能对此问题做出进一步的考释了。此外，在中国典籍中首先记载试剑石传说的是《水经注》，而对于其作者郦道元是如何采录得知这样一则传说的，书中并未表明，也没有更多证据可考。郦道元实际上从未到过岭南地区，对于岭南地区的相关记载，主要借助于各种古籍资料。这就说明或许关于试剑石型传说还有更早的文献记载。

试剑石型传说在中国各地广泛流传，大理地区流传的南诏盟石传说与《水经注》等史籍中所载的发生于越南的试剑石型传说相比，具有此类传说文本的共性，也出现了不少个性化的叙事。

从共性方面说，首先，这两者讲述的核心情节都是帝王创业、问天卜兆。故事的主人公都不是普通人物，而是富有传奇色彩的帝王式人物。南诏盟石传说的主人公是南诏开国始祖细奴逻，越南试剑石传说的主人公则是篡位而立的林邑王范文。这两位都是历史上实有其人，并且他们原本都是相对处于社会底层，细奴逻耕牧于巍山之麓，范文也是奴隶出身，以放牧为业。但是他们都凭借卓越的才能或武功成为一代帝王，充满了传奇性。

其次，两个传说都体现了试剑石型传说的核心文化意蕴，借砍石之举来宣扬君权神授，强化自身王位的合理性和权威性。传说中都说主人公砍石问天之前发出赌咒，说自己如果能当王，那就呈现剑入巨石之兆，而结果也确

---

[1] 傅光宇:《云南民族文学与东南亚》，云南大学出版社，1999年，第58页。
[2] 刘玉珺:《中越古代书籍交流考述》，载《文献季刊》2004年第4期。

实是刀或剑砍入石中。石乃质地坚硬之物，而传说中的主人公却能轻而易举地将刀剑入石三寸或砍破，这在现实生活的常态中是不可能出现的。所以，砍石之举只不过是要渲染和标榜天意所属、君权神授而已，这是帝王为自己的权威寻找到的最合适的理由。

最后，南诏盟石传说与越南试剑石传说都讲述了帝王创业、问天卜兆，并顺承天意而建国称帝。试剑石型传说在传承中出现了多种变异形态，但南诏盟石传说却几乎保持了与越南的范文试剑石传说高度一致的内容与叙事结构：范文与细奴逻，二者均为创业帝王；二者为卜未来命运，均借"剑"问天砍石；占卜应验，二者均"建国"称帝。从见诸文献的相关记载来看，南诏盟石传说产生的时间并不是太早，那么其应该受到试剑石型传说后期流变文本影响的可能性更大，而事实恰恰相反，其与早期的试剑石型文本保持了高度一致。笔者认为，这种情况的出现并非偶然，只能用一个理由加以解释，那就是南诏上层在确立自己王位稳固和帝王权威的过程中，有意识地借用、移植能够达到君权神授目的的故事传说，观音点化也好，试剑盟石也罢，无不是出于王权巩固目的而被纳入民间文学的体系之中。越南范文试剑石型传说由于讲述了问天砍石并建国称王的情节而成为南诏王权为自己正名的理所当然的选择。当然，傅光宇认为南诏盟石传说最早见于记载的年代恰恰是《三国演义》刊行之后，所以南诏盟石传说当是受《三国演义》影响所致。[1] 笔者认为这样断定证据还显不足，南诏盟石传说的直接渊源还有待更多资料来论证。从文本所示故事情节来看，可以肯定的是南诏盟石传说与越南范文试剑石型传说为同一类型，而且它们之间保持了高度的一致性，这说明南诏盟石传说极有可能是受到了越南范文试剑石传说的影响而产生。笔者认为这种影响的路径可能有二，一是见于汉文典籍的越南范文试剑石型故事随着汉文化的传入影响到南诏盟石传说；二是在南诏建国后确立王权

---

[1] 傅光宇：《云南民族文学与东南亚》，云南大学出版社，1999年，第58页。

的过程中，由于与越南民间的交流而发现越南民间试剑石型传说可以为我所用，于是将之移植过来，当然这后一种推测还有赖于对越南民间试剑石型传说的调查和搜集并能够发现更多的文本为支撑。

远源于越南范文试剑石传说的南诏盟石传说，与越南的范文故事相比也有一些不同之处。尽管主人公细奴逻和范文原本都身处社会底层，但细奴逻号称九隆之后，出身不凡，又是南诏开国始祖，被视为正统。《南诏野史》《僰古通纪浅述》等均记载了细奴逻之母触沉木或感龙而孕生下他的故事。相较之下，越南试剑石传说的主人公范文，尽管其一生也不乏传奇性，但根究起来终究是奴隶出身。《水经注》《梁书》《晋书》《南史》等均提及范文"本日南西卷县夷帅范稚家奴"的出身。而且范文是篡位而立的，这与细奴逻是由张乐进求禅让王位并且自己还几度推辞有所不同，更遑论细奴逻的建国神话中加入了观音点化的宗教式渲染，又极大提升了细奴逻开创霸业的神圣性和正统性。南诏盟石传说和越南试剑石传说还有一个重要的核心意象，即"剑"。范文的试剑石之"剑"实为"鱼刀"。试剑石之说，当为该类型故事在后期发展中与诸多"试剑"故事融合后出现的名词，傅光宇指出："'试剑石'之说乃是宋以来附会的了。"[1]《水经注》等典籍记载了范文将鳢鱼变化的石头中的铁锻造为刀的说法，这一点与中国各地流传的试剑石型传说中都是以"剑"砍石有所不同，说明越南"鱼刀"意象传入中国后经历了本土化的改造，此刀变成了剑。因为在中国古代，剑是一种锐利的兵器，是与英雄结下不解之缘的文化象征。古代的干将、莫邪、龙渊等名剑已经成为中国人心目中英雄豪杰的代名词。如果从此细节来看，南诏盟石传说沿袭了试剑石的说法，说明其接受了中国传统文化的影响，进而说明南诏盟石传说也可能不是直接源于越南范文传说，而是受到中国其他的试剑石型传说影响而产生。当然，无论如何，南诏盟石传说与越南范文试剑石传说之间存在远

---

[1] 傅光宇:《云南民族文学与东南亚》，云南大学出版社，1999年，第56页。

源关系则应当是可以确定的。

二、白族的蛇郎故事与东南亚同类故事

蛇郎故事是覆盖世界上很多国家和地区的庞大故事圈。汤普森《世界故事类型分类学》将该故事命名为433"蛇王子"型，并列出A、B、C三个亚型。AT分类法中所列的433A、433B、433C型"蛇王子"故事主要流行于欧美和印度、缅甸、印度尼西亚等地。欧洲各国流传的蛇王子故事，多数是王子或少年被施了魔法变为蛇，通过少女解除了魔法恢复人形。印度尼西亚的《本苏与蟒蛇》[1]也是属于此类的。

蛇郎型故事也是中国各地各民族中一个重要的故事类型，可以说达到了妇孺皆知的程度。在丁乃通的《中国民间故事类型索引》中，蛇郎故事被列为433D型，这是结合中国蛇郎故事的实际情况列出的一个特别的类型。

由于流传广泛，对蛇郎型故事的研究也引起了学者的高度关注。早在1930年时，钟敬文就已对蛇郎故事进行了分析，撰写了《蛇郎故事试探》的文章。1986年，刘守华又发表《蛇郎故事比较研究》的论文。

刘守华将中国433D型蛇郎故事概括如下：

（1）一老汉因得到蛇的帮助，答应嫁一女给蛇。蛇上门求亲，大姐、二姐拒嫁，只有三妹愿意嫁给蛇。（2）三妹与蛇郎成婚后，蛇郎变形为人，二人生活幸福。大姐心怀嫉妒，害死三妹，并冒充三妹与蛇郎生活。（3）三妹变成小鸟，嘲笑大姐，大姐杀死小鸟，鸟变为竹或枣树，树被砍后做成竹床或木凳，不断揭露真相。（4）大姐烧了竹床或木凳，三妹变成火炭、剪刀、金戒指等物，随后复活，夫妻团聚，大姐被蛇郎

---

[1] 姜继编译：《东南亚民间故事》（下册），福建人民出版社，1982年，第50～60页。

撵走或羞愧自尽。[1]

各地流传的蛇郎故事基本情节大略一致，但在细节上不尽相同，如三姑娘被害后变化的东西以及提示蛇郎所采用的策略和方法，不同的异文存在着差异。

此外，刘守华又列出433E和433F型蛇郎故事。433E为"一美男子潜入居民家室，与其女或妻私通，主人知情后打杀之，变形为蛇，方知系一蛇精作祸"[2]。433F为蛇氏族始祖传说，主要内容为"一女上山劳动遇蛇，与蛇婚配，子孙繁衍，成为蛇氏族"。[3]

在白族文学中，也有蛇郎故事的流传。白族的蛇郎故事，主要为433D和433F型。

笔者在大理剑川石龙村收集到的《蛇郎》故事，属于典型的433D型：

据说，贡山[4]有个老妈妈去割草，有一条蛇爬到了老妈妈的筐中盘了起来。老妈妈对蛇说："你要是想咬我一口就赶快咬吧，不然就赶快爬出来。"蛇开口说："你有三个女儿，给我一个做媳妇，不然我就不出来。"老妈妈回到家以后就一直哭，大女儿说："妈妈，要吃饭了，你怎么还哭呢？"老妈妈说："唉，你们不知道，蛇要叫你们中的一个去做它的媳妇，是蛇呀，你们要不要？"她先问大女儿，大女儿说："是蛇，我怎么能要？"过了一会儿，二女儿来叫她吃饭，见到母亲在哭，她就问："妈妈，来吃饭了，你今天一整天的在哭什么呢？"老妈妈说："有一条

---

[1] 刘守华主编：《中国民间故事类型研究》，华中师范大学出版社，2002年，第408页。
[2] 刘守华：《"蛇郎"故事在亚洲》，载刘守华：《比较故事学论考》，黑龙江人民出版社，2003年，第454页。
[3] 同上。
[4] 在云南省怒江州。

蛇要叫你们中的一个去做它的媳妇,你愿意吗?"二女儿说:"是蛇,我怎么能要?"最后,三女儿也来问:"妈,你今天为什么不吃饭?"老妈妈说:"有条蛇要你们中的一个做它的媳妇,但是你的大姐、二姐都不要,你要不要?"三女儿说:"你吃饭吧,我去做它的媳妇好了,你不要哭了。"老妈妈于是去吃饭了,吃完饭发现蛇已经等在他们家门口了。三妹跟着蛇到了一个照不到太阳的深山老林里,走了一段路,蛇对三妹说:"你等一下,我一会儿就回来。"蛇变成一个长得非常漂亮的男子转回来,他问三妹:"三姑娘,你在这里干什么?"三妹说:"我来给人家做媳妇。"小伙子说:"这样的话,你做我的媳妇好不好?"三妹说:"不行,我已经有丈夫了。"小伙子说:"你的丈夫是个什么样的人?你还是做我的媳妇好了,我是个很不错的人。"三妹说:"虽然我的丈夫也不是很好,但我是不会做别人媳妇的,答应做他的媳妇就是他的媳妇了。"说完三妹还是在那里等着,等到蛇来了以后,她就和蛇一起走了。走了一段路以后,蛇对三妹说:"你往我的袖子里看一眼。"三妹往蛇的袖子里看了一眼,突然就到了蛇的家。其实这里是龙宫,回到龙宫,蛇又变成了一个小伙子。蛇郎和三妹在龙宫里过了三天,蛇郎对三妹说:"这里的三天就是人间的三年了,也该回你家看看了。"三妹和蛇郎带着自己的孩子回到三妹家,还带了两件龙袍和一堆鸡鸭屎,其实这些鸡鸭屎是金银,所以三妹家一下子日子好过得不得了。三妹打扮得光鲜亮丽的,二姐非常羡慕,要求跟三妹调换,三妹不答应。于是二姐就把她给害了,自己跟着蛇郎回了龙宫。因为二姐小时候得过天花,脸上留下了麻子,而三妹长得非常漂亮,所以三妹的孩子看到二姐的时候就不要她。蛇郎说:"你怎么才回家了几天,就变成了这个样子?"二姐说:"你不知道,我回家的时候刚好家人在院子里晒豌豆,我滑倒了,豌豆就把我的脸印成这个样子了。"蛇郎相信了,然后他们做晚饭。三妹死后成了仙,就跟在了他们的身后。吃饭的时候,蛇郎端起一碗饭,吃的时候盐淡了，吃另外一碗饭的时候盐又咸了，后来还在碗里吃出了一根头发，刚好有七尺长。蛇郎于是说："七尺长的头发是我媳妇的。"三妹就在后面说："盐少盐多你知道，夫妻相会你不知。"蛇郎就说："要说夫妻相会我不知道的话，你就出来见一下吧！"三妹和二姐同时出来了，蛇郎也认不出来谁是谁。于是，蛇郎就点了一堆火让她们跳，还说要是能跳过去的就是他的媳妇。三妹顺利地跳了过去，而二姐却掉到火里被烧死了。[1]

石龙村流传的这则蛇郎故事，总体的情节与其他地方流传的蛇郎型故事是一致的，如只有三妹愿嫁给蛇郎，婚后生活幸福，三妹被害等。但该文本也有自己的一些独特之处。如故事开头，并不是老汉得到蛇的帮助，而是一老妈妈去割草遇到蛇，蛇盘在她的筐里不肯出来，要求她把一个女儿嫁给自己。而且，石龙村流传的这则故事中，还有在路上蛇郎化身小伙子来考验三妹的情节，三妹并没有因为自己要嫁的是蛇而背叛它，所以最后她通过了考验，得到了蛇郎真正的爱，蛇也变成了一个小伙子。这一考验情节，更鲜明的表达了三妹言出必行、遵守诺言的品质，也表达了她对蛇郎的忠贞。而且，故事中还提到，蛇的家其实是龙宫，言下之意，蛇不是普通的蛇，而是龙。在白族民间故事中，龙的故事很多，这些龙常常化为蛇的形象，而人们对龙，特别是善龙无疑存着一种崇拜之心。这里将蛇郎划归龙属，实际也体现了民众对蛇郎的高度认同。此外，其他地区的故事中，多说是大姐害死三妹，但石龙村的故事中说的是二姐。在其他地区的蛇郎故事中，三妹变成小鸟，变成竹子、枣树，变成竹床、木凳，变成火炭、剪刀、金戒指等物，但石龙村的故事中没有这些内容，而是通过饭食的咸淡和碗里

---

[1] 董秀团、段铃玲、朱刚、赵春旺于2005年1月23日在大理剑川石龙村张明玉家收集，讲述人张明玉，女，1959年生，文盲，农民。

吃出头发等来提醒蛇郎,故事的结尾,二姐不是被赶走,也不是羞愧自尽,而是在通过跳火堆这一考验时,被火烧死了。

白族支系勒墨人中流传的《氏族来源的传说》中三姑娘和蛇氏族的故事实际就属于433F型的蛇郎故事。故事讲述:阿约帖和三姑娘上山割茅草。茅草割好捆好,阿约帖却怎么也背不起来。茅草里钻出一条又长又大的青蛇,缠住阿约帖,要阿约帖把三姑娘嫁给他,否则就缠死她。三姑娘为了救阿妈,就跟着青蛇走了。三姑娘给青蛇生了十几个孩子。她忙不过来,就把阿妈接到蛇洞里,帮她照看孩子。阿约帖不知大木柜里的蛇就是孙子,烧水把蛇全烫死了,蛇郎回来咬死了阿约帖。蛇郎和三姑娘搬到别处去,三姑娘又给蛇郎生了两个儿子,两兄弟又各有好几个儿子,成为蛇氏族。[1]

勒墨指的是怒江州碧江一带的白族人。在大理石龙流传的蛇郎故事中,让人寻味的是开头点明故事发生的场景时提到了"贡山"这个地名,贡山同样属于怒江州,南与福贡县相邻。而前述的碧江县1986年撤销,其地北部并入北边的福贡县,南部并入泸水县。从这里,似可说明石龙流传的蛇郎故事中还存有些许更古老的蛇郎故事的记忆。这也从一个侧面印证了433F氏族始祖型蛇郎故事更为古老,而433D型蛇郎故事是在433F型基础上发展而来的推断。

蛇郎故事在东南亚各国也有流传。我们主要以缅甸为例与白族进行一些比较。缅甸的蛇郎故事主要属于433C和433D型。

缅甸流传着《蛇王子》的故事,其大致内容为:一个老寡妇去捡无花果,并向树上的蛇允诺,如果蛇给她扔无花果就把女儿嫁给蛇。蛇跟着老寡妇到家中,寡妇无法只得嫁一个女儿给蛇,大女儿、二女儿都不愿意,小女儿嫁给了蛇。晚上蛇变成王子和小女儿睡觉,寡妇把蛇皮烧掉了。后

---

[1] 云南省民间文学集成办公室编:《白族神话传说集成》,中国民间文艺出版社,1986年,第38~39页。

面有两种不同的结局,一种是悲惨的结局,两个姐姐嫉妒妹妹和蛇王子的幸福,也要嫁给蛇,寡妇只好到森林中找来一条蟒蛇,放到大女儿身边,大女儿被蟒蛇吞吃了。寡妇要求蛇王子剖开蟒蛇,蛇王子剖开蟒蛇,大女儿完整地从蟒肚中走出来,可是蟒蛇的血溅到蛇王子上,他变成了一条蛇到森林里去了。另一种是幸福的结局,小女儿和蛇王子过得很快乐,两个姐姐妒忌,找碴儿跟妹妹吵架,小女儿和蛇王子便搬出去住。蛇王子外出做生意,两个姐姐来叫妹妹去荡秋千,乘机用力把小女儿和她的孩子推到了海里,一只老鹳救了她们。后来蛇王子回家途中又把小女儿和孩子救回家了。[1]

缅甸还有一则《蛇王子与三姐妹》的故事,内容如下:海边一个小村庄里,住着一个寡妇和三个女儿。两个姐姐玛布和玛汀又丑又暴躁,小女儿艾艾则性情温柔。一天,寡妇去捡芒果,当她说愿意把女儿许配给蛇的时候,树上的蛇给了她芒果。蟒蛇尾随寡妇到她家,缠住寡妇的脚,大女儿、二女儿都不愿意嫁给蛇,小女儿为了救母亲答应嫁给蛇。后来,寡妇发现晚上蛇脱去皮变成英俊的小伙子,寡妇烧去蛇皮,这样就解除了镇住王子的符咒。两个姐姐非常嫉恨,蛇王子便要艾艾搬到别处去住。他们生了一个男孩,孩子6个月大时,蛇王子说要出门远航几个月。两个姐姐想谋害小妹,取代她的位置,她们把艾艾和孩子骗到船上,把船推向大海。一只仙鹤来保护艾艾和孩子,把她们推到荒岛,又指引蛇王子的船找到她们。后来,得知真相的村民把大姐、二姐赶出了村子。蛇王子一家幸福地生活在一起。[2]

上述《蛇王子》悲惨结局异文属于433C型"蛇丈夫与嫉妒的女人",主要情节为:"一个姑娘嫁给一条蛇后,蛇变形为英俊富有的青年,他们过着幸福的生活,一个嫉妒的姑娘也要嫁给蛇,她父亲便捉来一条蛇,让她和

---

[1]〔缅〕貌廷昂编:《缅甸民间故事》,丁振祺译,云南人民出版社,1984年,第94~104页。
[2] 姜继编译:《东南亚民间故事》(上册),福建人民出版社,1982年,第85~95页。

蛇待在一起，结果被蛇咬死了。"[1]而《蛇王子》的幸福结局异文与《蛇王子与三姐妹》一样，这种类型，笔者认为可将之划归到433D型中，因为其主要情节与中国的433D型很接近。我们可对缅甸的该故事类型进行情节概括：寡妇受蛇恩惠，引出蛇的求婚—大姐、二姐的拒婚和三妹的允婚—三妹与蛇郎的幸福生活引来大姐、二姐的妒忌—大姐、二姐谋害三妹—三妹和蛇郎团聚，谋害者受惩。这些主要情节与中国433D型是高度契合的。刘守华在比较了亚洲的蛇郎故事后说："大体说来，中国蛇郎故事重伦理，印度故事重情爱，日本故事的情与理较为朦胧，缅甸故事具有中国、印度之间的中间形态，朝鲜故事具有中国、日本之间的中间形态。"[2]在这里，刘守华说缅甸的蛇郎故事具有中国和印度之间的中间形态，也说明了缅甸蛇郎故事与中国433D型之间的密切关联。笔者认为将之划入433D型应该也是可以的。

缅甸还有一则《动物们的母亲》的故事，说有一条大蛇变成一个青年，用一条毯子换了一个寡妇的女儿做自己的妻子。寡妇想女儿，带着毯子走进森林，历尽千辛万苦，终于找到了女儿，见到了大蛇女婿，最后带着蛇女婿送的礼物回家。她解开礼品袋子，发现都是一些动物的毛，这些毛一落到地上，立刻变成了各种动物，从此，世界上有了各种各样的动物，母亲也成了动物们的母亲。[3]

那么白族的蛇郎故事与缅甸的蛇郎故事之间有什么关系呢？我们发现在白族民间文学中存在蛇郎故事的早期形态，即433F型这样的氏族始祖型传说，在三姑娘与蛇郎繁衍蛇氏族的表述中，暗藏着的是对蛇图腾的崇拜。前

---

[1] 刘守华：《"蛇郎"故事在亚洲》，载刘守华：《比较故事学论考》，黑龙江人民出版社，2003年，第463页。
[2] 同上注，第472页。
[3] 转引自陈岗龙、张玉安等：《东方民间文学概论》第三卷，昆仑出版社，2006年，第321～322页。

文已经指出，白族远古文化底层存在蛇图腾崇拜现象，而这一崇拜在口头流传的氏族始祖型蛇郎故事中得到了保留。所以，我们有理由相信白族的蛇郎故事是在本土文化的孕育中生成的，不是外来产物。433D型是在433F型的基础上发展而来，其中作为图腾和始祖的蛇的神圣地位已经有所降低。在433D型中，常常增加大姐、二姐厌恶蛇、拒绝嫁给蛇的情节，三妹常常为了救父亲或母亲自愿嫁给蛇。这里，大姐、二姐的拒嫁实际反映了人类对于异类婚配的观念已经比前期更进一步，认为人的存在优于动物，人不应该与蛇这样的异类婚配。这在433F始祖型蛇郎故事中常常还比较模糊或不予强调。在433D型中有的异文故意淡化蛇的异类色彩，有的甚至不去明言男主人公蛇的身份，即使说到是蛇，也总去刻意强调其化形为英俊小伙子，石龙村的故事中便是这样的。缅甸蛇郎故事中也是如此。

缅甸的蛇郎故事，缺乏更早期的文本形态，没有见到433F型始祖传说。433C型"蛇丈夫与嫉妒的女人"故事中的蛇并没有神性，只是普通的蛇。虽然在《动物们的母亲》的蛇郎故事中，讲到是蛇送给母亲各种动物的毛，之后毛落地变成各种各样的动物，但是并未将蛇郎视为氏族始祖。由于缺乏过渡形态，我们有理由推测缅甸的433D型故事极有可能是外来产物而不是本土产生的。那么，缅甸的433D型故事源于何处？关于这个问题，并没有太多文献资料可为佐证，笔者认为也可能是受到白族文学中蛇郎故事的影响。433D型是中国特殊的蛇郎故事类型，这一点已经得到学者的公认，所以缅甸433D型蛇郎故事也不大可能脱离中国433D型故事的总体影响。而在中国的范围中，白族地区所在的南诏、大理国曾经与缅甸境内骠国、蒲甘王朝之间有着紧密的文化交流，南诏与骠国壤地相接，滇缅古道通达，这些为文化交流提供了坚实的基础。从大的区域范围的文化交往而言，并不排除白族的蛇郎故事经由大范围的区域文化传播而对缅甸产生影响的可能。当然，对这个问题的确证还有赖于更多文献资料的发掘。

在缅甸的蛇郎故事中，沿袭了中国433D型中最常出现的一个数字：三。

钟敬文在《蛇郎故事试探》中讲到蛇郎故事中姐妹的数目是一个有趣的问题："据统计的结果，最通行的说法是三个，属此数的，有山东、江苏、浙江、福建、广东等处的篇章。其次是七个。属此数的，在北有直隶，南有广东，中有江苏等处的篇章，但没有浙江的，而她（浙江）却是这故事被记录得不少的省区。"[1]白族的蛇郎故事中，包括石龙村的讲述也说是三姐妹，而更令人寻味的是433F型始祖故事中，虽未讲到大姐、二姐的嫉妒和争斗，但也把嫁给蛇郎的设定为三姑娘，这样的情节绝非巧合二字能够解释，这正说明三姐妹的设置在白族文学中有着古老的根基。白族民间有一句俗语："大憨二愣三妖精"，形容的是家中有三个孩子的状况，一般老大憨厚，老二呆愣，老三则是聪明狡黠，有时白族民众还称老三为"我家的那个三妖精"，言语中透露的是一种溺爱和自豪，所以笔者认为蛇郎故事中的三姑娘是与白族传统文化相契合的一个文化心理。而这一点在缅甸的故事中也被沿袭下来，并没有采取其他的数目。当然，并不是只有白族蛇郎故事中说是三姐妹，但至少也说明缅甸的蛇郎故事与白族的蛇郎故事在姐妹数字及其所反映的文化心理这一点上是契合的。

---

[1] 钟敬文：《钟敬文文集·民间文艺学卷》，安徽教育出版社，2002年，第565页。

结 语

至此，我们对白族文学进行了纵横双向的探讨，梳理了白族文学的历史和特质，审视了白族文学与外部的文化交流，特别是着重从汉族文学、印度文学、东南亚文学等几个方面讨论了白族文学与外部文学的交流问题。白族文学正是在长期的外向交流中，形成了多元混融性的文化特质，而白族文学多元混融的特质，又增强了白族文学自身的生命活力，使得她在历史的长河中闪现着耀眼的光芒，在中华文化的大花园中散发出迷人的芳香。

第一节　多元混融特质中蕴含的白族文学发展机制[1]

白族文学纵向从自身传统获取养分和横向在与外界的交流中不断壮大的发展路径，是一种特例抑或隐藏着某些共性？作为中华民族大家庭中的一员，白族文学本身的发展能够为我国少数民族文学的发展带来什么样的启示？笔者认为，白族文学的发展或许带有一定的特殊性，但绝非个例，它代表的是我国少数民族文学发展中的一种类型，而其发展路径也能带给我们诸多启示，为边疆少数民族文学的发展提供借鉴。

一、白族文学多元混融特质的成因

白族文学的多元混融特质，说到底是与白族文化的多元混融性相关的，后者是白族民间文学多元混融特质的基础和源泉。这又具体可以从白族文学的自身发展和白族文学的外向交流两个方面加以理解。

---

[1] 本部分的一些内容曾在董秀团《白族民间文学的多元混融特质及对边疆民族文学发展的启示》一文中发表过。

自身发展历程中的层累叠加是白族文学多元混融特质形成的第一个原因。方国瑜认为白族是多种民族的融合体，其主体是南诏建国以前住在洱海南部的"白蛮"。马曜提出"异源同流说"，认为白族的先民是很早就生息于云南洱海一带的族群，以之为基础，又融汇了其他很多群体。尽管学者对于白族先民主体的构成存在不同的看法，但有一点似乎是共同的，就是都认为白族是多族群融汇而成的民族共同体。族源底层的融汇奠定了白族文化和文学多元混融的基点。白族民间文学历史悠久，在长期的发展历程中，不同的历史阶段形成了各自突出的特征，同时又汇聚为一个整体。南诏以前的白族民间文学处于孕育初成的时期，神话史诗等重大题材得到人们的关注。南诏、大理国时期由于社会、经济、文化都有了较大的进步，白族民间文学出现了一个发展繁荣期，翻开了灿烂辉煌的一页，在《火烧松明楼》《望夫云》《辘角庄》等作品中可窥见当时复杂的社会矛盾和动荡的社会现实,《望夫云》《观音伏罗刹》《段赤城》《大黑天神》等作品则让我们感受到了悲剧式的崇高。元明清至中华人民共和国成立前的白族民间文学进入了成熟转型期，民歌、民间长诗、大本曲等很多内容、体式达到了成熟的顶峰，依托于"山花体"的白族民歌在此阶段有了长足发展，达到了鼎盛状态。白族的民间叙事长诗和抒情长诗同样在元明清以后发展成熟，大量优秀长诗的涌现是这个阶段白族文学发展中最夺目的景观。中华人民共和国成立后的白族民间文学在承继创新的双重路径中实现新的发展。总之，每一个阶段的白族民间文学在一脉相承的同时体现出各自的特色，这本身就是多元混融特性的一种表现。

　　白族文学中还形成了独特的由文人知识分子智识阶层书写的文学形态，南诏、大理国时期以南诏王、高级官员和释儒组成的知识分子群体在诗歌、散文方面达到了很高的艺术成就，明清以来，文人知识分子更是大量涌现，很多人在文化史上留下了不朽的篇章。这同样是白族文学自身发展成熟的标志之一。文人书面文学与民间文学之间还相互影响，此种互动于白族民间文学多元混融特质的形成亦有独特贡献。

外向互动交流中的融汇整合是白族文学多元混融特质形成的另一个原因。大理地区处于中原汉文化、印度文化、东南亚文化等文化圈的交汇地带，白族文化在长期的开放态势中形成了兼收并蓄的特点。白族民间文学不断吸收汉族文学、印度文学、东南亚文学的因子并与自身传统进行整合。汉族文学对白族民间文学的影响渗透于文学体裁、形式、内容、观念诸多方面。白族创世神话中盘古、盘生兄弟开天辟地、化生万物的情节，与汉族地区流传的盘古神话存在诸多相似之处。《火烧松明楼》传说对慈善死节事迹的渲染符合汉文化宣扬的纲常大义，也与明代以来汉文化大规模涌入的背景有关，柏洁夫人为从松明楼灰烬中刨出丈夫尸体而双手鲜血淋漓的惨状与汉族孟姜女故事中孟姜女徒手将丈夫的尸骨从长城下挖出因而染满鲜血的情形高度相似。段赤城等义士杀蟒型传说，受到了汉族道教仙话的强烈影响。白族地区的梁祝故事、赵五娘寻夫故事、黄氏女对经故事都源自汉族地区。印度文学对白族民间文学的影响主要是伴随着佛教和佛典文学传播而完成的。这在观音故事、大黑天神故事、目连救母故事、感恩的动物忘恩的人故事中均有明显表现。白族民间文学中的洪水及兄妹婚神话、葫芦神话等与东南亚各国同类神话有着高度的交叉复合。白族中流传的南诏盟石传说与越南试剑石型传说可能存在远源关系，白族的蛇郎故事也可能影响到了缅甸的同类故事。白族民间文学中的一些形式、文本还体现出多种外来文化综合影响的痕迹。由于白族文化的多向交流和兼收并蓄，使得白族民间文学中充满了原初、本土文化因子与后起、外来文化要素的融汇整合。

二、白族文学的发展机制

白族文学多元混融特质的形成，得益于其在源自传统和外向交流的双重路径中不断发展壮大，形成了整合外来文化和自身传统的发展机制。文化的自身发展和相互交流汲取奠定了多元态势，而混融便是多元基础上的更高需要，是核心文化符号、标志被不断塑造出来的过程，其目的就是在更高的层面整合区域中的文化，让文化在保有多元特色的同时朝向共同标准发展，这样的汇融和整合是对多元的凝聚和升华。

文化交流是文化发展的重要动因，任何民族的文化都不可能在完全封闭中发展，而是在内部的发展和外部的交换中完成文化的演进。白族文学多元混融特质的形成，与白族文化的开放性有很大关系。正因为能够以开放的姿态包容外来文化甚至主动去汲取外部文化的营养，将之化为我用，所以白族文学能够在与外界的交往中丰富和充实自己，形成多元混融的特质。笔者曾撰文指出白族文化具有开放性特征，"恰又是这种边缘性造成了白族文化的兼收并蓄和开放性、多元性特征，……且虽处边缘却系要冲的特殊地理位置也加大了白族文化的开放态势。开放的心态使得白族文化与外界文化的交流一直以来持续不断，也因而获得了更多发展的活力"[1]。值得深思的是，白族文化的开放性并没有使她丧失自我，而是在与外界的交流中将外来文化与本土传统有机整合，"白族文化在与外来文化接触、交流的过程中并没有在异文化的强势冲击下丧失自我特色，而是保持了传统的民族性。或许正是由于文化上的开放性和与外界的持续交流，才使本民族的文化特色和价值在与外来文化的强烈对比之下得以凸现出来，从而使文化系统中民族性的一面得以承续和提升"[2]。所以，笔者认为，"开放性、包容性与民族性和特色性的相辅相承、互相影响，构成了白族地区民族文化发展机制的主脉络。……白族文化因为有了开放性和民族性的双重制约而在保持传统与创新发展之间找到了一个较佳结合点"[3]。当然，白族文化中此种发展机制的形成，绝非一日之功。正是在长期不间断地与外界接触、交换的过程中，白族文化才逐渐形成

---

[1] 董秀团：《现代化语境下边疆民族的文化发展机制》，载《民族艺术研究》2004年第2期。
[2] 同上。
[3] 同上。

并强化了主动吸收和消化融汇的能力。

在笔者看来，正是文化发展中的开放性和民族性的平衡为白族文化的发展带来了更多的可能和机遇，白族文学作为白族文化系统的一个组成部分，自然也具有类似属性。从白族文学本身来看，在开放、交流中所形成的多元混融性已经成为其重要特质，而白族文学也因此独具异彩，开放和交流并没有冲垮白族文学的大厦，也没有淹没白族文学的特点，反而使得其自身不断丰富和强大。

第二节　白族文学发展机制对边疆民族文学的借鉴价值

费孝通于20世纪80年代末提出了"中华民族多元一体"的理论命题，为中国民族问题的发展奠定了理论基础，也为少数民族文化参与更广阔范围内的交流和对话指明了方向。在新的社会历史时期，中华民族共同体意识进一步得到认同和彰显，铸牢中华民族共同体意识也成为中国各民族的共识。作为中华民族共同体的组成部分，我国的少数民族理当更自觉、主动地参与到中华民族共同体总体格局的建构当中，为中华文化的整体发展贡献力量。

中华民族多元一体、中华民族共同体意识等理论框架为边疆民族文学未来的发展提供了指引。少数民族如何参与到多元一体格局的建构中，又如何为中华民族共同体意识的进一步凝聚发挥自己的作用，这些都是值得思考的问题。不可否认，在数千年的中华文化发展历程中，是汉民族和汉文化在文化交流的舞台上占据着主导，发挥着自己的辐射作用，而少数民族的身影或多或少、有意无意被淡化、被遮蔽。从文学角度而言，少数民族文学也是长期被弱化和低估的。这些都需要我们用新的眼光、从新的角度去审视和考察。

一、边疆民族文学的地域特征

白族文学属于我国的边疆少数民族文学，这是她的一个基本属性。大理白族地区位于祖国西南边陲的云南省西北部，以历朝历代的中原为基点，无疑是最边缘、最遥远的化外之地。白族是我国56个民族大家庭中的一员，少数民族的身份是其重要标识。所以，边疆、少数民族是首先附加于白族文学的两大特征。这样的特征又容易被人们将之与边缘、落后进行并置。然而，从对白族文学的全面梳理中，我们发现边疆、民族特征并不一定会与边缘、落后划等号，我们也发现，在白族文学发展的过程中，在对自我传统的承袭和与外部文化的交流这两个向度之间达成了某种平衡、和谐，白族文学的外向交流不仅没有冲垮她，反而让她在交流中获得了更充分的发展，形成了独特的发展机制。

先说边疆特征。在华夏正统的中原语境中，边疆是边缘的象征。白族地处中国的西南边疆，而云南自古以来就被视为化外之地，"从文化圈的理论看，滇文化处于汉文化、印度文化、东南亚文化交汇的边缘；从政治格局看，云南两千多年来都位居中原王朝统治的边缘地带"[1]。白族处于中国边疆，但地域上的这一特征并不代表她是边缘化的。相反，我们在白族文学的发展历程中，看到了所谓的边疆却成为文化交流的中心之地，中原汉文化乃至于印度文化、东南亚文化在此碰撞、交汇。特别是在南诏、大理国时期，白族文学在外向的交流中扮演着一个相对强势的角色，白族文学不仅在接受着外来的影响，也成为输出和外向辐射的核心。多元文化的交汇丰富了白族文学本身的内容，白族文学在多元交汇中得以更加壮大和发展。

再说少数民族特征。汉族和少数民族共同组成了中华民族多元一体的格

---

[1] 张文勋：《滇文化与民族审美》，云南大学出版社，1992年，第5页。

局，但在传统以汉族为中心的文化观中，少数民族及其文学还未得到应有的重视，所以当我们着力于书写中国文学史的时候，"这种以中国（历朝）为名的'国别文学史'书写虽然也因人而异，但在总体上则突出着一些相近的特点，比如'文学国家化'与'汉语中心观'，以及'万世一系'和'华夏正中'的历史表述，等等"[1]。当然也就不可避免"只关注和描述作为中原主体民族——汉族的历史、文化与文学，往往或有意或无意地，放逐了对其周边少数民族历史、文化与文学存在的关注和描述，且又总是较为固执地，将这种以偏概全的'单出头'书写，冠以'中国'的字样来加以播扬，显现着文化强势话语对文化弱势话语的轻蔑和压抑"[2]。对于中国文学史书写中少数民族文学被忽略的状况，学界早已意识到问题的存在并极力予以反拨，构建多民族文学史观成为必然选择。而多民族文学史的书写，自然仰赖于我国每一个少数民族文学的梳理，"不把国内各个民族的文学关系弄清楚，我们今后所拿出来的'中国文学史'，也就还只能是低层次的'拼盘儿'式的文学史"[3]。所以，我们首先应该做的是梳理各民族的族别文学史，同时还要关注少数民族文学与汉族文学、少数民族文学与少数民族文学之间的多层面的交流互动。"汉族文学与诸多少数民族文学的关系，不能简单地处理为以一对多的关系，而是充分强调其多层面交织的、叠加互渗的关系。简单来说，就是不把汉族文学传统与少数民族文学传统看成是 1 对 55 的关系，而是看成这 55 中的每个 1，都是与汉族的 1 平等的关系，当然，它们之间也存在着'我中有你，你中有我'的交流和对话。"[4]在对白族文学进行梳理的过程中，我们也确实感受到了少数民族文学与外部文学之间多元、多向的交流互动，既有与汉族文学之间的交流，也有跨越区域、国界的与印度文学、东南亚文

---

[1]　徐新建：《"多民族文学史观"简论》，载《民族文学研究》2007 年第 2 期。
[2]　关纪新：《创建并确立中华多民族文学史观》，载《民族文学研究》2007 年第 2 期。
[3]　同上。
[4]　朝戈金：《"中华多民族文学史观"三题》，载《民族文学研究》2007 年第 4 期。

学之间的交流。在这里，少数民族是代表着自身特殊发展传统的一种身份标识，其在中华民族共同体中是不可或缺的组成部分，少数民族的文学同样是中国多民族文学的重要构成。

边疆少数民族文学因特殊的地域、族性特征，其历史、背景、内容、发展现状还未能全面、细致地予以梳理，有的少数民族还没有族别文学史，对少数民族文学本身的梳理尚未完成，更遑论将少数民族文学放入整个中华文化多元一体格局中相应的位置予以审视。目前对少数民族文学的比较研究也多系从个案入手，做一些较为具体的文本梳理和比较，而少数民族与少数民族之间，少数民族与汉族之间，少数民族与跨境而居、毗邻而居或有历史文化关联的某些国外族群的文学之间的交流和互动仍缺乏系统、全面的比较和分析。所以，目前的首要任务是厘清各少数民族文学自身的发展历史，总体把握各少数民族文学发展的状况，把少数民族文学的具体作品纳入其历史脉络中给予定位、认识。在认清各少数民族文学自身发展脉络的基础上，加强少数民族文学与汉族文学、少数民族文学与少数民族文学之间的关系研究，以期为将少数民族文学还原、放置到中华多民族文学发展的系统中并从整体上审视中华多民族文学奠定基础。同时，也要关注少数民族文学与境外各族文学之间的交流和影响，只有从多个向度系统梳理，才能真正客观审视少数民族文学，还原其鲜活和动态的历史发展图景。

二、白族文学发展机制的借鉴价值

上述白族文学的发展机制是一种特例抑或隐藏着某些共性？笔者认为，白族文学的发展或许带有一定的特殊性，但绝非个例。尽管我国少数民族有五十五个之多，边疆少数民族也不在少数，也并不是所有的边疆少数民族其文学发展的实际情况都与白族一样，但是白族文学代表了边疆少数民族文学发展的一种类型、一种可能性，白族文学在多元、多向互动中建立起开放性与民族性谐调平衡的发展机制，为边疆少数民族文学发展路径的思考和选择提供了借鉴。边疆少数民族文学不应该故步自封，也不可能完全处于封闭的状态中，在发展的过程中，应立足于自我的文化根基和底蕴，提高融汇、整合外来文化的能力，以期更自信地参与交流。

本书对于白族文学的研究，就是从族别文学出发，试图厘清作为单一族别的白族其文学发生、发展的总体脉络，审视白族文学与外部其他民族乃至其他国家、地区进行多层面互动、交流的过程和结果，阐明白族文学作为一种边疆少数民族文学其发展过程中形成的独特规律和路径，探究蕴含于其中的边疆少数民族文学发展的机制和规律。希望这样的尝试能够为边疆地区少数民族文学的研究带来一定的借鉴和启示。笔者认为，白族文学作为边疆少数民族文学，过去我们出于历史惯性而贴于其上的边缘、后进等标签与其实际发展状况并不相符，白族文学这样的边疆少数民族文学在自身的发展过程中也积累了值得借鉴的经验，形成了自己的文学发展机制，那就是在开放性和民族性之间找到一个最佳的结合点，在主动吸收外部多元文化的营养的同时，保有自身的文化传统和民族特性，文化系统自身形成一种开放、包容的态势，有能力将外来文化化为我用，整合为自身文化的一个组成部分。而要形成这样的文学发展机制，必须增强文化自信，充分发挥民族文学中的独特属性并予以发扬光大，这样才能在文学交流的过程中形成交融互鉴和整合容纳的能力。

要增强民族文学的文化自信，就应该首先充分发掘民族文学对于本民族文化发展的巨大贡献，充分认识民族文学在整个中华多民族文学格局中所处的位置，因为充分地认识自我和发掘民族传统是建立和发挥文化自信的关键所在。

白族文学的发生、发展说明了边疆少数民族文学有可能在历史长河中发挥着重要的作用，在文化交流的舞台上扮演活跃的角色，边疆少数民族文学不是封闭、后进、自足的象征，而是中华多民族文学格局中不可或缺的一员，也是世界文学格局中多姿多彩的一个组成部分。这样的族别文学的研究，应该能够为其他边疆少数民族文学的研究和发展提供参考和借鉴。

第三节　可进一步深化的研究空间

本书虽立足于白族来梳理其文学发生、发展的历程，但整个研究并不局限于白族文学自身。从纵向的角度来说，笔者试图厘清白族文学发生、发展的总体历程，给读者一个相对清晰的历史脉络。从横向的视角而言，本书要讨论白族文学与汉族文学的关系，还要兼顾白族文学与跨越国界的印度文学和东南亚文学之间的影响、关联，不能不说涉及的问题十分复杂。鉴于有限的资料、田野调查的困难等多方面的原因，本书立足于白族文学本身，从对白族文学的认识出发，从白族文学自身内在发展路径和白族文学与外部文学之间的交流和影响说起，选择了汉族文学、印度文学、东南亚文学几个方面来研究白族文学与他们之间分别发生的文学交流。

白族文学与汉族文学的关系基于中国视野中少数民族与汉族文学交流互动的事实，在研究中也充分考虑到汉族文学在中国文学史中的重要地位及其给予少数民族文学的巨大影响，以及作为相对弱势的少数民族一方，在与汉族文学交流的过程中，对汉族文学的反作用，或者是对汉族文学的消化和吸收，将之整合为本文化的一个部分等事实。

白族文学与印度文学的关系中，其交流很大程度上是依赖于佛教的传播、佛经文学的传入而实现，因而在对这个向度的关系考察中，充分考虑文学交流的宗教文化背景，不脱离这个大的语境。

白族文学与东南亚文学的关系研究，是目前十分薄弱的环节，可供参考、借鉴的资料十分缺乏，笔者试图在有限的资料中进行爬梳，将白族文学与东南亚文学放在更大的区域文化的背景下予以审视，探讨其共性、个性、相互影响的因子。当然，东南亚文学本身并非内部整齐划一的整体，所以笔者在进行实际的比较时，有时是以东南亚地区的某些国家、族群作为比较研究的主要坐标和选取对象。

本书对白族文学与汉族文学、印度文学、东南亚文学关系的研究还不可避免有割裂之嫌，更为宏观的语境中的整体观照将是今后进一步研究中值得深入的问题。

厘清单一族别文学发生、发展的历史已是不易，要想从整体上把握、体认各民族文学之间多层面的复杂互动关系更属难事，所以我们也希望更多的有识之士能够参与到少数民族文学研究的队伍中，真正认识边疆少数民族文学，还原其在中国文学史中的地位，把握纵横交错、多向互动的各民族、各地区文学之间的关系，为最大限度地接近文学发展的历史真相而努力。

参考文献

一、著作类

〔德〕艾伯华:《中国民间故事类型》,王燕生、周祖生译,商务印书馆,1999年。

白庚胜总主编:《中国民间故事全书·云南大理州12县市卷》,知识产权出版社,2005年。

《白族简史》编写组编:《白族简史》,云南人民出版社,1988年。

〔晋〕常璩撰,刘琳校注:《华阳国志校注》,巴蜀书社,1984年。

常任侠:《常任侠艺术考古论文选集》,文物出版社,1984年。

车锡伦:《中国宝卷研究》,广西师范大学出版社,2009年。

陈飞主编:《中国文学专史书目提要》,大象出版社,2004年。

陈岗龙、张玉安等:《东方民间文学概论》,昆仑出版社,2006年。

陈开勇:《宋元俗文学叙事与佛教》,上海古籍出版社,2008年。

陈垣:《明季滇黔佛教考》,河北教育出版社,2000年。

次旺仁钦等编:《西南少数民族文字文献》,兰州大学出版社,2003年。

大理白族自治州《白族民间故事》编辑组编:《白族民间故事》,云南人民出版社,1982年。

大理白族自治州文化局编:《白族民间故事选》,上海文艺出版社,1984年。

大理白族自治州文化局编:《云南白族民歌选》,云南人民出版社,1984年。

大理白族自治州文化局翻印:《云南大理文史资料选辑·地方志之四·康熙蒙化府志》,1983年。

大理白族自治州文化局翻印:《云南大理文史资料选辑·地方志之八·康熙剑川州志》,1986年。

大理白族自治州文化局编:《白族民间歌谣集成》,云南民族出版社,1997年。

大理市文化局编:《白族本主神话》,中国民间文艺出版社,1988年。

大理市文化局、大理市大理文化馆、大理市图书馆编写:《大本曲览胜》,云南民族出版社,2005年。

大理州地方志编纂委员会编纂:《大理白族自治州志》,云南人民出版社,2000年。

大理州文联编:《大理古佚书钞》,云南人民出版社,2001年。

刀承华编译:《泰国民间故事选译》,民族出版社,2007年。

邓承礼:《南涧民间文学集成》,云南民族出版社,1987年。

〔美〕丁乃通:《中国民间故事类型索引》,郑建成等译,中国民间文艺出版社,1986年。

〔美〕丁乃通:《中西叙事文学比较研究》,陈建宪、黄永林、李扬、余惠先译,华中师范大学出版社,2005年。

董秀团主编:《石龙新语——剑川县沙溪镇石龙村白族村民日记》,中国社会科学出版社,2009年。

董秀团:《白族大本曲研究》,中国社会科学出版社,2011年。

段炳昌:《天南风雅——一个小地方的大创作》,云南民族出版社,2012年。

段伶:《白族曲词格律通论》,云南民族出版社,1998年。

段寿桃:《白族打歌及其他》,云南民族出版社,1994年。

洱源县民族宗教事务局编,杨敬怀、杨文高主编:《洱源县民族宗教志》,云南民族出版社,2006年。

[唐]樊绰撰,向达原校,木芹补注:《云南志补注》,云南人民出版社,1995年。

[宋]范晔撰,[唐]李贤等注:《后汉书》,中华书局,1997年。

方国瑜主编,徐文德、木芹纂录校订:《云南史料丛刊》,云南大学出版社,1998年。

[唐]房玄龄等撰:《晋书》,中华书局,1974年。

费孝通主编:《中华民族多元一体格局》(修订本),中央民族大学出版社,1999年。

傅光宇:《云南民族文学与东南亚》,云南大学出版社,1999年。

[晋]干宝:《搜神记》,中华书局,1979年。

[明]高明:《琵琶记》,中华书局,1958年。

耿德铭:《哀牢国与哀牢文化》,云南人民出版社,2003年。

谷跃娟:《南诏史概要》,云南大学出版社,2007年。

古正美:《从天王传统到佛王传统》,台北商周出版社,2003年。

郭良鋆、黄宝生译:《佛本生故事选》,人民文学出版社,1985年。

[元]郭松年:《大理行记》,王叔武校注本,云南民族出版社,1986年。

鹤庆县民间文学集成办公室编:《鹤庆民间故事集成》,云南人民出版社,1989年。

贺圣达:《东南亚文化发展史》,云南人民出版社,1996年。

侯冲:《白族心史——〈白古通记〉研究》,云南民族出版社,2002年。

[清]侯允钦纂修:《邓川州志》,台湾成文出版社,1968年。

黄泽:《西南民族节日文化》,云南教育出版社,1995年。

季羡林译:《五卷书》,人民文学出版社,1981年。

季羡林:《比较文学与民间文学》,北京大学出版社,1991年。

季羡林:《中印文化交流史》,中国社会科学出版社,2008年。

〔日〕甲斐胜二、张锡禄:《中国白族白文文献释读》,广西师范大学出版社,2011年。

贾芝、孙剑冰:《中国民间故事选》,作家出版社,1958年。

剑川县史志办公室编:《剑川县艺文志》,云南民族出版社,2010年。

姜继编译:《东南亚民间故事》,福建人民出版社,1982年。

金克木:《印度文化论集》,中国社会科学出版社,1983年。

景振国主编:《中国古籍中有关老挝资料汇编》,中州古籍出版社,1985年。

蓝吉富等:《云南大理佛教论文集》,佛光出版社,1991年。

李道和:《民俗文学与民俗文献研究》,巴蜀书社,2008年。

[宋]李昉等编:《太平广记》,中华书局,1961年。

李光荣编:《大理风景名胜传说诗联选编》,云南民族出版社,2004年。

李家瑞、周泳先、杨毓才、李一夫等编著:《大理白族自治州历史文物调查资料》,云南人民出版社,1958年。

李剑国:《唐五代志怪传奇叙录》,南开大学出版社,1993年。

[元]李京:《云南志略》,王叔武校注本,云南民族出版社,1986年。

李昆声:《云南艺术史》,云南教育出版社,1995年。

李林:《梵国俗世原一家——汉传佛教与民俗》,学苑出版社,2003年。

李晴海主编:《白族歌手杨汉与大本曲艺术》,远方出版社,2000年。

[明]李元阳纂,邹应龙修:《云南通志》,云南省图书馆藏传抄本,1935年龙氏灵源别墅重印。

李耀宗等编:《中国少数民族神话传说选》,四川民族出版社,1985年。

李子贤主编:《云南少数民族神话选》,云南人民出版社,1990年。

李子贤:《探寻一个尚未崩溃的神话王国——中国西南少数民族神话研究》,云南人民出版社，1991年。

李子贤主编：《文化·历史·民俗》，云南大学出版社，1993年。

李子贤、李存贵主编：《形态·语境·视野——兄妹婚神话与信仰民俗暨云南省开远市彝族人祖庙考察与研究国际学术研讨会论文集》，云南大学出版社，2011年。

连瑞枝：《隐藏的祖先——妙香国的传说和社会》，生活·读书·新知三联书店，2007年。

连瑞枝：《僧侣·士人·土官——明朝统治下的西南人群与历史》，社科文献出版社，2020年。

梁英明：《东南亚史》，人民出版社，2010年。

刘景毛、文明元、王珏、李春龙点校：《新纂云南通志》，云南人民出版社，2007年。

刘守华主编：《中国民间故事类型研究》，华中师范大学出版社，2002年。

刘守华：《比较故事学论考》，黑龙江人民出版社，2003年。

［明］刘文征撰，古永继校点：《滇志》，云南教育出版社，1991年。

鲁迅：《集外集》，人民文学出版社，1973年。

路工编：《梁祝故事说唱集》，古典文学出版社，1958年。

陆韧：《云南对外交通史》，云南民族出版社，1997年。

吕大吉、何耀华总主编：《中国各民族原始宗教资料集成：彝族卷·白族卷·基诺族卷》，中国社会科学出版社，1996年。

罗汉田：《中国南方民族文学关系史·元明清卷》，民族出版社，2001年。

马昌仪编：《中国神话故事》，中国广播电视出版社，1996年。

〔德〕马克思：《政治经济学批判》，中共中央马克思恩格斯列宁斯大林著作编译局译，人民出版社，1976年。

〔缅〕貌廷昂编：《缅甸民间故事》，丁振祺译，云南人民出版社，1984年。

〔缅〕貌阵昂编著：《缅甸民间故事选》，殷涵译，中国民间文艺出版社，1982年。

民族戏剧观摩演出大会秘书处编：《云南民族戏剧的花朵》，云南人民出版社，1963年。

［明］倪辂辑，［清］王崧校理，［清］胡蔚增订，木芹会证：《南诏野史会证》，云南人民出版社，1990年。

［清］倪蜕辑，李埏校点：《滇云历年传》，云南大学出版社，1992年。

〔印〕毗耶娑：《摩诃婆罗多》，金克木、赵国华、席必庄译，中国社会科学出版社，2005年。

普学旺主编:《云南民族口传非物质文化遗产总目提要·史诗歌谣卷》,云南教育出版社,2008年。

祁连休:《中国古代民间故事类型研究》,河北教育出版社,2007年。

钱南扬等:《名家谈梁山伯与祝英台》,文化艺术出版社,2006年。

秦钦峙等编著:《中南半岛民族》,云南人民出版社,1990年。

卿希泰:《中国道教思想史纲》,四川人民出版社,1985年。

曲六乙:《中国少数民族戏剧》,作家出版社,1964年。

申旭:《老挝史》,云南大学出版社,1990年。

申旭、刘稚:《中国西南与东南亚的跨境民族》,云南民族出版社,1988年。

施珍华、段伶编:《白族民间文艺集粹》,云南民族出版社,2003年。

施珍华等编译:《白族本子曲》,香港天马图书有限公司,2003年。

施中林主编:《兰坪民间故事集成》,云南民族出版社,1994年。

四川省川剧艺术研究院编,李致主编:《名家论川剧》,四川人民出版社,2006年。

汪宁生:《云南考古》,云南人民出版社,1980年。

王保林主编:《中国少数民族现代文学》,广西人民出版社,1989年。

王国维校:《水经注校》,上海人民出版社,1984年。

王珏、李晴海选编整理:《白族情歌选》,中国戏剧出版社,2005年。

王利器辑录:《元明清三代禁毁小说戏曲史料》,上海古籍出版社,1981年。

王明达:《离人和神最近的地方》,云南大学出版社,2006年。

王明达:《白族文学多视角探讨》,大众文艺出版社,2008年。

王明达:《南诏大理国观音图像学研究》,云南人民出版社,2011年。

王寿春整理:《串枝连》,云南人民出版社,1979年。

王叔岷撰:《列仙传校笺》,中华书局,2007年。

王宪昭:《中国民族神话母题研究》,民族出版社,2006年。

巍山县人民政府编:《南诏故地的传说》,云南民族出版社,2002年。

魏承思:《中国佛教文化论稿》,上海人民出版社,1991年。

闻一多:《神话与诗》,天津古籍出版社,2008年。

吴新雷、丁波:《戏曲与道德传扬》,江苏古籍出版社,2002年。

奚寿鼎等编:《白族民间长诗选》,云南民族出版社,2000年。

萧兵、周俐:《古代小说与神话宗教》,山西人民出版社,2005年。

晓雪:《浅谈集》,云南人民出版社,1979年。

［明］谢肇淛纂:《滇略》,云南图书馆藏云南大学历史系抄本。

徐嘉瑞:《大理古代文化史稿》,中华书局,1977 年。

［明］徐渭撰:《南词叙录》,载《中国古典戏曲论著集成》(三),中国戏剧出版社,2020 年。

薛克翘:《印度民间文学》,宁夏人民出版社,2008 年。

薛克翘、张玉安、唐孟生主编:《东方神话传说》,北京大学出版社,1999 年。

薛子言主编:《白剧志》,文化艺术出版社,1989 年。

杨恒灿主编:《大理民间故事精选》,云南民族出版社,2001 年。

杨亮才、李缵绪选编:《白族民间叙事诗集》,中国民间文艺出版社,1984 年。

杨世钰、赵寅松主编:《大理丛书·方志篇》,民族出版社,2007 年。

杨寿川主编:《云南特色文化》,社会科学文献出版社,2006 年。

杨文会:《佛教宗派详注》,上海佛学书局,2001 年。

杨宪典:《白族民间故事》,云南人民出版社,1982 年。

杨政业:《白族本主文化》,云南人民出版社,1994 年。

杨政业编:《白族本主传说故事》,云南民族出版社,1999 年。

杨政业主编:《大本曲简志》,云南民族出版社,2003 年。

杨仲录、张福三、张楠主编:《南诏文化论》,云南人民出版社,1991 年。

［唐］姚思廉等撰:《梁书》,中华书局,1973 年。

游国恩:《游国恩学术论文集》,中华书局,1989 年。

尤中:《中国西南民族史》,云南人民出版社,1985 年。

袁珂:《古神话选释》,人民文学出版社,1979 年。

袁丕钧:《滇南文化论》,云南开智公司,1924 年铅印本。

《云南群众文艺》编辑部编:《云南民族民间故事选》,《云南群众文艺》编辑部,1979 年。

云南省剑川县志编纂委员会编纂:《剑川县志》,云南民族出版社,1999 年。

云南省民间文学集成办公室编:《白族神话传说集成》,中国民间文艺出版社,1986 年。

云南省少数民族古籍整理出版规划办公室编:《白文〈山花碑〉译释》,云南民族出版社,1988 年。

云南省少数民族古籍整理出版规划办公室编:《云南少数民族古典史诗全集》,云南教育出版社,2009 年。

云南省文化局戏剧工作室编:《云南兄弟民族戏剧概况》,云南人民出版社,1959年。

张福三:《走出混沌》,云南民族出版社,1989年。

张庚、郭汉城主编:《中国戏曲通史》,中国戏剧出版社,2006年。

张光直:《中国青铜时代》,生活·读书·新知三联书店,1983年。

[晋]张华撰,范宁校证:《博物志校证》,中华书局,1980年。

张良民:《老挝民间故事》,辽宁少年儿童出版社,2001年。

张明曾编著:《白族民间祭祀经文钞》,云南民族出版社,2004年。

张文、陈瑞鸿主编:《石宝山传说与剑川木匠故事》,云南民族出版社,2005年。

张文、陈瑞鸿主编:《石宝山传统白曲集锦》,云南民族出版社,2005年。

张文、羊雪芳编著:《白乡奇葩——剑川民间传统文化探索》,云南民族出版社,2006年。

张文勋主编:《白族文学史》(修订版),云南人民出版社,1983年。

张文勋主编:《滇文化与民族审美》,云南大学出版社,1992年。

张文勋:《华夏文化与审美意识》,云南人民出版社,1992年。

张文勋:《张文勋文集》,云南大学出版社,2000年。

张锡禄:《大理白族佛教密宗》,云南民族出版社,1999年。

张锡禄、吴崇仁、舒宗范等搜集整理:《杨升庵在云南的传说》,四川人民出版社,1982年。

张玉安、陈岗龙主编:《东方民间文学比较研究》,北京大学出版社,2003年。

张昭主编:《白子国传说故事集》,云南民族出版社,2004年。

赵怀仁、纳张元主编:《唱响白族歌谣 我们踏歌而来》,云南民族出版社,2008年。

赵橹:《论白族神话与密教》,中国民间文艺出版社,1983年。

赵橹:《白文〈山花碑〉译释》,云南民族出版社,1988年。

赵橹:《白族龙文化》,云南大学出版社,1991年。

赵晏海、桂明选编:《白族历代诗词选》,云南民族出版社,1993年。

赵寅松主编:《白族文化研究2001》,民族出版社,2002年。

赵寅松主编:《白族文化研究2002》,民族出版社,2003年。

赵寅松主编:《情系大理·历代白族作家丛书》,民族出版社,2006年。

赵寅松主编:《白族研究百年》(二),民族出版社,2008年。

赵寅松主编:《白族研究百年》(三),民族出版社,2008年。

郑筱筠:《佛教与云南民族文学》,新华出版社,2001年。

郑振铎:《中国俗文学史》,作家出版社,1954年。

中国佛教文化研究所点校:《长阿含经》,宗教文化出版社,1999年。

中国科学院文学研究所民间文学组主编,李星华记录整理:《白族民间故事传说集》,人民文学出版社,1959年。

中国科学院文学研究所民间文学组编,杨亮才、陶阳记录整理:《白族民歌集》,人民文学出版社,1959年。

中国民间文学集成全国编辑委员会、《中国民间故事集成·云南卷》编辑委员会编:《中国民间故事集成·云南卷》,中国ISBN中心,2003年。

中国曲艺志全国编辑委员会:《中国曲艺志·云南卷》,中国ISBN中心,2009年。

《中国少数民族社会历史调查资料丛刊》修订编辑委员会编:《云南少数民族社会历史调查资料汇编》(一),民族出版社,2009年。

《中国少数民族文学作品选》编辑委员会编:《中国少数民族文学作品选》第五分册,上海文艺出版社,1981年。

中国戏剧出版社编辑部编:《少数民族戏剧研究》,中国戏剧出版社,1963年。

中国戏曲研究院编:《中国古典戏曲论著集成》,中国戏剧出版社,1959年。

中国戏曲志编辑委员会:《中国戏曲志·河南卷》,文化艺术出版社,1992年。

中国戏曲志编辑委员会:《中国戏曲志·甘肃卷》,中国ISBN中心,1995年。

中国戏曲志编辑委员会:《中国戏曲志·广西卷》,中国ISBN中心,1995年。

中国艺术研究院舞蹈研究所编:《舞蹈艺术》第一辑,文化艺术出版社,1993年。

中国作家协会昆明分会民间文学工作部编:《云南民族文学资料》第九集,1962年。

中国作家协会昆明分会民间文学工作部编:《云南民族文学资料》第十一集,1963年。

钟敬文:《钟敬文文集》,安徽教育出版社,2002年。

钟敬文主编:《民间文学作品选》(第二版),高等教育出版社,2010年。

钟智翔主编:《缅甸研究》,军事谊文出版社,2001年。

周祜:《大理古碑研究》,云南民族出版社,2002年。

周静书主编:《梁祝文化大观·故事歌谣卷》,中华书局,1999年。

周钧韬:《金瓶梅素材来源》,中州古籍出版社,1991年。

周贻白:《中国戏曲发展史纲要》,上海古籍出版社,1979年。

朱安女:《白族古代金石文献的文化阐释》,巴蜀书社,2012年。

〔日〕佐佐木高明:《照叶树林文化之路》,刘愚山译,云南大学出版社,1998年。

二、论文类

阿土:《白族调》,载《贵州民族研究》2010年第1期。

巴莫曲布嫫:《"民间叙事传统格式化"之批评》上、中、下,分别载《民族艺术》2003年第4期、2004年第1期、2004年第2期。

包钢:《白族吹吹腔新探》,载《民族艺术研究》2008年第1期。

鲍惠新:《龙——白族民间传说的重要形象》,载《昆明师范高等专科学校》2000年第2期。

毕芳:《白族本主神话的特色——神祇的多元化与人性化探析》,载《云南财贸学院学报》(社会科学版)2006年第1期。

蔡华、罗永华:《试析巍山彝区道教宫观与彝族宗教文化》,载《西南民族学院学报》(哲学社会科学版)2003年第5期。

蔡文枞:《关于老挝民族起源问题》,载云南省历史研究所编:《研究集刊》1981年第2期。

朝戈金:《"中华多民族文学史观"三题》,载《民族文学研究》2007第4期。

朝戈金:《多元文化格局中的中国少数民族文学》,载《百色学院学报》2009年第2期。

车锡伦:《明代的佛教宝卷》,载《民俗研究》2005年第1期。

陈建宪:《宇宙卵与太极图:论盘古神话的中国"根"》,载《民间文学论坛》1991年第4期。

陈建宪:《论中国天鹅仙女故事的类型》,载《民族文学研究》1994年第2期。

陈茜:《川滇缅印古道初考》,载《中国社会科学》1981年第1期。

陈炎:《中国同缅甸历史上的文化交流》上、中、下,分别载《文献》1986年第3期、1986年第4期、1987年第1期。

陈子丹:《白族档案史料研究》,载《中央民族大学学报》2002年第2期。

《大理上下四千年》电视专题片解说词编写课题组:《白族的观音崇拜》,载《大理学院学报》2005年第6期。

邓家鲜:《当代云南白族民间文学研究概述》,载《大理学院学报》2010年第7期。

丁慧:《云南白剧及其两大声腔初探》,载《云南艺术学院学报》2003年第4期。

董甜甜:《论白族民间传说故事口述档案的开发利用》,载《云南档案》2009年第 1 期。

董秀团:《目连救母故事与白族的信仰文化》,载《民族艺术研究》2002 年第 1 期。

董秀团:《汉族和白族目连救母故事的异同比较》,载《民族文学研究》2004 年第 2 期。

董秀团:《论明清时期白族文化的转型》,载《云南民族大学学报》(哲学社会科学版)2004 年第 4 期。

董秀团:《现代化语境下边疆民族的文化发展机制——以云南大理白族为例》,载《民族艺术研究》2004 年第 2 期。

董秀团:《学术史视界中的白族大本曲》,载《思想战线》2004 年第 4 期。

董秀团:《云南大理白族地区大本曲的流播与传承》,载《民族文学研究》2006 年第 3 期。

董秀团:《白族民间文学中人与自然关系的解读——以龙的故事为例》,载《民族文学研究》2008 年第 4 期。

董秀团:《白族螺女故事类型及文化内涵研究》,载《民俗研究》2012 年第 6 期。

董秀团:《白族说唱文学的类型及起源发展》,载《曲靖师范学院学报》2012 年第 4 期。

董秀团:《村落民间叙事的焦点及意义表达》,载《思想战线》2014 年第 1 期。

董越:《白族大本曲南腔第一人杨汉和他的后代》,载《大理文化》2005 年第 5 期。

杜成辉:《大理国文学成就略论》,载《大理学院学报》2007 年第 7 期。

杜成辉:《论南诏的文学成就》,载《中央民族大学学报》(哲学社会科学版)2007 年第 6 期。

段炳昌:《谈大理国时期的散文》,载《云南文史丛刊》1996 年第 4 期。

段炳昌:《浅论中国少数民族文学的几种构成模式》,载谭君强、李森主编:《文艺美学与文化》,云南大学出版社,2002 年。

段伶:《"不可忽视之一种诗体"——谈白曲词律的研究》,载《大理师专学报》(社会科学版)1995 年第 3 期。

段伶:《论"打歌"》,载《大理师专学报》(社会科学版)1996 年第 4 期。

段伶:《白汉双语奇葩——山花词》,载《大理师专学报》(综合版)1997 年第 4 期。

段伶:《访大本曲北腔名师——赵丕鼎》,载《大理文化》2002 年第 4 期。

段寿桃:《白族大本曲初探》,载《西南民族学院学报》(人文社科版)1990 年第

6 期。

方国瑜：《云南与印度缅甸之古代交通》，载《西南边疆》1941 年第 12 期。

方国瑜：《略论白族的形成》，载《云南白族的起源和形成论文集》，云南人民出版社，1957 年。

冯洋：《从文化人类学视野看白族民歌》，载《思想战线》2008 年第 S3 期。

傅光宇：《略论白族的文人传说》，载《大理文化》1984 年第 1 期。

傅光宇：《试析白族文人传说的文化要素》，载中国民间文艺家协会云南分会等编：《边疆文化论丛》第一辑，云南民族出版社，1988 年。

傅光宇：《白族"海舌"神话与日本出云"浮岛"神话》，载《云南社会科学》1989 年第 6 期。

傅光宇：《试论白族地方性开辟神话的民族特色》，载《思想战线》1989 年第 3 期。

傅光宇：《略论南诏文学的文化环境》，载《云南民族学院学报》1990 年第 1 期。

傅光宇：《〈观音伏罗刹〉与"乞地"传说》，载《思想战线》1994 年第 1 期。

傅光宇：《大黑天神神话在大理地区的演变》，载《思想战线》1995 年第 5 期。

傅光宇、何永福：《〈望夫云〉与"望夫"情结——白族文学吸收内地文化的一个实例》，载《思想战线》1992 年第 2 期。

高奇芳：《试析白族民歌中月亮意象的意义和作用》，载《中央民族大学学报》2006 年第 1 期。

谷跃娟：《南诏对寻传及银生地区的经营及利益趋向》，载《云南民族大学学报》（哲学社会科学版）2007 年第 3 期。

关纪新：《创建并确立中华多民族文学史观》，载《民族文学研究》2007 年第 2 期。

管彦波：《试论南诏多源与多元的文化格局》，载《民族研究》1993 年第 2 期。

何俊伟：《大理地方文献的开发和利用》，载《大理学院学报》2002 年第 5 期。

何俊伟：《大理古代寺院藏书的历史与特色》，载《法音》2004 年第 4 期。

何俊伟、汪德彪：《白族地域道教藏书的历史与特色》，载《大理学院学报》2012 年第 11 期。

何平：《哀牢族属再议》，载《广西民族研究》2012 年第 3 期。

何星亮：《中国龙文化的发展阶段》，载《云南社会科学》1999 年第 6 期。

何永福：《九隆神话与图腾受孕机制》，载《民族艺术研究》2003 年第 3 期。

何永福、高灿仙：《神话传说与文化积淀——浅析九隆神话中的原始文化因素》，载《大理学院学报》2005年第2期。

侯冲：《〈白古通记〉与白族民间书面文学》，载《民族艺术研究》1997年第3期。

侯冲：《大理国写经〈护国司南抄〉及其学术价值》，载《云南社会科学》1999年第4期。

侯冲：《松明楼故事的原型、歧异、意旨及演变》，载《民族艺术研究》2001年第4期。

侯冲：《元明云南地方史料中的九隆神话》，载《学术探索》2002年第6期。

侯冲：《滇云法宝：大理凤仪北汤天经卷》，载《云南社会科学》2012年第6期。

胡振东：《南诏德化碑》，载《昆明师范学院学报》1979年第5期。

黄惠焜：《哀牢夷的族属及其与南诏的渊源》，载《思想战线》1976年第6期。

黄惠焜：《论哀牢夷族属非濮》，载《思想战线》1978年第1期。

黄敏：《南诏〈德化碑〉文化内涵探究》，载《云南师范大学学报》（哲学社会科学版）1999年第2期。

焦一梅：《大理白族民歌的特点与教学》，载《大理学院学报》（社会科学）2005年第2期。

金石：《南诏德化碑》，载《中央民族学院学报》1985年第1期。

乐夫：《以创新求发展——对白族曲艺创新的思考》，载《民族艺术研究》1993年第1期。

黎莉：《中国壮族与老挝民族"葫芦"神话比较初探》，载《东南亚纵横》2007年第11期。

李莼：《明代流传的白族民间传说》，载《大理文化》2000年第4期。

李道和：《晋唐小说螺女故事考论》，载《文学遗产》2007年第3期。

李东红：《大理地区男性观音造像的演变——兼论佛教密宗的白族化过程》，载《思想战线》1992年第6期。

李东红：《白族文化史上的"释儒"》，载《云南民族大学学报》1993年第3期。

李东红：《从考古材料看白族的起源》，载《中央民族大学学报》2004年第1期。

李公：《白族民间故事与历史》，载《云南史志》1999年第2期。

李惠铨、王军：《〈南诏图传·文字卷〉初探》，载《云南社会科学》1984年第6期。

李晋昆：《白族情歌中的理想女性美及其社会意义》，载《大众文艺》（理论）2009年第20期。

李晋昆:《浅论阿吒力教对当代白族民间宗教活动的影响》,载《全国商情》(理论研究)2009年第24期。

李晴海:《西山白族风情与"西山白族调"》,载《音乐探索》1985年第2期。

李世武:《白族木匠传说的三种基本形态》,载《曲靖师范学院学报》2010年第1期。

李世武:《白族民间宗教文学与道德想象——以大理巍山波长廊一带为例》,载《曲靖师范学院学报》2012年第5期。

李松:《论白族的原始崇拜与神话传说》,载《文学界》(理论版)2010年第8期。

李锡恩:《白剧的新发展》,载《中央民族学院学报》1984年第3期。

李晓斌:《明清时期大理白族文化变迁探析》,载《云南师范大学学报》2000年第1期。

李晓佳:《白族民歌〈十二月花开〉与梨园"跳花神"之研究》,载《民族音乐》2012年第1期。

李孝友:《南诏大理的写本佛经》,载《文物》1979年第12期。

李一夫:《白族的本主及其神话传说》,载《大理白族自治州历史文物调查资料》,云南人民出版社,1958年。

李玉珉:《南诏大理大黑天图像研究》,载《故宫学术季刊》1995年第2期。

李正清:《白族山花体的格律》,载《中央民族学院学报》1984年第1期。

李缵绪:《白族作家文学简介》,载《民族文学研究》1981年第1~2期。

李缵绪:《白族的龙神话和"本主"神话》,载《山茶》1983年第3期。

林锦婷:《〈南诏野史〉"火烧松明楼"故事研究——历史与传说的演变》,载《有凤初鸣年刊》2007年第3期。

林涓:《白族形成问题研究概述》,载《中国史研究动态》2000年第4期。

刘付靖:《东南亚民族的稻谷起源神话与稻谷崇拜习俗》,载《世界民族》2003年第3期。

刘红:《白族民间文学的"孝"主题与汉文化》,载《云南民族大学学报》(哲学社会科学版)2006年第2期。

刘红:《梁祝传说传入白族地区的年代》,载《云南师范大学学报》(哲学社会科学版)2006年第1期。

刘红:《论白族〈读书歌〉与汉族梁祝传说的差异》,载《楚雄师范学院学报》

2006 年第 4 期。

刘红:《论梁祝传说在白族地区广泛流传的原因》,载《民族文学研究》2006 年第 2 期。

刘明华:《白族古代碑刻研究的文化解读》,载《社会科学研究》2012 年第 4 期。

刘守华:《一个影响深远的唐代民间故事——〈望夫冈〉与"云中落绣鞋"型故事》,载《文史知识》1997 年第 1 期。

刘守华:《"羽衣仙女"故事的中国原型及其世界影响》,载《湖北民族学院学报》(社会科学版) 1997 年第 2 期。

刘守华:《从佛经中脱胎而来的故事——"感恩的动物忘恩的人"解析》,载《民间文化》2000 年第 11~12 期。

刘守华:《佛经故事传译与中国民间故事的演变》,载《外国文学研究》2005 年第 3 期。

刘守华:《汉译佛经故事的妙趣——〈杂宝藏经〉札记》,载《世界文学评论》2006 年第 2 期。

刘守华:《〈杂宝藏经〉与中国民间故事》,载《西北民族研究》2007 年第 2 期。

刘守华、刘晓春:《白族民间叙事诗〈黄氏女〉的比较研究》,载《民族文学研究》1993 年第 3 期。

刘玉珺:《中越古代书籍交流考述》,载《文献季刊》2004 年第 4 期。

陆家瑞:《南诏骠信与清平官赵叔达唱和诗试析》,载《大理师专学报》(社会科学版) 1996 年第 4 期。

马曜:《汉晋时期白族先民族名的演变——略论人消失与叟人和爨人出现的原因》,载《云南社会科学》1997 年第 4 期。

马曜:《白族异源同流说》,载《云南社会科学》2000 年第 3 期。

马自坤、吴婷婷:《白族大本曲的档案价值及其实现》,载《云南档案》2011 年第 12 期。

聂葛明:《大理国写本佛经整理研究综述》,载《大理学院学报》2011 年第 3 期。

聂乾先:《"白族打歌〈考略〉与〈质疑〉"之我见》,载《民族艺术研究》2009 年第 1 期。

欧阳弥生:《从〈神曲〉想到〈黄氏女对经刚〉》,载《西南民族学院学报》(哲学社会科学版) 1989 年第 2 期。

饶峻妮、饶峻姝:《略论民间歌谣的民族文化内涵——以大理白族民间歌谣为例》，载《前沿》2008 年第 4 期。

沈海梅：《南诏史中的大传统与小传统：边疆妇女史的视角》，载《思想战线》2008 年第 5 期。

沈海梅：《白族人的族性与白族研究学术史》，载《学术探索》2010 年第 1 期。

施立卓：《白族"打歌"考略》，载《大理文化》1982 年第 6 期。

施立卓：《明朝宰相的白族恩师李元阳》上、下，分别载《大理文化》2012 年第 6 期，2012 年第 7 期。

施中立：《"九五"期间国内白族研究情况概述》，载《大理师专学报》2001 年第 2 期。

史军超：《洪水与葫芦的象征系统》，载《民间文学论坛》1995 年第 1 期。

史阳：《菲律宾阿拉安-芒扬人洪水神话的象征内涵》，载《东方丛刊》2009 年第 2 期。

谭璐：《论白族本主神话的人文意蕴》，载《文学界》（理论版）2012 年第 4 期。

唐松涛：《独具特色的白族民歌》，载《中国音乐教育》2001 年第 12 期。

陶学良：《〈星回节〉及其作者》，载《云南民族学院学报》1984 年第 2 期。

陶阳、杨亮才：《关于白族的长诗"打歌"》，载《民间文学》1958 年第 1 期。

汪玢玲：《天鹅处女型故事研究概观》，载《民间文学论坛》1983 年第 1 期。

王海涛：《云南大黑天神》，载《中国历史博物馆馆刊》1993 年第 1 期。

王建华：《谈白族民间长诗对白族妇女美丽心灵的折射》，载《民族文学研究》2006 年第 3 期。

王建华：《白族民间长诗〈青姑娘〉的社会学解读》，载《大理学院学报》2007 年第 11 期。

王建华：《白族长诗〈青姑娘〉与〈孔雀东南飞〉之比较》，载《民族文学研究》2008 年第 2 期。

王建华：《〈鸿雁传书〉：一首白族民间"思妇"诗》，载《大理学院学报》2008 年第 3 期。

王建华：《白族民间长诗意义探析》，载《大理学院学报》2010 年第 1 期。

王丽梅：《白族"接祖经"及其社会功能探析》，载《传承》2012 年第 10 期。

王鲁昌：《盘古神话探源》，载《中州学刊》1995 年第 3 期。

王明达：《黄氏女的悲剧形象与白族的宗教信仰》，载《山茶》1984 年第 1 期。

王明达：《白族鲁班传说的民族特点——白族与汉族鲁班传说的比较》，载《山茶》1986年第1期。

王明达等:《论佛教文学对白族观音故事的积极影响》,载《山茶》1982年第4期。

王群:《试谈白族戏曲唱词的格律》上、下,分别载《大理文化》1985年第2、3期。

王叔武:《白族源于滇僰、叟、爨考述》,载《云南社会科学》1988年第3期。

王宪昭:《试析我国南方少数民族洪水神话的叙事艺术》,载《湖北民族学院学报》(哲学社会科学版)2007年第1期。

王宪昭:《中国少数民族感生神话探析》,载《理论学刊》2008年第6期。

王晓莉:《白族本主神话中的水神崇拜》,载《中央民族大学学报》2002年第3期。

王学义:《白族火把节的起源与"宁妃的故事"》,载《下关师专学报》(社会科学版)1983年第1期。

王学义:《试论白族民间文学中本主的故事》,载《下关师专学报》(社会科学版)1984年第2期。

魏承思:《佛教对中国民俗的影响》,载《学术月刊》1990年第11期。

〔德〕温德尼兹:《印度文学和世界文学》,金克木译,载《外国文学研究》1981年第2期。

温玉成:《〈南诏图传〉文字卷考释——南诏国宗教史上的几个问题》,载《世界宗教研究》2001年第1期。

温玉成:《读"南诏德化碑"小识》,载《世界宗教文化》2002年第1期。

吴晓东:《盘古神话:开辟天地还是三皇起源》,载《广西民族师范学院学报》2011年第5期。

向柏松:《水神感生神话的原型与生成背景》,载《中南民族大学学报》2007年第2期。

向柏松:《中国水生型创世神话流变系统论》,载《民间文化论坛》2009年第5期。

向云驹:《"梁祝"传说与民间文学的变异性》,载《民族文学研究》2003年第4期。

徐杰舜:《文化基因:五论中华民族从多元走向一体》,载《湖北民族学院学报》(哲学社会科学版)2008年第3期。

徐金亮:《云龙白族"打歌"》,载《民族团结》1994年第3期。

徐琳、赵衍荪:《白文〈山花碑〉释读》,载《民族语文》1980年第3期。

徐新建:《"多民族文学史观"简论》,载《民族文学研究》2007年第2期。

薛子言:《白剧剧目民族化的历史发展》,载《民族艺术研究》1988年第5期。

薛子言、薛雁:《白族吹吹腔》,载《中华艺术论丛》第9辑,同济大学出版社,2009年。

杨秉礼:《试论白族老艺人杨汉的演唱和创作》,载《中央民族学院学报》1981年第4期。

杨秉礼:《白族〈创世纪〉源流初探》,载《思想战线》1984年第2期。

杨翠微:《〈南诏德化碑〉的文学意蕴》,载《大理文化》2010年第2期。

杨亮才:《谈白族大本曲》,载《中央民族学院学报》1985年第2期。

杨刘忠:《浅谈白族大本曲的源流及特点》,载《大众文艺》2011年第3期。

杨明:《白族吹吹腔传统与源流初探》,载《大理文化》1979年第4期。

杨明:《唐代白族诗人段义宗》,载《大理文化》1986年第2期。

杨思民:《中日民间"羽毛衣"故事异同及其文化根源》,载中国人民大学书报资料中心复印报刊资料《中国古代、近代文学研究》1989年第3期。

杨薇、李子贤:《九隆神话:文献记载与民间口头传承之流变》,载《楚雄师范学院学报》2010年第4期。

杨晓勤:《略论剑川木匠故事中的木匠形象》,载《民族艺术研究》2004年第5期。

杨艺:《白族古代文字档案史料研究》,载《云南社会科学》1999年第5期。

杨应康:《白族的反歌》,载《民族文化》1980年第1期。

杨玉春、黄永亮:《一朵盛开在大理的山茶花——大本曲》,载《大理文化》1981年第5期。

杨正权:《龙与西南古代氐羌系统民族》,载《思想战线》1995年第5期。

杨正权:《论龙崇拜与西南少数民族的龙神话》,载《民族艺术研究》1998年第1期。

杨政业:《论大理宗教的多元混融性》,载《大理文化》1992年第5期。

杨政业:《明代白族学者杨黼"空"与"实"的哲学思想探析》,载《思想战线》1998年第10期。

尤中:《唐、宋时期的"白蛮"(白族)》,载《思想战线》1982年第3期。

禹志云:《从儒家审美理想看白族文学中的悲剧意识》,载《云南师范大学学报》(哲学社会科学版)2001年第1期。

禹志云:《佛教与大理白族文学》,载《云南师范大学学报》(哲学社会科学版)

2002年第4期。

袁珂:《白族"望夫云"神话阐释》,载《思想战线》1992年第2期。

苑利:《"白马"、"白鸡"现瑞与"金马碧鸡"之谜——韩半岛新罗神话与中国白族神话现瑞母题的比较研究》,载《民族文学研究》1996年第4期。

苑利:《韩民族与中国白族鸡龙神话比较》,载《民族文学研究》1998年第3期。

张翠霞:《白族"龙母"神话探析》,载《大理学院学报》2009年第5期。

张翠霞:《论白族民间文学中的龙形象及其演化》,载《重庆文理学院学报》(社会科学版)2009年第3期。

张福三、傅光宇:《大本曲曲目新探》,载《大理文化》1980年第2期。

张福三、傅光宇:《略谈白族民歌中的几种独特样式》,载《思想战线》1980年第6期。

张福三、傅光宇:《白族"大本曲"浅谈》,载《民间文学》1981年第4期。

张海超:《对明清白族本主庙碑文的历史人类学解读》,载《云南社会科学》2008年第4期。

张海超:《大理佛教密宗阿吒力教派兴衰变迁考》,载《宗教学研究》2009年第1期。

张海超:《白族民间忠义故事的历史人类学研究》,载《民族文学研究》2010年第1期。

张海超:《人类学视野下古代中国的族群关系与民族融合——以大理白族为例》,载《思想战线》2012年第1期。

张继:《从白族本主神话传说看本主神的分类体系》,载《云南文史丛刊》1997年第3期。

张绍奎:《略谈白剧中大本曲如何向戏曲声腔演变》,载《民族艺术研究》1991年第2期。

张文:《白族"本子曲"》,载《中国音乐》1988年第1期。

张文:《白族"本子曲"的音乐特点》,载《民族艺术研究》2004年第4期。

张文勋:《历史悠久、绚丽多姿的白族民间文学》,载《思想战线》1978年第1期。

张文勋:《关于白族民歌的格律问题》,载《思想战线》1980年第2期。

张文勋:《白族文学研究刍议》,载《大理文化》1984年第5期。

张文勋、张福三、傅光宇:《认真贯彻实事求是的科学原则 努力揭示白族文学的发展规律》,载《民族文学研究》1985年第2期。

张锡禄:《建国以来"望夫云"的整理创作简况》,载《大理文化》1979 年第 4 期。

张锡禄:《白族古代碑刻概述》,载《文献》1992 年第 4 期。

张锡禄:《近四十年来大理白族地区古经卷的考古新发现》,载《大理师专学报》(社会科学版)1995 年第 3 期。

张锡梅:《白族民间歌谣所体现的白族文学精神——以〈鱼调〉为例》,载《大理学院学报》2007 年第 9 期。

张向东、张春华:《浅谈白族谚语中的道德观念》,载《道德与文明》1991 年第 1 期。

张向东、邹红:《从民间故事看古代白族的伦理思想》,载《道德与文明》1989 年第 1 期。

张旭:《白族的原始图腾——虎与鸡》,载《大理文化》1979 年第 7 期。

张旭东:《试论泰缅神话中对中国形象的认知》,载《东南亚地区研究学术研讨会论文集》,厦门大学出版社,2011 年。

张亚平:《论白族民间诗歌的产生》,载《云南文史丛刊》1994 年第 4 期。

张永钦:《〈南诏德化碑〉档案价值刍议》,载《中央民族学院学报》1998 年第 6 期。

张玉安:《东南亚神话的分类及其特点》,载《东南亚纵横》1994 年第 2 期。

张玉安:《中国神话传说在东南亚的传播》,载《东南亚》1999 年第 3 期。

章虹宇:《白族民歌〈甸北调〉》,载《民族艺术》1989 年第 4 期。

赵怀瑾:《谈白族民歌中的反意歌》,载《大理文化》1983 年第 1 期。

赵怀仁:《白族民间故事中悲剧形象的成因和审美价值浅析》,载《大理师专学报》(社会科学版)1997 年第 2 期。

赵怀仁:《白族民间文学中悲剧形象的美学意义》,载《民族文学研究》1997 年第 2 期。

赵怀仁:《白族民间文学与中华文化凝聚力的边地民间表达研究》,载《民族文学研究》2008 年第 3 期。

赵黎娴:《大理竹枝词》,载《民族文学研究》2003 年第 3 期。

赵橹:《〈望夫云〉神话辨析》,载《山茶》1982 年第 2 期。

赵橹:《论观音神话》,载《山茶》1983 年第 2 期。

赵橹:《悲壮而崇高的诗篇——论"望夫云"神话之魅力》,载《民族文学研究》

1985 年第 2 期。

赵橹:《白族龙神话与诸夏文化之关系》,载《民间文艺季刊》1986 年第 1 期。

赵橹:《白族"大本曲"与佛教文化》,载《民族文学研究》1992 年第 3 期。

赵橹:《白族"山花体"的渊源及其发展》,载《民族文学研究》1993 年第 2 期。

赵敏:《白族"踏尜歌"习俗探析》,载《中央民族大学学报》(哲学社会科学版) 2008 年第 6 期。

赵全胜:《白族民间叙事歌的艺术特色》,载《音乐探索》2005 年第 3 期。

赵全胜:《云龙白族吹吹腔戏的表现形式及特征》,载《民族音乐》2011 年第 5 期。

赵绍莲:《大本曲及杨汉演唱简介》,载《民族艺术研究》1989 年第 4 期。

赵衍荪:《白族文学漫笔》,载《大理文化》1979 年第 3 期。

赵寅松:《"打歌"琐谈》,载《大理师专学报》(社会科学版) 1985 年第 Z1 期。

赵应宝:《几部明初佚书中的杨黼》,载《大理学院学报》2004 年第 2 期。

郑绍堃:《试论白族龙的神话的产生及发展》,载《文学评论》1959 年第 6 期。

郑筱筠:《佛教对汉族白族龙文化之影响及比较》,载《博览群书》2001 年第 6 期。

郑筱筠、赵伯乐、牛军:《佛教与白族龙文化》,载《思想战线》2001 年第 2 期。

郑祖荣:《七言歌行〈星回节〉及其作者》,载《云南民族学院学报》1987 年第 4 期。

周祜:《白族民间传说中有关"龙"的故事探索》,载《大理文化》1981 年第 3 期。

周祜:《杨黼和他的〈山花碑〉》,载《下关师专学报》1981 年第 1 期。

周祜:《吹吹腔能在大理白族地区流行的原因》,载《民族艺术研究》1988 年第 5 期。

周智生:《滇缅印古道上的古代民族迁徙与流动》,载《南亚研究》2006 年第 1 期。

朱安女:《〈南诏德化碑〉与先秦经典文学》,载《云南民族大学学报》(哲学社会科学版) 2004 年第 1 期。

朱安女:《明清时期白族隐逸文学的文化阐释》,载《民族文学研究》2010 年第 4 期。

《中国、日本民间文学比较研究》(在华学术报告集),辽宁大学科研处,1983 年编印。

后　记

本书是在笔者承担的国家社科基金青年项目结项成果的基础上修改而成的。该项目于 2009 年获批，在项目真正开始实施的时候，我才发现项目开展的难度远远超过了原本的想象，其中一个最大的困难就是资料的缺乏。课题涉及白族文学与汉族文学以及印度文学、东南亚文学的比较和关系研究，而后两者的相关材料是非常欠缺的。由于各种原因，笔者也没有条件到相关的国家和地区开展田野调查，所以只能尽力爬梳有限的文献资料和前人研究成果，来完成课题的研究。笔者知道，要想真正认识和揭示白族文学的特点，特别是其多元混融的特质，课题所涉的比较研究是不可回避的问题。因此，虽有各种困难，但也要尽力而为，在现有的基础上对白族文学进行一个基本的把握。我们所做的工作，只是抛砖引玉，希望有更多的有识之士能够关注此研究领域，并投入到相关的研究当中。

正如笔者在书中指出的那样，多元混融是白族文学的一个突出特质。本书选取了汉族文学、印度文学、东南亚文学与白族文学进行比较研究和关系研究，但笔者并不认为白族文学只跟这几者发生关系，事实上，白族文学与我国其他少数民族文学间也有天然的紧密关系。此外，白族文学与周边国家和地区的联系还要更加广泛和复杂，比如白族文学与朝鲜半岛的文学、日本的文学都有很多联系，也相互影响，当然这方面有一些前期成果，只不过，系统和专门的研究仍然缺乏，需要更多有识之士予以关注和研究。

此外，虽然笔者在书中除了探讨白族文学与汉族文学的关系，还对白族文学与印度文学和东南亚文学的关系进行了考量，但几者并不是一个完全对等或平行的关系。笔者认为，对于白族文学，首先和最重要的还是要将其置于中华多民族文学的格局当中予以审视，因为白族文学与汉族文学及我国其他少数民族文学的关系是最紧密、最坚实的一个维度。其实，白族文学与印度文学和东南亚文学的某些交流，也有可能是经由汉族文学这一中介而达成的。而对于白族文学与印度文学和东南亚文学之间的比较研究，也是在白族文学与汉族文学关系更为紧密这一大前提下展开的。总体而言，白族文学，既体现了多向度的文化交流，也体现了中华民族共同体格局之下白族文学对汉族文学的吸收、仿照，还体现了白族文学向汉族文学和中华多民族文学这一统一整体的靠拢。

　　从课题获批到课题的实施、结项，再到持续的书稿修改，这个过程中经历了很多的困难，也让我明白了少数民族文学的研究并不是一条轻松的道路。但是，作为一名白族人，又学习了相关专业，这让我与少数民族文学研究这个领域紧紧联系在一起，无论有多少困难，这都是我要走的路。算起来，从申报课题至今，前前后后已经历了十多年，感谢所有在此过程中关心、支持过我的师友、亲朋。张文勋先生提携后学，时常关心我的成长，我在本书中也多次引用先生主编的《白族文学史》等学术成果，这也是对先生的一种致敬。我的导师段炳昌先生一直以来对我的学习、工作给予诸多扶持，也借此机会感谢恩师。在王卫东院长的鼎力支持下书稿得以纳入云南大学一流大学"中国语言文学"建设项目，杨绍军处长对此也提供了支持和帮助。感谢商务印书馆的各位老师为本书的出版付出了大量心血。我的父母已经年迈，可我却还没有好好孝顺、陪伴他们，反而是他们还在为我操持着家务和各种琐事。我的丈夫虽然近年来小病小痛不断，但他仍然非常支持我的工作，人到中年，我看得到他的辛苦。申报课题的时候，女儿还没有出生，现在都已经长得快比我高了，有了女儿，才更加珍惜这每一天的日子，总是觉得时间过得太快，有时甚至希望她永远是那个小小的、一直缠着妈妈不肯放开的样子。因为有了你们，才让我产生了留下时间脚步的愿望，愿今后的日子，我能有更多的时间陪伴你们。

董秀团
2021 年 6 月于昆明

图书在版编目(CIP)数据

多元混融中的白族文学：白族文学与汉族文学、印度文学及东南亚文学的关系研究 / 董秀团著. — 北京：商务印书馆，2022
ISBN 978-7-100-20625-9

Ⅰ.①多… Ⅱ.①董… Ⅲ.①白族—少数民族文学—文学研究—中国 ②文学研究—印度 ③文学研究—东南亚 Ⅳ.① I207.952 ② I351.06 ③ I330.06

中国版本图书馆 CIP 数据核字（2022）第 018205 号

权利保留，侵权必究。

多元混融中的白族文学
白族文学与汉族文学、
印度文学及东南亚文学的关系研究
董秀团 著

商 务 印 书 馆 出 版
（北京王府井大街36号 邮政编码100710）
商 务 印 书 馆 发 行
北京顶佳世纪印刷有限公司印刷
ISBN 978-7-100-20625-9

2022年3月第1版　　　开本 710×1000　1/16
2022年3月北京第1次印刷　印张 27 ¾
定价：128.00元